Jiao Tong Shi Hua

交通诗话

郭生海 著

人民交通出版社

内 容 简 介

本书汇集了作者多年的人生感悟、工作感想及对交通运输行业发展的深刻见解，以诗词、文章的形式跃然于纸上。从本书中您可以看到一位交通人人生、工作的轨迹，是作者热爱生活、敬业工作的真实写照。

本书可供从事交通运输业工作的相关人员及对诗词歌赋爱好的读者阅读、评析。

图书在版编目（CIP）数据

交通诗话 / 郭生海著. —北京：人民交通出版社，2007.1

ISBN 978-7-114-06372-5

Ⅰ.交… Ⅱ.郭 Ⅲ.①诗词－作品集－中国－当代 ②交通运输业－经济发展－中国－文集 Ⅳ.I227 F512.3-53

中国版本图书馆 CIP 数据核字（2006）第 164922 号

书　　名：交通诗话
著 作 者：郭生海
责任编辑：顾燏鲁 李 洁
出版发行：人民交通出版社
地　　址：（100011）北京市朝阳区安定门外外馆斜街 3 号
网　　址：http：//www.ccpress.com.cn
销售电话：（010）85285838，85285995
总 经 销：北京中交盛世书刊有限公司
经　　销：各地新华书店
印　　刷：中国电影出版社印刷厂
开　　本：787 × 980 1/16
印　　张：36.75
字　　数：400 千
版　　次：2007 年 1 月第 1 版
印　　次：2007 年 1 月第 1 次印刷
书　　号：ISBN 978-7-114-06372-5
定　　价：60.00 元

作者简介

郭生海，男，北京密云人，虽已进耳顺之年，现仍任中国交通运输协会副会长兼秘书长及下属的联运分会会长之职。此前担任交通部机关服务局党委书记、局长。如再往前追溯，则担任过交通部运管司、公路司副司长多年，并曾在云南省汽车运输公司副经理、党委书记任上履行职责。1970年于西安公路学院（以后的西安公路交通大学，如今的长安大学）汽车系公路运输管理专业毕业后，一直从事道路运输管理工作。多年来已与道路运输行业结下不解之缘，如今在忙于本职工作之余，仍在为道路运输事业的发展尽绵薄之力。目前在有关单位兼任的职务有：中国道路运输协会副会长、中国汽车维修行业协会副会长、中国公路学会副理事长及下属的汽车运输分会理事长、新国线企业集团董事局主席；《交通世界》杂志编委会副主任、《运输经理世界》杂志编委会主任、《中国道路运输》杂志编委会副主任、《汽车维护与修理》杂志编委会主任、《中国航务周刊》杂志编委会副主任、《物流时代》杂志编委会副主任、《中国公路交通史》编委会副主任等。被评聘为高级经济师、长安大学兼职教授。已出版的著作有《公路旅客运输》、《路向何方》、《车轮上的絮语》(3册)；主编、主审过多种道路运输书籍；多次担任专家委员会主任委员，主持评审道路运输方面的有关课题研究报告。

自　序

我虽不是一个才思敏捷的文人，但偏偏喜欢班门弄斧，竟然排列些文字见诸于交通出版部门；更不是一位颇有思想的哲人，然而又往往爱思考一些问题，不时在有关杂志上发表点议论。以致未建树可值得沾沾自喜的成就，却落下了常忧夜长的毛病。当辗转反侧难以入眠的时候，只好披衣起床、立于廊下。天气不好时，自然是漆黑一片，更增添了几分惆怅和失落。遇到好天气时，数繁星点点，看皎月莹莹，心中充满着无限的快意，自然容易引起无限的遐想。那柔和的月光日复一日，年复一年毫不吝啬地洒向大地，陪伴着无眠的男男女女度过寂寞的时光。同一个月亮曾见证过远古的洪荒，曾轻拂过恐龙的巨体，曾照亮过猿人的洞口，曾陪伴过先人的漫步。李白曾邀明月对饮，苏轼曾问月宫状况，曹操在月朗星稀之际曾舞槊高歌，郑燮曾于月下泼墨画竹。一篇《荷塘月色》至今令无数人如醉如痴，一曲《十五的月亮》长久勾起不少人难尽的思念。同一个月亮既照古人，也照今人，难以核准的漫长岁月照理说应使她变得老态龙钟，满面沧桑。然而令人想象不到的是，她容颜未改，依然是那么美丽、那么富有风韵。一个失眠的人常常心绪不佳，然而当你面对月亮，猜想嫦娥在桂树下轻移莲步，玉兔从其身边跑前跑后的时候，一时俗念顿消。人生在世，时日不多，几十年的光阴很快就会消失在历史的长河中。与其仰天长叹，何如振作精神，与其临渊羡鱼，不如退而结网，认定目标，走自己的路，干些实事，有所作为，也算不白来世上走一遭！

有睿智头脑的古人要求女子三从四德，对男子则希望立德、立言、立功。多少代对此见仁见智，看法不一。我向来不善于深入地思考问题，尽管明白有失偏颇，但难以作出入木三分的评论。不过对一个未出现先天不足、后天失调，诸如智力低下、躯体受损的男人来说，是应该有所成就的。如果蹉跎光阴，一事无成，不是太对不起老天爷借助父母之力让你在人世间生活一大段时间的良苦用心了吗？当我步入到耳顺之年回首往事时，惭愧得很，也欣慰得很，发现自己还算没有虚度光阴，从小到大到老没有干过危害国家、损人利已的事情。在学校学了点滴知识，在交通运输行业干了一些工作，在不少单位赢得了良好的口碑，在出版部门印行了几本书籍。妻子曾为同窗学友，子女均非庸碌之辈。人生如此，夫复何求，能不随时怀揣知足与感恩之情，尽管不胜酒力，得空也与友人干上一大杯。

谈到写作出书，我颇有几多感触。从小学起，我就喜欢看一些古今小说，有时上课，桌子上放课本，课本下置闲书，边听讲边挪开课本偷看几眼，直到“说时迟、那时快”之际，方意识到是在课堂之上。好在当时有几分聪明，更好的是老师宽宏大量，也就混过了一次次提问，当然也挨了一次次批评，至今有的同学还记得我当时的尴尬模样。课外书籍看得多了，虽然在一定程度上影响了学业，以致没有考上重点大学，但对提高习作水平却产生了一定的好处。先后背会了部分古今佳作的一些段落，记住了唐宋少数名人的某些诗词。遗憾的是，由于条件所限，未能进入文科院校深造；缺乏刻苦精神，没有在自学道路上走出多远。所以形成以后的半桶水晃荡，在有文才的人面前甚感惭愧的状况。到云南工作以来不甘心对某些问题的认识淹没在呆想之中，开始试写论述性文章，在云南省交通厅刘伟先生等人鼓励下，投稿后被发表在专业杂志上。从此壮大了胆子，一篇一篇地陆续甩向行业，作抛砖引玉之举，对推动道路运输的发展贡献了一点力量。以后又出版了《车轮上的絮语》，一套三册，120万字，了结了一份离开交通部道路运输管理负责人的岗位后，想给同行们留下一点可作参考资料的心愿。至于诗词习作，有时竟也生出几丝的雅兴，东施效颦，写出长短不等的东西，偶尔在《中国道路运输》等杂志上刊登。虽然如此，但是在我的心中常常是忐忑不安，诚惶诚恐，原因是我对诗词写作并未作过深入研究，也从未去拜谒过哪位诗人加以讨教，只是凭自己对诗词的一知半解，信笔由缰或苦思冥想，形成了为数不多的"作品"。如今将近年来写就的一些与综合运输有关的文章及吟写成的诗词汇集成一本书，名曰《交通诗话》，送交人民交通出版社出版，呈现给交通运输系统的朋友们，请大家指教。各位读后如能博得一笑或受到一些启发，则不胜欣慰，自认为没有白忙，而得到了丰厚的回报。

中国是一个文明古国，古往今来，历史的江河中时而波涛汹涌，时而风平浪静。众多人物、众多事件纷至沓来，演绎成一个又一个平凡或动人的故事。诗词歌赋琳琅满目，文章典籍汗牛充栋。当今时逢盛世，更应层出不穷，以点缀这如花似锦的世界。况且针对存在的社会弊端适时适当地加以针砭，也是有识之士职责之所在。遗憾的是，在下水平有限，心有余而力不足，写诗词找不准格律，更难以推敲出佳句，常怪古人挖空心思将偌大的文化之山淘空，令我辈难以再择优采选；写文章常常笔头枯涩，皱着眉头想不出上好的结构、段落和词语，真不知前人怎么能将有限的一些汉字堆砌出那么多的雄文华章。但是回过头来一想，只能怨本人在学海中没有坚毅地顶风荡舟，在书山上没有无畏地跋涉攀登。当两鬓染霜时，方知过去虚度光阴是那么地可惜，如果抓住时机，多读一些书，多练几笔字，又怎能像今天这样发出声声叹息呢！

有感而发写下上面的几段话，并非自谦，只是表明心迹，也为在将此本难入法眼的书奉献于读者之际遮羞之用。本书未请名人作序，似有悖于常情。其实，作为一个俗人，我不是没有考虑过此事，只是念及此举往往会让人为难，故最终决定不请也罢。改为自言自语、自我推介，由是文责自负，不会产生他诒伊戚的负担，换一个自得其乐。有鉴于上，就有了自我作序的结果。如不被大方贻笑，则感到莫大的欣慰。

郭生海

2006年12月18日

形势发展要求高　社团组织不逍遥

主办盛会壮举襄　协会也登大雅堂

当年共事公路局　如今聚会何欣蘧

运输新人高旧人　往事已逝话当今

天下“运管”一家人　久别重逢倍感亲

伟人像下思古田　　危急关头挽狂澜

江南古镇底蕴丰　　闲坐周庄满目情

背向海浪望金滩　　博鳌论坛天下传

运输网络是珍宝　　车站作用不能少

莫道晋北甚荒凉　大同正写新篇章

鲁迅故里何处寻　循路紧逐众游人

如今褐色当年红　火山喷焰上九重

“北陈”不减当年雄　难忘同念运管经

再回云南游罗平　　轻舟戏水赏翠峰

清帝发祥在新宾　　满人炕头听轶闻

羊皮筏上乐呵呵　　黄河不时现柔波

扬州景致秀丽娇　　难忘漫步廿四桥

少小为伴花甲游　　火山当年也风流

同窗过后四十年　　相见聚会甚欢然

紫荆花下忆回归　　香港大地树丰碑

风和日丽盛会开　　鸿雁传书老友来

相会戈城话沙俄　领土易主向谁说

鸟兽默然不闻声　可因国籍忘旧情

站在童话大师边　心潮起伏浪花翻

借问何处有中餐　"北京饭店"在眼前

名车当年出风头　如今观赏也风流

芬兰有暇游教堂　宗教文化亦辉煌

脱却公务少恼烦　再访狮城何悠闲

暂坐酒吧且小憩　奔波参观需休息

课堂曾述好望角　　山高海阔沙滩小

有幸来到开普敦　南非景色甚怡人

土著居民肤黑亮　说笑尽显幽默相

歌舞翩翩别样情　风姿绰约显丽容

古堡处处见残砖　　暖风徐吹话从前

时光流逝数千载　　塔内法老魂安在

莫道西奈尽黄沙　绿树前头也多花

闲坐石前望沙漠　诚盼见到骆驼客

目　录

上篇　诗词习作

下篇　运输杂谈

上篇

诗词习作

“八荣，八耻”咏

2006年3月4日，胡锦涛总书记在看望政协委员时强调，要引导广大群众干部特别是青少年树立社会主义荣辱观，坚持“八荣，八耻”。这个重要论述观点明确，是非分明，针砭时弊，寓意深长，为促进良好社会风气的形成和发展指明了方向。读后感慨甚多，遂以诗记之。

（一）以热爱祖国为荣，以危害祖国为耻

其　一

远眺黄河思绪飞，[1]
华夏自古根同归。
东登泰山旭日灿，
西出阳关故人陪。
报国宁愿头落地，
酬志不顾家成灰。
君看靖宇赵一曼，[2]
浩然正气树丰碑。

注：

① 黄河是中华民族的发源地，是炎黄子孙的母亲河。

② 杨靖宇、赵一曼均为抗日英雄，为国捐躯，事迹感人。

其　二

国家如母儿女随，
汉奸败类作衬陪。
风波亭上冤魂聚，①
伶仃洋里丹心没。②
降清王爷变笑柄，③
媚日主席成屎堆。④
再看西湖跪铁像，⑤
秽物满身能怨谁？

注：

① 南宋时，权臣秦桧受到高宗宠信，力主降金，后以莫须有的罪名害死岳飞父子。

② 南宋末年，文天祥率兵抗元，后被俘拒降，书《过伶仃洋》及《正气歌》等，从容就义。

③ 指吴三桂。吴降清后，封平西王，以后又叛乱，不久病死。

④ 指汪精卫。汪曾在广州任国民政府主席，后叛变革命。1938 年“九一八”事变后任南京国民政府的行政院长等职。1938 年 12 月公开降日，任伪国民政府主席，1944 年病死于日本。

⑤ 西湖畔岳飞庙不远处，铸有秦桧及其妻王氏及其他奸臣的跪像，人过时多往身上吐痰，以示痛恨。

（二）以服务人民为荣，以背离人民为耻

其 一

开天辟地万物生，
渲变进化民渐聪。①
黄河两岸勤劳作，
华夏九州显繁荣。②
千年压迫苦难诉，
一朝解放福有凭。
民立国家养官吏，
服务百姓理所应。

注：

① 传说宇宙形成以前模糊一团，以后逐渐清晰起来。随着演变进化，逐渐形成人类以及以劳动为生的人民。

② 传说我国在上古时，行政区划为九州，以后成为中国的代称。

其　二

身处庙堂责不轻，①
国计民生应刻胸。
自当廉洁恤民意，
焉能腐败坏党风。
买官转身刮薄脂，②
敛财厚颜纵贪情。
勤政廉政如忘记，
天网张处敲警钟。

注：

① 庙堂在此处指政府等领导机关。

② 百姓尤其是农民负担很重，一些地方甚至不得温饱。贪官即便想吸食民脂民膏，然而百姓体瘦如柴，脂薄如纸，难以如愿。

（三）以崇尚科学为荣，以愚昧无知为耻

其　一

国人喜撰浮想篇，[①]
谈妖说怪话神仙。
故事开场妙语引，
传说结尾伏念悬。
如是戏说成笑料，
别有闲心起祸端。[②]
崇尚科学辨真伪，
明辨是非天地宽。

注：

① 我国民间传说、故事甚多，有些虽然描写妖魔鬼怪，但可读性强，受到广大读者的喜爱。《西游记》、《聊斋》等名著脍炙人口，广为流传。

② 有政治阴谋者，怀不可告人的目的，杜撰荒诞书籍等，将人引入歧途。

其 二

迷信由来几千年，
信鬼信神信狐仙。
沙盘扶乩定祸福，[①]
卦摊测字话吉难。[②]
更有邪教行邪事，[③]
不以正论布正言。
奋起学习清愚昧，
火眼金睛共防奸。

注：

① 道教讲究沙盘扶乩，借神仙或已去世的名人言语，为求者判定行事规则，指点迷津方向。

② 有的算卦先生除看手相外，还搞测字，对算卦人随意写出的字进行分析，娓娓道来，大谈吉凶祸福之类的问题。

③ 国家规定可以公开进行宗教活动以外的宗教组织，多为自行成立或核准之后又被取缔的旁门左道，教义与国家和人民利益相悖，迷信色彩很浓。

（四）以辛勤劳动为荣，以好逸恶劳为耻

其 一

勤劳致富国和家，
优良传统人人夸。
北种玉米西植树，
东栽水稻南采茶。
矿山工地总忙碌，
商场车站无闲暇。
各行各业都勤奋，
四化建设绽奇葩。

注：

我国人民以吃苦耐劳著称，尤其是广大农民更是以辛劳和忍耐称誉于社会。此方面英雄人物甚多，典型事例不少。即就面上而言，应该说普遍达到了基本的要求，体现了勤劳本色。

其 二

好逸恶劳陋习差，
坐享其成劣根扎。
四体不勤赖索要，[1]
五谷难分靠猜答。
钱财输光卧赌场，
肠胃撑圆醉酒家。[2]
痞子光棍人嫌弃，
劝君革面正途踏。

注：

① 过去一些读书人手不能提、肩不能挑，不务农事，不知稼穑之苦，致四体不勤、五谷不分。如今城市群体中，特别是青年人中此种现象比比皆是。他们苦不能吃，累不能受，大事干不了，小事不愿做，拈轻怕重，贪图安逸。诸如此类，不一而足，如此下去，如何是好呢?

② 混迹赌场，出入酒楼，一些人不以为耻，反以为荣。此风不刹，难以民富国强。

（五）以团结互助为荣，以损人利己为耻

其 一

一箭易折十箭刚，
团结聚力更显强。
愚公移山终遂愿，①
精卫填海空繁忙。②
抗倭八年终胜利，
攻蒋三载战旗扬。
全民齐奔小康路，
千难万险一扫光。

注：

① 愚公移山故事家喻户晓，愚公率众立志移走挡道之山，于是挖山不止，后在天神相助下，终将山搬移。

② 精卫填海，古代神话，传说炎帝女在东海淹死，化作精卫鸟，每日衔西山的木石填海，当然只是空忙而已。但其志可嘉，为人传颂。后人云：如果举鸟之全族之力，齐来衔石，大概能见到填海成效吧！

其　二

为人处世正气扬，
莫学小人得志狂。
国忠嫉才太白贬，[①]
世凯丧心光绪黄。[②]
公款公物私宅入，
无风无影碎语戗。
损人利己无好报，
夜半敲门惊梦乡。

注：

① 杨国忠，杨贵妃堂兄，曾任右相，身兼多职。该人忌才嫉能，贪婪成性，李白等遭其排挤，流放外地。安禄山叛变后，杨国忠随玄宗逃蜀，至马嵬坡被乱军所杀。

② 袁世凯系北洋军阀。1898 年底戊戌变法期间，伪装赞成，但暗中告密，取得慈禧信任，导致变法失败，光绪帝被囚瀛台，参加变法的骨干人士被杀或出逃国外。

（六）以诚实守信为荣，以见利忘义为耻

其一

诚实守信载古书，
历朝历代均倡呼。
子卿牧羊坚守志，[①]
孔明弼主苦运谋。[②]
中山坦诚百姓叹，
恩来磊落诸国服。
践约守时遵商道，
乔家大院刻春秋。[③]

注：

① 西汉苏武，字子卿。武帝天汉元年出使匈奴被扣，后被流放至北海（今西伯利亚贝加尔湖）一带牧羊，十九年始终不屈，直至昭帝时始得持节（饰物已光）归国。

② 诸葛亮，字孔明。感刘备三顾茅庐，遂倾心辅佐，以后又全力辅佐后主刘禅，最后终因积劳成疾，病逝于陕西的五丈原。

③ 乔家大院为山西祁县晋商乔家宅院。乔家经商有道，坚持诚信，终成巨富。

其 二

言而无信重小铢，
古人不齿今人羞。
庞涓失信害友坐，[①]
吕布不忠背主投。[②]
三桂为妾迎清进，[③]
国涛求官乞蒋留。[④]
经商欺客例更众，
害人害己须回头。

注：

① 庞涓曾与孙滨同学兵法，后为魏国将军，忌孙才能，诓其到魏，处以膑刑（割去膝盖骨）。孙残废后被齐国救回，受到重用。在击魏救赵时，大败庞涓，逼其自尽。

② 吕布，字奉先。武艺高强，但为人反复无常，先后为丁原、董卓义子，后又欲投靠曹操，为刘备劝阻，被杀。

③ 吴三桂，字长白，任明代辽东总兵，镇守山海关。李自成攻克北京后，吴因爱妾陈圆圆被掳，大怒，献关，降清。

④ 张国涛曾为中共早期领导人，曾阴谋自立、危害中央。受批判后不服，潜逃投靠蒋介石，沦为特务。

（七）以遵纪守法为荣，以违法乱纪为耻

其 一

规矩无有何方圆，
法纪弃置国运偏。
商鞅变法秦国盛，[①]
吴起练兵魏君欢。[②]
玉儒权重静似水，[③]
少云火烤稳如磐。[④]
如今国家重法治，
模范遵守志须坚。

注：

① 商鞅，少时好学刑律，后入秦，深得孝公信任，两次变法，使秦强盛，孝公死，被车裂而亡。

② 吴起，卫国人，先习儒，后学兵法，曾为魏文侯练兵，斩不遵守号令的宫妃，为魏主赞许和信任。后辅佐楚悼王变法，取得明显成效。

③ 牛玉儒曾任中共包头市委书记。廉洁奉公，辛勤工作，从不徇私枉法，受到群众爱戴，后患重病，不惑之年早逝。

④ 邱少云，中国人民志愿军战士。在一次执行潜伏任务时，所在地方着火，为不暴露目标，坚持不动，最后被烧死。

其 二

韩非倡法越千年，[①]
历朝律令累万篇。
明知守律山河重，
却有违法水草间。
杀人抢劫当游戏，
吸毒诈骗似嬉玩。
恶有恶报终要报，
莫等铡落悔从前。[②]

注：

① 韩非出身于韩国贵族，曾倡议变法，未被采纳。后入秦，受秦王赏识，但遭李斯陷害，被迫自杀。遗著《韩非子》，集中阐述了其卓越的法家思想。

② 指包拯特制三件铡刀处置犯法的皇亲国戚、贪官污吏以及杀人越货、横行乡里的不法之徒的故事。包拯字希仁，中进士后任多种职务，其中以担任开封府尹时传说最多，以后不少成为民间流传的小说、戏剧的取材来源。

（八）以艰苦奋斗为荣，以骄奢淫逸为耻

其一

中华美德古来多，
艰苦奋斗常评说。
长征断粮食皮带，[①]
抗战少布摇纺车。[②]
凿山修渠水如练，[③]
抬钻打井油成河。[④]
感人事迹传万代，
天幕高悬书赞歌。

注：

① 红军进行二万五千里长征时，因断粮，竟煮皮带裹腹。

② 蒋介石对陕北根据地实行经济封锁，为了坚持抗日斗争，广大军民贯彻党中央指示，开展大生产运动，开荒种地，纺线织布，终于度过了难关。

③ 指河南林县的红旗渠等水利工程。

④ 指大庆石油会战。1205 钻井队在队长王进喜带领下，奋战油田。钻井设备运到后，没有起重机械，他们用人力抬下，迅速安装，很快打出石油。王进喜事迹突出，后被誉为“铁人”。

其　二

艰苦奋斗当讴歌，
骄奢淫逸万民戳。
自成离京自长叹，[①]
秀全亡国空自责。[②]
古演悲剧长去矣，
今蹈覆辙又奈何。[③]
居安思危当铭记，
莫等案发槌心窝。

注：

① 李自成，陕西米脂人，出身农民。明崇祯 2 年起义，后被推举为闯王，引兵攻入北京后，明朝灭亡。但其和部下骄奢之风日长，加之清兵入关，终致失利，退到湖北后被杀。

② 洪秀全屡试不第，后创立“拜上帝会”，发动金田起义，建太平天国，号天王。攻克南京后，发生内讧，处置不当，力量大减。以后腐败滋生，战斗力削弱。终被曾国藩等击败，不久病逝。

③ 新中国成立后，因骄奢淫逸出现的案件层出不穷，从 20 世纪 50 年代的刘、张贪污案到前些年的胡长清、成克杰等人的经济案件，发人深思。

闻十届全国人大四次会议胜利闭幕有感

其 一

三月孟春来，
人大会议开。[①]
众生喜盈舍，
群英志满怀。
总理实贤相，
代表多干材。
纲要符民意，[②]
农事列前排。[③]

注：

① 十届全国人大四次会议于2006年3月5日隆重开幕，3月14日胜利闭幕。基本同期举行的还有全国政协十届四次会议。

② 指经本次会议审查、通过的《国民经济和社会发展第十一个五年规划纲要》（以下简称《纲要》）。

③《纲要》将“建设社会主义新农村”问题列为第二篇，强调要发展现代农业，增加农民收入，改善农村面貌等。显示出中央对农业、农村、农民问题的高度重视和关心。

其　二

鸡唱天下明，
普天庆升平。[①]
工农齐心干，
城乡并肩行。
贫穷应缩小，
富裕当上升。
孰料征途险，[②]
日见差距增。

注：

① 指全国解放，中华人民共和国成立。

② 指缩小工农差别、城乡差距的措施不能很好落实，各种阻力难以尽快排除。

其　三

自古民为本，
百姓养国邦。
载船帆万里，
覆舟血一腔。[①]
握锄亦仗剑，
供饭也断粮。
禾下汗聚泪，[②]
咸呼农为纲。[③]

注：

① 唐有民可载舟，亦可覆舟之说。

② 古诗云：锄禾日当午，汗滴禾下土。

③《纲要》第二篇为“建设社会主义新农村”。国家近年来非常重视农业、农村、农民问题，在第十一个五年发展纲要中又将农村发展问题列在突出位置，此战略决策深得民心，受到全国人民的支持和赞扬。

其　四

农为工基础，
工振农不亏。
国家有利器，[1]
人民无贫虞。
登峰自远望，
俯首莫长吁。
工业迈大步，
结构须升级。[2]

注：

① 指工业和农业。

②《纲要》第三篇为“推进工业结构优化升级”。

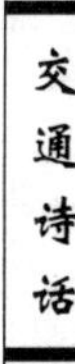

其　五

不羡良驹快，
愿抒饲马情。
经济大发展，
服务勿放松。
谋高创中介，
魄大促流通。
行军后勤保，
叶绿衬花红。

注：

《纲要》第四篇为“加快发展服务业”。搞好服务业是一项庞大的系统工程，要做好多方面工作，本诗略谈一点看法而已。

其　六

区域天造就，
境况本悬殊。
岭南草木盛，
塞北峦岭秃。
居强不骄傲，
视弱无悲愁。
求援更自奋，
协力展鸿图。

注：

《纲要》第五篇对“促进区域协调发展”问题提出要求。强调要推进形成主体功能区，促进城镇化健康发展。区域自然条件的差异对其建设步伐毫无疑问会有一定的影响，但只要有正确的政策引导，措施有力，奋发图强，改变面貌并非难事。

其　七

资源要节约，
环境应护璋。[①]
惊闻奢侈宴，[②]
频见污染江。[③]
田地日日少，
林区片片光。
诚愿陋习改，
华夏显芬芳。

注：

①《纲要》第三篇为“建设资源节约型、环境友好型社会”，命题意义深远，内涵广博丰富。此方面问题多而严重，再不抓好，抓出成效，何以面对后世子孙。

② 追求享受、奢侈浪费现象比比皆是。如公款吃喝十分突出，满桌饭菜最后至少有三分之一倒在垃圾桶中。今年春节期间各地宴会不断，一桌费用最高标价竟达数十万元之巨，实在令人咋舌。

③ 江河应当水质清澈，游鱼可见。如今大都严重污染，难以成为城乡水源。人类在推动社会发展的同时，也在将自已忽悠到悬崖的边沿。

其　八

科教天下重，[①]
人才强国家。
无知遭侧视，
愚昧招封杀。
甲午恨忧在，[②]
庚子耻难刷。[③]
今走富邦路，
举世赞中华。

注：

①《纲要》第七篇为实施“科教兴国战略和人才强国战略”。纵观我国历史的坎坷历程，实在是英明之举。

② 清政府腐败无能，军队实力很弱。甲午海战，北洋舰队被日军一举击败，致全军覆灭，大海上空留下邓世昌的千古壮举和仰天长叹。

③ 庚子年间，八国联军大举入侵，京华一片狼藉，圆明园被纵火烧毁，慈禧太后等仓惶出逃。至今思之，让人扼腕长叹，恨之又恨。

其 九

国家运转好，
体制不能轻。①
计划时代去，
市场经济迎。
板块正交错，
痼疾仍复萌。
改革加力度，
火凤必新生。②

注：

①《纲要》第八篇为“深化体制改革”。改革已进行多年，体制改革大见成效，然而不少问题依然存在。集中力量攻坚，向纵深发展，并非是容易的事情。路漫漫，任重而道远。

② 传说凤凰涅槃后，会在烈火中展翅飞向高空。

其　十

荏苒数百载，
国门长闭封。
昏君拒开埠，[①]
士志叹锁城。[②]
天亮见红日，
月明宴佳宾。
开放迈大步，
互利又共赢。[③]

注：

① 我国自明朝出现资本主义萌芽后，朝廷对对外开放商埠不感兴趣。清朝之康熙、乾隆有所松动，但步伐不大。由于历代皇帝多为昏庸之辈，闭关锁国，也就不足为怪。

② 朝野希望对外开放的有识之士甚多，但只能望洋兴叹。有些人例如光绪朝的谭嗣同等甚至为之付出了生命。

③ 1978 年后实行改革开放政策，国内经济和对外贸易迅速发展，国际间友好交往日益增多。本次会议通过的《纲要》在第九篇强调“实施互利共赢的开放战略”，这对提升我国的国力和国际地位将产生十分重大的影响。

其十一

盘古开天地，
九州一家同。
携手创大业，
并肩度艰辛。
曾有反目举，①
更生抚槐情。②
和谐建四化，③
心齐力聚凝。

注：

① 指频繁出现的内战和家庭纠纷。

② 传说明朝中期曾在山西省洪洞县大槐树下组织移民，这些人到各地后繁衍生息，形成新的家族。他们的后代不忘祖先故土，常有人到洪洞寻根，抚摸槐树不忍离去。

③《纲要》第十篇为“推进社会主义和谐社会建设”，将和谐发展提到新的高度。

其十二

古今称民重，
遇事民意抛。
田陌叹卑下，
庙堂诩清高。
独裁猴窜海，①
民主凤还巢。②
两会映民意，③
焉能不自豪。

注：

① 指以独裁著称的蒋介石丧失民心，终致惨败，最后逃至台湾。

② 1949 年 10 月 1 日，中华人民共和国成立，民主终于回到人民中间。

③ 人大和政协是民主协商的产物。尤其是人民代表大会更为巩固和发展民主团结、生动活泼、安定和谐的政治局面做出了重大的贡献。

其十三

古贤创文化，
流传数千年。[①]
典籍翰海涌，
妙诗珍珠穿。
延安发宏论，[②]
北京续新篇。
今奔小康路，
文明共比肩。[③]

注：

① 中国是文明古国，有文字记载的历史已达五千年之久。

② 指毛泽东同志于1942年所作的《在延安文艺座谈会上的讲话》。

③《纲要》的第十二篇为“加强社会主义文化建设”，强调要搞好思想道德建设，开展群众性精神文明创建活动。要发展文化事业和文化产业，创造出更多更好适应人民群众需求的优秀文化产品。

其 十 四

无防国不固，[1]
防坚国才强。
虽然不称霸，
毕竟要御狼。
军队须优秀，[2]
武器要精良。
民军齐奋进，
协力保家乡。

注：

① 一个国家为了捍卫自己的领土主权，防备外来侵略，必须拥有必需的人力、物力以及和军事有关的一切设备、设施，这就是国防的基本内涵。国须有防，防之卫国，加强国防力量是任何国家不能忽视的重大问题。

②《纲要》第十三篇强调要“加强国防和军队建设”，要求全面加强国防和军队的现代化和正规化建设，积极推进中国特色军事变革，努力提高部队信息化条件下整体防卫作战能力。对实施科技强军、建立现代国防动员体系也作了强调。

其十五

中央蓝图画，
实现靠全民。
领导树典范，
群众坚信心。
协力凝紫气，
尽责赛黄金。
措施能到位，
事业定超群。

注：

《纲要》第十四篇是文件的结尾，指出在社会主义市场经济体制初步建立的条件下，实现十一五规划目标的任务，主要依靠发挥市场配置资源的基础性作用。同时，政府要正确履行职责，调控社会资源，合理配置公共资源，保障规划顺利实施。

其十六

冬去花展容，
号角伴春风。
川宽归大海，
山高望顶松。
国富靠经济，
业兴凭交通。①
怀揣慷慨志，
纵马立新功。

注：

① 近些年来交通大发展，有力地促进了经济的腾飞，不少地方的群众和干部说：路桥通，百业兴。

新春寄语

辞旧迎新，心潮澎湃，思绪万千，感慨良多，聊述所怀，以期共勉。

其一

荏苒光阴又一秋，
山河依旧水长流。
草现金黄铺北域，
雪呈银白映西楼。
闻鸡舞剑气犹壮，
观海高歌志未酬。
先哲惆怅叹逝水，
何如豪情满神州。

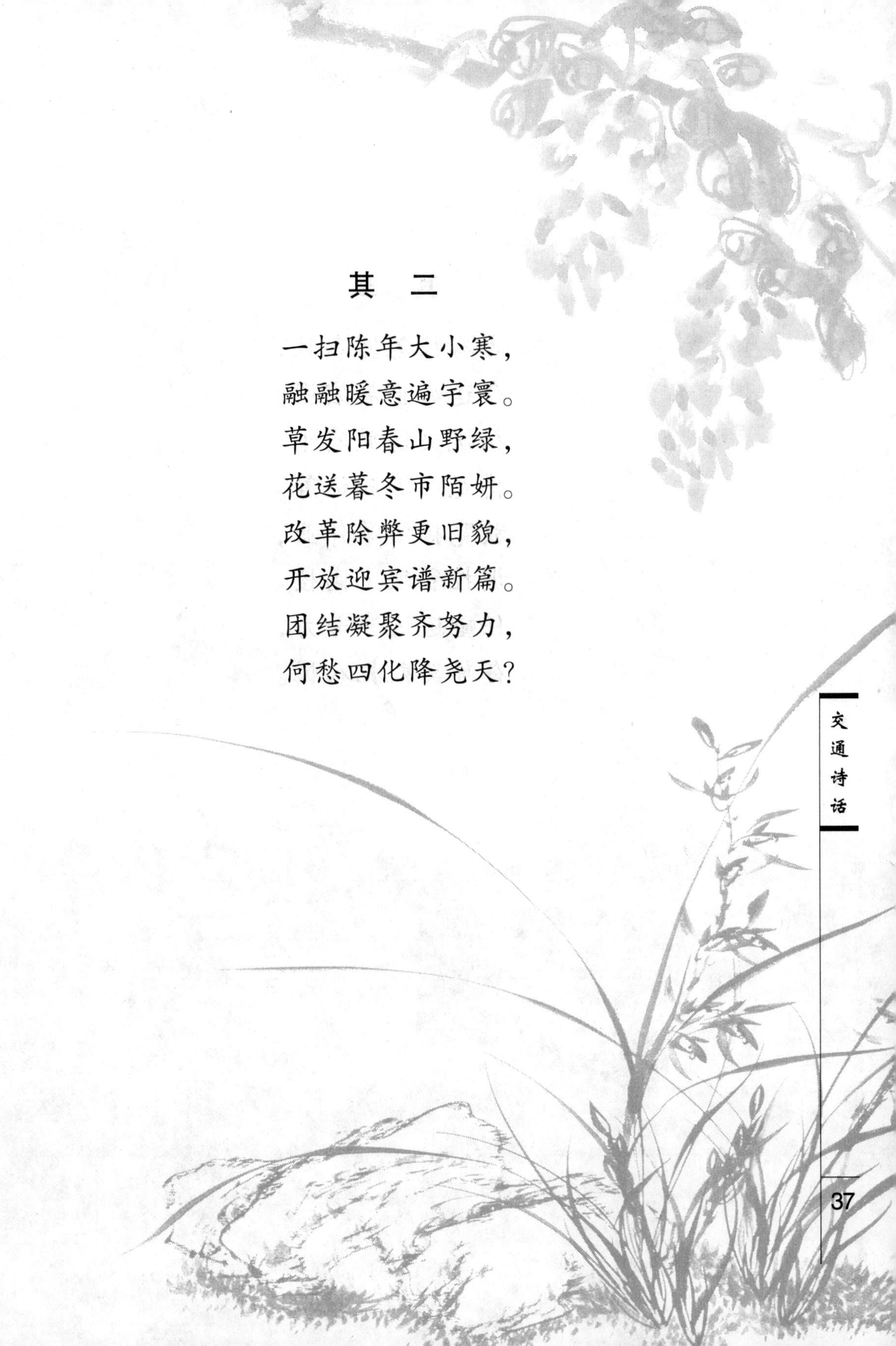

其　二

一扫陈年大小寒，
融融暖意遍宇寰。
草发阳春山野绿，
花送暮冬市陌妍。
改革除弊更旧貌，
开放迎宾谱新篇。
团结凝聚齐努力，
何愁四化降尧天？

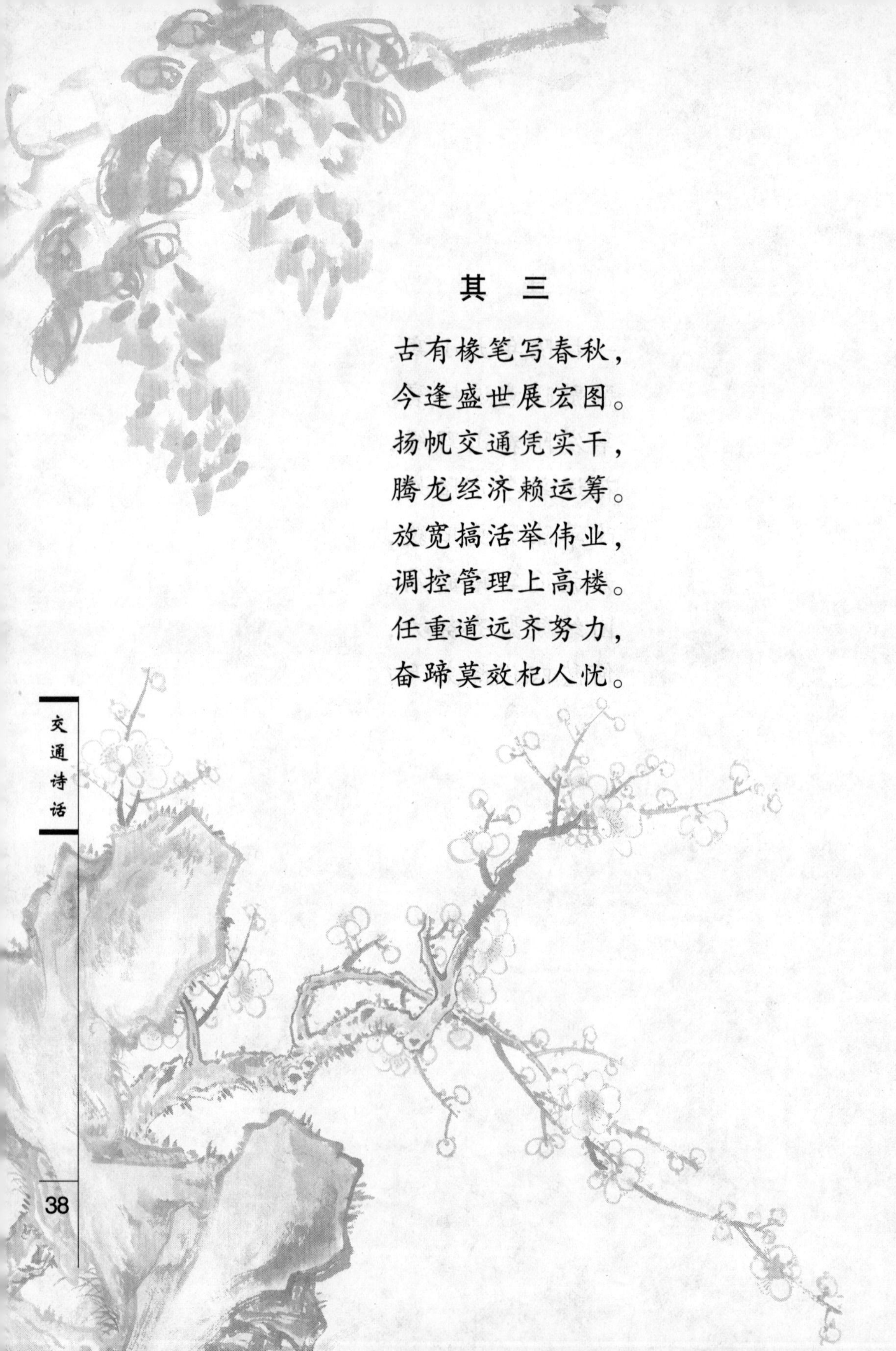

其 三

古有椽笔写春秋，
今逢盛世展宏图。
扬帆交通凭实干，
腾龙经济赖运筹。
放宽搞活举伟业，
调控管理上高楼。
任重道远齐努力，
奋蹄莫效杞人忧。

中央党校学习有感

1991年3月初至7月中旬，我在中共中央党校学习。该校位于颐和园北面，环境幽静，景色宜人。同学年龄，多为五秩左右。几个月以来，大家融洽相处，认真研讨，进一步提高了对马列主义、毛泽东思想的认识，明确了社会主义建设和改革的方向，了解了当前国际形势发生的一些变化。时间不长，收获颇丰，切实感到在职干部参加进修学习非常必要。现将感想撰小诗四首，以记之。

其　一

韶华易逝鬓渐白，
豪情犹盛何言衰？
不见欢歌又笑语，
童心再迎“六一”来。

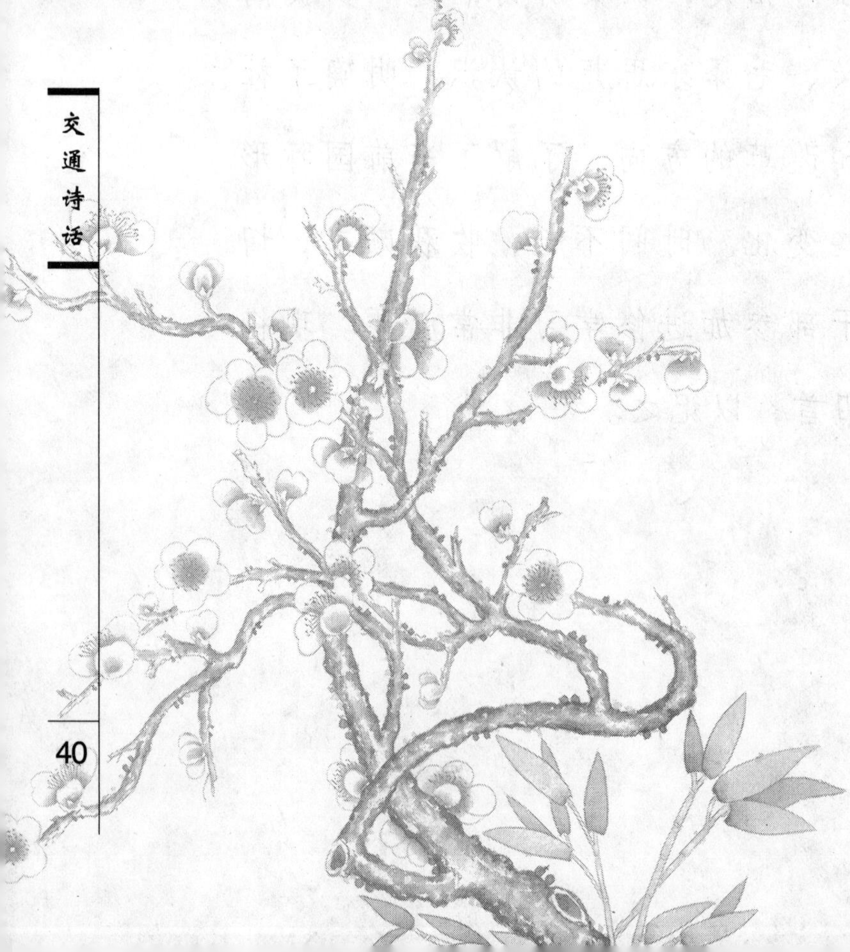

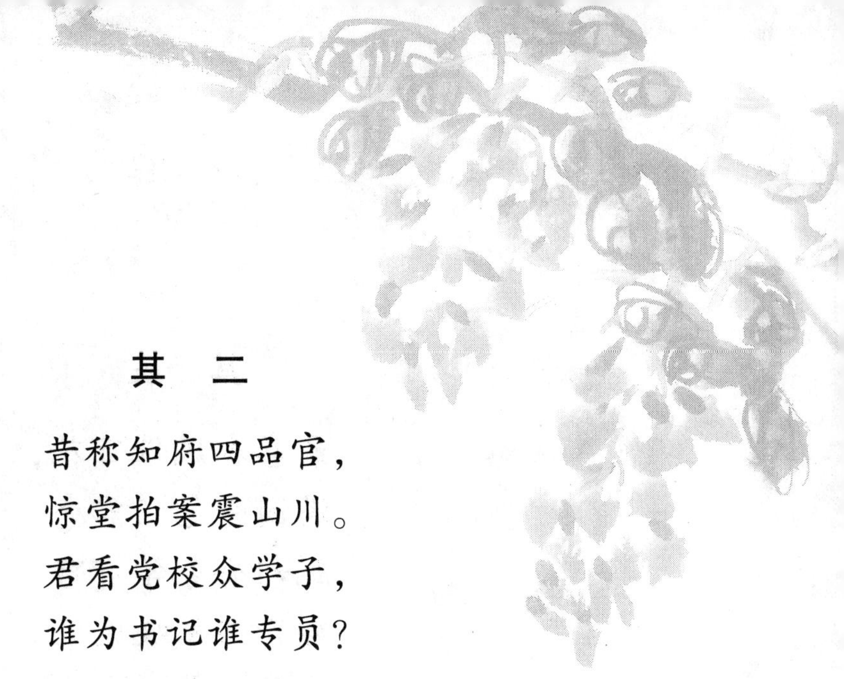

其　二

昔称知府四品官，
惊堂拍案震山川。
君看党校众学子，
谁为书记谁专员？

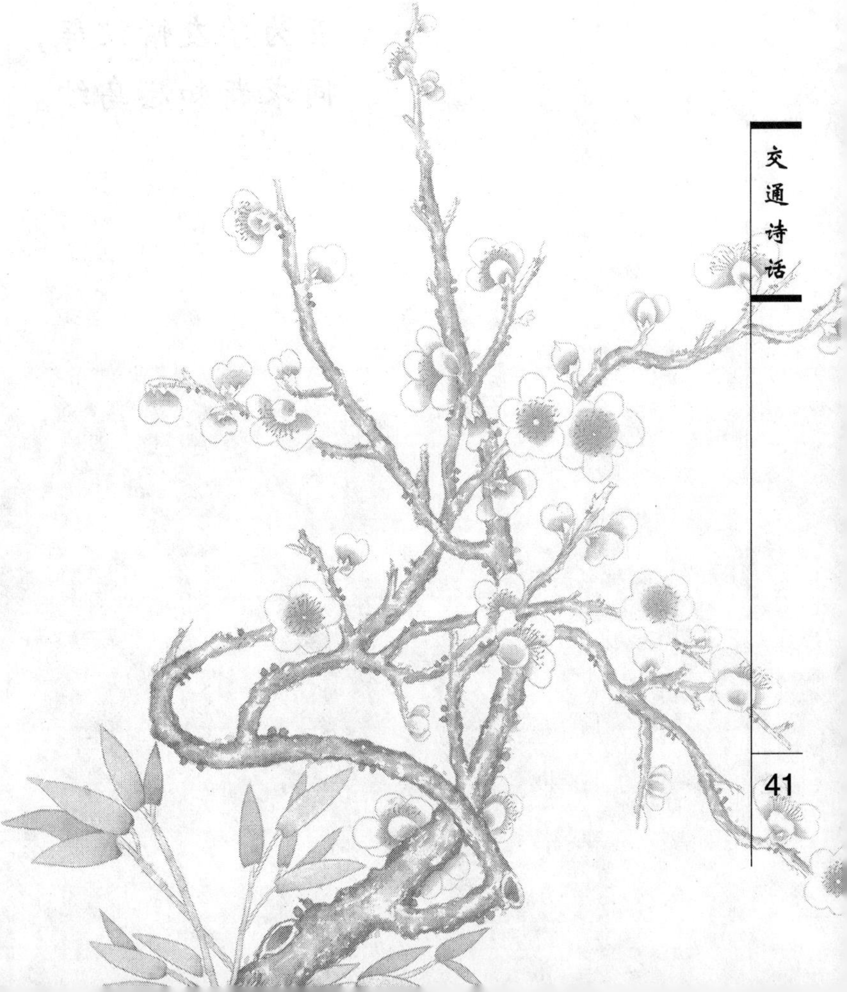

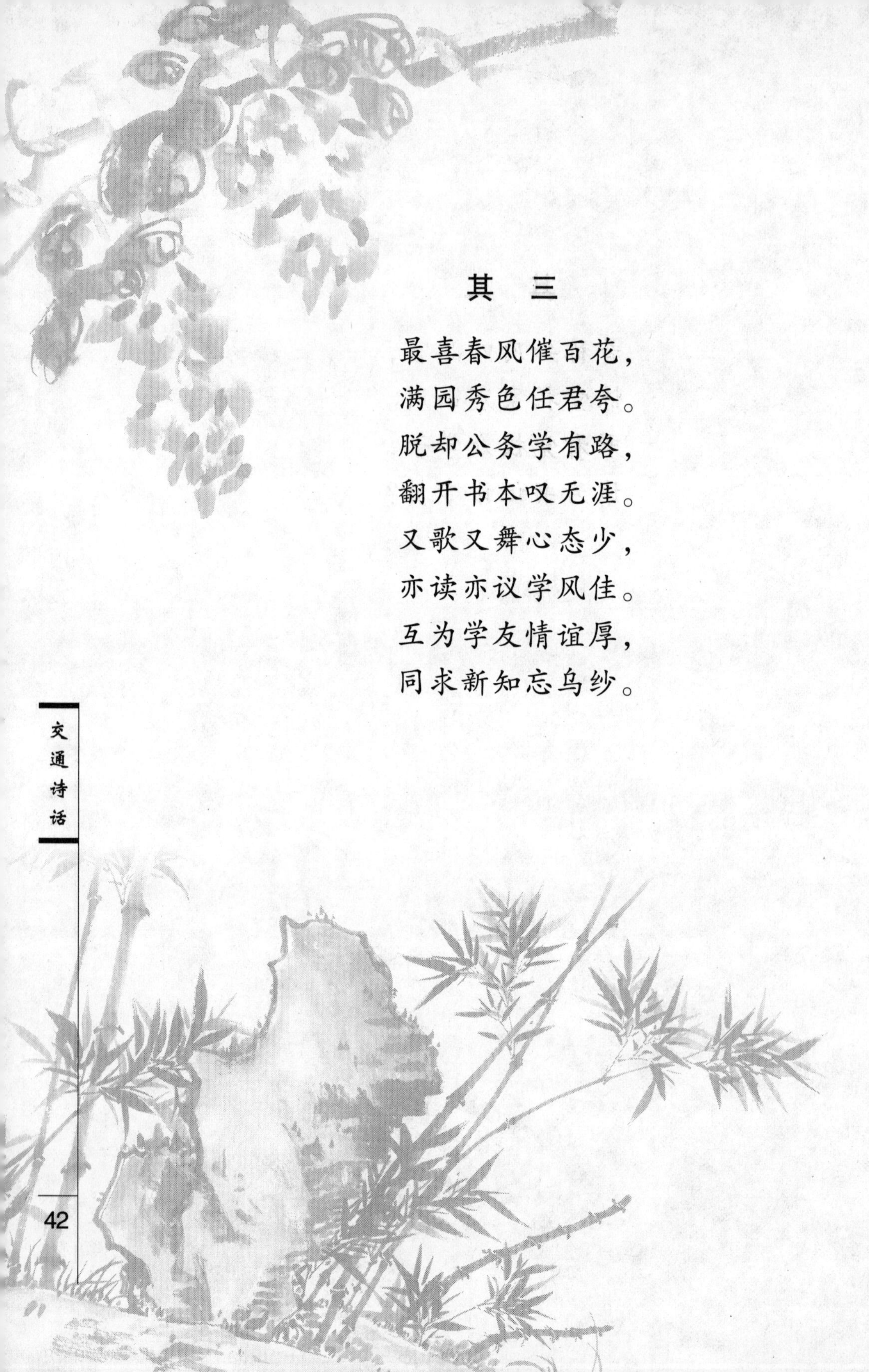

其　三

最喜春风催百花，
满园秀色任君夸。
脱却公务学有路，
翻开书本叹无涯。
又歌又舞心态少，
亦读亦议学风佳。
互为学友情谊厚，
同求新知忘乌纱。

其　四

国际风云变幻多，
前途光明路坎坷。
冷静观察志不渝，
努力学习情更灼。
一个中心凝大众，
四项原则驱浊波。
拼搏奋斗建四化，
和平演变奈我何？

离别运管领导岗位赠言

道路运输管理是交通运输事业的重要组成部分，我从事此方面工作已近30年。1988年，承蒙部领导信任，由处负责人提升任运管司副司长；1996年，又给提升为司局长正职的进步机会，然而也因此不得不告别运管领导岗位。面对辛勤工作的同行们难舍难分。为表心迹，谨致小诗三首，聊与诸位同仁作肺腑之叙。

其　一

路腾金龙接远天，
赤县轮飞舞蹁跹。
人便于行民众乐，
货畅其流经济翻。
餐风露宿千般苦，
披星戴月万种难。
一改昔日旧面貌，
交通职工谱新篇。

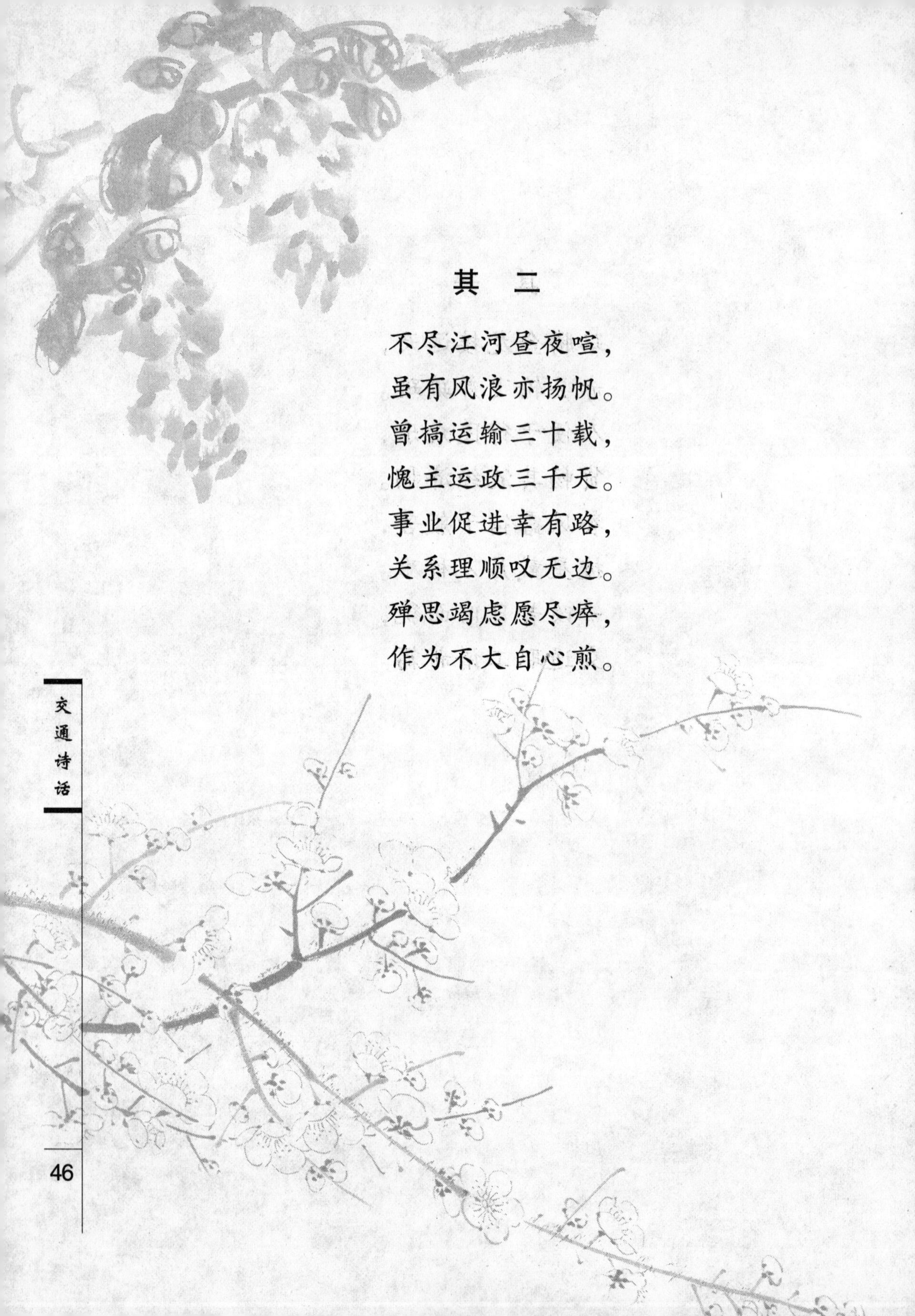

其　二

不尽江河昼夜喧，
虽有风浪亦扬帆。
曾搞运输三十载，
愧主运政三千天。
事业促进幸有路，
关系理顺叹无边。
殚思竭虑愿尽瘁，
作为不大自心煎。

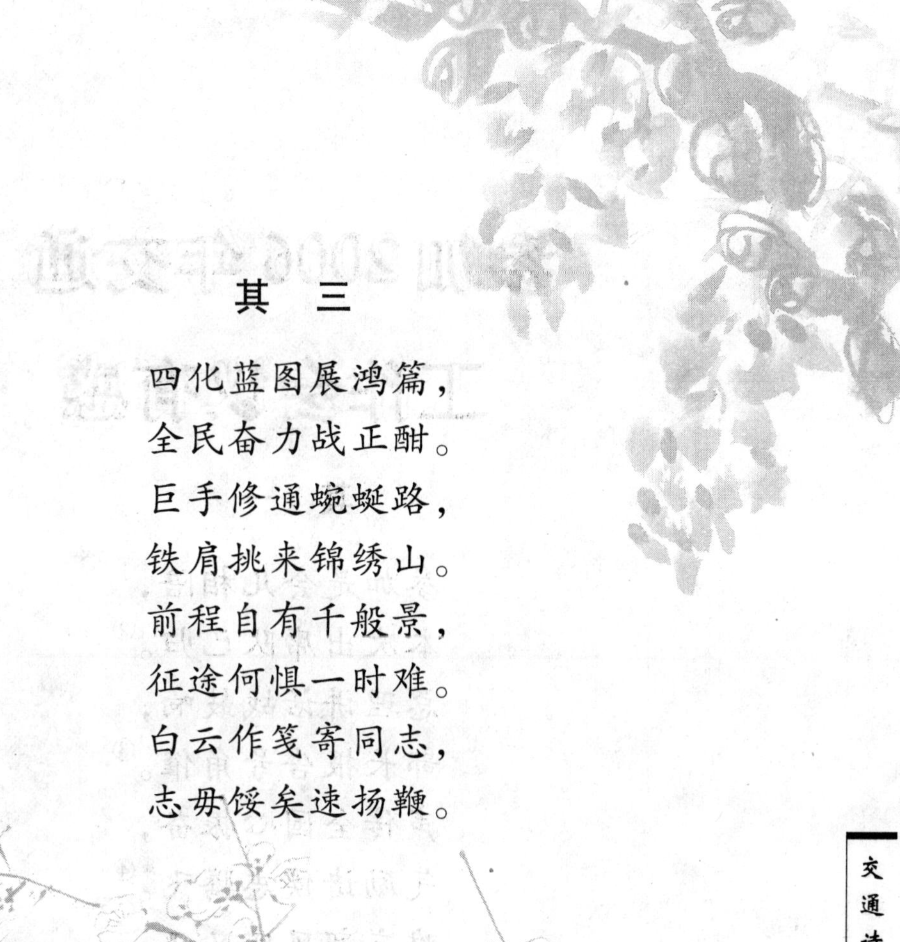

其　三

四化蓝图展鸿篇，
全民奋力战正酣。
巨手修通蜿蜒路，
铁肩挑来锦绣山。
前程自有千般景，
征途何惧一时难。
白云作笺寄同志，
志毋馁矣速扬鞭。

参加2006年交通工作会议有感

其一

参加是会几相陪，①
本次出席队已归。②
总理讲话战鼓响，
部长报告号角催。③
声传全国心振奋，
气励诸侯志腾飞。④
难忘部风实又正，
侍郎造访室生辉。⑤

注：

① 自2001年开始，我每年均以特邀代表身份参加交通工作会议。

② 过去几年，我的行政关系在国家发改委，去年下半年后已转回交通部，终得"叶落归根"。

③ 在2006年1月15日上午于京西宾馆召开的大会上，黄菊副总理作重要讲话，李盛霖部长作工作报告。该大会为视频会议，各地均可收看。

④ 此处诸侯指交通厅、局、委、公司领导。

⑤ 1月14日晚，翁孟勇、金道铭、冯正霖、徐祖远、黄先耀五位部领导到我等住处看望。

其　二

一年参会见一回，
平时偶遇难碰杯。
每次均有新人现，
而今更乏旧友吹。[①]
两任部长官位改，[②]
多位司首商海追。[③]
事业拓展不停步，
江河东去浪相随。

注：

① 近几年人事变动很大，厅局长中熟人越来越少，很难像过去那样饭后相依散步聊天。

② 黄镇东、张春贤两位部长先后分别出任重庆市、湖南省党委书记。

③ 部机关司局中有多位司局长先后调到企业任职。

出席国家发改委党组（扩大）会有感

其一

辞旧迎新狗年来，
又逢党组盛会开。[①]
司局发言议大事，
领导讲话站高台。
总结实在少虚套，
打算明确无旁白。
协会位微虽陪坐，[②]
听后也觉情满怀。

注：

① 2006年春节将到，1月20至21日，中共国家发展和改革委员会党组（扩大）会召开。与会者基本是委属各单位正职，党组书记马凯同志等领导主持会议。我有幸参加，深受教育。

② 委属各协会主要负责人出席会议，但很少有人在大会上发言。

其 二

此会已经多次开，
马年盛况尤记怀。[①]
暂别闹市至清境，
脱却琐务聚俊才。
讨论尽把大事议，
发言少有套话白。
难忘夜晚歌舞起，
抽奖全凭运气来。[②]

注：

① 2002 年（农历壬午年，为马年）12 月底，国家发改委党组在位于顺义区的培训中心召开扩大会，总结当年工作，对下一年作出部署。主任、党组书记曾培炎同志即将荣任中共中央政治局委员、国务院副总理，众对此次会议倍加重视和珍惜。

② 会议的当天晚上举行联欢。多功能厅内简洁朴素，国家发改委领导和司局负责人等在 一起唱歌跳舞，气氛热烈欢快。中间有抽奖活动，不分上下一律参加，平等对待，不搞特殊。一、二、三等奖中只有个别发改委领导得中，发鼓励奖时叫到培炎同志，应声含笑前去领取。我和不少未抽到等次奖的同志，亦领得此类奖品，价值虽较菲，但很是高兴并深受感动。

喜迎2006年春节

荏苒光阴又一年，
今迎春节心更欢。
杨柳飘零无残叶，[①]
梅菊绽放展娇颜。
座谈侃侃话多谊，
宴会频频杯高端。
喜看狗年有新意，[②]
爆竹开禁响连天。[③]

注：

① 虽到春节，但气候依然十分寒冷，杨柳等树木干枝光秃，不见一叶。

② 2006年春节初一进入农历丙戌年，俗称狗年。

③ 北京多年来已禁放爆竹，今年市政当局决定有条件地解除禁令。

参加交通部公路司春节座谈会有感

隆冬三九甚严寒，
方庄鲁招别洞天。[①]
离退群贤欣喜至，[②]
在职精英情意绵。[③]
司首娓娓谈工作，[④]
部长殷殷抒感言。[⑤]
席间举杯频祝福，
一时座上尽酒仙。

注：

① 交通部公路司于 2006 年 1 月 11 日晚在位于方庄的山东省交通厅驻京办招待所举行春节座谈会。新楼装修不久，暖意洋洋。

② 出席座谈会的有分管过公路司的老部长和在司里工作过的老司长。

③ 在职的公路司处以上干部出席了座谈会。

④ 张剑飞司长在会上作了工作汇报。

⑤ 冯正霖副部长作了讲话，主题是不忘挖井人。

参加道路运输管理新老同志新春聚会有感

其　一

华灯初上夜幕降，
车水马龙仍繁忙。
欢歌笑语亲情满，
推杯换盏佳肴香。
共贺少壮齐进步，
衷祝老迈保安康。
先后从事运输业，
而今进退各一方。

注：

春节将到，2006年1月26日，交通部公路司徐亚华副司长于地处北太平庄的一家饭店举行宴会，曾在部原公路局、运管司及公路司工作过的部分新老同志参加，中年者居多数。大家都很高兴，遂借喜迎佳节之机进行聚会。盛况感人，以诗记之，不作详叙。

其　二

共事多年互叙旧，[1]
酒未醉人已显狂。[2]
幽默话语吐美玉，
流行歌曲起高腔。
人生匆忽自寻乐，
世风好差莫求详。
升迁退休有定律，
大梦初醒笑黄粱。[3]

注：

① 机构改革，人事变化，新老同事聚会已非易事，见面叙旧，娓娓而谈。

② 共同从事运输事业，感情颇深，大家互不拘束，又说又笑。

③ 卢生黄粱梦已成趣话。我等曾有类似念头否？往事已矣，时光难追。我曾云：乌纱戴在头上是暂时的，朋友之间的友谊是长久的。在位莫张狂，退下莫失落。为人在世，做人第一，其他次之，好的口碑难以凭空而来。

寄赠《水上客运旅游》杂志

水路旅客运输是我国综合运输体系的组成部分，由于广大职工的辛勤工作，多年来为促进国民经济的发展，满足群众的旅行需要做出了重要的贡献。近年来出现了新的变化，面对新的情况，水路旅客运输部门进行经营观念和经营战略的调整，大力发展客运旅游，已显示出强大的生命力并取得了一定的成效。闻此情况，十分高兴，特赋小诗以示祝贺。

其 一

水陆自古成一途，
百姓何家不行游？
驰车山野只百载，
泛舟江河已千秋。
苏轼佳句铭赤壁，
范蠡韵事荡西湖。
君听渔歌正唱晚，
霞光水色眼底收。

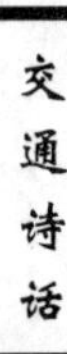

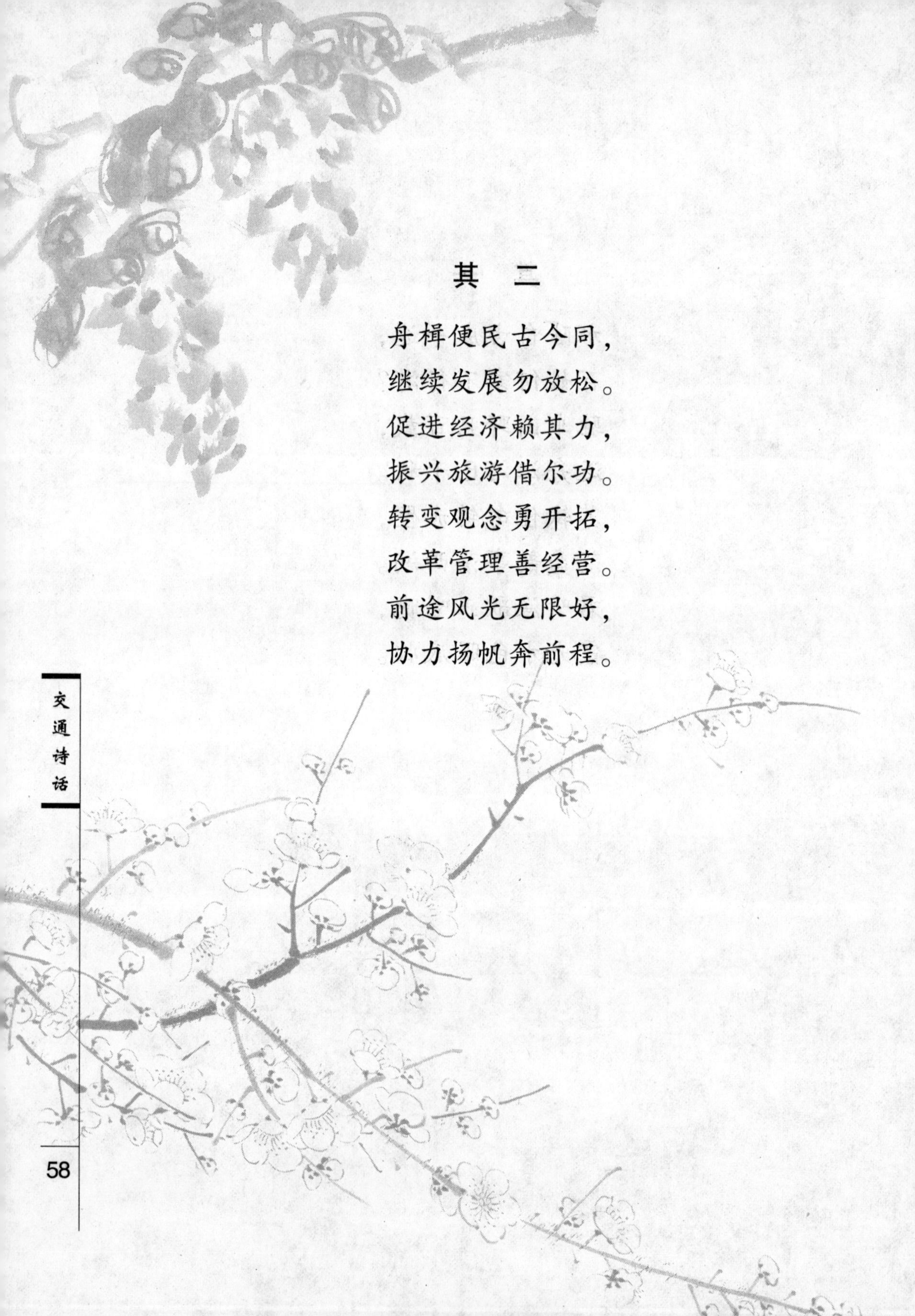

其　二

舟楫便民古今同，
继续发展勿放松。
促进经济赖其力，
振兴旅游借尔功。
转变观念勇开拓，
改革管理善经营。
前途风光无限好，
协力扬帆奔前程。

《中国联运》2006年寄语

辞旧迎新歌飞扬，
心潮澎湃语盈腔。
和谐相处中气聚，
科学发展后劲强。①
百业奋力迈大步，
万众齐心奔小康。
起看天边朝霞灿，
薄刊也能谱新章。②

注：

① 坚持科学发展观是党中央提出的战略要求。在新的历史条件下，只有处处站在这个高度上，分析、处理问题，解放思想、与时俱进，才能使社会主义四个现代化建设持续、稳定、快速地发展。

②《中国联运》是中国交通运输协会联运分会会刊，每月一期，每期24页，比起大的刊物薄了许多。但所载文章很受联运行业单位及职工的欢迎和关注。

参加中交协联运联合会常务理事会议有感①

其一

联运当年何辉煌，②
社会各界齐赞扬。③
运输责任全程负，④
经济利益群体享。
铁道货场紧张缓，
公路车辆疏导忙。
曾几何时情况变，⑤
廉颇未衰叹悲伤。⑥

注：

① 2006年2月27日至28日在北京召开中国交通运输协会联运联合会五届二次常务理事会暨经验交流会。

② 20世纪80年代，联运受到政府部门高度重视，企业如雨后春笋般地成长起来。

③ 当年曾召开联运现场会，充分肯定了江苏江都“人在家中坐，到发全国货”的经验。

④ 联运工作要求“一票到底，全程负责”。

⑤ 铁路货场紧张状况基本消除后，联运业困难也随之而来。

⑥ 战国时代赵国名将廉颇年迈时身体尚壮，但国君不再起用。

其　二

联运联合更联情，
部门环节要协同。
原想业务节节上，
孰料矛盾件件生。
垄断居高谋多利，①
代理俯下叹少羹。
会上座谈尽诉苦，
委部诸吏认真听。②

注：

① 联运工作需要代理客货运输业务，收入中的一部分必须交给货源垄断部门。

② 2006 年 2 月 28 日下午由中交协联运联合会召集座谈会，部分会议代表参加。国家发改委经济运行局、价格司及铁道部运输局的四位处长认真听取了大家所提的意见。

其　三

联运优势在于联，
相互协作扣成环。
旅客一票少劳顿，[①]
货主全程免忧烦。[②]
审时做强代理业，[③]
度势写好服务篇。
运输物流迈大步，[④]
何愁行业不换颜。

注：

① 指联运中的一票到底。

② 指联运中的货物全程负责。

③ 联运要进行大量的代理业务。

④ 近年来，有关主管部门积极倡导联运向物流转型。

浅评“新国线”

其 一

市场经济大潮煊，
一破多年封闭圈。
社会呈现七彩貌，
企业穿越八阵关。[①]
综合运输创宏业，
现代物流展新颜。
道路客运发展快，
新企脱颖首善传。[②]

注：

① 诸葛亮摆八阵图，扑朔迷离。如今企业改革，也要闯此类关口。

② 2001 年 4 月 20 日，深圳兆通投资有限公司控股的新国线运输集团有限公司在北京成立。

其　二

瞄准国际第一流，
大显身手展鸿图。
驿站建设创新意，[①]
结点运输跨正途。[②]
布局网络织日月，[③]
制订战略谱春秋。[④]
民族大旗迎风立，
中国“灰狗”奔九州。[⑤]

注：

① 驿站（e）概念为新国线创立，寓意为增加和延伸了网络化与电子化概念的驿站，是新国线运营网络的结点。

② 指充分发挥道路运输网络每一个结点的功能和作用，做好联网售票和各种经营方式的组织工作，以便提高运输组织化程度和运输效率。这也是新国线提出的一种经营观念。

③ 指新国线提出要构建的“一弓两箭，两弓成环”辐射全国的道路运输网络。

④ 指新国线的战略规划，即以“建设面向全国的综合道路运输网络”为目标，以“打造中国道路客运第一品牌”为追求目标，通过网络化、品牌化、集约化、规模化、精细化、集团化经营，实现道路运输的跨越式发展，降低道路运输服务成本，提高服务质量和服务品种，最大限度地满足顾客需求。

⑤ 美国灰狗公司经营客运在国内外很有影响，交通部领导提出要将新国线办成“中国的灰狗”。

其　三

两个效益一起抓，
企业文化更堪夸。
核心价值聚正气，①
经营理念飘彩霞。②
企业精神促管理，③
员工准则育英华。④
百尺竿头更奋进，
神州各地绽奇葩。

注：

① 新国线的核心价值观是：坚持诚信、渴望创新、科学经营、注重业绩。

② 新国线的经营理念是：使命为前提、市场为导向、顾客为中心、效益为目的。

③ 新国线的企业精神是：创新、合作、规范、效率。

④ 新国线的员工（尤其是经理人员）准则是：忠诚、敬业、自律、学习。

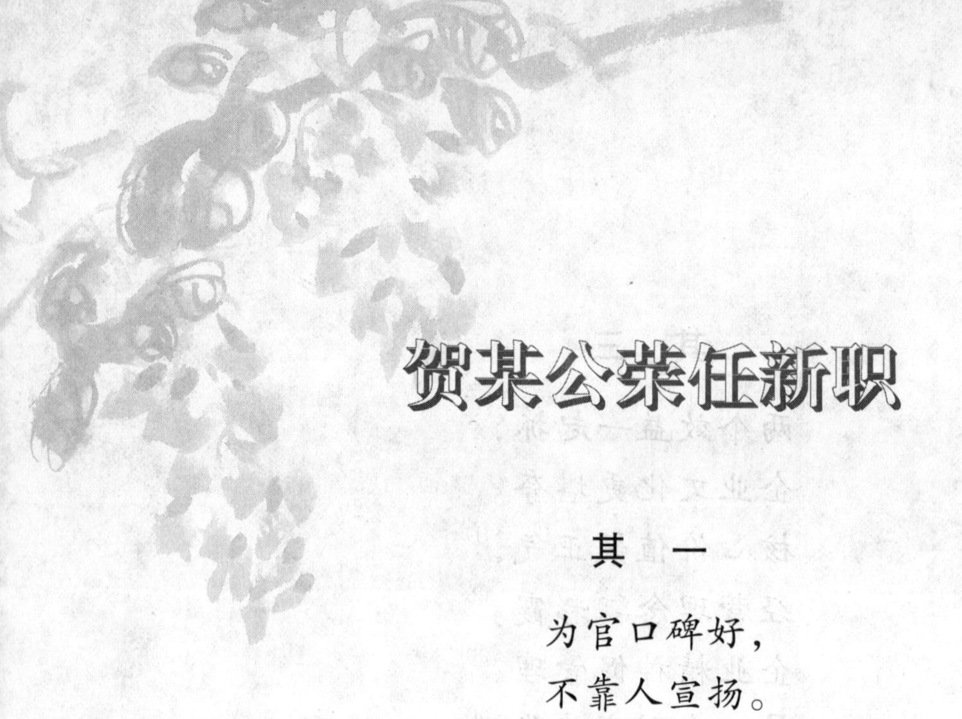

贺某公荣任新职

其一

为官口碑好，
不靠人宣扬。
亲民尽实事，
立志无花腔。
路筑百业振，
桥架千堑徜。
常喜言善待，
众誉一栋梁。

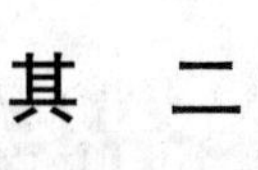

其　二

胸怀报国志，
脱颖布衣群。
为人何坦荡，
行事尽诚亲。
运筹抓大略，
相处显善心。
侍郎转尚书，
封疆返京门。

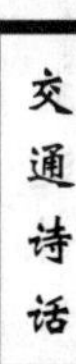

为某公贺寿有感

其 一

人生何匆然，
荏苒又一年。
恭贺七秩寿，
盼书百岁篇。
回眸风雨路，
扪心肝胆间。
宦海时有浪，
礁多易翻船。

其　二

曾登山之巅，
亦临水之渊。
辉煌云雾里，
浮沉权势间。
蜗名应看破，[①]
蝇利自等闲。[②]
转眼晚霞落，
好了歌声传。[③]

注：

① 蜗角虚名，比喻很小的名气。

② 蝇头微利，比喻微不足道的利益。

③ 曹雪芹作《红楼梦》，内有《好了歌》一首，尽述人生百态，道尽世态炎凉，说破世间虚伪。

梦回云南

其一

几回梦里回云南，
心情激动喜泪涟。
一跃跨越金马坊，[①]
三步跳过碧鸡关。[②]
春城依旧春意在，
丽江更似丽人颜。[③]
滇池洱海波荡漾，[④]
渔歌唱晚乐无边。

注：

① 金马牌坊、碧鸡牌坊建在昆明市内，“文革”中被拆毁，前些年又依样建立起来。

② 碧鸡关为昆明西部隘口，面对滇池，是往滇西必经之地。

③ 丽江过去面貌一般。最近一次地震后，有关方面颇具匠心，精心规划，恢复古城风貌，如今闻名遐迩，吸引了很多游客。

④ 滇池、洱海是云南的两大内陆湖，多年来一直是著名景区。

其　二

故地重游旧友逢，
鬓边已见白发生。
忆及出差去个旧，①
思起醉酒卧楚雄。②
口粮欠缺都相助，③
工资调高众认同。④
年终评比多厚爱，⑤
渐有所成谢诸公。⑥

注：

① 当年在省交通厅运输处及省运输公司工作时，经常出差到运输单位，个旧汽车站等去过多次。

② 滇人好喝酒，与同事出差时，盛情难却时也偶尔为之。一次去楚雄运输总站，因不胜酒力，酩酊大醉。

③ 初到云南时，粮食标准低，岳母又系农村人口，我与妻子的口粮每月不够吃，所幸同事们热心帮助，使窘况好转。

④ 20 世纪 70 年代末调工资时，指标有限，但同事大多同意我调升一级。

⑤ 在云南工作时，年终评先进工作者，我差不多每次都是榜上有名。

⑥ 在云南工作期间，刘伟、周康、姚建友、张金旺、黄化民、包竟辉、缪祥耀、和集文等老同志及诸多青年同志对我都给予了很多的支持和关爱。

其　三

滇地来前暗自愁，
饭菜味异口难投。
初到曾思往北调，[①]
久住越觉可南留。
米线嫩滑过桥烫，[②]
饵块硬糯入锅熟。[③]
干巴菌菇酸淹菜，[④]
当视珍馐记心头。

注:

① 由学校到云南后，一度不能适应，曾产生调往北方工作的念头。

② 指云南品牌食品过桥米线。

③ 饵块用大米煮熟捣烂后制成，可呈枕头或饼状，烹调后食之十分可口。

④ 仅列几种，其实还有很多品种，如乳扇、卷粉、云腿、牛干巴、臭豆腐等，都给我留下了难忘的印象。

其　四

兄弟民族何其多，
风俗异同难评说。
曾去彝村饮米酒，
亦在苗寨听情歌。
撒尼火把势勇壮，①
纳西跳月舞婆娑。②
阿鹏金花留佳话，③
泼水节上有娇娥。④

注：

① 撒尼族每年举行“火把节”，很有气势，在石林多有表演。

② 纳西族妇女跳“阿西跳月”舞，颇有特色。

③《五朵金花》电影放映后，阿鹏金花很快家喻户晓。

④ 傣族的泼水节闻名遐迩，我在云南参加过一次。小卜少（姑娘）毫不留情，倾盆泼浇，我等亦大举反击，最终个个变成了落汤鸡，然而十分开心。

其　五

莫道滇省底蕴薄，
古迹传说见历朝。
中甸迪庆望西藏，
大理楚雄话南昭。①
建水文庙规模大，②
宾川古寺名气高。③
状元故事巷陌颂，④
观赏长联客如潮。⑤

注：

① 南昭古国在今大理一带建都，曾经兴盛一时，以后逐步衰败，直至灭亡。

② 建水县城的文庙规模宏大，据说仅次于山东曲阜的孔庙。

③ 宾川鸡足山寺庙宋代始建，明朝鼎盛，如今在东南亚仍有很大影响。

④ 即杨升庵，钦点状元后，不久遭贬至云南，机智幽默，留下许多脍炙人口的故事。

⑤ 大观楼长联传为陕人孙髯翁所作，共180字。上联写景，下联抒情，声情并茂，堪为一绝。

其　六

两座城市两春城，①
名副其实是昆明。
一年四季无寒暑，②
全市百处尽嫣红。
远眺山峦横玉带，③
近视湖水晃娇容。④
忽有俚曲飘入耳，
原是郎妹对歌声。⑤

注：

① 昆明、长春均有“春城”之称。

② 昆明冬无严寒，夏无酷暑，年平均温度在20℃左右。

③ 昆明四周是山，绿化颇佳。

④ 市区大小湖泊多个，其中以滇池最为出名。

⑤ 昆明人有对歌习俗，闲暇游翠湖，经常可在竹林附近见男女对歌情景。

回密云偶题

其　一

屡见晴朗日，
何曾见密云。[①]
山青湖水抱，
地瘠百姓勤。[②]
高楼城区建，[③]
平房农院寻。[④]
今昔两异样，
不改是乡音。

注：

① 密云为首都辖县，位于东北方向，是我的故乡。我曾多次回去，然很少见乌云密布，似名不副实。

② 密云地少，且沙化现象严重。

③ 如今在县城处处可见高楼大厦。

④ 农村里，农家小院比比皆是。

其　二

年少故乡住，
印象已依稀。
南山古寺远，[①]
北岭土路崎。
村西庙学陋，[②]
屯东柳鸦疲。[③]
夜晚常惊醒，
狼来狗吠急。[④]

注：

① 我家住在赶河厂村，高处远望，南山有一寺庙，但从未去过。

② 村西有一小学，设在庙内，条件虽差，但读书声朗朗，远处便可听到。

③ 村东有一棵很粗的柳树，黄昏乌鸦多栖于上。

④ 过去狼多，夜晚常入村中袭击猪类家畜。

其 三

家住燕山麓，
无江有洪流。
朝曦潮水壮，①
晚霞白河姝。
天晴鱼高跃，②
雨猛鳖窜游。③
岭间现高坝，④
老宅潜平湖。⑤

注：

① 故乡东有潮河，水急，色较浑。

② 故乡西有白河，水缓、色白、清澈见底。

③ 夏秋狂风暴雨时，河水陡涨，浊浪咆哮，传说有鳖精在前面引领风浪。

④ 20 世纪 50 年代中后期，国家决定建密云水库，大坝在县城北的溪翁庄附近。

⑤ 根据建水库要求，村民移居他处。大坝建成蓄水后，拆毁的宅院沉入湖底。

其　四

幼时农村住，[①]
树草伴野花。
愁苦刻逝水，[②]
贫穷诉鸣蛙。[③]
田陌多流汗，
集市少买家。[④]
夜晚灯下坐，
三两话桑麻。[⑤]

注：

① 老家在燕山脚下，解放后瓦房、草房都有，房间小而不高。

② 除后山外，村子东、南、西三个方向均有河流淌过。

③ 村内有几处水塘，夏秋蛙鸣不绝于耳。

④ 集市规模很小，购物者寥寥无几。

⑤ 夜晚煤油灯下，常有村妇闲话农家琐事。男人们则往往在墙脚、树下聊天，谈古论今，虽多为道听途说，然听者都津津有味。

其　五

乡井多峦岗，[①]
登顶不觉高。
夏观芳草绿，
冬看雪花飘。
栗核栽坡底，[②]
桃杏种山腰。
鸟鸣彩蝶舞，
余晖降林梢。

注：

① 山村附近层峦叠嶂，属燕山山脉。

② 板栗、核桃树甚多。

其　六

小城历史久，
民间故事多。
反秦揭竿起，①
抗日铸剑磨。②
驸马饭后叙，③
太师茶余说。④
龙潭今少水，
当年曾翻波。⑤

注：

① 密云一带古称渔阳，据说陈胜、吴广起义即发生在这一地区。

② 抗日战争时期，八路军在密云一带开展武装斗争，某部曾与日军激战，团长号称“小白龙”，不幸牺牲，光荣殉国。

③ 县城西面有村称驸马庄。

④ 县城东面有镇名太师屯。

⑤ 县内有黑、白龙潭，相传曾有黑、白巨龙各据一处，争斗或不高兴时便会兴风作浪。

回大同有感

其 一

列车风驰往西行，
过冀入晋到大同。
珠镶雁北传盛誉，
史载籍中记名城。[①]
煤海埋地炭无语，[②]
石窟面世佛有情。[③]
是否故乡难考据，
但把大槐记心中。[④]

注：

① 大同古称云中、平城，赵武灵王胡服骑射之时即已建都，以后一直为北方重镇。

② 大同地下煤炭蕴藏量很大，素有“煤海”之称。

③ 云岗石窟闻名世界，已有1000多年历史。

④ 据老人讲，先祖原在山西省洪洞县大槐树居住，后移民至密云一带。准确与否，无据可查。

其　二

先哲梦寐求大同，[1]
不意美名赐是城。
武灵骑射思强国，[2]
文成礼禅劝众生。[3]
北踞边关为重镇，[4]
东卫首善呈雄风。
游龙戏凤今何在，[5]
代王荒冢草丛丛。[6]

注：

① 古代某些思想家追求的理想社会。在这样的社会中，不分阶级，人人平等。

② 指赵武灵王胡服骑射强兵富国之事。其为赵国第十代君主，在位时多有变革之举。

③ 指北魏文成帝复倡佛教，开凿云岗石窟之事。遗有如今闻名世界的文化遗产，该人功不可没。

④ 大同一直为北方重镇，历朝均有重兵把守。

⑤ 传说过去大同妓女美貌，明朝有皇帝曾来一睹芳容，后演绎成游龙戏凤故事。

⑥ 朱元璋十三子朱桂被封为代王，封地在大同。如今仅存王府遗址，家族坟墓处于荒野，难以辨认。

其　三

自幼喜爱好山川，
也曾跋涉旅其间。
去过黄山慕五岳，
览毕五岳思黄山。[①]
几番端详恒山素，[②]
多方比较衡山研。[③]
林木稀疏石多露，
惟忆壁下古寺悬。[④]

注：

① 世上有黄山归来不看岳之说。

② 北岳恒山位于山西省大同市浑源县境内，受气候等因素影响，树少草稀，不少地方素面朝天。

③ 南岳衡山位于湖南衡阳境内，山上树木茂盛，花卉斗艳。

④ 即闻名中外的恒山悬空寺，该寺建于山腰之上，靠一些木柱支撑，奇特险峻，颇有特色。

其　四

何人法力大无边，
借得天匠下九天。
开出石窟近百个，[①]
留下佛像逾千年。[②]
力士蹲立显英武，
菩萨站坐尽慈颜。
十里河畔展瑰宝，[③]
文化遗产美名传。[④]

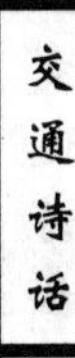

注：

① 云岗石窟东西长约1公里，主要洞窟有50多个，大小造像5万余尊。

② 云岗石窟开凿工程基本完工后，迄今已有1500年左右。

③ 云岗石窟座落在武州（周）山南麓，十里河（武州川）北岸。

④ 联合国已将云岗石窟划定为世界文化遗产。

其　五

净土多有古刹藏，
寺中佛塔放祥光。
曾观砖塔无数地，
惟见木塔独此厢。[1]
飞檐翘天与仙语，
深窗眺景接画廊。
应县因其彰名气，[2]
扬佛佑民安国邦。

注：

① 我喜游览古寺，故见塔较多，但基本是砖塔。山西应县木塔却属少见，该塔以木建成，造型奇特，历经千年至今完好。

② 应县木塔既有观赏价值，又有研究价值，是建筑史上一大奇观，远近闻名，颇有盛誉。民间称，到晋北不观应县木塔，是为白走一遭，确实不谬。

赞大同二中原高20班

其　一

六二入校六五别，①
同窗三年共习学。
互相帮助知识长，
彼此关心友谊结。
情同手足常嬉笑，
年及冠笄少恋贴。
更忆良师多垂范，②
宽严有度营和谐。

注：

① 我们于1962年考入大同二中高中20班，1965年毕业。

② 读高中时，楼鸣、张玉芝、孙景炎、李汝良、钦保华、李扶中、吴秉南、罗实等老师均给同学们留下了深刻、可亲的印象。

其　二

高中毕业奔西东，
有上大学有作工。[①]
文革冲击或聚散，[②]
职务变动有降升。[③]
脸际犁沟展深浅，
鬓间染霜映淡浓。
四十余年弹指去，
相见竟似老顽童。[④]

注：

① 高中毕业，考上大学的继续学习，其他同学分配工作，多数担任小学教员。

② 文革期间聚少分多，偶然见面，谈起遭遇，情况各异，有的家庭甚至离散。

③ 同学中有些担任了一定职务，但由于各种原因，时有变化。

④ 2005 年国庆节后，武继光作东请同学们在大同三中相聚，有 30 多人参加，我亦有幸到场。大家相见甚欢，照相留念。宴会上，互相敬酒，妙语连珠，好象又回到了过去的年代。

丙戌年春节乘火车有感

其　一

母体欠安忙探亲，①
车快难追如箭心。
赴晋卧铺人稀少，
返京硬座客聚群。②
狭道拥挤难移步，③
小圊熙攘暂留宾。④
滴水未饮回住宅，⑤
深夜梦醒犹惊魂。

注：

① 春节前二弟电话告母身体不佳，因工作忙，大年初一乘火车返回大同。

② 回大同时坐火车卧铺，返京时车票难买。上车后本打算去列车长办公席补办卧铺手续，但乘客拥挤，难以在车厢间通行，无奈只好在硬座车上度过旅途时光。

③ 并非夸张，确实难以行走，列车员望人兴叹，服务只好告停。车内又闷又热，不少人大汗淋漓，而车厢外温度低至零下20℃。

④ 厕所为乘客挤占，站人放物。

⑤ 一路上坐着未动，既未饮水，也未如厕。

其　二

文革学子大串联，[1]
路挤车满潮水般。
改革开放面貌改，
经济搞活客流翻。[2]
平时交通常堵塞，
长假流动更频繁。
耳闻有司拟对策，
落实到位莫松弦。[3]

注：

①“文革”初期，中央允许红卫兵大串联。一时间，全国大中院校学生几乎倾巢出动。

② 改革开放后，计划经济体制被打破，经济搞活，流通加快。交通运输也迅速发展，旅客流量大幅度增长，2005 年全社会客运量较 1978 年增长了 10 倍左右。

③ 近年来各级政府及交通主管部门对春节、“五一”、“十一”等长假运输十分重视，通过电话会议、印发文件、派检查组等形式作了深入广泛的动员和部署，然而落实尚有很大差距。

晋东南纪行

初访晋城

其一

山西胜景少，
所见多荒山。
今到晋城走，[①]
恍若到江南。

注：

① 晋城原属山西省晋东南行政公署，改革开放后，行政区划调整，改为省辖市。

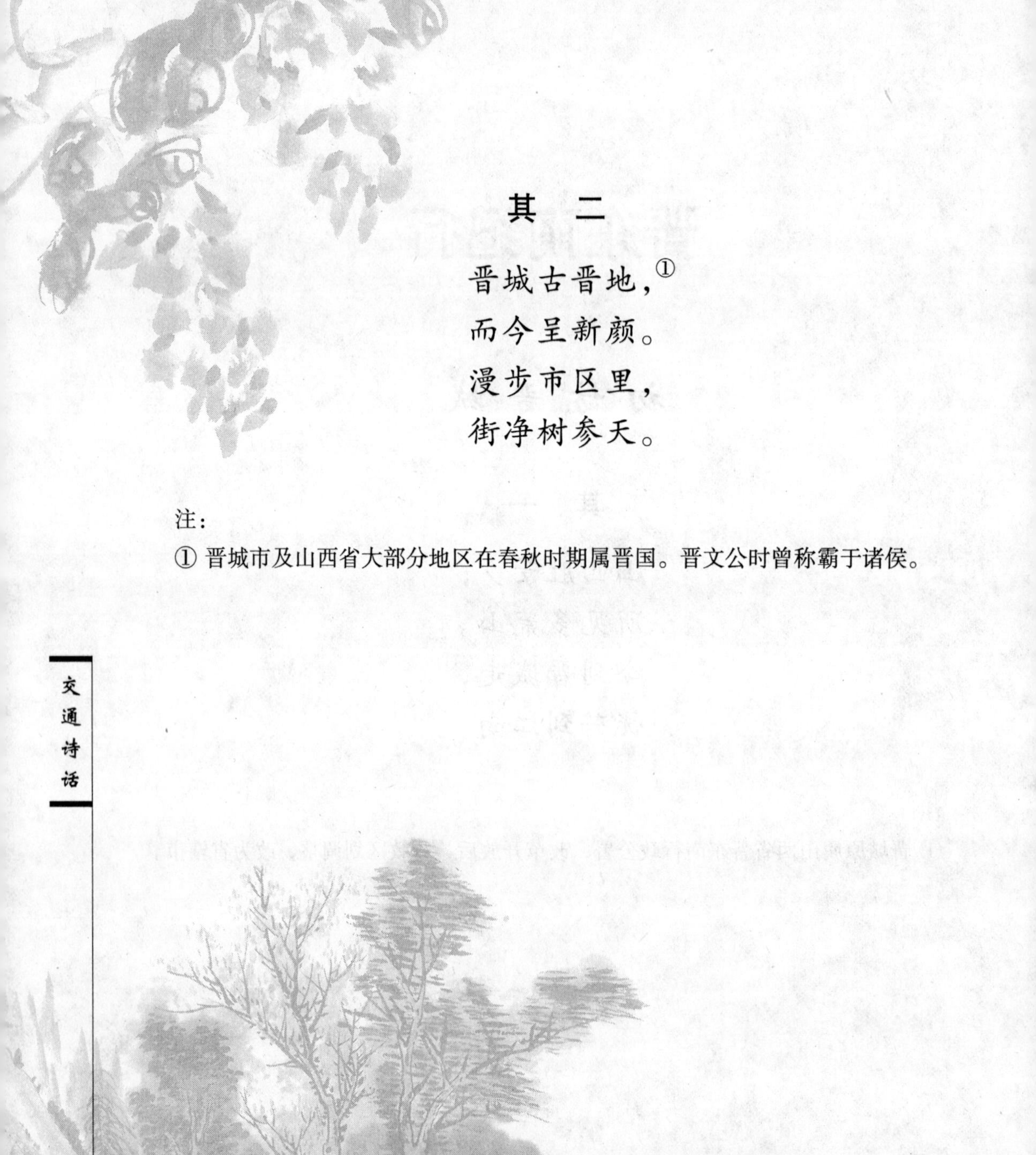

其　二

晋城古晋地，①
而今呈新颜。
漫步市区里，
街净树参天。

注：

① 晋城市及山西省大部分地区在春秋时期属晋国。晋文公时曾称霸于诸侯。

游王莽岭

其一

未到王莽岭，
先过棋子山。[①]
箕子无踪影，
烂柯成美谈。[②]

注：

① 棋子山属太行山脉，在晋城市境内，由于有箕子观仙人下围棋的故事，故被认为是围棋发源地。

② 相传箕子在山上看见两位老者下围棋，棋终下山找到砍柴斧子时，斧柄（柯）已朽烂。因仙境一日，人间已千年矣。

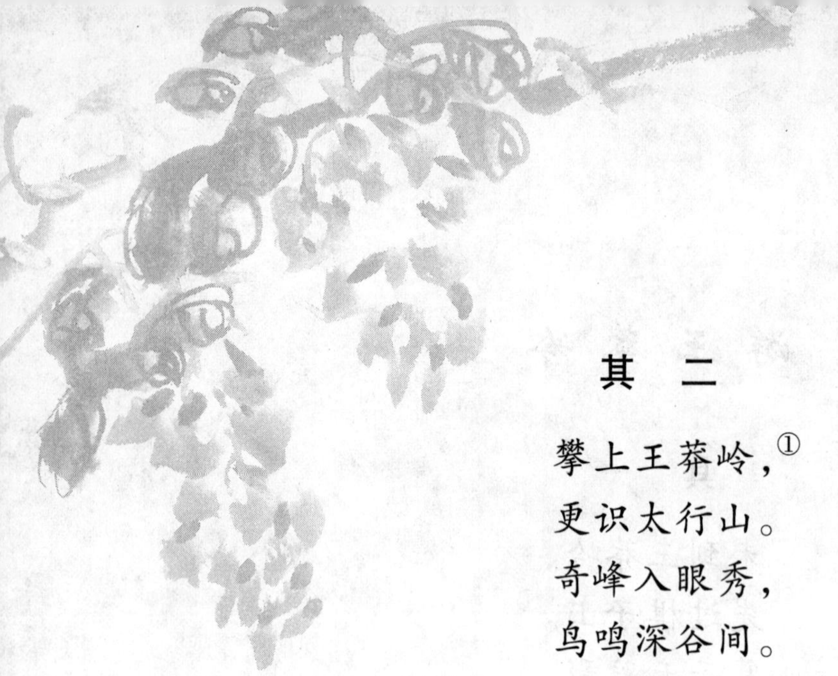

其　二

攀上王莽岭，[①]
更识太行山。
奇峰入眼秀，
鸟鸣深谷间。

注：

① 王莽岭峰多而奇，除常见的形状外，还具有喀斯特地貌特征。清晨以及阴雨天，云雾缭绕，更增添几分神秘色彩。

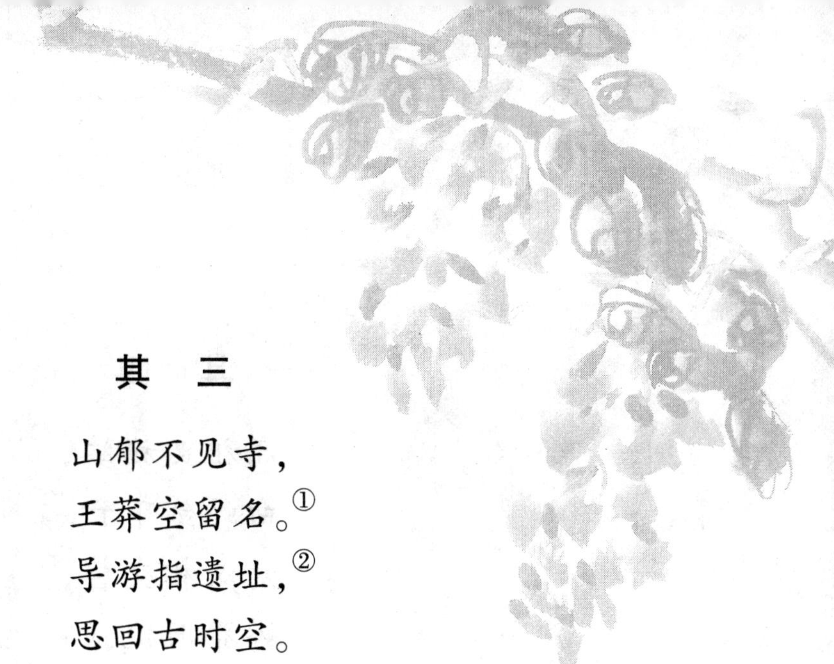

其　三

山郁不见寺，
王莽空留名。[①]
导游指遗址，[②]
思回古时空。

注：

① 王莽，字巨君。曾任汉元帝朝大司马，掌实权。后废汉称帝，改国号为新。虽变法，但苛刻，终被起义军所杀。

② 王莽岭上有其称帝龙脉、天书等遗址，均为后人附会所为。

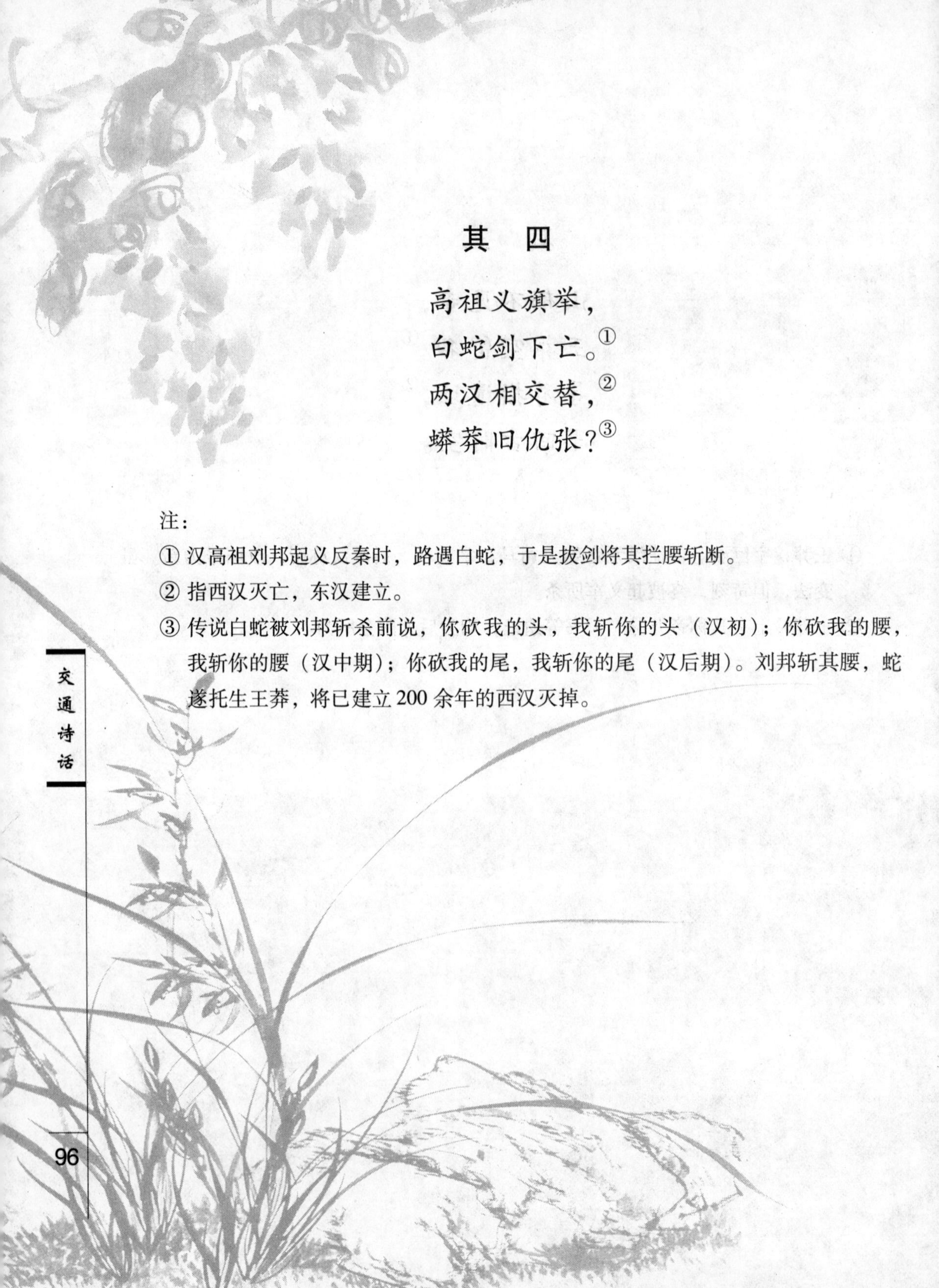

其　四

高祖义旗举，
白蛇剑下亡。①
两汉相交替，②
蟒莽旧仇张？③

注：

① 汉高祖刘邦起义反秦时，路遇白蛇，于是拔剑将其拦腰斩断。

② 指西汉灭亡，东汉建立。

③ 传说白蛇被刘邦斩杀前说，你砍我的头，我斩你的头（汉初）；你砍我的腰，我斩你的腰（汉中期）；你砍我的尾，我斩你的尾（汉后期）。刘邦斩其腰，蛇遂托生王莽，将已建立200余年的西汉灭掉。

游锡崖沟[1]

其一

公路挂壁险，[2]
缓驶锡崖沟。
石露狰狞齿，
诉说被炸仇。[3]

注：

① 锡崖沟在山西省晋城市陵川县境内，东邻河南，四周环山，沟壑纵横。

② 锡崖沟村位于山区，群山环抱，交通不便，以后村人立志修路，在悬崖峭壁上开凿，工程十分艰巨。路通后，远看似挂在峭壁之上，故名为挂壁公路。

③ 太行山土少石多，很多情况下，修路须靠爆破才能奏效。

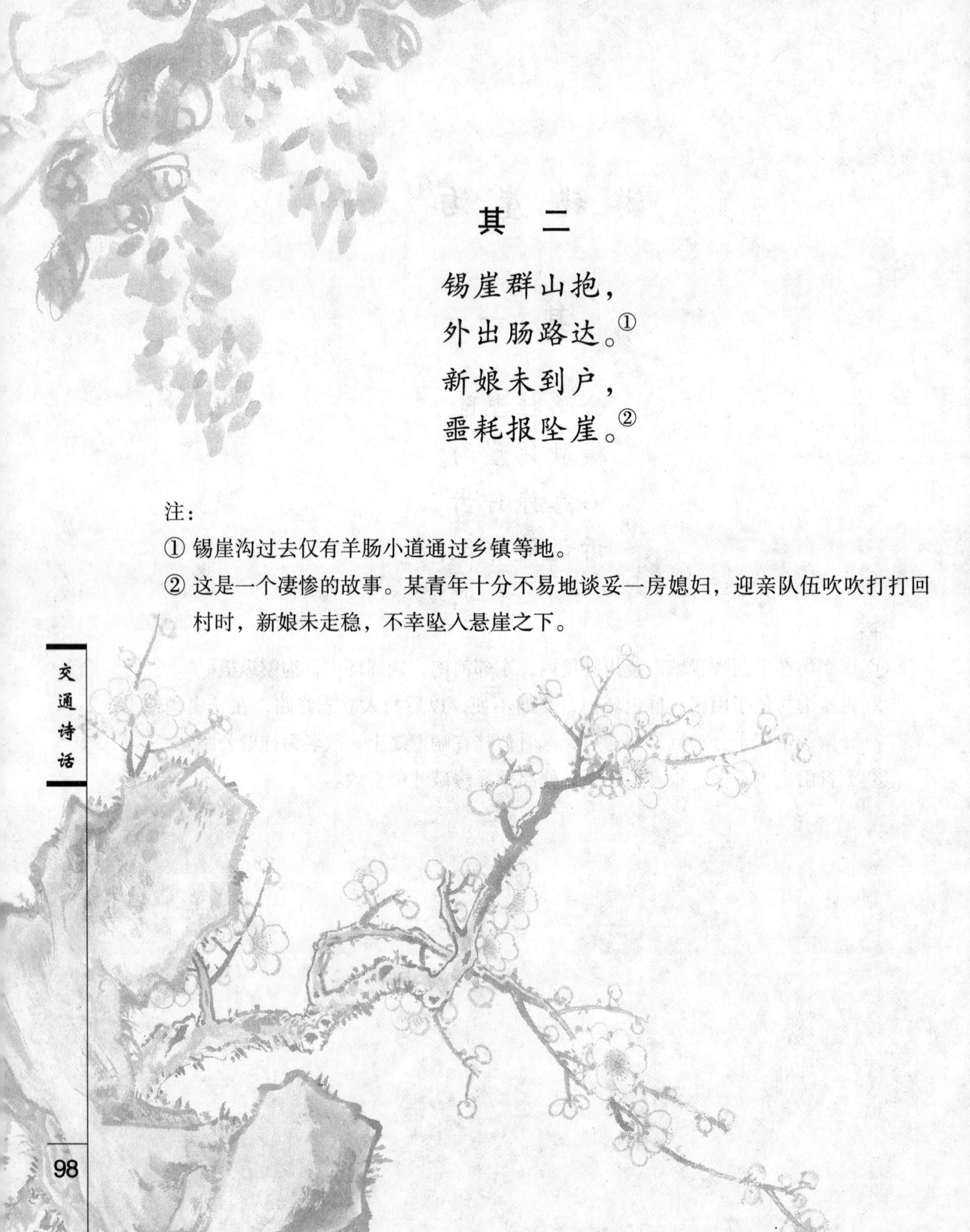

其　二

锡崖群山抱，
外出肠路达。①
新娘未到户，
噩耗报坠崖。②

注：

① 锡崖沟过去仅有羊肠小道通过乡镇等地。

② 这是一个凄惨的故事。某青年十分不易地谈妥一房媳妇，迎亲队伍吹吹打打回村时，新娘未走稳，不幸坠入悬崖之下。

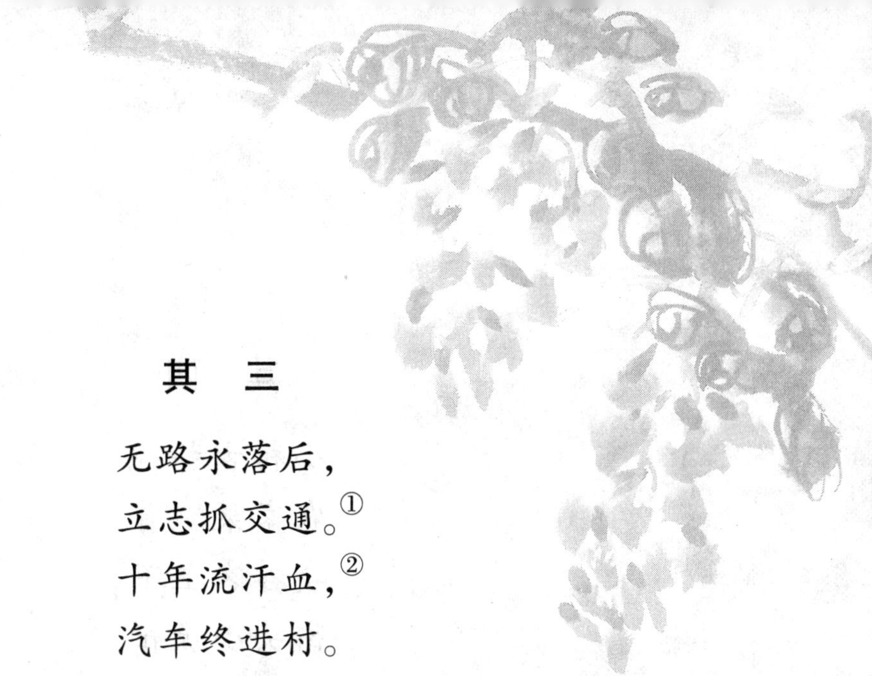

其　三

无路永落后，
立志抓交通。[①]
十年流汗血，[②]
汽车终进村。

注：

① 锡崖沟人目睹山村因交通不便造成的落后和贫穷，决心凿山修路。

② 修路工程前后进行十年之久，很多人在施工过程中负伤，有的还献出了生命。

其 四

小村古朴貌，
农家菜飘香。
峡谷客上下，[①]
街头小贩忙。[②]

注：

① 锡崖沟村前有一大峡谷，深数十米，蜿蜒曲折，吸引了很多游客。

② 旅游带动了经济发展，如今乘车经挂壁公路到村里游玩的人很多，街头有不少农妇摆摊卖货，出售当地土特产品。

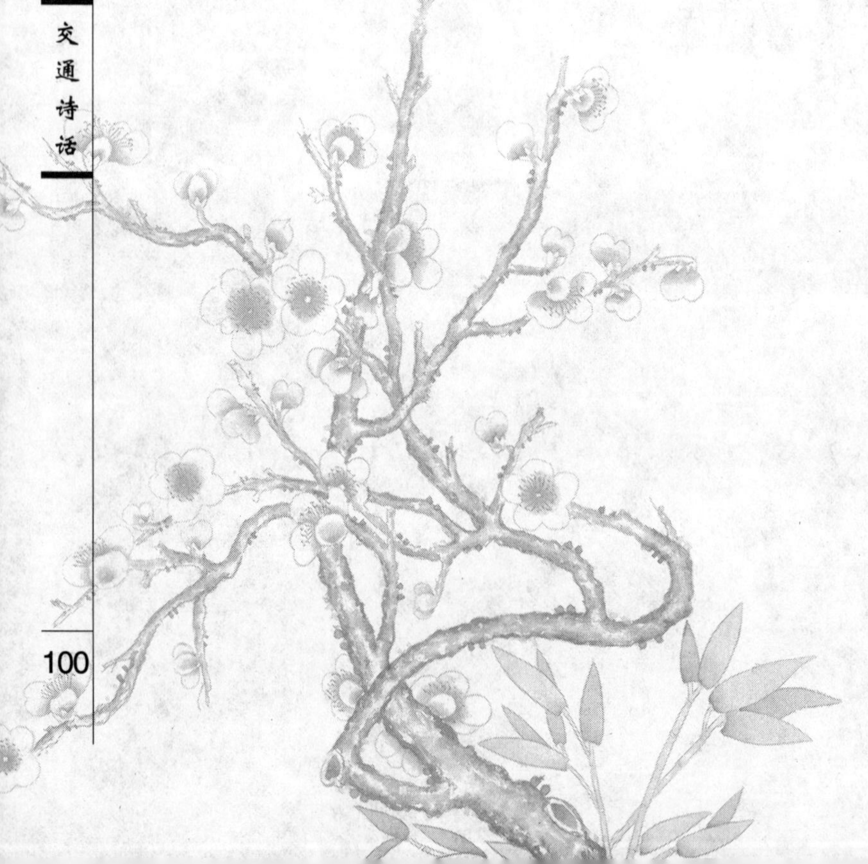

游皇城相府[1]

其　一

皇城共相府，
并列违纲常。
细究原有典，
君臣佳话扬。[2]

注：

① 皇城相府在山西省晋城市阳城县境内，原为清初大学士陈廷敬的府第，如今是著名的旅游景点。

② 指康熙和宰相陈廷敬关系甚为融洽。康熙出访到山西时曾到陈家驻跸，并亲书楹联相赠：春归乔木浓荫茂，秋到黄花晚节香。

其 二

宰相才华溢，[①]
弼君显忠心。
仕途无风浪，[②]
朝野誉名臣。

注：

① 陈廷敬，字子瑞，晚号午亭。曾为康熙朝的一代帝师，官至文渊阁大学士（相当于宰相），为清朝著名的政治家、文学家、理学家。

② 陈廷敬 20 岁中进士后即入翰林，一生 28 次升迁，参与国家机要达 40 余年，其中历任吏、户、刑、工四部尚书，两任都察院左都御史，任经筵讲官达 35 年之久。

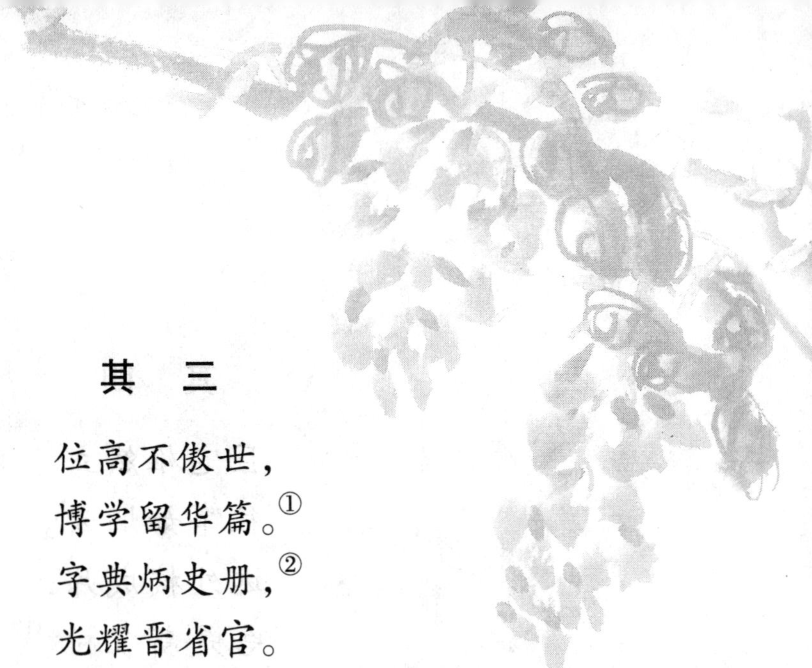

其 三

位高不傲世，
博学留华篇。①
字典炳史册，②
光耀晋省官。

注：

① 陈廷敬一生著作甚丰，留有文集、诗卷多种。

② 指奉旨任总裁，主持编撰《康熙字典》。

其　四

巨宅雄然立，
往事如烟云。
远处楼成片，
告是新农村。①

注：

① 皇城相府景点附近，是同名的村庄。由于开发旅游资源，加之有煤矿可供开采，故很富裕。每家一套城里人难以买到的大面积住宅，上学等免费，已经成为远近闻名的社会主义新农村。

游王家大院

其　一

久闻灵石县，[①]
更慕王宅名。[②]
房密花草茂，
谁识院几重。[③]

注：

① 灵石县现属晋中市。据传因隋文帝巡游时恰有陨石落于县境内，以后遂得其名。

② 王家大院在灵石县静升镇，地处镇山北坡，尽占地利之优。不仅是灵石县最大村落，也是晋中平原上数一数二的大村。据说鼎盛时期有房8000余间，与北京故宫的9999间半相比相差不多，故有“民间故宫”之称。

③ 资料表明，王家大院东堡院（高家崖）和西堡院（红门堡）两大建筑群共有院落123座。

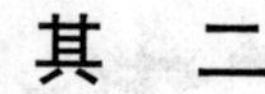

其　二

木雕显灵气，①
石刻褒贬歌。②
山水砖面显，③
城堡依山坡。④

注：

① 王家大院中木雕甚多，工艺精细，十分生动。

② 石刻也是该院一绝，石料质优，上刻故事较多，宣扬积德行善，批评不仁、不义、不孝等不良行为。

③ 砖雕在王家大院中颇显珍贵，人物、花鸟多有展现。

④ 王家大院老院依山坡而建，四周是坚固的城墙。

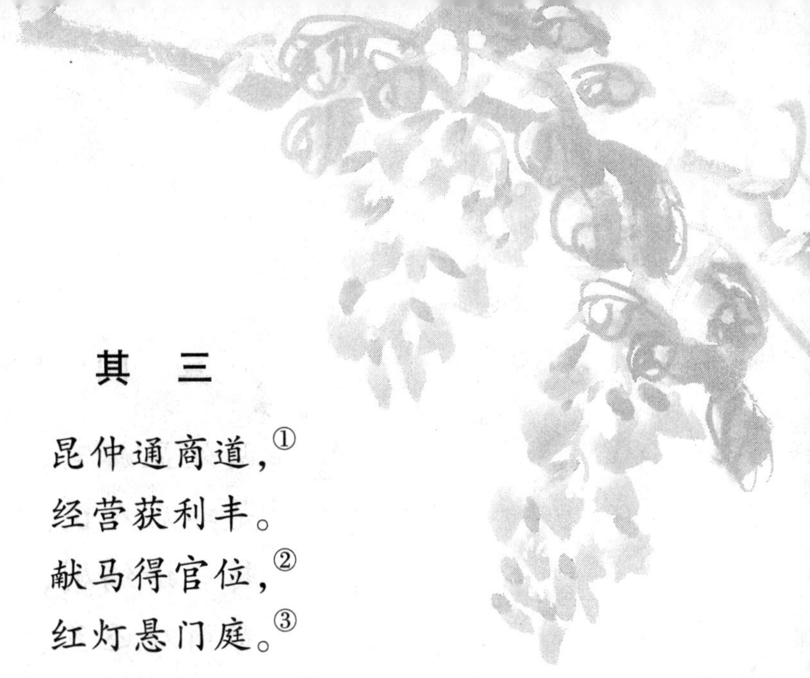

其 三

昆仲通商道，[①]
经营获利丰。
献马得官位，[②]
红灯悬门庭。[③]

注：

① 指后于西堡院建的东堡院，两道大门内分别居住着王汝聪和王汝成兄弟。

② 据介绍，王氏兄弟曾献马匹、粮草给作战清军，受到朝廷嘉奖，分别赐给大夫之类的官职（仅是官衔，属捐官性质）。

③ 为表示身份，两家在大门上悬挂标有奉直大夫、中宪大夫之类的红灯。

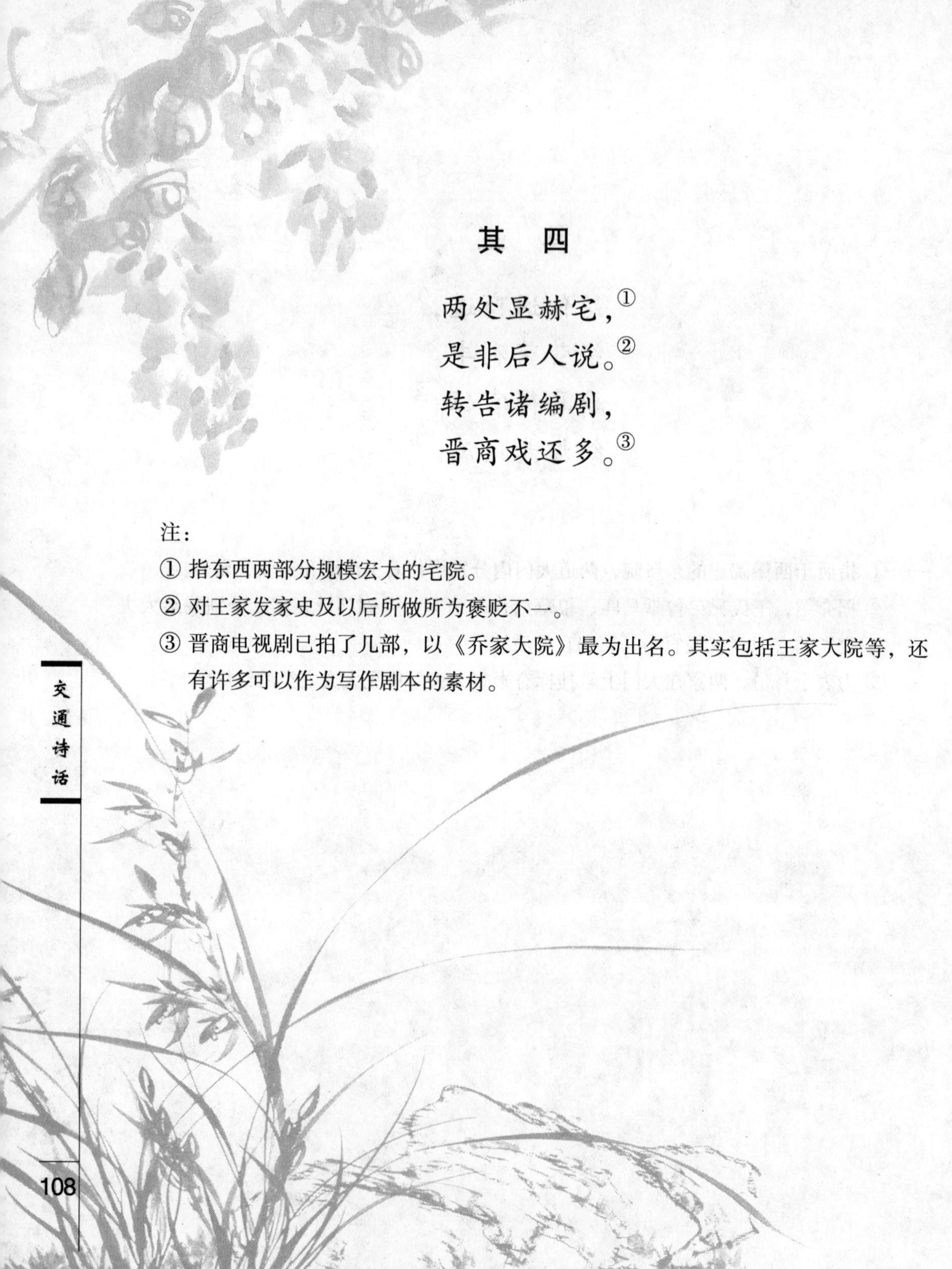

其　四

两处显赫宅，[1]
是非后人说。[2]
转告诸编剧，
晋商戏还多。[3]

注：

① 指东西两部分规模宏大的宅院。

② 对王家发家史及以后所做所为褒贬不一。

③ 晋商电视剧已拍了几部，以《乔家大院》最为出名。其实包括王家大院等，还有许多可以作为写作剧本的素材。

游绵山

其一

谁人神力剑劈山，[1]
峭壁陡立冲云天。
鸟隔深谷高声唱，
白云飘处似有仙。[2]

注：

① 绵山位于山西晋中市介休县境内，峰峦绵延，山高谷深，很多地方垂直屹立。

② 绵山传说甚多，寺庙成群，据一些僧道及信徒讲，曾有仙人来访。

其　二

漫步深山且闲休，①
沿途多见古迹留。
后人附会树牌像，②
凭添几分情悠悠。

注：

① 进绵山往里走，过云峰墅苑饭店，不久便到自然景区。山谷里水清、草盛、树密、花红，绿意盎然，甚为游人青睐。

② 山谷里古迹很多，在多处塑像或树牌，介绍古今曾到此旅游的名人雅士，难辨真伪，疑有附会之嫌，不过倒增添了几分情趣。

其　三

介公避召火中亡，[①]
唐王用兵运筹忙。[②]
贺监两度山中住，[③]
追念前贤思绪扬。

注：

① 春秋时晋国大夫介子推追随晋公子重耳亡命四方，一路勤于服侍，甚至割股供食。重耳复国继位为晋文公，忘记对其封赏。介有功亦不愿受禄，背母逃至山上躲避官方寻找。晋文公为迫使介子推入仕，命令放火烧山，介拥母死于火中。寒食节即纪念此公此事。

② 相传唐朝李世民任秦王时曾带兵在绵山一带筑成要塞，终大败突厥所封定扬可汗刘武周数万大军，以后又依托绵山逐步消灭了其他割据势力。

③ 指贺知章。贺曾任“秘书监”职，世称“贺监”。

其　四

名山常有寺藏身，
此处古刹何处寻。
晨钟暮鼓传耳际，
佛道各报自家门。①

注：

① 绵山上佛教寺庙和道教宫观均有存在，前者以正果寺名闻四方，后者以大罗宫名扬远近。每天参观旅游者甚众，至于信奉者亦不在少数，香火很旺。

旅苏杂咏

1991年5月及6月，我两次赴原苏联和波兰。先随交通部领导赴苏签订中苏两国政府汽车运输协定，继率团去波兰出席铁路合作组织汽车运输与公路建设专门委员会（简称铁组十一专）第33次例会。后一次未坐飞机，而乘国际列车离开北京，到莫斯科后又转乘波兰火车到达华沙。十余天的旅途，穿山越岭，涉涧历川，经城过镇，饱览沿途风光。回国后，诸事历历，感慨颇多，饶有兴味，现择其要者记之。

过 二 连

列车飞驰跨雄关，
谈笑之间到二连。[1]
乘客进站作小憩，
车辆入厂换底盘。
一时数国人同聚，
片刻众君语共喧。
上车之后接护照，
鲜红印章显尊严。[2]

注：

① 原苏联与蒙古火车轨距相同，比我国约宽50毫米，列车至二连要换上轮距较宽的底盘出境。

② 我国边防工作人员在列车到达二连后将旅客护照收走审核，开车前盖好印章，送还给符合规定的旅客。

过 蒙 古

其 一

告别二连进他乡，
顿生恋情绕心房。
强忍愁绪望大漠，
甚盼美景涌近旁。
城稀地少人寂静，
草低沙多天荒凉。
忽过乌兰巴托市，
售画换币甚繁忙。[①]

注：

① 乌兰巴托火车站站台上无食品摊贩叫卖，只有几个民间画家向乘客兜售自己创作的风景画，每张 32 开大小。另有一些儿童和成人持蒙古金属硬币询问买主，均以美元或人民币成交。

其　二

举目慢赏异国情，
不闻号角胡笳声。
易见苍山变荒地，
难寻绿原显郁葱。
白帐偶现炊烟袅，
红鬃劲飘牧客腾。
遥忆成汗曾叱咤，[①]
似此何能弯大弓。[②]

注：

① 指成吉思汗。

② 很多人生活懒散，酗酒成风，马背民族的特色逐渐褪去。

过西伯利亚

浩瀚莽原郁葱葱，
顿挑荒漠怀古情。
黄花间缀青草茂，
绿水环绕白桦雄。
服饰不见蒙古样，
房舍渐呈欧洲风。
车过伊尔库茨克，①
忆罢马林思列宁。②

注：

① 伊尔库茨克是原苏联西伯利亚一个较大的城市，列宁领导的共产国际曾在此设远东执行局。

② 据说列宁曾在伊尔库茨克委派马林到中国帮助陈独秀等人筹备中国共产党的一大。

过贝尔加湖

一湖镶嵌北国间，
恰似明珠落玉盘。
车驰湖畔长龙舞，
湖伴车侧碧浪翻。
鱼潜深水惧寒气，
鸥翔半空傲蓝天。
昔日苏武曾牧羊，①
高风亮节万古传。

注：

① 汉代苏武曾出使匈奴，不久即被拘留，在贝尔加湖一带牧羊近二十载，受尽苦难终不屈服，高风亮节不辱使命，后终得回朝。

签订运输协定

中苏边境紧相连，
汽车运输自有缘。
曾经讨论获共识，
已达协议需互签。
万事具备将赴会，
一波忽起有争端。[①]
几经协调终践约，
签字仪式显肃欢。[②]

注：

① 组团赴原苏联前，曾因有关部门之间关系不够协调而出现险些不能前往莫斯科的插曲。

② 中苏两国政府汽车运输协定签字仪式于 1991 年 5 月 21 日在位于莫斯科的俄联运输部会议室举行。郑光迪副部长和叶莫夫部长分别代表本国政府在协定及议定书上签字，我国驻原苏使馆于洪亮大使和有关同志出席了这个仪式。签字后，互相握手，举杯表示祝贺。协定的签订对加强中苏两国之间汽车运输的合作与管理，发展贸易事业具有重要的意义，也为以后中俄之间发展国际汽车运输奠定了基础。

游莫斯科

城市开阔林木多，
楼厦高耸叹嵯峨。
河水汩汩忆往事，
塑像巍巍述坎坷。
交通便利堪赞誉，[1]
商品短缺谁评说。
漫步街头观墙报，
戈叶二氏起风波。[2]

注：

① 莫斯科交通十分方便，公共汽车、有轨及无轨电车穿梭往来；地铁三层，线路长度逾百公里，车次甚密。

② 当时街头小报之类宣传品很多，其中不少内容是有关戈尔巴乔夫和叶利钦的。

谒列宁墓

红场屹立列宁陵，
近靠克里姆林宫。
一代伟人棺中卧，①
八方谒者边际行。
似睡将醒再奋斗，
虽逝犹在实永生。
丰碑自有人民树，
何须将城易旧名。②

注：

① 列宁遗体安卧在莫斯科红场陵墓内的水晶棺中。

② 当时已有人提议将列宁格勒市恢复为十月革命前的圣彼得堡旧名。

访列宁格勒

其 一

市 内 游 览

曾从银屏看冬宫，
而今有幸访古城。
列宁画像不时见，
沙皇轶事偶然听。
金碧辉煌宝盈室，①
星罗棋布桥凌空。②
难忘卫国战争馆，
金属日历刻心中。③

注：

① 列宁格勒（现已为圣彼德堡）有沙皇的冬、夏宫，现向游人开放，展室内珍宝甚多。

② 涅瓦河（亦称喷泉河）绕城而过，上架很多座各种风格和样式的桥梁。

③ 在列宁格勒卫国战争纪念馆中，有金属制成的日历，上面铭刻着20世纪40年代卫国战争期间每天发生的大事，主要记载当年英雄的苏联人民奋勇抵抗德国法西斯的光辉业绩以及敌人所犯下的滔天罪行。每天翻动一页，提醒人们不要忘记历史上的今天。

其　二

参观汽车运输公司

车辆不多用途专，
运输面包已数年。①
香味清淡场内荡，
话语热烈房外传。
了解情况紧追问，
交流经验不畏烦。
别前欢歌频祝酒，②
共愿友谊谱新篇。

注：

① 该单位是列宁格勒运输公司的一个分公司，以运输面包和面粉为主业。

② 参观后在经理室内座谈，苏联朋友几次唱歌，大家频频祝酒，祝愿两国汽车运输行业的友谊和合作不断发展。

其　三

观文艺演出

主人相邀观演出，
友谊绵绵喷玉壶。
马戏惊险技艺湛，[①]
歌舞庄重情感流。[②]
玉臂托物千斤重，[③]
金喉吐音三日舒。[④]
难忘节目结束际，
鼓掌献花幕难收。[⑤]

注：

① 原苏联各大城市多有马戏表演，技艺精湛，令人叫绝。

② 在莫斯科、列宁格勒均观看过歌剧演出。

③ 杂技表演中，有少女托重物做各种动作的节目。

④ 俄罗斯风格的演唱让人感到非常悦耳动听。

⑤ 原苏联人民文化修养很高，观看演出后，多次鼓掌，向演员和乐队表示感谢，献花者也很多，情景十分感人。

波 兰 行

轮距不同入波兰，[①]
护照略看便过关。
数国同开铁组会，
两组共议公路篇。[②]
语言障碍意难畅，
翻译述介心渐连。
偶去商店作浏览，
物多价贵售出难。

注：

① 波兰火车轨距亦比苏联狭窄，与我国基本相同。

② 铁组十一专开会时一般分汽车运输和公路建设两个小组讨论问题。

南非纪行

2006年3月30日，由中国公路学会汽车运输分会组织的出访团组（成员：郭生海、路成章、李亚茹、侯君辉、刘晋安、苗德才、武庆发）乘新加坡航空公司SQ801航班于16:40飞往新加坡，之后到南非的开普敦，开始了南非的考察活动。由于治安等原因，晚上经常在宾馆闲坐，遐想之际，吟小诗数首，以记观感。

（一）游开普敦

其　一

跨越重洋入南非，
虽到外国也如归。[①]
离京历时一天整，[②]
乘机旅途万里余。
到达约堡舱中坐，[③]
进入开市景点催。
生活规律已紊乱，
零点晚餐犹干杯。[④]

注：

① 旅途辛劳，急盼到达，产生了与归家相似的感觉。

② 到开普敦时已是次日下午17时，途中已历时一天。

③ 进入南非时，先在约翰内斯堡机场降落，由于我们的机票是先到开普敦，故只能在机舱内休息，不得外出。

④ 晚餐时已是北京时间零点（与南非时差为6小时）左右。

其　二

西部海岸有名园，[1]
内养鸵鸟两三千。
挺胸轻迈绅士步，
搔首呢诉伴侣缘。
体态笨重速度快，[2]
心地善良厄运悬。[3]
展室之内皮高挂，
毛作掸刷蛋供餐。[4]

注：

① 称西海岸动物园，以放养鸵鸟为主。

② 鸵鸟奔跑时，速度可达每小时60余公里。

③ 有很多鸵鸟圈养，既供人观赏，也在适当时候宰杀。

④ 鸵鸟皮柔软，可制成多种产品，价格不菲。蛋大，烹调后能供多人食用。

其 三

桌山陡峭负盛名，[①]
缆车登顶似凌空。
近看狮岭雄姿现，[②]
远观罗岛正气腾。[③]
湾畔建筑花树伴，[④]
路上车辆鱼龙行。
市中一派富丽貌，
郊区陋房伤姿容。[⑤]

注：

① 该山位于开普敦市郊，形似木桌，故名。

② 桌山不远处有一山岭，不高，形似卧狮，起名狮岭，也称狮山。

③ 即罗宾岛，上面曾设监狱，关押反殖民主义的斗士，黑人领袖曼德拉曾在这里度过了20年的岁月。

④ 城市依开普敦海湾而建，欧式风格，式样各异。市内花草树木繁茂，绿化颇佳。

⑤ 市郊有多处贫民区，房屋简陋，主要是黑人居住。

其　四

西省向为国粮仓，①
盛产小麦传四方。
夏季已过野少绿，
秋天正度地渐黄。②
肤显几色社会变，③
车行左侧运输忙。④
基础设施甚先进，
两洋相聚海岸长。⑤

注：

① 开普敦市属西开普省，该省盛产小麦等农作物，粮食产量约占全国的五分之四。

② 南非的季节与我国大相径庭。春季为9～11月，夏季为12～2月，秋季为3～5月，冬季为6～8月。

③ 过去黑人受到歧视，不能去很多地方，黑人当政后，无所限制。如今在大街上不时可见黑人、白人、有色人（混血）、黄种人走过。

④ 南非曾被英国统治，车辆靠左行驶，至今未变。

⑤ 大西洋、印度洋在南非交汇，海岸线有数千公里。

其 五

少学地理记忆牢，
好望角远万里遥。①
自忖今生无望去，
孰料此次有幸瞧。
站在岸边观水绿，②
登上山顶看塔高。③
狒狒羚羊路上走，④
见证恩仇可勾销。⑤

注：

① 上中学时在地理课上老师曾讲过好望角，称在非洲最南端，距中国有万里之远。2006 年 4 月 1 日曾去参观，标志虽然简单，但很有纪念意义，游人均照相留念。

② 大西洋、印度洋在好望角附近交汇，水呈墨绿色。

③ 好望角附件的山顶为开普角，上有灯塔，现已不用，专供游人参观。

④ 在去、回程路上，均看见狒狒、羚羊等动物走过。

⑤ 长期的殖民统治、种族歧视，使南非社会矛盾甚多。1994 年取消种族歧视后，矛盾缓和，关系好转，出现新的面貌。

（二）游约翰内斯堡

其一

谁人富有夜明珠，①
慷慨撒向万民收。
室耀繁星点点亮，
路架银河道道流。②
下机方觉黑人众，③
取物不见胖女愁。④
接客中巴带拖挂，⑤
快速驶至玫瑰楼。⑥

注：

① 由开普敦飞至约翰内斯堡时，正值夜晚。从飞机上往下看，灯火辉煌，甚为壮观。

② 公路上车辆接踵而行，车灯闪亮，加之路灯高悬，形成一条条耀眼的光带。

③ 我们乘坐的班机黑人甚多，在机上时没有注意，下机时，前后左右有不少黑人。

④ 非洲妇女以丰满为美，即便是少女也不以胖愁。我们在取行李时，见几位肥女，嘻嘻哈哈，一副开心的样子。

⑤ 中巴车带一小型挂车，用于装运行李。

⑥ 我们一行下榻在玫瑰坡饭店。

其　二

皇冠公园少温馨，①
金矿开发史料存。
三千二百米深洞，②
一千四百吨黄金。③
往昔全是沙漠地，
而今遍布建筑群。④
华工也曾流血汗，
谢医木匾表真心。⑤

注：

① 皇冠公园又称主题公园，集金矿开发史教育和旅游娱乐于一体，每天吸引很多游人。

② 开采金矿矿石的矿井深达 3200 米，分六层沿矿脉掘进。游人仅允许下到 200 米深的第一层参观。

③ 从 1909 年开始至 1977 年停采的 68 年间共采得黄金 1400 吨，如折合成矿石，数量大的惊人。

④ 公园所在地过去是沙漠。发现金矿后，带动起建筑业、服务业等行业的发展，最终形成一座美丽的城市。

⑤ 矿工中有一部分是中国劳工，不少人在艰苦作业中死亡。后有一位医生来矿上为工人医病治伤，挽救了一些人的生命。为了表示谢意，工人们制作了一块歌颂医德的木匾送给这位医生。木匾至今保存于展览馆内。

（三）游西北省太阳城等地

车往西北省份行，①
路为双道颇坦平。
灌木丛丛呈绿意，②
野草片片显黄容。③
度假村里熙攘攘，④
保护区内冷清清。⑤
忽见犀牛树下立，⑥
顿听相机操作声。

注：

① 2006 年 4 月 3 日，我们曾去南非西北省的太阳城度假村和自然保护区参观。

② 公路两旁多见灌木，偶见乔木，但都不高，且叶小而细，以防水分蒸发。

③ 该地已是仲秋季节，草已发黄。

④ 太阳城度假村规模很大，设施齐全，服务周到，游人如织。

⑤ 即比林斯堡自然保护区，其内有大量野生动物，时值中午，天气较热，动物多在树丛内休息，很难看见。

⑥ 忽见一头犀牛在树下吃草，大家惊呼，算是没有白来。其他如斑马、猴子、野猪等也偶有所见。

（四）游比勒佗利亚

其　一

南非国家体制殊，
三权分立各建都。[①]
开市立法设议会，[②]
布城司律置法枢。[③]
比佗政府商国是，[④]
约堡经济写春秋。[⑤]
政要高官穿梭跑，
出席会议不疏忽。

注：

① 南非国体特殊，分设立法首都、司法首都、行政首都。此外，还有一个全国的经济中心。

② 即开普敦市，该市为南非的立法首都，议会设于此地。

③ 即布隆方丹市，该市为南非的司法首都，检察院、法院等均设于此。

④ 即比勒佗利亚市，该市为南非的行政首都，总统府和各部均在此。

⑤ 即约翰内斯堡，是南非的经济中心，银行等金融机构在此地多有设立。

其　二

车出约堡时无多，①
人告前面是比佗。
步道窄窄少漫步，②
车龙缓缓多名车。③
群丘环抱观豪宅，④
众树遮蔽荡热波。⑤
不明斯大何处在，
几番问路费口舌。⑥

注：

① 从约翰内斯堡（简称约堡）到比勒佗利亚（简称比佗）只有一个小时的行程。

② 比佗大街上人行道不宽，偶见黑人行走。

③ 南非的私人小汽车很多，奔驰、宝马、凌志等车常可看到。

④ 比佗市四周为丘陵环绕。

⑤ 比佗市树木虽多，但多叶小而细，加之天气炎热，所以很难起到荫凉的作用。

⑥ 去斯瓦尼大学（简称斯大）经济学院参加活动，在不明详细地址的情况下，只好向行人打听，并通过电话了解。

其 三

比佗实为中心区，
城郊合称斯瓦尼。①
名校座落名胜地，②
大学培养大材琪。③
六个区域诸院设，④
五万学生分科习。⑤
同行相遇话不少，
运输物流成主题。⑥

注：

① 比勒佗利亚（比佗）为南非行政首都，与城市郊区合在一起，又被称为斯瓦尼市。

② 斯瓦尼大学座落在风景优美地区。

③ 指斯大培养的学生很珍贵，如大块的成材美玉。

④ 斯大分六个校区，众多学院分布在这些区域内。

⑤ 斯大现有在校学生 5 万人左右，目前正放短假，两个星期。

⑥ 同行各位均从事运输与物流，尤其是交通部公路科学研究院几位更是专业人士，与对方座谈时，很有共同语言。

其　四

山坡高踞楼不高，[①]
院门深闭国旗飘。[②]
无兵把守威严在，
有路通过亲情标。[③]
分层植树翠鸟隐，[④]
按片种花彩蝶招。
过去白人理国政，
如今黑人来坐朝。[⑤]

注：

① 总统府位于比佗市区的一座山坡上，有四层楼高。

② 我们参观时适逢中午休息，大门紧闭。

③ 总统府大门前有一条路，行人和汽车不时通过。

④ 路下山坡成梯地形式，按规划的区域，分别种植花草树木。

⑤ 南非过去一直由白人当政。从 1994 年起，由黑人领袖纳尔逊·曼德拉担任总统，彻底改变了以前的状况。

其　五

中心广场十顷多，[①]
周围楼厦欧风格。
花园巧布忘干旱，[②]
塑像耸立任评说。[③]
法院当年审斗士，[④]
民众于此掀怒波。[⑤]
本欲行走细观望，
导游劝阻未停车。[⑥]

注：

① 比佗中心广场颇负盛名，为民众休闲所在。

② 园内绿草如茵，花卉鲜艳，几乎使人忘记这是一个甚为干旱的国家。

③ 园中塑有铜像，据说是为纪念英、荷当年开拓此地的著名人士。

④ 公园一侧的建筑物曾为法院，曼德拉即在此受审并被判刑。

⑤ 曼德拉被审判期间，附近聚集了大批黑人，唱歌呼口号，对曼德拉表示支持。

⑥ 我们到中心广场时，园内外聚有很多黑人。据导游讲，经常发生抢偷事件，很不安全。

其　六

南非黑人土著民，①
繁衍渐成部落群。
闭关锁国难进步，
开埠建港始翻身。
荷兰先派探险队，②
英伦续遣远征军。③
今日建馆永祭奠，④
先民功过后人云。

注：

① 南非土著居民为黑人，种植芒果，橡树等，世代以务农为生。

② 1602 年，荷兰派探险队进入南非，发现资源丰富，遂移民居住，开发矿业和其他产业，使南非得到较快发展。

③ 18 世纪中叶，英国派远征军登陆南非，荷兰人不敌退让，英国人开始统治南非。

④ 先民馆为纪念荷兰先民而建。馆高数十米，分两层，圆形无柱。馆顶有一洞，每年 12 月 16 日的中午，阳光透下，正好照在底层空棺的中部。该馆建于一个山头上，通体为花岗岩，十分壮观。

过内罗毕

其一

曾闻误机把心焦，[1]
孰料正点又飞高。[2]
回首约堡远离去，
遥望内市频呼招。
忽见绵绵云岭卧，[3]
又觉滚滚雪浪啸。
红衣空姐送饭至，[4]
牛肉土豆小面包。

注：

① 2006 年 4 月 5 日 10 时左右，我们一行到达约堡机场。正拟办经内罗毕至开罗的登机手续，忽接通知，告飞机有故障需要排除，可能要延至明日起飞，众人听说后皆感吃惊、焦急。

② 正在与机场交涉之际，又接通知，告飞机已修好，可以正点起飞，众大喜过望。

③ 此句和下句都是从飞机上向下俯视所见情景。

④ 肯尼亚空姐穿红色衣服，与皮肤相衬，别有一番风韵。

其　二

俯看内市霭未消，①
矮屋群中有楼高。②
机降机场无忙碌，③
客进客厅自辛劳。④
转机验票态度冷，⑤
迎宾入舱姿容娇。⑥
罕见提前一刻起，⑦
直飞开罗入云霄。

注：

① 由约翰内斯堡起飞，5 小时后到达肯尼亚首都内罗毕上空，刚下过雨，云气未消。

② 内罗毕城市范围很大，从飞机上往下看，低矮房屋较多，高层建筑较少。

③ 机场起降飞机不多，没有忙碌作业的景象。

④ 旅客下机后，没有机场巴士接送。我们行经一座露天的水泥天桥后进入候机厅内。

⑤ 稍事休息，即接通知，请转机旅客登机。检票工作人员态度生硬，毫无笑容。

⑥ 机舱口，空姐笑容可掬，迎客入内。

⑦ 原定 17:20 起飞，实际上 17:05 飞机即驶离跑道。

埃及纪行

（一）游开罗

其一

飞机翱翔冲夜空，
窗外漆黑偶见星。
途经苏丹暂停降，①
到达埃及停旅行。②
街区纵横灯明亮，
河流蜿蜒月朦胧。③
猛听轮胎亲跑道，
顿消倦意感轻松。

注：

① 2006年4月5日20:00左右，飞机在苏丹喀土穆机场降落，上下旅客，中转旅客不允许出舱，只能在机上休息。

② 23:00过后不久，飞机降落在埃及开罗机场，从而结束了约翰内斯堡至开罗的航程。

③ 此处河流指尼罗河。

其　二

朝离饭店去参观，①
街道熙攘人车喧。
导游小伙忙介绍，②
同行老客频插言。
上下埃及沙漠大，③
大小开罗绿洲翩。④
河海流域民众聚，⑤
信奉真主世繁衍。⑥

注：

① 我们下榻的饭店叫佐赛尔饭店，是以古埃及一位法老命名的。

② 派来的导游叫穆罕默德，中文名字叫宋阳，曾在中国留学。

③ 埃及由上下埃及组成，撒哈拉沙漠占去国土约96%的面积。

④ 开罗有大小之分，小开罗为城市市区，加上吉萨便为大开罗，人口为2400万，其中小开罗为1800万，绿地甚多。

⑤ 指尼罗河、苏伊士运河、地中海、红海流域。

⑥ 埃及人绝大多数信仰伊斯兰教。

其 三

开罗博物馆出名，①
文明古国底蕴丰。
陈列展品三万件，②
跨越历史六千龄。③
石像雕刻神兼韵，④
彩棺制作价连城。⑤
年幼法老寿虽短，
陪葬物品鬼斧工。⑥

注：

① 开罗博物馆由于展品丰富珍贵，在非洲及世界上都很有名气。

② 据介绍，该馆现有展品 36000 余件。

③ 据介绍，埃及有文字记载的历史已达 6000 年左右。

④ 博物馆中有很多石雕像，工艺精细、线条流畅、表情动人。

⑤ 埃及风俗，法老和达官贵人死后都制成木乃伊，装入木棺，再装入石棺，置于金字塔或地宫内。这些棺材精雕细刻，饰以金银、宝石等，虽逾千年，至今仍保存完好，令人叹为观止。

⑥ 展品中有一位九岁登基的法老在位九年后去世的陪葬品，数量很多，大都是旷世奇珍。

其　四

媒体频繁侃开罗，
金字塔群话题卓。[①]
有幸游览齐赞叹，
方知褒誉未瞎说。
多座塔高百米逾，[②]
每块石重数吨多。[③]
至今让人难思议，
谁行此举震山河。[④]

注：

① 埃及金字塔是震惊世界的文化遗产，实为历代法老陵墓，总数说法不一，现存76座。

② 我们在开罗参观了4座金字塔，最大者胡夫金字塔高147米，底层边长230米，地基面积达52900平方米。

③ 以胡夫金字塔为例，用去石头230万块，每块重3～15吨，最大的一块达16吨重。

④ 据考证，上面说的金字塔距今已有4600年历史，以当时的生产条件，很难想象是什么样的人用什么样的办法把如此巨大的石块堆砌到100多米的高度。由于不得其详，有人就分析，这样的杰作是外星人所为。

其　五

暂忘国籍聚他乡，
金字塔下游览忙。
为照佳影登高地，①
细看巨石到基旁。②
驼夫恳求客乘坐，③
警察严管心不慌。④
来到人面狮身处，⑤
再摄几张又何妨。

注：

① 距城较近的几座金字塔之间的距离虽不很大，但较高，为照全影，必须站在较远的高处。

② 游人看罢远景后，往往出于好奇，再到金字塔下详细观察巨石。

③ 一些埃及人手牵白色骆驼到处游走，看见旅客便劝说乘坐照相或在附近游览。

④ 埃及设“旅游警察”，在各个景点及街头多有他们的身影，见有不文明或不轨行为，立即上前劝阻干预，以保护游客的安全和利益。

⑤ 著名的人面狮身雕像距上述金字塔很近，步走十余分钟即可到达。

（二）赴亚历山大

其　一

西出开罗便见沙，
冰山一角撒哈拉。①
远望瀚海疑难在，
细看资料知易答。
石油蕴藏能致富，②
花岗开采可建家。③
勤劳金钱相互动，④
成片绿洲实可夸。⑤

注：

① 埃及国土面积的96%是沙漠，位于著名的撒哈拉沙漠区域内。据介绍，撒哈拉沙漠现为非洲、亚洲12个国家所拥有。

② 撒哈拉沙漠的下面蕴藏着大量石油，不少国家因之而致富，经济得到迅速发展。

③ 在沙漠下面的不少地方埋有质量很好的花岗岩，开采出来后可作为用途很广的建筑材料。

④ 改造沙漠，成本很高，劳动强度很大，既要财力，也要人力。

⑤ 经过努力，沙漠中出现了许多绿洲。

其　二

高速公路穿沙丘，
两旁眺望绿意收。[①]
恍惚似觉到宁夏，[②]
回神方知在非洲。
时见田间香蕉茂，[③]
难忘路边丽人羞。[④]
服务区中暂小憩，
热闹景象胜市都。[⑤]

注：

① 开罗至亚历山大的高速公路建于沙漠之中，经过多年辛勤努力，如今沿途已形成甚为宽阔的绿化带。

② 一些地方的景象很像我国的宁夏回族自治区。

③ 公路旁边除种有花草树木外，不少地方还植有香蕉等作物。

④ 埃及青年妇女普遍以纱巾包头，秀色可餐，但很腼腆，羞于与生人说话。

⑤ 公路服务区设施齐全，环境优美，乘客多在此休息，孩子们打打闹闹，让人产生在市内逗留之感。

其 三

行车三时近海边，[①]
亚历山大现容颜。
晨出解渴饮凉水，
午到果腹吃海鲜。
阿訇诵经声宏亮，
穆民礼拜态度虔。[②]
街上人盛为何故，
询问原是休息天。[③]

注：

① 2006 年 4 月 7 日上午 8:00 从开罗出发，11:00 左右到达亚历山大。

② 伊斯兰教讲究念功，教徒们每天念经五次。届时，由大阿訇通过高音喇叭诵读《可兰经》中的有关经文，提醒并引导穆斯林们做好宗教功课。

③ 埃及是阿拉伯国家，人民中的绝大多数信仰伊斯兰教，为便于礼拜，故规定每周的星期五为休息日，其他日子则上班工作。

其　四

地中海畔绽名花，
两千余载根深扎。[①]
神柱名为萨瓦里，[②]
古墓称作夏高发。[③]
花园难忘法鲁克，[④]
城堡最忆卡特巴。[⑤]
文化沉淀伴磨难，[⑥]
雪耻不须牙还牙。

注：

① 亚历山大已有2300年历史。

② 指萨瓦里神柱，高30余米。用花岗岩雕刻而成，最后置于基座上竖起，工程十分艰巨。

③ 指夏高发古墓，有99个台阶直通地下墓室。石棺中原有高官的木乃伊，后移往他处保存。

④ 指法鲁克时代的夏宫，现辟为供人游览的花园。园内奇花异草很多，环境十分优美。

⑤ 指卡特巴城堡，古时为防御土耳其人侵所建。

⑥ 亚历山大在历史上曾被土耳其等多国占领，如今还可看到许多遗留的痕迹。

（三）游孟菲斯

晨出游览孟菲斯，[①]
埃及文化又一枝。
先赏阶梯金字塔，[②]
后观仰卧国王石。[③]
城旁围墙砖细赋，[④]
馆周文物体英姿。
返程又去老城逛，[⑤]
教堂古堡品有时。[⑥]

注：

① 孟菲斯是埃及的著名景区，古时曾在此建都，有很多文化古迹和名胜景点。

② 该金字塔风格迥异，呈阶梯状，现已有5200年的历史，内有古埃及乔赛尔法老木乃伊石棺。历史悠久，岁月无情，塔外材料风化严重。

③ 指拉姆西斯二世神像，原为站立，后被水冲毁，足部受损。如今以仰卧姿势保存于纪念馆内。

④ 金字塔四周有围墙，砖质极细，不用灰浆砌筑，而用挤压空气的方法接合，缝隙很小。

⑤ 指开罗老市区。

⑥ 老城中的巴布伦城堡和空中教堂均很有特色，值得一往。

（四）赴苏伊士运河

其　一

有幸去游苏伊士，①
汽车穿城向东行。②
远望黄沙接天际，③
近看绿树在园中。④
住宅公寓成片建，⑤
工厂仓库接踵成。⑥
公路伸展如巨笔，
白云深处记大功。

注：

① 2006 年 4 月 9 日上午，安排参观苏伊士运河、西奈半岛等地。

② 所去景点在开罗的东方。

③ 离开开罗不久便进入撒哈拉沙漠，向远望去，黄沙漫漫，所幸风小，未出现扬沙天气。

④ 公路沿线大多得到改造，不时可见到块块绿洲，绿草如茵，树木葱郁。

⑤ 距公路不远处，一片片高楼拔地而起，据介绍，均是陆续开发的住宅小区及公寓之类的建筑物。

⑥ 靠近开罗及途中一些地方，工厂、仓库较多，围墙上设有岗哨，有持枪保安人员执勤，守卫甚严。

其 二

运河水绿波光粼，[①]
诉说旧事与新闻。
多年开挖终奏效，[②]
一朝竣工便超群。
连接两海缩运距，[③]
收入百亿福众民。[④]
乘坐轮渡到对岸，
由非跨亚不见门。[⑤]

注：

① 苏伊士运河开凿始由埃及人提出，拿破仑占领埃及后又提出构想。经过艰辛努力，耗费大量人力、物力、财力使这项工程得以成功，航道缩短了8000千米。

② 苏伊士运河从1859年开凿，1869年完工，前后历时十年之久。

③ 运河北连地中海，南连红海。

④ 运河开通后，很多船只不需要再绕行好望角便可到达目的地，大大缩短了运距。每年有大量船舶通过运河，缴纳的费用超过100亿美元。

⑤ 运河也是非洲和亚洲的分界线，渡过运河，到达埃及的西奈半岛，这里已属亚洲地区。

其　三

舍船登上西奈地，①
护卫警车急趋前。②
黄沙依然满视野，
绿洲偶尔近身边。
作战武器默然放，③
指挥工事悄无言。④
收复国土以军撤，⑤
游客走看话当年。

注：

① 指西奈半岛，这是埃及在亚洲的领土。

② 埃及政府规定，凡有外国团组到西奈半岛参观，均派警车保护。

③ 进入半岛不久，便可见以色列军队当年驻扎时使用过的坦克、大炮及一些轻型武器摆放在沙地上。

④ 为指挥作战、救助伤员和供伤员休息，以色列人曾修建了不少工事，我们参观了指挥工事等设施。

⑤ 20 世纪 60 年代的战争，使埃及和以色列各有胜负，各自占领了对方的一些领土。签订协议后，埃及军队撤出以色列，以色列军队也撤离了西奈半岛。

其　四

岛上禁区氛围重，①
驻军甚多戒备严。
进入景点先购票，②
携带相机另付钱。③
游览学生显情谊，④
陪同警察尽职权。⑤
饭毕要求逛集市，
婉拒理由不安全。⑥

注：

① 西奈半岛如今是埃军军事要地，登上渡轮后即不准照相。

② 原以军巴列夫防线一带划为风景区，对外开放，参观时须先买票。

③ 如要携带相机进入景区拍照，须交5个埃镑的费用。

④ 到半岛参观的埃及学生很多，见到中国人，主动打招呼，甚为热情。

⑤ 参观时，一直有埃及警察陪同我们，工作非常认真。

⑥ 中午在运河西岸的伊斯梅利亚市的一家饭馆就餐。饭后想进入市区集市浏览一番，后导游相告，当地有关部门考虑到安全问题，不同意我们的要求。

（五）别埃感言

其一

逗留埃及只五天，
怪事频遇有留言。
警察值勤枪紧握，①
巴士行驶门不关。②
公墓多房可居住，③
商店深夜仍上班，④
烂尾楼厦处处在，⑤
行人过路叹艰难。⑥

注：

① 为防范恐怖活动，保护游客安全，埃及专门建有旅游警察序列，在城市一些重要地方设置哨卡，还有一些人流动巡逻。这些警察身着制服，手持冲锋枪、步枪等武器，严密地注视着过往人群。

② 公共汽车行驶时多不关门，一些乘客站在门口谈笑风生。

③ 开罗城中有一公墓群，绵延达70余公里。区中每座公墓皆为一个院落，地下建有墓室，院上建有房屋，有些穷人居住于内，不了解情况时还以为是居民小区呢！

④ 商店关门很晚，午夜时还有人进出。

⑤ 开罗等城市内有很多私人建的楼房，由于受资金影响，尚未封顶，甚至只盖了几层，便卖与他人或自家居住，形成顶上钢筋朝天，下面装修已毕的景象。

⑥ 开罗大街上很少有过街地道或天桥，行人过街时全凭勇气和技巧。

其　二

有幸访埃仅此遭，[①]
初揭面纱看嫦娇。
尼罗河水荡绿浪，
法老陵塔披黄袍。
亚历山大景色美，
穆巴拉克威望高。[②]
看罢西奈游人议，
战争之火莫再烧。[③]

注：

① 访游埃及，这是第一次，大概也是最后一次。

② 开罗等地街头不时可见埃及总统穆巴拉克的画像，据了解，他在本国及阿拉伯世界都有很高的威望。

③ 西奈半岛曾见证了埃以战争，双方损失都很大。如今很多埃及人虽然对以色列不满，但不希望再出现战火纷飞的景象。

过访新加坡[1]

其　一

飞机跑道慢滑行，
瞬间腾飞上九重。
俯看北京画卷小，
平视南天云海中。
空姐微笑无倦意，
旅客满意有赞声。
荧屏节目随意换，[2]
朦胧之际到狮城。[3]

注：

① 2006 年 3 月 30 日，我们一行 7 人离京出访南非、埃及，按照预定线路规定，出去时需要在新加坡中转，返回时可以在新加坡逗留一天。

② 乘坐的飞机上，每个座位后均设有闭路电视，频道很多，可以自行选择观看。

③ 新加坡是花园城市。素有狮城之称，实际无狮，但让人听之似乎以狮多而出名，对此有传说加以解释。

其　二

新航于我非陌生，[①]
几番乘机结友情。
服务周到态度好，
业务娴熟技艺精。[②]
玉手轻送三春暖，
酥唇柔化腊月冰。[③]
国航也跑国际线，
质量高低何人评。[④]

注：

① 数年前，我曾陪同时任交通部部长的黄镇东同志访问新加坡等国。不久，我又率团到新加坡出席国际会议。此次已是第三次，每次均乘新加坡航空公司班机，空姐的良好服务给我和其他同志留下了深刻的印象。

② 新航服务人员态度和蔼，热情周到。空姐们身着带有民族风格的服装，经常面带微笑出现在乘客的身旁。对有特殊要求的乘客上机后即进行了解，之后在座位上贴上标志。一切都很自然，却都让人十分满意。

③ 指服务好，不时端送饮料，从不恶语伤人。

④ 中国国际航空公司经营多条国际航线，虽也注意服务，但与新航等公司相比，似有较多需要改进之处。

其　三

舱内客满春意浓，
窗外高空胜隆冬。①
霞透云层金光洒，②
冰裂湖面白莲生。③
难觅天宫建何处，
欲访仙官找无踪。④
劝告世上痴情客，
何如长住在凡城。⑤

注：

① 机舱外温度低时达到 -70℃左右。

② 新加坡与我国无时差问题。傍晚时分，晚霞透过云层洒照在高空云海上，甚为瑰丽、壮观。

③ 高空中白云起伏相连，不断变化着景象，很多时候似从广阔的水面上绽开的朵朵莲花。

④ 传说天上有天宫，玉皇大帝及百官上朝议事，讨论天上和凡间重大问题。

⑤ 对此，苏东坡早有“何似在人间”的感叹。

其　四

开罗狮城一线牵，
又乘新航心内欢。①
绳路穿行沙里过，②
珠岛缀镶海中间。③
沙丘云山齐耸立，④
明月残阳共高悬。⑤
思绪游离到迪拜，
机场富丽新洞天。

注：

① 2006年4月10日，我们一行由开罗乘机再次飞往新加坡。

② 从飞机上下望，沙漠公路清晰可见。绳路指弯弯曲曲的道路，我国古诗中有此比喻。

③ 从飞机上看被印度洋海水包围的一些岛屿，碧蓝翠绿，秀丽怡人。

④ 白云在沙漠上飘动，形态奇异，最像者莫如山峰、冈峦。

⑤ 到迪拜机场时将近18:00，夕阳未坠，晚霞掩映。更令人想不到的是，一轮明月已挂在天边。

其　五

已访两次印脑间，[①]
今又重游貌更妍。
异草奇花处处长，
高楼大厦频频观。
街道整洁悦心目，
商品琳琅宜女男。
若问文明何如许，
严格管理加皮鞭。[②]

注：

① 1994 年 10 月和 1995 年 9 月，我先后两次到新加坡访问。第一次作为黄镇东部长为团长的中国政府交通代表团成员；第二次由我率团参加国际会议。

② 新加坡是高度法制化国家，处处依法办事，执法也非常严格。在新加坡触犯法律或有关规定后，不仅会受到高额罚款、拘禁等处罚，而且可能受到鞭笞。受刑者会被打得皮开肉绽、鲜血淋漓。外国人如有违犯，也不能幸免。

六十抒怀

其一

光阴匆匆过，
不觉六秩来。①
草黄迎秋到，
花瘦盼春开。
即入伏枥列，
犹萌驰路怀。②
推窗夕阳灿，
抒情少诗才。③

注：

① 本人去年（2005 年）已满六十岁。

② 汉曹操《步出夏门行》中云：“老骥伏枥，志在千里；烈士暮年，壮心不已。”

③ 心有所想，偶然涂鸦，难入骚客法眼。

其 二

夸父曾追日，
甩杖化邓林。①
长留豪气在，
永励壮士心。
光阴自流逝，
岁月有温馨。
如今迈花甲，
拔剑笑杞人。②

注：

①《山海经·海外北经》中记载夸父逐日的故事。夸父为了追赶太阳，口极渴，喝干黄河、渭河水后仍不够，后因渴而亡。死后木杖化为树林，号邓林。做法不足取，精神有可嘉之处。

②《列子·天瑞》中说到古杞国有人担心天塌下来，于是忧心忡忡，寝食不安。

其　三

仓促降人世，
知足三万天。
不望彭祖寿，[①]
只羡杜诗篇。[②]
人各有定位，
事亦不求全。
皓首无大愧，
此生自心安。

注：

① 传说彭祖活到八百岁时，犹精神焕发。

② 唐朝杜甫以诗著称文坛。其作品风格雄浑沉郁、韵律严谨、对仗工整、形象鲜明、思想性甚强，被后世人尊为“诗圣”。

其　四

或问处世窍，
以诚相待答。[1]
无风赏涟漪，
有浪思荷花。
交友必坦率，
为人应懿嘉。
一生坚此旨，
滇京均有夸。[2]

注：

① 我至今已工作三十多年，在多个单位任职，所到之处，与同事关系均好。有人追问诀窍，答曰：以诚相待。确实如此，此四字令我受用终生。

② 我曾在云南工作十七年，调任北京后，也近二十年时间。口碑一直较好，聊以自慰。

其　五

政治野心且莫生，①
一旦怀之祸形成。
登船迷向乱靠岸，
求官失节重钻营。
结党营私谋私利，
欺上压下刮邪风。
小人终难修正果，
四人帮灭敲警钟。②

注：

① 我参加工作后，总结历史及他人的经验和教训，对自己提出了四大要求，此为第一点，即政治上无野心。

②“四人帮”结党营私，祸国殃民，终致身败名裂，后人应引以为戒。

其　六

廉洁从政古训留，[①]
多少清官青史书。
赋税厚凝黔首汗，[②]
薪俸远比大众优。
用权当以民生重，
执政莫让天下哭。
常忆数次合肥去，
巷陌犹赞包龙图。[③]

注：

① 此为第二点自我要求，即经济上无贪心。

② 黔首指百姓，国家收得的赋税有很多来自人民大众。

③ 合肥建有包公祠，每天参观人很多，对“包青天”赞誉有加。包龙图，因包拯任过龙图阁大学士，故有是称。

其 七

为人应以善为怀，[①]
胸襟宽广暖风来。
扶贫济困君子貌，
落井下石小人苔。
相亲相知显缘份，
无情无义实僻乖。
即有嫌隙应弥补，
廉蔺和好话不衰。[②]

注：

① 此为第三点自我要求，即对人无坏心。

② 廉颇为战国时期赵惠文王名将，蔺相如为赵惠文王名臣。二人皆有大功于国，后因蔺位于廉之上，廉很不满，曾出言不逊，侮辱蔺。但蔺相如识大体，多次忍让，不以怨报怨，终于感动廉颇，上门负荆请罪，留下将相和的千古佳话。

其　八

人生在世应有为，[①]
韶华易逝再难追。
自幼暗立勤奋志，
及长常望进取碑。
从事工作须敬业，
学习知识永伴随。
如今虽步夕阳境，
老马嘶风奔余晖。[②]

注：

① 此为自我要求的第四点，即工作上有信心。

② 老马在大风中引颈嘶鸣，何其状哉。人虽老，不能服老，否则就会坐以待日，在百般无聊中度过余生。

坐看夕阳

少赞晚霞好，
老叹夕阳少。
放眼天地大，
细思躯身小。
闷闷送秋雁，[1]
绵绵恋金乌。[2]
忽闻杜鹃啼，
梦醒泪沾袄。

注：

① 雁为候鸟，深秋季节，北雁南飞，人们在欣赏雁阵的雄壮时，也明白，冬天即将到来。

② 指太阳。古有金乌西坠、玉兔东升之说。

叹金钱

何物魅力大无边，
从古至今惹人馋。
范蠡为之弃官去，①
石崇因其将命捐。②
囊中空空英雄困，
帐上满满巨贾欢。
没有不行多亦累，
谨记有道再沾边。③

注：

① 范蠡为春秋时期越国谋臣，辅佐越王勾践灭吴后，弃官不做，经商成巨富。

② 晋朝石崇富可敌国，常与人夸富，奇招迭出，甚至击碎巨型珊瑚。后遭人忌，受到陷害死于非命。

③ 呼应“君子爱财，取之有道”之说。

雪中随感

晨出阴霾显，
会中雪花飘。[①]
忽见龙鳞舞，[②]
又观梨葩娇。
天地银片洒，
江山素练包。
暂别喧嚣境，
俗念一时消。

注：

① 是日为 2006 年 1 月 12 日，我出席上午 9 时在国际会议中心举行的中国产业发展论坛会。

② 过去有巨龙相斗、鳞片落下为雪的传说。

初春观大雪有感

书案吟诗苦无句，
抬头突见鹅毛飘。①
潇潇洒洒满天舞，
忽忽悠悠遍地抛。
仙宫何故摆盛宴，
玉禽不幸遭屠刀。
古今咏雪多创意，
我将散花改鹅毛。

注：

① 2006年3月11日中午1：30左右，时天空晴朗，太阳清晰可见，忽然间，大瓣雪花飞舞，前后持续约20分钟。文人墨客作诗时，常用梨花飘动形容下雪时的景象，民间则喜称鹅毛大雪。

漫步青年湖公园

八九寒流临北疆，
冷风刺肤衣内凉。[①]
冰镜勉映芙蓉面，[②]
桥洞难迎玉兔光。
忽观枯草点点绿，
又见垂柳丝丝黄，[③]
何处鸟鸣传春讯，
不日花开吐芬芳。

注：

① 2006年2月25日偕妻到青年湖公园散步，是日为“八九”第三天，值寒流光顾，温度下降，颇感冷意。

② 湖水结冰已久，前几天由于温度上升，出现微融情况，寒流来后又复冻住。

③ 生命顽强的小草有的已按捺不住破土而出。不知从何时开始，杨蕾挂满枝头，柳丝泛出绿黄。

雨夜杂感

其一

月掩星稀意阑珊，
雨打桃叶难入眠。[①]
辗转反侧褥生刺，
思前想后情扬帆。
年少常想搏海浪，
鬓白只敢站江边。[②]
平生磊落不负众，[③]
所幸多乘顺风船。

注：

① 我之睡眠不好，常因不由自主地思考问题而彻夜难眠，有时不得已进药而强迫入睡。

② 少年不识愁滋味，也不知道江湖之险恶。随着阅历增加，年龄越大，越觉得处世应谨慎，不可贸然行事。

③ 我之待人，一向坚持“宁可天下负我，然我不负天下”，与曹孟德的观点恰恰相反。

其　二

考入大学合家欢，
严父冷面转慈颜。①
忙里偷闲整行物，②
急中生智辞赠钱。③
高堂情深话难尽，
游子心痛泪不干。
月台挥手终别去，
火车转运到西安。④

注：

① 家父甚为严厉，平时与我话不多，我考上西安公路学院后，始和颜悦色地与我谈了许多话。

② 父亲工作很忙，但抽出时间为我准备行囊，直到发挥当过兵的优势，为我捆打被褥。

③ 父亲在我临行前给较多钱，要我带上。我知道家里经济不宽裕，遂以担心丢失、学校会保证生活需要等为由婉拒，只拿了不多的一些。

④ 当时山西大同到陕西西安的火车要经过晋南的风陵渡，趟水上船，过河后再登上火车赴目的地。

其 三

男儿有泪瞬间弹，
壮志未酬莫缠绵。
望学知识长本领，
盼提素质建家园。
孰料文革降恶运，[①]
险使报国成空谈。
几载屡见战旗易，[②]
四大喧闹让人烦。[③]

注：

① 我们入校后的第二年即1966年，文化大革命开始。

② 文革期间，红旗招展，战斗队林立，时而撤销，时而组建，很难弄清楚有多少群众组织。

③ “四大”指文革中提倡的大鸣、大放、大批判、大字报。

其　四

所幸迷途醒幡然，
未坠幽渊四百旋。
深知阴霾转眼去，
坚信愚昧立世难。
复课忙请师讲授，[①]
觅暇急将书阅翻。
学习氛围颇浓厚，
无分教室幼儿园。[②]

注：

① 大约从 1968 年开始，中央提出“复课闹革命”的要求，此举很受拥护。一时间订计划，请老师，校园内热闹非凡，一些课程就是在这种情况下学完的。

② 由于派性对立，上课时各选地点。我们班虽然基本是一派，但原教室（在北院）不便去，只好在南院进行。有时去教室，有时到教学工厂，有时甚至借用幼儿园（当时早已停办）。地点如何，似乎没有影响大家的情绪。

其　五

终得毕业离长安，①
槐树已证赴云南。②
同事和谐光阴速，
领导关心仕途迁。
先当经理业入道，③
后任书记责压肩。④
属下职工四万众，⑤
合力工作情谊联。

注：

① 1970 年 8 月，持原国家计委分配派遣证离开学校到云南省交通厅报到。

② 临别西安前，我与同班同学沙翠兰领取了结婚证。

③ 1983 年 11 月，被一步提任为云南省汽车运输公司副经理。

④ 1986 年 3 月，又被提任为公司的党委书记。

⑤ 当时的云南省汽车运输公司对分布在各地的汽车运输总站实行垂直领导，全系统共有职工 4 万余人，营运汽车 1 万多辆。

其　六

滇省任职十七年，
始想北调后心安。
在岗工作尽心力，
入部帮忙任劳烦。①
小屋栖身蚊吸血，②
大队买饭汗湿衫。③
几年帮工如一日，
回昆不久又蒙宣。④

注：

① 在云南工作期间，曾多次被交通部原公路局借调，时间集中在1979年底至1983年8月之间。

② 在部帮助工作期间，住在临时搭建的木板房内，冬天较冷，夏天炎热，蚊子很多，难以驱赶。

③ 在部机关食堂排队买饭，时无空调，靠电扇降温。

④ 工作告一段落后，返回云南，但时间不长，部公路局又给云南省交通厅领导来电话，要我再次赴京。

其　七

年至不惑渐求安，
愿在滇省度百年。
神静气顺无旁骛，
势转事变有新缘。
忽闻调部难置信，[1]
又听任职觉讹传。[2]
直到亲眼见调令，
方信并非梦中言。

注：

① 多次在部里借调帮忙，由于能较好地胜任交办的工作，为人谦和、任劳任怨，故口碑较好。根据需要，部里几经努力想正式调我工作，然而户口难进，未能办成。以后我担任云南省汽车运输公司领导职务，遂不再考虑此事。不料想，1987 年，交通部再次申报，得以核准，一家四口，悉数入京落户。

② 正式调动工作时，部公路局领导告知我，由我接替拟调往海事法院任职的何坚同志，担任运务处处长。在此之前，也有传闻，我未予置信。

其　八

赴部报到为部员，
一改借调小工颜。
始在处室为处令，[①]
后上司局任司官。[②]
昔日听语多聆示，
今时号令可直言。
能有进步不忘本，
深谢提携伯乐贤。[③]

注：

① 调部工作后，开始宣布我为公路局运务处负责人，未过几天，又一次宣布为主要负责人。

② 1988 年 8 月，交通部机构改革，新成立运输管理司，经推荐、考核、研究、审定等一系列程序，我被选定为司领导成员，担任了副司长职务。

③ 我能由一般干部升任副司长职位，自己努力工作固然是重要原因，而云南省、交通部有关领导、同事大力推荐、关照、提携也是不可或缺的关键所在。自己虽非千里马，然诸位伯乐当之无愧也。

其　九

衣食住行文四篇，
我与交通喜结缘。
从业始进运输处，[①]
升职更闯流通关。[②]
经营指挥多车队，[③]
管理统领大军团。[④]
愿为行业办实事，
共助先行破万难。[⑤]

注：

① 从学校毕业后第一个工作单位便是云南省交通厅运输处。

② 交通运输是搞活流通的基础和重要环节，我在担任副经理直至副司长后为之做了大量的工作。

③ 在云南省汽车运输公司担任领导职务时，下属的汽车运输总站共有 200 个左右的车队。

④ 我负责全国运政工作时，全国五级运输管理机构工作人员约为 10 万人。

⑤ 交通是先行官，为道路运输业保驾护航是各级交通主管部门和运输管理机构应尽的职责。

其　十

择业交通始偶然，[①]
入门逐渐把心安。
修桥筑路行善事，
组客理货结情缘。
常忆昭通三冬雪，[②]
难忘景洪六月天。[③]
调查协调滇省跑，
风尘仆仆不觉烦。

注：

① 报考西安公路学院最初并无明确目的。当时只考虑运管专业为四年毕业及半工半读，想早日参加工作，为家庭减轻经济负担。后改为五年，甚感不快。

② 云南省昭通地区不少地方冬天寒冷，雪大路滑，运输困难。

③ 西双版纳属亚热带地区，首府景洪夏季十分炎热。

其十一

上调京华续前缘，
再搞运输喜心间。
如云过去工作窄，
自知如今范围宽。
东南西北遍足迹，①
春夏秋冬少暇闲。
惟憾西藏去一次，②
每当思起便汗颜。

注：

① 到交通部工作后，出差甚多，每年约有二分之一的时间在各地调研、开会，参加活动。

② 20 世纪 90 年代初，我在交通部业务司局负责道路运输管理工作时曾赴尼泊尔会谈，结束后经西藏回到北京。曾在日喀则、拉萨等地逗留几日，以后再未去过。

其 十 二

道路运输百姓牵，
业务繁忙难偷闲。
经营坚持服务旨，①
管理勿忘科学观。②
治理市场不松懈，
健全法规岂敢烦。
夜静回顾诸般事，
欣喜惆怅涌心间。

注：

① 道路运输是服务性行业，一向坚持服务宗旨，将旅客、货主、用户视为“上帝”。

② 加强科学管理，努力提高社会效益和经济效益是对道路运输管理工作提出的基本要求。近年来，认真贯彻落实科学发展观，使道路运输管理工作的内涵更加丰富，更加充实，更富有新意。

其十三

不觉迈过花甲关，
离开运管已数年。
身离岗位心关切，
情系事业志相连。
喜看市场面貌改，
诚盼队伍活力欢。
赋闲如从门前过，
粗食清水也甘甜。

注：

剪不断、理还乱的运管情结，久久缠绕在心中，让我永难忘怀。离开全国运管工作最高领导岗位后，由于参加一些有关的会议和活动，经常会遇到运管部门的同志，有时也到过一些单位做客。所见之人，所到之处，都还未忘记我这个“老运管”，对我热情欢迎，盛情款待。古人云：人走茶凉，又道是世态炎凉。呜呼，我至今体会不深。是过去口碑较好的原因，还是我未负过同行的缘故？目前如此，今后谁知又会如何呢？不得而知。战国时苏秦曰：世情看冷暖，人面逐高低。即便如此，心平如镜，无所谓也！

其 十 四

热诚待人坚此生，[①]
留得口碑行业中。
在位不以势压下，[②]
退休更将心摆平。
我自敬君君敬我，
公先慢我我慢公。
如誉挖井令吾愧，[③]
未端凉茶足领情。[④]

注：

① 我与人相处，一生坚持“以诚相待”四字。

② 由于我奉以“乌纱帽戴在头上是暂时的，与同志相处情谊是长久的”信条，故与周边关系尤其是与同级及下级的关系甚为融洽，从未出现咄咄逼人、剑拔弩张的情况。

③ 有的省运管局负责人曾称我为道路运管事业的挖井人。虽然较早和同志们从事这方面的工作，但贡献有限，很感惭愧。

④ 某省某市运管处主要负责人过去对我毕恭毕敬、执下级礼，溢美之词、奉承之话经常脱口而出。我为之感动，并表示感谢。然而在我离开运管最高领导岗位后，不久该君态度大变。如无前面表现，自当予以表扬，但一经对照，则令人感慨万分。

其十五

把玩古钱思晋商，①
当年九州创辉煌。
诚信立本聚财气，②
仁义为怀振贾纲。③
乔家宅院传佚事，④
王氏城堡映夕阳。⑤
昔日富翁乘鹤去，
而今铜臭散故乡。⑥

注：

① 当年晋商异军突起，独树一帜，不但在山西省内生意兴隆，而且将分号开在全国许多地方，在一定程度上左右了当时的经济。

② 晋商坚持诚信，甚讲职业道德。

③ 不少晋商标榜仁义，以儒商自居。

④ 指祁县乔家大院，流传故事颇多。

⑤ 指灵石王家大院，老院形似城堡。

⑥ 如今晋人经商风气颇浓，大小项目遍地开花，据说人事方面亦多有商业运作，在不少地方，似乎又出现了无钱难办事的现象。

信步杂咏

其一

一片肥沃地，
芳草傍花阴。
中有池塘涸，
苦盼降甘霖。

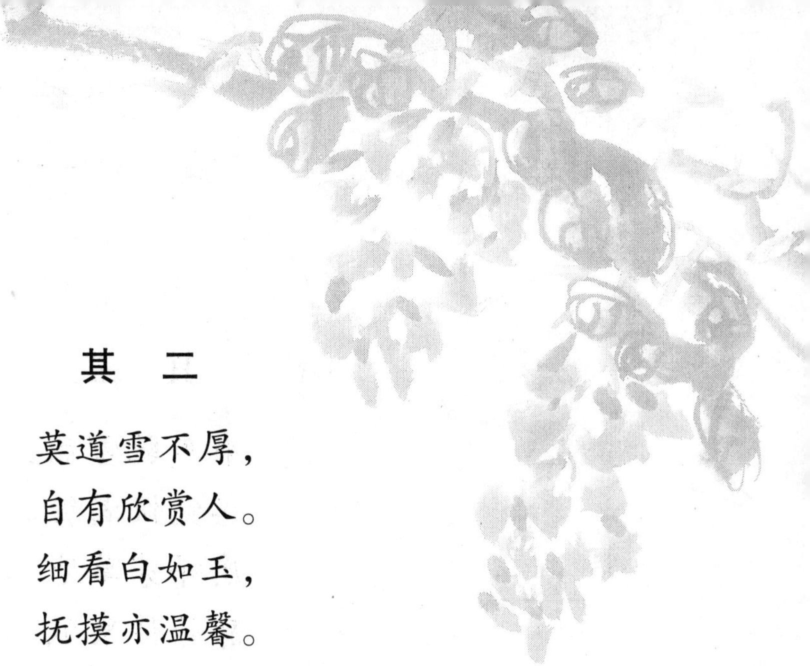

其 二

莫道雪不厚，
自有欣赏人。
细看白如玉，
抚摸亦温馨。

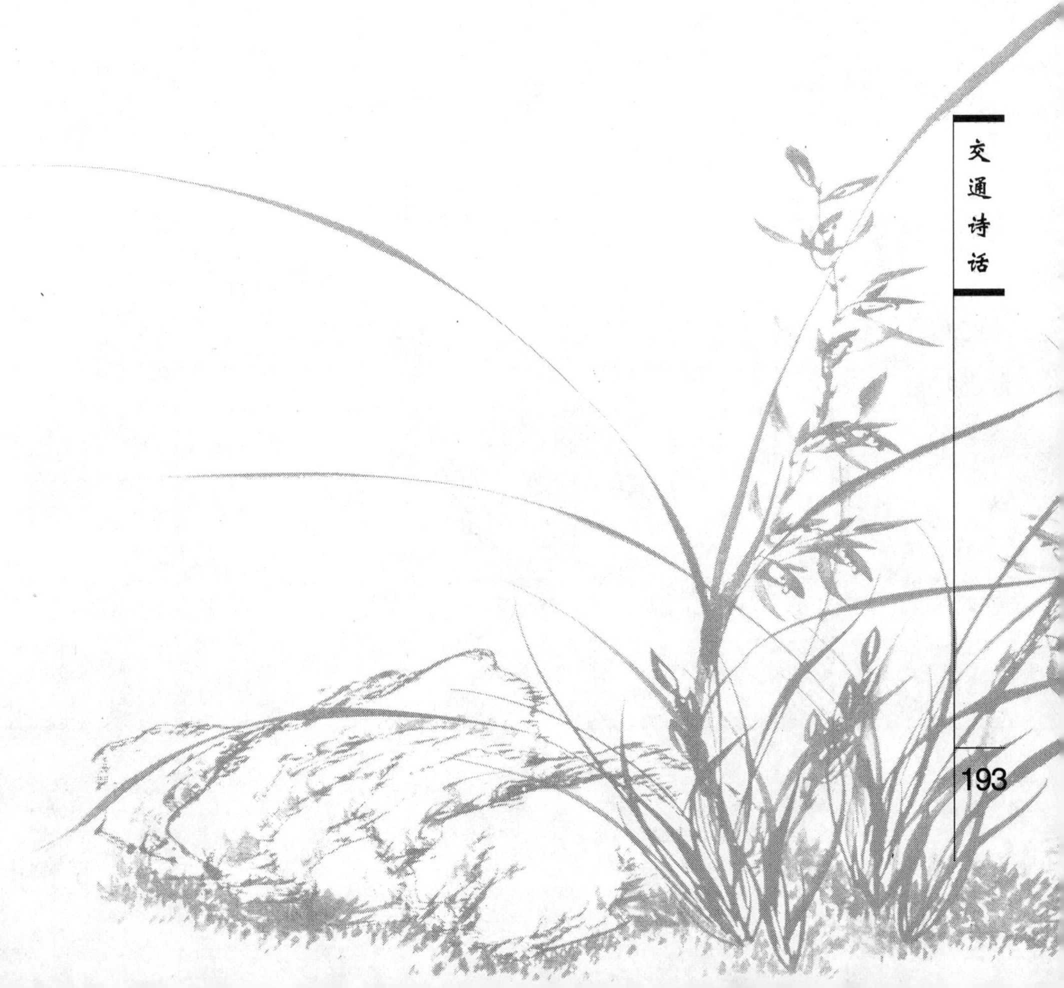

其　三

乘车驰雪原，
忽觉饥渴缠。
愿寻芳草地，
静卧伴泉眠。

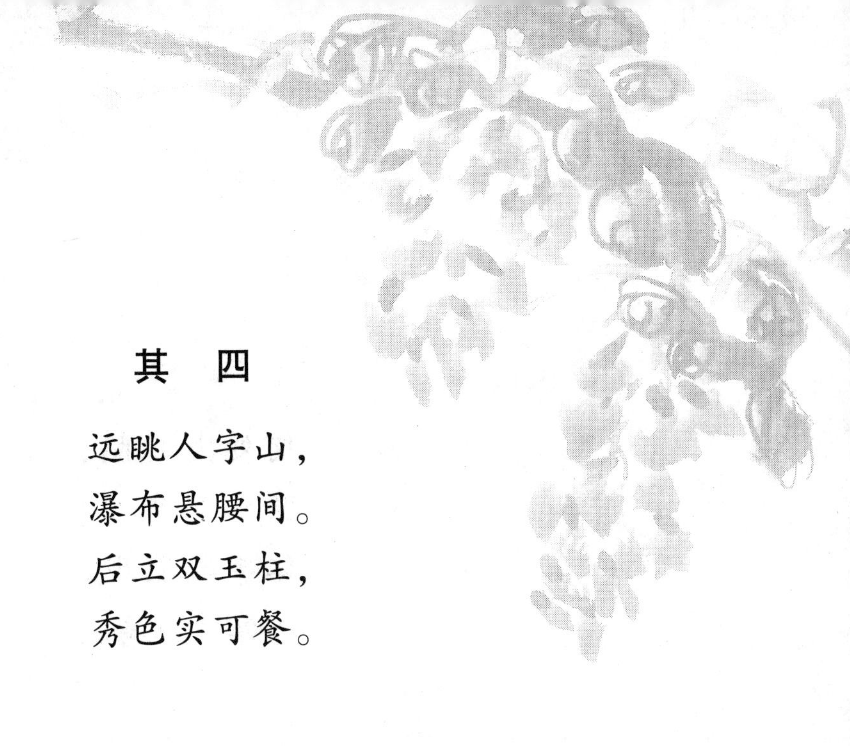

其　四

远眺人字山，
瀑布悬腰间。
后立双玉柱，
秀色实可餐。

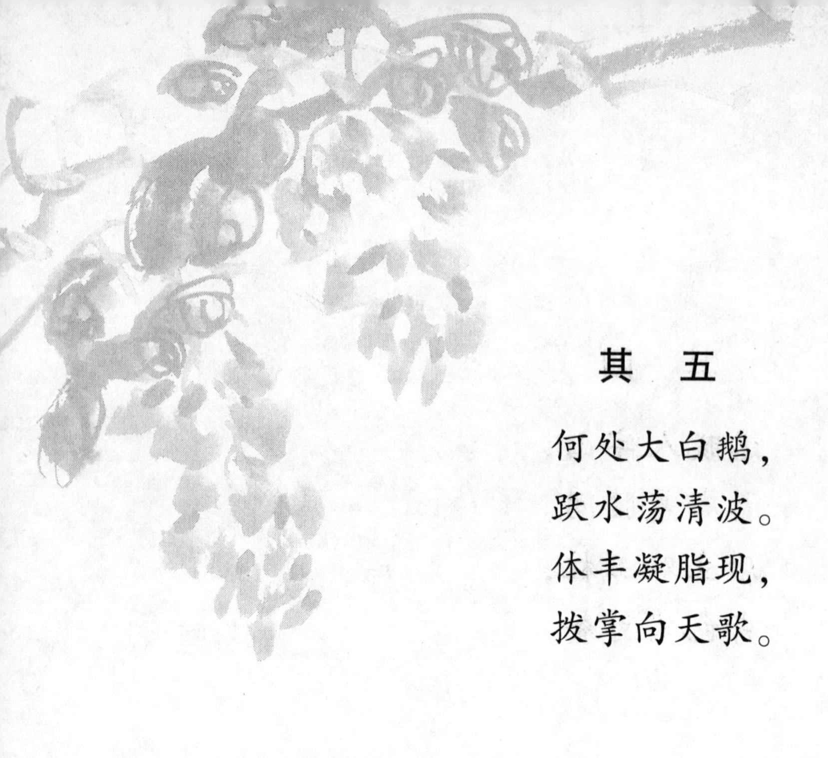

其 五

何处大白鹅，
跃水荡清波。
体丰凝脂现，
拨掌向天歌。

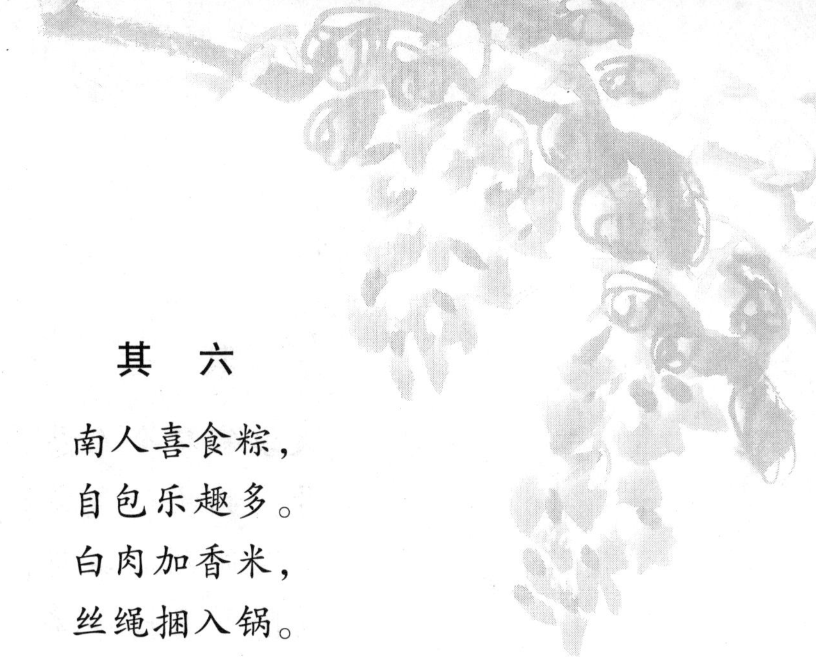

其　六

南人喜食粽，
自包乐趣多。
白肉加香米，
丝绳捆入锅。

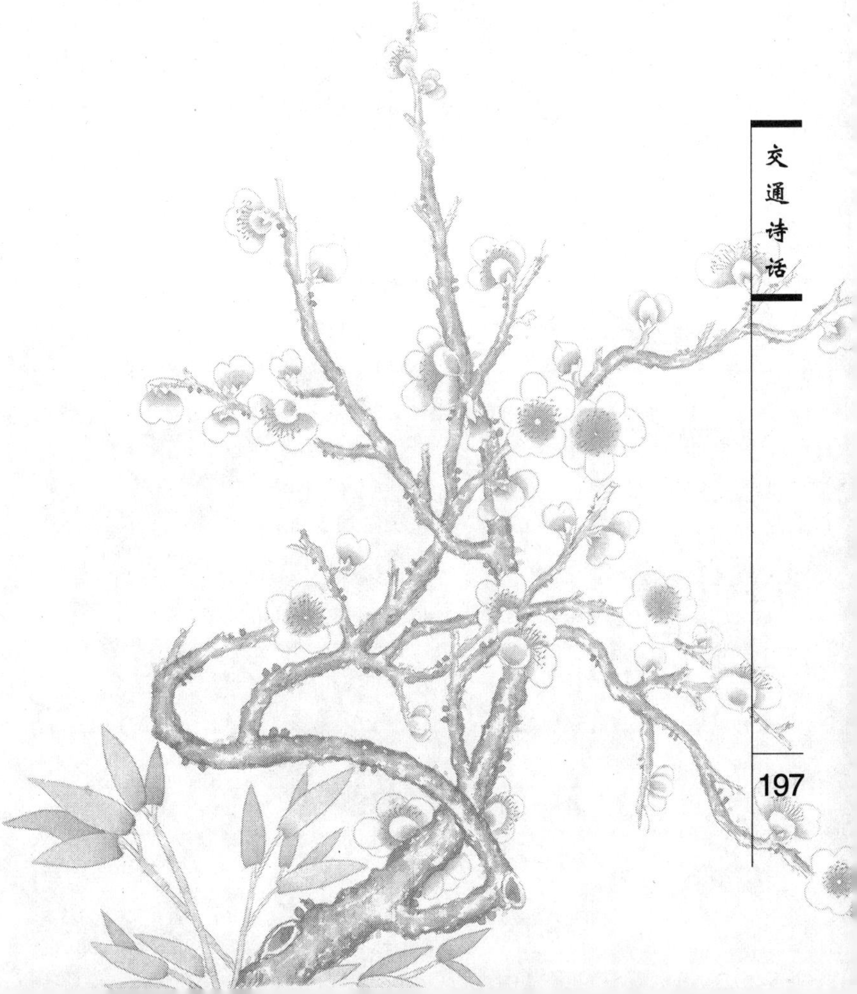

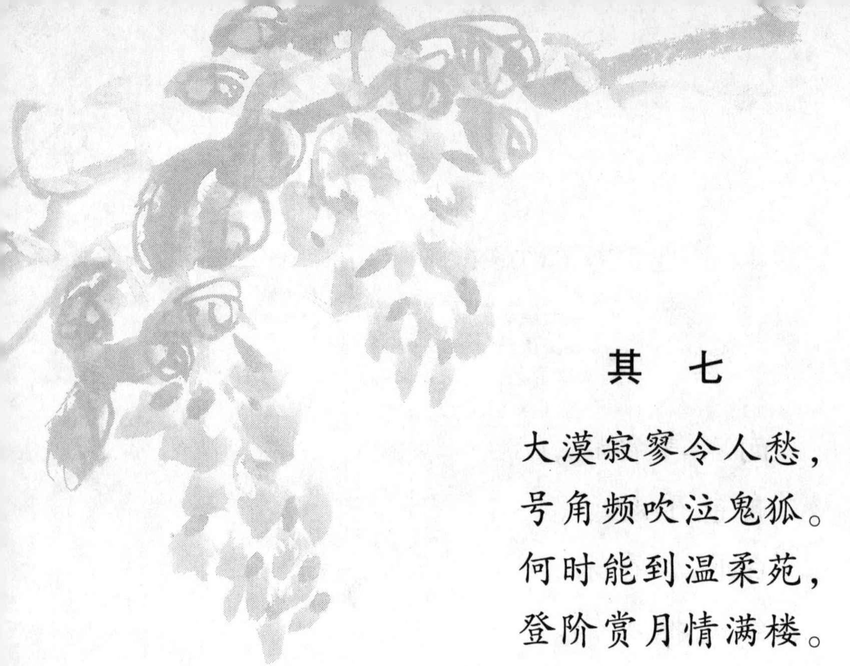

其　七

大漠寂寥令人愁，
号角频吹泣鬼狐。
何时能到温柔苑，
登阶赏月情满楼。

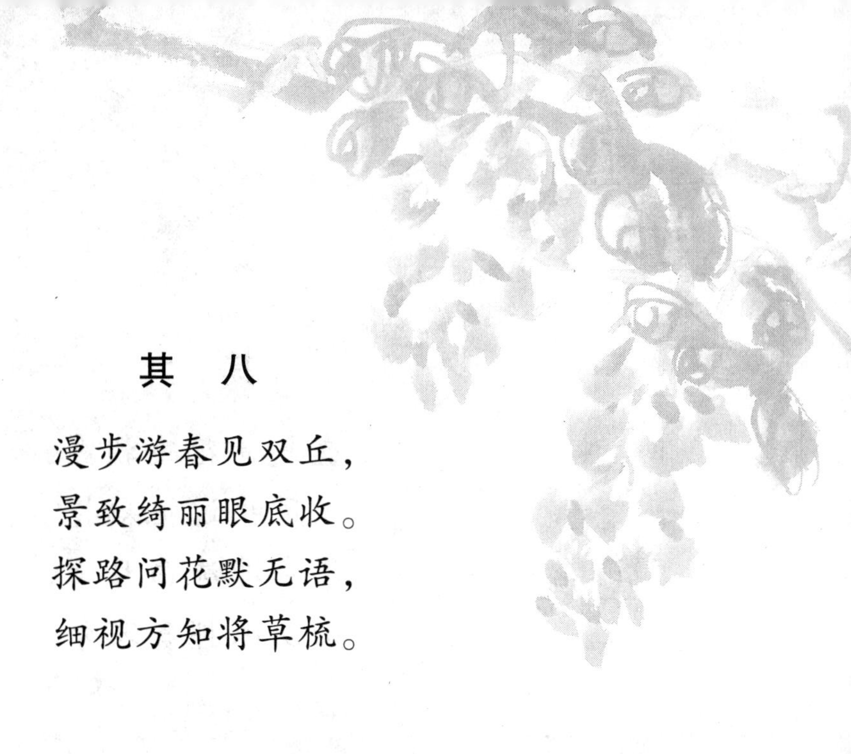

其　八

漫步游春见双丘，
景致绮丽眼底收。
探路问花默无语，
细视方知将草梳。

其　九

盛夏荷花映朝霞，
秋风吹过把藕挖。
清水冲洗白且嫩，
细切凉拌食客夸。

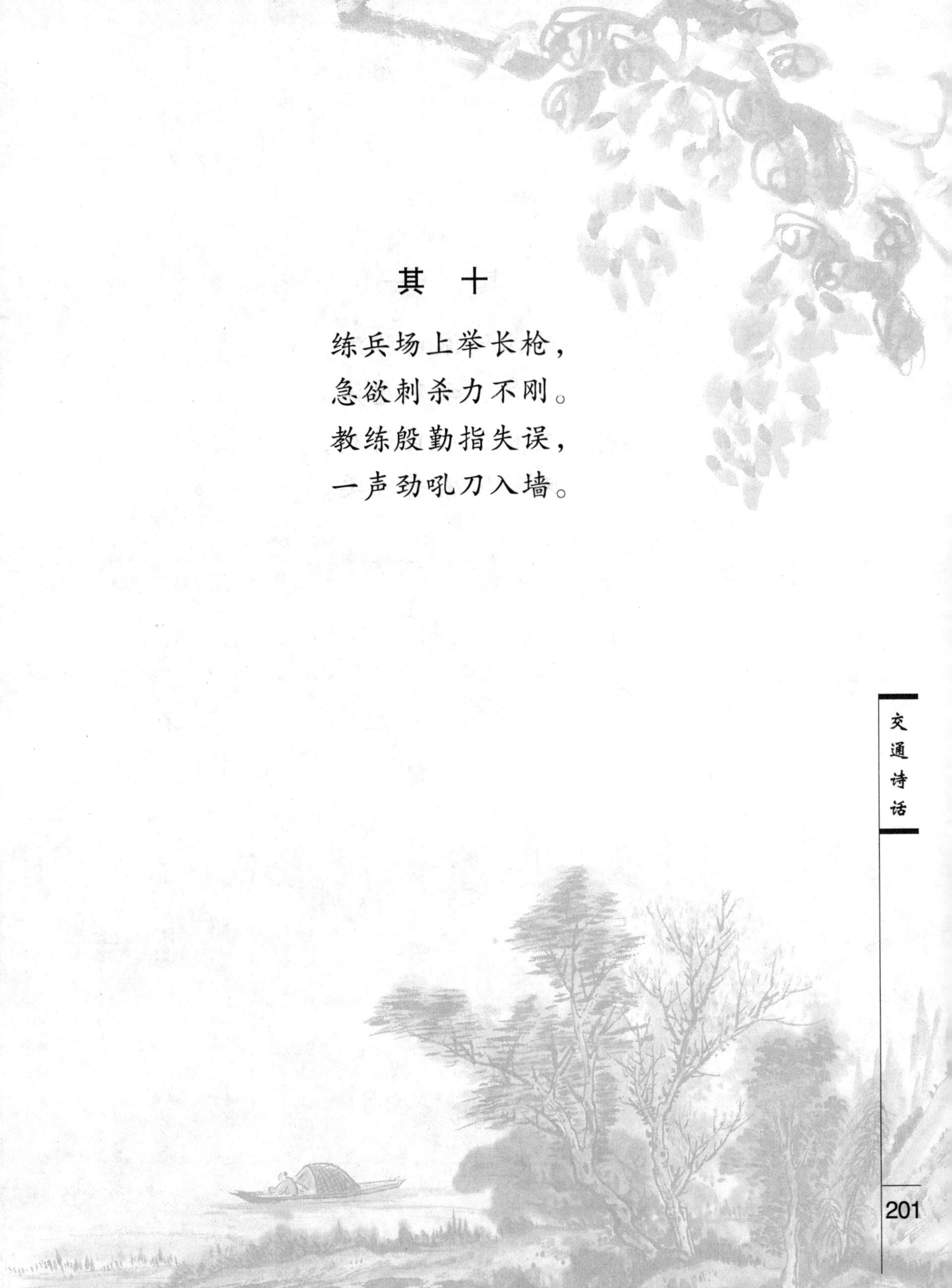

其　十

练兵场上举长枪，
急欲刺杀力不刚。
教练殷勤指失误，
一声劲吼刀入墙。

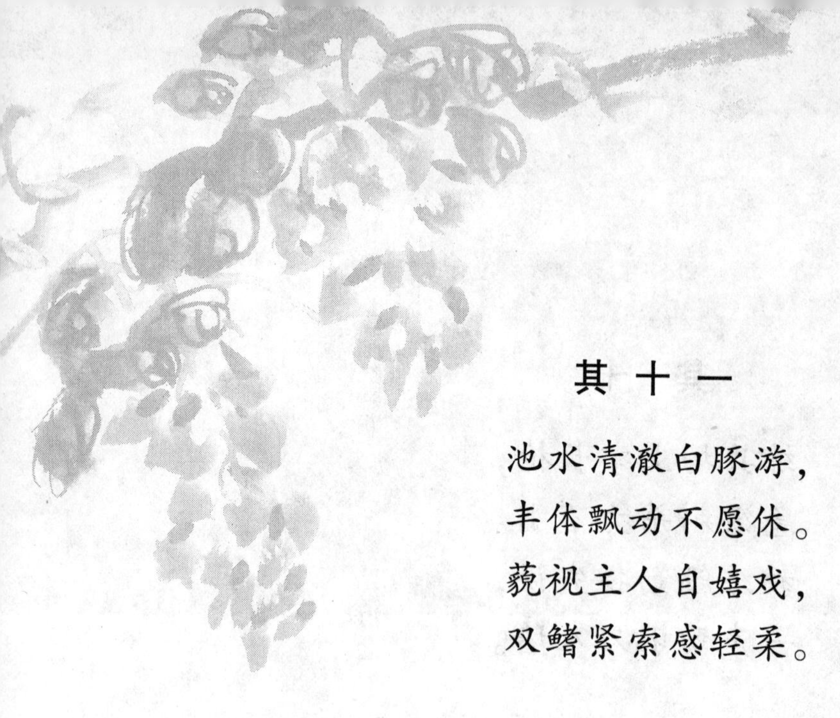

其十一

池水清澈白豚游，
丰体飘动不愿休。
藐视主人自嬉戏，
双鳍紧索感轻柔。

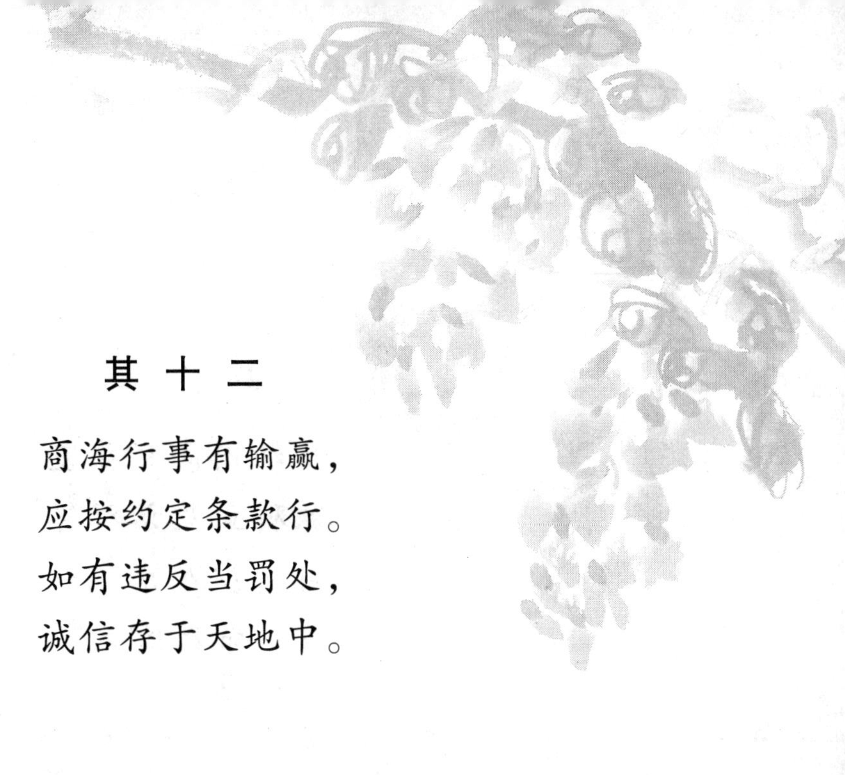

其 十 二

商海行事有输赢，
应按约定条款行。
如有违反当罚处，
诚信存于天地中。

其十三

自幼内向交往差，
欲观鱼欢话难答。
自从步入京华地，
方到帝苑赏名花。

其十四

柔风轻抚入梦乡，
欲觅佳句早枯肠。
百花丛中醉后卧，
倍感苏杭是天堂。

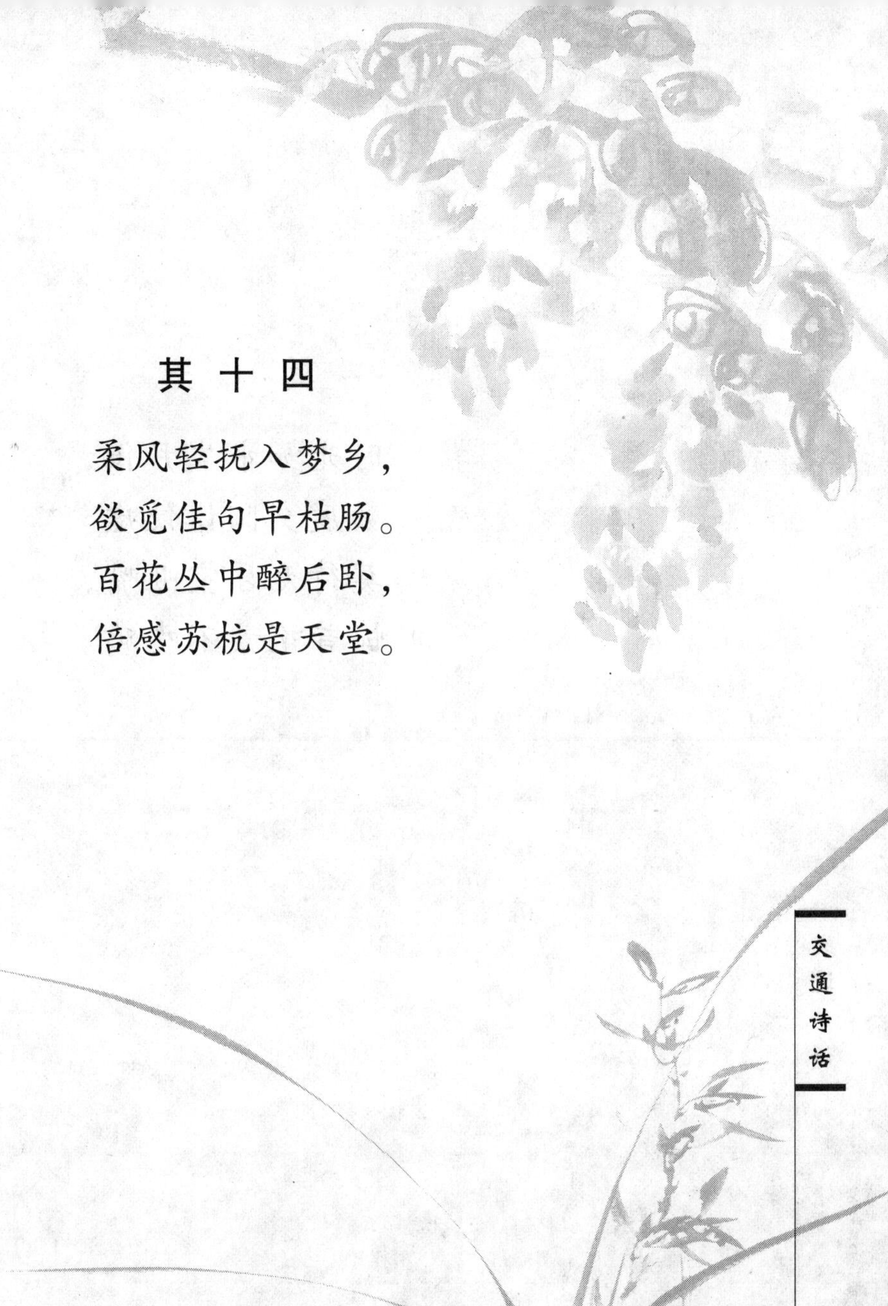

其十五

时光如水岁月催，
数度夕阳体便虚。
莫待无牙空咂嘴，
悔昔吃素不吃鸡。

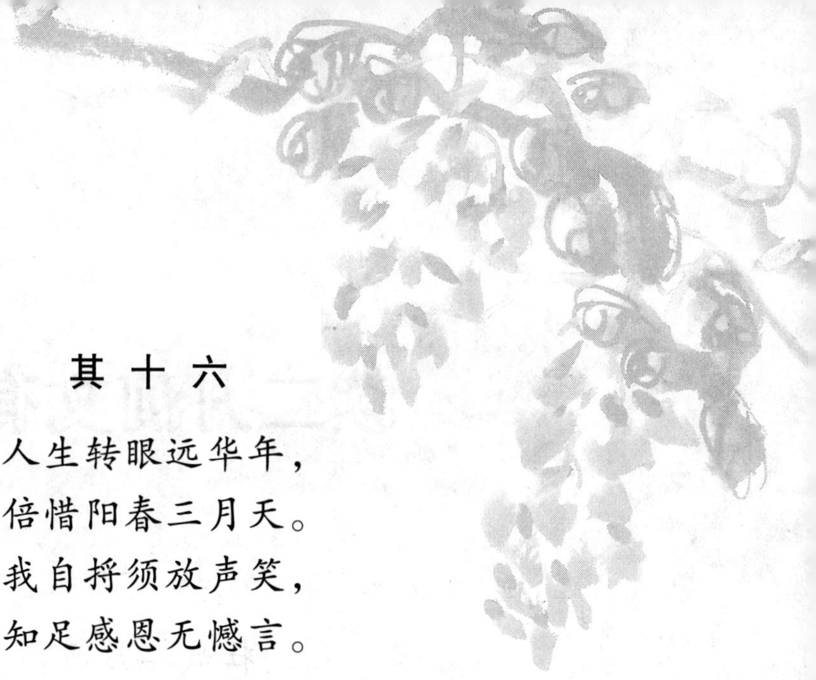

其十六

人生转眼远华年，
倍惜阳春三月天。
我自捋须放声笑，
知足感恩无憾言。

读二月河文有感

其一

壮哉二月河，
国人热评说。
书唤清帝醒，[1]
文正野史讹。[2]
成名陋室住，[3]
会客旧袜脱。[4]
乘机文入目，[5]
读罢感慨多。

注：

① 指二月河的几部清帝著作，人物刻画生动，极为传神。

② 二月河的小说比较严肃，不信笔涂鸦，一些内容纠正了野史的讹误。

③ 成名后仍淡薄名利，据说依旧住在旧宅之中。

④ 不拘小节，经常光脚穿鞋见客。

⑤ 2006 年 7 月 20 日，我乘飞机去兰州，空姐送来的《人民日报》（海外版），第七版上登载着二月河的文章《怎一个“悔”字当得》。

其　二

笑议侯朝宗，
当年享清名。①
扇摇倜傥貌，
诗作风流情。②
夜读红袖伴，③
郊游众友从。④
立志忠先帝，⑤
副榜悔终生。⑥

注：

① 侯朝宗在明末清初时名气很大，与方从智、冒襄、陈贞慧并称“四公子”。

② 侯喜摇扇。孔尚任著的《桃花扇》，亦与侯有关。

③ 侯在世时诗作颇多，其中不乏有风流佳作。

④ 指曾为名妓的李香君从良后嫁与侯朝宗为妾，常有“红袖添香夜读书”之举。

⑤ 侯朝宗既是名士，又喜交友，外出游玩时，常有多人相随。

⑥ 侯曾立志不仕清，但顺治八年参加了考试，得中副榜。事后十分懊悔，认为一时不慎，坏了名节。

其　三

谦益亦名流，[①]
中年步仕途。[②]
皓首美女戏，[③]
雪肤老人羞。[④]
刀扬抛节气，[⑤]
官赐迈阙楼。[⑥]
生前遭鄙视，
死入贰臣图。[⑦]

注：

① 指钱谦益，明末名士。

② 明万历三十八年，钱中进士，进翰林院为官。

③ 钱纳名妓柳如是为妾时已是满头白发，常狎戏，得意非常。

④ 柳年轻貌美，曾戏言钱，君之发如妾之肤，君之肤如妾之发。钱自惭，然感自豪。

⑤ 明灭，钱被俘，怕死降清。

⑥ 钱在明时官至尚书，降清后又被授以相似官职。

⑦ 康熙朝设《贰臣传》，将钱等仕两朝之人列于其上，以警后世。

其　四

笔下是非张，
抒臆见侠肠。①
才子变朽骨，②
佳人化残霜。③
愚忠后代贬，④
壮怀当朝扬。⑤
家中争高下，
评论可适当。⑥

注：

① 指二月河很有正义感。

② 古来风流名士早已变作朽骨难考去处。

③ 红粉佳人名噪当时朝野，今如能找到其孤坟晚霜亦为幸事。

④ 朝代变革后，某些士子忠于前朝，以遗老自居，甚至不食周粟，实不足取。

⑤ 为本朝誓死效忠，马革裹尸，在当时颇受褒誉。

⑥ 历史上各个朝代均在中华大地上演绎政权之争，犹如家中兄弟之间为争夺家产等引起纠纷。清官难断家务事，对一些历史人物又何必苛求，一定要将是非分得一清二楚呢！

赴兰州参会

其　一

自别兰州近两年，①
此番西行又结缘。
京都暑酷汗浃背，
陇地爽极风沁衫。②
天高云淡少闹境，
树矮草稀多荒山。③
近年建起高速路，
百余里程弹指间。④

注：

① 2004 年去宁夏银川参加中交协地方交通运输专业委员会会议后，兰州运管处王处长曾接我到兰州逗留两日。

② 此次赴兰州参加中交协联运分会五届三次会长办公会，时为七月中旬，北京炎热难当，兰州凉爽惬意。

③ 由机场至市区途中多山，近年绿化颇有成绩，但树草不很茂盛，仍给人以荒凉之感。

④ 兰州中川机场距市区近 70 公里，然已建成高速公路，汽车行驶很快，不知不觉便到达宾馆。

其 二

为议工作聚兰州，[①]
夜宿军招情荡悠。[②]
晨望市井赏绿地，
夕步河岸看高楼。[③]
皮筏急飞诉生死，[④]
铁桥雄踞记喜愁。[⑤]
但见汽车倏然去，
难忘丝路写春秋。[⑥]

注：

① 此次会议主要是商量在面临新情况、新问题时如何搞好联运工作。

② 到兰州后住在西北宾馆，实际上是兰州军区部队招待所。

③ 黄河穿兰州市而过，岸边高楼林立，甚是壮观。

④ 偶有羊皮筏在两岸间来往，如今主要供游人乘坐，早已失去交通工具的作用。过去乘其渡黄河，风大浪急时，常有事故发生。

⑤ 指德国人建的兰州黄河铁桥，已有百年历史，近年不准汽车行驶，只供行人走过。

⑥ 古丝绸之路由长安经兰州到中亚，曾名震一时。

西湖浅咏

其一

晚宿闻莺馆，①
不听鸟语声。
夜静灯微亮，
房幽月淡明。
难眠步廊短，②
遥思卧薪空。③
无聊看电视，
越女舞兴浓。④

注：

① 2006年7月23日晚，我乘汽车由金华赶回杭州，住闻莺宾馆。西湖著名景点之一的“柳浪闻莺”即在附近。

② 来到湖畔，浮想联翩，难以入睡。无奈在走廊散步，墙上挂有名人下榻留影，时而驻足观看。

③ 杭州古属越国，越王勾践被吴王夫差打败后，传曾卧薪尝胆，激励斗志，后终打败吴国。我对此似信非信，疑其作秀。

④“越女天下白，秋鉴五湖凉”。看电视中歌舞节目似显平淡。

其　二

耳顺睡意少，
反侧天渐明。
拢帘石颔首，
临湖浪推风。
柳绿莺声脆，①
山清雾影濛。
远处塔耸立，
师告是雷峰。②

注：

① 宾馆院内柳树颇多，清晨散步，不时听到莺鸣之声。

② 从金华到杭州住同一宾馆的还有我的老师，原西安公路交通大学副校长邵振一教授和夫人高老师，以及陕西省交通厅原副厅长、现任新国线企业集团常务副主席的秦嵩生同志和新国线运输集团华东片区总经理章振伯同志。我曾多次来杭州，但不能一一确认十大景点，雷峰塔就在宾馆不远处，竟不识，幸邵老师也出来散步，告后方恍然大悟。

扬州怀古[①]

其一

风流天子风流游，[②]
坐船乘辇下扬州。
彩旗蔽日势浩荡，
残月映心意长悠。
柳丝拂面丽人去，[③]
湖漪拍岸佳句留。[④]
当年胜景今别样，
忽告前到御码头。[⑤]

注：

① 2006 年 8 月 10 日，在扬州参加《汽车维护与修理》杂志四届编委会一次会议，会后曾走马观花再次进行游览。古迹多，颇为感叹。

② 历代皇帝到扬州游览者甚众，留下许多风流佳话。

③ 传说隋炀帝乘船多次驾临扬州，令在运河两岸植柳，为挑选的美女纤夫行走遮阳。

④ 名人骚客多有来扬州者，写下许多不朽诗句。

⑤ 传为乾隆帝当年登船处。

其　二

杨广无道世人说，
征夫百万修运河。[①]
千里长渠泪涨水，
两岸青稻风涌波。
漕船慢摇粮虞解，[②]
龙舟疾驰帝愁脱。[③]
南北交通终顺畅，
此功不可被打磨。[④]

注：

① 隋炀帝继位不久即征百万民工开通济渠，之后开邗沟，以后又开永济渠、南方运河，使京杭大运河成为一项令后人传诵的伟大工程。

② 运河除军事、旅游作用外，对发展漕运功不可没，南方大批粮食得以源源不断调往北方。

③ 隋炀帝在位期间，横征暴敛、生活糜烂，引起人民反抗。其内外交困，心情郁闷，三下江都（扬州），尽情游玩。

④ 隋炀帝死后，对其评价几无褒语，即便是大运河也多从消极方面看待。我认为对此应公正评论，是有功之举。

其　三

自古吴女多细腰，
不意有湖亦苗条。[①]
浪缓犹如娉婷步，
岸曲自当丹青描。
鲜花漫堤蜜蜂舞，
古舍临街酒旗飘。
上下游船观美景，[②]
前面忽到廿四桥。[③]

注：

① 指瘦西湖，与杭州西湖相比，别有一番风韵。

② 乘游船游览，可随时在沿途景点停靠，游客游览后又可登船行进。

③ 对二十四（廿四）桥说法不一，有说泛指桥多；有说过去扬州确有二十四座桥；有说如今保持下来的是第二十四座桥。

其 四

漫步登上平山堂，
鉴真端坐面慈祥。[①]
双目无瞳洞世界，[②]
全身是胆闯扶桑。
五次难成渡海志，
一朝终遂弘佛纲。[③]
奈良古寺高僧住，[④]
佳话渐掩谎话张。[⑤]

注：

① 平山堂主要为纪念鉴真和尚而建，内有漆像，供人瞻仰。

② 鉴真老年失明。

③ 史称鉴真为弘扬佛法，进行中日文化交流，曾六次东渡。前五次因浪大失败而归。第六次东渡时已经66岁，终于成功。

④ 鉴真到日本后，长期住在奈良的唐招提寺。

⑤ 鉴真东渡实为中日友好的一段佳话，过去日本曾进行广泛宣传，如今已很少听说。对中国的侵略亦不坦然承认，而以建立东亚共荣圈等谎言掩盖侵华历史。

其五

眼浮四百年前情，
可法督师扬州城。[①]
清兵进攻何猛烈，
明军抵抗亦顽凶。
难挽败势书家信，[②]
共赴壮举迎刀锋。[③]
梅岭忠骨今何在，[④]
惟见花鲜草木青。

注：

① 1649 年春，清帅多铎举兵南下，扬州岌岌可危。南明朝廷派史可法以兵部尚书兼东阁大学士衔督师江淮。史虽受排挤，但仍恪尽职守，率 4000 兵坚守孤城，终不敌，城破被杀。

② 史可法目睹形势，知难以久守，城破前几日，连修家书数封，向夫人、义子等交代后事，决心以身殉国。

③ 扬州失陷之日，文官武将除少数投降外，很多人自杀或被杀。清兵屠城 10 日，诸多百姓死于刀下。

④ 史可法就义后，义子（部将）史德威寻尸不见，只好将其生前衣冠葬于梅花岭，即今纪念馆之内的衣冠冢。

其　六

扬州八怪天下传，①
画风独特展新篇。
金农梅花暗香涌，②
黄慎渔夫鲜味钻。③
李鱓水墨透儒意，④
郑燮兰竹显侠缘。⑤
各有千秋难尽述，
风范留与后人言。

注：

① 扬州八怪为清代康、乾之际聚于扬州的画家群体，一般指金农、黄慎、郑燮、李鱓、李方膺、汪士慎、高翔、罗聘八人，也有将华嵒、高凤翰、陈撰、闵贞、李葂、边寿民等列入其内。“八”为泛指，“怪”却属实。

② 金农擅画梅花，冷香清艳，形神兼备。

③ 黄慎擅画渔夫、纤夫等，十分传神。

④ 李鱓以水墨画见长，苍劲有骨。

⑤ 郑燮即郑板桥，民间故事极多，其工于兰竹，闻名远近，清秀挺劲，充满豪爽之气。

北戴河杂咏[1]

其一

自古帝王思万年，
更有始皇欲成仙。[2]
方士自愿觅神药，[3]
幼童无知登巨船。[4]
沧海茫茫观鱼跃，
黄土漫漫载尸还。[5]
社稷永延成泡影，
竖子拱手送江山。[6]

注：

① 2006年8月下旬曾偕妻到北戴河疗养。

② 秦始皇少年登基，亲政后立志统一中国，由于采取“远交近攻”战略，终灭六国。称帝后，想成神仙，长生不老。

③ 秦始皇欲成神仙，需服长生不老药，在卢生（也说徐福）等方士怂恿下，派他们从今北戴河求仙入海处登船找海上仙岛求药。

④ 据传，随行出海的有500对童男、童女。

⑤ 秦始皇死于东巡途中，尸体停放在车中，未及时发丧。

⑥ 指秦二世胡亥，其为秦始皇少子。始皇死后，靠李斯矫诏杀长兄扶苏为帝。由于实施苛政，引发农民起义，在位仅三年，便断送江山。

其 二

浪涛叩岸碣石坚，①
惊看天下第一关。②
伟人挥笔佳作刻，③
奸徒弃义恶名传。④
登城似听杀声震，
入楼犹觉战马喧。⑤
往事已成烟云去，
今看辽冀换新颜。

注：

① 碣石，古地名，即秦皇岛区域内的一处海山石，起航标作用。具体位置，今有争议。

② 指山海关。由于是万里长城第一道关，又是拱卫北京第一要隘，故世称天下第一关。

③ 自古以来，不少名人对碣石、山海关等均有诗作留世。曹操在碣石观沧海，毛泽东巡视北戴河，都有佳话流传至今。

④ 指吴三桂，曾率明军镇守山海关，后降清，为世人不齿，指为背信弃义之徒。

⑤ 山海关为兵家必争之地，明末清初多有战事发生。

长沙杂咏[①]

其一

未及而立即游湘，[②]
几度春风几秋凉。
岳麓山腰群英聚，[③]
洞庭湖面众舸忙。
古刹香火千年盛，[④]
名楼佳文万代扬。
妃竹斑斑情未断，[⑥]
汨罗化泪难成双。[⑦]

注：

① 2006 年 8 月 29 日赴长沙出席“中部地区崛起：交通先行”高层论坛。

② 20 多岁时便来过湖南，以后又多次到长沙等地。

③ 长沙的岳麓山多有名人游览，其上有爱晚亭，毛泽东、何叔衡等人常在此议论国家大事。

④ 指南岳衡山、古寺很多，香火很旺。

⑤ 指岳阳楼，范仲淹《岳阳楼记》传颂至今，经久不衰。

⑥ 指香妃竹，传为舜皇妃俄皇、女英滴泪化成。

⑦ 传屈原投于汨罗江而死。人们在纪念诗人时，既同情其受到不公正待遇，又愤恨小人当道，误国误民。

其 二

中部崛起成美谈，[①]
群贤毕至再结缘。[②]
一石激水千纹起，
六省携手万民欢。
议论展现改革志，
演讲书写开放篇。
敬酒喜会张书记，[③]
往事点滴注心间。[④]

注：

① 中部崛起是中央作出的战略决策，对促进我国经济社会进步意义重大。

② 到会的有湘、鄂、赣、皖、豫、晋六省政府领导及有关主管部门、企事业单位负责人。

③ 2006 年 8 月 29 日晚，湖南省委、政府宴请会议代表，省委书记张春贤、省长周伯华等到场。

④ 张春贤任交通部副部长期间，我曾在其直接领导下工作。后来，张春贤当部长掌管全局，口碑甚好。往事铭胸，很难忘记。

游颐和园有感

初到帝京地，
便欲访名园。
无暇愿难兑，
有兴情略宣。[①]
山高人寿短，[②]
湖清世道偏。[③]
如能公心立，
甲午或扬帆。[④]

注：

① 从最初到北京开始，便想痛痛快快地游览颐和园，但由于种种原因，一直未能如愿，虽偶去，亦是走马观花而已。

② 颐和园内的万寿山，传为祝慈禧太后万年长寿而得名。

③ 园内昆明湖，水清澈，游鱼可见。然在封建社会，尤其是晚清时期，水清世浊，难见公理。

④ 据传，为给慈禧太后祝寿，将原本用于建设海军的200万两白银挪作修建颐和园，故成立不久的北洋水师作战能力低下，甲午海战为日本所败，几乎全军覆没。

拒绝水果

其一

喜食水果古今风，
唯我对之厌意生。
降临人间即非爱，[①]
进入社会亦仍恒。
友劝千番终未改，[②]
果变百态始不蒙。[③]
自嘲如有来世在，
定补前生欠下情。

注：

① 出生后，无缘无故，即不吃水果。

② 亲朋好友曾以不吃水果不利于身体为由相劝，终不为所动。

③ 我不喜欢所有水果，包括水果酒、饮料、糖块等各种水果派生制品。此外，也将番茄（西红柿）列入其范围。

其　二

大千世界水果多，
与我无缘可奈何。
瓜棚屡把玉米啃，[①]
宴席常将白酒酌。[②]
陕北吃面心生恼，[③]
胶东食饺胃翻波。[④]
菜肴汁红须确认，[⑤]
最惧疑物上餐桌。

注：

① 新疆出差，主人在瓜棚下待客，摆放水果甚多。众人大吃，独我啃食熟玉米。

② 本无酒量，但由于不喝葡萄酒，又不愿意以矿泉水代替，故经常不得已饮白酒，并云“宁伤身体，不伤感情”。

③ 一次出差途经陕西府谷，县领导请吃饭，并盛情请我品尝面食。我发现面中混有番茄，谢绝不吃，县领导令重做。厨师端出去后将番茄拣出送来，又被我看出，遂以已吃饱谢绝。但县领导执意要我吃下，不得已而将隐情告之。对方对厨师此举非常生气，坚令重做，终于收场。我甚感谢，但也颇感不快。

④ 一次到山东威海开会，就餐时食水饺，咽下后发现是番茄馅，大伤胃口。

⑤ 外出吃饭如菜肴汁红，即疑有果汁或番茄汁，经确认不是时，方举筷。

台湾吟[1]

中国何其伟，
华夏是家园。
黄河长江曲，
泰山昆仑煊。
我从云里望，
极目多秀颜。
我透海波瞧，
各处尽奇观。
统一谋进步，
岁岁谱新篇。

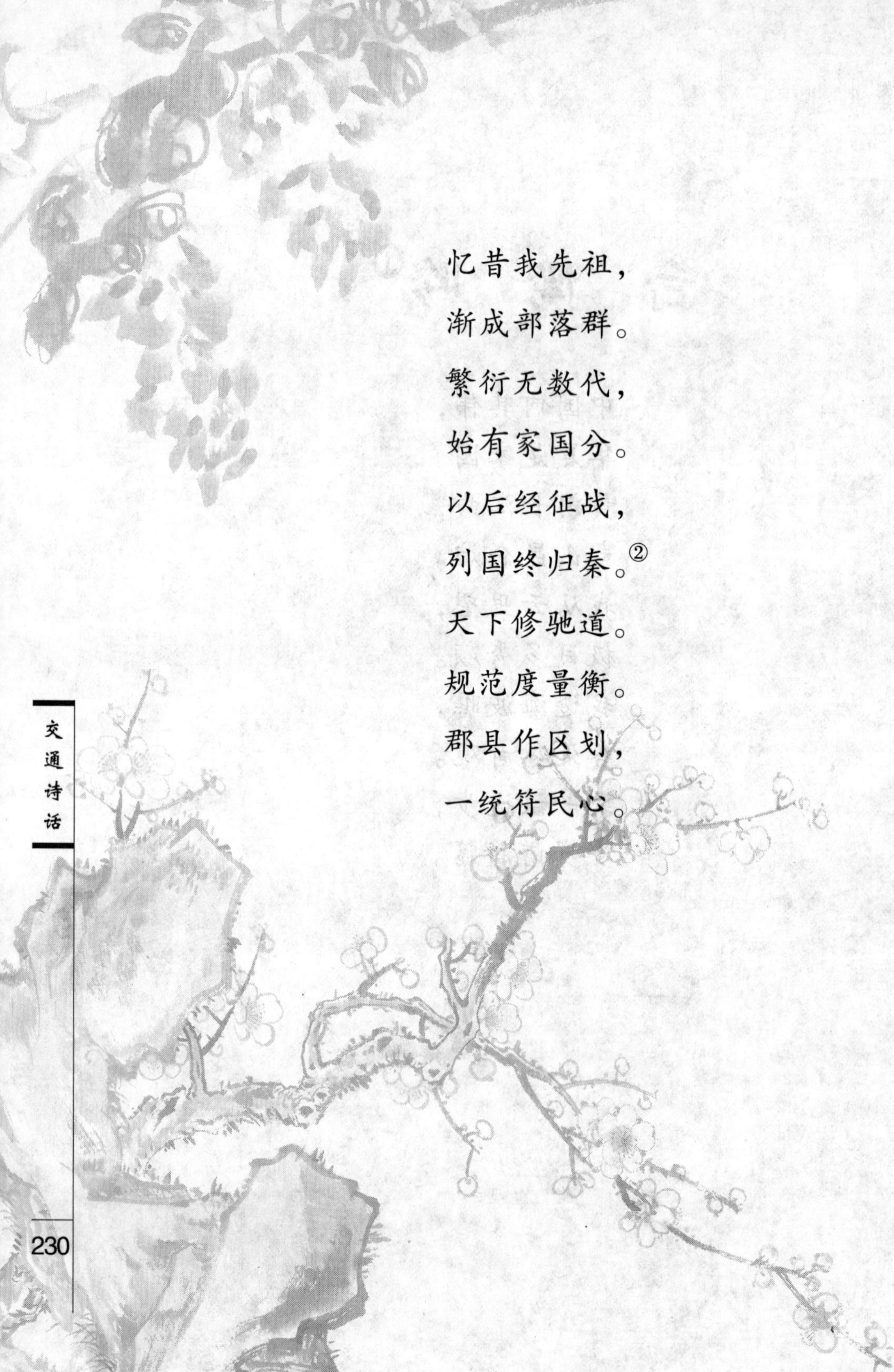

忆昔我先祖，
渐成部落群。
繁衍无数代，
始有家国分。
以后经征战，
列国终归秦。[②]
天下修驰道。
规范度量衡。
郡县作区划，
一统符民心。

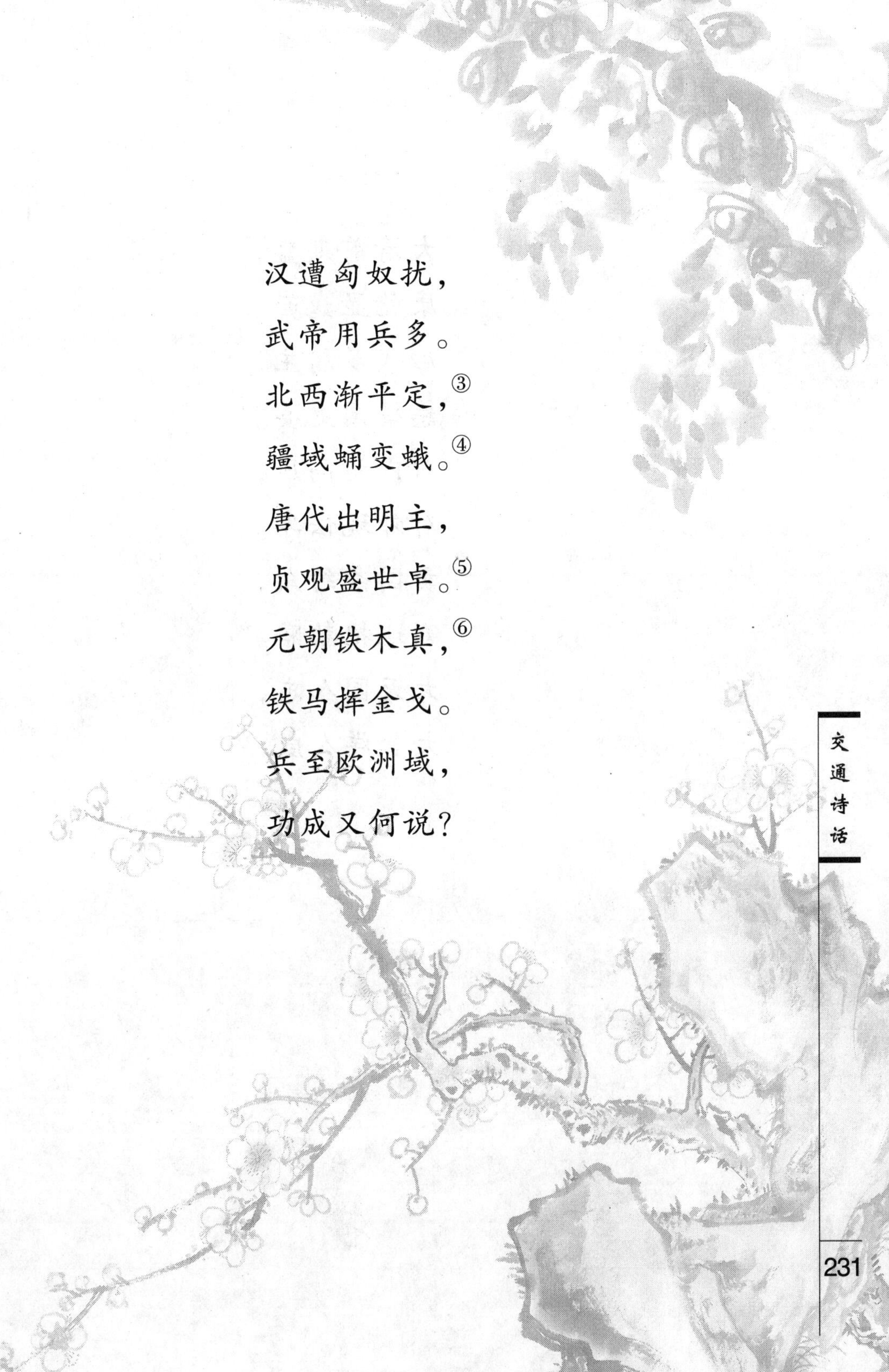

汉遭匈奴扰，
武帝用兵多。
北西渐平定，[3]
疆域蛹变蛾。[4]
唐代出明主，
贞观盛世卓。[5]
元朝铁木真，[6]
铁马挥金戈。
兵至欧洲域，
功成又何说？

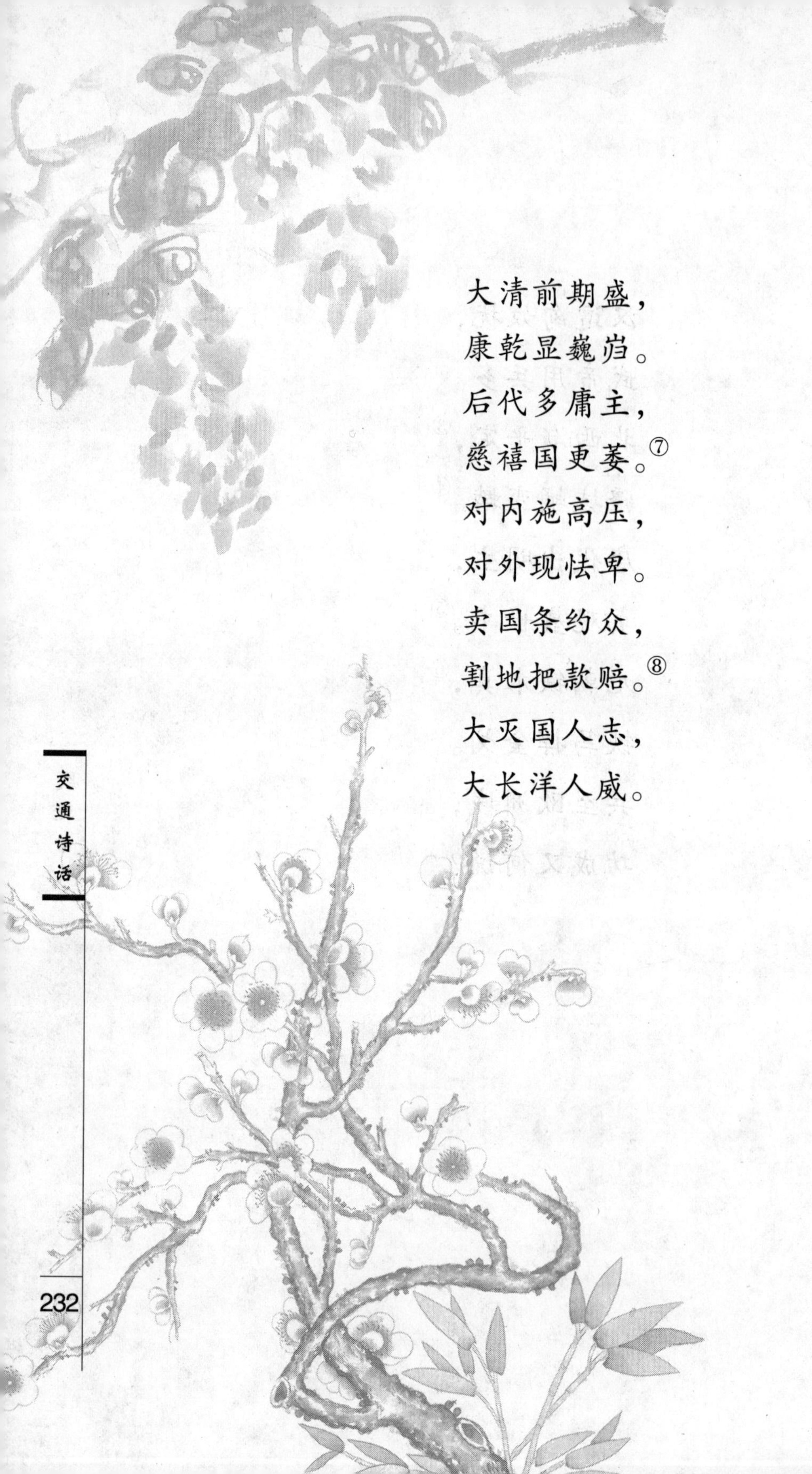

大清前期盛，
康乾显巍岿。
后代多庸主，
慈禧国更萎。⑦
对内施高压，
对外现怯卑。
卖国条约众，
割地把款赔。⑧
大灭国人志，
大长洋人威。

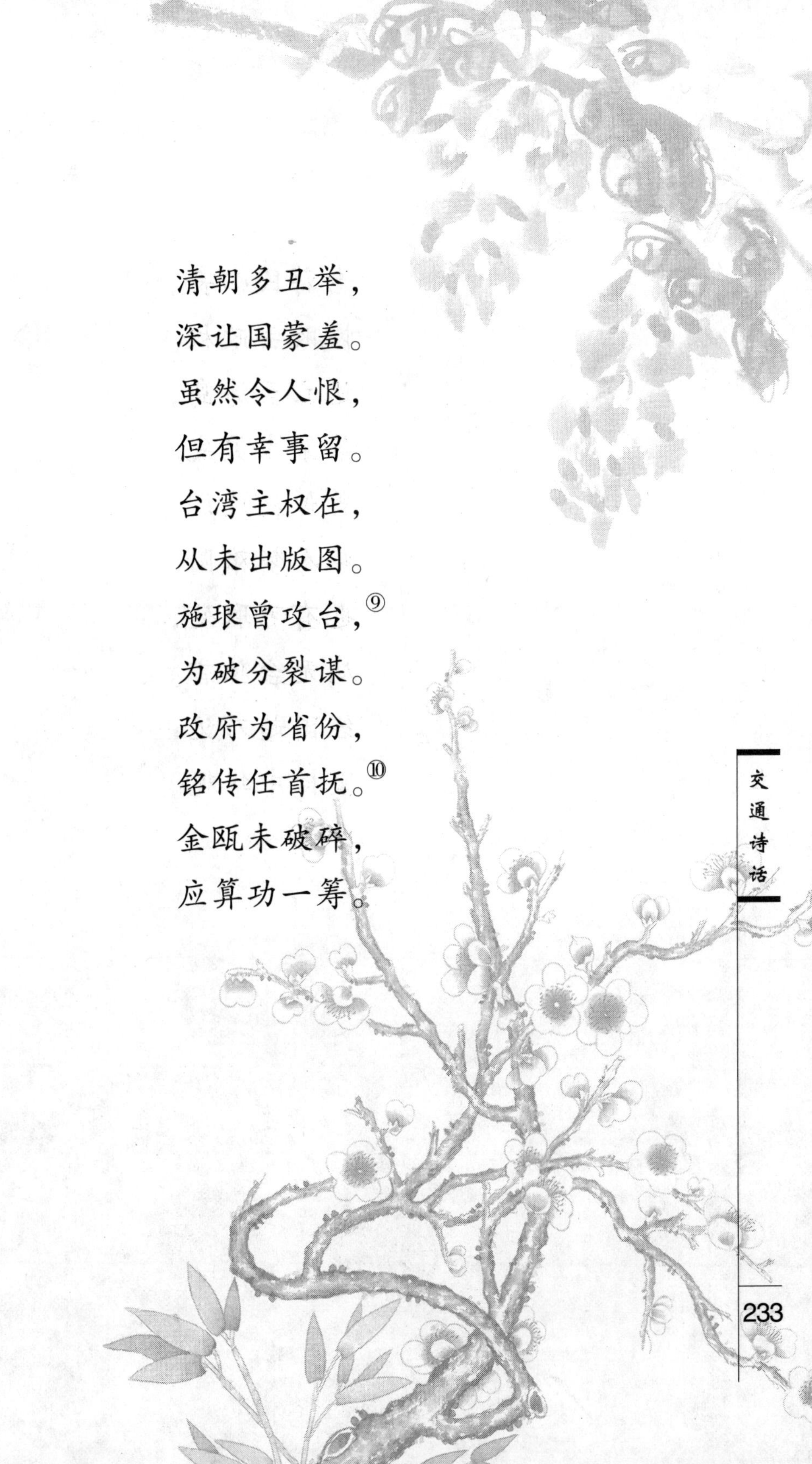

清朝多丑举，
深让国蒙羞。
虽然令人恨，
但有幸事留。
台湾主权在，
从未出版图。
施琅曾攻台，[9]
为破分裂谋。
政府为省份，
铭传任首抚。[10]
金瓯未破碎，
应算功一筹。

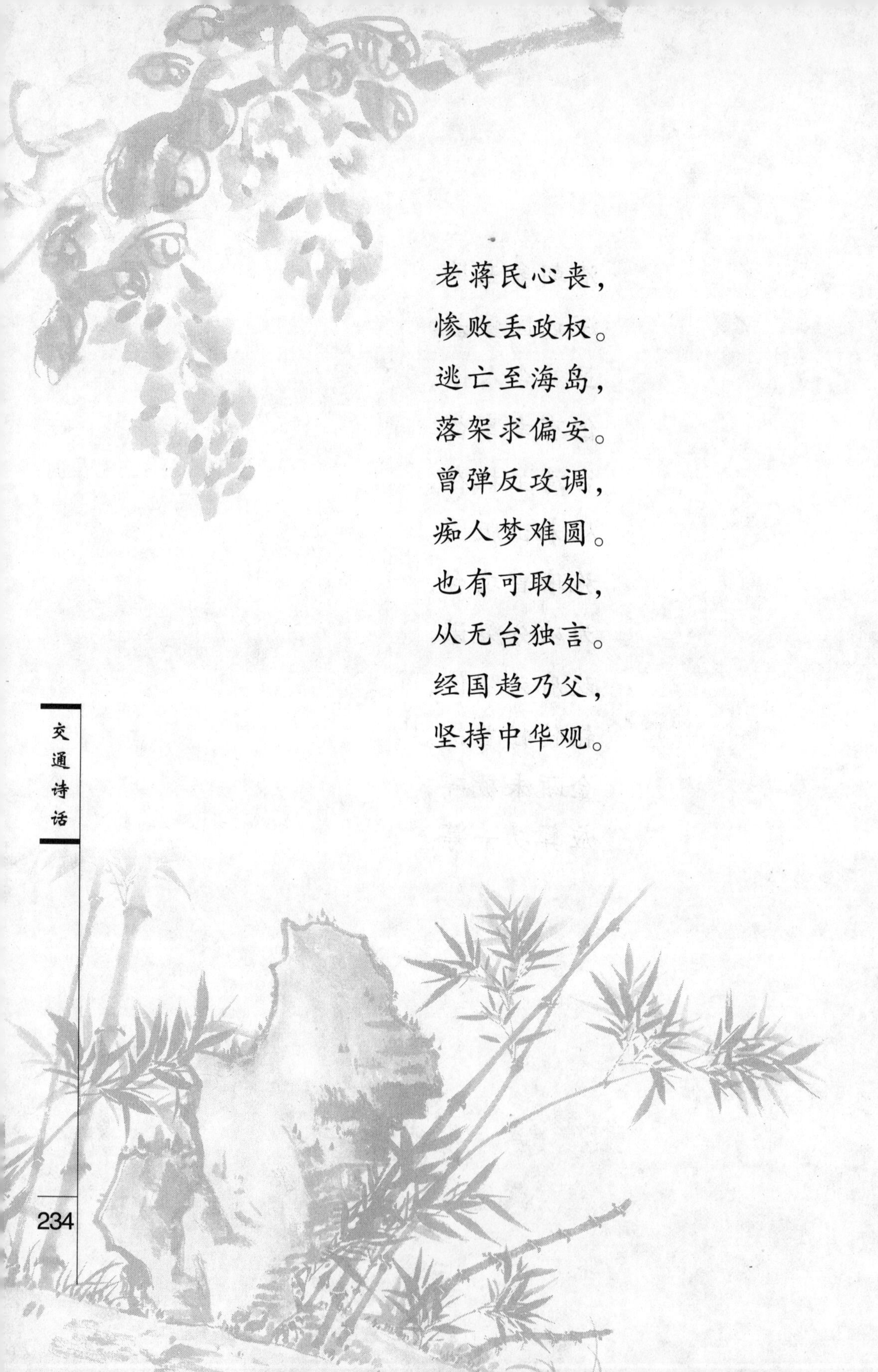

老蒋民心丧，
惨败丢政权。
逃亡至海岛，
落架求偏安。
曾弹反攻调，
痴人梦难圆。
也有可取处，
从无台独言。
经国趋乃父，
坚持中华观。

小蒋不识货，
错用李登辉。
让其掌权柄，
继位成首揆。
上台嘴脸变，
力把台独吹。
九二共识弃，
汪辜会谈飞。
迷心步悬崖，
为敌头不回。

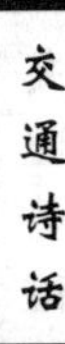

阿扁继衣钵，[11]
钻营登高台。
民意全不顾，
大抒台独怀。
数典祖宗忘，
思独良心埋。
屡玩黔驴技，
却成跛驽骀。
破船难到港，
何况逆流开。

扁仔颇自喜，
孤行恶果衔。
家庭腐败露，
被抛巨浪尖。
人民齐反对，
盟友亦心烦。
篮营罢议起，
绿阵几吵翻。
前有小龙誉，
如今让人怜。

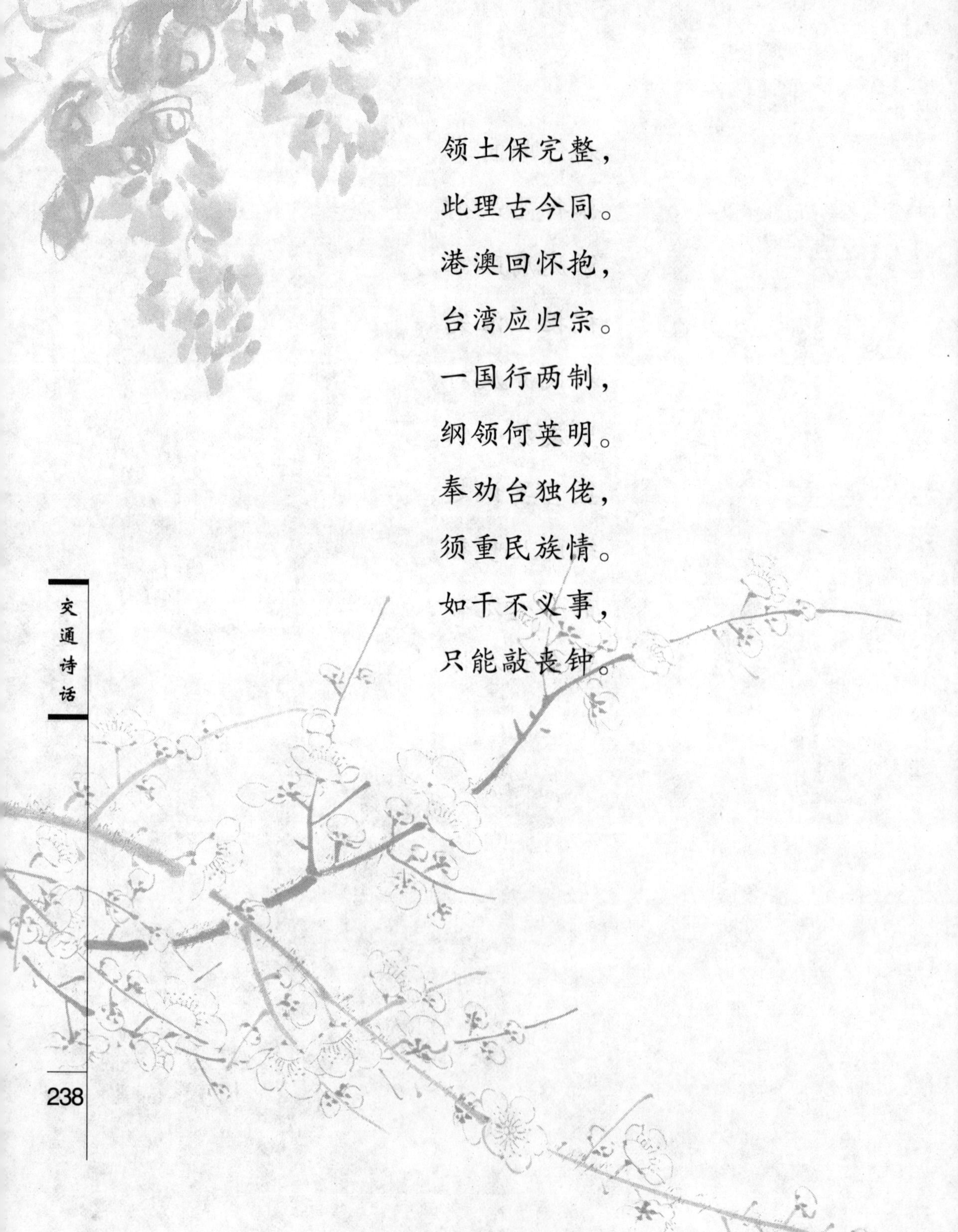

领土保完整，
此理古今同。
港澳回怀抱，
台湾应归宗。
一国行两制，
纲领何英明。
奉劝台独佬，
须重民族情。
如干不义事，
只能敲丧钟。

注：

① 此处之吟主要用于吟哦、吟叹，当然也有仿古人诗体抒发感情之意。著名的《白发吟》、《梁甫吟》、《泰山吟》等未拘泥格式，令我斗胆以古风形式习作本首和以下三诗。

② 秦始皇嬴政于公元前221年统一中国后，确立帝号，实行郡县制，统一度量衡和文字，修筑长城和驰道等，采取了很多重大措施。

③ 汉武帝刘彻在位期间，对内打击豪强，推行开明政令。对外充实军事实力，打击匈奴入侵，并派张骞出使西域，开辟中西文化交流通道，使汉王朝北部、西部出现相对稳定的局面。

④ 蛹变蛾句，主要指越变越大，以后会飞这是基础。

⑤ 唐太宗李世民称帝后知人善任，减轻赋税，发展农业生产，削平高昌割据政权，置安西都护府，扩展丝绸之路，促进中外经济文化交流。政治修明，经济繁荣，国力强盛，被誉为“贞观之治”。

⑥ 元太祖铁木真于公元1206年被拥立为大汗，号成吉思汗，建立蒙古汗国。以后随着实力增长，进行西征，占领了中亚细亚和南俄罗斯草原，使其汗国一度横跨欧、亚两洲。

⑦ 清朝统治者中，最令人憎恨的当属慈禧太后。在半个世纪时间里，她一向玩弄权术，奢侈腐化，对内镇压反抗运动，对外勾结卖国，使中国陷进半殖民地、半封建社会的深渊。

⑧ 由慈禧太后指使、批准签订的不平等条约主要有：中英《烟台条约》、中日《马关条约》、中俄《中俄密约》以及《中法新约》、《辛丑条约》等，丧权辱国，可恶至极。

⑨ 施琅任福建水师提督时，于康熙二十三年率战船300艘、水师2万人，进军台湾，迫使盘踞在台湾的郑克塽归降。为防御西方侵略，又建议派兵驻守，开设台湾府，均被朝廷采纳。

⑩ 刘铭传于中法战争期间曾以巡抚衔督办台湾军务，率兵击退法军对台湾的进犯。台湾于1885年建省后，其即由福建巡抚改任台湾巡抚。

⑪ 陈水扁继任台湾领导人后秉承李登辉台独思想，倒行逆施，不顾人民和在野党反对，坚持台独立场，引起内外强烈不满。不久前，其婿和其他家族人员涉嫌以权谋私、获取巨大利益等事件暴露后，倒扁呼声四起，要求罢免其口号响彻全岛。

人和吟

男子大丈夫，[①]
事业当有成。
光阴若虚度，
难免被人轻。
自身有愧意，
妻女少爽情。
如果成就显，
西去笑平生。
此世没白走，
两手未空空。

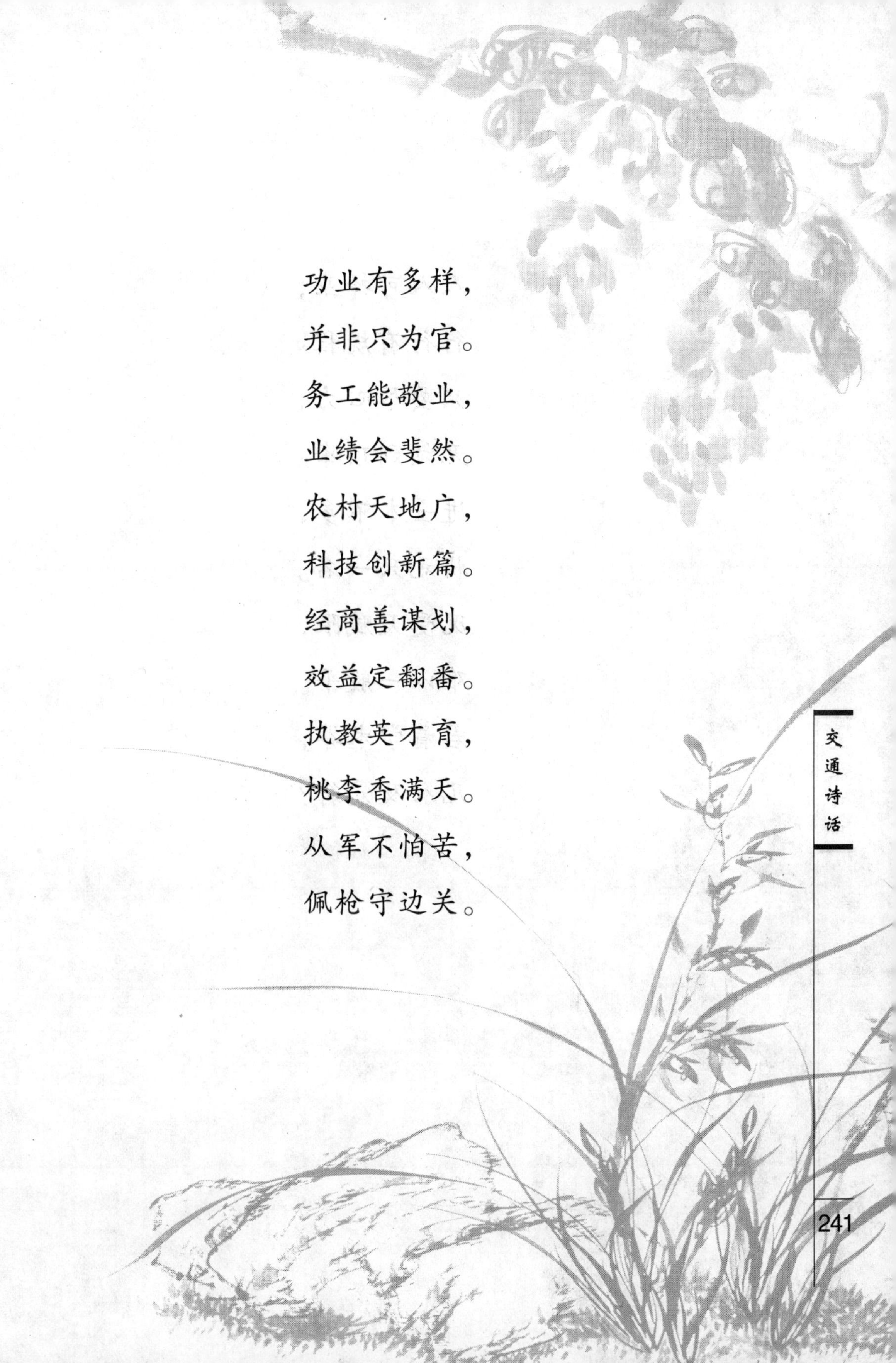

功业有多样，
并非只为官。
务工能敬业，
业绩会斐然。
农村天地广，
科技创新篇。
经商善谋划，
效益定翻番。
执教英才育，
桃李香满天。
从军不怕苦，
佩枪守边关。

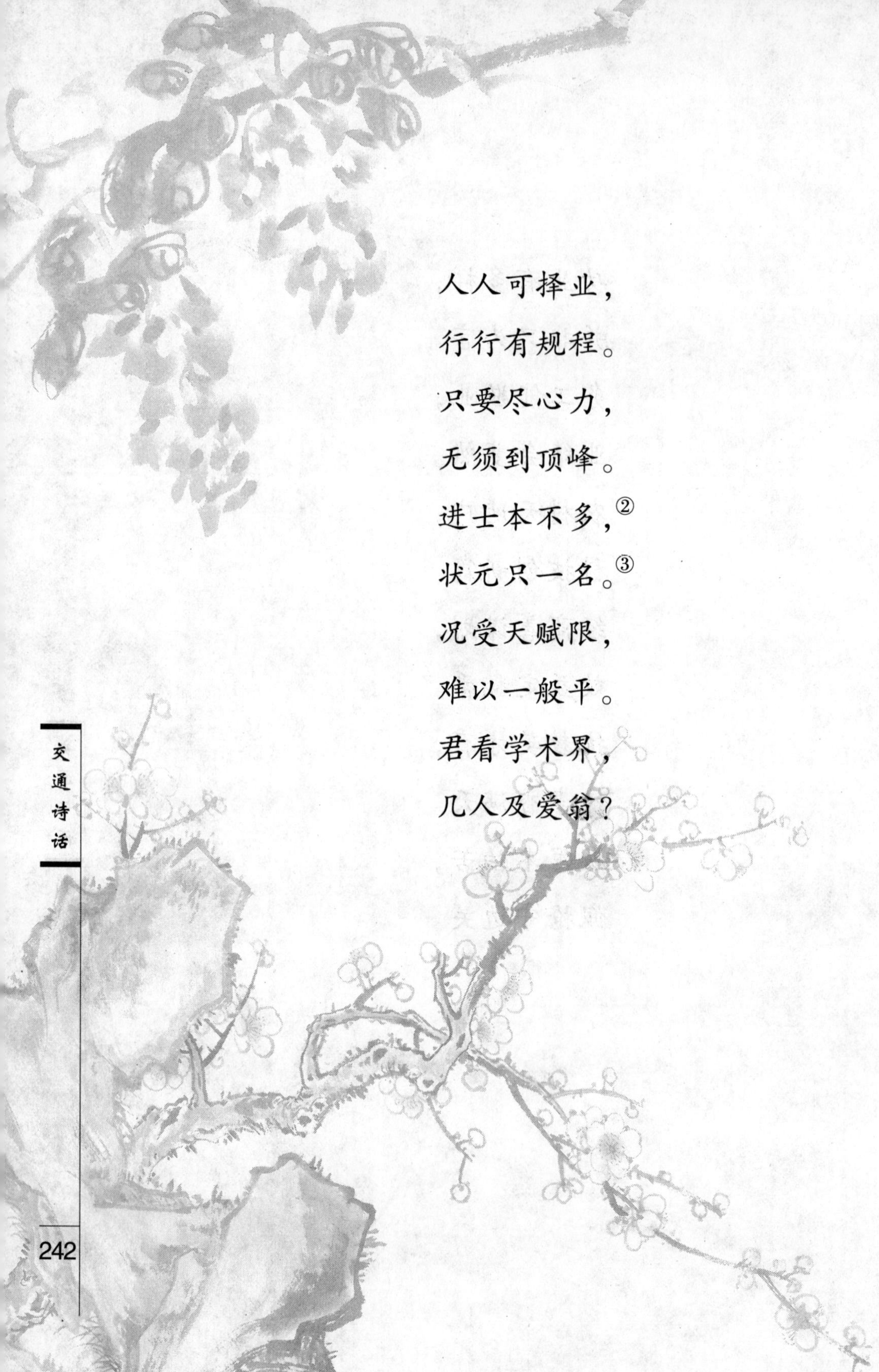

人人可择业，
行行有规程。
只要尽心力，
无须到顶峰。
进士本不多，[2]
状元只一名。[3]
况受天赋限，
难以一般平。
君看学术界，
几人及爱翁？

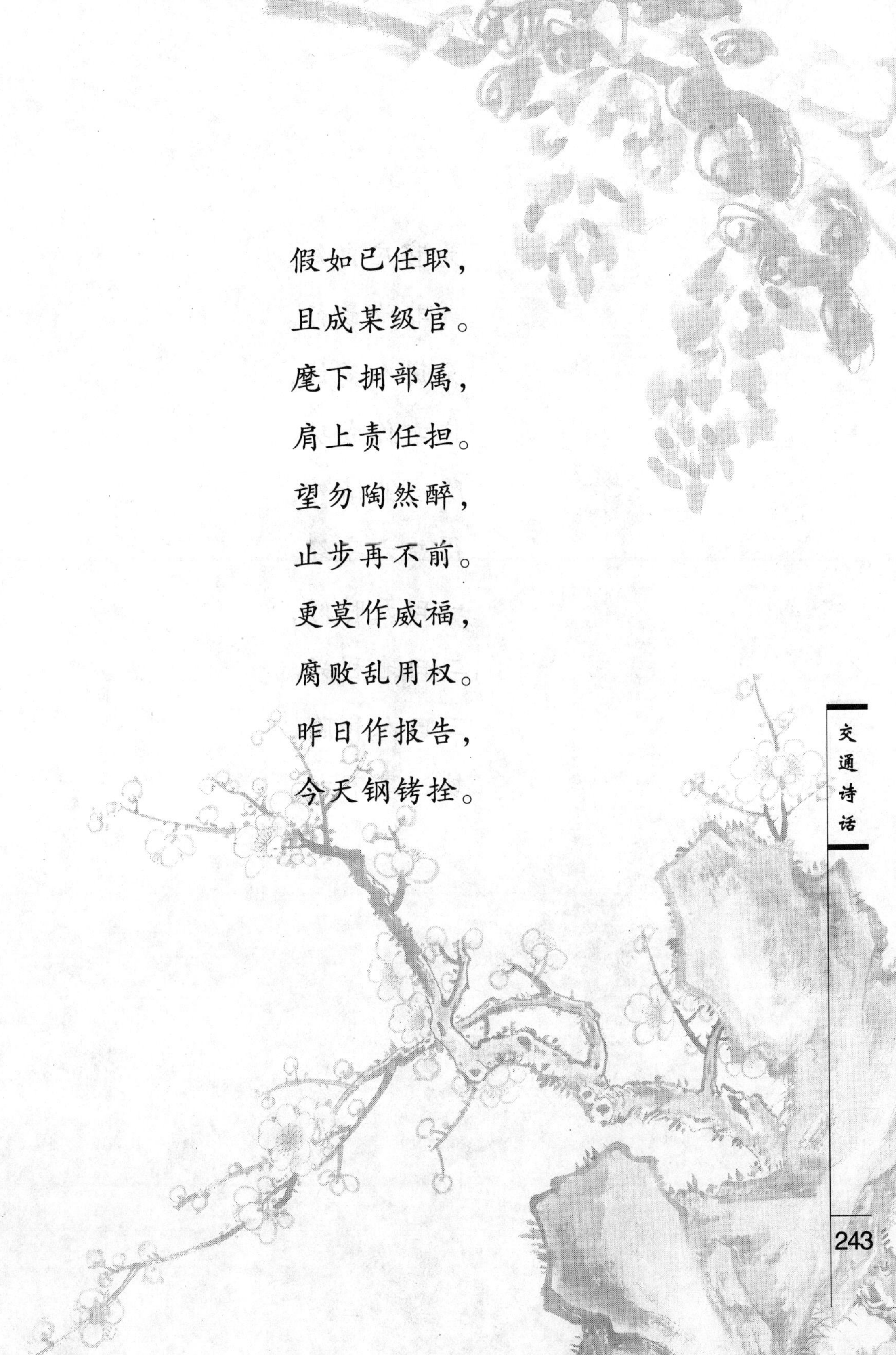

假如已任职，
且成某级官。
麾下拥部属，
肩上责任担。
望勿陶然醉，
止步再不前。
更莫作威福，
腐败乱用权。
昨日作报告，
今天钢铐拴。

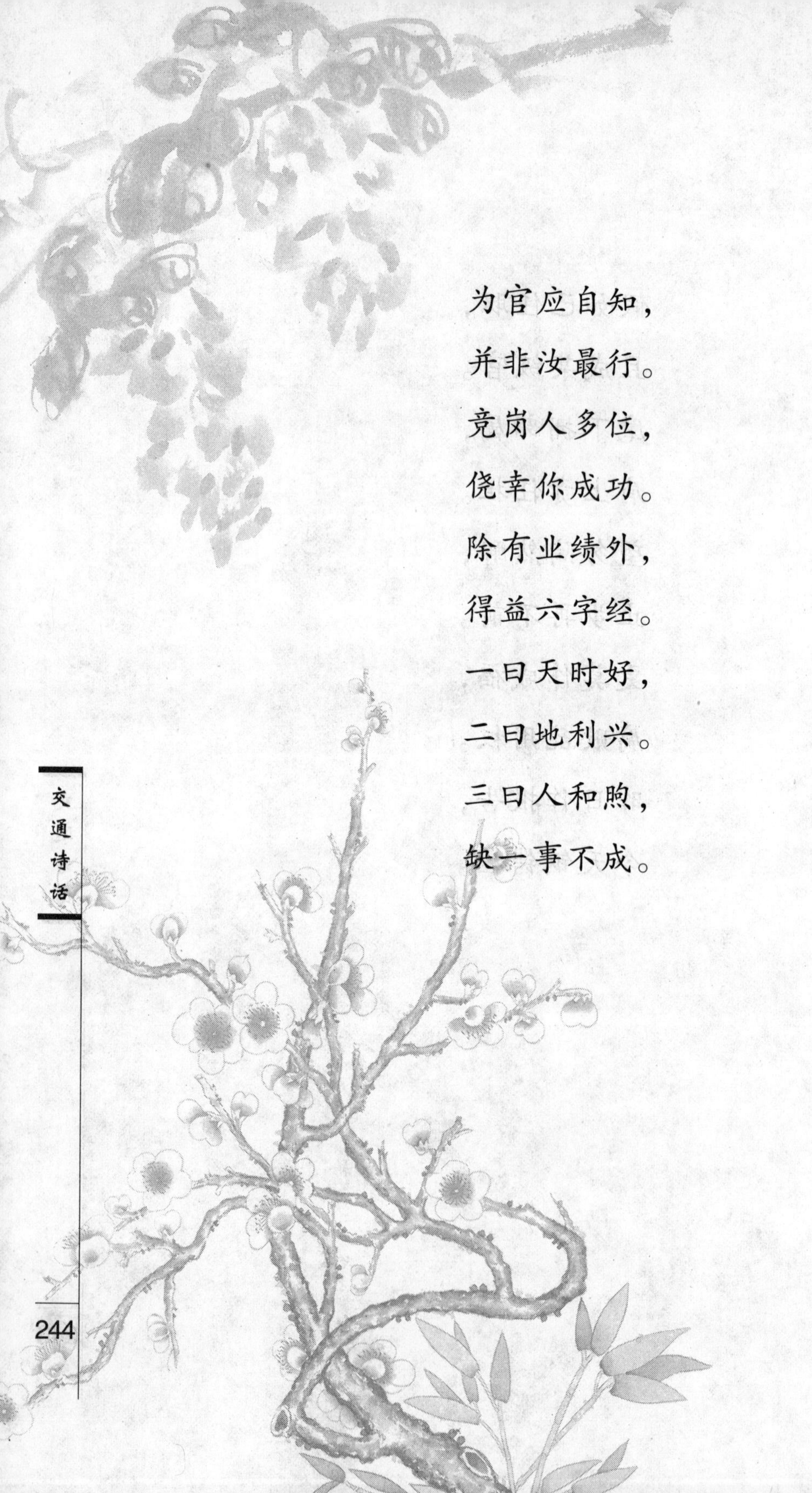

为官应自知，
并非汝最行。
竞岗人多位，
侥幸你成功。
除有业绩外，
得益六字经。
一日天时好，
二日地利兴。
三日人和煦，
缺一事不成。

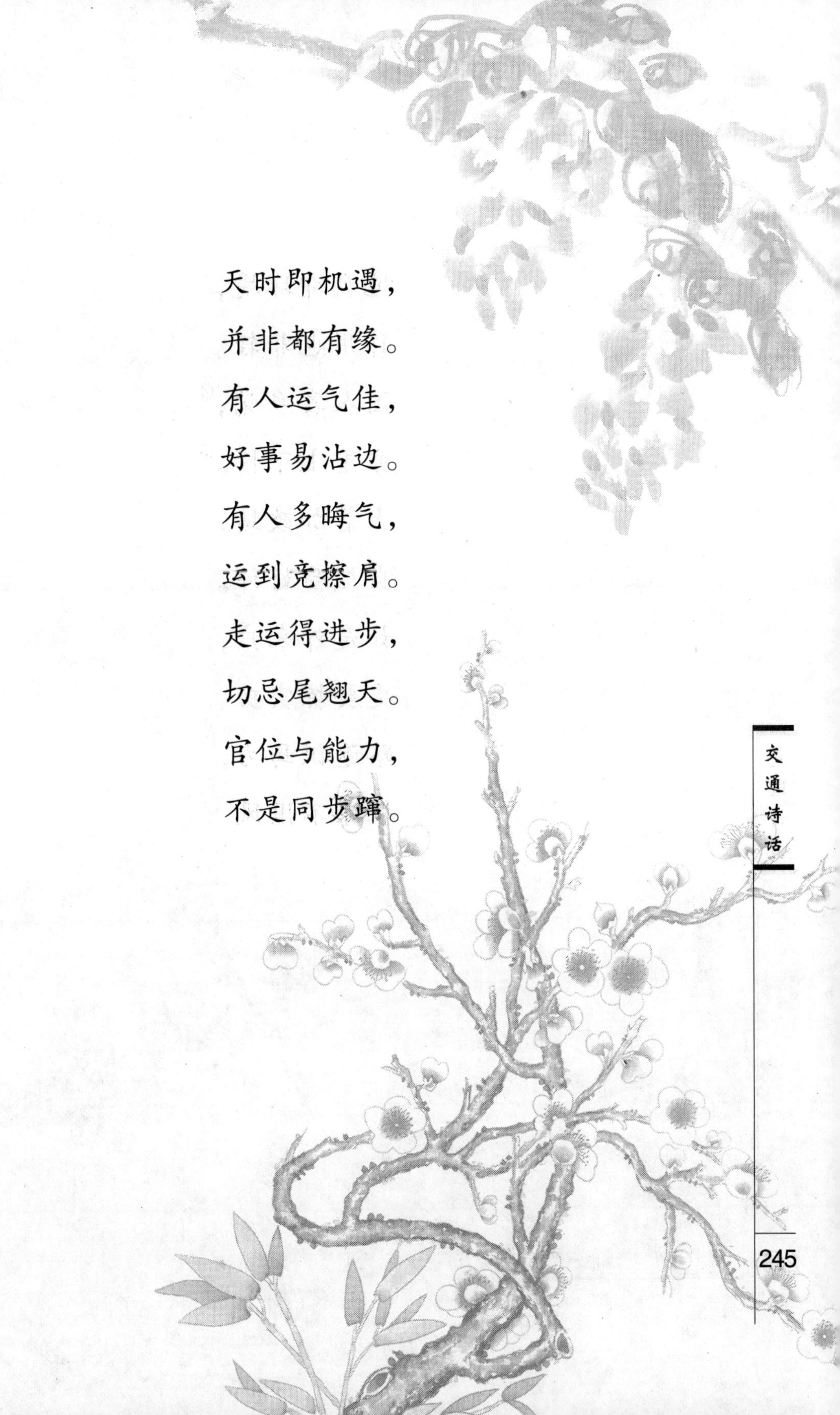

天时即机遇，
并非都有缘。
有人运气佳，
好事易沾边。
有人多晦气，
运到竟擦肩。
走运得进步，
切忌尾翘天。
官位与能力，
不是同步蹿。

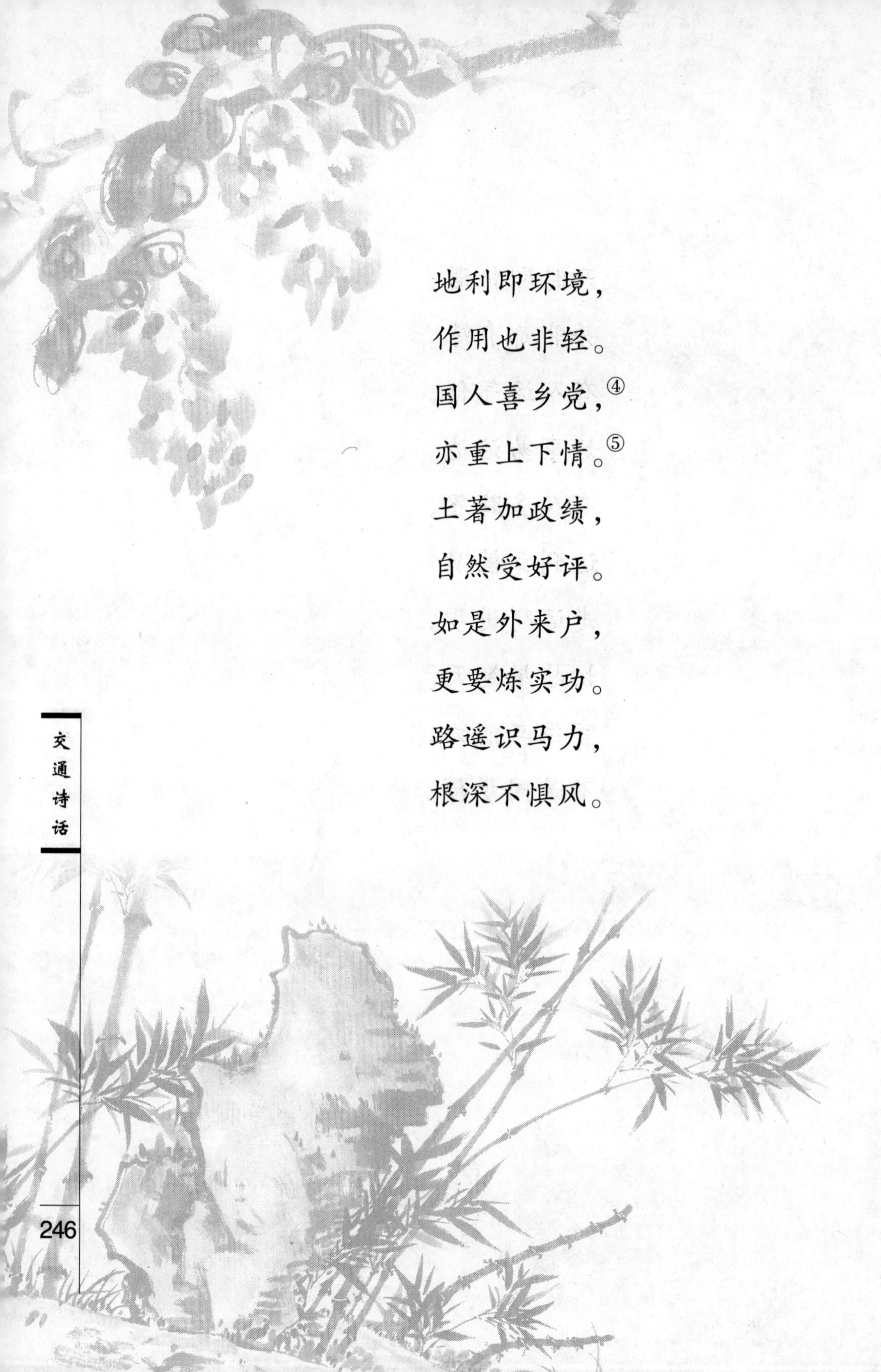

地利即环境，
作用也非轻。
国人喜乡党，[4]
亦重上下情。[5]
土著加政绩，
自然受好评。
如是外来户，
更要炼实功。
路遥识马力，
根深不惧风。

人和即关系，
理好最是难。
身处社会里，
遇事何其繁。
奔走江湖内，
援助危困间。
相处意融融，
分别情牵牵。
投票测民意，
褒誉多美言。

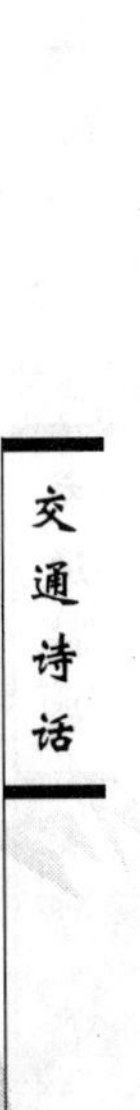

我之机遇可，
好运尽临头。
我之环境好，
滇地尤突出。
我之关系顺，
同事脾胃投。
人和占优势，
省部口碑书。
文革一学子，[6]
得以脱颖出。

六字各有义，
人和相对殊。
秉性要和善，
过程应讲究。
静心忆往事，
并未刻意求。
或问何能此，
以诚相待修。
一生多受用，
坚持从不丢。

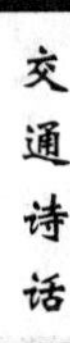

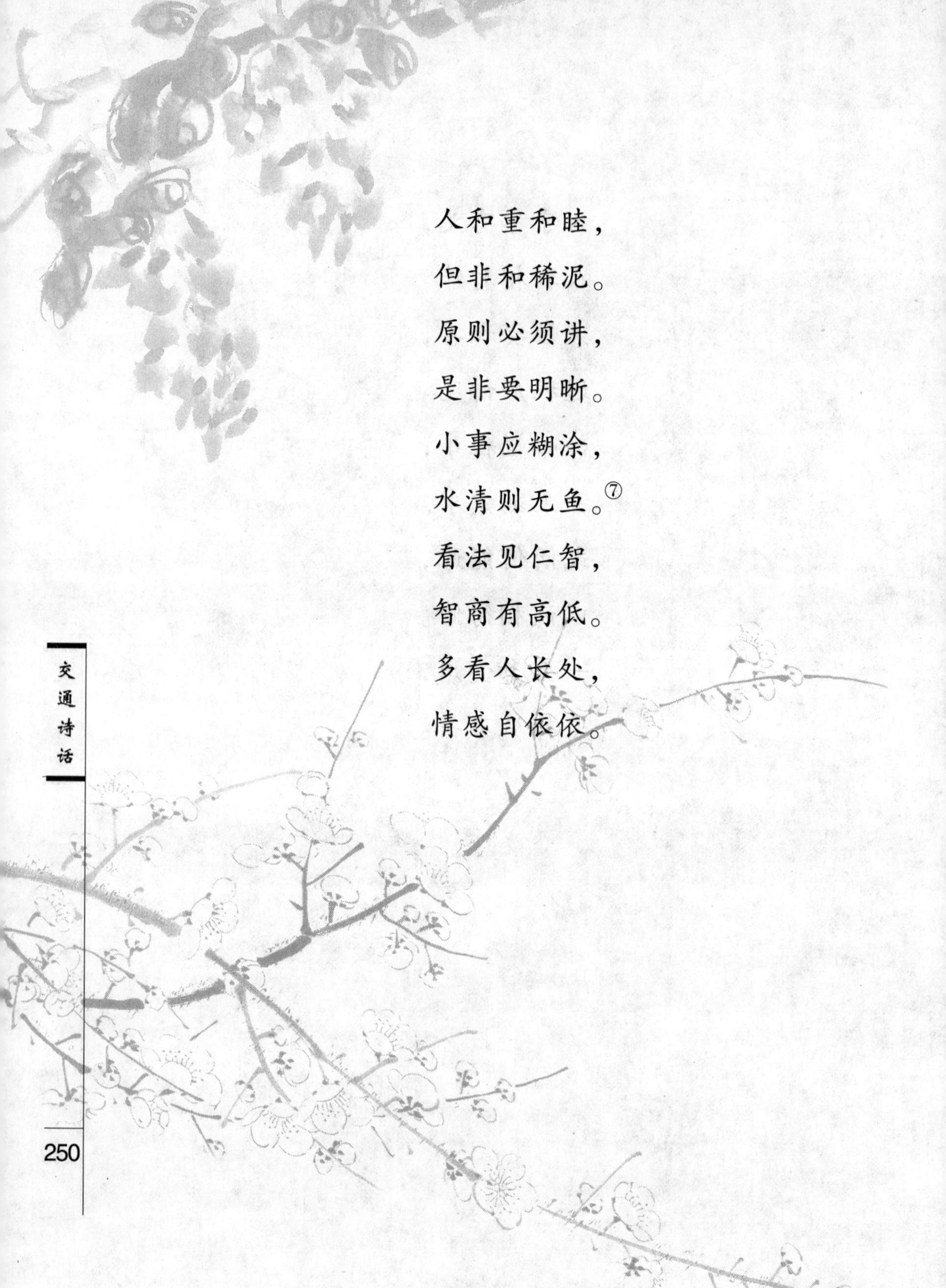

人和重和睦，
但非和稀泥。
原则必须讲，
是非要明晰。
小事应糊涂，
水清则无鱼。[⑦]
看法见仁智，
智商有高低。
多看人长处，
情感自依依。

人和群体聚，
团结力量强。
古今和为贵，
谐亲氛围祥。
有事多商议，
无须弓弩张。
心齐填海快，
志坚移山忙。
中华成一体，
奋迅建小康。

注：

① 古称成年男子为丈夫。通常将有阳刚之气，事业心强的成年男子称为男子汉大丈夫。

② 一般指封建社会科考时，经殿试考取的人。唐代设进士科，应考的称为进士，考试及格的称赐进士及第，以后又有赐进士出身，赐同进士出身之称。历代相沿，到明清两代，殿试考中者即为进士。

③ 科举考试凡名列第一者称为元，如乡试第一称解元，会试第一称会元，殿试第一称状元。又因其为殿试一甲第一名，故也称“殿元”。

④ 乡党即为老乡，陕西等地多以此称乡亲。

⑤ 指曾在一个单位（系统）工作，形成的上下级关系。

⑥ 我于 1965 年考入西安公路学院，1970 年毕业分配至云南省交通厅工作。社会上对我们这一批大学生俗称“老五届”。

⑦ 古书《大戴礼记·子张问入官》中称“故水至清则无鱼，人至察则无徒”。意即水太清澈了，就不会有鱼；人太苛察了，就没有人与之交往。

松树吟

雄哉两青松，
比肩立山峰。
树高何巍巍，
树枝郁葱葱。
树腰粗数尺，
树根现虬形。
抬头望红日，
低首看绿藤。
一日无风雨，
两松谈意浓。

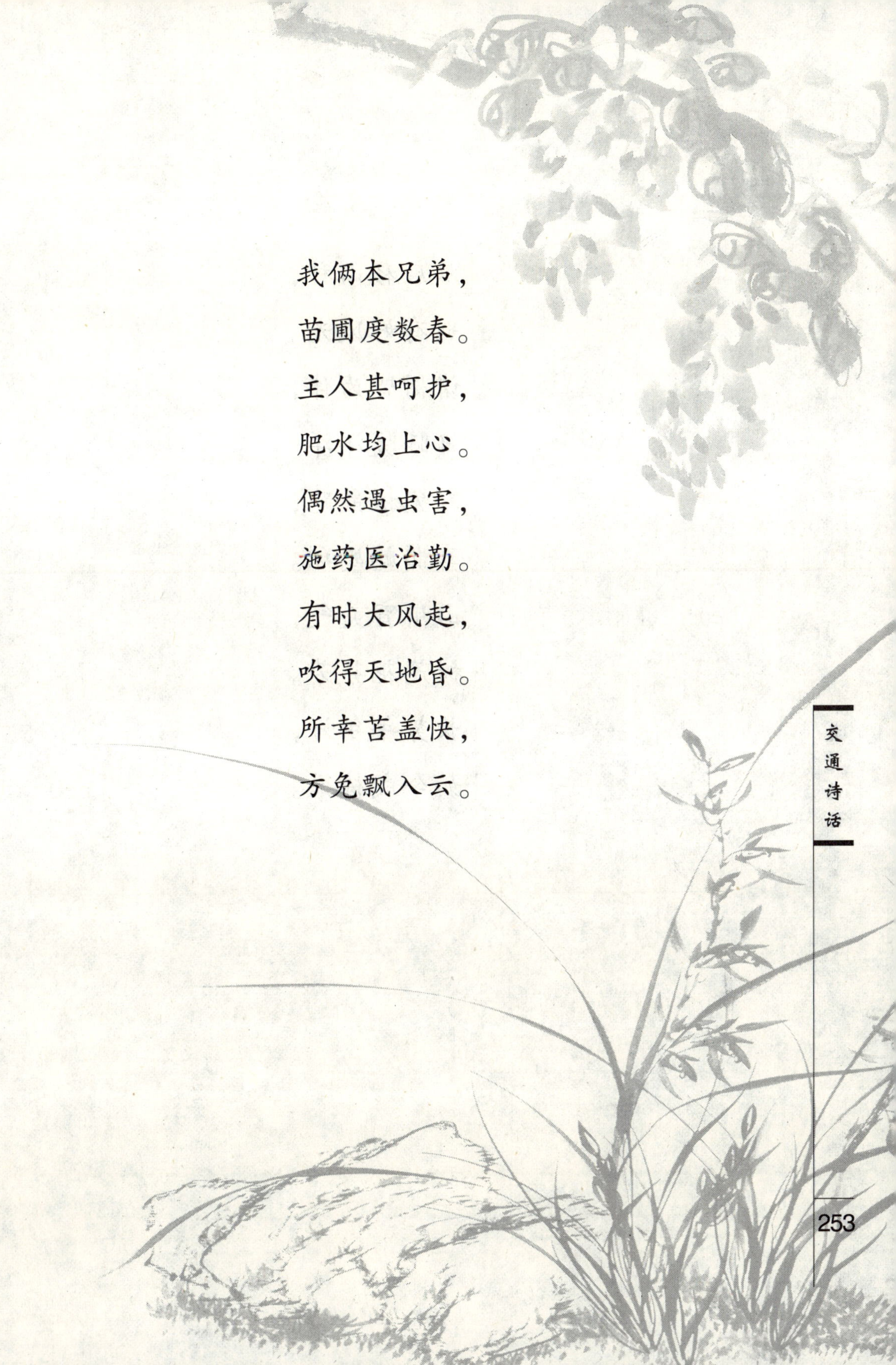

我俩本兄弟，
苗圃度数春。
主人甚呵护，
肥水均上心。
偶然遇虫害，
施药医治勤。
有时大风起，
吹得天地昏。
所幸苫盖快，
方免飘入云。

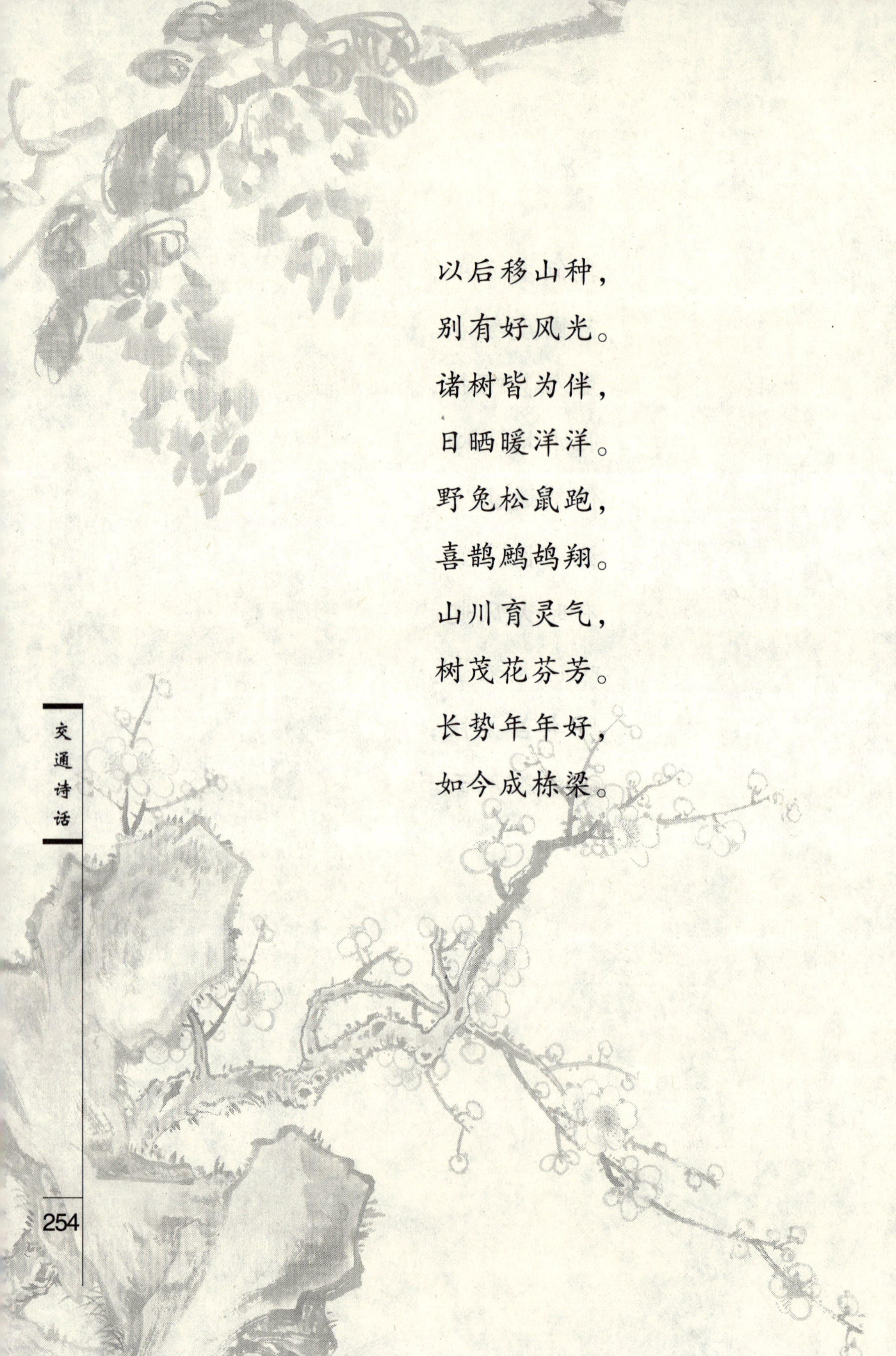

以后移山种，
别有好风光。
诸树皆为伴，
日晒暖洋洋。
野兔松鼠跑，
喜鹊鹧鸪翔。
山川育灵气，
树茂花芬芳。
长势年年好，
如今成栋梁。

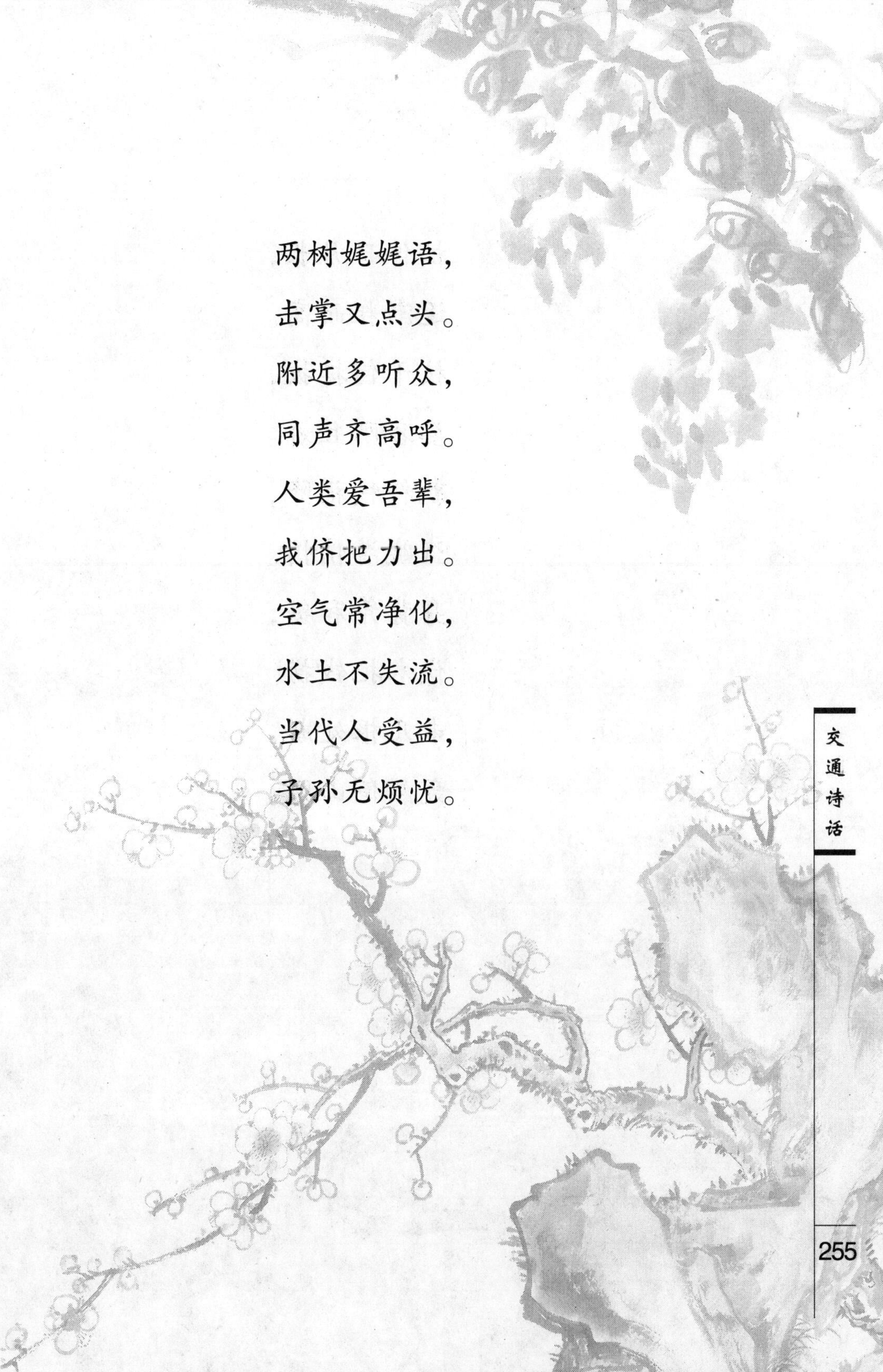

两树娓娓语，
击掌又点头。
附近多听众，
同声齐高呼。
人类爱吾辈，
我侪把力出。
空气常净化，
水土不失流。
当代人受益，
子孙无烦忧。

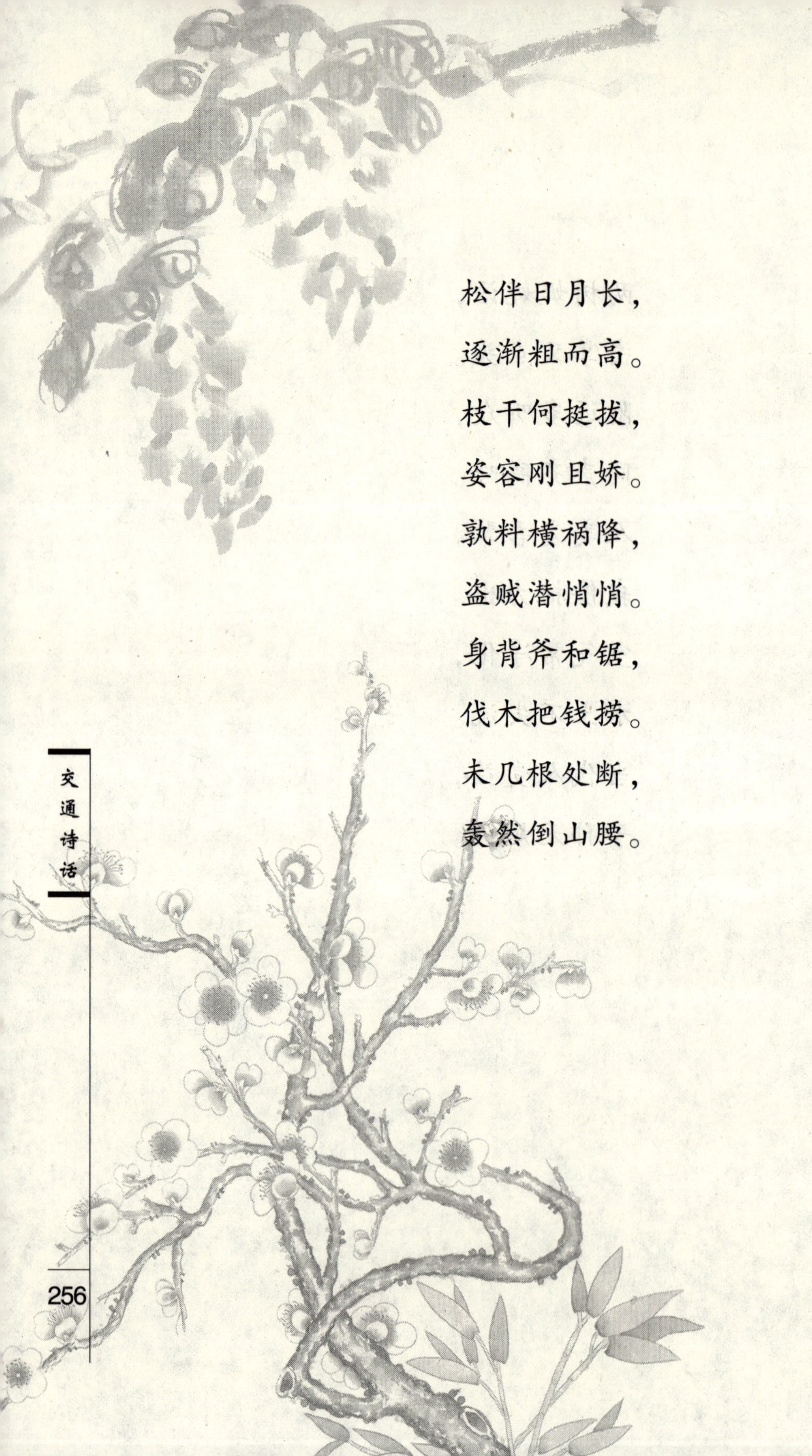

松伴日月长，
逐渐粗而高。
枝干何挺拔，
姿容刚且娇。
孰料横祸降，
盗贼潜悄悄。
身背斧和锯，
伐木把钱捞。
未几根处断，
轰然倒山腰。

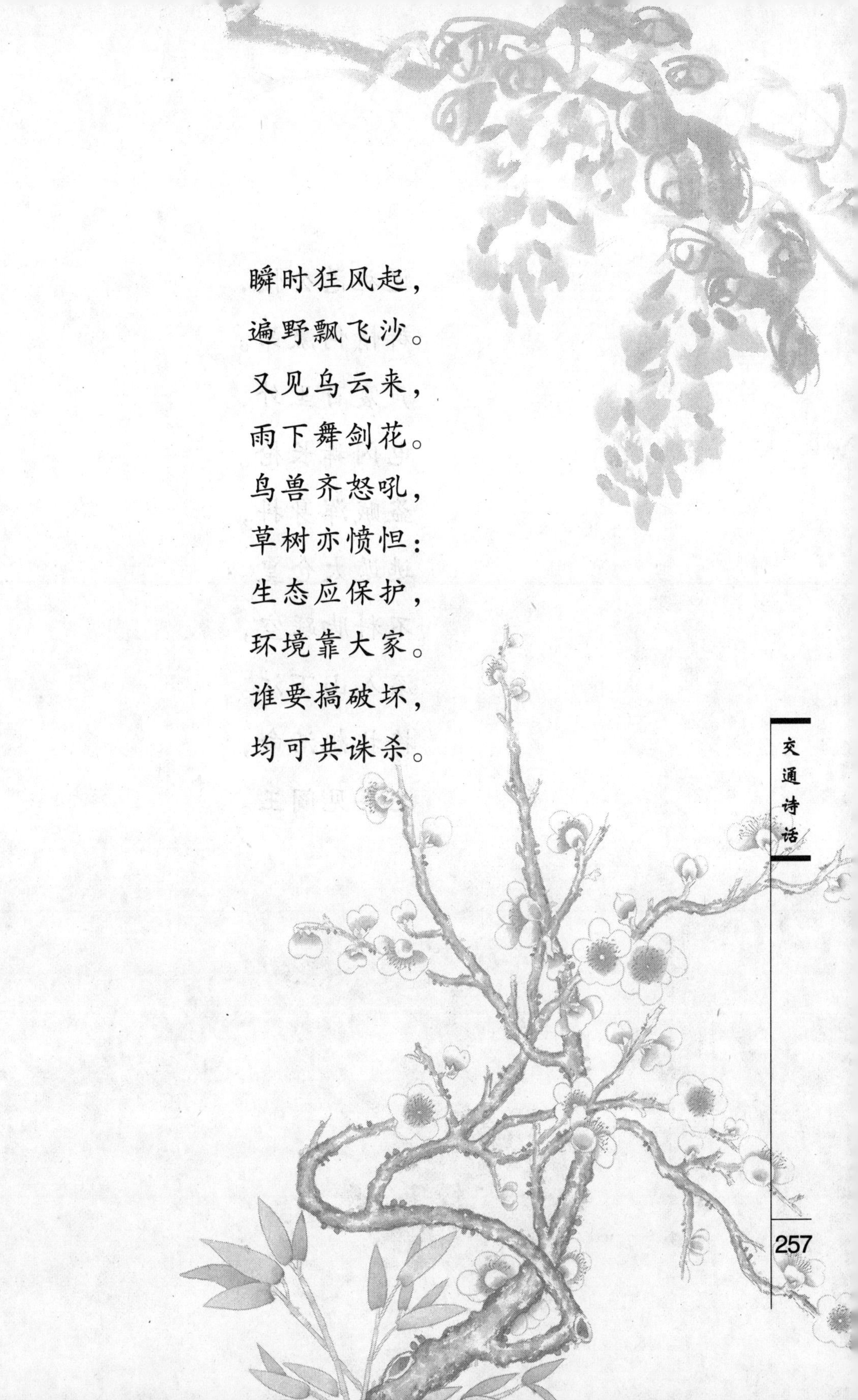

瞬时狂风起，
遍野飘飞沙。
又见乌云来，
雨下舞剑花。
鸟兽齐怒吼，
草树亦愤怛：
生态应保护，
环境靠大家。
谁要搞破坏，
均可共诛杀。

逆施惹公愤，
群情何激昂。
声震百里外，
电闪舞长枪。
盗贼浑身抖，
逃遁太仓皇。
不料脚踩空，
滚入山下江。
挣扎想活命，
无奈见阎王。

观音恰路过，
情况皆了然。
合掌长叹息：
莫干坏事端，
行善有好报，
切勿结恶缘。
净瓶蘸圣水，
柳枝洒林间。
死树顿复活，
笑声传云天。

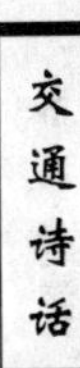

时光吟

少年常盼饭菜香，
更思夜晚捉迷藏。
吃喝玩乐混学业，
年复一年不戚惶。
长大回首看岁月，
知识贫乏遇事茫。
再望他人有成就，
顿感愧色上脸庞。
朋辈探讨何为重，
异口同声是时光。

光阴对人最公平，
不分富贵与贫穷。
官民都要过春夏，
老少谁能弃秋冬。
乌纱蟒袍多苦恼，
方巾布衣甚轻松。
腰缠万贯防盗惦，
手持一杖挡犬冲。
钱多只能购器物，
难买夕阳不落峰。

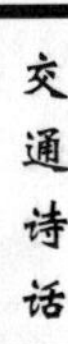

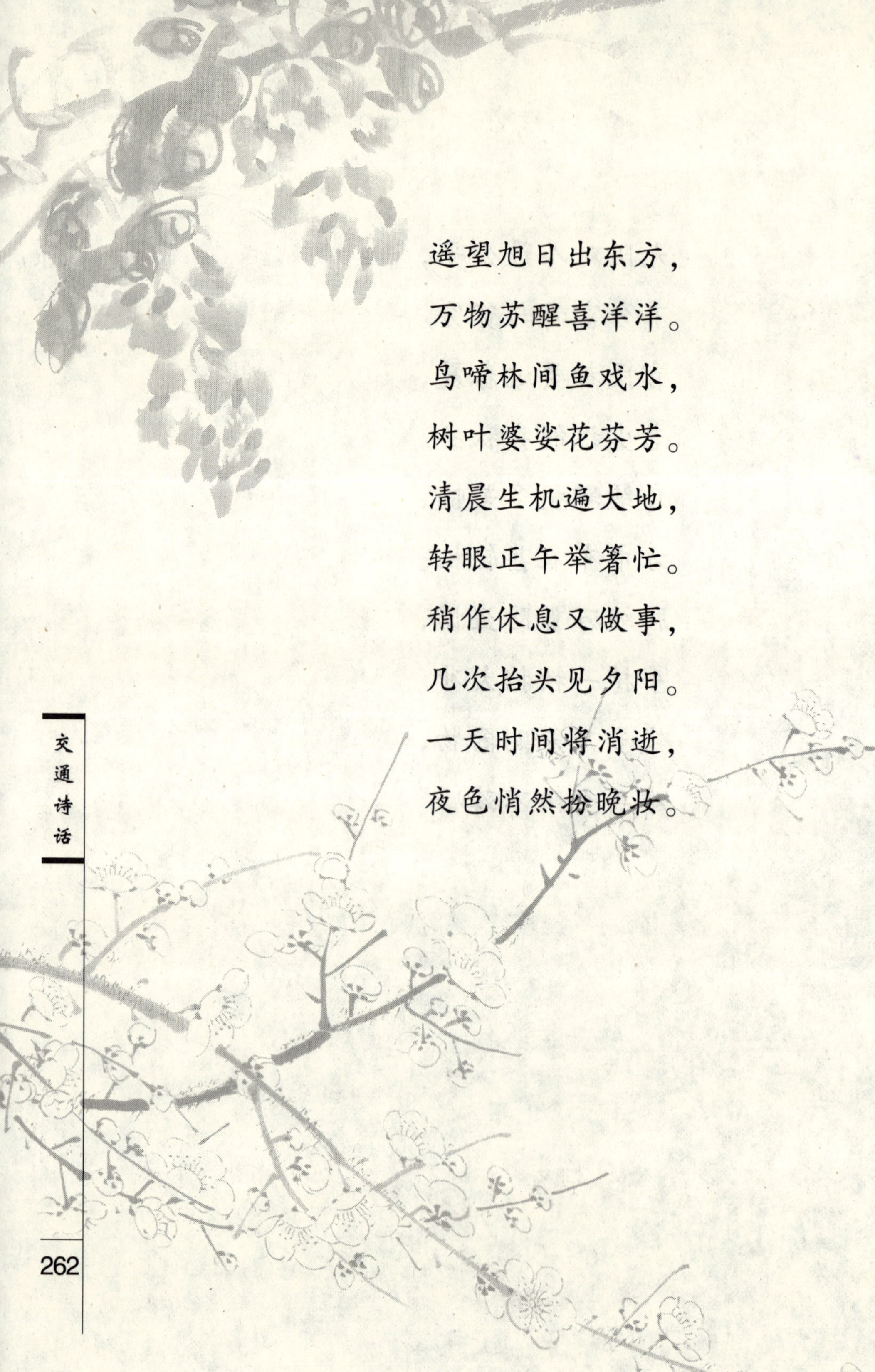

遥望旭日出东方，
万物苏醒喜洋洋。
鸟啼林间鱼戏水，
树叶婆娑花芬芳。
清晨生机遍大地，
转眼正午举箸忙。
稍作休息又做事，
几次抬头见夕阳。
一天时间将消逝，
夜色悄然扮晚妆。

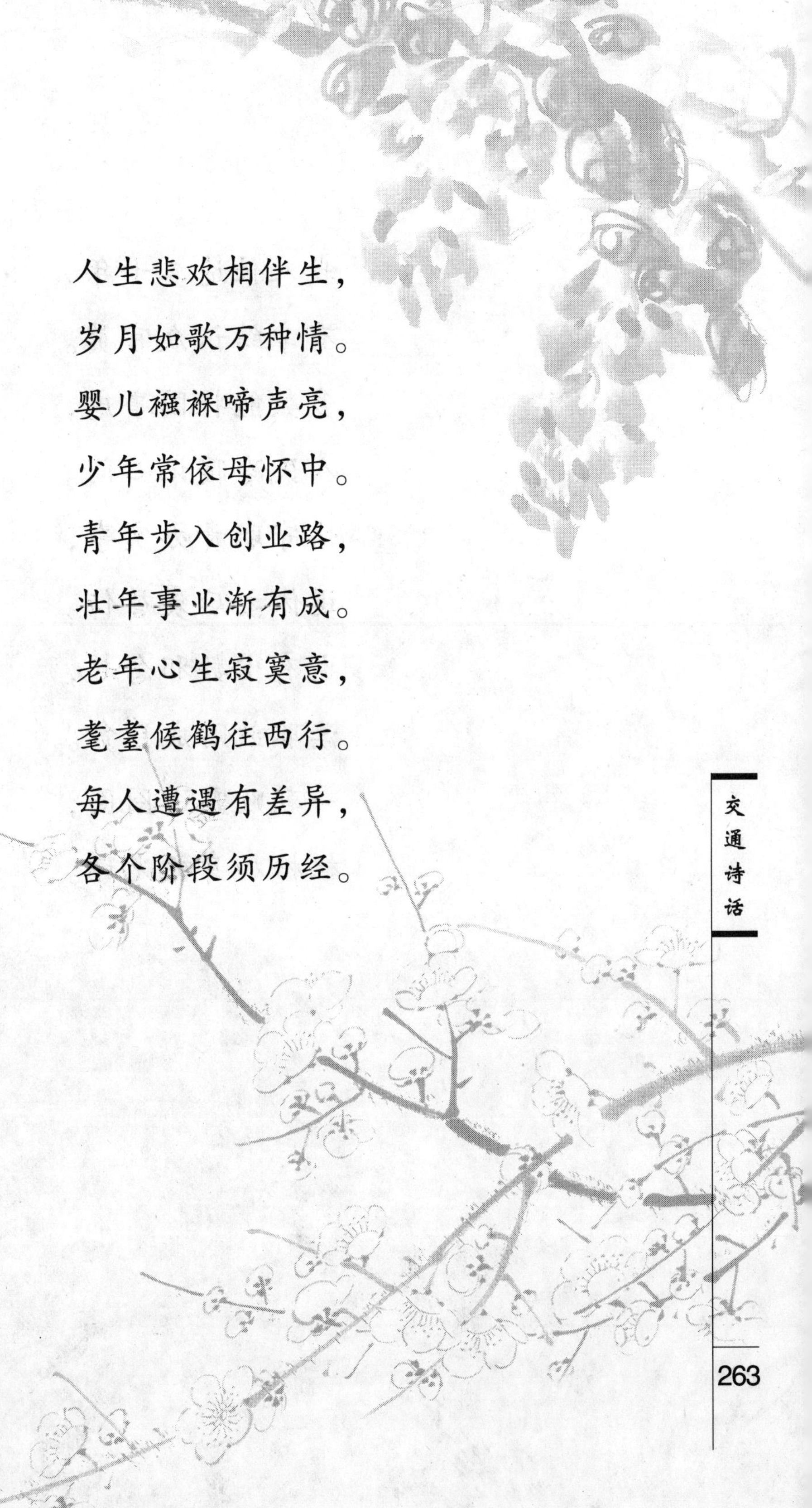

人生悲欢相伴生，
岁月如歌万种情。
婴儿襁褓啼声亮，
少年常依母怀中。
青年步入创业路，
壮年事业渐有成。
老年心生寂寞意，
耄耋候鹤往西行。
每人遭遇有差异，
各个阶段须历经。

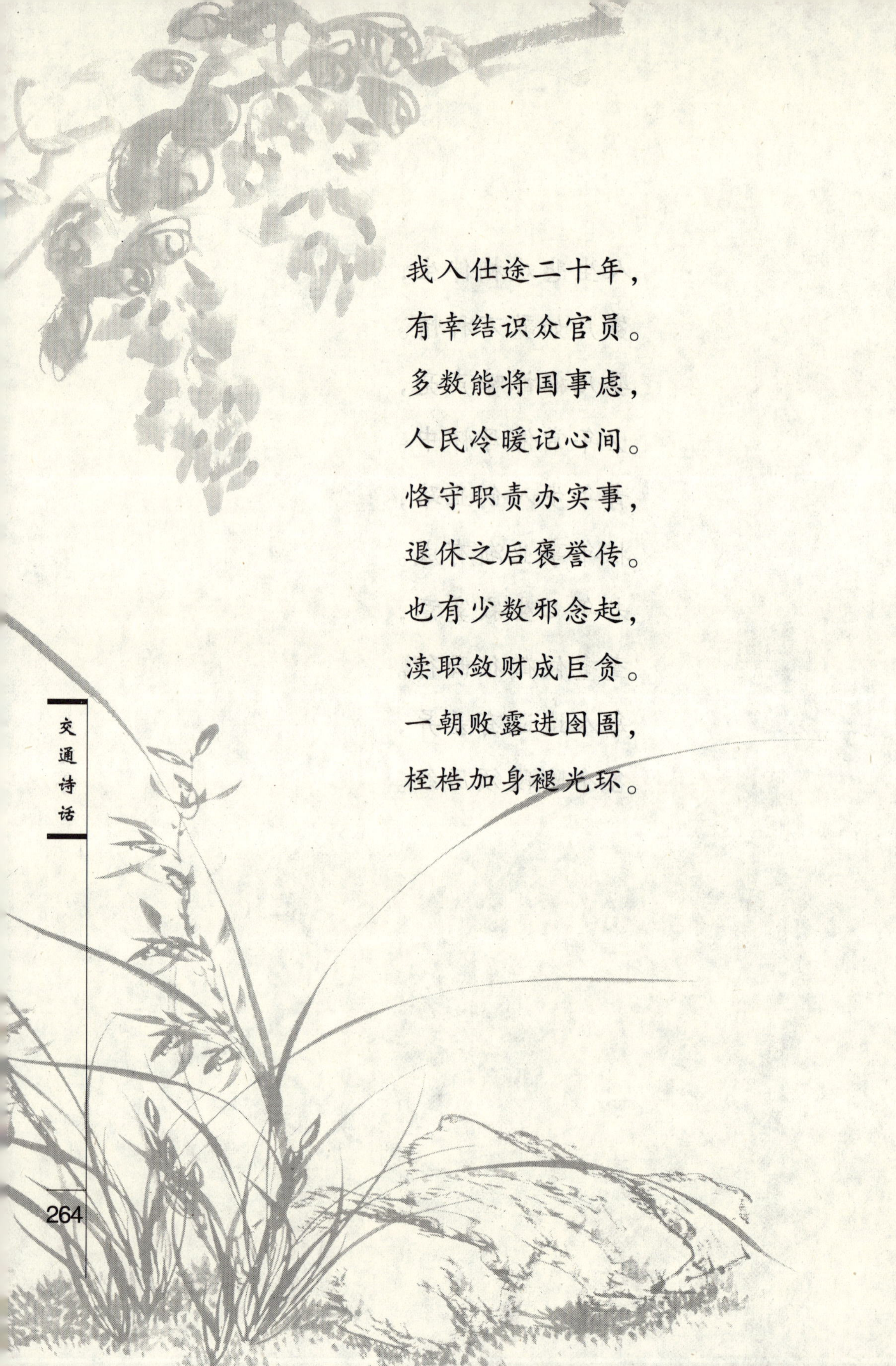

我入仕途二十年，
有幸结识众官员。
多数能将国事虑，
人民冷暖记心间。
恪守职责办实事，
退休之后褒誉传。
也有少数邪念起，
渎职敛财成巨贪。
一朝败露进囹圄，
桎梏加身褪光环。

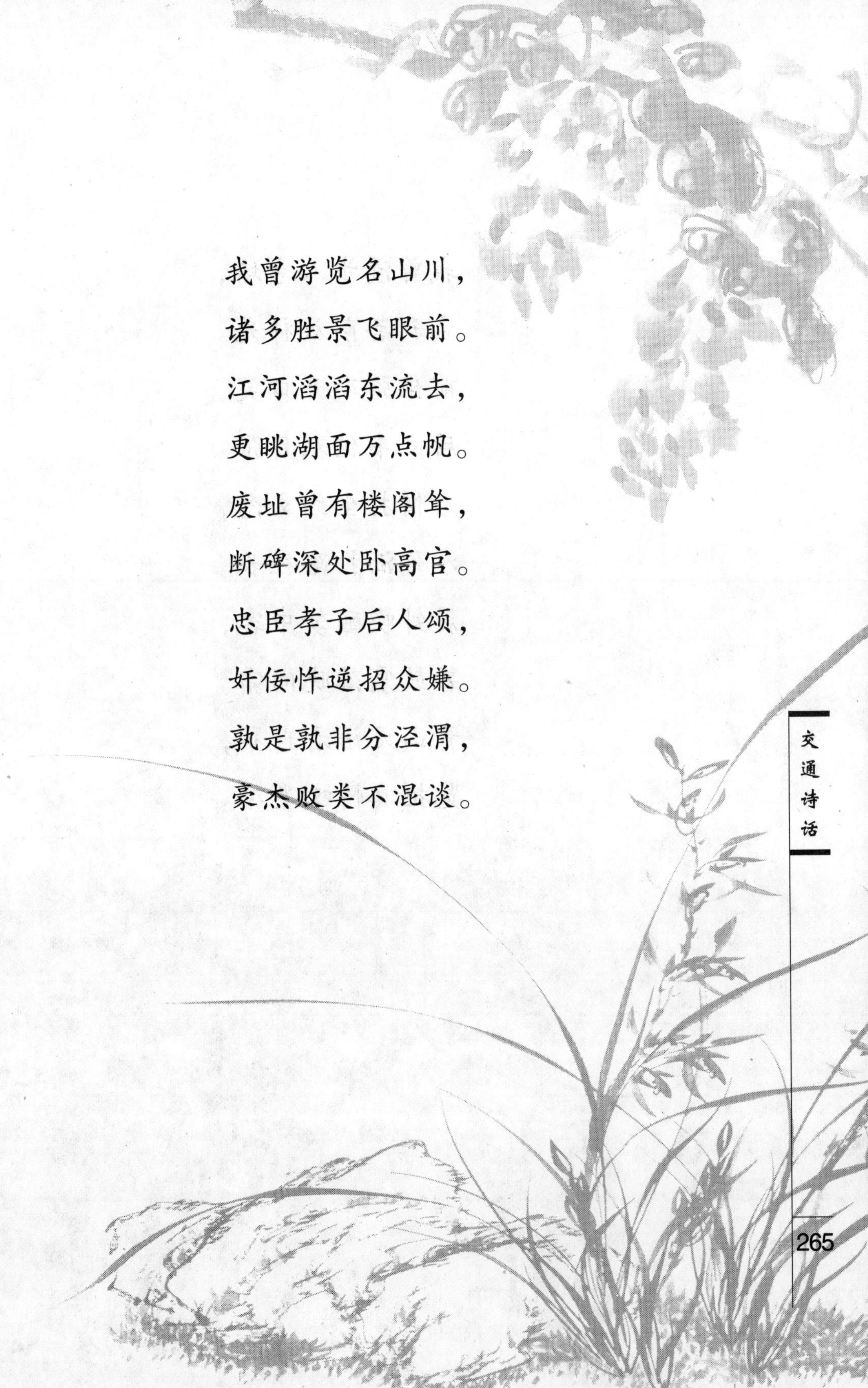

我曾游览名山川，
诸多胜景飞眼前。
江河滔滔东流去，
更眺湖面万点帆。
废址曾有楼阁耸，
断碑深处卧高官。
忠臣孝子后人颂，
奸佞忤逆招众嫌。
孰是孰非分泾渭，
豪杰败类不混谈。

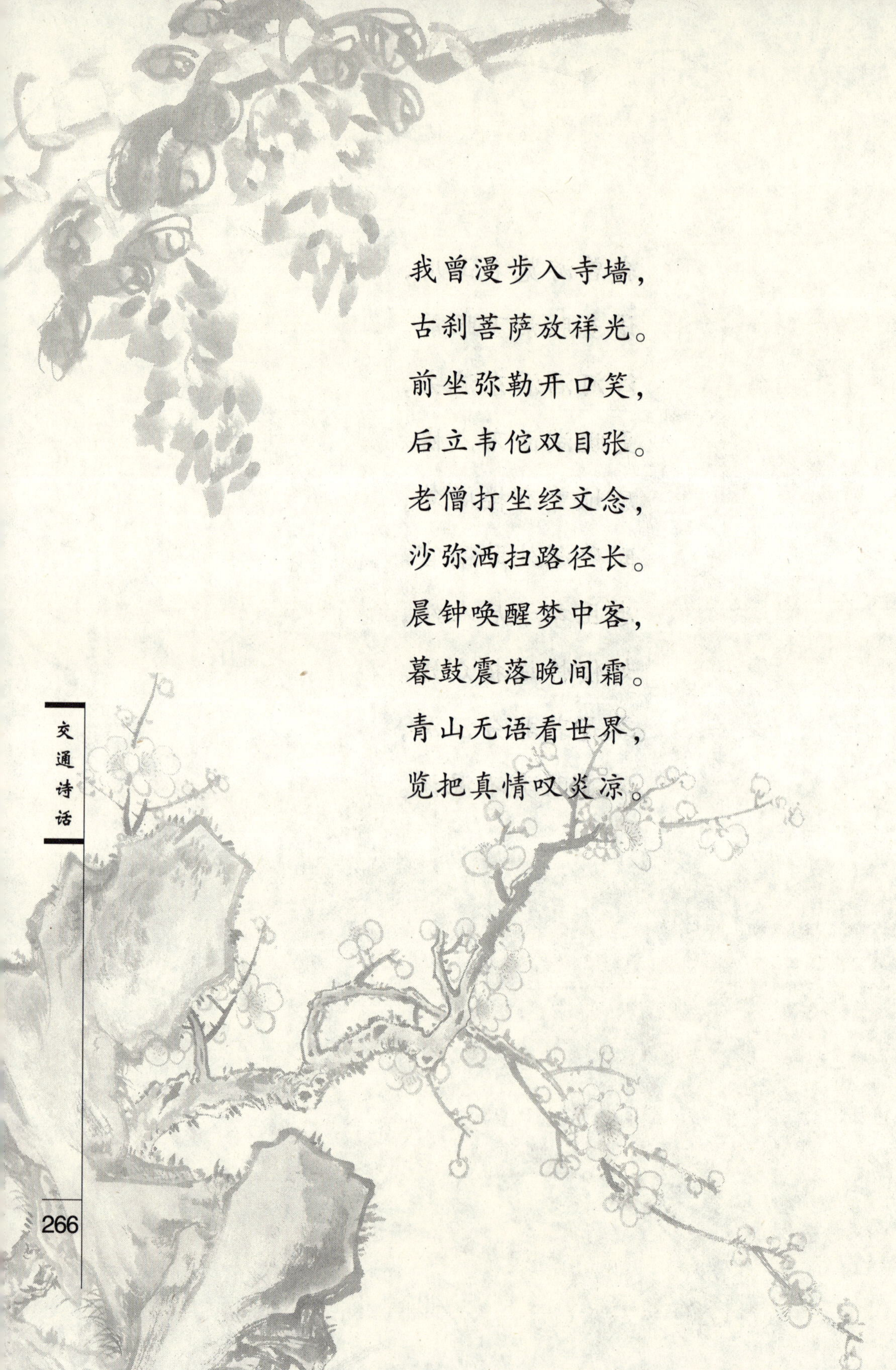

我曾漫步入寺墙，
古刹菩萨放祥光。
前坐弥勒开口笑，
后立韦佗双目张。
老僧打坐经文念，
沙弥洒扫路径长。
晨钟唤醒梦中客，
暮鼓震落晚间霜。
青山无语看世界，
览把真情叹炎凉。

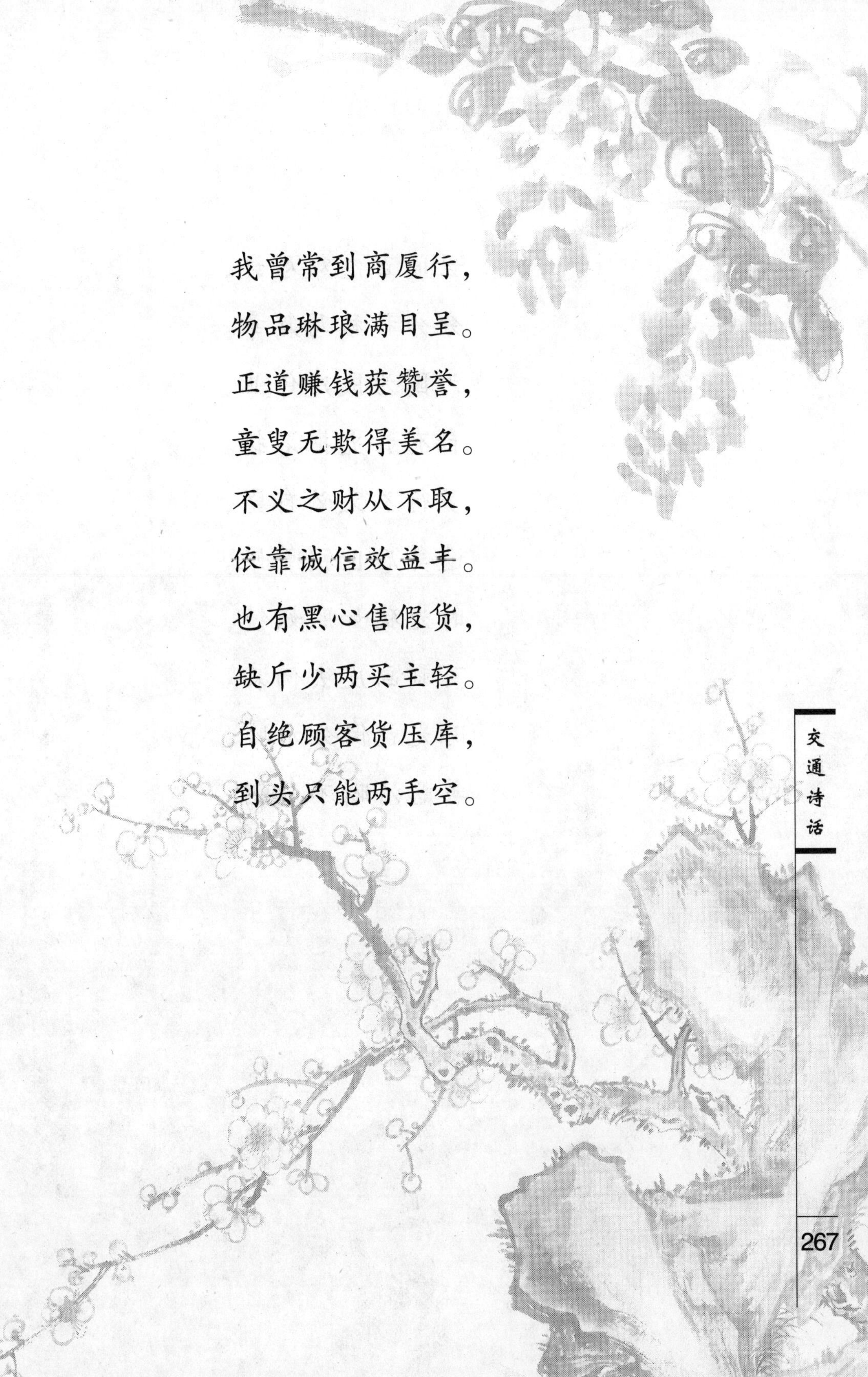

我曾常到商厦行，
物品琳琅满目呈。
正道赚钱获赞誉，
童叟无欺得美名。
不义之财从不取，
依靠诚信效益丰。
也有黑心售假货，
缺斤少两买主轻。
自绝顾客货压库，
到头只能两手空。

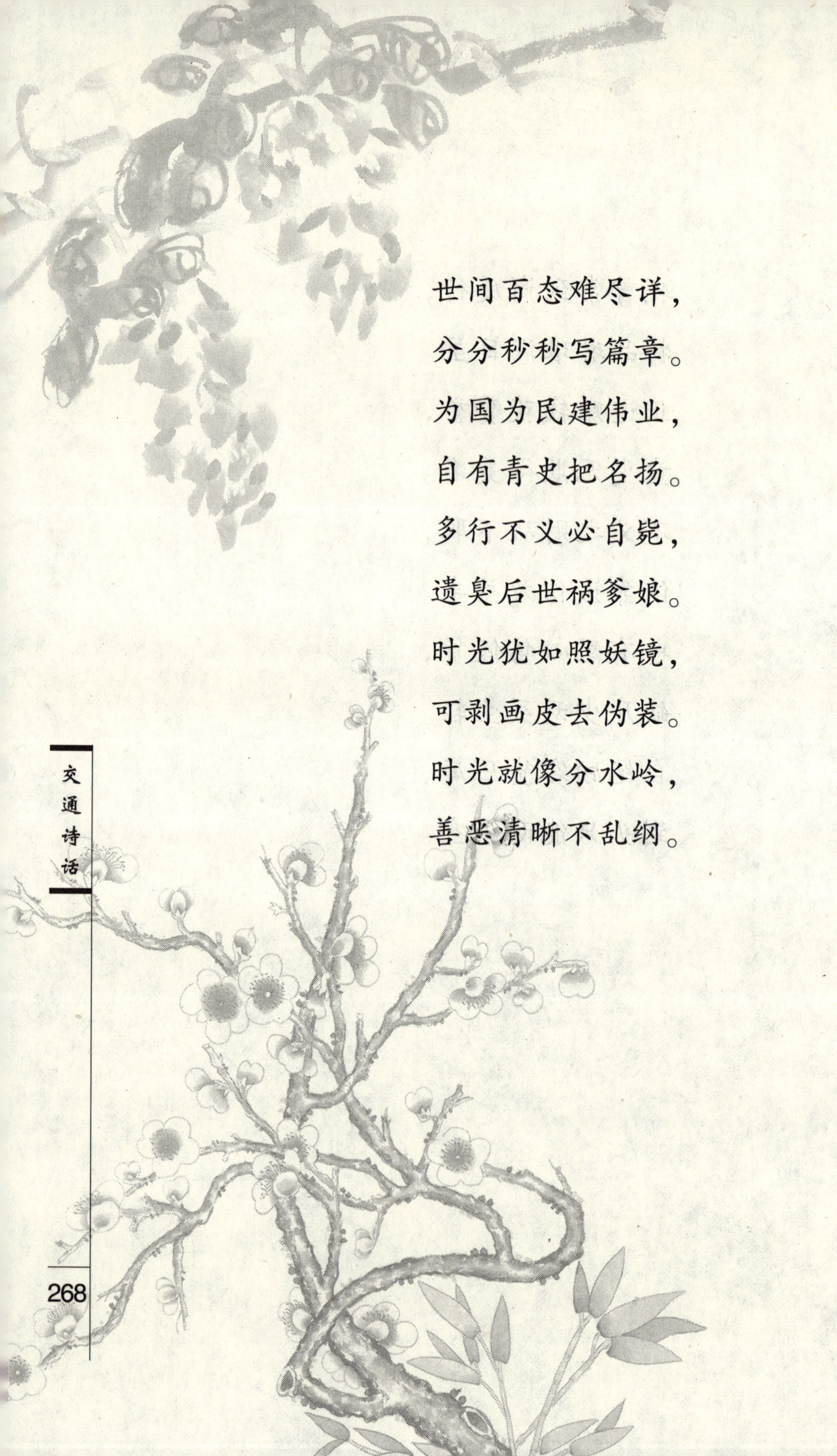

世间百态难尽详，
分分秒秒写篇章。
为国为民建伟业，
自有青史把名扬。
多行不义必自毙，
遗臭后世祸爹娘。
时光犹如照妖镜，
可剥画皮去伪装。
时光就像分水岭，
善恶清晰不乱纲。

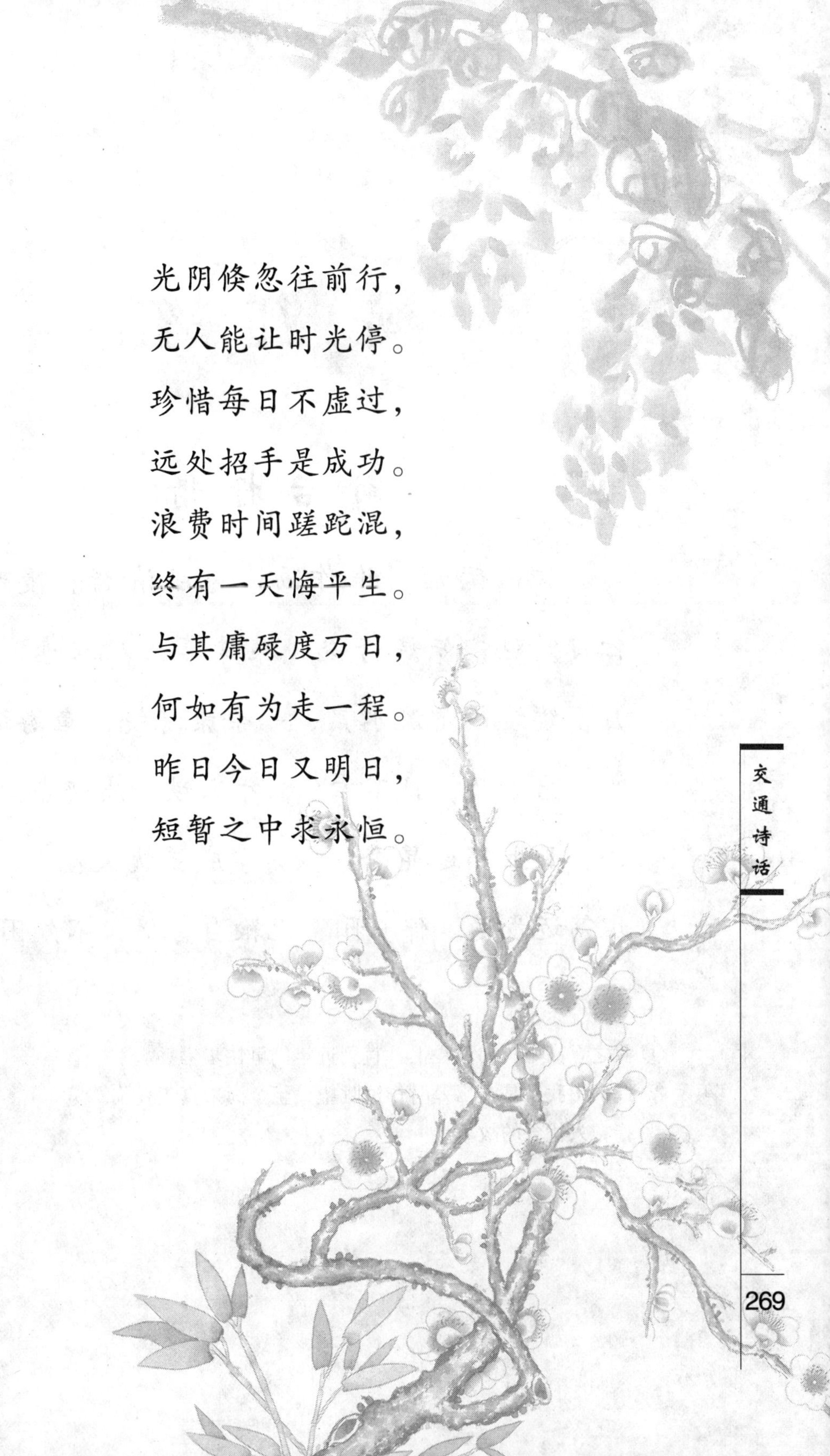

光阴倏忽往前行，
无人能让时光停。
珍惜每日不虚过，
远处招手是成功。
浪费时间蹉跎混，
终有一天悔平生。
与其庸碌度万日，
何如有为走一程。
昨日今日又明日，
短暂之中求永恒。

满江红

雨后抒情

江山雨后，谁作画、亮丽清新。慢移步，伫目赏观，妖娆秀俊。蝶舞草丛双双恋，花开月下缕缕韵。流水声，一条素练绕，鱼游近。

岩千尺，目不晕[①]，年六秩，志仍奋。游五岳、西上祁连昆仑[②]。莫学戚艾忧天坠[③]，自信坦荡迈步稳。伴夕阳、无鞭自奋蹄，不知困。

注：

① 我之登高山，向不畏惧，直到近年仍可快步攀登。

② 此两山我只是在出差时作过眺望，至今尚未真正登临游览。

③ 指杞人忧天的故事。

渔家傲

往事感怀

古今都把光阴叹[1]，年少屡听渐生厌。韶华虚度竟无算。读书倦，学业平庸缺宏愿。

中年对镜白发见，蓦然花甲悄然现。夕阳西下晚霞灿。悔千遍，徒感伤悲势难变[2]。

注：

① 古今许多人士对逝去的时光感叹万分，如日月如梭、光阴如箭，逝者如斯（江水）等。

② 古人有“少壮不努力，老大徒伤悲”的名句。

蝶恋花

往事难追

及冠已识愁滋味[①]，辗转反侧，常常夜难寐。有时也将誓言立，慷慨激昂多虚句。

往事东去难追叙[②]，功过析评，论清又何益？莫如振作树豪气，余热散尽目能闭[③]。

注：

① 过去家里人口多，仅凭父亲工资维持生活。作为长子十分发愁，初、高中时即想参加工作。

② 往事犹如东逝水，今已记忆无多。

③ 人生能坦荡度过，小有成就，驾鹤西去时自可瞑目。

桂 枝 香

回 西 安

长安夜降，望新月如钩、云厚星疏。强捺心情激动，故地重游①。曾历浩劫今犹痛，忆往昔旧事难述。诸业不振，更复学子，恨付东流②。

文革去，霞光万束。看千年古都，大展宏图。工农发展，旅游更成支柱。城乡面貌大改变，赞秦地百业飞步。而今母校、更名数载，续写春秋③。

注：

① 2006 年 5 月底，我出差到西安，度过了 4 天时光。

② 文革中，我们的学业受到了很大影响，很长一段时间里没有上课。

③ 我的母校西安公路学院后改名为西安公路交通大学；本世纪初经过院校调整又更名为长安大学。交通方面的专业很多，在国内外颇负盛名。

八声甘州

忆母校

忆大学录取喜若狂[①]，辞家至长安。同学情谊厚，课堂听讲，课余谈天。个个风华正茂，胸无遮拦。深怀报国志，刻苦争先。

孰料形势转向[②]，文革烽火起，灾降人间。惜好人被斗，何故苦相煎？战旗扬，群雄并立[③]，几年内、瘴气乌烟。不忍看、高等学府，被污容颜。

注：

① 这首词是我最近访问长安大学后有感而填的，主要是回忆20世纪60年代在西安公路学院上学时的情况。1965年8月，经过是年高考的我被录取到该校的汽车系公路运输管理专业。

② 1966年“5.16”后，无产阶级文化大革命在全国开展起来。

③ 当时群众组织较多，以后形成各有其名的两派。

西 江 月

夜 思 曲

昼见雨下似线，夜闻风吹如琴。思前想后几翻身，脑中浪涌不困[①]。

半世侥幸成就，一生谨慎做人。夫子面前敢弄文[②]，只为自强奋进。

注：

① 我之睡眠不好，经常由于思考某些问题而失眠，虽有困意，但头脑甚为清醒。

② 参加工作以来，至今出版了几本书，并东施效颦写了一些诗词，只为抒发感情，自得其乐，不怕贻笑大方。

浪淘沙

秋　叹

秋到逐见霜，梧桐叶黄。披衣赏月阵阵凉。
顿感不是年少客，难再方刚[①]。
往事莫思量，免生彷徨。春风得意抛一旁。
乌纱蟒袍昨日事，击节黄梁[②]。

注：

① 花甲之年，步入夕阳晚霞之中，血气方刚，一去不再复返。

② 唐沈既济《枕中记》中，说有一卢生，在邯郸旅店中遇见道士吕翁，见卢生自叹贫困交加，于是给他一个枕头，要其迅速入睡。此时店家正煮着小米饭。卢生在梦中享尽荣华富贵，一觉醒来，原是梦中情景，而此时小米饭还没有熟。

诉衷情

感恩双亲

当年家道较贫寒，弟妹人多员[①]。日常经济重担，父亲扛在肩[②]。

穷筹划，母更难，从不闲[③]。而今老矣，念及慈严，恩比河山。

注：

① 我们兄弟姊妹共七人，后小妹年幼早夭，仍为八口之家。

② 父亲当时的工资仅为90多元（过去的行政十七级待遇）。

③ 日常生活主要靠母亲筹划。入不敷出，粮食不够，只好买便宜的菜，甚至到蔬菜公司的菜窖拣扒下的菜叶。吃饭时往往最后端碗，凑合了事。

江城子

情谊叹

欲觅知音最难得①。投缘者，遇几何？数载相交，渐把真情摸。地位职称置度外，贫与富，更不说。

两地迢迢远相隔。②梦乘车，越山河，执手叙谈，今生快事多。相别相祈再相见，频挥手，离情勃。

注：

①《列子·汤问》中叙述了知音难求的故事。伯牙善弹琴，钟子期也有很高的造诣。一次相遇，伯牙弹到描写高山的曲调时，在旁听琴的钟子期说：善哉峨峨兮若泰山。弹到描写流水的曲调时，钟子期就说：善哉洋洋兮若山河。二人遂为莫逆知交。钟子期死后，伯牙不再弹琴，因再无人能懂得他的音乐。

② 好朋友不见得同在一地区或互为比邻，相互间往往隔着一定的距离，但这并不影响情谊的存在和发展。

鹧鸪天

忆轶事

影视只看不识拍，但喜园中百花开。诚盼运管出续集[①]。宣传形象搭平台。

合作好，信誉来，太真少假显丰才。星移斗转今何在[②]，留得诗情抒胸怀。

注：

① 20世纪80年代末，交通部有关司局曾与《人民日报》社影视中心合作拍摄过宣传道路运输管理工作的电视剧。

② 随着时间推移，环境变迁，如今道路运输管理工作又有了新的进步。过去的工作方式已发生很大的变化，很多熟悉的人已不在原来的工作岗位。

下篇

运输杂谈

我国交通运输业的现状与发展

建立我国现代化的交通运输体系多年来一直受到党中央、国务院的重视，国家主管部门也为之做了大量的工作。尽管有了很大的进展，取得了明显的成效，但是，与发达国家相比，仍有很大的差距。因此，在评价我国综合运输体系时，除分析整体交通运输能力发挥的功能和作用外，还必须分别论述各种运输方式的能力和效益。事实上，综合运输体系的建立也必须依靠各种运输方式规模的扩大和技术的进步，否则难以形成良好的整体素质和效益。

一、交通运输业的一般情况

由铁路、公路、水运、民航和管道等现代运输方式组成的我国交通运输业在较长时间里步履艰难，发展缓慢。改革开放以后，生产力获得了空前的解放，前进的步伐不断加快，特别是“八五”、“九五”时期速度更为可观，具体反映在：交通运输作为发展重点得到加强，运输网络规模不断扩大，运输能力有了很大提高，支持保障系统受到高度重视，可持续发展战略逐步成为人们的共识。

据不完全统计，到2000年底，各种运输方式线路长度达到347万公里，比改革开放伊始的1978年增长2.8倍。其中：铁路里程达到7万公里，比1978年增长35.4%；公路里程达到170万公里，比1978年增长91%；内河航道里程达到12万公里，比1978年减少近11%；民航航线里程达到155万公里，比1978年增长10倍以上；输油气管道达到2.8万公里，比1978年增长3.3倍。至于沿海主要港口码头泊位建设速度同样很快，已建1443个，其中万吨级以上深水泊位527个，分别比1978年增长4.6倍和4倍。2003年以来，交通运输行业基础设施建设继续保持高速发展态势，国家实施的积极财政政策以及民间资本和外资投入交通基础设施建设发挥出很大的作用。众所周知，青藏铁路等重点线路相继投入运营；高速公路不断延伸和新建；洋山港等码头的深水泊位迎来越来越多的大型轮船停靠；民航机场的密度日益加大；管道工程竣工项目受到世界的注目。2005年底，全国综合运输线路总里程达到417.2万公里，其中铁路新线当年投产1506公里（复线658公里，电气化848公里）。2005年底，全国铁路通车里程达7.54万公里（内含复线2.6万公里，电气化2.0万公里），位居世界第三，亚洲第一。公路当年新增加通车里程5.99万公里（内含高速公路6717公里，国道2900公里），到2005年底，全国公路通车里程达到193.05万公里，其中高速公路4.1万公里，稳居世界第二位。2005年底，内河通航里程达12.3万公里，等级航道6.1万公里。民航通航里程为199.85万公里，民航机场达到210个，当年新增14个。输油气管道达4.4万公里。

随着交通网络规模的不断扩大，全国交通线路的通达深度也得到明显提高。目前，铁路运输已覆盖了全国所有的省、直辖市、自治区。公路除西藏的墨脱县外，实现了县县通公路，乡镇中的99.8%和行政村中的94.3%都通上了公路；路面状况不断改善，东部地区自不必说，就以西部地区而言，除西藏自治区外，其他11个省份均已实现了县县通油路，至于辽宁、山东、广东三省则已实现了乡乡通油路。以长江、珠江、黑龙江、淮河与京杭大运河为主干组成的内河航道网覆盖了各水系流经的广大地区。仅2005年，内河航运基础设施建设就完成投资112.5亿元，改善内河航道里程1338多公里。全国港口拥有的生产用码头泊位比上年净增134个，其中万吨级以上泊位比上年净增90个。民航航班机场已达210个，开通国际、国内及地区航线约1200条，通达国内130余个城市以及国际近40个国家的60多个城市；全国所有的直辖市、省会城市、自治区首府以及沿海开放城市、主要旅游城市甚至一些开展旅游的边远城镇都在民航航线覆盖之内。

交通运输网络覆盖之大，通达深度之远，服务面积之广，都是计划经济时期不可相比的，为推动各地经济发展，满足社会各方面对运输的需求，提供了交通运输保障，做出了重要的贡献。

交通运输能力的提高，除由于基础设施建设发生日新月异的变化外，运力的增长和改善也是一个重要的原因。据统计，2005年底，我国的铁路机车达到17473台，客车达4.2万辆，货车达54.9万辆，分别比1978年增长77.4%、182.2%和119.5%；民用汽车达到1802万辆，其中载客汽车达994万辆，载货汽车达765万辆，分别比1978年增长22.32倍、81.35倍和94.50倍；水上运输船舶达到20.7万艘，净载重达10178.6万吨，载客量达101.1万客位，分别比1978年增长6.09倍、7.72倍和1.31倍；民用飞机达到863架，比1978年增长125.9%。

随着交通基础设施建设步伐加快和运输工具迅速增加，交通运输量也在快速地增长。2005年全社会客运量完成184.7018亿人，其中：铁路11.5583亿人、公路169.7381亿人、水运2.0227亿人、民航1.3827亿人，分别比1978年增长6.24倍、0.42倍、10.39倍、0.08倍和59.12倍；全社会旅客周转量完成17446.74亿人公里，其中：铁路6061.96亿人公里、公路9292.08亿人公里、水运67.77亿人公里、民航2044.93亿人公里，分别比1978年增长9.00倍、4.49倍、16.74倍、-0.67倍和72.16倍；全社会货运量完成186.2066亿吨，其中铁路26.9296亿吨、公路134.1778亿吨、水运21.9648亿吨、民航0.0307亿吨、管道3.1037亿吨，分别比1978年增长6.41倍、1.44倍、14.75倍、4.11倍、50.77倍、2.01倍；全社会货物周转量完成80258.1亿吨公里，其中，铁路20726.0亿吨公里、公路8693.2亿吨公里、水运49672.3亿吨公里、民航78.9亿吨公里、管道1087.7亿吨公里，公别比1978年增长7.10倍、2.87倍、30.66倍、12.18倍、77.9倍、1.53倍。2005年，全社会客运量构成中，铁路占6.26%、公路占91.89%、水运占1.09%、民航占0.73%；全社会旅客周转量构成中，铁路占34.74%、公路占53.26%、水运占0.38%、民航占11.72%；全社会货运量构成中，铁路占14.46%、公路占72.04%、水运占11.71%、民航比例甚小、管道占1.67%；全社会货物周转量构成中，铁路占25.82%、公路占10.83%、水运占61.89%、民航占0.09%、管道占1.36%。

在此，我们还应关注集装箱运输的发展情况，交通部公布的数据表明，2005年，我国公路、水路运输集装箱总计达到4400万TEU，货运量达到48982万吨，跃居世界首位。上海港和深圳港集装箱吞吐量双双突破1000万TEU，跃升为世界集装箱大港行列。此外，2005年全国港口货物吞吐量完成48.54亿吨，其中外贸货物吞吐量完成13.67亿吨，同比分别增长16.4%和18.3%。上海港货物吞吐量突破4亿吨，位居世界第二大港，我国亿吨大港增至11个，超过两亿吨的港口为4个。

二、交通运输业发展的特点

改革开放以来，我国经济的发展突飞猛进，国内生产总值增长速度年均9%以上，对交通运输业而言，一方面为当好"先行官"尽了很大的努力，立下了汗马功劳；另一方面由于对运输的需求急剧上升，形成了很大的压力。在这种形势下，交通运输业立足改革，加速结构调整，充分利用国家制定的各项方针政策，因地制宜也采取了一系列措施，克服了各种困难，取得了令人称道的进步。如今一度被视为制约国民经济发展的"瓶颈"现象有了一定程度的改善，运输全面紧张、运输能力严重不足的状况得到有效缓解，为我国社会主义现代化建设、经济和社会快速发展发挥了重要的支撑、保障作用。主要特点是：

1. 各种运输方式优势得到良好发挥，综合运输结构趋于合理

20世纪90年代前，由于经济快速发展，交通运输显得十分紧张，铁路限制口多达20多处，客货运输争抢干线区段通过能力非常突出；公路上车辆比比皆是，交通拥挤情况此起彼伏；沿海主要港口压船、压港，船舶在港停泊时间普遍在3天以上；民航运输紧张，许多航线不能满足需要。之后，国家十分重视交通运输业的发展，采取了不少重大举措，尤其注重各

种运输方式协调发展。随着各类交通基础设施建设加快，使长期以来以铁路运输为主的状况得到改善，铁路负担过重的局面有所改变，各种运输方式合理分担运输总量的格局逐步形成。如今的定位是：巩固和加强铁路的骨干地位，确立和提高公路的基础地位，充分发挥水运尤其是海洋运输在外贸运输中的支撑地位，高度重视民航在快速运输中的领先地位，认真关注管道在能源运输中的特殊地位。通过多方努力，综合运输中的客货运输结构逐步优化、趋向合理。以旅客运输来说，客运量构成比例是：1978 年，铁路 32.1%，公路 58.8%，水运 9.1%，民航 0.1%；2001 年，铁路 6.8%，公路91.4%、水运 1.2%、民航 0.5%；旅客周转量构成比例是：1978 年，铁路 62.7%、公路 29.9%、水运 5.8%、民航 1.6%；2001 年，铁路36.24%、公路 54.79%、水运 0.68%、民航 8.3%。货运量构成比例是：1978 年，铁路44.2%、公路 34.2%、水运 17.3%、民航微乎其微、管道4.2%，2001 年铁路 13.7%、公路 75.4%、水运 9.5%、民航依然很小、管道1.4%；货物周转量构成比例是：1978 年，铁路 54.4%、公路 2.8%、水运 38.4%、民航几乎被忽略不计、管道 4.4%，2001 年，铁路 30.6%、公路 13.3%、水运 54.6%、民航 0.1%、管道 1.4%。2005 年，综合运输的结构进一步呈现合理态势，与 2001 年相比，在全社会客运量、旅客周转量中的比重，铁路略有下降，公路有所上升。在全社会货运量比重中，铁路略有上升，但在全社会货物周转量中却是有较大下降。公路均有所下降，而水运上升的幅度则比较可观。民航和管道两种运输方式比重很小且变化不大。不难看出，较长时间以来各种运输方式盲目发展的状态得以扭转，如今基本做到相辅相成，各展其长、各得其所。

2. 综合交通运输网络化程度提高，服务能力大为加强

交通运输业要想成功地为社会提供卓有成效的服务，建立网络、实现网络化经营是一个必不可少的重要条件。网络的建设除要进行大量的组织工作外，还必须下大气力、花大功夫、投大本钱加快和加强硬件构筑，即把交通基础设施建设作为一件大事抓好，迅速改变长期以来存在的落后面貌。改革开放后，交通运输业迎来了数十载难逢的机遇。首先，党中央、国务院认识到交通运输滞后发展，形成“瓶颈”所产生的制约效应已经严重地影响了国民经济的发展，从而引起了高度重视；其次，由于交通运输被列为国家发展的重点，批准制定了一系列有利于实现交通运输跨越式发展的方针、政策，如积极的财政政策、发行国家债券、多渠道贷款、征收客货附加费等，使建设资金迅速增加，公路建设更是得天独厚，受到国内外的广泛关注；再之，将规划工作置于重要位置，提前制订各种建设规划，组织进行多方面的论证、评估，使定稿后的建设规划符合国家的总体规划，并建立在可以实际运作基础之上，指导、规范一定范围的建设工作，避免盲目性以及重复建设造成的浪费。交通基础设施中的很多项目在运输网络中起着结点的作用，能否建好、达到预期要求，关系到网络的质量。20 世纪 90 年代以后，网络建设步伐明显加快，网络规模不断扩大，网络的功能日益显示出来。各种运输方式的线路长度成倍地增长，2001 年底达 347.06 万公里，比 1978 年约增长 2.8 倍。2005 年底增加到 417.2 万公里，比 1978 年约增长 3.6 倍。规模之扩大，由此可见一斑。在网络规模增大的同时，线路的通达深度也在大大提高，使网络的覆盖面大为扩展。如今，除少数地方和特殊时段外，出行难、运货难已不复存在，能否走得了已不再是人们关心的话题，保证走得好已成为运输单位追求的目标，由“了”到“好”，仅一字之差，对交通运输来说，却是一个历史性的飞跃，是质的改变，而如此，运输网络化程度的提高功不可没。

3. 加快西部开发，改变西部地区交通运输落后状况已初见成效

西部地区由于自然条件和历史原因等，长期以来处于落后局面，与东部地区相比差距日渐拉大，这在我国已是不争的事实。改革开放后，特别是近些年来，国家重视西部开发，实行了西部大开发战略，使这个地区的经济得到较快的发展，交通运输业随着区域经济的变化也有了明显的改观。

我国西部地区包括 12 个省、直辖市、自治区，基本都是经济不发达的省份。实施西部大开发战略以来，根据国家总体部署，结合当地实际情况，采取各种措施加强交通基础设施建设，由于加大了投资力度，采取了灵活的方针政策，使交通运输业的落后面貌发生了不同程度的改变。仅以 2001

年底的数据为基数，与实施西部大开发前的1998年相比，各种运输方式交通基础设施线路总里程增加约3万公里，达75.01万公里，其中：铁路增加约5000公里，达2.8万公里；公路增加约2万公里，达69.9万公里；内河航道增加约4600公里，达2.4万公里；输油气管道增加约2600公里，达1.46万公里。2005年又都有增加，出现的变化更加明显。

4. 交通运输主要设备不断改善，技术水平明显提高

作为交通运输业整体素质提高的重要标志之一，运输设备状况的改善是必须考虑的问题。没有运输设备就没有运输的手段，也就无法实现运输对象的位移，当然更难谈得上完成各种需求的运输任务。改革开放后，我国交通运输设备发展迅速，表现在数量方面，各种运输方式的运输工具都大幅度地增加，其中民用汽车增长的速度大大超出人们的意料，从1978年以来，20余年平均每年的递增速度达12%，年均新增各类汽车60余万辆。2001年全国民用汽车保有量为1978年的10多倍。近年来，更是以年增加数百万辆的幅度壮大民用汽车的队伍。铁路、水运、民航的运输工具虽然比不上汽车增长的速度，但也都很可观。表现在质量方面更是不可同日而语，过去那种技术状况落后，超期服役使用的运输工具在运输市场上已不多见，代之展现在旅客和货主面前的是进口的、中外合资的或自行研制的新型国产运输设备，外观美观、技术性能优良，深受用户欢迎。应该说，这是在科技革命的伟大进程中，重视技术进步，加强技术引进所产生的效果，以致运输工具能数次更新换代，为提高运输效率、更好地适应用户需要做出了贡献。当然，技术进步不仅仅反映在提高运输工具的技术水平上，在基础设施建设、运营业务管理、交通运输安全、职工学习培训等方面也都可以看到取得的成果。各种运输方式通过技术进步提升了装备的质量和水平，缩小了与发达国家的差距。其中：铁路高度重视运输安全技术装备、客货运输服务技术装备、运营管理现代化、干线控速、工业产品质量、铁路建设工程技术等方面的技术进步，取得了突破性进展。公路科技创新效果显著，受益非浅，高速公路建设、桥梁建造技术等已赶上世界先进水平，令国际社会刮目相看；运输车辆面目一新，随时可以看到高档次的客货汽车在公路上行驶。水运方面的内河航运建设、港口建设、远洋运输、安全管理中的技术含量迅速提高。民航的机场建设、航行管理、机场服务等迅速现代化、智能化，新建的或经过重大改造的机场已具有相当高的服务水平。管道运输不断进步，特别是西气东输工程的完成，使施工技术、油气输送、运营管理等方面的技术水平有了明显的提高，有的技术如热处理加剂常洒输送技术在国际上已处于领先地位。实践证明，现代化管理、信息化建设和科技创新促进了交通运输业的快速发展，所产生的巨大推动作用不仅目前有所显现，而且在今后还会不断释放出来。

5. 多种经济成分并存竞争，交通运输市场主体呈多元化格局

我国的交通运输市场分两大部分，一是交通基础设施建设市场，二是运输方式活动的运输市场，两大市场表面上泾渭分明，互不干扰，实际上互相联系、互为依存。

交通基础设施建设市场过去一直是单一的国家投资形式。由于财政紧张，难以分出更多的资金用于这方面的建设，因此多年来处于建设资金严重不足的状态。为改变这种现象，改革开放后，各级政府和主管部门从实际需要出发，制定了许多优惠政策和扶持措施，大力支持社会的各个方面参与交通基础设施建设，逐步形成“国家投资、地方筹资、社会融资、利用外资”的多渠道、多形式筹集建设资金的新局面。对建设实施，又提出“统筹规划、条块结合、分层负责、联合建设”的方针。为了扩大资金来源，国家还制定了中央、地方政府与民间合资建设交通基础设施的政策、规定，允许收取过路（桥、隧）费，形成“贷款修路、收费还贷、滚动发展“的新机制。除在国内多方筹集资金外，还积极争取外资，充分利用世界银行、亚洲开发银行、日本海外协力基金等国际金融组织和外国政府低息长期优惠贷款。此外，还制定鼓励外商投资的优惠政策，使中外合资、中外合作建设交通基础设施得到了积极的回应。至于到境外发行股票，采用 BOT 和转让经营权等多种形式的融资措施也收到很好的效果。

各种运输方式的市场过去都比较封闭。加入世贸组织后，铁路、民航、管道等运输方式打破了垄断状态，开始形式多种经济成分并存的格局。道路运输进一步放开，多种经济成分都很活跃，相互竞争，大量资金被吸引过来，有力地促进了道路运输事业的迅速发展。水运开放的程度也在逐步加大，出现了持续快速增长的良好局面。

由于交通运输市场上多种经济成分竞相发展，两大市场形式相互促进、互动提高，市场机制在配置基础资源过程中明显地发挥出作用，经营单位之间相互开展竞争，使交通运输市场更加开放、更具有活力。

三、交通运输业存在的主要问题

毋庸置疑，改革开放以来的20多年中，由于党中央和国务院制定和实施了一系列正确的方针、政策、措施，使交通运输业得到迅速发展，取得了举世瞩目的成就，但是也勿须讳言，还存在着不少问题，其中主要的是：

1. 仍为“瓶颈”制约因素

计划经济时期交通运输发展缓慢，运输能力不足，“先行官”地位没有很好体现出来，即使一个时期表现不俗，也多靠突击完成任务。“草料”不足，超负荷运行，形成欠账现象，所以改革开放以来所做的非凡努力在很大程度上具有还账的性质。就我们这样一个泱泱大国而言，交通运输的基础设施和运输能力远远不能满足人口增长和经济发展的需要。目前，我国铁路密度每万平方公里国土面积只有70公里，在世界上排在60位以后，如按人均拥有铁路计算，更是排在100位之后；公路密度平均每百平方公里国土面积不足20公里，即便是东部沿海地区每百平方公里也只是30公里，不及印度20世纪50年代的水平；机场密度每万平方公里国土面积只有0.20个，美国则为6个，巴西超过1个，印度也是我们的5倍；水运航道密度虽无确切比较数据，但就现状而言，可以肯定也会排在较为靠后的位置。据有关部门统计，改革开放后，从1978年至2001年，23年铁路营业里程仅增长35.4%，公路里程仅增长90.7%，内河航道里程不但未增长，反而减少10.7%，民航通航里程虽然增长较多，但全国现有近700个城市，能通航的仅占五分之一多一点。沿海港口泊位增加很快，然而万吨级深水泊位仅占三分之一左右，10万吨级以上泊位还不足20个，使大型船舶靠泊存在很多困难。公路发展尽管很快，已引起国内外广泛关注，可是公路主骨架还未形成，各层次路网布局不尽合理，区域发展不平衡，西部地区和不少农村公路技术等级低，行车条件不理想，影响了经济发展。近年来，以上情况有一定好转，例如2005年底10万吨级以上泊位已有49个，但未能从根本上解决问题，使交通运输能力难以与国内生产总值高速度增长的形势相匹配，适应不了全方位、高标准的要求，"瓶颈"现象依然突出。

2. 交通基础设施供求矛盾突出

改革开放后，各种运输方式都得到迅速发展，仅以2002年与1978年的旅客周转量和货物周转量相比，铁路分别增长3.5倍和1.9倍，公路分别增长13.9倍和23.7倍，水运分别增长-0.23倍和6.3倍，民航分别增长44.4倍和50.6倍。但是各种运输方式的基础设施并未相应增长，提供足够的支撑保障。供给不足，使已有的基础设施超负荷使用。例如，铁路许多干线客货共用，争夺通行能力，使繁忙线路持续紧张，每公里运输线路负荷大大超过经济发达国家，成为世界之最。其中京沪、京广、陇海、哈大、京沈五大干线又远远超过全路平均负荷3倍以上，西南地区客货运输限制情况更为突出。公路总里程突飞猛进，但是贯通东西和南北方向的高等级公路大通道尚未完全形成，具有规模效益的全国性和区域性的公路网也还在建设之中，主要干线公路上通行能力不足、车辆拥挤度高，汽车平均速度只有50公里左右，塞车情况频繁出现。沿海港口货物吞吐量远远超过设计能力，压港待卸现象经常发生，特别是集装箱运输船舶泊位严重不足。民航的主要设施也不能适应要求，在倡导开展旅游的今天，很多支线机场却难以满足旅客的需要，制约了旅游的发展。

3. 运输能力水平不高

运输能力高低的关键要看运力结构是否合理。就运力而言，改革开放后，无论是运力的总体规模，还是运力的技术水平都比以前发生了很大的变化，让人有耳目一新之感。尽管如此，仍很难满足运输市场的需求。在铁路运力结构中，机车和车辆总体水平仍不够高，货运车辆技术状况较差，老旧车辆不少，自备车的问题更多；客运车辆还不够先进，支线运输中老旧车辆仍在使用。公路运力总体水平与日益发展的高等级公路相比还有相当大的差距，货运车辆中普通车型较多，大、中、小型车辆比例不尽合理，大型柴油车仍显不够，厢式货车、集装箱拖挂车、各种专用货车不敷需要；客运车辆中高、中、低档客车不配套，高档客车数量不多，安全性能较差；至于农村线路上，运力不足情况依然比较突出。水运运力总体水平与国外相比仍有不小差距，船舶老化现象比较严重，尤其是内河船舶，普通干散货船多，老旧船比比皆是，在水运船舶中，超大型油轮，液化天然气船舶更是凤毛麟角，由于船舶技术状况差，对航行安全极为不利。民航运力更新速度虽然很快，但老旧机型仍然较多，运输量不大，并存在安全隐患。造成运输能力不高，除运力结构原因外，交通基础设施的技术装备水平较低也是一个很大的问题。例如铁路密度小，复线率低，电气化线路少，运行速度慢，高速铁路尚处于酝酿阶段。公路总体技术标准较低，混合交通严重，抗灾能力弱，通行能力差，高等级公路少，等外公路多。内河航道很多处于自然状态，已整治的高等级深水航道比重甚小，港口装卸设备差、效率低。沿海港口中深水航道少，难以充分供大型船舶航行、停靠。民航机场的导航及空管技术装备水平还不够高，使飞机全天候飞行受到影响。如此一些问题，使本来不够先进的运输工具更难合理使用，甚至出现了一些超常规及扭曲发展的假象，造成恶性循环，加剧了业已存在的某些矛盾。

4. 发展失衡现象比较突出

改革开放后，交通运输业的发展虽然很快，但不平衡现象也比较明显，在业内外常有议论，引起社会的广泛关注。对此稍加分析，便可看出主要反映在两个方面：

一是运输方式之间发展不平衡。由于我国从半封建、半殖民地脱胎而来，建国前交通运输十分落后，运输工具缺少，基础设施更是难以名状。

解放后，特别是改革开放以来，国家加大了扶持的力度，包括对交通运输业制定优惠政策和增加对交通基础设施建设的投资数额。其中公路机制灵活，受益最大，既充分利用国家投资，也积极通过地方筹集资金，还主动吸引外资，极大地调动了政府、社会、行业大建公路的积极性，公路建设尤其是高速公路建设实现了跨越式发展。铁路、民航、水运、管道相比之下有很大程度的滞后，市场化形成较慢，垄断性较强，社会资金和外来资金进入领域比较困难，使资金来源单一有限，基础设施建设速度颇为迟缓。

二是区域之间发展不平衡。由于地理条件及历史原因，长期以来，交通基础设施偏重在东部沿海和东北地区进行建设，在这些地区，各种运输方式都比较发达，客货运输的发展速度和深度都为人称道。中部和西部地区特别是后者则是比较落后，西部地区的不少地方交通闭塞，客货运输十分不便。改革开放后，虽然逐步加强了西部建设，然而相对东部来说仍然是项目不多，资金较少，运网布局不合理，边远县份、农村地区更是火车难见，飞机难到。目前依然不通公路的乡镇、行政村大多在西部地区。东部地区铁路纵横交错，公路四通八达，水运到处通航，民航场站稠密；西部地区却很难看到这种交通运输繁忙景象。这种区域之间的不平衡问题虽然已引起中央高度关注，并正在采取措施，但缩短差距并非易事，要下很大的功夫。

5. 服务质量有待进一步提高

交通运输业是服务性很强的行业，能否为旅客、货主及其他用户提供安全、及时、方便、可靠、经济的有效服务是衡量交通运输业每个行业、各个单位业务水平和敬业精神的重要标志。交通运输业在抓好服务方面有着优良的传统，曾涌现出不少先进个人，也总结了不少好的经验。但是，在新的形势下，一些单位片面追求经济效益，甚至采取了短期行为的做法，放松了企业管理，忽视了服务工作，导致服务质量不高，受到社会的非议。突出表现在运输供应违约，相互衔接脱节，不讲诚信信誉，服务态度生硬，处理投诉拖延等。安全运输的形势也不容乐观，不断发生的事故造成了人民生命和财产的重大损失，影响了交通运输行业的声誉。此外，反应迟缓，不能适应新的形势积极开拓社会需要的业务项目，如在发展现代物流问题上认识不能及时到位，行动不能及时跟上。国外的运输单位非常重视物流服务，而我们的很多单位却迟迟不能切入物流。出现以上问题，究其原因，主要是放松思想教育、忽视管理工作，没有把提高服务水平作为战略性措施来抓。当然员工素质不高，缺乏服务意识、传统观念作怪也是一个不容忽略的因素。

6. 现代综合运输体系的真正建立任重道远

建立现代综合运输体系是几代交通运输工作者的迫切愿望，几十年来尽管做了大量的工作，也取得了一定的进展，但仍有较大的距离。什么是现代综合运输体系呢？结合国内外专家的意见和我国的现实情况进行分析，我们不妨这样认为：为满足社会对运输的需求，由各种运输方式构成的，相互协调合作、优势互补，采用现代技术共同完成旅客和货物运输任务的交通运输系统。这种系统的形成难度很大，需要以交通基础网络为支撑，以多种运输方式一体化运作为手段，以无缝衔接为目标，实现交通运输供给能力的最大化。当前，我国交通运输管理仍未统一，五种运输方式分属几个主管部门进行行业管理，有的运输方式本身政企不分，自成体系，综合运输从体制上一直没有统一起来。各种运输方式之间，分工清楚，合作困难，基本是本行业进行各种形式的活动。多式联运是趋向于综合运输的一种先进的运输组织技术和手段，施行结果很有成效，应当共同努力，推动其向纵深发展。然而在实际运作过程并不顺利，有的部门和单位画地为牢，利用权力垄断客货源，加之结算方面存在的问题使联运工作难以为继。还有强调的是，国家主管机关至今没有出台指导建立现代综合运输体系的法规性文件。因此，在一定情况下（例如交通运输紧张状况突出），可通过一定形式开展综合运输，而要建立现代综合运输体系却要下很大的功夫，绝非短时间内可以实现。

四、交通运输业发展趋势

党的十六大明确指出:“二十一世纪头二十年，对我们来说，是一个必须紧紧抓住并且可以大有作为的重要战略机遇期。”这个论断建立在以实事求是的态度对国情、世情进行全面分析基础之上，有着充分的科学依据。对交通运输业发展来说，同样面临着非常难得的战略机遇。如果能够针对新的形势制定正确的方针政策，采取行之有效的各种措施，进一步加大支持力度，完全可以使交通运输业出现新的飞跃，以辉煌的业绩向世人展示风彩和成就。

有关研究单位对中国从本世纪初到2020年的交通运输发展战略问题进行了系统研究，综合考虑国际、国内环境和具体国情之后，通过定性、定量分析及建立数学模型，对运输需求指标进行了预测，并提出了将要达到的战略目标。

运输方式	客运量（亿人）		旅客周转量（亿人公里）		货运量（亿吨）		货物周转量（亿吨公里）	
	2010年	2020年	2010年	2020年	2010年	2020年	2010年	2020年
合计	225	330	20000	26000	174.03	235.05	65000	84000
铁路	16	35	7350	11500	25	36	20175	28075
公路	206	291	10830	12300	131	175	9000	11000
水运	2	2.1	120	125	16	21	35000	44000
民航	1	1.9	1700	2075	0.033	0.05	85	125
管道					2	3	740	800

需要说明的是，以上预测数据仅是北京中交协物流研究院的研究结果，与其他有关单位的预测可能不尽一致，然而比较接近，足可以反映今后的发展趋势。

到2020年前的十几年内，如果社会继续保持稳定，国民经济呈持续发展的势头（国内生产总值的增长每年保持在7%以上），通过努力建立起相对完善的智能型现代综合运输系统，使运输能力和运输质量均能登上新的台阶，就可以实现上述交通运输需求预测的客货运量、周转量指标，交通运输业将会达到新的服务水平，更好地适应经济社会发展的需要。具体可分两个阶段，即到2010年，能达到初步适应的程度；到2020年，能达到基本适应的程度。

初步适应是指交通运输发展到2010年时能够较好地满足经济社会发展需求的程度。主要标志是：

1. 各种运输方式的运输线路快速增长，线路密度有较大提高；

2. 交通运输布局尤其是西、中部地区运输线路布局有较大改善；

3. 与周边国家和地区初步建立起方便的交通运输联系；

4. 运输技术装备的数量与水平有较大提高，信息化、智能化运输有较快发展；

5. 主要运输方向上运输能力基本能满足运输需要；

6. 运输服务质量有较大改善；

7. 运输结构得到进一步优化；

8. 交通运输可持续发展基本步入良性循环轨道；

9. 交通基础设施有较大改观，初步能与运输发展相匹配；

10. 初步适应2010年国家经济和社会发展对运输的需求。

基本适应是2020年的目标，是指交通运输发展到2020年时可以适应经济社会发展的程度。主要标志是：

1. 各种运输方式的线路快速增长，密度进一步提高；

2. 运输布局有根本性改善，各种运输方式的运输线路通达程度基本能满足需求；

3. 与周边国家和地区基本建立起联系方便的交通运输网络；

4. 运输技术与装备、运输服务与管理基本实现现代化、信息化、智能化；

5. 各运输方向上的运输能力基本能保证较高质量的运输需求，并储存一定的后备能力；

6. 运输服务质量进一步提高；

7. 各种运输方式优势得到良好发挥，运输结构合理；

8. 交通运输实现可持续发展；

9. 现代综合运输体系基本建立，渐趋完善；

10. 交通运输基础设施基本能与交通运输发展相匹配；

11. 基本适应2020年国家经济社会发展对运输的需求。

以上目标从表面看似乎比较平淡，因为仅是“初步”、“基本”适应而已。但是如果对照我国交通运输的现状及发达国家走过的历程加以分析，便可看出实行起来并非易事，达到预期目的存在着不小的难度。因此，从中央到地方都应进一步关注交通运输事业的发展，大力支持，通力合作，制定政策，研究措施，为交通运输向目标挺进创造更为有利的条件。主要的工作有：

第一，坚持改革开放

二十多年的发展实践证明，改革开放是改变我国“一穷二白”落后面貌、实现富国强兵、提高综合国力、改善人民生活的基本国策，今后应继续坚持改革开放的方针，按照“发展是硬道理”和“三个代表”重要思想的要求，从实际出发，抓住机遇，迎接挑战，克服各种困难，加快发展步伐，全面与国际接轨，使交通运输在国民经济进一步发展的形势下实现新的跨越式发展。

第二，实行积极的交通运输政策

要改变我国交通运输较长时间以来发展滞后的现象，实现快速前进，必须以系统工程的观点综合分析各种相关因素，其中基础设施建设、运输装备数量和科学技术水平是万万不可忽视的问题，要有明显改善，以适应运输的需求。纸上谈兵及无米之炊都不可行，而必须在政策上予以保证。实行积极的交通运输政策实质是向交通运输倾斜的发展政策，其核心是积极拓宽交通运输基础设施建设的投融资渠道，继续扩大交通运输建设规模，增加交通运输供给，从而满足日益增长的运输需求，达到积极的供需平衡。能否筹集到足够的建设资金，是能否改善交通运输基础设施和运输水平的关键。制定积极的交通运输政策要以执行国家的积极的财政政策为前提，认真制定，同步实施，才能取得成效。据测算，实现交通运输发展的“初步适应”和“基本适应”两个阶段的目标，需要投向交通基础设施的资金规模分别为4.5万亿元和8万亿元左右，如此巨资的筹集，必须也只能是采取积极的交通运输政策。此外，还要考虑制定有利于加快建设步伐的优惠性扶持政策，使之相辅相成，方能更有成功的把握。

第三，调整、优化运输结构

交通运输是国民经济中重要的在生产过程中的生产、流通、分配、消费诸环节过程中起着纽带和动脉的作用。交通运输包括多种运输方式，涉及多种专业，覆盖众多部门和单位。其结构十分复杂，从宏观、中观、微观上可以分成几个层次，派生出许多的具有特定含义的结构，如交通网络结构、区域交通结构、运输需求结构、运输设备结构、交通技术结构、交通经济结构以及运输组织结构、运输经营结构、运输人才结构等。我国交通运输结构长期以来不够合理，客货运输依赖少数运输方式的为数不多的国有企业，改革开放以来逐步进行调整，已取得了一定的进展。但是调整任务依然很重，优化的要求远远没有达到，更何况调整运输结构不是一劳永逸的事，还有新的矛盾和问题需要解决，所以今后仍要加强这一方面的工作。

第四，认真做好交通运输规划的制定和实施工作

规划是指比较全面的长远的发展计划。制定规划是政府行使对经济社会管理职责的一个重要手段，为了落实交通运输适度超前的建设方针，使建设方面的工作有序进行，加强中长期发展规划非常必要。建国以来，我国政府一直重视交通运输发展规划的编制工作，先后已有十个交通发展五年计划出台，引起国家和社会的高度重视，这些计划对促进交通运输基础设施合理布局，保证交通运输建设有序进行，提高交通运输建设质量，推动交通运输事业进步，实现交通运输协调稳定持续发展起到了很大的作用。

改革开放以来，国务院、原国家计委、国家发改委及交通各部局都制定了不同层面、不同内容、不同时期的发展规划（计划），避免了重复建设，提高了建设质量。应当在此基础上，进一步加强规划工作。要坚持将长远发展规划和阶段性目标相结合，按照综合运输和各种运输方式的发展规划要求，分步组织实施；还要注意将国家总体规划、部门规划、地方政府规划有机结合，保证各种运输方式协调发展和时空衔接。编制规划是一件十分严肃的事情，要努力提高规划的战略性、科学性和可操作性，并要按照规定上报审批，使之能发挥权威的指导作用。

第五，努力提高交通运输装备生产能力和技术水平

交通运输装备包括各种运输工具和相关的机器设备，是交通运输事业得以发展不可缺少的物质基础。改善交通运输装备，一要提高生产能力，二要提高技术水平。通过多年努力，我国交通运输装备制造业已打下良好基础，具备了较大的规模，基本能满足国内市场的需求，为交通运输现代化提供了一定的保证。然而近些年来交通运输工业化、信息化、现代化程度提高，客运高速化、货运物流化悄然兴起，技术先进、科技水平高的交通运输装备，特别是重大的成套技术装备和特别装备出现了一定的缺口，已不能满足交通运输快速发展和重要建设项目的需要，有的交通运输装备由于制造能力和技术水平满足不了要求，只得以高昂的代价进口。要改变这种状况，须加强五种运输方式的装备工业，以支持行业的发展，尤其是要加强某些重要设备、专用设备的制造能力，既扩大生产规模，又提高产品质量。一些交通运输设备制造业成本高、利润低，市场容量不大，为调动生产积极性，应根据具体情况采取必要的扶持措施，促进其发展。

第六，切实提高交通运输职工素质

在经济发展和社会进步过程中，培养人才、使用人才是一项非常重要的工作。今后的几十年，我国的交通运输事业要大发展，运输装备水平要大提高，经营管理面貌要大变样，没有人才将会一事无成。人才是关键，提高职工素质是基础，对此业内外早已形成共识。今后应继续大力实施人才强运、科技兴交战略，加强人才队伍建设，全面提高各类人员的政治、道德、业务水平，提升操作和创新能力。为此，要开展多种途径、形式的教育培训工作，如学历教育、职业资质认证教育、短期培训和跟班学习等，使职工队伍素质进一步提高，人才能脱颖而出，充分发挥作用，更好地为发展交通运输事业发挥聪明才智，贡献自己的力量。

第七，努力构筑现代综合运输体系

此项工作虽不易奏效，但又必须进行，从长远来看，它关系到交通运输一体化运作及整体效益的提高。当然现代综合运输体系并不是取消具体的运输方式，而是让它们在国家确定的总体框架内，依据发挥优势和合理分工的原则，以整体形象促进经济和社会全面发展。因此，这一体系不是各种运输方式的简单叠加，而是各种运输方式的有机结合和科学衔接。它们的关系是：各种运输方式是基础，现代综合运输体系是目标，目的是更好地满足社会和人民群众对交通运输日益提高的需求。为加速建立现代综合运输体系的进程，应做好的主要工作是：一是改革现行的交通运输管理体制，成立运输部，对交通运输的发展统一规划，避免政出多门。二是扩大多式联运的范围，逐步加强各种运输方式在客货运输中的协调、配合和衔接。三是引导各种运输方式充分认识自己的特点和优势。从大局出发承担运输任务，运距宜长则长、批量宜大，避免盲目竞争（分流），减少资源浪费。四是在体制未统一的情况下，可先建立部际联席会议制度，及时协调，研究解决交通运输中出现的一些问题。五是加强宣传工作，让人们不断提高对建立现代综合运输体系重要性的认识，全力配合，迎接现代综合运输体系早日屹立于国人的面前。

铁路运输业的现状与发展

铁路运输业是我国交通运输体系中的支柱性产业，由于具有载运质量大、运输成本低、能源消耗少、运行距离长的特点，多年以来一直处于“大哥大”地位。旧社会由于政治腐败、战争频繁，造成百业凋蔽、民不聊生，生产力的发展受到严重束缚，铁路运输发展缓慢，难以发挥应有的作用。新中国诞生后，铁路运输的发展受到党中央、国务院的高度重视，建设步伐明显加快。改革开放以来，计划经济的影响逐步减弱，体制改革认识不断深化，结构调整成绩丰硕，运输能力有了很大的提高。近几年，铁路系统广大干部和职工开拓创新，推进改革，大力挖掘潜能，提高经济效益，强化安全基础，为实现跨越式发展作出了新的贡献。然而由于其自身固有的特点和历史方面的原因，铁路运输的发展还存在着诸多需要研究解决的问题。随着形势的变化和中央战略部署的落实，铁路运输业一定会实现新的飞跃，出现新的面貌。

一、铁路运输业的现状及成就

改革开放以来，我国铁路运输业较快地改变了长期以来存在的落后状况，取得了引人注目的成绩，主要表现在以下几方面：

1. 基础设施建设稳步进行

我国有铁路的历史，一般认为始于1876年，当年由英商修建了上海至吴淞长约15公里的窄轨铁路，即淞沪铁路。由中国自行修建的铁路则要稍晚一些。此后的几十年间，缓慢地发展，到1949年新中国成立时，铁路营业里程仅有2.18万公里，不但数量少，而且布局不合理，至于设施更是简陋，标准不一，因此运输能力甚低，引不起社会的高度关注。建国以来，国家重视铁路建设，集中人力、物力、财力大规模建设铁路，近些年来更是形成高潮。在此情况下，铁路营业里程迅速增长，20世纪50年代末，已达3.23万公里，是1949年的1.48倍，1970年突破4万公里，1981年突破5万公里。2001年，铁路营业里程超过7万公里，与1949年相比，增长了2.2倍，营业里程长度居亚洲第一位，世界第三位。其中，国家铁路营业里程为5.9万公里，地方铁路营业里程为0.48万公里，合资铁路营业里程为0.62万公里；铁路复线里程达2.33万公里，电气化铁路里程达1.25万公里。到2005年底，全国铁路营业里程达到7.5万公里，比“九五”末增加6500公里，增长9.5%，其中复线2.5万公里，电气化线路2万公里，分别比“九五”末增长18.6%和35.7%，电化率接近30%。

大规模建设铁路不仅大幅度地增加了营业里程，而且较好地改善了铁路运输结构，结束了长时间以来铁路分布偏于京广以东的状况，西南、西北地区铁路运输都得到发展，其中，西南地区铁路营业里程由1949年的733公里上升到2001年的6728公里，增长了8.2倍；西北地区铁路营业里程由1949年的456公里上升到2001年的1549公里，增长了2.3倍。举世瞩目的青藏铁路建设在攻克“多年冻土、高寒缺氧、环境保护”三大世界性难题方面取得重大成果，于2005年10月实现全线提前铺通，经过试运行后，2006年7月1日正式投入营运。其他地区也都发生了很大的变化，其中中南地区增长幅度更要大些。在此还要强调指出，随着铁路运营网结构的改善及布局的好转，根据运量增长及车流组织化提高的程度，还加强了铁路编组站的建设，从而逐步形成了若干个铁路枢纽，据统计，从1949年以来全国铁路新建和扩建了54个主要枢纽和49个编组站，通过不断的技术改造，这些铁路枢纽提高了列车解编能力和生产效率，很好地促进了铁路运输生产，有效地起到了运输组织的骨干作用。

2. 技术装备水平明显提高

改革开放以来，党中央、国务院对铁路技术装备现代化高度重视，多次召开专门会议研究有关问题。铁道部将铁路技术装备现代化列为战略任务，提出了“先进、成熟、经济、适应、可靠”的技术方针，确定了具体的实施方案。根据铁道部的要求，铁路运输部门重视科技进步，加强先进技术的引进和研究工作，使我国铁路技术和技术装备都有了很大的改观，由传统产业很快向现代化产业转变。如何衡量铁路的现代化程度呢？通常用复线率、电气化率、内燃机车索引线路里程比重、装备自动闭塞线路里程所占比重等指标进行分析，而复线率是衡量线路等级标准和通过能力的重要指标。仅就这个指标而言，解放初期只是4%左右，10年后达到10%，1985年前后达到20%，1995年前后为25%，2005年达到33%。电气化率由1985年的8%提高到2005年的27%，平均每年约提高1.3%。其他指标也都相应变化，反映出铁路线路技术结构趋于科学、合理。

铁路装备技术改观最显著的亮点是蒸气机车一统天下的局面不复存在，取而代之的是内燃机车、电力机车。如2001年，蒸气机车所占比重仅为2.5%，而1985年时还是65.2%；2001年，内燃机车占机车总量的70.9%，电力机车占26.6%，与1985年所占的29.8%和5.0%相比，分别提高了41.1%和21.6%。如今除少数支线线路上仍有蒸气机车行驶外，在绝大多数线路上已很难看到蒸气机车的身影。

铁路车辆随着制造技术和水平的提高也在发生着不小的改进。其中客车尤为明显，硬座车逐步减少，软、硬卧铺及软座客车所占比重大为提高。1985年，硬座车数量占铁路客车总量的比重为65.6%，软、硬卧铺及软座客车所占比重仅为17.1%，2001年，分别占46.6%和38%，前者下降了19%，后者上升了21%。铁路货车过去以50吨载质量的居多，1985年在货车总数中的比重为40.2%。以后由于抓了车辆优化问题，使之向大型化、专用车方向发展，载质量大、轴重较高、装卸自动化的车辆越来越多。到2001年，50吨载质量的货车比重减少到3.4%；60吨载质量的货车比重由1985年的50.9%上升到67.8%，车辆数增长了99.2%；70吨及以上的载质量货车比重由1985年的0.7%上升到1.2%，车辆数增长了155.4%。1985年，国家铁路平均每辆货车载质量仅为53.9吨；2001年，平均每辆货车载质量提高到59.6吨，增长10%以上。目前，载质量为70吨的通用货车已批量生产，投入使用。

为尽快缩短与发达国家铁路机车车辆装备的差距，铁道部立足于以我为主和自主创新，按照“引进先进技术，联合设计生产，打造中国品牌”的要求，重点扶持几家国内基础较好的机车车辆制造企业，成功引进了法国、日本、加拿大、德国等国先进技术，并紧紧抓住关键技术消化吸收，努力实现国产化。同时加强自主开发工作，提高载质量，满足提速需要。铁路信息化建设也在积极推进，取得很大进展，从而提高和完善了调度系统，使铁路技术装备和管理水平有了明显的提高。

3. 在国民经济发展中依然发挥着“大动脉”的作用

铁路一向以国民经济的大动脉著称。长期以来，铁路客运在中长途旅客运输方面起着主力作用，铁路货运在承担中长途大宗货物运输中也作出了重要的贡献。20世纪90年代后，高等级公路迅速增加，公路运输向快速运输方向迈出了很大的步伐，使铁路运量在全社会客货总运量中的比重以较大幅度下降。例如，铁路客运量1950年所占比重为77%，1980年降到27.0%，到2002年占6.57%，2004年仅为6.1%；铁路货运量1950年所占比重为40.9%，1980年降到20.4%，2002年仅占13.8%，2004年略有回升，为14.6%。尽管如此，雄风犹在，铁路客货运输依然在中长途运输中起着骨干作用。此种认识不是空穴来风，有数据作为依据，表明铁路运输在我国的综合运输体系中仍然具有举足轻重的地位。

在旅客运输方面，客运量在全社会总客运量中的比重虽然大幅度下降，甚至已不到10%，但是旅客周转量却还保持着较高的比重。1950年，铁路旅客周转量占全社会的84%，到2001年时仍占36.2%，2004年为35%，而旅客平均运距由过去的126公里延长到456公里，增长了2.6倍。2004年，货物周转量占到全社会的27.8%，与过去相比虽有所下降，但比重仍然较高，而且平均运距达400公里左右。公路运输客运量、旅客周转量占全社会的比重虽然提高很快，然而旅客平均运距多年来延长不多，至今还在50公里左右徘徊，与铁路相比，差距很大。

在货物运输方面，铁路至今仍承担着全国大部分能源、原材料运输任务，其产运系数之高，在各种运输方式中首屈一指。所谓产运系数指某种物资的运量与该种物资的年产量之比，产运系数越大，表明该种物资调运的程度越高。有关资料表明，当前煤炭的铁路产运系数为69%，石油的铁路产运系数为60%，钢铁的铁路产运系数为43.3%，木材的铁路产运系数为66%。在部分物资外调运量很大的省份，主要靠铁路运输实现预定任务，如山西煤炭铁路运量中，有90%左右调往省外，供应省份有21个之多，外运量每年平均在2亿吨以上，运距长达1500公里。如此大的运量，如此广的范围，如此长的运距，除铁路外，其他运输方式很难胜任。至于铁路运输在重点物资如煤炭、粮食、化肥、棉花、石油以及防疫、救灾物资突击抢运、紧急调运方面所发挥的作用更是有目共睹，不需再作详述。

值得一提的是，铁路运输部门为了提高运输生产能力，近年来开展了“多拉满载，挖潜提效”专题活动，通过大面积提速调图，拓展了提高运输能力的空间。目前，全路时速120公里以上的线路延展里程达到2.2万公里，时速160公里以上的线路延展里程达到1.4万公里，时速200公里以上的线路延展里程达到0.54万公里。大秦铁路运量设计能力仅为1亿吨，通过采取重载运输措施，开行万吨级重载列车，2005年的运量达到2.03亿吨。由于工作到位，措施有力，铁路运输在“十五”期间保持大幅增长的势头。“十五”期间，全国铁路旅客发送量完成53.52亿人，旅客周转量完成26272亿人公里，货物发送量完成113.7亿吨，货物周转量完成80839亿吨公里，分别比“九五”增长9.6%、35.6%、33.4%和32.9%。“十五”是建国以来我国铁路客货运量增幅最快的时期。

4. 改革迈出了可喜的步伐

我国铁路是垄断性的行业，其管理体制和运行机制在计划经济条件下建立起来，经过多年的培育、发展，已逐步完备，形成颇具特色的经营管理体系，主要特点是政企不分、垄断经营、对服务重视不够。改革开放后，铁路主管部门针对存在的问题，于20世纪90年代积极探索改革方向及途径，在摆脱计划经济束缚、建立市场经济体制、破除不合理规章制度、努力提高效益、效率等重大问题上理出了一定的思路，改革取得了可喜的进展，各项工作都做出了较好的成绩。特别是铁道部于1996年成立铁路总体改革办公室后，使改革问题列入了重要的议事日程，改革方案通过调研、拟订、讨论及反复征求意见，逐步浮出水面。2000年，《铁路体制改革方案（讨论稿）》被提交铁路改革与发展研讨会讨论，以后又几次听取意见，直到2002年仍在对修改后的方案组织研究、加以完善，目的是使其符合铁路发展与改革形势的要求，适应市场经济引起的多种变化，易于掌握和运作，能为路内外人士认可和接受。2003年，铁道部根据中央提出的要求，坚持“政企分开、政资分开、政事分开”的原则，大力推进铁路基础性改革。一是实施主辅分离。14个铁路局所属的42家铁路设计、施工企业分别移交给中国铁道建筑总公司和中国铁路工程总公司，原直属铁道部的铁通公司和物资总公司年底前移交给国有资产管理委员会，可实现结构性分离人员20多万。二是重组专业运输公司。按照现代物流产业的发展要求和现代企业制度的改革要求，通过资产重组、资源整合，把全路6个大型货场、18个集装箱中心站、63个行包房、5个机保段及相关资产和人员，组建成为中铁集装箱运输公司、特种货物运输公司和行包快递公司等3个专业运输公司，成为自主经营、自负盈亏的市场主体。三是调整运输生产力布局。按照总体规则，积极推进机车长交路、轮乘制、延长列检保证区段，撤并部分客货运量较小的中间站，改革修程修制和劳动组织方式，有效地提高了劳动生产率和资源使用效率。四是于2005年3月撤销了所有铁路分局，解决了我国铁路长期以来存在的铁路局和铁路分局两级法人以同一方式经营同一资产的体制性弊端，为运输企业建立现代企业制度，释放和发展生产力提供了制度保证。五是利用现有条件和优势，积极发展物流，在物流市场上已经占有了一定份额，产生了一定的影响。

二、铁路运输业存在的主要问题和需要加强的工作

建国后，尤其是改革开放以来，铁路运输业取得了举世公认的重大成就，但也存在着一些问题，不利于甚至阻碍着铁路运输的不断发展。主要

的是：

1. **发展的总量偏少，布局不够合理**

目前我国铁路营业里程近8万公里，但美国铁路为20万公里，俄罗斯铁路为8.75万公里，总量规模有很大差距。路网密度方面，我国每万平方公里仅为73公里，而美国达200公里，印度达211公里。如以人口而论，我国人口是美国、俄罗斯的几倍，比印度也多了数亿，按人均水平比较更低，我国每万人拥有的铁路仅为0.6公里左右，在世界上排名在100位之后。此外，路网布局也存在问题，东密西疏，在西部地区中还有不少地方是铁路尚不通行的空白区域；除东北、华北、华东地区外，其他地区尚未形成网络；运输能力分布不平衡，西南、西北地区铁路输运能力与华东、中南、华北地区相比，要低出许多，差距很大。

2. **技术装备水平还不够高，现代化程度偏低**

首先是铁路复线率不高，电气化改造需进一步加强。近十多年来，增建双线，提高复线比重已取得很大进展，但这远远不能适应经济发展的要求。目前，我国铁路复线率为33.3%，与国际上发达国家复线率50%左右的水平相比，有不小的差距。我国铁路电气化虽然已经历40多个春秋，但目前电气化率仅为26.7%，内燃机牵引的铁路所占比重仍高达68.5%，两者相差很大。国际上除美国外，许多发达国家均以电气化为主。其次是蒸气机车淘汰步伐较慢，电力机车比重依然偏低。蒸气机车效率低、污染严重，很多国家已停止使用。我国从20世纪80年代起开始淘汰蒸气机车，但步子不快，直到近一两年才退出历史舞台。电力机车效率高、污染小，应积极推广使用，近十多年间增长幅度虽然很大，但在机车总量构成中只占26.6%，比重显小，而且低于目前的铁路电气化率的2个百分点。再之是铁路车辆总体上还不尽人意，车辆结构需要进一步优化。客车在保持运行平衡、增设空调设备、改进隔音性能、加强车体密闭性以及车内装修水平等方面都需要进一步研究，做好工作，以适应旅客需要；另外，卧铺车还不够多，常用客车单调，不够多样化，也必须引起注意。货车在重载化和专用化方面还有不小差距。铁路以运输大宗货物见长，运量大，发展重载运输势在必行，目前在主要干线上，虽然已能开行5000吨以上直至万吨级的重载列车，但与国际上发展重载运输的趋势相比较，还应加大力度，而且要形成重载运输的网络。重载运输对铁路货车和运输线路组织等工作提出了更高的要求，必须引起高度重视。

3. 在满足社会运输需求方面尚有一定距离，还要下大的功夫

社会对铁路运输的需求波动较大，改革开放前铁路运输较长时间比较紧张，以后由于公路等运输方式迅速发展，一度又低迷下来，20世纪80年代中期前后甚至出现了客货运量大幅度下降的情况。随着改革的深化以及营销工作的加强，有所好转，近年来才出现比较平稳发展的态势，然而有时还会出现季节性、区域性的运输紧张状况。特别是一些干线铁路长期处于饱和甚至超过饱和状态，部分地区进出通道不畅，煤炭、农资等重点物资运输紧张，有时不得不由公路运输进行分流，缓解铁路运输紧张的压力。究其原因，有客观因素，更有主观上的问题，突出反映在部分铁路部门服务意识不强、客货运输产品比较单调，对旅客和货主需求多样化、个性化的适应能力较弱，忽视了运输市场上供求关系出现的重大变化。有些单位在运输结构调整优化的新形势下未能居安思危，增强竞争能力，仍以“铁老大”自居，加之硬件方面的某些问题，自然会出现被动局面。

4. 改革尚未到位，改革任务任重道远

铁路改革虽然已取得很大进展，但改革思路和措施还未完全落实，改革目标还没有真正实现。铁路管理体制改革遗留的问题和新出现的问题还没有很好地解决。为此，当前不可认为万事大吉，而必须进一步深化改革，打破垄断，政企分开，网运分离，参照世界发达国家的先进经验，立足中国特有的国情，从体制到机制进行大的变革，走出一条中国铁路运输发展的新路。这样做，市场竞争能力才会增强，市场占有率才会拓展，在我国综合运输体系中，铁路运输的作用和地位才会显示出来，受到社会的高度重视。

此外，铁路运输的服务质量虽有一定提高，但还不时出现受到旅客、货主批评的问题。工作作风也需进一步改进，要热情待客、谦虚相处，努力树立起人民铁路为人民的良好形象。

三、铁路运输业对外开放问题

我国加入世界贸易组织在国际上引起强烈的反响，在国内为各行各业的发展增强了动力和压力。铁路运输是交通运输业的组成部分，在国民经济发展中起着十分重要的作用，在加入世贸组织后，和其他运输方式一样，同样面临着机遇和挑战并存的局面。认真学习世贸组织规则，履行作出的承诺，加快改革步伐，尽快和国际接轨，促进铁路运输业进一步向前发展，是全路干部和职工义不容辞的职责。下面仅就此方面的问题简单地谈一些看法和建议。

1. 铁路运输业对外承诺的主要内容

根据中国与世界贸易组织多次谈判后达成的协议，铁路运输业对外直接承诺开放的是铁路货运，间接的是国际集装箱多式联运，相关的是共性承诺的许可问题和合资伙伴选择问题。

(1) 铁路货运：从加入时起，允许外商设立合资的铁路货物运输公司，但外资比例不超过49%；不迟于2004年12月11日允许外商控股；不迟于2007年12月11日允许外商独资。

(2) 国际集装箱多式联运：从加入时起，允许外商设立合资企业经营有关业务，但外资比例不超过50%；不迟于2002年12月11日允许外资控股；不迟于2005年12月11日允许外商独资。

(3) 共性承诺中应履行的内容：一是许可问题，审批程序和条件应在实施前公布，并明确审批时限；主管机关收到申请后，应迅速作出决定，驳回申请的，应书面通知并说明理由。二是合资伙伴选择问题，外国服务提供者在华设立合营企业可自行选择包括合营企业外经营行业的中国合作伙伴，只要是该合作伙伴在中国已依法设立企业。

2. 铁路运输业对外开放情况

铁路运输业是国家投资兴建的垄断性行业，多年来为促进国民经济发展和方便人民群众生活做出了很大的贡献。但由于其行业特点所限，对外开放步伐一直不大。

除上述对世界贸易组织已承诺开放铁路货运外，据了解，在过去一个期间，铁路客运在限制外商投资的前提下曾有过开放的举措，主要表现在：一是广东地方铁路的部分路段首先引进外资，在中方控股的情况下，合资建立客运公司经营客运业务，但困难很大，效果不太明显。二是与原来的苏联、以后的俄罗斯以及朝鲜、蒙古、哈萨克斯坦、越南等国铁路部门合作，开行国际列车，办理联运业务。三是与周边有关国家协商，互开旅游专列，发展旅游事业，效益很好，受到旅客欢迎。

作为客货运输的载体，铁路基础设施的开放也引起了国家的重视，由原国家计委、国家经贸委、外经贸部联合发布的新的《外商投资产业指导目录》中，将铁路干线路网的建设、经营（中方控股）和支线铁路、地方铁路及其桥梁、隧道、轮渡设施的建设、经营（限于合资、合作）列入了鼓励外商投资产业目录，实施后对加快铁路建设、改善客货运输条件必将起到较大的推动作用。

近年来，铁道部和下属工业企业重视国外技术引进工作，经过协商成功地引进了法国阿尔斯通、日本川崎重工、加拿大庞巴迪、德国西门子这四家世界上最先进的时速200公里及以上动车组技术以及美国GE、EMD公司等世界上最先进的大功率电力、内燃机车技术。这项工作意义很大，对提高我国机车生产及运输水平将起到非常重要的作用。

3. 铁路运输业对外开放带来的机遇和问题

在我国加入世界贸易组织后，面临着对外扩大开放的客观要求，有实力的外商将看好铁路运输市场，投入资金，合资经营运输业务。那么，会带来哪些机遇和问题呢？试分析如下：

机遇方面主要有：一是世界贸易组织以市场经济为基础，制定的规则反映了市场经济的一般原则。因此，在加入世界贸易组织后，可加快我国社会主义市场经济体制建立的速度，对铁路运输体制改革有很大的推动作用。二是世界贸易组织的多边贸易体制以法制经济为核心，加入世界贸易组织后，必将加快我国法制化建设的进程，对铁路运输行业健全法规体系，依法管理、依法治运会进一步加大力度。三是可利用世界贸易组织的多边谈判体制，维护正当的行业利益，为铁路运输企业参与国际竞争创造良好的环境。四是铁路运输市场扩大开放，适当引入竞争，有利于打破长期以来的垄断局面，进一步增强活力，提高服务水平，增大科技含量，改善行业整体素质。五是可以引进一定资金、设备、技术和管理经验，加速对老企业、老设备的改造，改变经营管理等方面的落后面貌，缩小与发达国家在铁路管理与运营水平方面的差距。

问题主要表现在：一是“网运分离”未真正到位，政企分开还没有真正实现，改革的难度还很大，不利于实施世界贸易组织规则。二是长期以来处于“铁老大”地位，习惯于卖方市场的环境，很多企业一时难以从垄断意识中摆脱出来，领导和职工在思想观念上还不能很快适应加入世界贸易组织后出现的新的形势。三是一些铁路运输企业、管理比较落后，技术水平和业务水平有待进一步提高，对加入世界贸易组织后出现的激烈竞争重视不够，缺乏承受能力。四是外资企业职工待遇优厚，很有吸引力，与国内运输企业争夺人才将会加剧。五是行业涉外经济法规不健全，未很好与国际接轨，在实施世界贸易组织规则时会缺少有针对性的法律、法规支持，在处理经济纠纷过程中缺乏强有力的法律手段。六是随着外商逐步享受国民待遇，铁路运输以前得到的保护措施和经营优势会渐渐丧失，但一些企业的管理者和经营者却不能面对现实，积极迎接外商的挑战。

4. 铁路运输业当前应做好的主要工作

我国加入世界贸易组织后，承诺开放的行业首当其冲，面临着严重的挑战。为此，铁路运输业要做好以下几个方面的工作：一是组织干部、职工认真学习世界贸易组织的规则和有关知识，了解加入世界贸易组织的重大意义，在提高认识的基础上，转变观念，以积极的姿态迎接外商进入中国铁路运输市场，接受对方的挑战。二是及时研究、改进工作，针对存在的问题和薄弱环节制定有力措施，发展运输、增强实力，提高竞争力。三是抓紧清理、修订和完善相应的法律法规，进一步推进法制建设，使部门涉外规章与国家法律、法规相协调，避免自行其是、政出多门。修订和新制定的法规、规章应提高透明度，先公布后实施。四是加快政府职能转变，提高依法行政水平。铁路运输政企分开后，政府主管部门要不断改善行政管理，规范行政审批工作，努力建立统一开放、公平竞争的市场环境。五是进一步加快培训工作，加强人才队伍的建设。要培训一批精通世界贸易组织规则的专业人才，以便处理好将会遇到的复杂的涉外经济事务。同时可试行引进发达国家同行业的专家型人才，通过互相学习，提高职工队伍的专业素质和工作水平。

据了解，我国铁路部门在加入世界贸易组织前已经有了一定的思想准备，希望以此为契机，利用新的机遇进一步加快铁路运输业的发展。针对基础设施和铁路装备落后的实际情况，在中央的关心下，为筹集资金已研究了许多措施，取得了一定的效果，如在国内设立铁路建设专项基金，发行建设债券，以及扩大融资渠道，引进外资，通过国际金融组织引进相当规模的资金用于铁路建设。对外开放已经打开了大门，加入世界贸易组织后铁路运输业一定会迈出更大的步伐，可以预料，随着国家改革开放方针政策的不断深化，必将会出现更大的变化。

四、城市轨道交通发展浅析

城市轨道交通是城市公共交通系统的重要组成部分，对适应城市发展的需要，缓解城市交通的紧张状况，保证道路交通供给具有明显的作用。其运作方式与铁路客运有许多相同之处，特别是都通过一定的轨道运行，更表明了彼此之间家族式的关系。为便于分析和认识城市轨道交通的现状和发展问题，我们不妨将其列入铁路运输业的范围内，进行观察、讨论，提出某些有利于城市轨道交通发展的建议，共同促进城市轨道交通事业取得长足的进步。

1. 城市轨道交通的现状

城市轨道交通包括城市地下铁道系统（地铁）、城市轻轨交通、跨座式单轨运行系统、直线电机轨道交通系统、磁悬浮交通运输系统等。其中，地铁开发较早，分布城市较多，最为人们熟悉。磁悬浮交通运输系统出现较晚，而且带有一定的试运行性质，在建设前后众说纷纭，争议较多，为人们所关心，但又了解甚少。

城市轨道交通始建于20世纪60年代中期，但当时由于国民经济发展缓慢，没有足够资金用于城市轨道交通建设，因此只是在北京市区内建设了一段地铁，先是基本和长安街平行的直线，后又建了环线，两条线路全长42公里，前后用了约26年时间。20世纪90年代，我国政府加大了对城市交通基础设施的投入，开始强调城市轨道交通对解决城市交通问题的作用，发展大容量轨道运输方式引起了各界人士的高度重视。在这种大的环境下，城市轨道交通不仅在北京，而且在其他几个大城市也发展起来。到2000年底，我国已建成城市地铁线路143.3公里，其中北京3条线路计55.5公里，上海3条线路计65公里，广州1条线路计18.5公里，天津也是一条线路仅有7.4公里。近几年，城市地铁建设加快。已有地铁的城市扩大范围、延伸长度；尚处于空白的城市争取项目，加快建设的速度，尤其是北京结合举办2008年奥运会，使轨道交通的建设以前所未有的进度迅速发展，取得了很大的成就。

2. 城市轨道交通发展趋势

北京、上海、广州等地城市地铁建成运营以来的实践使政府和市民提高了对轨道交通的认识。事实上，城市轨道交通的发展确实有效地解决了大城市交通拥挤的问题，提高了环境质量，优化了城市产业布局，调整了区域结构，促进了城市的可持续性发展，提升了居民的生活质量，扩大了城市的影响，利多弊少，深受欢迎。有鉴于此，很多城市纷纷酝酿上地铁项目，一时间竞相申报，以致国务院主管部门不得不提出要求，进行政策引导，并作出某些规定进行调控，以免互相攀比，不顾实际情况盲目建设，造成很大的浪费。

据了解，目前符合中央建设城市轨道交通规定的部分大、中城市加紧规划，积极筹集资金，确定实现的预期目标。不久前，上海宣布在2005年以前建成9条城市轨道交通线路，总长度达到200公里；北京宣布在2008年奥运会举办之前建成的城市轨道交通线路总长度达到300公里；广州、深圳未来10年规划已经制定并准备实施。西安、沈阳、郑州、成都、福州、长沙、昆明、厦门等省会城市和副省级城市也正在筹划。据有关部门预测，2010年前后我国所建各种类型的轨道交通线路长度将达1000公里，投资规模达到数千亿元，城市轨道交通进入一个迅速发展时期，更加适应市民出行需要，城市也会因轨道交通的快速发展而加快现代化的进程。

3. 城市轨道交通发展需要解决的问题

我国城市轨道交通发展已有时日，而且已取得了一定进展，今后的前景十分广阔，然而如与一些发达国家相比，仍有较大的差距。根据对现状的分析并参考国外经验，要想进一步促进我国城市轨道交通的发展，还必须做好以下几项主要的工作：

(1) **认真做好城市轨道交通发展的规划工作。**发展城市轨道交通和其他基础设施建设一样，一定要搞好规划，有计划、有目的地进行实施工作。制订城市交通规划时要兼顾以下几个方面：

第一，综合运输体系的完善。发展城市轨道交通的城市一般都是省会城市和计划单列的副省级城市，既是一定区域的政治、经济、文化中心，又是交通中心，各种运输方式往往齐备，交通枢纽的功能十分明显。在这种情况下，发展城市轨道交通就要从交通一体化的理念出发，研究有关的问题，例如：首先要考虑城市综合交通规划，以找准自己的位置，体现自己特有的作用；其次要搞好城市轨道交通和地面上其他交通运输形式的衔接，处理好城市客运系统的不同层次、不同功能、不同服务水平的交通运输之间的关系，使之相互补充、共同发展；再之要做好客流预测，包括乘客流向、流时的规律和流量的大小，以确定合理的建设规模，既不因保守造成规模偏小，很快就不能满足要求，又不盲目超前，造成规模过大，形成很大的浪费。进行规划前期工作和制订规划时还会涉及到其他一些问题，一定要考虑周到、论证严格、内容全面、措施可行，使出台的规划科学、合理、实用。

第二，城市的合理布局。城市轨道交通的发展要置于城市总体规划中考虑，反过来，城市总体规划中也必须为城市轨道交通的发展留有位置。轨道交通建成使用前后，土地使用效益会发生变化，沿线留有一定的空间非常必要。因为轨道交通的发展可以在一定程度上引导城市的发展，沿线的开发会明显地加强，城市布局会因此作出必要的调整，这是政府部门应当关注的问题，当然城市轨道交通建设、规划和经营单位对此也应当有所考虑。

第三，可持续发展。城市轨道交通投资大、造价高，建设费用十分可观，建成投入运营后，管理、维护费用也不低，而运价一般都不很高，因此很容易造成亏损现象。有些国家市政当局不得不动用财政补贴手段，以维持轨道交通的正常运行。鉴于此种情况，应在策划时谨慎对待，不要头脑发热。建成后要有措施保证，使运营长久进行下去。城市轨道交通对环境污染一般不大，尽管如此也要注意解决有关问题，使之降低到最小程度。

(2) **努力扩大城市轨道交通线网的规模**。我国城市轨道交通经过一番努力，其承担的客运量一般已占到整个城市公共客运系统运量的10%左右，然而纽约、巴黎、东京等国际都市已达到50%以上。我国轨道交通客运量比重不大的主要原因是线网规模较小。调查资料显示，北京、上海、广州三市的线网密度分别为每平方公里0.09公里、0.09公里、0.07公里，而纽约、巴黎、东京则分别为每平方公里0.76、0.41公里、0.79公里，要比我国几个城市高出好多倍。如果再以万人拥有轨道线网长度这个指标衡量，则更要低得多。为此，在一些已建设城市轨道交通的城市一定要在增大线网上下大的功夫，以便充分发挥城市轨道交通的功能，适应市民对交通的需求。

(3) **积极推动国产化和标准化**。城市轨道交通投资过大一个重要的原因是从国外采购先进的车辆、通讯设备等，虽然国别不一，厂家各异，但由于多是利用国外政府贷款，有一定的优惠，故对进口有很大的吸引力。这种以进口成套机电设备发展城市轨道交通的办法虽有一定的好处，但带来的建设成本高、技术标准不统一问题却不容忽视。因此我国政府主管部门已提出逐步实现国产化和标准化的要求。中国交通运输协会城市轨道交通专业委员会受国家发展改革委员会城市轨道交通国产化办公室的委托开展了相应的工作，取得了一定的成绩，今后有关方面应加大力度，切实搞好这一方面的工作。

五、已经“上马”的磁悬浮列车

20世纪中叶，磁悬浮铁路的研究工作引起了一些发达国家的关注，以后由于科学技术不断进步，一些关键技术问题得以较好的解决，通过不断试验、改进和提高，研制工作终于取得突破性的进展，使磁悬浮列车运用技术和工艺逐步完善，经过进一步试验、改进后现已迈步进入商业性运作。一些业内外人士认为，磁悬浮列车运行速度高、舒适性好，经济效益潜力很大，将会受到运输企业的重视和旅客的欢迎，发展前景十分的广阔。

磁悬浮列车顾名思义是通过磁场的作用形成强大的磁力，以此作动力推动列车前进，其基本原理，是参照电动机的构造，把铺设的轨道线路作为延展的定子绕组，把列车车辆底部作为起转子作用的磁体，当线路（绕组）通过电流时便形成磁场，此时，列车就会受到磁力的作用，而这个电磁力分解成两个分力：一个分力与轨道垂直，使列车浮起；另一个分力与轨道平行，推动列车在轨道上方高速前进。经计算，运行速度的理论极限值可达每小时800~1000公里。列车在悬浮行驶时通常不需要车轮转动，只是在起动、制动时由于列车低速度运行浮力降低，或是在停车时浮力消失，车体才通过车轮支撑，以保持平衡稳定。磁悬浮列车不很需要车轮但又必须有辅助性车轮，其作用仅在于此，与机车牵引列车的车轮在作用上有很大不同，否则就不称其为磁悬浮列车了。

磁悬浮列车主要分两种形式：一种称常导磁铁吸引式磁悬浮列车。这种列车在列车车体底部和导轨内均安装电磁体，但极性相反，通过电流后，由于磁体异性相吸使列车浮起，一般距导轨10~15毫米，用感应线性电机驱动列车前进。另一种称超导磁铁相斥式磁浮列车。这种列车是在列车上安装超导电磁铁，在导轨的地面上安装线圈或非磁性金属板，通过电流时形成同性磁体，相斥产生的斥力使车体浮起，距导轨高度可在100毫米以上，用同步线性电机驱动列车在导轨上高速前进。从技术角度看，前者比较简单，易于制造和操作，后者则比较复杂，对制造和操纵的要求更高一些。

磁悬浮列车和牵引列车相比，由于车轮与导轨之间在运行期间基本不接触，故几乎没有摩擦力，从而具有速度快、噪声低、振动小、无污染等优点，在陆上运输系统中独树一帜，成为颇具竞争力的现代化运输工具。尽管如此，但由于其制造工艺难、施工要求高、工程费用大，因此使这种十分先进的运输工具推广运用受到一定的限制。磁悬浮列车出现后，很快受到我国有关部门的关注。几年前，国务院领导同志就此作出指示，要求进行可行性研究，使磁悬浮列车尽快在我国大地上运行起来。上海是我国东方一颗明珠，正在成为经济、金融和航运中心，现代化大都市的风貌早已闻名遐迩。为了改善城市的功能，市政府对发展城市交通事业非常重视，既抓好市区地铁的建设，又把目光投向磁悬浮列车，在进行一系列准备工作后，很快进入了实施阶段。上海建成的磁悬浮列车运输线路西起地铁2号线龙阳路车站南侧，东到浦东国际机场一期航站楼东侧，总长为31.17公里，设计时速和运行时速分别为505公里和430公里，列车类型属超导磁铁相斥式，技术甚为先进。这条集城市交通、观光和旅游于一体的商业运营线路开通以后，从上海市区到浦东国际机场只需要7分钟左右的时间。负责施工的是中铁十六局三处和上海建工集团，德国专家在技术上予以指导。

有趣的是，磁悬浮列车源自德国，却在中国首先投入商业运行。德国最早研究磁悬浮列车，可是商业运行却落在中国的后边。据报导，不久前德国联邦运输和建设部长库尔特·博德维希向媒体表示，将在巴伐利亚州和北莱茵—威斯特法伦州修建两条磁悬浮铁路。位于巴伐利亚州的磁悬浮列车线路连接慕尼黑机场和火车站，长度为36.8公里，耗资约16亿欧元；位于北莱茵—威斯特法伦州的磁悬浮列车线路连接杜塞尔多夫火车站和多特蒙特火车站，长度为78.9公里，耗资约为32亿欧元。后一条线路较长，中间设若干个站点，可将德国最重要的鲁尔工业区内的一些城市连接起来。预计这两条线路的年运量将分别达到600万人次和3000万人次。中国和德国的磁悬浮列车将相继建成，以此为新的起点，磁悬浮列车将会在更多的国家投入建设，进行商业性运行，供乘客外出乘坐。

六、铁路运输业面临的形势及发展对策

跨入21世纪后，我国经济社会发展已进入一个新的历史阶段，而本世纪的头20年又是一个重要的战略机遇期。其中“十一五”尤其重要，是能否实现中长期规划目标的关键。作为综合运输体系的重要组成部分的铁路运输正在迎接着艰巨的任务。分析各方面的情况，面临的新的形势主要表现在以下几个方面：

(1) 党中央、国务院要求“加快铁路发展”，使铁路部门有了难得的“尚方宝剑”，在发展过程中内外部阻力会减少，政策环境会更加宽松。

(2) 在国民经济持续快速增长情况下，煤电油运输“瓶颈”制约状况在短时期内很难改变，为缓解“瓶颈”的制约，铁路运输的作用将更加突出。

(3) 随着经济快速增长，工业化、城市化进程的加快以及扩大对外开放，“请进来”“走出去”战略的实施，铁路运输将面临着巨大的运输需求。

(4) 建设资源节约型和环境友好型社会的要求，既会增加这方面占有优势的铁路运输承担的任务，同时也使铁路在建设和运输过程必须加强相关的工作，以实现中央的战略目标。

(5) 在推进铁路跨越式发展的大背景下，各项工作包括工程质量的提高、技术装备现代化等将会遇到一系列严峻的挑战，解决好这些问题需要付出艰辛的努力。

铁道部是国务院主管铁路建设和运输工作的职能部门，对实现铁路的跨越式发展充满了信心，目前正在根据中央的要求，结合全路的实际情况，

坚持科学发展观，围绕全面建设小康社会和建设和谐社会及资源节约型社会、环境友好型社会的中心任务，落实发展规划，制定有力措施，开创铁路工作新的局面。前景虽然美好，但是征程不会一帆风顺。对今后的工作，提出以下几点看法。

1. 加大宣传力度，提高全社会对铁路运输的认识

各种运输方式各有所长，也各有所短。铁路运输由于受轨道的限制，不具备道路运输“门到门”的特点，但是铁路运输有着自身的优势，令其他运输方式望尘莫及。例如：一是运输能力大，是中长途客货运输的主力；二是铁路运输土地资源利用率高，节能、省油、低污染，对我国这样人口多，土地、石油资源有限的国度而言很有发展的必要；三是运输成本低，有利于降低社会物流费用；四是能突击调运大宗的重要物资，对社会稳定，国家安全起着重要的作用。加强宣传工作，提高人们对它的长处的认识，对促进铁路运输的发展是不可缺少的一项工作。

2. 拓宽投融资渠道，扩大铁路建设规模

基于对经济社会发展的需要和铁路运输重要性的认识，国家对铁路建设历来十分重视。不久前，国务院批准了《中长期铁路纲规划》，使铁路建设按照规划的要求分步实施。在这个《规划》中，到2020年铁路营业里程将达到10万公里，其中复线5万公里，电气化线路5万公里，客运专线（高速铁路）1.2万公里，这就意味着从2005年到2020年16年间将要新增营业里程2.7万公里，复线里程2.54万公里，电气化里程3.12万公里，客运专线1万公里。为实现此目标约需投资2.3万亿元（2004年价格），加上更新改造和机车车辆购置，铁路固定资产投资将达到3.5万亿元，平均每年2000多亿元。这就需要通过多种渠道筹集资金，如继续征收铁路建设基金，并提高征收费率；充分利用社会资金，吸引社会投资铁路建设；扩大开放，吸引外商投资；此外考虑到一定公益性的特征，要求国家增加公共财政投入也是一个重要的方面。

3. 继续深化改革，以新的体制和机制适应铁路发展的重要

应当承认，在过去几年中，铁路改革已有了一定进展，取得了一定成绩，对促进运输生产力的提高起到了不小的作用。但是也应看到，铁路改革的深度还很不够，已经进行的改革目标还没有完全实现。例如铁路分局撤销后，由铁路局直接经营资产发展尚需要一个适应过程；主辅分离后，辅业的交接与遗留问题的处理还要做一定的工作；几大公司组建后，如何使职责到位等运转正常也要在磨合中改善。除以上基础性改革已见成效外，如何将改革引向深入，针对较长时间存在的垄断经营、政企不分等问题，打破垄断，开展竞争，实现网运分离、政企分开更为人们深切地关注。铁路改革与邮电、电力等改革有一定相同之处，但也有不同之处，“政”的职能剥离较难，“企”的挂钩脱开不易，企业要做到自主经营，行业管理归口，对铁路部门而言，尚要经历一个比较痛苦的历程。

4. 加强经营管理，提高经济效益

长期以来，铁路经营管理比较薄弱，运输生产中资源使用效率不高，损失浪费现象严重；成本管理不严，乱挤乱列成本问题大量存在，超支挂账问题突出；资金管理混乱，风险资金数额巨大，有的单位已造成严重损失；资产管理漏洞较多，造成大量资产闲置和浪费。这些问题已引起铁道部主要领导的高度重视，决心在“十一五”期间作为一项重要任务认真解决，力图从根本上扭转经营管理薄弱的局面。为此，必须更新经营理念，处理好部、局、站段在经营管理上的权责关系，依法规范管理，严禁铁路资金违规投入市场，对成本支出严格控制，此外在强化管理的基础工作上下更大的功夫。通过综合治理，努力提高经营管理水平，增收节支，更好地实现两个效益，尤其是经济效益的大幅增长。

5. 狠抓软硬件建设，切实改进运输服务工作

铁路运输由于长期处于垄断经营地位，加之运输紧张状况持续存在，形成了明显的卖方市场，只有别人求铁路，铁路从不求别人，“皇帝女儿不愁嫁”，不少运输单位养成了粗放经营、不重视服务的不良习惯。近年来，在与其他运输方式竞争及自身意识到差距的情况下，采取了一些措施，如加快客运站建设和既有客运站改造，推广高站台、无站台柱风雨棚；结合动车组和新型客车的应用，改善旅客乘车环境，全面改进客运售票、候车、餐饮、卫生等基本服务，适应旅客个性化服务的要求；改进运输组织工作，尽可能方便旅客和货主等。今后，应巩固已取得的成绩，并要加强思想教育和规章制度的落实，使服务工作程序化、规范化、标准化，同时，要建立旅客评价机制和监督机制。通过努力，塑造新时代铁路职工的良好形象，将运输服务工作提高到新的水平。

6. 挖潜扩能，努力满足社会对运输的需求

据专家预测，2010 年，铁路客运量可能超过 20 亿人次，货运量可能超过 30 亿吨，分别为 2005 年的 1.73 倍和 1.11 倍；2020 年，铁路客运量可能超过 40 亿人次，货运量可能超过 40 亿吨，分别为 2010 年的 2 倍、1.33 倍。不难看出，铁路运输面临着巨大的需求，既有较大的压力，也带来了发展机遇，对此，要有充分的认识。既不要产生畏难情绪，也不要盲目乐观，而要研究对策、采取措施，争取实现供需平衡或尽可能缩小供需矛盾，让社会感到满意。应做的主要工作是：首先，加快铁路建设，充分利用新线投产形成的能力；其次，对过去的一些老线进行改造，提高运输能力；第三，进一步提高机车车辆运用效率，多拉快跑；第四，做好准备工作，在可能情况下进一步提速调图；第五，对客货运输统筹兼顾，确保客运和重点运输任务全面完成。第六，加强调查研究，使铁路运输工作能适应社会的各种需求。

道路运输业的现状与发展

道路运输是综合运输体系中的重要组成部分，过去一直习惯于被称为公路运输。20世纪90年代后，为求得国家主管部门之间对其称谓统一，在认识上不产生歧义，经过努力开始改为道路运输，以后逐步出现在交通部的文件和会议中。2004年，国务院发布了《中华人民共和国道路运输条例》，在其上正式作了表述。道路运输在五种运输方式中，以独有的“门到门”的特点见长，覆盖面最广，通达度最深，与人民群众关系最为密切，改革开放以来发展也最快。笔者曾在省级运输企业中担任领导职务，调交通部以后又在司局级岗位上负责全国的道路运输管理工作，在几个一级社团组织中也挂有主要负责人的名义，因此对道路运输业有较多的了解和较深的认识。下面，我从几个方面谈谈自己的看法。

一、道路运输业的发展现状

1. 运输线路长度和密度明显增加

1950年，仅有公路9.96万公里，2002年底，公路总里程达到176.52万公里。2005年底则达到193.05万公里，其中国道132674公里、省道233783公里、县道494276公里、乡道981430公里、专用公路88380公里。五十多年间公路总里程增加约190万公里。其中，1996年至2002年就增加73.69万公里，几乎等于前40年公路线路里程增加的总和。2005年底的公路总量比“九五”期末增加25.07万公里，每年平均增加6万多公里。由于公路里程大幅度增长，使公路网密度明显提高，1950年每百平方公里公路仅为1.04公里，1980年达到每百平方公里公路9.25公里，2002年达到每百平方公里公路18.39公里，而到2005年每百平方公里公路已近20公里。公路网布局过去较长时间里处于不合理的状态，东密西疏。例如1949年，东部每百平方公里公路为2.12公里，西部每百平方公里公路仅为0.3公里；1980年，东部地区每百平方公里公路为22.19公里，西部地区每百平方公里公路4.14公里。21世纪的2001年，东中部地区每百平方公里公路为36.25公里，西部地区每百平方公里公路提高到10.16公里。2005年，东中部地区和西部地区公路网的密度又有新的变化。由于地理位置的差异和经济发展程度不同，应当说路网布局逐步趋向合理。不难看出，改革开放后，内地公路里程迅速增加，公路网密度及布局都得到明显的改善，为道路运输的发展提供了必不可少的基础性物质条件。路通车到，百姓欢笑，这是道路运输造福于人民的真实写照。

2. 公路技术等级和路面等级明显提高

过去公路技术等级和路面等级都比较低，直到改革开放后才逐步提高，结构日趋合理。2000年底，全国等级公路里程达到131.6万公里，其中二级以上公路达到18.9万公里，占公路总量的13.9%。2002年底全国公路总里程达到176.52万公里，其中等级公路为138.29万公里，比1982年增长1.61倍。等级公路中，一级公路2.25万公里，二级公路17.21万公里，三级公路31.15万公里，四级公路81.81万公里，分别比1980年增长114.8倍、14.7倍、1.91倍和1.04倍。2005年底，在全国公路总里程中，一级公路38381公里、二级公路246442公里、三级公路344671公里、四级公路921293公里，等外公里338752公里。近几年，有路面公路进一步增加，无路面公路逐步减少。在有路面公路中，铺装高级、次高级路面的公路增长很快，增幅与20年前相比几乎达到400%。2002年底，高级、次高级路面公路为22.2万公里，比1980年增长3.57倍。2005年底，全国有铺装路面公路达到53.3万公里，与过去相比，又有了新的变化。内地高速公路更是突飞猛进，1988年9月，全长18.5公里的沪嘉高速公路正式建成通车，实现了高速公路零的突破，以后建设步伐加快，1990年9月全长375公里的沈大高速公路建成，以后多条高速公路陆续完工。到2000年底，全国高速公路达到1.6万公里，约占公路总量的1%。从1997年到2000年的4年中，高速公路里程增加了1.3万公里，到2002年底高速公路已达到2.75万公里。2005年全国新增高速公路通车里程6717公里，年底全国高速公路达到41005公里，稳居世界第二位。内地的山东、广东省高速公路突破3000公里，江苏、河南、河北高速公路突破2000公里，另有14个省区突破1000公里。在东中部迅速发展高速公路的同时，西部地区的高级、次高级公路以及高速公路也有不俗的表现。高速公路已成为社会发展的重要推进器，不仅显著提高了运输能力，降低了运输成本，增强了运输的安全性，而且节约了国土资源，并在改善投资环境，优化产业布局，促进资源开发利用，增强国家竞争力以及提高国家经济机动性，保障国防安全等方面发挥出越来越大的作用。

3. 站场基础设施建设明显加快

站场等基础设施是道路运输的基本条件，是运输网络的重要节点，对道路客运更为重要。“十五”期间，各地交通主管部门通过加大投资力度，广泛吸收社会投资等措施，使道路客货运输站场建设步伐进一步加快。五年中，全国客运站增加了42%，货运站增加了14%。辽宁省近几年十分重视客货站场建设，五年新建、改扩建客货站场项目48项，其中客运40项，货运8项。完成投资11.46亿元，其中省投资近5亿元，客货站场建设速度每年分别为9.7%和16.8%，较好地适应了道路客货运输发展的需要。

4. 道路运输装备数量和质量明显好转

1950年，仅有民用汽车5.43万辆，1980年达到178.29万辆。2002年则增加到2053万辆，比1950年增长377.1倍，比1980年增长10.52倍，其中载客汽车达到1202.4万辆，载货汽车达到812.6万辆。2004年，民用汽车拥有量已达到2742万辆，其中载客汽车约为1740万辆，载货汽车约为1000万辆。在上述车辆中，营运客车达到153.2万辆，营运货车达到552.3万辆。2005年底，全国民用汽车3159.66万辆，其中载客汽车2132.46万辆，载货汽车955.55万辆。在上述车辆中，营运客车128.40万辆，其中大型营运客车13.81万辆；营运货车604.82万辆，其中大型营运货车190.65万辆。此外，专用载货汽车达到24.54万辆，其中集装箱车5.87万辆。近年来，载客汽车增长明显快于载货汽车，原因是小汽车迅猛增加，成为拉动公路运输需求增长的主要因素。民用汽车不仅在数量上迅速增加，而且在技术质量方面也发生了重大的变化，主要表现在大型客货车不断增加，客车中的豪华客车、卧铺客车，货车中的集装运输车、专用车越来越多，老旧车辆得到及时的更新和改造。过去客货车辆大多破旧不堪，如今美观大方实用的汽车比比皆是，大大缩小了与发达国家和地区的差距。与此同时，汽车维修设备、检测设备等也在随着科技水平的提高，不断更新和引进，使汽车运输行业的整体素质有了显著的改观。

5. 道路运输的客货运量在全社会总运量的比重明显合理

道路运输的客货运输量在建国初期少得可怜。1978年底客运量达到14.9亿人次，旅客周转量达到521.3亿人次；货运量达到8.5亿吨，货物周转量达到274.1亿吨公里。以后发展速度加快，增幅加大。2002年底，客运量达到147.5亿人次，旅客周转量达到7805.8亿人公里，货运量达到111.6亿吨，货物周转量达到6782.5亿吨公里。2004年底，客运量增至162.5亿人次，旅客周转量增至8748亿人次，货运量增至124.5亿吨，货物周转量增至7841亿吨公里。在全国综合运输体系中，道路运输的比重不断上升。例如，在1978年时，上述4项指标在社会总量中分别占58.7%、29.9%、34.2%、2.8%，而到2002年，已分别占到91.7%、55.3%、75.3%、13.4%；到2004年所占比重又发生了变化，分别为91.9%，53.6%，73%，11.3%。2005年底，客运量为169.74亿人，旅客周转量为9292.08亿人公里，货运量为134.18亿吨，货物周转量为8693.19亿吨公里，在综合体系中所占比重分别为91.9%、53.2%、72.3%、10.9%。二十多年来，在综合运输体系中分流作用和连接功能一直处于骨干地位，是其他运输无法取代的一种重要运输方式。

6. 道路运输业的管理和经营明显改善

道路运输业的管理工作一直受到重视。这是因为：一是长期以来实行计划经济体制，强调行政审批，依赖行政管理，突出行政手段。在管理部门中，管理观念比较牢固，进入社会主义市场经济体制后，短时期内很难扭转过来。二是运输市场秩序时好时坏，有些时候在一些地区十分混乱，严重损害了客货运输经营者以及旅客和货主的利益，干扰了正常经营活动的进行，造成了恶劣的影响。在这种情况下，必须加强管理，规范经营行为，以免加剧混乱状态。三是运输资源有限，资源合理配置有待于很好地解决。通过必要的管理加强调控力度，改善运输布局，优化运输结构，深化运输改革，对于合理配置资源很有十分必要。四是确实需要办理必要的行政性审批工作，例如开业、歇业，保证运输经营者正常地进入和退出运输市场。此外，对一些特殊的运输形式，如出入境运输需要会谈、协调关系，危险品运输丝毫不能懈怠，更要加强管理。总之，在社会主义初级阶段，道路运输管理工作还需存在，而且在一定时期内管理还要加强，当然也要在改善管理上下更多的工夫。

对道路运输业的管理工作，由交通主管部门归口、负责，授权同级运输管理机构具体实施。后者一部分被列入行政序列，但较多的是有行政管理职能的事业性单位，接受授权后，对道路运输及其子行业进行管理，由部（公路司）到省（运输管理局）到市地（运输管理处）到县（运输管理所）到乡（交通管理站），共分五级，其中除乡镇交管站为县级交通局派出机构，公路司为交通部机关内设机构外，其余均为同级交通主管部门授权的管理机构。在日常工作中，对经营业户（包括企业和个体）开、歇业申请进行审批，对运输市场秩序进行维护，对违规行为进行处罚，对行业发展规划提出意见。以建立统一开放、竞争有序的运输市场为己任，以维护运输服务对象和运输经营者权益为目标，开展各项业务工作。各级交通主管部门则根据政府赋予的职能，在制定实施道路运输发展政策，进行运输宏观调控，加强监督检查，规范行业管理以及促进基础设施建设等方面发挥着重要的作用。

道路运输经营者由几个部分力量构成，一是国有运输企业，即过去的国营运输公司，在当地曾称雄一时，如今大多弃货经客，有的改成物流公司或兼办物流、货运业务。二是国有参股的混合型股份公司，多由国有运输企业改制而成，客运为主，多种经营。三是中外合资运输企业，客运、货运、物流业务都办。四是民营运输企业，规模大小不等，经营项目各异，以客运居多。五是个体经营运输业户，规模很小，车数不多，以短途运输为主。在日常经营工作中，客运基本以车站为结点集疏旅客，"车进站，人归点"，按班次及规定线路运行，遵守道路运输法规、规章、制度，服从运输管理机构的管理。货运管理较松，除特种运输外，一般在办理运输证照后自行开展运输业务，很难对之实施具体的管理工作。大量的个体经营业户过去通常都挂名在国有运输企业，上交有限管理费后，享受政策和资源带来的好处。近年来，不少地方正在清理，但仍存在着私车公挂的现象。

7. 道路运输业发展中存在的问题依然较多

当前，在道路运输业发展过程中存在的主要问题是：

(1) 运力结构还不够合理。客运车辆中高等级客车有待增加，一部分老旧车辆仍在运行；货运车辆中，厢式及专用车辆不能满足需要。与国外相比，更有较大的差距。

(2) 运输规模化程度还不够高，多、小、散、弱现象比较普遍，近年来通过政策引导和制度规范以及兼并重组，全国客运经营业户下降了46%，减少了10余万户，虽有明显改善，但仍不容乐观。能起到龙头作用，主导行业发展的大型运输公司或企业集团凤毛麟角，数量不多，出现紧急状况时往往力不从心，难以迅速调动车辆加以应付。

(3) 运输发展不平衡。城市之间，东、中、西部地区之间，都存在不小的差距；此外还表现在道路运输的发展与公路建设发展方面的差距，即道路运输落后于公路建设。

(4) 道路运输安全问题较多，特、重大事故频频发生，在社会上造成不良影响。

(5) 道路运输的服务工作有待进一步改善，不少单位业务水平还不能完全适应经济发展和社会进步的需要。在一些地方，环境脏乱差、态度冷横硬的问题还比较突出地存在。

(6) 运输管理体制有待进一步理顺。城市客运管理尚未统一，出租车等管理仍存在各自为政现象，城乡一体化在很多地方没有很好地解决。

(7) 运输职工队伍建设尚需进一步加强，运输管理机构的执法水平和服务能力还不能很好地适应道路运输发展的形势，“寓管理于服务之中”有待于进一步树立和加强。

(8) 运输装备和设备的现代化任重道远，需进一步加强工作。

二、道路运输业发展趋势

道路运输业的发展近年来受到国家交通主管部门的高度重视。经济社会的迅速发展，对道路运输的能力和质量提出了更高的要求。公路基础设施建设的跨越式发展又为道路运输能力和效率的提高打下了坚实的基础，而加入世贸组织更使道路运输业认识到与发达国家的差距。由上述几点不难看出，内地道路运输业正面临着前所未有的发展机遇。综合分析各种因素，今后一个时期道路运输业的发展趋势有以下一些主要特点：

(1) 保证供给。今后一个时期，运输供给能力仍将继续提高。据预测，到2010年，营运客车将达到220万辆，其中大型客车为90万辆，高级客车所占比重达到25%以上，中级客车所占比重达到50%以上；营运货车达到700万辆，重型货车、专用车辆、厢式货车的比例分别达到30%、30%和20%。全国等级客运站达到8600个，等级货运站达到2300个，国家规划的45个公路主枢纽基本建成，国家公路运输枢纽规划开始逐步实施；部分中心城市形成综合性的客运枢纽、物流中心或物流园区；中等城市和县级城市都要建成等级客运站和货运站，东部地区或中部较发达地区人口2万以上的乡镇建有等级客运站或简易站，行政村建有招呼站或候车亭，中西部地区也要视情作出相应安排。应急运输保障体系建设得到加强，应急运力达到6万辆左右。综上所述，运输供给能力会进一步提高，基本能适应需要，即便是遇有民工潮、学生潮以及黄金周、旅游旺季等，也能妥善应付。

(2) 协调发展。将道路运输放到经济社会和综合运输发展的大环境中考虑，通过政策引导和措施推动，使其与社会经济、与其他几种运输方式、与公路建设保持良好的互动关系，进而实现道路运输的区域之间、城乡之间、服务方式之间的总体平衡，使道路运输能够按照略高于GDP增长速度、科学合理的结构、较高的服务水平、可观的社会效益和经济效益持续稳定协调地发展。

(3) 重视质量。近些年道路运输运力增长很快，数量扩张在世界各国中是不多见的，目前在一些地方几乎达到饱和状态，甚至引发了一些社会问题。今后一个时期结合贯彻中央提出的建设资源节约型和环境友好型社会的要求，将有针对性地控制车辆数量的增加，转而在质量提高方面下更大的功夫，淘汰浪费能源、污染环境的老旧车辆，取而代之的是性能先进、排放达标、能源节约、外型美观的车辆。除关注运力质量外，对其他与运输有关的设施、设备也都应重视其质量保证。实践证明，这是增强道路运输企业实力的重要措施。

(4) 加强服务。中央提出建设和谐社会的要求，落实到道路运输就要搞好和谐行业的建设工作。以此为契机，将进一步研究如何搞好运输服务这个经久不衰的话题。这项工作近些年有所削弱，一些单位重效益轻服务，引起服务对象强烈不满。如今贯彻中央战略部署，必须采取切实可行的措施，真正抓出成效。通过改善站务、乘务及其他服务工作，提高服务质量，保持运输单位与服务对象和谐相处以及单位内部职工之间和谐共事，共同促进道路运输事业协调发展。

(5) 市场主导。当前政府部门干预企业经营活动的现象已有很大改观。今后政府职能更加转变，道路运输企业和个体经营业户将按照社会主义市场经济体制确定的方向，遵循市场经济规律，在国家法律法规和部门规章引导下，自主经营、公平竞争、优胜劣汰，尽最大可能提高运输能力和服务能力。市场在资源配量中的基础性作用将更为有效地发挥，运输市场的活力会进一步增强。

(6) 坚持诚信。由于体制、管理、教育等方面的多种原因，使道路运输业的诚信程度没有和行业的壮大同步提高，这对运输单位争取社会效益和经济效益十分不利，已引起社会和行业广泛的关注。今后对此将加大力度，通过建立行规行约、开展诚信活动、评选诚信企业并加以表彰等形式推动诚信理念和行为的确立。为长久保持，还须建立健全机制和制度，修改完善市场主体诚信水平评价体系，鼓励社会消费者择优选择诚信运输单位提供运输服务。可以预料，今后运输经营者会进一步树立品牌意识，诚信经营、优质服务。

(7) 科学管理。鉴于当前在道路运输经营及管理中存在着一定程度的落后状态，影响了工作水平的提高和运输改革的深化，今后将按照科技创新的要求加强这一方面的工作。对运输企业而言，要通过更新科学管理理念、提高运输装备水平、普及先进技术技能、加快信息化建设、优化运输服务水平、增强运输能力建设等措施，推动运输产业的升级。对个体运输经营者要通过成立运输合作组织，形成一定的生产规模和较强的自我约束能力，加强经营管理，运用现代化管理方式和设备，改善自由散漫的落后状态。对运输管理机构来说，要通过普及先进管理技术和设备，提高信息化建设水平，强化市场管理工作，使道路运输健康有序地发展。向管理要秩序、要安全、要水平、要效率、要策略，已成为道路运输不可忽视的重要问题。当然这样管理不是单一的行政管理，而是在现代科学理念指导下的综合手段的合理运用。

(8) 依法行政。在我国的现阶段，道路运输能否快速、协调地发展，在很大程度上取决于是否能对道路运输市场进行有效的培育和调控，而这项工作与道路运输管理机构的执法水平有很大的关系。为此，就要进一步建立健全道路运输的法规体系，加强道路运输管理机构的行政能力建设，严格规范执法工作，加大市场管理力度，确实做到依法行政。欲达此目的并非易事，要做大量工作。首先要加强立法工作。《中华人民共和国道路运输条例》及配套的几个管理规定已先后发布，一定要认真地贯彻执行，使之在道路运输管理工作中充分地发挥作用。同时，应继续做好《中华人民共和国道路运输法》的起草、协调等项工作，争取早日出台，使道路运输拥有最高层次的法律依据。其次要立足于道路运输的现状和长远发展，有针对性地加强运输管理机构的思想建设、组织建设、制度建设、作风建设。此外要强化广大运管工作人员的社会服务意识，提高他们的公共服务能力等，要通过努力把道路管理机构建设成服务型的行业管理部门。

根据“十五”国民经济发展的实际情况和国家对“十一五”规划的要求，今后一个时期国民生产总值（GDP）的年平均增长速度保持在7%左右。与之相关联的是，我国道路运输的发展也应呈现出与国民经济基本同步增长的趋势。具体而言，客运大体持平或略有上升，这是由于随着人均收入的逐步增加，人们外出旅行次数也将快速增加，保持较强的发展势头。货运则由于随着经济的发展将出现小批次、多批量、高附加值的趋势，总量会有一定幅度的下降。

“十五”以来，国家综合经济主管部门对道路运输提出的发展方向是：客运快速化，货运物流化，城乡一体化。以此为契机，“十一五”期间，道路运输将会有更好的发展机遇。经过几年努力，道路客运干线运输现代化程度迅速提高，基本可实现车型高档化、运行高速化、组织规模化、服务规范化；区域运输也将明显改变长期以来的落后状态，基本实现车型合理化、运行快速化。道路货运将出现的情况是：干线运输基本实现车型大型化、车辆厢式化、运行快速化、组织规模化；区域运输基本实现车型合理化、运行经济化。

“十一五”及以后一个时期，整个道路运输保持较快的发展速度，这是总体趋势。但是也会因某些因素而产生负面的影响。例如，在客运方面，小轿车越来越多地进入家庭，消费性客源将被分流，而且会出现越来越扩大的现象，从而减少营业性客流。货运方面，如果经济结构的调整不够理想，大宗的低附加值的货物仍然较多，可能使货运总量下降不多甚至上升，对此要有必要的思想准备。不过从近些年发展水平及中央采取的措施分析，运输供给战略性调整能够不断取得成效，运输供给的质量和效益会明显提高，对内对外开放程度会明显扩大，可持续发展的目标会达到要求，道路运输市场将会真正出现统一开放、公平竞争、规范有序的局面。

三、道路运输发展战略

道路运输业在20世纪的80年代以来有了长足的发展，成为综合运输体系中的重要组成部分，受到国内外的关注。进入新的世纪后，随着国民经济高速稳定的增长，对运输供给的要求越来越大，而加入世贸组织后与国际接轨以及交通基础设施建设的步伐加快，更加推动了道路运输业不断向前发展。各种政治和经济因素的综合作用的结果，使内地道路运输业面临着诸多的机遇和挑战。

促进道路运输业的发展势在必行，而要达到目的必须确定正确的发展战略。基于对我国多年来道路运输发展的实践以及与国民经济发展依存关系的认识，我认为"十一五"期间应选择超前战略，即道路运输的发展要适当地超前于国民经济的发展。具体而言，可定位于干线区域并进，安全快速运行，优质高效服务，站场网络支撑。只有这样，才有可能避免或减轻对国民经济发展的制约，对国民经济承担一定程度的拉动作用，体现出"先行官"应有的责任。

实现超前发展战略需要注意解决以下几个主要问题：

(1) 道路运输业必须继续保持一定的发展速度。近些年来，内地公路基础设施建设加快，"十五"期间公路建设投资完成19505亿元，是"九五"期间的2倍，"十一五"和今后一段时间仍将以较快的步伐加强公路建设。道路运输业不能也不应落后，要有相应的发展态势。至于国内存在的经济转型、结构升级、需求不旺等问题也需要道路运输业协助提高和推动。而国民经济的正常发展速度毫无疑问更需要道路运输业与之适应。在一定程度上可以说，没有道路运输业的发展速度就很难有国民经济发展的速度。我认为，"十一五"期间，道路运输发展的速度在总体上应高于国民经济速度，其中客运量在7%以上，货运量在7%左右。例如甘肃省预测客运量增长速度达到8%左右，货运量增长速度不到7%。

(2) 对干线运输和区域运输发展统筹兼顾。干线运输与区域运输是道路运输的两个侧面，前者主要是在国、省道上运行，更多体现“线”的特点，服务对象基本是一定营运线路上的直达旅客和货物，运距较长，路况普遍较好，适宜用高档客车和大型货车担任运输任务，当日往返或当日到达。后者主要是在一定地区内运行，更多地体现“面”的特点，服务对象大多是一定区域内的旅客和货物，运距较短，由于支线较多，所以路况有好有差，使用车辆参运时应因地制宜、灵活掌握。过去较长时间里存在重干线、轻支线，重长途、轻短途的问题。今后要在继续加强干线运输的同时，进一步重视区域运输，以促进区域经济的发展，提高通达程度，特别是几个大的经济区域更应是关注的重点。为此要在公路等基础设施建设方面加大投资和管理力度，在运输的经营管理方面切实做好组织工作，努力提高水平和能力。要使干线运输和区域运输齐头并进，尽可能满足各种服务对象尤其是广大农村的农民对道路运输的需要。

(3) 努力提高道路运输业的科技含量。传统的道路运输业科学技术含量不高，以致在运输组织、装备配备、信息传输、站场建设、车辆维修等方面显现出诸如经营粗放、操作原始、设备简陋、效率低下的落后状态。近些年虽有一定程度的改变，但仍有不小的差距，今后一个时期应彻底扭转这种被动局面。对道路运输要通过深化改革、调整结构提高集约化、规模化、网络化程度，形成一批有影响力的龙头企业，带动行业的发展。广大运输单位要积极努力，具备使用智能运输系统（ITS）、地理信息系统（GIS）和调度管理系统（GPS）的能力；对运输装备要根据运输的需要，站在较高起点上，使用技术性能先进的车辆投入营运，以保证安全，提高效益和可靠度，让旅客和货主有较多的选择余地。对信息传输要以IT产业的最新成果改造传统的业务办理方式和经营方式，提高时效和准确程度。对站场建设要转变传统观念，按照新的设计理念和管理理念进行改造和新建，使之更加符合现代社会人员及货物流动的要求。对车辆维修要鼓励专业经营、品牌经营和连锁经营，积极推广安全、节能、环保的先进技术，推动使用先进的检测设备和维修设备，努力适应社会对维修能力、维修质量的要求。总之，一定要加快道路运输的技术创新进程，彻底改变落后的生产状态。

(4) 不断提升整体服务能力。道路运输业的整体服务能力大体包括道路运输供给能力、应急保障能力、行业管理能力、市场完善能力等四个方面。其中，前两种能力体现出道路运输为社会服务的水平，后两种能力则反映了行业自律的程度。前者基本是后者工作的结果，后者则是前者实现的重要基础。今后一个时期，一要提升道路运输的供给能力，主要途径是努力筹措足够资金，有计划地对客货运输车辆进行更新改造，使客车进一步高等级化，货车专业化、大型化、厢式化，物流、仓储设施设备机械化、智能化；加快发展快速运输、区域运输、国际运输、农村运输、现代物流，强化竞争意识，提高站、车服务水平，进一步发挥对社会发展的推动作用；构建不同形式的运输网络，努力提高网络化程度，充分发挥网络的组织和服务功能；大力开展文明诚信运输活动，恢复或重建良好的运输信誉，提高社会对道路运输的信任程度。二要提升应急保障能力。主要途径是通过强化应急领导和工作结构，健全应急动员保障体系，增加应急运力数量，出台优惠政策，扶持承担应急运输任务的企业，以便在出现抢险救灾及各种突发事件时可以从容应对，保障国民经济平稳运行和社会秩序不致混乱。三要提升行业管理能力。主要途径是通过交通主管部门特别是运政管理机构转变思想观念，深化体制改革，加强法规建设，提高队伍素质，综合运用法律、经济、行政手段，管理和调控运输业的健康发展，使运输经营者能正常地经营，运输行业目标明确、健康有序地发展。四要提升市场完善能力。主要是通过政策引导和措施支持，以市场为导向，促使市场主体自我发展、自我约束、自我完善，不断做大、做强，向专业化方向发展，提高创新和竞争实力。以上几种能力互有关联，只有在整体提高过程中，才能互为促进，更好地发挥为用户和社会服务的作用。

(5) 切实深化运输结构的调整工作。深化运输结构调整首先要深化组织结构调整。对运输企业要鼓励他们在自愿基础上进行重组、收购、兼并、联合，实行规模化、集约化、网络化经营；对个体运输业户鼓励他们在自愿基础上实行股份制合作、公司化经营；要进一步采取措施尽快改变仍然存在的多、小、散、弱情况，提高市场集中度和抗风险能力。其次要深化经营结构调整。要依托高速公路和国省干线公路，依据市场需求建立健全快速客运系统，发展城际直达班车客运，增大班次密度。对旅游客运的发展也要予以重视。货运方面的集装箱运输、小件快运、搬家运输、物流配送等，要鼓励其加快发展，多式联运、甩挂运输等要积极推广，使之更好地发挥效率和作用。此外，以运为主、视情开展多种经营也是不可忽略的问题。再之要深化运力结构调整。主要是严把运输市场准入关，防止不符合国家规定标准的车辆进入道路运输市场。要通过国家主管部门引导车辆生产厂家开发安全环保、经营可靠的车辆，使厢式货车、重型货车、小型货车以及专用车辆、集装箱车辆、中高级客车有更大程度的发展。要抓紧性能先进的农村客运车辆的普及，并要严厉打击非法改装运输车辆的现象。

(6) 加快道路运输站场建设步伐。道路运输站场是道路运输的基础设施，也是搞好道路运输服务和提高运输能力的必要条件。根据过去的经验和教训，搞好道路运输站场建设首要的工作是进行合理布局、科学规划，使站场数量和规模适当，避免盲目发展，重复建设。在大中城市要发展综合枢纽型客运站，尽量实现与其他运输方式客运站合理衔接，使旅客零换乘或缩短换乘距离。在广大农村要加速建设乡镇客运站，对因地制宜开办的代办站和候车点也要有计划地设置。货运站场的建设要考虑与公路、其他运输方式货运站场及主要货物集散地的衔接，还要关注发展现代物流的需要，合理布局、增强功能、提高运用效率。其次要努力保证资金投入，不要搞无米之炊。各省市对新时期的站场建设都很重视，找有关科研院所和大专院校合作，作出相应规划，但是需要大量资金投入，能否筹到、筹足是个很大的问题。主要途径有：对早已收取的客货运附加费要保证主要用于运输站场建设，农村客运站场专项补助资金全额用于农村客运站场建设，对配套资金要积极筹措，以完成建设任务。除政府支持外，本着“谁投资，谁受益”的原则，可考虑广泛吸引民营资本、社会资金和外来资金等。此外，运输站场的经营管理亟应改进和加强。要克服只投入不管理、重建设轻管理的现象。对站场管理可采取多种形式，以规范管理、发挥功能为原则。交通部鼓励站场所有权和经营权分离及站运分离，倡导以公开招投标的方式选择站场经营者，实施合同管理，这对运输站场的管理工作提出了新的思路和更高的要求，今后应积极实践并探索新的方式、方法。

(7) 扩大运输市场开放程度。道路运输市场过去比较封闭，基本是国营企业一统天下，改革开放后虽然已被打破，出现了主体多元化、多种经济成份并存的局面，但还缺乏活力。今后要确保多种经济成份更方便地进入和退出市场，对其中的民营经济要大力发展。运输企业之间，可跨地区重组联合，设置分支机构。打破客运班线的地域限制和“对等对开”的传统规定，客运企业在异地申请班线将得到支持和鼓励。对外商和港、澳、台商投资道路运输业要积极引导，按照我国加入世贸组织作出的承诺框架要求，允许相关的企业、经济组织或个人在内地设立外商独资、中外合资、中外合作的道路货运、货运站场和机动车维修企业；根据CEPA框架要求，允许港商、澳商在部分省份独资开办道路客运企业、出租客运和从事内地到港澳间的直通车业务。对根据有关国家政府间已签订的双边或多边运输协定而开展起来的国际道路运输要巩固和不断发展，我国已有60多个口岸开通了国际道路运输业务，连通了与周边国家和地区的140余条客货运输线路。今后要通过进一步的交流和合作，扩大运输能力，推动客货运输业务的顺利进行，实现便利高效、互利互惠的基本要求。

(8) 继续花大力气抓好运输队伍建设工作。我国国民素质亟待提高已是一个不争的共识，这个问题十分明显，与发达国家相比，泾渭分明、距离甚大，严重影响和制约了国民经济的发展和两个文明程度的提高。道路运输行业职工队伍虽未与其他行业比较，但同样存在着素质方面的差距。人才强国战略势在必行，科教兴交理念必须实施，运输职工队伍建设必须持续抓好。我认为应在过去的基础上，根据中央新的指示精神，进一步加大工作力度，真正抓出成效。道路运输行业职工队伍分为两大部分，一是道路运输经营方面，包括国有运输企业职工和其他各类经营业户；二是道路运输管理方面，包括道路运输管理机构和交通主管部门中有关人员。对于前者，应加强思想教育、培训学习、提高他们对执行方针政策、遵纪守法经营的认识，明确管理必须适应经营，经营必须适应市场，市场必须规范运作的理念，确立为旅客、货主和其他客户服务的宗旨，提高经营管理水平，具有较强的业务技能。对于后者，同样必须采取教育和培训等措施，提高广大工作人员对执行中央方针政策和道路运输法规、规章的自觉性，遵纪守法，依法行政，依法做好行业管理工作；工作中要体现服务精神，急运输经营者之所急，帮运输经营者之所需；要深化运输管理体制改革，理顺各种关系，增强工作合力；对管理现代化也应继续抓紧，以提高工作效率和准确程度；此外，还要搞好廉政建设，树立运管队伍的良好形象。道路运输队伍建设是一项长期的工作，任重而道远，是提高创新能力和服务能力的百年大计，不可掉以轻心，一定要持之以恒。只要高度重视、目标明确、方法得当，就会使队伍的整体素质和职工个体素质有明显提高，从而能更好地适应道路运输事业发展的需要。

四、道路运输业入世后面临的新形势

2001年11月10日，世界贸易组织（WTO）在卡塔尔多哈召开的第四届部长级会议上审议并通过了中国加入世界贸易组织的决定，11月11日，我国政府与世界贸易组织正式签署了中国加入世界贸易组织的法律文件，并向世界贸易组织递交了经全国人民代表大会常务委会审议通过，由国家主席江泽民签署的中国加入世界贸易组织批准书。12月11日，我国正式成为世界贸易组织的成员。

1. 道路运输业对外商承诺的内容

世界贸易组织规定，各成员在服务贸易领域必须遵守《服务贸易总协定》所确定的原则，如非歧视原则，要求对进入我国市场的货物给予最惠国待遇；透明度原则，要求实行统一、透明的外贸政策；以及市场准入、国民待遇等原则，均要求通过谈判作出承诺。我国对世界贸易组织作出的承诺已反映在国务院有关文件以及原国家计委、经贸委、外经贸部联合发布的《外商投资产业指导目录》中，其中与道路运输行业有直接或间接关系的承诺是：

（1）道路货运：从加入时起，允许外商设立合营企业从事道路货物运输，但外资比例不得超过49%；加入后一年内，允许外资控股；加入后三年内，允许外商独资经营。具体来说，公路货物运输公司，不迟于2002年12月11日允许外商控股，不迟于2004年12月11日允许外商独资。对出入境汽车运输公司也按上述时间表对外开放。

（2）汽车维修服务：从加入时起，允许外商设立合营企业从事汽车维修服务，但外资比例不得超过49%；加入后一年内，允许外商控股；加入后三年内，允许外商独资经营，开放具体时间表与道路货运相同。

（3）仓储行业：其虽然有别于道路运输行业，但密切相关。在仓储行业中，有些是作为独立企业为社会物资流通服务，有的则附属于运输企业，为零担、行包运输服务。因此，也可以把它视作为道路运输及其他运输方式的辅助服务性行业。其开放承诺也是从加入时起，允许外商设立合营企业从事仓储服务，但外资比例不得超过49%；加入后一年内，允许外商控投；加入后三年内，允许外商独资经营。

（4）国际集装箱多式联运：此项目涉及到几种运输方式，就整体而言，从加入时起，允许外商设立合营企业从事国际集装箱多式联运，但外资比例不超过50%；不迟于2002年12月11日允许外商控股；不迟于2005年12月11日允许外商独资。

此外，还有一些共性承诺对道路运输行业的开放同样适用，如对许可问题作出承诺，即审批的程序和条件应在实施前公布，并明确审批时限；主管机关收到申请后，应迅速作出决定，驳回申请的，应当书面通知并说明理由。关于对合资伙伴选择问题的承诺是：外国服务提供者在华设立道路货物运输及相关的合营企业可自行选择包括合营企业经营行业外的中国合作伙伴，只要该合作伙伴是在中国依法设立。

2. 道路运输行业在加入世界贸易组织后面临的机遇和挑战

我国加入世界贸易组织后，道路运输行业面临着机遇和挑战并存的局面。

机遇主要表现在：一是可以推动道路运输行业更大程度地改革和开放，使道路运输行业在社会主义市场经济体制下蓬勃发展，适应国民经济和社会进步对道路运输行业提出的要求。二是可以加强道路运输行业的法制建设，加快行业法律制度的建设步伐，行业管理更加健全，依法治运、依法经营更加深化。三是可以加快道路运输行业结构调整和产业升级，降低运输服务价格，发展新的运输形式，提高经济和社会效益。四是可以提高道路运输企业整体素质和竞争能力，改善行业服务工作，培养素质较高的职工队伍。五是可以吸引更多外资，加大对道路运输行业的资金投入，加速设备更新和技术改造，增大行业工作的科技含量。六是可以利用世界贸易组织内多边谈判机制，维护我国的行业利益，为我国道路运输行业创造良好的国际环境。

挑战主要反映在：一是道路运输行业管理部门能否真正转变观念，使管理工作在新的理念下开展，适应世界贸易组织的规则和要求，建立起公平、公正、公开、平等的统一、开放的市场环境。二是国内道路运输企业，尤其是国有汽车运输企业能否承受外来的竞争压力，在竞争中成长，在压力中增强实力。三是道路运输行业中的优秀人才能否继续留在原来的企业或有关单位内，因为外资企业待遇优厚，具有很难抗拒的诱惑力。四是业已形成的法制体系和立法状况能否适应扩大开放的需要，道路运输行业一直缺少高层次法律、法规，规章也不够健全，对道路运输市场监管手段不强，监管力度不够。五是国有运输和其他国内运输企业能否及时转变依赖行政保护的传统观念，加入世界贸易组织、对外商实行国民待遇后将使国内企业较长时间拥有的保护措施和经营优势丧失，只能面对市场，寻求出路。

3. 当前需要做好的主要工作

加入世界贸易组织，扩大对外开放，是道路运输行业面临的一个重要课题，要针对道路运输行业的实际情况，根据已经作出的承诺，有目的地提出措施意见，以便趋利避害，争取主动，使道路运输行业在新的形势下有更大的发展。主要工作是：一是教育广大职工从讲政治和大局的高度，充分认识我国加入世界贸易组织的重大意义，抓紧学习和熟悉世界贸易组织规则，在原来已开放的基础上，按照承诺要求，进一步搞好道路运输行业外资引进和市场开放工作。二是加快道路运输法律、法规、规章制定、修改和废止工作。要认真制定既能严格履行对外承诺，又能利用世界贸易组织规则保护和发展道路运输行业的法规性文件；对不符合世界贸易组织规则的法规、规章坚决修改或废止。三是以提高国际竞争力为着眼点，努力加快道路运输行业结构调整及科技进步和创新，研究或引进先进运输形式和服务方式，进一步提高服务水平和经济效益。四是切实转变政府职能，交通主管部门和运政管理机构要和企业脱钩，避免对道路运输经营活动的直接干预；要认真推行审批制度改革，减少审批事项，简化审批程序，规范审批行为，增加审批透明度，条件成熟时，可试行注册制或登记制。五是利用加入世界贸易组织、扩大开放的时机，大力引进资金、技术、管理经验和人才，并要走出去，与国外同行开展交流合作，互相学习，提高管理和经营水平。六是要重视对人才培养和世界贸易组织知识宣传普及工作，要充分利用现有大专院校、科研机构，抓紧对道路运输行业骨干人员的培训，努力造就一批适应新形势需要的专业人才。七是针对存在的薄弱环节和各种问题，及时研究，改进工作，使体制和机制都能适应世界贸易组织规则的要求。八是道路客运虽然未对外商作出承诺，但是事实上已经有限制地开放，如何加强和改进管理，需要进一步研究解决。

五、道路运输子行业发展情况

多年来，业内人士习惯将道路运输业划分为五个子行业，即道路客运、道路货运、汽车维修、搬运装卸、运输服务，在2004年7月10日起正式施行的《中华人民共和国道路运输条例》中，对道路运输业重新作了划分，将“客运”、“货运”列入“道路运输经营”，将其他诸多业务则一并列入

"道路运输相关业务"。为方便起间，我在此仍按约定俗成的传统划分形式作简要论述。

（一）道路旅客运输业的现状与发展

道路旅客运输业（以下简称道路客运）是道路运输行业的组成部分，也是我国旅客运输体系中一种重要的运输方式。目前，全国已开通道路客运班线8万余条，日发客运班次50多万个，经过多年的艰辛努力，2005年底，全国通公路乡（镇）占全国乡（镇）总数的99.81%，通公路的行政村占全国行政村总数的94.3%。其中94%的乡镇和80%左右的村庄已开行了客运汽车。长途客运汽车已达100万辆左右，出租汽车也有80多万辆。改革开放后，道路客运迅速发展，出现了一系列重大的变化。

第一，运输能力明显提高。1975年前后，全国从事道路客运的基本是交通部门所属的国有运输企业。改革开放后，道路客运的经营主体多元化，国有、集体、个体、中外合资一应俱全。客运车辆打破了JT661型客车独领风骚的局面，正向大中小齐全、高中普配套方向发展。高档化的客车比重不断增加，旅客乘车条件有了很大的改善。20世纪70年代人们常抱怨出行难，坐不上汽车。春节运输时，为了把旅客送走，常常要用货车稍加改善而成的代客车作后备运力，如今代客车早已绝迹。国省道上很多旅客对普通客车已不感兴趣，南方一些省份旅客要求更高，甚至非空调车不坐。现在一些地方白天也开起了卧铺车，要求躺在卧铺上旅行的旅客大有人在。高速公路上，投资200多万元购置的凯斯鲍尔等型号的大客车，票价虽高，却经常满座。

第二，基础设施明显改善。首先是公路建设发展快。2005年底，全国公路总通车里程193.05万公里，高速公路达4.10万公里，汽车专用路大幅度增加，不少老路也得到改造。公路面貌的改变，为道路客运的发展创造了良好的条件，使道路客运更加快捷舒适。其次是汽车站建设速度加快，等级汽车站大量增加，简易汽车站得到改善，很多车站变成公用型，为当地营运客车服务。再之就是站、车内的设施逐步现代化，不少客运汽车配备了对讲机、卫星定位仪、闭路电视，许多汽车站运用电子计算机售票，进行自动咨询服务以及通过电子显示进行客运宣传等。

第三，客运服务明显好转。各地交通部门既抓物质文明建设，也抓精神文明建设，使道路客运服务工作受到了普遍重视。道路客运部门的广大职工结合自己从事工作的特点，落实行之有效的措施、制度，促进了客运服务质量的提高。特别是交通部提出：一是开展以优质服务、优良秩序、优美环境为内容的“三优”活动，二是推行以服务质量标准化、服务管理规范化、服务过程程序化为内容的“三化”管理活动，三是开展以争创文明站（队）、文明线路和文明客车为内容的“三创”活动，更加有力地推动了服务工作，使各项规章制度不断建立健全，客运服务工作得以在较大范围内、较长时间里保持较好的水平，很多地方消除了“脏乱差”、“冷横硬”等现象。

第四，企业改革明显深化。客运企业是道路客运市场的经营主体。几年来，通过不断地认识和实践，逐步适应了运输市场开放的新形势，比较顺利地实现了从计划经济体制到市场经济体制的转变，改革不断深化，企业的实力有了很大的增强，主要表现在：一是经营观念发生重大变化，很多企业过去等客上门，经营工作被动；如今，积极开展竞争，加强宣传工作，争取更多客源。二是努力推行各种形式经济责任制，最大限度地调动职工积极性。三是以运为主，多种经营，划小核算单位，扬长避短，因地制宜地开展经营活动。四是注意分析市场走向，适时调整经营方向，开展高等级公路快速客运，发展中巴、卧铺客车，提高经济效益。五是逐步建立现代企业制度，进行股份制和股份合作制试点，不少地方积极组建运输集团，提高规模经营的能力和效益。

第五，行业管理明显加强。运政管理部门针对客运市场的现实情况，不断进行整顿治理，并注意把日常业务工作和宏观调控结合起来，努力维护运输市场秩序。在认真审验经营资格、营运证照的同时，还通过客运企业经营资质认证等办法不断完善市场准入条件，使道路客运市场调控体系逐步建立并开始发挥作用。除采用经济手段、行政手段进行运政管理外，并注意采用法律手段。《中华人民共和国道路运输条例》发布后，认真宣贯，使之迅速发挥了规范道路运输活动，维护道路运输市场秩序，保障道路运输安全，保护道路运输各方面当事人合法权益，促进道路运输业发展的重要作用。客运市场的管理有法可依，对规范运输经营行为起到了很好的作用。

改革开放的方针政策，使道路客运迎来了明媚的春天，一条条营运线路纵横交错，一辆辆营运客车昂然驰骋，道路客运的足迹遍布祖国的大江南北，长城内外。当然，对成绩，我们应当充分肯定，这是事物的主流，是时代的主旋律。与此同时，我们也应看到在一些地方还存在着与大好形势不相协调的现象，如欺行霸市、哄抬票价、野蛮待客等。近年来，在一些地方又出现途中甩客、转卖旅客、超限运输等问题，引起旅客强烈不满。因此必须把不断改善服务态度、提高服务质量作为道路客运的永恒主题深入地抓下去，以“一万年太久，只争朝夕”的精神，抓好文明服务，搞好经营管理工作，让领导部门放心，让群众满意。在道路客运部门中，今后应当做怎样抓好发展工作呢？对此不妨提出以下一些不很成熟的看法。

(1) 思想观念要转变。新形势下的道路客运工作与计划经济体制下的道路客运工作相比，已经发生了根本性的变化。变化的最大特点是由过去的指令性排班运行变成指导性的市场调节，既要考虑经济效益也要兼顾社会效益。经济体制的转轨定位，使道路运输部门必须从计划经济体制下的思想观念中转变过来，树立市场意识，尊重价值规律，重视竞争机制，提高适应能力，要能根据市场需要，调整运力结构，建立新型的经营机制。只有敢闯，敢于开拓，才能有活力，工作才会主动。

(2) 经营方向要找准。道路客运面向社会大众，服务性强，在经营活动中首先要把握为旅客服务的基本方向。作为客运企业，一定要以旅客运输业务为主，有条件时方可兼搞相关的服务项目。有的运输企业在当地市场开放以后，由于自身竞争能力不强，导致实载率下降，经营效益欠佳，他们不去认真分析市场形势，从主观上找原因，而是误以为经营客运没有前途，就放弃主业经营其他产业，还有的把汽车站租给他人作别种使用，这类做法没有道理，不应提倡和仿效。

(3) 车辆结构要优化。客车是道路客运的基本物质条件和主要组成部分，旅客只有通过汽车这个载体，才能到达目的地。一个人在陆上旅行时，如选乘汽车，则其旅行过程中的很大一部分时间都是在客车上度过，客车的优劣及适应程度如何，直接关系到为旅客服务质量的高低。改革开放后，随着人们生活的不断改善，对旅行条件已经提出了新的要求。旅客不满足仅仅是走得了，走得好已成为旅客的心声和愿望。而要走得好，就必须路好、车好、服务好。路正在不断改善，车辆结构的优化自然也就提到议事日程上。车好应包括几个方面的内容：一是要有多种车型以适应不同群体旅客的需要；二是车辆的技术性能要好，车速快，可靠性高，安全系数大；三是车内设施齐全，功能全面，能使旅客舒适乘车；四是车价适中，运价合理，能为大多数旅客所接受。为此，要进行市场调查，听取旅客意见，逐步减少一般车型，增加中高档车型，让旅客乘车时感到舒服、满意。

(4) 服务质量要提高。道路客运的工作对象是旅客，为旅客搞好服务是道路客运部门义不容辞的职责，不替旅客着想，不为旅客服务，道路客运就失去自身存在的价值，所进行的工作也就没有什么实际意义。为旅客服务，首先要按照毛泽东同志“为人民服务”的教导，教育广大客运工作人员，以人为本，牢固树立为旅客服务的思想意识和高尚的职业道德，坚持旅客至上、服务第一的原则。其次要按照道路客运服务的规范、标准办事，做好应做的工作，严谨超载、超险等违规现象发生，一丝不苟地完成工作任务。再之，要能够主动灵活地搞好服务工作，全面服务好、重点照顾到，对一些有特殊情况的旅客，要想他们之所想，急他们之所急，为他们排忧解难，使他们能够愉快地旅行。有条件的车站可开展“一条龙”服务，使旅客需求能得到较好的满足。新国线运输集团有限公司提出“温馨旅途，真情处处”，值得我们认真思考。此外，要想搞好服务，还要注意不断改善硬件条件，及时配备并注意更新一些服务设备、设施，尽可能为旅客提供比较优良的物质条件。最后，要用制度保证服务质量，建立健全各项规章制度，认真贯彻，同时要检查执行情况。通过奖优罚劣，弘扬正气，调动广大职工搞好服务工作的积极性。还要强调的是，搞好站车环境也是提高服务质量的内容之一，要按照“三优”、“三化”的要求，搞好“三容”（车容、站容、仪容）管理，让旅客赏心悦目，高高兴兴。总之，要有敬业精神，要关注服务质量，让旅客高兴而来，满意而去。

(5) 农村客运要发展。我国是一个人口众多的泱泱大国，其中农民占到80%左右。近年来由于国家重视三农（农业、农村、农民）问题，农村经济发展很快，乡镇企业异军突起，农民生活不断提高，外出经商、打工，走亲访友的越来越多，形成一支庞大的旅行大军，为道路客运准备了充沛的客源。而公路建设的迅速发展，使几乎是所有的县通了公路，90%以上的乡镇和村庄通过公路连接起来，为道路客运提供了十分扎实的运作基础。公路通百业兴，农村需要道路客运，道路客运应当面向农村。早在改革开放前，交通主管部门和很多运输企业就已意识到这项工作的重要性，提出车头向下、夜宿农村，早进城、晚归乡的要求。实践证明，在市场经济条件下，“车头”仍需向下，农村客运大有作为。

(6) 企业管理要加强。努力发挥多种经济成份的作用，大力发展道路客运是当前和今后的必然趋势，但是能够稳定宏大的客运市场，使其健康有序地发展，在一定程度上还是要依靠国有的大中型运输企业。国有运输企业要看到在新旧体制转换过程中面临着挑战和机遇，明确自己在道路客运中的地位和作用，主动走向市场，参与竞争，做大做强，增强活力，既要争取外部的支持，更要从内部寻找发展不快的原因，有针对性地制定措施，使企业在客运经营中有新的作为。其中，在三个问题上要认真地考虑。一是加快结构的调整，使不适应新形势需要的企业组织结构、经营结构、运力结构等能够趋向合理，以便盘活存量资产，用好增量资产，提高经济效益。二是苦练内功，抓好企业内部管理，包括基础管理、现场管理、专项管理，使企业的人事、财务、物资、后勤等工作在深化改革基础上，提高管理水平，增收节支，降低成本，实现比较理想的效益目标。三是建立现代企业制度，为运输企业长期稳定地发展打下良好的组织基础和管理基础。对企业发展中需要解决而又无力解决的有关问题，应提请政府在政策允许的情况下给予必要的扶持。

(7) 高新技术要重视。道路客运是一个多工种联合运作的系统工程，既有业务性工作，又有技术性工作。过去很长一段时间里，由于统一计划，统一指挥，企业经营活动只能围绕上级下达的计划在被动的状态中进行，而且业务范围被局限在一定的区域内，所以对先进技术和管理水平要求不高。改革开放后，客运市场活跃，人们对旅行要求越来越高，买票速度要快，候车条件要好，乘车过程要爽。这些客观要求，就使科技进步取得的成果在道路运输业有了用武之地。电子计算机售票系统、自动询问系统、电子显示系统、卫星定位系统、站车对讲系统，闭路电视系统等应运而生，提高了工作效率和准确程度及舒适程度。在广阔的领域里应用现代化的设备和技术，一举改变了多年来已习惯了的管理方式和服务形式，使道路运输业的落后面貌焕然一新。今后既要重视普及现代化的科学技术，又要加强工作力度，在现有基础上努力提高现代科学技术应用的广度和深度。任重而道远，需要我们以坚韧不拔的精神去做好，取得更大的成绩。

(8) 宏观调控要加强。道路客运在改革开放的十多年时间里，发展很快，逐步适应了社会主义市场经济的新形势，为建立具有中国特色的客运体系打下了基础。具有中国特色的道路客运体系似应具有以下几方面的特点：一是国有运输企业与其他经济成份的运输经营业户协调发展；二是能够较好地兼顾经济效益和社会效益；三是普通客运和快速客运有机地结合；四是既保护旅客利益，也维护运输经营者合法权益；五是能较好解决供需平衡的矛盾，最大程度地满足社会对道路客运的需求。基于以上考虑，纵观我国道路客运发展，我认为当前已基本能够满足人民群众对运输的需要，运量与运力的平衡从整体上讲不存在大的问题，因此在今后一个时期内不应再强调放手发展，而应巩固现有成绩，在保证服务质量，提高经营水平，让旅客走得好上动脑筋、下功夫、做文章。对于交通行政主管部门及运政管理机构说来，就要加强宏观调控，实行运力增长额度管理，采用各种行之有效的手段，规范经营行为，维护运输市场秩序，为运输经营者开展正当竞争创造良好的外部环境。

道路客运事业的迅速发展对我国广大人民来说，无疑是好事，因为使他们在“行”的方面得到了很大的实惠。如果深入分析还可看出，不仅方便了城乡旅客乘车旅行，而且引起了综合运输体系内某些关系的变化。尤其是高速客运的发展在一个时期冲击了铁路等运输方式，而铁路等部门采取行之有效的强化措施之后，又直接或间接地向道路客运挑战。这种相互竞争的结果，使彼此的经营活力进一步增强，服务工作进一步得到改善，对推动我国综合客运体系的进步起到了不可低估的积极作用。

（二）道路货物运输业的现状与发展

前些年，道路货物运输业（以下简称道路货运）出现了一些令人费解的现象，不少交通专业运输企业在运输市场迅速发展的情况下，大量转让在用营运货车或将货车提前报废，转而筹集资金发展客运。在一片经营货运没有经济效益声中，道路货运在一些地方好像到了吃最后晚餐的时候，充满着悲观情绪。有的运输企业领导甚至谈“货”色变，把货运视为洪水猛兽，不重视发展，任其萎缩，自行消亡。

道路货运真的到了山穷水尽地步了吗?

对此问题的回答，应该说持否定的态度。因为就整个行业来看，道路货运并没有停止发展，而是仍以一定的速度行进在国民经济行列中。主要表现在：一是国民经济每年都在发展，国内生产总值每年都以10%左右的幅度递增。国民经济要发展，交通运输必先行，在交通运输中，道路运输又是无可替代的重要力量。在道路运输中，对工农业生产起直接作用的是道路货运。如果没有它，国民经济就难以较快的速度向前发展，这足可以说明道路货运还是不断地前进。二是道路货运量每年都在增加。1990年前后一段时间，年递增幅度一直在5%以上，20世纪末的几年有所减缓，但也还在增长，例如1998年与1997年相比，货运量增长2.4%，货物周转量增长3.2%。近年来却是增势强劲。2005年全社会完成的货运量比上年增加7.8%，比2000年增加29.2%；全社会完成的货物周转量比上年增加10.9%，比2000年增加41.8%。三是全社会的货运车辆每年在大量增加，改革开放以来的20多年中，货车年增长10%左右，每年增加数十万辆（不包括数量可观的“农用汽车”）。如果货运业裹足不前甚至出现倒退，难以继续发展，又有谁愿做此种傻事，明知无效益还会购买货车去经营货运呢？

既然道路货运仍在发展，那么为什么又出现了交通专业运输企业对之缺乏信心的现象呢？归结起来，原因大概有以下几个方面：一是货源。运输市场开放后，企业有了生产销售自主权，可以自订生产计划，自主采购物资及自行销售产品，上级领导机关不再干预企业的经营活动。运输环节自然纳入生产企业自主权之内，在择优托运的前提下，货源就会相对分散。所谓交通专业运输企业货源不足，实际是由于多家从事运输，货主选择运力的余地变大，货源被分流，于是就出现了货源锐减、实载率大幅度下降的现象。二是运力。全社会道路货运的运力结构已经发生了很大变化。交通专业运输企业货运车辆不仅在社会货运车辆总数中比重明显下降，而且在质量上无优势可言。由于缺乏资金，老旧货运车辆不能及时更新，技术先进的货运车辆不能及时购进，车辆结构不能尽快优化。实力不强，在竞争中自然是处于劣势，影响到进一步发展。三是经营。从主观上看，不少交通专业运输企业对开放的货运市场适应性差，不能及时调查研究，提出有利于自我发展的经营战略。从客观上看，货运市场竞争尚不规范，交通专业运输企业囿于国家规定、财经纪律等，一般按原则办事。个体运输则随意性强，自行其是，手段比较灵活，竞争中占有一定优势，对交通专业运输企业产生了一定的冲击，使交通专业运输企业在一定程度上处于被动局面。四是环境。交通专业运输企业多是老企业，知名度高，成为当地各方关注的目标，既要保证利税，又要承担义务。例如，必须接受政府下达的任务，努力完成抢险、救灾、支前战备等应急任务。至于由于企业老、负担重、效益差、还款能力低而造成告贷无门等问题，却得不到圆满解决。相反，社会其他有车单位和个体运输户则能不太费力地获得某些支持。如此反差，也影响了交通专业运输企业发展货运的积极性。

道路货运在发展，但也遇到了不少问题，国有的交通专业运输企业尤其成了众矢之的，为人们所关注，并由此产生了中国道路货运向何处去的疑虑。然而我们透过前面分析的情况可以看出，大可不必持悲观的态度，因为道路货运的发展是大势所趋，并正在不断地取得新的成绩。交通专业运输企业是道路运输市场经营主体中的骨干，能否重视货运，发展货运，关系到道路货运市场能否兴旺发达，影响到道路运输行业健康稳定地发展，如何解决这些问题是道路运输业深化改革过程中必须面对的课题。我的看法是：

第一，振作精神，消除无所作为的悲观情绪。对道路货运存在一些消极的认识，虽然事出有因，但并不正确。首先，这种看法是不全面的，有很大的局限性，只反映了事物的一些表面现象，这种表面现象聚焦到一点，就是交通专业运输企业在道路货运工作中遇到了一些实际困难。一部分企业不能认真分析，采取新的发展对策，而是以重客轻货或弃货轻客的方式加以解决。于是就给人们造成错觉，似乎道路货运前景暗淡，无路可走，如此的引伸显然缺乏根据，与事实不相符合。其次，道路货运车辆数百万辆，交通专业运输企业所占比例甚小，尽管专业运输企业的车辆运用效率较高，但毕竟只是其中一小部分，即便将货车全部放弃，也无妨大局。近年来，各地已不再提出运货难的问题，干线、支线上货运车辆往来很多，运货繁忙，工农业生产的发展并不像计划体制下那样依赖于交通专业运输企业，社会上其他有车单位和个体运输户都在为繁荣经济作出重要的贡献，仅以交通专业运输企业中的一些单位轻视货运就说道路货运已难发展是站不住脚的。再之，在交通专业运输企业中，也不是一面倒的认识，都认为道路货运已到穷途末路。目前，许多单位依然在经营货运，有些单位还提出客货并举的要求，不少单位的货运融入物流发展，效益相当可观，在近年来召开的各种会议上都有运输企业介绍搞好货运和物流的经验。此外，越来越多的人认识到，交通专业运输企业乃至道路运输业面临的困难是暂时的，随着经济的不断发展，管理工作不断加强，道路货运的经营环境会越来越好，不正当竞争现象会逐步被消除，市场会更加有序，经营会更加规范，道路货运会得到健康的发展。

第二，更新观念，打破传统经营。传统的经营方式在社会上已形成一定的格局，就交通专业运输而言，过去一般是站队分设，货源由车站和公司营调部门负责组织，并办理有关业务手续，车队则负责驾驶员的管理，作好必要的思想政治工作，进行一定形式的经济核算。这种形式极易造成车站和车队任务的脱节，车队和驾驶人员利益的分离。在新的形势下，应划小核算单位，打破站队分设的体制，成立若干相对稳定的二级公司，给予一定自主权，让他们自负盈亏，走向市场，积极承揽货源，提高经济效益。对个体货车要从行业管理的角度加强调控，尽可能把他们组织起来，以紧密、半紧密或松散联合的形式，形成自我管理、自我约束的良好机制，促进规模经营，开展正当竞争，减少经营中的不规范问题。货源是货运的基础，要和有关部门协调一致，加强管理，打破垄断，避免货源在运输前形成公开或隐蔽的商品，被少数中介组织或个人囤积居奇，倒来倒去，既增加运输业户和消费者的负担，又为一些业户超限运输创造了条件。在运输市场放开的同时，一定要注意公平竞争、有序经营，使交通专业运输企业和个体运输户的正当权益得到保护。

第三，发挥优势，发展专业化运输。时至今日，在普通运输车辆已经相对饱和的情况下，各类经营业户都面临着走向市场，调整货运布局，优化车辆结构的问题。人无我有，人有我优，人优我特，人特我转，已成为许多经营者的共识。交通专业运输企业在此方面大有文章可做，要组织人员对当地运输市场进行调查，摸清现有车辆分布情况以及货主对运力的需求情况，然后实事求是地确定货运经营方向。如果需要普通货运则保留一定规模，如普通车辆已相对过剩，则更要加快货运专业化的步伐。集装箱运输是一种新型运输形式，2005 年全社会公路运输集装箱 2465 万 TEU，货运量 27060 万吨，分别比上年增长 18.1% 和 14.4%，要进一步发展。大件运输、保鲜运输、罐装运输等也有发展潜力，要有针对性地提出发展措施。近年来，在一些发达国家物流业发展进一步加快，这种为社会各个领域都能提供非常方便的服务形式已充分显示出良好的经济效益和社会效益。物流的发展和道路货运有着密切的关系，以道路货运为基础，开办物流服务，使货运物流化，在我国不失为一个见效快的捷径。交通专业运输企业可以充分利用现有的物质条件，切入物流或直接转变成物流经营单位，为社会和经济发展服务。日本宅急便物流服务在该国家喻户晓，业务发展到多个方面，受到公众欢迎。我国道路货运业应从中受到启示，抓住机遇，加快发展现代物流的步伐。

第四，因地制宜，发展快件货运。随着国民经济的迅速发展和道路条件的不断改善，生产和流通领域以及人民的物质文化生活都对货物运输提出时间的要求。国内外道路运输业的一些有识之士据此及时发展快件运输。快件运输是根据货主对运输时限的要求，在安全、优质的前提下，以最快的运输速度，将货物在规定时间内送达目的地。快件运输在发达国家早已开始，美国的联邦联合包裹运送服务公司、敦豪快递公司，日本的佐川急便、宅急便等早已闻名遐迩。开展快件运输要做好以下主要工作：一是要建立起一定区域内的快件货运系统。快件运输的两头主要靠道路货运解决取送货问题，中间过程，采取联运方式，宜铁则铁，宜空则空，宜水则水，灵活选用。这个系统联系的纽带是分布在各地的货运代理企业。二是实现网络化。快件运输能否取得良好的经济效益和社会效益，与能否建立起覆盖面广的运输网络有很大的关系。实现快件运输的网络化，可以将交通运输的触角伸向区域的各个地方，货主可利用形成的运输网络把货物及时托运出去。运输网络可由小到大，逐步发展。为使网络化尽快实现，可将分布在各地的汽车站充分利用起来，使它们尽量发挥集疏货物的作用。三是要加强硬件建设。主要是要添置一些技术先进的车辆，购买用于运输经营的电子计算机以及通信联络工具等。四是要建立良好的运输信誉。快件运输一旦开办就要正班准时运行，在时限内把货主托运的货物安全优质地送达目的地。运输信誉好，诚信度高，业务就会越来越多。五是为了使一定范围内经营管理工作统一进行，提高规模经济效益，可先搞松散联合，之后创造条件，尽可能成立快件运输集团，形成紧密型的经济联合体，使快件运输组织化程度更高，管理更加科学化。

社会发展是一个庞大的系统工程，道路货运是其中不可缺少、无可替代的重要环节。社会的需要是其生存基础，努力搞好货运工作是我们应当持有的态度。但是，也必须看到我们国家正在发生着巨大的变化，出现了大量的新情况、新问题，对待新形势下的道路运输尤其是道路货运必须引进新观念、新方法，才能走出新路子，开创出新的局面。

（三）机动车维修业的现状与发展

机动车维修是汽车和其他机动车辆维护和修理的简称。它包括为确保机动车在使用过程中保持良好的技术状况和延长车辆使用寿命所采取的一系列技术措施，是道路运输业不可缺少的组成部分，对车辆安全运行和运输经济活动的正常开展具有重要的保障作用。机动车维修业工作的主要对象是汽车，为突出重点，以下内容基本是针对汽车进行分析和论述的。

我国经济发展比较落后，解放前后的一段较长时间里，主要是使用进口汽车，出现民族汽车工业后，国产汽车逐步取代了一部分进口汽车，但汽车厂家规模小，产量不高，车型比较纷杂。我们在城乡道路上经常可以看到两大部分的汽车在运行，一部分是国产汽车，货车以解放、东风牌汽车为代表，大客车、轿车都各有一些为人们所熟悉的型号；另一部分是进口汽车，如丰田、尼桑、沃尔沃、奔驰等，既有客车，也有货车。虽然已改变了人们过去形成的我国犹如长期举办万国汽车博览会的印象，但是繁杂的车型，仍让人们感到眼花缭乱。在以后的较长一段时间里，我国汽车更新周期普遍较长，老化现象严重，而且公路状况较差，车辆容易损坏，加之进口车多，车型仍然较杂，汽车维修任务十分繁重。应该承认，汽车维修经过了一段艰苦历程，打下了一定的基础，有了一定的规模，然而也没有摆脱落后的面貌。汽车维修业真正地发展起来，是在我国实行改革开放政策之后，新的政策建立了新的体制，新的体制造就了新的环境，新的环境带来了新的运行机制，从而有了新的机遇，形成了新的面貌。与计划经济体制下的汽车维修业相比，改革开放后尤其是实行社会主义市场经济体制后，我国的汽车维修业发生了令人称道的变化，主要反映在以下几个方面：

(1) 行业规模壮大。改革开放前汽车维修作业基本分布在社会的各有车单位，其中，机构健全、分工明确、技术力量较强的是国营的大中型交通专业运输企业附属的保养场、修理厂或保修车间。这些保修单位当时主要或完全为本运输企业服务，每辆汽车都有行车动态随行，填写行驶情况，车队负责收集计算，到一定里程后，即安排到对口的保修车间进行一定级别保养。例保和一级保养不占车日，当天送保，当天出场，二级保养和中修、大修则要占一定车日，规定较严。而企事业单位水平相差较大，其中，商业、冶金、林业、基建、化工、外贸等系统的汽车保修单位，实力堪与交通专业运输企业附设的保修机构媲美。至于单独设立，不附属于任何企业的汽车维修厂家则不多见。过去这些分散在社会上的大大小小的维修单位加起来仅有数千家之多。而如今，维修业户达到20多万户，从业人员超过200万人，在维修业户总数中，能够进行汽车各级维护及小修的一类企业就达7万多户。变化之大，由厂家数字增加可见一斑。

(2) 维修业户多元化。改革开放前的专业汽车维修单位就经济成份而言比较单一，主要是公有制企业，国营为主，集体为辅，分散在各有车系统的维修单位也大体如此，非此即彼。如今，汽车维修业户的经济成份多种多样，有国有、集体企业，也有个体和中外合资、中外合作企业。其中就业户数量来说，个体占很大比重，但多为专项修理。中外合资、中外合作维修企业虽然出现较晚，但发展起点较高。对外开放汽车维修市场过去不少人认为没有必要，以后通过调研，认识到到国内的维修厂家技术水平还不够高，设备还不先进，为了促进我国汽车维修业的发展，需要适度地引进国外汽车维修技术、设备和资金。中外合资、合作维修企业立项审批归口在交通部，几年来已批准一批项目，其中不少已经建成开业，厂房新颖，维修质量普遍较高，受到社会的欢迎和好评。

(3) 维修服务面向社会。改革开放后，全国汽车保有量大幅度增加，分散在千家万户，过去的维修体制已经很不适应，而且由于不少单位附属于运输企业，忙闲不均，造成人力和设备闲置的浪费。因此，原有的汽车维修单位为提高经济效益和社会效益差不多都向社会开放，内外服务并举，此外又新建了不少维修厂家，包括陆续开业的个体维修业户。众多的维修业单位在维修市场上开展竞争，以质量和信誉争取、吸引车源，开展维修业务，使维修市场日益繁荣，给有车单位和个人维修车辆带来了极大的方便。目前很难再看到由于找不到维修厂家而出现车辆待维护和待修理现象。

(4) 维修技术不断提高。针对长期以来维修行业技术水平不高的问题，改革开放后，交通主管部门十分重视维修业户的技术改造和新技术引进工作。维修业户从增强竞争实力和提高经济效益考虑，也主动采取措施、投入资金对老旧厂房进行改造，购买先进的维修设备和检测设备。目前国内一些厂家生产的汽车维修和检测设备已具有较高水平，受到用户的好评。不少地方还专门建立了汽车综合性能检测站，对在用车辆和维修完毕车辆进行多种性能检测，检查车辆故障及维修后达到技术要求的程度。对从事维修的职工近年来加强了培训，通过正规院校、企业职大、夜大、专题培训班或请专家讲课，介绍新的车型维修知识，讨论维修工作中遇到的各种问题，对出现的有关的新技术组织学习，尽快应用到维修工作中去。由于认真组织培训，使职工素质有了明显提高。而素质较高的职工使用比较先进的维修设备和检测设备维修车辆，结果自然令人比较满意，一些不易发现的隐患被及时发现、排除，增加了车辆安全性能，降低了故障率，消除了事故隐患。通过种种努力，我国汽车维修业整体技术水平已有很大的提高。

(5) 维修作业标准化程度提高。改革开放前，针对汽车维护修理的具体作业制定了一些规范性文件，对各级维护（保养）和修理应当达到的标准提出了要求，对保证维修质量起到了一定的作用。但由于都是交通主管部门发布的行政性文件，有时难免脱离维修实际情况。改革开放后，市场调节维修力度加大，政府主管部门职能转变，政企分开，不再干预企业的经营业务，转而关心维护市场秩序和制定维修标准。作为维修企业和个体业户为了提高工作质量，也迫切需要有标准来规范自己的作业。于是制定维修行业的标准工作便加快了步伐，一些国标、部标先后制定出来，颁发使用，一些企业为了加强管理，还制定了企业标准，对维修工作提出了更高的要求。在各种层次标准的规范下，维护与修理作业严格执行规定，卓有成效地提高了维修质量和企业管理水平。

(6) 运政部门加强了维修行业管理。为了维护汽车维修和托修单位双方的合法权益，使维修市场健康有序地发展，近年来，各级交通主管部门加强对维修行业的行政管理。交通部在有关部门支持下，印发了《汽车维修行业管理暂行办法》，强调对维修行业坚持“规划、协调、服务、监督”的方针，树立寓管理于服务的思想，严格掌握市场准入条件，认真规范市场经营行为，建立符合市场经济要求的运行机制，使维修行业更快更好地发展。2004年4月，《中华人民共和国道路运输条例》发布后，交通部根据这个文件对机动车维修经营提出的要求，组织力量起草了《机动车维修管理规定》，为加强汽车维修行业的管理提供了最新的法规性依据。各省、自治区、直辖市交通行政主管部门根据本地区的实际情况在认真执行交通部规定的同时，也因地制宜地制定了一些规章制度和有效措施，加强对维修市场的管理。目前，交通部和省级交通行政主管部门在运政管理机构内都设有负责维修管理的部门，一些大中城市交通行政主管部门还单独设置了维修管理机构，强化了维修管理工作。随着整个道路运政管理工作在深化改革进程中不断提高管理水平，汽车维修管理正在向制度化、规范化方向发展。

汽车维修业通过改革开放取得了很大的成绩，行业面貌发生了明显的变化，对今后的发展前景充满了信心。然而，在以兴奋的心情考察和分析维修市场良好的发展势头时，也应看到还存在着一些与当前形势不相和谐的现象，有的问题还比较严重，社会上反映强烈，使汽车维修业的进一步发展受到了制约，令人感到忧虑。具体表现在以下几个方面：

一是维修市场的发展很不平衡。不少维修业户抓住时机，采取措施，使自身得到迅速发展，这是主流，应该提倡。但也有一些维修业户对机遇视而不见，坚持陈旧观念，按传统作业方式维修车辆，不注意走专业化发展道路，致使生产效率低下，经济效益不好，维修质量不高。

二是一些地方运政部门没有把好市场准入关，不认真掌握开业审批条件，使一些不符合开业规定，不具备维修生产技术条件的业户进入维修市场，人员素质低，设备条件差，技术水平不高，难以适应维修业务开展的要求，受到托修单位的批评。

三是一些地区对培育和发展维修市场缺乏规划，不认真进行合理布局，盲目发展，使当地维修业发展没有目标，供需关系明显失衡，维修生产能力相对过剩。一些企业开工不足，既造成效益滑坡，又形成人力、物力的浪费。与此同时，忽略专业化发展，使一些现代化车辆在一些地方找不到可以维修的厂家，有些滥竽充数的维修单位乘虚而入，非但没有将车修好，反而由于乱撬乱砸损坏了车辆。

四是行业不正之风依然存在，主要表现在乱收费和乱给回扣两个方面。乱收费已引起很多托修人的反感，动辄上百上千，令人叫苦不迭，实际上未更换多少配件，甚至以次充好，坑害用户。至于乱给回扣，已成为公开秘密。为了对一些托修车辆乱收费，一些不法维修业户采取给回扣的办法，堵住经办人的嘴，坑害车辆所属单位。有的托修经办人员不顾国家和单位利益受到损害，主动提出要回扣，狼狈为奸，令人所不齿。回扣形式不断变换，或物或钱，给多给少，由双方进行幕后交易，近年来花样不断翻新。

五是车辆维修质量不很稳定。在同一地区，有的维修企业重视质量，提出“以质量求生存、以信誉求发展”的口号，言行一致，严格质量管理，维修质量一直保持在较高水平上。而有的维修企业及个体业户工作不认真，对维修质量重视不够，马马虎虎，返修率高，以致发生机械原因的安全事故，托修单位表示强烈不满。还有一种情况就是上级主管部门抓得紧时，各单位比较重视，维修质量也就高一些，反之则会出现各种问题。质量不高除硬件方面的原因外，大量的是管理方面的原因。不难设想，如果都能按制度办事，严格过程管理，抓好每个环节，加强质量监督，完全可以避免出现质量方面的问题。

上述问题虽然不是维修市场的主流，在各地程度也不一样，但毕竟存在，而且造成了不良的影响，在少数地方，因维修质量低劣，已对运输车辆产生了严重的后果。近几年，我国汽车市场已成为世界的亮点，生产和销售量增长幅度很大。2005 年中国汽车工业累计生产汽车 570.77 万辆，同比增长 12.56%；销售 575.82 万辆，同比增长 13.54%。专家预计，“十一五”期间，汽车生产和销售年均增长 10%，期末将分别达到 900 万辆左右。在我国民用汽车迅速增加的新形势下，如不重视维修业存在的问题，并尽快解决，对维修行业的继续壮大，对维修市场持续发展都将十分不利。维修市场是道路运输市场的组成部分，问题的解决要从两方面着手，一是放到道路运输大环境中考虑，要加强宏观调控和政策管理。二是有针对性地解决汽车维修市场中存在的现实问题，促进维修市场新的机制不断完善和发展。为此，今后要着重做好以下工作：

第一，继续坚持改革开放的方针。当前要把握深化改革的方向，对汽车维修管理体制进一步改革，巩固已取得的成绩，坚持多家经营，统一管理，共同前进，协调发展。

第二，统筹规划，合理布局。对维修业户的发展要进行必要调控，在实行市场调节的同时，也要注意实行一定程度的行政管理，促进各类企业齐全、配套、成比例发展，建成合理的维修服务和救援网络，实行专业性经营、品牌经营和连锁经营。交通部对汽车维修行业的发展已制定规划，要努力落实，有计划地开展工作。

第三，规范经营行为。完善维修市场监管体系，严格执行维修各项规定，制止和纠正行业不正之风，消除乱收费和乱给回扣现象，树立良好的经营信誉，取信于托修单位，在社会各有车单位中塑造新的行业形象，努力营造公平竞争的维修市场环境。

第四，始终如一地抓好维修质量。对于车辆维修业来说，质量是安全的保证，是效益的源泉，更是企业发展的基石。维修质量好，维修车源就会源源不断，反之就要找米下锅，长久下去，则会出现断炊可能。要实行维修质量保证期制度，健全质量监督体系和检测手段，使维修质量稳定，并尽可能提高。对质量差、诚信度低、社会反响大并不思整改的维修业户要及时处理，以警戒他人，引起大家的高度重视。

第五，运政管理部门对维修业户要搞好服务。要把管理和服务有机地结合起来，对维修企业进行指导，协调关系，组织信息交流和技术交流，开办各种培训班，培训法人代表和经营骨干等。为了推进维修企业技术进步，还可通过展销会等形式介绍新工具、新设备、新技术、新材料、新工艺。对业户经营中的困难要主动关心，急他们所急，努力帮助解决。

第六，促进横向联合，加强专业化协作。要帮助维修经营业户走专业化生产的道路，目前三类维修业户数量大、规模小、技术力量差，尤其要引导他们搞好技术合作，通过认真研究，提出具体方案，成立联社、公司之类的组织，使人才、设备、技术、信息等合理利用，提高群体效益。

第七，管好汽车配件市场。由于汽车在使用过程中机件不断磨损，到一定程度时将会失去使用价值，因此汽车维修时更换某些配件势在必行。据了解全国汽车配件年产值约4000亿元，但是市场不很规范，进货渠道五花八门，其中有不少是假冒伪劣产品。有的业户以次充好，坑害用户，有的业户乱提价，扰乱市场秩序。在此情况下，汽车配件市场的管理应消除政出多门现象，由道路运政管理机构统一管理。要抓好进货环节，检查配件质量；对维修竣工的车辆，核查更换的配件是否名符其实。通过打假、打击乱收费等工作，使汽车配件市场健康地发展，为提高维修质量进一步创造条件。

第八，提高汽车维修的科技水平。汽车维修长期以来处于低水平状态，影响了维修质量的提高，近年来虽有改善，但不能令人满意。当前和今后一个时期要注意提高维修工作的科技含量，使之加速现代化的进程，主要有：一是了解和掌握世界汽车维修市场动态，大力推广安全、节能、环保的先进维修技术。二是采用先进的检测设备，准确地测定车辆技术状况，不漏掉任何隐患。三是尽可能使用新型的维修机工具，对在技术革新基础上研制的维修机工具要加以改进，使之性能稳定、适用。四是鼓励采用新工艺、新材料、新设备。五是组织技术交流，推广先进经验。六是严格遵守已颁布的规定、规范、标准。七是建立维修专业技术人员职业资格管理制度，经常组织各种形式的培训，努力加强从业人员职业素质建设。八是新车型出现后，要及时宣介其性能、构造和技术参数。九是运用电子计算机加强各项管理工作，保证维修质量，提高工作效率。

（四）搬运装卸业的现状与发展

搬运装卸从古以来就在许多劳动场合，尤其是建筑工地上发挥着重要的作用。保存至今的宫殿、佛塔、石碑等，都是通过搬运装卸劳动才使之屹立在基座上；当时没有起重机械，工匠们硬是以自己的聪明才智完成了重物的位移过程。新中国成立后的较长时间内，在很多地方虽然有了吊装设备，解决了部分大件货物的装卸问题，但是不少货种如煤炭、粮食等仍需人工装卸搬运，既增加了工人的劳动强度，又影响工作效率，特别是较大货场，很多工人忙碌工作，人来车往，秩序较乱，搬运装卸的技术进步已是刻不容缓的客观要求。

搬运装卸是搬运作业和装卸作业的统称。搬运指通过人力或专用机械将货物从一个地方运到另一个地方水平方向的空间位移作业；装卸指通过人力或用机械，将货物从运载工具上卸下或装到运载工具上的垂直方向的空间位移作业。在实际生产作业过程中，货物的搬运作业和装卸作业往往是两个紧密联系的作业工序，结合起来进行，所以通常统称为搬运装卸作业，很多地方习惯简称为装卸作业，装卸队更是被人耳熟能详。搬运装卸看似简单，只是普普通通的位移作业，但是，如果没有这种作业，货物往往不能装车起运，或者到达目的地后不能在贮存处所就位，就完整的运输而言，实际上不能算是真正完成。因此，搬运装卸并非是可有可无，而是运输活动必要的辅助环节。

搬运装卸分布于全国各地的城、镇，基本都是集体所有制单位，一般称装卸队或搬运队，也有称搬运装卸联社的，工人多来自农村或待业青年，内分若干作业分队或班组，作业组织形式通常分以下几种：

第一，驻点作业。即由装卸（含搬运，下同）队与常年有装卸任务的厂矿企业或物资单位协商，确定需要装卸工人的人数，然后将这些人员定点进驻，按照对方要求，进行装卸作业，劳务费由双方单位每月结算一次，装卸工人的工资、福利费等由本单位支付。

第二，随车作业。这种形式实际上是由装卸队把工人派驻运输企业，在货主不配备装卸力量时，由运输企业调度人员或装卸队驻运输企业调度人员，根据任务选派一定装卸工人随车装卸，完成任务后返回运输企业。劳务费一般由运输企业代收，然后和装卸队结算，装卸工人工资等仍由本单位支付。

第三，临时调派。装卸队无固定任务，一些装卸工人在队上待命，有关单位或人员需要装卸工人时，与队上联系，根据需要调派，劳务费用一次结清，完成任务后仍回队上或到指定地点待命，等待完成下一次可能到来的装卸任务。

第四，市场候工。这是近年来出现的新的装卸劳务组织形式，经过审核批准进入装卸劳务市场的工人，不论来自何地或何单位，只要进入了市场，就可等待货主或车主在需要时挑选，进行装卸作业。有的自己还带有简单工具，如铁锹等。劳务费由市场管理机构代为结算或直接和用户结算，并按规定交纳一定的税费。

第五，自备装卸。一些生产过程中装卸工作量大的厂矿企事业单位，为了解决本单位各个工序原材料、半成品和成品的装卸问题，以在编职工或合同制工人组建内部装卸组织，进行生产过程和进出库场的装卸作业。这种装卸组织只在单位内部服务，不为社会上其他单位和个人装卸，所以一般只进行内部核算而不直接收取装卸费用。

搬运装卸属笨重劳动，多年来机械化程度不高，人工作业的比重很大。通常是几把大锹，几根钢管，几个千斤顶，几只手动葫芦（动滑轮）便可按需要进行作业，劳动密集型特点比较突出，对增加就业机会起到了很大的作用。计划经济时期，国有企业职工端铁饭碗，吃大锅饭，是很多人择业的主要目标。搬运装卸单位由于大多是集体所有制，而且工作非常辛苦劳累，因此年青人不愿意从事这个行业的工作，一度出现了后继无人的现象。改革开放后市场放开，竞争活跃，就业比较困难，人们开始转变观念，尤其是工矿企业兴办“三产”，农村富余劳动力涌向城镇之后，愿干搬运装卸工作的，不再是屈指可数，而是大有人在。于是工人们自觉或不自觉地开始形成保护搬运装卸市场，巩固自己就业机会的潜在意识。这种情况，一方面有利于稳定市场秩序，另一方面却在一定程度上保护了落后，使行业的进一步发展受到了影响。例如，一旦有机械来顶替，由于搬运装卸工人要保自己的饭碗，有时可能会采取抵制态度。据说一个煤矿过去往汽车、火车上装煤时，用工人进行，不久买来传送装置，准备实现机械化。装卸工人闻知后，在公路上挖沟不让运送传送机械的汽车进矿，后几经协商，采取补偿性的妥协办法，才使问题得以解决。在搬运装卸行业，如何加快机械化进程，使工人摆脱繁重的体力劳动，与此同时又不使大量的工人下岗，失去就业机会，仍是一个值得综合思考、努力妥善解决的重要课题。

近年来，由于自卸汽车和配有随车吊机的汽车逐步增加，加之大批农村剩余劳动力继续涌入城镇参加搬运装卸，使搬运装卸队伍骤然扩大，出现僧多粥少的问题。为了生存和发展，有些成立多年的搬运装卸单位也集资购买汽车，从事客货运输，有的把自己的场地出租或以此与他人合资兴办经营项目，增加经济收入。这是搬运装卸单位在新的历史时期为适应市场经济发展而采取的务实措施，确实起到了稳定职工队伍的作用。在以经济效益为中心的今天，自然是无可非议。

搬运装卸市场经营单位多，人员复杂，工作覆盖面广，作业范围大，道路运政管理机构应以一定力量加强管理，使之逐步规范化，需要进行的主要工作是:

(1) 核定经营业户的经营项目和作业区域。这项工作主要是为了保证经营业户集中精力在指定的区域内搞好自己有能力进行的搬运装卸作业，防止一些业户争抢地盘，垄断货源，扰乱正常的市场秩序。

(2) 严格按规定收取费用，使用票据。搬运装卸收费项目和具体费率由地市级交通主管部门会同同级物价主管部门制定，报省主管机关备案。票据的印制、发放、管理由道路运政管理机构负责，搬运装卸业户必须按规定价格向对方收取费用，使用合法票据，避免偷漏税费。

(3) 临督检查安全质量。要督促经营业户按照搬运装卸操作规程和规章制度进行作业服务，提倡文明装卸，制止野蛮装卸，爱护货主货物，对违反规定者应进行必要的处罚。

(4) 对从业人员加强教育和管理。搬运装卸工人构成复杂，文化水平低，要对他们加强思想教育和职业道德教育，搞好业务培训，做到持证上岗，努力保证工作质量。

搬运装卸是一项劳动强度很大的工作。在风风雨雨中，它已经历了漫长的路程。如今，依然出现在道路运输行业中，继续发挥着积极的作用。然而，它毕竟是落后的劳动形式，亟需改变落后面貌。鉴于人工搬运装卸作业存在着诸多问题，各有关方面要顾全大局，正视现实，从实际出发，认真做好改变落后面貌的准备工作和实施工作。在不远的将来，具有现代化特点的搬运装卸作业一定会出现在人们的面前。到那时，我们如想看传统的搬运装卸工具，就只能去博物馆参观了。然而，为了这一天的到来，还必须迈出沉重的脚步，在一条不很平坦的道路上向前行进。

（五）道路运输服务业的现状与发展

道路运输服务业是道路运输市场衍生出来的为道路客货运输提供综合性服务的子行业。它的服务对象虽然主要是道路客货运输及车辆，但其活动范围有时很大，甚至会涉及到其他的运输方式，因此可以把它看作是连接各种运输活动的纽带，在道路运输乃至综合运输体系中起着重要的作用。

1. 道路运输服务业的涵义和范围

道路运输服务业是道路运输业不断发展的产物。道路运输业最初形式仅仅是以简陋的运载工具使人或物发生一定的位移，由于是个体的偶然性活动，活动形式和运载工具都十分简单，所以也无需另有专门的人或机构为之服务。但是，发展到一定的规模，尤其是汽车等先进的运输工具产生并广泛地应用于社会之后，逐步形成的道路运输业内部结构就发生了深刻的变化，分工日益细致，专业化程度越来越高，笼而统之的混合型运输生产已经不适应分工变细的新形势，行业的分化已是大势所趋。继客货运输分离之后，原属运输生产过程辅助性作业的车辆维修、搬运装卸、运输服务也渐渐分离出来，各自形成今天道路运输业的子行业。道路运输业的这种分化组合，有利于更好地提高运输的专业化程度和经济效益，保障运输活动的正常进行，切实完成好各项运输任务，它并不以人们的主观意志为转移，完全符合事物发展的客观规律。

道路运输服务业从广义上讲，范围很大，在现阶段包括客、货运站的综合服务、专项服务以及货运代理、货运配载、货运信息、仓储理货、联运服务和物流服务（现已基本形成独立的行业）、汽车租赁、商品车接送、存放车辆、车辆清洗、各种业务、技术人员培训（尤其是机动车驾驶员培训）和其他有关的服务业务。追溯一下历史，我们便可发现道路运输服务业作为道路运输的子行业出现时间不长，但是道路运输服务业中的一些服务业务却早已有之，以解放后而言，客货运站综合服务、仓储理货、联运服务等早已在进行。然而，在计划经济体制下，社会上从事运输经营活动的主要是公有制运输企业，进而言之，基本是交通专业运输企业，这些运输企业如同其他行业的企业一样，按照“大而全，小而全”的发展模式组织运输生产，将本来可以独立发展的大量的运输服务性工作附属于运输企业，令其为本企业服务，包括成为运输企业自用的汽车站和运输服务设施。这样做似乎方便了运输企业，其实并非上策。一是运输服务规模小，技术进步慢，得不到较快的发展。二是设施设备在一个期间可能会闲置，造成不应有的浪费。三是即便也为其他运输企业服务，由于有隶属关系，很容易倾向于所在运输企业，难以公平处理问题。在计划经济体制下，道路运输服务在社会上影响不大，人们通常认为只要通过专业运输企业就可以实现所有要求。改革开放以来，特别是实行社会主义市场经济体制后，随着道路运输的进一步社会化和人们思想观念的转变，道路运输业逐渐打破了独家经营的局面，多种经济成份的运输业户竞相发展，一度被社会称为国民经济“瓶颈”的交通运输已逐步改变长期以来的落后面貌成为促进国民经济发展的重要力量。反之，国民经济的迅速发展又对道路运输的进步提出了较高的要求，运力不仅要有一定幅度的增长，而且要使车辆结构更加优化，更能满足社会的需要。此外，还要使运输服务更加配套，既能适应道路客货运输的发展，又能在各种运输方式之间起到一定的联系作用。但是，我国的道路运输服务业在一个较长的时间内受不到应有的重视，发展缓慢，成为薄弱环节，落后于客货运输。市场需要引起了人们的思考，一些单位和人士看到了道路运输服务存在的潜力，把目光投向这个服务门类，经过几年的努力，使其得到了很快的发展，如今已初具规模，并发挥着越来越大的作用。

2. 对道路运输服务业中中介活动的认识

需要指出的是，我国的道路运输服务业在发展过程中跑跑停停，经历了一个颇为曲折的阶段，有些问题延续至今，仍然没有得到妥善地解决。其中，一个在短期内不易统一认识的问题就是如何看待服务中介。中介顾名思义，是居中介绍之意。中介有中介人和中介组织之分。中介人有时也称经济人，但二者之间有着一定的不同之处。中介在市场上的买方和卖方之间活动，例如受卖方委托为其找买主，或受买方委托为其找卖主。除特殊情况外，一般来说，无论是中介人还是中介组织均不是无偿服务的，总要通过中介服务得到一笔经济收入，这种经济收入在很多情况下，没有具体规定可以执行，主要是靠在中介过程中按照委托一方出价要求向另一方侃价，然后从中协调，最后达成一致意见，敲定某一确定的价格或费用，而这种谈定的价格费用中包括着中介人或组织拟收取（得到）的部分，其表现形式就是买卖双方支付和收入之间的差额。这个差额高低不等，完全取决于中介活动中侃价协调的结果，一般属正常的范围，能为买卖双方所接受，有时也会明显损害买卖双方的利益。综合起来，有以下几个特点：

一是工作的服务性。中介在市场上的活动主要是受人之托后进行，有时是买方，有时是卖方，但最终要面对两方。根据提出委托一方的要求进行一系列介绍、宣传、游说，努力争取谈成生意，使一方能将商品卖出，或能使另一方能将所需商品买进。具体到道路运输就是要使车找到货，或使货找到车，交易能够达成，中介服务也就达到了目的。

二是活动的隐蔽性。中介活动有时是委托方主动找上门来，有时是中介方根据了解的信息主动找上门去，先与委托方就原则问题取得基本一致的看法，然后根据生意的具体情况，去寻找相关的另一方，如有洽谈意向，则进行宣传侃价等一系列工作，最终达成一致意见。在这一系列活动中，买卖双方不直接见面，而通过中介方进行，中介方与双方会谈的情况一般不向对方通报。

三是收入的随意性。由于对中介收费缺乏严格的规定，通常情况下，中介方接受委托时，先不能谈定价格或费用，委托方通常会告诉一个上下限之间的幅度，而与另一方会谈时则可在满足委托方最低要求情况下，尽可能侃出有利自己的价格或费用。如委托方是买方，就要让其出价尽可能高些，而与卖方谈时，则要尽可能便宜。这样高出低进，或低进高出，差额基本都归了中介人或中介组织。有的生意差额小，有的生意差额可能很大，差额高低与商品价值有关，也与中介水平有关。

改革开放后，不少地方加强法制建设，对中介活动建有比较完整的规章制度，市场管理比较规范，中介方人员经过挑选、培训，素质较高，职业道德良好，使中介工作很好地体现出服务的特点，尤其是在市场信息传播不灵的情况下，通过中介为买卖双方牵线搭桥，让他们“喜结良缘”，对于加速物资流通，搞活经济起到了很大的作用。在服务过程中，中介人或中介组织收取到合理的费用，使付出的劳动得到回报。对这样的中介活动，社会给予理解和支持。但是，也有一些地方，达不到前面所叙的要求，法规很不健全，中介活动无章可循，中介方为了得到较高的收入，漫天侃价，使买卖双方蒙在鼓里，不知不觉之间，利益受到很大的损害，他们仅凭一张嘴，谈笑间就有大笔收入进入口袋中。对这种中介活动就要考虑是否允许其开展下去，因为这样的中介活动使应有的服务特征荡然无存，损害了买卖双方经营业户的正当利益，失去了开展中介活动的本来意义，自然也就不能提倡。综上所述，中介活动必须遵循几项主要原则：一是方便用户的原则。通过中介活动，用户可免去推销、洽谈等具体工作，集中精力去搞好自己的主要业务或生产活动。二是实事求是原则。中介方接受委托后向另一方宣传时要实事求是，不要胡吹乱侃，说的天花乱坠，言过其实，以免成交后引起不必要的纠纷。三是合理收费的原则，要根据中介的业务情况确定合理的收费水平，尽量减轻委托方的负担。

在道路运输服务业的范围内，除一些具体服务工作外，不少业务都具有中介性质。道路运输行业的中介活动早已开展，目前主要反映在货运代理、货运配载、信息服务等几个方面，这一类机构已成立不少，其中，国有、集体、个体都在经营。对这些中介单位，社会上没有引起足够重视，对他们所开展的工作也是褒贬不一。前些年湖北吴敏办了个体性质的运输信息服务机构，收的代理费较高，引起社会上尤其是交通运输部门的一些同志的议论，沸沸扬扬持续了很长时间，以后随着时间的推移和运输服务业的兴起，才很少再有人对之进行评论。当时，我们的看法是，作为依法建立起来的运输服务单位，只要在政策允许范围内正常经营就不应当对其反对，优胜劣汰，市场经济规律对谁都一样，不必通过行政手段去干预。我曾到江苏南京和河南焦作等许多地方出差，看到成立了为数不少的货运配载和信息服务机构，服务范围有大有小，但工作都很有成效，为不少空车配载了货物，为车、货双方铺路架桥，受到社会有关方面的欢迎。浙江义乌是闻名全国的小商品市场，运输管理机构在这里设置了运输服务站，除为线路相对固定的车辆办理运输手续外，还发布运输信息，通报货流情况，不少空驶车辆主动要求配载，提高了实载率，取得了较好的经济效益。

前面所说的是比较常见的现象。在实际工作中，各地不尽相同。总的说来，运输服务大概有以下几种情况：一是国有或集体性质的经营业户，很多是利用已建成的汽车站进行，也有新成立运输服务站从事运输服务。这些单位服务网络化程度较高，信誉较好，成交的业务量也较大。服务收费标准一般能够公开，例如配载服务，目前多是根据配载的运费收入提取代理费，不少地方经过交通和物价主管部门批准，有较强的透明度。服务对象以回空配载车辆为主，对非回空配载，属于正常的运输交易活动，中介介入不多，而是根据现有的运输市场管理要求，强调车主和货主直接见面，在道路运输市场进行交易活动。二是个体服务业户，有些工作很有成效，有些则问题较多。少数用户无证经营，在进行活动时，不认真审核驾驶员证照，办理手续简单、草率，以致发生商务纠纷后无法理赔。有的乱收费，漫天要价现象时有发生。道路运政管理机构对个体服务业户的管理工作也不够重视，监督缺乏措施和力度。此外，在观念和认识方面对运输服务，尤其是中介行为还有一定的错误理解，很不利于运输服务活动的开展，对运输服务业的发展产生了消极的影响。

3. 要重视道路运输服务业的发展

我国道路运输服务业已经起步，虽然正在发展，但规模不大，单位不多，网络化程度不高，服务范围不广，服务质量不时受到非议，运输服务市场机制也还没有很好地建立起来，经营和管理都没有走上正常的轨道。我国是一个地域辽阔的国家，道路客货运输的发展有着广阔的前景，道路运输服务业更是大有作为，但是以目前的情况而言，却还有很大的差距，如不采取措施，今后的距离还要拉大。如何才能加快发展呢？我想除了需要解决道路运输业发展面临的共性问题外，还要着重考虑以下几个主要问题：

(1) 思想认识问题。要通过研究分析道路运输业发展与运输服务业配套发展的关系，把道路运输服务业发展提高到重要位置，多考虑它在为客货运输服务过程中的积极因素，对某些消极因素，不必大惊小怪，可因势利导，在发展过程中加以引导和规范。过去一个较长时期内，由于受“左”的思潮影响，运输性服务往往被戴上“二道贩子”、“吃回扣”、“居间盘剥”等并不符合实际情况的帽子，如今应重新认识，去伪存真，使它以新的形象屹立于社会。

(2) 规范服务问题。对道路运输服务的发展也要坚持多元化的原则，各种经济成份的单位都可以从事运输服务。服务对象要多方面，不仅对运输企业，也面向社会有关单位和个人。服务范围要逐步扩大，凡与运输有关的服务业务都可以考虑，以更好地促进客货运输发展。为了保证服务质量，经营业户的服务工作必须规范，交通行政主管部门要制定公布有关规定，使运输服务工作照章办理，热情待客，合理收费，避免商务纠纷，切实提高服务工作水平。

(3) 硬件建设问题。运输服务包括多种内容，必须有较好的基础设施，才能使服务工作适应旅客和货主的需要。因此，对老旧汽车站、配载中心、仓储设施、教练场地等要加速改造，增加服务功能。要加快电子计算机网络化建设，使之能广泛地应用到运输服务中去。要推广运用迅速发展的科学技术，通过多种先进手段使服务工作等更为方便，更卓有成效。

(4) 管理力度问题。对道路运输服务业要加强和改善管理，主要的工作是：对申请开业者进行审查，使其符合开业条件并具备理赔商务事故的能力；确定合理的收费项目、费率，正式公布执行；进行法制教育和职业道德教育，提高从业人员的政治、业务素质；对服务质量加强监督，及时处理出现的各种问题。

4. 汽车租赁业的发展不容忽视

随着社会日益现代化和人们生活节奏的加快，汽车已成为越来越多的人非常乐意使用的交通工具，尤其是在城市的市区和郊区，乘坐汽车办事、购物、参观、旅游，令人感到十分方便、快捷。汽车以其独有的魅力吸引了城乡广大人士，乘汽车外出有三种方式，一种是使用自备车辆，我国目前有自购和公车两种形式；另一种是使用公共车辆，乘坐公共汽车、电车、旅游客车；再有一种就是乘坐出租车或向汽车租赁公司租用车辆。后面的这种租用车辆的形式已在很多国家蓬勃发展，正在形成一个新兴的行业，受到人们的欢迎和喜爱。汽车租赁业在我国虽然发展较晚，但步伐很快，已引起社会的广泛关注。

汽车租赁业属运输服务业的范围，之所以单独介绍，是因为人们对其还了解不够。汽车租赁按提供汽车划分，有客车和货车租赁两种类型，其中，客车租赁以小车为主，包括轿车和吉普车，此外也有20个左右座位的旅行车。货车则以中、小型车辆居多，在一般情况下，人们大多租赁小型货车使用。如按运行范围划分，有单程租车、双程租车和随机租车之分。单程租车指车辆在甲地被租用，到达乙地后即行归还而不再驶回甲地。双程租车指车辆被租用后，驶往乙地，之后又驶回甲地归还；随机租车指车辆被租用后根据租赁人的愿望使用，无明确的到达地点，随意性较强，使用结束后又驾驶回始发地归还。通常情况下，前两类租车形式运行距离一般较长，不一定在当地使用，后一类则多是在同一城市范围内使用。以上只是大体划分，不完全准确。在租赁时间上有临时租用和长期租用两种情况。临时租用指按趟次使用或在短时间内使用；长期租用一般指租赁期在一个月以上，时间不同，价格不同，长期租用者可得到一定的优惠。在租赁计费方式上也可分为两种情况，一种是按里程计费；另一种是按时间计费，如可按小时计费，也可按日、月计费。费用中包括基本价格和其他杂费。在绝大多数情况下，汽车被租赁后，由租用人本人驾驶。有时，由于种种原因，也有另雇驾驶员根据租赁人指令行驶的情况，类似于出租汽车，但并不完全一样。

我国汽车租赁业发展较晚。众所周知，由于几千年封建社会的影响，自给自足的小农经济一直占据重要位置，小生产的作业方式不仅表现于生产，而且反映在生活各个方面。在国内不少人看来，万事不应求人，凡事要靠自己的力量去解决，向他人借物或租赁别人的东西使用似乎很不体面。在这种思想支配下，汽车租赁业开发市场受到影响，即使到今天，仍未完全从阴影中走出来。此外，中国是礼仪之邦，讲究礼尚往来，上级单位来人，兄弟单位来客，商业伙伴来洽谈业务，一般都要热情接待，迎接、参观、访问、购物、游览、送行，不论去哪里，都要派车服务，车接车送，全程负责，在很多地方已成惯例。况且绝大多数单位都有自备汽车，用起来十分方便，即使没有也可以向有关系的单位借用。既然不少人在本地自己有车（包括公车），到外地可用他人之车，又何必去租车使用呢？诸如此类的问题存在于现实生活中，阻碍了汽车租赁业的发展。至于经营者，除认识上的差距外，还有对经济利益的考虑，如担心生意不好，担心租出的车还不回来，担心租用者不爱惜车辆，刻意损坏等。近年来，由于商品经济的进一步发展，国外游客迫切需求，加之出国考察后提高了认识，汽车租赁业才开始出现在一些大中城市，国人中租赁车辆临时使用的情况也多了起来。这些无疑都是好的迹象，说明人们的传统观念正在发生着新的变化，汽车租赁业的发展必将进一步出现良好的势头。

汽车租赁不同于出租汽车。汽车租赁是指按照约定的时间，由租赁经营人将专用于租赁的汽车交付给承租人使用，收取租赁费用，但不提供驾驶劳务的经营方式。而出租汽车却是要提供驾驶劳务，收取的出租车费中，除包括营运成本和管理费用外，驾驶人员的劳务费用也是重要的组成部分。汽车租赁租车而不带人（驾驶员），这是它的一大特点。为此租赁经营者（单位或个人）就要采取有别于出租汽车的经营管理形式，努力满足承租人的租车要求，主要的工作有：

一是要通过购买或其他方式使公司拥有一定数量的备租车辆。车辆种类要多置备一些，其规模视业务范围而定，假如是综合性的，则客、货车都要有；专门经营客车的则可有目的地置备。目前租用小车的较多，轿车和吉普车是承租人主要选用的交通工具，故要有充分的准备。

二是做好基础工作。要对备租汽车认真检查，逐一记录在案，尤其是对主要部件状况和车辆外观情况更要掌握清楚。应一车一档，以随时掌握车辆使用及损坏情况。承租人还车时就会很快作出鉴定，如果发生纠纷也可提供有力证明，作为处理问题的依据。

三是建立租赁网络。为方便承租人租赁汽车，尽可能在一定范围内形成网络，相互通过电子计算机联网，使承租者租车、还车都感到便捷，这样做对进一步开拓业务有很大好处。

四是做好宣传工作。一方面要宣传租赁车辆业务规定，如租车注意事项，还车注意事项，计费办法，违约罚款办法等；另一方面要宣传经营范围内地理情况，政府部门、企事业单位分布情况，景点特点和位置情况，商场规模和经销范围情况，道路布局和技术状况，交通管理一般和特殊要求情况等，使承租人租到车辆后能及时到达要去的地方，避免走冤枉路，不违反交通规则，尽可能不发生交通事故。

五是对承租人所要交验的证件认真审查。目前有的地方出现丢车现象，主要是没有识破假证件，教训非常深刻。在有条件的地方，应尽可能组织租赁俱乐部，相对固定会员单位，由于对对方比较了解，故不易上当受骗。

六是搞好服务。对来租车者要热情接待，耐心解答提出的各种问题，认真介绍车辆技术状况，赠送宣传资料，使承租人有好的租车情绪。还车时要尽快鉴定车辆，办理手续，不要让承租人久等不能离去。留下好的印象后，回头客就会多起来。

汽车租赁业虽然发展时间不长，但为了使之能保持良好的市场秩序，必须在开始阶段就要搞好行业管理工作。根据汽车租赁业的特点，各级交通行政主管部门一定要认真地负起责任。具体来说，汽车租赁的行业管理工作主要有以下几个方面：

第一，做好开、停业管理。其中，开业管理尤为重要，要提出比较具体的技术经济要求，对租赁者应当配备车辆的条件、流动资金、固定资产、管理机构和人员结构等作出相应规定，把好市场准入关。不具备基本条件者，不得从事汽车租赁经营活动。对符合技术经济条件的，比照其他运输经营业户办理审批手续的程序，办好需要办理的证书、文件，严禁无证照经营。终止经营也要办理相应的手续。不得想搞就搞，想停就停。

第二，对租赁活动不能放任自流。一方面要求租赁经营者严格遵守国家有关方针政策和道路运输有关的法律、法规和各种规定，接受监督和检查。另一方面租赁经营者要主动做好车辆管理、技术管理、合同管理等工作，使出租的车辆车况完好，安全可靠。道路运政管理机构在管理过程中发现问题要及时处理，不得姑息迁就。

第三，认真监督收费规定执行情况。对汽车租赁的收费项目要作出明确规定。根据职责分工，此项工作要由价格主管部门会同交通主管部门共同商定。收费规定一旦公布后就要遵照执行，汽车租赁经营者不得自行变更、增加、取消、提高、降低。对不执行和乱执行者要严加处理，使之承担一定的经济责任或法律责任。

第四，管理中体现服务。由于汽车租赁业在我国起步晚，经营管理的规章制度等都还很不完备，道路运政管理机构应多加关注，在不干预具体经营活动的前提下，参与研究，引导规范经营，健康发展。对汽车租赁过程中遇到的困难要尽可能帮助协调解决。

当前我国汽车租赁业正在加快发展，仅据北京市有关部门统计，汽车租赁企业已有百余家之多，而持有驾驶执照的更是大有人在，这就为汽车租赁业的进一步发展提供了广阔的天地。由此可见，开办汽车租赁业务大有可为，不可低估它的现实意义，今后一个时期，汽车租赁业必将出现蓬勃发展的局面。

六、机动车驾驶员培训

机动车驾驶员培训是道路运输派生的工作，反之，又为道路运输业乃至整个社会服务。工作质量高低，不仅关系到道路交通能否最大限度的安全，而且也涉及到道路运输能否正常地进行。加强机动车驾驶人员培训管理，规范机动车驾驶员培训工作，是各级交通主管部门、道路运输管理机构及机动车驾驶员培训单位面临的一项重要任务。

1. 机动车驾驶员培训工作的重要性

机动车通常指以发动机为动力行驶在各种道路上的交通工具，其中汽车是最为重要的组成部分。以汽车为主的机动车相继问世后，推动了社会进步，方便了人民生活，促进了经济的发展，但也带来了一系列的社会问题。机动车靠人驾驶，驾驶员是机动车的操纵者，控制车辆行进与停止。能否按照规程操作、正确地驾驶车辆，是能否保证道路交通安全及有效进行各种活动的关键所在。因此，认真做好驾驶员培训工作非常重要，必须引起高度重视。其他方面姑且不论，仅就道路交通安全而言，就与驾驶员的因素有很多的瓜葛。2005年，全国共发生道路交通事故45万余起，造成98738人死亡、469911人受伤，分析原因，主要是驾驶员造成。例如在2004年交通事故总数中，驾驶员因素导致的占89.8%，其中3年以下驾龄的驾驶员造成的事故约占一半左右。在一次死亡3人以上的道路事故中，有78.2%的与驾驶员超载、超速、占道行驶、违章超车、疲劳驾驶等原因有关。此外，驾驶员的职业道德、维修技能、业务能力等方面也存在着种种不足之处。上述问题的出现，从根源上讲，还是应归结到没有真正抓好培训环节。如同其他工作一样，没有打好基础，必将带来一系列的隐患，以致在以后的一定时候，直接或间接地显现出来。

2. 机动车驾驶员培训工作的现状

据统计，在“十五”期间，我国机动车驾驶员增长率连续五年超过10%，其中，汽车驾驶员连续五年增长率超过11%，每年至少新增汽车驾驶员550万人。2005年我国私人轿车保有量已达860.8万辆，加上其他车辆的增加，全年新增机动车驾驶员1764.4万人，比2004年增长15.16%。由于车辆迅速增加，驾驶员需求量日益增大，使机动车驾驶员培训单位如雨后春笋般发展起来，遍地开花，随处可见。截至2005年底，全国机动车驾驶员培训学校已经突破6500所，教练员达16万人，年培训汽车驾驶员超过550万人。当年驾驶学校比2004年增加1300所，预计2006年将突破

7000所。今后几年，培训对象仍将以每年近600万人的速度增长。

机动车驾驶培训学校增长很快，一方面较好地适应了社会新增车辆对驾驶员的需要，另一方面也带来了一定的问题，主要有：

(1) 一些驾校急于求成，匆忙而建，不具备必要的办学条件。

(2) 一些驾校自行设立教学点，异地培训，通过恶意压价等手段，争招学员。

(3) 一些驾校不按统一的教学大纲对学员施教，任意压缩学时和培训内容。

(4) 一些驾校聘用不符合资格条件的人员充当理论教练员和驾驶教练员。

(5) 有的驾校为学员买卖驾驶证。

(6) 管理工作滞后，较长时间里缺乏高层次的机动车驾驶员培训管理规定。

(7) 机动车驾驶员培训市场发育还有待完善，运行机制有待健全。

总之，当前机动车驾驶员培训工作还徘徊在感性发展阶段，距理性发展尚有一定距离。在此过程中，既进行了艰苦的努力，做了大量卓有成效的工作，培养了为数众多的机动车驾驶员，也在不少地方出现了误人子弟的情况，无意中从驾校中走出了一些“马路杀手”。对社会新办的一些驾校，人们褒贬不一，都有一定的理由和依据。概而言之，成绩要肯定，问题不容忽视。

3．当前对机动车驾驶员培训行业应加强的主要工作

针对机动车驾驶员培训行业中存在的一些问题，当前应做好哪些工作呢？我认为主要有以下几个方面：

(1) 加强管理和规范。各级交通主管部门尤其是道路运输管理机构要对管辖范围内的驾校进行调研，摸底排队，区别情况，作出不同处理。对确定不具备办学条件的要予以取缔；对教学条件不完备的要限期整改；整改期到仍不能达到要求的，要让其停业。

(2) 交通部《机动车驾驶员培训管理规定》已从2006年4月1日起施

行。这个文件的出台使机动车驾驶员培训工作有了最高层次的部门规定。要在过去宣贯的基础上进一步组织有关人员学习，熟悉有关内容，了解相关规定，严肃认真地贯彻执行。贯彻文件过程中要结合当地的实际情况，以取得更好的成效。

(3) 对过去制定的教学大纲进行讨论，结合当前实际情况特别是教学中遇到的问题认真研究，提出修改意见，以便使教学大纲更能适应需要。在大纲修改审定后，要严格依照大纲的要求施教，不准任意压缩学时和培训内容。教学中要注意改进方式、方法，以确保教学质量。

(4) 整顿教练员队伍。对一些利用各种关系进入驾校未进行资格审查就走上理论或驾驶操作教练员岗位的人要进行排查，确定是不学无术、无任课资格的要停止其工作。教练员负责为学员授业解惑，责任重大，不可随意找人应付，一定要把好师资这道关口。

(5) 针对不少驾校规模小、实力弱的问题，可通过政策引导和必要的组织工作在自愿基础上进行整合、重组，以扩大学校规模，优化办学条件，消除粗放管理的现象。要引导已走上正常轨道的驾校进一步夯实基础，提高工作质量，牢固树立以人为本、育人为荣的思想，有长远打算，避免短期行为。

(6) 将市场化运作和行业自律有机地结合起来。建议成立“中国机动车驾驶员培训行业协会”，利用社团组织的力量，在政府主管部门和驾校行业之间构筑一个联系平台，发挥桥梁纽带作用。制订行规行约，规范行业经营行为；建立行业自律机制，协调行业内部关系；引导行业平等竞争，维护整体利益；研究解决问题思路，提高行业培训质量。通过双向服务，促进行业协调、可持续地发展。

道路运输服务业内容很多，除前面已作论述者外，不再一一列举。它们各有特点和作用，都是支撑道路运输业发展的重要环节。道路客货运输要发展。运输服务业必须紧紧跟上，二者相辅相成，有着密不可分的关系。随着道路运输事业的不断前进，地位进一步增强，运输服务业也必然会以崭新的风貌展现于社会民众的面前。

水路运输业的现状与发展

我国拥有长江、黄河、珠江、黑龙江四大水系以及海河、淮河、钱塘江、闽江四小水系，大小河流近6000条，河流总长40多万公里，天然湖泊900多个。此外海岸线长达3万多公里，渤海、黄海、东海、南海海域十分辽阔。这些纵横交错的水系和广阔的海疆形成丰富的水运资源网络，为发展内河和沿海航运事业提供了良好的条件。远洋运输经过多年的发展，也已形成很大的船队规模，行驶于五大洲四大洋，从事以外贸物资为主的航运业务。如今，我国水路运输业已初步形成内河、沿海和远洋运输齐头并进的发展格局，港口和航运建设取得显著成绩，船舶运力增长迅速，性能明显提高，已能较好地适应国民经济发展、社会进步及对外贸易对水路运输的需求，是综合运输体系中一支不可忽视的重要力量。

一、水路运输业的现状

水路运输基本由两大板块组成，一是基础设施，二是运输生产。在基础设施这一大块中，可分港口、内河航道；在运输生产大块中，可分为内河运输、海洋运输，而海洋运输则又包括沿海运输和远洋运输。我们据此进行简要地分析。

1. 基础设施建设成就有目共睹

(1) 港口建设成绩斐然。

我国虽然临海而立，境内河流纵横，但在解放前只有几个规模不大的港口，停泊普通的船舶，使用简陋的设备进行港口装卸作业。新中国成立后，国民经济迅速发展，对外贸易不断扩大，港口建设乘势而上，取得了很大的成就。1950年，我国仅有6个港口，161个生产用泊位，没有一个万吨级深水泊位。经过几年的努力，1957年，沿海港口有了深水泊位38个；内河港口新增6个，并拥有生产用泊位115个，但无深水泊位。1981年，沿海港口有15个，325个生产用泊位，深水泊位141个；内河港口25个，生产用泊位449个，当年建成投产4个深水泊位。2001年，我国的沿海港口达到28个，内河港口25个；生产用泊位，沿海1443个，内河6982个；深水泊位，沿海有527个，内河57个。近两年，沿海和内河港口建设进一步发展，生产用泊位进一步增加。2005年底，全国港口拥有生产用码头泊位35242个，比上年净增134个，其中万吨级及以上泊位1034个，比上年净增90个。其中沿海港口拥有生产用码头泊位4298个，内有万吨级及以上泊位847个；内河港口拥有生产用码头泊位30944个，内有万吨级及以上泊位187个。如今，我国港口已初步形成码头种类齐全、布局比较合理、吞吐能力规模较大的良好局面。港口的技术装备和管理水平正在与世界先进水平缩小差距，港口功能已由以装卸、集散货物为主的运输功能逐步扩展到仓储、加工、商贸以及物流服务的多个领域，不少港口还设置了保税区，建成了集装箱运输等专用码头。尤其要指出的是，综合性大型枢纽港发展进一步加快。2005年货物吞吐量超过亿吨的港口由上年的8个上升到11个，其中吞吐量超过两亿吨的港口为4个。上海港高达4.43亿吨，雄居国内第一大港的位置。由于诸多港口吞吐量超过亿吨，因此，名声大振，在世界上有了很大的影响。

(2) 内河航道发展引人注目。

我国内河航运已有悠久的历史，新中国成立后，因天然航道多，整治投资少，建设见效快，受到国家的重视。1950年，全国内河航道长度有7.4万公里，其中等级航道只是2.4万公里。到1980年，全国内河航道长度达10.9万公里，其中等级航道有5.4万公里。2001年，全国内河航道长度达到12.2万公里，等级航道为6.37万公里，是1950年的1.65倍和1.12倍，是1980年的2.63倍和1.18倍。2005年底，全国内河航道通航里程12.33

万公里。其中等级航道为6.10万公里，占总里程的49.5%，比上年末提高0.2%；三级及以上航道8631公里，占总里程的7.0%，提高0.3%；五级及以上航道23659公里，占总里程的19.2%，提高0.3%。各等级内河航道通航里程分别为：一级航道1404公里、二级航道2513公里、三级航道4714公里、四级航道6697公里、五级航道8331公里、六级航道18771公里、七级航道18584公里。还要提及的是，2005年底，全国内河航道共有4131处枢纽，其中具有通航功能的枢纽2330处。通航建筑物中，有船闸826座，升船机42座。闻名于世的三峡库区炸礁工程历时9个月，炸礁85万多立方米，最近全面完工，使库区铜锣峡以下航道的宽度达到150米，今后万吨级船队将畅行于重庆铜锣峡以下的河段。此类工程的进行，将使航道状况发生新的变化。我国内河航道建设颇为坎坷，曾经有过辉煌，但也遇到过曲折。资料表明，1960年，我国内河航道长度达到过17.4万公里，达到历史最高水平，然而这种局面没有维持多久，之后由于对水资源综合利用考虑不周，建设资金投入较少等原因，内河航道的发展受到限制，较长时间内难以继续发展，不少地方甚至出现航道减少的现象。到1980年，全国内河航道长度比1960年竟然缩短了7万公里左右，年均递减2.3%，此种情况，在国内外实属罕见。如不是改革开放，内河航道建设将会继续滑坡，难以出现光明的前景。

2. 运输生产展现新的面貌

内河、海洋运输的发展经历了一个由慢到快的阶段，近年来，随着中央积极财政政策和发展交通能源一系列政策不断落实以及改革开放逐步深化，海洋运输包括沿海运输和远洋运输更是面貌大为改观。但是，也应看到水路运输有一定的局限性，加之近些年来其他几种运输方式都在不同程度地发展，尤其是公路运输发展势头迅猛，积极分流，使水路运输在全社会各种运输方式运输量中的比重上升较慢，客运更呈下降趋势，如客运量1950年占11.7%，1980年占7.7%，2002年占1.2%，2005年占1.1%；旅客周转量1950年占6.1%，1980年5.7%，2002年仅占0.58%，2005年占0.4%。货运方面仍占一定优势，在全社会各种运输方式运输量中的比重呈上升趋势，如货运量，1980 年占 7.8%，2002 年占 9.6%，2005 年占 11.5%；货物周转量 1980 年占 42.0%，2002 年占 54.4%，2005 年占 61.4%。

近年来交通部及各级交通部门认真抓好水上运力结构调整优化工作，使规模化程度有所提高。2005 年底，全国拥有水上运输船舶 20.73 万艘，比上年末减少 0.34 万艘，净载重量 10178.64 万吨，比上年末增加 1561.39 万吨，平均净载重量 491.02 吨，比上半年末增加 82.04 吨；载客量 101.13 万客位，比上年末增加 1.51 万客位；集装箱箱位 80.72 万 TEU，比上年末增加 14.76 万 TEU。水上运输船舶中，集装箱船 1999 艘，集装箱箱位 75.31 万 TEU，分别比上年末增加 427 艘和 13.70 万 TEU。

2005 年底，我国拥有内河运输船舶 19.58 万艘，比上年末减少 4126 艘，净载重量 4481.49 万吨，比上年末增加 667.01 万吨，载客量 86.0 万客位，比上年末增加 1.15 万客位，集装箱位 529 万 TEU，比上年末增加 2.02 万 TEU。当年内河运输完成货运量 10.57 亿吨，货物周转量 2626 亿吨公里，分别占全社会水路货运量、货物周转量的 48.1% 和 5.3%。从目前来看，水路货物运输需求显示出增长趋势。当然，我们也要看到，内河运输虽有运能大、成本低的长处，然而也有速度低、不易实现“门到门”运输的短处，所以内河运输发展不容乐观，必须在政策上予以扶持，促进其健康发展。内河旅客运输多年来运送了大量旅客，活跃了城市经济，方便了人民群众旅行，但由于自身的局限性在竞争中处于下风，均发展缓慢，步履艰难。

改革开放以来，我国海洋运输实行了对内搞活、外对开放的政策，培育和发展了海洋运输市场，调动了各方面的积极性，使之有了较大的发展。具体表现在以下几个方面：一是船队规模不断发展壮大。2005 年底，全国沿海运输船舶 9409 艘，净载重量 2047.76 万吨，载客量 13.67 万客位；远洋运输船舶 2082 艘，净载重量 3649.40 万吨，载客量 1.47 万客位。中远、中外运、中海三大航运集团运输实力增长很快，在国内外的影响越来越大。二是海洋运输结构调整加快。货物集装箱运输尤为迅速，1999 年我国沿海港口集装箱吞吐量达到1582万TEU，比1998年增长38.6%，2000年达到2046万TEU，又比1999年增长31.1%，2002年达到3700万TEU，比2000年增长80.8%，2003年跃升到4800万TEU，比2002年增长30%，使集装箱运输一直保持在年均增长率30%左右的强劲势头。2005年底沿海运输船舶集装箱箱位达8.46万TEU，远洋运输船舶集装箱箱位达66.97万TEU。当年，全社会水路运输集装箱完成1940万TEU，集装箱货运量21992万吨，分别比上年增长20.9%和38.0%，其中远洋运输集装箱1396.5万TEU，集装箱货运量15050万吨，分别比上年增长15.6%和34.6%。三是海洋运输管理体制改革取得进展。党中央、国务院先是决定沿海港口实行交通部与地方双重领导、以地方为主的港口管理体制，以后又决定下放，全部由地方管理。对海洋运输企业进行整合，与交通部脱钩。几个大的运输企业组建成运输集团，企业内部按照专业化的要求进行了改组，走上了集约化、规模经营的道路。四是海洋运输对外开放和合作不断拓展，海洋运输市场体系已初具规模。2000年底，我国即已同56个国家签订了双边海运协定。外国航商在华设立的各类经营企业和办事机构达560多家，挂靠在我国港口的外资班轮公司有67家。我国海洋运输企业在国外设立运输企业及办事机构也有500余家。近几年，随着改革开放的深化，又发生了新的令人可喜的变化。航运市场在各方面关心支持和努力下，正在培育和发展，并不断得以规范。在此项工作中，坚持了立法与执法，执法与监督并重的原则，《海上安全法》、《海商法》和一批法规、规章相继出台，为依法治运，促进海洋运输业改革和开放提供了法制保障。

二、沿海和内河基础设施建设存在的问题和发展方向

沿海和内河基础设施建设虽然已取得了很大的成绩，基本扭转了过去长期以来与国民经济发展不相适应的被动局面，但仍不能满足国民经济持续、快速、健康发展的要求，难以适应加入世贸组织的竞争态势。

1. 港口建设与管理方面存在的主要问题及需要加强的重点工作

目前存在的主要问题有：

(1) 港口发展战略研究滞后。目前尚没有系统的港口发展战略来指导我国港口的发展，交通部领导为此提出要求，表明了这项工作的紧迫性、必要性。

(2) 港口结构性矛盾比较突出。中小型、通用型码头泊位数量偏多，万吨级以上深水泊位特别是大型集装箱码头泊位严重不足。沿海港口早期建设的杂货码头吨级小、专业化程度低，吞吐能力难以充分发挥。随着我国集装箱、原油、铁矿石进出口量的大幅度增长，集装箱船舶和大宗散货船舶向大型化发展，大型深水泊位接卸能力不足的矛盾将更加突出。

(3) 港口管理体制制约了结构调整和发展。虽然实行了港口下放，但一些港口一定程度的“政企合一”的问题依然存在，使港政管理部门的形象受到了损害，缺乏行政管理的公正性和权威性。部分港口企业受行政干预太多，不能按照现代企业制度的要求独立地走向市场。

(4) 港口建设和管理还未走上法制化轨道。国家对港口的建设和管理虽然已经出台了《港口法》及一批配套的规定，但由于从2004年1月1日才开始实施，使港口建设和管理依法办事工作滞后，不利于尽快实现规范化、法制化。加入世贸组织后，法律、法规、规章的进一步健全及进行必要的清理、废止等工作虽然完成，并进行公布，但新旧衔接方面的工作还要经历一个过程。此外，在执法方面的问题也还不少。

需要做好的重点工作有：

(1) 加强港口布局规划管理，努力促进港口协调发展。要坚持“先规划、后建设”原则，做到统一规划、合理分工、大中小结合和专业化配套。

(2) 调整港口结构，拓展港口功能。要加强主枢纽港口建设，相应发展地区性重要港口，适度建设地方中小型港口；调整集装箱港口结构，重点建设、改造大型国际集装箱干线港口，相应发展专线港口和喂给港口；调整专业化码头泊位结构，逐步提高专业化泊位的比重；加强对物流服务的引导，鼓励港口经营人开发物流服务。

(3) 加大港口技术改造的力度，充分发挥现有设施能力。要将港口技术改造纳入国家有关改造计划，在港口规划中应包含技术改造的内容；对符合国家规划并纳入改造计划的技改项目以及改造中的非经营项目适当投入国家资本金；鼓励外商参与港口技术改造项目。

(4) 加强港口管理，促进港口健康发展。要进一步加强港口法制建设，使港口建设和管理工作法制化；加强市场准入的监督，对涉及客运、危险货物作业的码头，严格制定市场准入条件；鼓励港口企业公平合理竞争，防止形成垄断经营；引导对货主码头参与经营的管理工作，避免重复建设，简化港口建设项目的审批程序，提高审批效率。

(5) 支持内河主要港口建设，加速内河港口发展速度。针对内河港口发展中的困难状况，对内河港口特别是主要港口要实施投资倾斜政策，提供政策性优惠贷款，鼓励直接利用外资；尽快出台新的内贸港口收费规则，理顺港口价格体系，使港口企业与货主专用码头处于平等竞争地位；对港口方面存在的大量呆账、死账，可考虑以债转股或债改股的方式予以解决。

2. 内河航道建设与管理方面存在的主要问题及需要加强的重点工作

目前存在的主要问题有：

(1) 内河航道基础设施相当于落后。主要表现在：一是基础设施薄弱，航道等级低。多数河流未经开发整治，在12.33万公里的内河通航里程中，天然河流及渠化河段64718公里，限制性航道36158公里，宽浅河流航道6130公里，山区急流河段航道4312公里，湖区航道3462公里，库区航道8483公里。其中1000吨级和500吨级以上的航道分别占通航里程的10%左右，水深不足1米的航道高达50%，主通道中也有50%左右的航道未能达到规划的标准。二是通航河流闸坝严重碍航。目前在国内通航河流上建设的水利、水电闸坝近3000座，其中有1000余座未设通航建筑物或通航设施不适用，致使碍航、断航里程约占全国内河通航里程的三分之一。三是内河航运干、支线与河、海不能实现高标准畅通，以致航道利用率低，无法形成高等级的航道网络，而且港口设备比较简陋，现代化程度不高。

(2) 航道建设与维护资金严重不足。航道建设与维护缺乏稳定的资金来源是多年来存在的老问题，一直未能彻底解决，制约了航道建设和发展。“八五”以后，情况有所好转，国家对内河航运的投资不断加大，但总量仍然明显不足。这一期间，内河航运总投资仅是40亿元，其中航道建设投资37亿元。“九五”期间，内河航运投入有较大的提高，总投资为245亿元，其中航道建设投资191亿元，“九五”比“八五”提高了近4倍。但是“九五”期间铁路总投资达3800亿元，公路建设总投资达8963亿元。从1999年固定资产投资的比例上看，内河在基建投资结构中所占比重甚低，仅为国家基建投资总额的0.42%，为交通系统投资总额的3.12%，是铁路的十分之一，公路的四十分之一。而其中用于内河航道的基建投资更是少得可怜，仅占交通系统投资总额的2.1%，如此低的投资比重使资金使用难度很大。近年来，国家对水运建设进一步重视，加大了投资力度，内河建设完成的投资有较大幅度的增长，但仍是僧多粥少，不够分配，无奈之下，除适当照顾面上关系外，只能重点投向，以致旧账未还，新账又欠，使航道建设落后，问题突出。

(3) 航道管理体制不顺。近些年对航道管理体制虽然进行了一系列改革，但我国的内河航道建设与管理中体制依然不顺，存在着条块分割、政企不分、行业管理不到位等问题。长江航道管理依然是部属和地方两套机构并存；珠江情况相似，由于流域情况复杂，航道建设与管理难度更大；黑龙江航运的航道管理已下放到省，资金更加困难，工作进展缓慢。许多省份航道管理机构名称不一，职责范围差异较大。不少航道管理部门政企不分，对下属企业利益考虑过多，难以有效地对行业进行宏观调控和具体的管理工作。

需要做好的重点工作有：

(1) 加强内河航道网的规划和建设。发展航道事业，规划是基础。为此应由交通部组织，对我国近期特别是中长期航道建设进行规划和布局政策研究，对提出的规划方案要认真地进行分析、论证，广泛地听取意见。其中，对水运主通道建设规划更要高度重视，反复讨论，使之具有可行性、前瞻性，能够顺利地实施。在部规划指导下，各级航道主管部门也要做好所辖区域内河航道网的中、远期规划。编制航道网建设规划时要结合实际情况注意加强处于薄弱环节的工作，如结合旅游资源开发，引导、支持当地政府、企业投资建设水上旅游航道；结合南水北调东线工程实施，加快京杭大运河航道整治，全线恢复航运；结合黑龙江、鸭绿江、澜沧江等国际性河流和界河的水运资源开发，争取国内外支持和合作，加强航道建设等。

(2) 促进与相关行业协调发展。水资源是基础自然资源，具有多种功能，必须综合利用。建国以来，在不少内河枢纽工程建设中重视水资源综合利用，取得了很好的经济效益，如长江三峡的葛洲坝，西江桂平、贵港等枢纽既航运，又防洪，也发电；苏南运河整治后不仅提高了通航能力，而且取得了航运、防洪、排涝、环保、城镇改造、土地复垦等多种效益。内河航道建设中资金短缺，通过水资源综合利用可以适当地解决，西江上的桂平、贵港枢纽采取“以电养航”、“航电结合”的办法，促进了航道建设，经验很好，应进一步推广。

(3) 全面整治航道。针对内河航道等级低，航运不能高标准畅通等问题，必须坚持“全面规划、因地制宜”的原则进行整顿治理。根据不同河流的特点，采用不同的整治方法，分期、分段整治，实行不同的整治策略。在一些大的河流，对上游及主要支流进行梯级渠化，便利通航，兼顾发电；对中下游采取护岸工程稳定河势，整治与疏浚相结合加大航深，实现干支直达、河海相通；潮汐河口整治与疏浚相结合；河网与湖区航道治理以疏浚为主。总之，要通过分析研究，确定明确目标，制定出正确治理原则及优化的整治方案，有条不紊地进行。

(4) 加速西部地区航道建设。西部地区经济欠发达，财力有限，而且历史欠账多，航道建设有不少困难。有鉴于此，首先要有稳定的投资政策，以中央投资为主，地方投资为辅，建立比较稳定的航道建设投资机制，同时可通过国内贷款、发行财政债券，向国际金融组织贷款等方式筹足建设资金。其次要做好西部地区内河航道发展的总体规划和各流域、河流的航运规划。再之要坚持水资源综合利用，通过组建有相关部门参加的综合开发公司，利用国家投入的启动资金滚动发展。此外要对造成碍航甚至断航的河流闸坝进行调查，有复航必要的应采取果断措施予以解决。

(5) 深化航道管理体制改革。主要工作是：强化法制观念，加快有关法律、法规、规章制定，使航政执法有法可依；统一目前各地的航务、航道局名称、组织、机构、职责，精简队伍，提高效率；清理、整顿已有的专业维护队伍，规范国内疏浚市场；加强对跨省河流航道的管理与协调，制定统一的航道管理和维护标准；加强航道保护，有关作业要经过航道管理部门批准。总之，要在继续实行“统一领导、分级管理”体制基础上，进一步深化改革，依法行政，使内河航道受到良好的管理和维护。

三、水路运输业存在的主要问题和发展方向

1. 内河运输方面

内河运输方面存在的主要问题是：

(1) 内河水运企业规模小。目前，我国从事内河航运的船运公司有5000家左右，其中大中型企业很少，绝大多数是小型企业。仅据江苏、浙江两省抽样调查，运力规模在3000吨以下的企业约占企业总数的65%，3000~10000吨的约占25%，10000吨以上的仅占10%左右，10万吨以上的只有1家。由于内河运输企业规模小，集约化程度低，造成自我发展能力弱，抗风险能力差，难以发挥水路运输运量大、运距长、运费省的优势。

(2) 内河运力总量过剩。20世纪80年代，内河水运部门的运力、运量、周转量均是上升态势，进入90年代前半期，运力继续增长，运量却一路下降，平均降幅6%左右，周转量仍是上升态势；但到90年代后半期，运力、运量、周转量同时下降，若用80年代船舶功率每千瓦年完成周转量衡量，运力富余30%左右。内河客运运力过剩更为突出，接近40%。当然这种过剩属于结构性的，主要是普通杂货驳、散货驳过剩，至于专业化程

度高的新货种所需要的散装水泥船、滚装船、集装箱船、化学品船等则明显不足。

(3) 运输船舶结构不合理。首先是船舶技术结构，挂桨机船、水泥质船、木质船和一列式拖带船队大量存在；其次是运力结构，当前特种货物运输需求量大，但特种运输船舶仅占总运力的10%左右，干散货船舶仍处于主导地位，占80%以上；再之是船舶吨位结构，内河水运企业单船平均吨位约为90吨，其中长江航运集团机动船和驳船的平均吨位分别为1383吨和1452吨，个体联户的机动船和驳船平均吨位分别为51.2吨和105.7吨。发达国家如美国单船平均吨位为1149吨，德国为1395吨，俄罗斯为1383吨。我国内河船舶平均吨位低，造成运输成本高，泊位和船闸通过能力低，竞争力不强。

(4) 市场行为不规范。中介市场混乱，影响市场秩序，一个时期不少港口无执照的“货代”、“船代”比比皆是，兜货拉船、倒卖货源，恶性杀价，排挤竞争对手，为争夺货源，以低于市场正常水平甚至低于成本的运价承揽货物；乱收费现象严重，对中央规定置若罔闻，不能令行禁止，各地土政策层出不穷，项目多、费率高，企业苦不堪言；不平等竞争现象严重，有的地方采取地方保护主义，甚至由政府运用行政权力限制外来船舶进入本地市场。

(5) 管理体制不顺。交通管理系统内部，部门、地区之间存在着各自为政、条块分割现象；运政、港政、港监、船检等部门管理交叉，政出多门，未形成合力；管理工作中重收费、轻服务，重审批、轻管理，重罚款、轻教育；宏观调控不力，市场秩序不好。

针对上述主要问题和其他问题，应抓好以下一些工作：

(1) 充分扩大和发挥内河运输能力。首先要扬长避短，尽量承运运量大、价值低、对送达时间要求不高、中长运距的大宗散货、集装箱货和其他运输方式难以承运的货物。其次鼓励发展干支直达和江海直达运输，以提高运输效率和效益。再之要努力开展水陆联运，发展物流，扩大服务范围。还有就是政府或主管部门提倡沿海建厂，以稳定货源，方便运输。

(2) 优化船队结构。内河船队是内河运输的基础，而船舶又是船队的核心组成部分。当前要随着内河沿岸经济发展和产业结构调整，尽快调整船型结构，根据货主需要发展集装箱船、特种货物运输船、滚装船、液化气运输船、散装货专用船、高速客船、旅游客船等，使船队结构优化。要对老旧船舶实行强制保险，推行内河船型标准化，建造江海直达专用船舶等，促使内河船队出现新的面貌。

(3) 加强内河航运立法工作。要在国家加大立法工作力度的大气候下，加强内河航运立法方面的各项工作，彻底改变立法滞后现象。首先对内河航运法规体系进行清理，按照缺什么、补什么的原则，组织力量制订急需的法律、法规、规章，以适应管理工作的需要；其次对已经过时的，与现行政策相悖的文件进行研究，该修订的修订，该废止的废止；再之在管理工作中要依法行政，依法治运，严格执法，做到有法可依，执法必严，违法必究，不断提高管理工作的法制化程度。

(4) 完善内河运输市场。主要措施有：加强对内河航运企业的资质管理，规范市场经营行为；加强对经营人资格的监督管理，保护合法经营；定期清理、整顿水路运输市场，搞好运政、港政、港监、船检等部门的协作配合；建立水运系统信息管理中心，对运输经营者实行跟踪管理；建立以船龄为标准并与技术管理制度相结合的船舶市场准入和退出制度，规范内河航运市场的调控工作以及整顿“中介”市场，禁止恶性杀价，保护正当竞争等。

2. 海洋运输方面

海洋运输方面存在的主要问题是：

(1) 船队结构不适应运输货物变化的需要。主要反映在：运力结构不合理，普通干散货船舶比重高，液体散货船舶比重低于世界平均水平，超大型油轮、液化天然气船舶几乎是空白；船龄结构不合理，船舶普遍老旧，老龄、超龄船舶比重超过30%，船籍结构不合理，大量从事国际运输的船舶在国外登记，方便旗船队比重逐渐上升，国旗船队发展缓慢；规模结构不合理，船舶总运力比改革开放前增加了3倍，但船舶大型化很慢，船舶平均载重吨位依然较低。

(2) 船运企业经营困难。主要原因是：机制不活、管理粗放、人才匮乏，技术创新能力较弱；企业组织结构不合理，或分散经营，或盲目扩大规模，形不成竞争实力；基础工作不扎实，未能很好地建立现代企业制度，富余人员过多，负担过重，油价等不断上涨，经营成本上升，而运价经常难以到位。上述问题在不同企业虽有差异，但有一定的普遍性，有的大型企业内贸运输一度亏损严重。

(3) 航运市场秩序比较混乱。由于海洋运输近年呈买方市场趋势，导致盲目竞争严重。一些企业互相杀价，争抢货源；经营行为不规范，欺行霸市；无证经营，超载运输；片面追求效益，忽视安全工作。部分执法部门监管不力，依法治运差距较大。

(4) 管理体制改革还不到位。主要表现在：一些地方部门、地区之间各自为政、条块分割，执法部门如运政、港政、港监、船检等部门管理交叉，政出多门；企业内部组织不合理，制约运输能力的提高；有些港口工作不到位，未能很好行使行政管理职责；部分企业仍寄希望一定的行政保护，现代企业制度建立缓慢等。各地情况虽不尽相同，但此方面的问题确实在一定程度上存在。

针对上述问题，应做好以下一些工作：

(1) 加速船型结构调整，优化船队构成。根据世界经济发展和外贸运输增长的趋势以及用户对海洋运输需求的变化，今后在增加航运运力方面要把握以下几个重点：一是发展用于铁矿石、石油、化学品等货物的专门运输船舶；二是发展用于产成品及高附加值的工业制成品的集装箱船舶；三是在专用化基础上力求大型化。海洋运输的运力结构当前不尽如人意，进行优化必须研究和制定航运业结构调整战略和发展规划，注意将经济、技术、法律和必要的行政手段结合起来，对技术落后的船舶退出市场要制定相应的办法，企业更新运力的资金要研究切实可行的方案，使之得到落实。

(2) 引导航运企业转变经营机制，提高企业活力。随着社会主义市场经济体制的逐步建立和完善，海洋运输企业必须形成适应市场经济要求的管理体制和经营机制，为此，应积极推行经营主体规模化，组建大型企业集团；实现经营主体多元化，开展有序、公平竞争；改革企业管理体制，建立并不断完善法人治理机构；发展多式联运和现代物流业，拓展业务领域；不断改善服务工作，努力提高服务水平。

(3) 抓好技术创新，努力提高海洋运输技术水平。这里所指的是海洋运输的整体技术水平，重点是开发船舶智能运输系统技术、船舶自动避碰技术、船舶防搁浅装置技术、卫星定位和导航技术、航海安全模拟仿真技术、船舶集成驾驶技术和船舶管理信息系统等，使海洋运输在保障航行安全、提高运输经济效益、规范运输企业竞争、构筑现代航运技术体系、发展物流服务和电子商务、建立完善航运网络、缩小我国海洋运输与经济发达国家技术差距等方面加快步伐，取得丰硕成果。

(4) 加强行业管理，规范航运市场。对航运企业规定明确的技术经济条件，作为市场准入标准对外公布；对航运企业和航运服务企业实行资格管理，并要求通过企业质量认证体系认证；加强对运输经纪人和运输中介机构的管理，进一步完善航运交易市场；建立企业联系制度，协调企业和各方面的关系；推进价格改革，建立运输价格公开制度等。海洋运输市场规范的工作量很大，而且会出现反弹现象，不可能一劳永逸，要不断加强有关的监督、检查、治理、整顿工作。我国加入世贸组织后，海洋运输市场出现了新的变化，应适应形势的发展，采取有力的措施，努力创造良好经营环境，维护好运输秩序，保证公平竞争，争取更大经济效益。

四、水路运输业在入世后面临的形势

世界贸易组织（WTO）于2001年11月10日在卡塔尔多哈召开的第四届部长会议上审议并通过了中国加入世界贸易组织的决定，12月11日，我国正式成为世界贸易组织的成员。

我国加入世界贸易组织从总体上看利大于弊，符合我国的根本利益和长远利益。就水路运输业而言，随之而来的既有机遇，又有挑战，应及时把握时机，趋利避害，做好各项工作，以促进水路运输业健康、稳定地发展。

1. 水路运输业对外承诺的内容

(1) 国际海上运输。包括货运和客运均对外开放，具体规定是，对外商从事挂靠我国港口的班轮和非班轮运输无限制；允许外商设立合营船公司，经营悬挂中国国旗的船舶，但外资比例不得超过49%；董事长和总经理须由中方确定；合营企业可享受国民待遇。

(2) 海运辅助服务。指装卸、集装箱场站、船舶代理等，允许外商设立合营企业从事船舶代理服务，但外资比例不得超过49%；允许外商设立外资控股的合营企业从事货物装卸和集装箱场站服务；合营企业可享受国民待遇。

(3) 港口服务。外商船舶在我国港口可在合理和不受歧视的条件下使用以下港口服务：引航、拖带，食品、燃料和淡水供应，垃圾收集和污水处理，驻港船长服务，助航设备服务，船舶营运必需的岸基服务（包括通讯和水、电供给等），紧急维修服务，锚地、泊位和锚泊服务等。

(4) 水路运输辅助服务。主要指仓储服务，仓储行业是独立的服务性行业，但其业务中很大一部分是为水路运输业务服务，其开放承诺是，从加入时起，允许外商设立合营企业从事仓储业务，但外资比例不得超过49%；加入后一年内，允许外资控股；加入后三年内，允许外商独资经营；合资和独资企业享受国民待遇。

(5) 国际集装箱多式联运。加入世界贸易组织后按新的规定进行，即从加入时起，外资比例不超过50%；不迟于2002年12月11日允许外商控股；不迟于2005年12月11日允许外商独资。

(6) 其他承诺。我国政府做出的有关服务行业的共性承诺也同样适用于水路运输行业，主要有：一是关于许可问题，审批的程序和条件应在实施前公布，并明确审批时限；主管机关收到申请后，应当迅速作出决定，驳回申请的，应当书面通知并说明理由。二是关于合资伙伴的选择问题。外国服务提供者在华设立合资企业可自行选择包括合营企业经营行业外的中国合作伙伴，只要该合作伙伴是在中国依法设立的企业。

2. 水路运输业面临的机遇和挑战

我国加入世界贸易组织后，面临着机遇和挑战并存的局面。

就机遇而言，一是由于世界贸易组织以市场经济为基础，其有关规则反映了市场经济的一般原则，故加入世界贸易组织后，可加快我国水路运输业社会主义市场经济体制的建设步伐，促进管理观念的转变和行业管理体制的完善。二是世界贸易组织的多边贸易体制以法制活动为核心，加入世界贸易组织后必将加快我国水路运输业法制化的建设进度，促进行业法规的建立。三是可利用世界贸易组织的多边谈判机制，维护我国正当的行业利益，消除外国政府对我国水路运输业和企业的歧视性待遇和限制，为水路运输企业创造良好的国际竞争环境。四是水路运输市场的进一步开放和竞争，有利于提高行业服务水平和技术含量，降低服务价格，造就高素质的企业队伍。五是外资的进入必然冲击我国水路运输市场，为适应新的情况，必须加快水路运输业结构调整，发展社会欢迎的运输形式和服务方式，提高社会效益和经济收益。

水路运输业在新形势下面临的挑战实际上反映出目前存在着的一些困难，主要是：第一，交通主管部门和航运管理机构对转变观念，使行业管理符合世界贸易组织的有关原则和要求，建立公平、竞争的统一市场环境认识不足，体制改革、职能转变未切实到位，法律、法规、规章与改革开放的市场规律要求相比，尚有一定的距离。第二，国内部分水路运输企业对外来竞争的压力思想准备不足，缺乏承受能力，不少企业规模小、技术落后、设备陈旧、现代化管理水平低，参与国际竞争条件不硬。第三，大量涌入的外国企业将以优厚待遇与国内企业争夺人才，人才竞争会不断加剧，人才流失在所难免。第四，行业涉外经济法规不健全，对市场的监管手段不完善，使行业管理部门对市场竞争中的不正当竞争行为缺乏管理力度，不利于行业建立和维护统一、公平的竞争环境。第五，随着外商逐步享受国民待遇，我国水路企业以前享受的保护措施和经营优势将逐步丧失，可是一些企业的管理者和经营者对此却不能充分认识，去积极迎接外资挑战。第六，在外贸货物运输中，近年来我国水路承运人的市场份额在近洋航班和远洋航班以及国际集箱装运输中都比20世纪80年代降低，加入世界贸易组织后将加剧目前的竞争形势，并可能进一步降低我国航运企业的市场份额，而我们缺乏有效的对策。第七，国外一些航运企业得到本国很多扶持政策的照顾，如财政补助、造船资金担保和利息补贴、拆船补贴、航运收入税减免、货载保留等，而我国航运企业缺乏这种扶持，与外国，特别是发达国家航运企业相比，在竞争中处于弱势地位。第八，我国船舶代理、港口服务等在理顺关系、健全法规、完善机制等方面尚有很多不足之处，影响水路运输业竞争力度的增强。

3. **水路运输业在加入世界贸易组织后应做好的主要工作**

我国加入世界贸易组织后，对外开放的各个行业都面临着严峻的考验。水路运输业的现状和存在的问题，迫使我们必须认真分析，研究对策，以适应新的形势。当前应抓紧做好的主要工作有：一是广大职工特别是领导干部要认真学习和掌握世界贸易组织规则，注重培养一批懂水路运输市场经济管理，熟悉世界贸易组织规则的专门人才，履行好对世界贸易组织所作出的承诺。二是对加入世界贸易组织后给水路运输业带来的风险和影响进行深入分析，研究相应措施，趋利避害，增强市场竞争和抵卸风险的能力。三是抓紧做好对水路运输业涉外经济法规的清理、修订和完善工作，对不符合世界贸易组织规则而且无法修订的法规、规章要坚决废止，使相关政策保持权威性，具有一致性。四是交通主管部门和水路运输管理机构要切实转变观念和职能，提高依法行政水平，使行业管理符合新形势的要求。五是在整顿基础上规范水路运输市场经济秩序，建立公平、公开、公正、竞争的市场环境和市场运行的信用机制。六是切实打破地区封锁和封建割据，清理地方政府壁垒性规定，凡是对外开放的要先对国内开放。七是鼓励企业通过资产重组、结构调整、选择经营方向以及采取各种形式的合作提高市场竞争力，努力使自已在竞争中立于不败之地。

五、水路运输业对外开放情况

党的十一届三中全会以后，我国开始推行改革开放的方针政策。有眼光的外商纷纷看好中国的市场潜力和前景，积极探讨和中国企业合作的可能性，寻求进行合作的途径和形式。水路运输业在新的形势下立足于促进水路运输事业的发展和进步，打破封闭状态，适度对外开放运输市场，引进外资建立合资航运企业，开发多种合伙经营项目。如今已取得很大的成绩，有效地改变了水路运输业的落后面貌。

1984年是水路运输对外开放迈出关键步伐的一年。这一年，交通部批准了第一家外商航运公司的班轮船舶挂靠我国港口。事隔一年后，即1986年批准第一家外商航运公司在我国设立代表处，同年又批准了第一家中外合资国际船舶运输公司和第一家中外合资国内船舶运输公司成立。1988年取消了对中国航运企业保留外贸货物运输份额的政策。1994年批准第一家外商航运公司在中国设立独资船务公司，从事为母公司揽货、收取运费、签发提单、签订业务合同等航运业务。1996年批准第一家外商航运公司在中国设立独资集装箱运输服务公司，从事订舱、拆装集装箱、仓储、收取运费和其他允许的服务费、签发货物收据、维修和保养集装箱及设备、联系和签订卡车运输服务合同等业务。至2000年底，境外航运企业在我国设立的代表处、办事处有500多家，中外合资船舶运输企业120多家，外商独资船务公司和集装箱运输服务公司及其分支机构110多家。近年来，随着开放程度的扩大，水路运输业的开放又出现了新的面貌。

在港口方面，我国政府鼓励中外合资建设并经营公用码头装卸业务，允许中外合资企业租赁港口基础设施，许可外商独资建设货主专用码头和专用航道。外商在投资开发成片土地时，开发商可在开发区内建设和经营专用泊位。自1987年批准第一家中外合资国际集装箱码头公司以来，进入本世纪后在我国沿海和长江港口中外合资从事装卸、仓储业务的企业已有

180多家，总投资达200多亿元，其中外商投资为110多亿。外国籍船舶在中国港口享受的各种港口服务，包括码头设施的利用、装卸费用、燃油及淡水供应等，完全享受国民待遇。在港口使用费方面，1992年我国港口费实行“三合一”（即国轮、外轮、国内付费人统一），统一了港口费率。不久前，又为适应加入世界贸易组织的要求，按国际惯例取消集装箱班轮速遣费，明确港航双方可协调优惠，在港口收费和价格上对外轮实行了国民待遇，实现了与国际接轨。

在船舶检验方面，自交通部1992年3月颁布《外国船舶检验机构在中国设立常驻代表机构管理办法》以来，先后有8家外国船级社在华设立了检验机构，开展船舶、船用产品和海上设施的检验业务。从具体的业务内容看，除了中国籍船舶的法定检验和中国籍国际航行船舶的入级检验外，其他检验业务均已向外国船级社开放。近年来，外国船级社在中国检验的各种新建造船舶已有300余艘，1000多万载重吨，占据了90%左右的新造船检验市场。另外，外国船级社基本控制了我国集装箱检验市场，我国生产的90%以上的集装箱制造检验都已由外国船级社完成。

六、我国航海史上的伟大创举——郑和下西洋

郑和，云南昆阳（今晋宁）人，本性马，回族。生于公元1371年，逝于公元1435年。曾随燕王朱棣（即明成祖）起兵，参加靖难之役立下战功，于永乐二年入内官，擢任官监太监，赐姓郑。因小字三保（也称三宝），于是世称“三保太监”。公元1405年，明成祖命其为正使、王景弘为副使，率水手、书记、医生、翻译和将士共约二万八千人，分乘数十艘大船（最大的宝船长四十四丈四尺，宽十八丈，可容纳一千人）从苏州刘家港（今江苏太仓浏河镇）出发，通使西洋，即今南海以西的海洋岛屿及沿海各地。历经占城（今越南南部）、爪哇、苏门答腊（今苏门答腊北部洛克肖马韦）、旧港（今苏门答腊巴林岛）、锡兰（今斯里兰卡），然后经印度

的西岸折返回国。此后又于永乐五年、七年、十一年、十五年、十九年、宣德六年（即公元1407年、1409年、1413年、1417年、1421年、1431年）六次出海远航，前后达二十八年，历经三十余国，最南到爪哇，最北到波斯湾和红海的麦加，最西到非洲东岸木骨都束（今索马里摩加迪沙）。

公元15世纪，我国的航运业十分发达，东南沿海岸边船厂比比皆是，造船技术亦领先世界。明成祖朱棣踌躇满志，命郑和率领当时世界上最庞大的船队南下，远航西洋各国，主要是显示中国强盛，同时也为招纳贡品及促进通商贸易。

据明朝文献记载，郑和在二十八年间“七下西洋”，其船队船只数目一般都在二三百艘，人员最多时约二万八千人，旗舰“宝船”比发现美洲新大陆的哥伦布的旗舰还要大数倍，就当时而言，设计先进，无论规模、技术均处于世界最高水平，为远航西洋提供了良好的物质条件。以至以后的人认为，以当时明朝船队的实力，要做到环绕地球探险并非不可能，但是令历史学家大惑不解的是，为何文献记载郑和的舰队最远只是到达非洲东岸，而没有继续西行环绕地球。

最近，一位英国历史学家通过展示表格、古代手工艺品和人类学研究成果，阐述了他的理论——哥伦布1492年发现美洲，比中国人晚了72年。库克、麦哲伦和达·伽马等探险家发现澳大利亚、南美洲和印度也晚于中国人。

这位学者就是曾任潜艇指挥官的加文·孟席斯，他花了14年时间，绘制了中国明朝郑和率领的船队在1421年~1423年间的航行路线。从中发现郑和率领着装有珠宝、丝绸和瓷器的多桅巨船进行了第一次环球航行，比葡萄牙航海家麦哲伦要早一个世纪。

最初，孟席斯想撰写一本有关郑和1421年航行的书籍。但在威尼斯作研究时，他看到了一张绘于1459年的地球平面图，上面已经有了南部非洲和好望角。而好望角直到1497年才被达·伽马“发现”。在那张平面图上还用中世纪腓尼基语标注说，1420年曾有人绕过好望角航行至贝尔德岛角，旁边还画着一艘中国大帆船。

孟席斯觉得这张图大有文章。他找到了早于库克、麦哲伦、达·伽马和哥伦布时期的中国星空图与地图。通过这些图他重新绘出了郑和的航线图。他认为中国人通过观察明亮的老人星来确定航向，一直航行到南极附近。于是他先确定了郑和一行所处的纬度，然后寻找书本和人类学的证据，证明中国人实际上已经实现了环球旅行。

孟席斯指出，15世纪上半叶，中国远航船队的规模已是英法海战中取胜的纳尔逊舰队的3倍，使16世纪的欧洲舰队相形见绌。遗憾的是，1423年10月郑和回国的时候，中国政局动荡、经济混乱，船队被封存起来，人员被遣散，船坞被关闭，航海记录也不知流落何处。尽管如此，一些地图和星空图还是被保存下来。商人尼科洛·孔蒂得到后，在印度登上了一艘中国船，将这些地图带到了威尼斯。在孔蒂1434年出版的游记中声称，他曾经由澳大利亚去过中国，比库克船长早350年。1428年，孔蒂在去威尼斯的路上，邂逅葡萄牙国王的长子，将所带图纸献给了这位王子，王子得到幸存的地图后，将其绘入了世界地图。孟席斯认为达·伽马、麦哲伦和库克曾使用过这些地图的复制件，其中包括巴塔哥尼亚（绘于1513年）、北美洲（绘于1507年）、非洲（绘于1502年）、亚洲和澳大利亚（绘于1542年）的地图。

上述观点得到其他一些学者、专家的支持，他们根据中国的史料分析后进一步指出，郑和在第七次下西洋回国后，国内形势已发生了变化，明成祖因财政问题不再支持耗用巨资派舰队出海的举动。

明成祖驾崩后，皇位相继由仁宗和宣宗接任，在郑和最后一次（第七次）航行后不久，朝廷下令严禁船只出海航行，并停止建造所有远洋帆船及进行修缮工作，违反者都被处死，结果很多航海文献也被毁掉。从此中国航海事业日渐衰落，而让倭寇在中国沿海一带开始肆虐，中国也由此开始走向闭关自守时期。与此同时，国际贸易和其后的工业革命却将西方世界推向了现代化。

专家们对史料中记载的郑和下西洋时乘坐的宝船资料表示了极大的兴趣，认为中国的造船技术当时在世界上已处于领先地位。我们不妨简要介绍如下：

船长130米，有9张帆，防水舱内储存了大量防水物资，船体即便破裂也不致急速沉没，其灵活的设计还能让船只在浅水中航行。

船内有郑和的住舱、供奉神佛的祭坛。货舱中存放瓷器、宝石等，以赠送给他国君主，彰显明朝威德。船的龙骨达四层楼高，透过复杂的船台系统控制航向。导航员每天在瞭望甲板上，通过绘制天象星宿图和测算航速来推算船的位置。船的排水量为3100吨，远远超过了当时任何欧洲船只。船员近1000人，包括占星家、医生、厨师、水手及侍卫等。

郑和七次下西洋的航行范围虽然尚无最后定论，但仅就已掌握的史料就足以让后人赞叹不已。毫无疑问，他和部下们的壮举促进了中国和海外众多国家的经济文化交流，密切了相互的关系，在中国和世界航海史上留下了光辉的篇章。郑和在率领船队远航过程中不忘让随行人员记录每天的见闻，最后整理出不少很有价值的资料，形成的著作有些流传至今，受到人们的称赞。如马欢的《瀛涯胜览》、费信的《星槎胜览》、巩珍的《西洋番国志》等，都弥足珍贵。

郑和于第六次航海回国后，曾任南京守备太监。最后一次远航时已年迈花甲，回国后不久即在南京病故。至今南洋各地还有不少有关他的传说和遗迹，甚至为他建立祠堂，以示纪念。

民用航空业的现状与发展

航空运输在五种运输方式中独树一帜，它以飞行的运载工具执行各种运输任务，具有高速、安全、舒适、经济的特点，在国民经济发展和人民群众外出旅行活动中具有独特的位移作用，其特殊的使用价值受到用户的广泛欢迎。

我国民用航空事业的迅猛发展是在改革开放以后，经济的突飞猛进，人民生活水平的不断提高，促进了民用航空业的技术进步。一个时期以来，国外先进飞机被大量有计划地引起国内，充实了各个航空公司的机队；机场建设受到各级政府的重视，建设步伐大为加快；通讯导航设施、设备进一步改善，明显提高了空管和导航能力；积极开拓航空市场，国内、国际航线大幅度增长。如今，我国民用航空业实力大增，不仅较好地满足了国内旅客乘飞机旅行的需要，而且在扩大国际交往方面发挥了十分重要的作用。

一、民航运输业的基本情况

我国民航运输业一如其他国家一样，由两大部分组成，一是运输航空，用于旅客运输、货物运输以及邮件运输，按照飞行范围，又可分国内航空运输和国际航空运输两大部分，在体制上以运输企业形式归口国家民用航空总局（以下简称民航总局）进行行业管理。二是通用航空，包括航空摄影、航空遥感、航空探矿、海上服务、航空调查、农业播种、林业播种、防治虫害、除草施肥、化学灭火、人工降雨等多种用途。由于其中不少项目属特殊服务范围，所以大部分属于业务对口部门管理。我们平常所说的民用航空运输即指前者，而且主要是航空旅客运输和货物运输。

我国民用航空运输业（以下简称民航）在新中国成立后的几十年来不断发展，进入改革开放历史阶段后更是加快了步伐。统计资料表明，1950年，我国只有12条航线，航线里程只有1.14万公里，其中国际航线3条，航线里程近7000公里，国内航线9条，航线里程5000公里左右，飞机更是少得可怜，才有30架。技术状况较差，航速较慢，票价较高，只能供少数人乘坐。30年后的1980年，情况发生了很大的变化，航线达到180条，通航里程达到20万公里，其中，国际航线18条，航线里程8.13万公里，国内航线159条，通航里程11.04万公里，地区航线3条，通航里程为0.6万公里，飞机达到462架。2001年，民航面貌出现了跨越式的变化，航线达到1143条，通航里程达到155.4万公里，其中，国际航线134条，通航里程51.6万公里，国内航线967条，通航里程98.1万公里，地区航线42条，通航里程5.6万公里，飞机达到862架。2001年的航线条数、航线里程数、飞机架数分别比1950年和1980年增长了113.3倍和5.4倍、135.3倍和7倍、27.7倍和0.87倍。增长幅度之大，在世界各国中实不多见。尤其是飞机，不仅数量增加很快，而且技术水平有了很大的提高，大型的先进的飞机越来越多，如2001年，运输飞机中大型飞机即占85.9%。至于机场，同样以较快速度发展。在民航班机使用的机场中，级别较高的4E和4D机场即有59个，占民用机场总数的46.8%。北京、上海、广州三个国际机场进行了改造或新建，使现代化程度有了进一步提高。目前，这三个机场航空枢纽和管制中心启动建设，基础设施也在不断完善，供油能力逐渐提高，机务维修水平明显提升，航空运输的综合保障能力和服务能力迅速增强。2005年，航线总数达到1257条，通航里程为199.9万公里，其中国际航线233条，通航里程超过通航里程总数的三分之一；国内航线1024条（包括港澳地区航线43条）。运输飞机架数达863架（另有通用航空飞机383架）。国内通航城市130个，通航机场139个（不含港澳），国外通航城市32个国家67个城市。内地有37个城市通航香港，8个城市通航澳门。民航

全行业飞机1246架。民航全行业实现主营业务收入1690亿元，主营业务成本1311亿元，另有三项费用213.9亿元，实现主营业利润332.7亿元。

二、民航运输业取得的主要成就

民航运输业取得的成就可概括为以下几个方面：

1. 运输生产不断发展

民航运输业一向重视生产和业务工作，改革开放后，更是以经济建设为中心，把握市场主动权，及时采取促销手段，精心组织和安排生产，使航空业务迅速发展，各个时期都取得了比较好的成绩，有效地发挥了在长途客货运输中的优势。1950年，民航客货运量很少，载运旅客仅1万人，运输周转量为157万吨公里，在全社会各种运输方式运输量中的比重微乎其微，可以忽略不计。1980年，旅客运输量达到341.8万人，旅客周转量达到38.8亿人公里，所占比重分别为0.1%和1.7%。2002年，旅客运输量达到8522.7万人，旅客周转量达到1268.5亿人公里，所占比重分别为0.53%和8.98%。就年均增长率而言，民航旅客运输量从1950年至1980年的30年间，平均每年递增21.48%，从1980年至2002年的22年间，平均每年递增15.74%；旅客周转量1950年至1980年平均每年递增22.06%，1980年至2002年平均每年递增17.18%，增幅均十分可观。货邮运输量由无到有，逐步扩大，从1980年至2002年，每年平均以17.80%的速度增长。"九五"期间，货邮运输量完成747万吨，2000年完成197万吨，2002年完成202万吨。2003年，中华大地上"非典"肆虐，使交通运输业遭受到空前未有的打击。尽管如此，但由于民航总局采取了一系列强有力的措施，设法弥补了各种不利因素带来的影响，仍然较好地完成了生产任务，全年的运输总周转量达到168亿吨公里，旅客运输量达8650万人，货邮运输量达212万吨，分别比2002年增长1.9%、0.7%和5%。全行业主营业收入达到1086亿元，同比增长0.22%。通用航空约完成作业飞行63000小时，比 2002 年增长 9.5%。2005 年，民航全行业完成运输总周转量 261.3 亿吨公里，旅客运输量 1.38 亿人，货邮运输量 306.7 万吨，分别比“九五”期末增长 112%、110% 和 90%，“十五”期间，这三大指标年均分别增长 16%、15% 和 14%。运输总周转量的排名已跃至世界前列，目前与美国相比，尚有较大的距离。

2. 基础设施建设进展顺利

新中国成立后，民航运输业的发展受到高度重视，机场建设速度加快，“七五”期间，新建、扩建机场 48 个，1990 年底，民航运输在用机场已达 98 个。2001 年底，民航运输在用机场达到 126 个，近两年又有一些新的机场建成投入使用。在机场数量增加的同时，能力也在不断提高。过去能起降波音 737 等中型飞机的机场即为人们所称道，如今能起降波音、麦道等系列大型飞机的机场已不在少数。之所以如此，除新机场按发展规划进行设计，起点比较高外，对老机场也进行了改造，如增多、加长了跑道，扩建了候机楼，改善了售票和仓储系统，安装了新型导航设备，更新了气象自动观测系统，提高了空管工作的效率，使在用机场的保障和服务能力明显改观。截止到 2005 年底，民用航空运输机场 137 个，通用航空机场（含农、林用临时机场或起降点）170 个左右。总体上讲，民航机场已基本适应需要，有部分机场超前发展，再过一二十年后仍不会落后。近年内，又将有新机场竣工和老机场航站区扩建工程完工，民航总局运行中心、三亚等区域的管制中心建成投入运用，使机场面貌出现了新的变化。

3. 航线网络布局日趋合理

过去较长时间内，由于资金短缺等原因，机场数量少，起降服务能力低，国际航线集中在北京、上海等为数不多的大城市。改革开放后，面貌有了很大改观。如今，国内民航运输基本形成以北京为中心，以上海、广州、成都、西安、武汉、沈阳等大城市为区域枢纽，幅射全国各大中城市的航线网络。在此基础上，照顾少数民族地区、边远地区，视情增开了一些航线。我国开通的国际航线，始发地主要集中在北京、上海等几个大城市，通航五大洲的数十个国家，航线和运量都呈增加的趋势。从目前航线布局来看，已考虑了多方面的因素，覆盖面很大，以前不合理布局现象已有很大改善。

4. 飞机更新步伐加快

新中国成立时，仅有为数不多的飞机，主要从旧政权接收而来，几乎都是老旧机型。以后陆续增加一些，但以原苏联生产的伊尔机型为主，使用多年，安全性、舒适性都较差，不能适应需要。改革开放以来，在国务院关心下，民航总局和地方政府认真研究，主管部门加快飞机更新速度，购进了波音系列以及欧洲空中客车系列等先进机型的数百架飞机，在较短时间内淘汰了一批老旧飞机。近些年，已组织几次大型采购活动，购进了新的优良性能的飞机，使我国民航企业拥有的运输飞机尤其是客机达到了世界先进水平。更新、新增飞机数量之多，速度之快，涉及企业之广，已引起国际社会的关注，美国波音公司等著名飞机生产厂家十分看好中国民航带来的商机，积极开展了一系列的商务活动。

5. 民航改革正在深化

党的十一届三中全会后，随着经济的不断发展，民用航空系统进行了一系列改革，取得了一定的成绩，但管理体制和经营机制不适应形势要求的问题依然突出。为使民航改革进一步深化，2002年3月3日，国务院以国发［2002］6号文件印发了《民航体制改革方案》，明确了民航体制改革的目标、指导思想和主要内容，并成立专门的工作小组，领导协调民航体制改革工作。按照改革方案的要求，首先对全国民航企业进行了重组工作，组建了6个新的集团公司，即中国航空集团公司、中国东方航空集团公司、中国南方航空集团公司、中国民航信息集团公司、中国航空油料集团公司、中国航空器材进出口集团公司。当年10月11日，均已挂牌成立，并与民航总局脱钩，交由国资委管理。机场实行属地化管理改革，90个机场的资产和人员移交地方政府管理。民航总局完成机构职能调整，对全行业的管理从过去行使资产人员管理和行业管理转变为只行使行业管理。地区管理局完成机构改革，撤销民航省（区、市）局，组建省（区、市）安全监管办公室。空管体制改革取得阶段性成果，原民航省（区、市）局空管部门与机场分离，成立了32个空管中心（站），形成了总局空管局——地区空管局——空管中心（站）业务垂直管理的空中管理体系。空中警察队伍组建完成并上岗、执勤，机场公安体制改革逐步推进。

三、民航运输业存在的主要问题及需要加强的有关工作

在充分肯定民航运输业取得的成绩的同时，也要看到还存在着一些问题和矛盾，必须以改革和发展的办法，采取有力措施，有针对性地妥善解决。

当前存在的主要问题是：

一是尽管民航运输业不断前进，为满足经济发展和人民旅行需要做出了很大的贡献，但是从整体上看，还不能很好地适应国家经济社会发展的要求。

二是民航机场经济效益普遍不佳，亏损面很大，在一定程度上影响了机场作用的发挥，给机场下放，进行属地化管理工作带来了一些消极因素。

三是民航安全虽然受到高度重视，也提出了明确的要求，但安全事故仍有发生，继2002年发生特大运输飞行事故和空难之后，2003年，航空运输和通用航空又都发生了不同程度的安全事故。

四是民航体制按照中央的部署和要求正在稳步推进，但政府和主管部门的职能转变显得有些迟缓、滞后，思想认识、工作方式、管理手段与改革的新形势还不能适应。

五是民航运输服务工作还存在一些不足之处，服务质量还不够高，服务效果还不够好，与旅客、货主和其他用户对民航服务的要求还有不小差距。

鉴于存在的上述问题和其他有关问题，考虑到我国民航运输业在国民经济中的地位及发展趋势，根据与时俱进的思想和科学发展观的要求，今后应加强以下几个方面的工作：

(1) 进一步加快发展步伐，更好地适应经济社会全面发展的需要。以经济建设为中心，促进运输生产的跨越式发展，努力提高社会效益和经济效益，是交通运输业面临的重要任务。民航运输业在党的十六大之后，面临着国民经济和社会持续快速健康发展，全面建设小康社会正在逐步落实，人民生活水平不断提高，交通运输需求日益增大的新的形势，既有动力，也有压力。民航运输虽经多年努力有了长足的进步，但客货运输能力仍显不足，基础设施比较薄弱，还不能很好地适应需要。因此，首先要适当增加运力，继续购买一定数量的性能先进的飞机，并使维修工作与之配套，使民航运输装备的技术水平进一步改观，切实提高运输能力尤其是货运能力。其次要加强民航基础设施建设，包括加快空中交通管理设施设备的更新改造，引进新技术，努力实现民航运营与管理的信息化；搞好机场建设，特别是首都机场的扩建和几个大城市机场的改造更要抓出成效，尽量减少民航运输发展的制约因素；对民航运输航线加大发展力度，国际航线应增加通航国家，国内航线在增加通航城市的同时，要使布局更加合理。民航总局对2004年提出主要预期目标是：全行业运输总周转量是200亿吨公里，旅客运输量10380万人，货邮运输量250万吨，分别比2003年增长19%、20%和18%；通用航空作业飞行小时达到66150小时左右，比2003年约提高5%，2005年又提出了比上年更高的要求。经济指标在一定程度上反映了社会需求，当前和今后都应抓好生产，完成各项主要任务。

(2) 认真落实对民航机场的改革要求，努力提高经济效益和社会效益。按照国务院批准的《民航体制改革方案》要求，机场下放、实行属地化管理工作几年来比较顺利地进行，目前，原由民航总局直接管理的机场资产和人员已基本都交给地方政府管理。毋庸置疑，机场下放是民航体制改革中的一项重要内容，能否成功，关系到这次民航体制改革的成败。当然，我们也应看到下放不是目的，关键是抓好机场建设，将机场经营搞活做强，使社会效益和经济效益都能有明显的提高。据了解，民航机场大多经营困难，效益不佳，亏损严重，在民航总局直接管理的86个运营机场中，亏损面曾高达80.2%。下放属地管理后，此问题必须尽快解决，否则无实际意义。为此要针对过去存在的诸多问题，采取新的办法，改变经济效益差的状况。首先要按照《公司法》的要求，将机场建成规范化的公司制企业，使之成为自主经营、自主发展，按市场化进行运作的经济实体；其次要根据当地实际情况，建立适应发展要求的机场运营管理模式。民航机场中情况有很大差异，有经营型的，有公益型的，还有两者兼具型的。可针对不同类型，对机场公司实行不同的运营管理模式，不搞一刀切。有一点要强调的是，不论哪一种形式，都要独立核算，明确盈亏，区别情况进行妥善处理，千万不可再吃"大锅饭"，无原则地照顾、补助。再之要争取建立多元化的机场建设投资体制，多渠道、多形式吸纳国内外资金，包括民间资金，以加快机场扩建、改造的步伐。有条件的机场公司也可以通过资产重组，使股票上市，广泛地筹集建设资金。为充分利用机场资源，还可实施综合开发，一业为主，多业兼顾，对搞活经营不失为有益之举。最后要强调的是，应注意不断地改进服务工作，努力提高服务质量，建立良好的信誉保证体系，以吸引更多的客、货源，增加营业收入。据悉有的地方政府接收民航机场后，始而热，为当地有了自己管辖的机场沾沾自喜；不久看到扭亏无望，又由热变凉，产生抛包袱的想法，不再关心支持，有的甚至想一卖了之，或以改制名义将经营负担和风险压给企业承担。这些做法颇为消极，亟应调整思路，以积极的态度处理好有关问题。

(3) 千方百计抓好安全工作，最大限度地避免或减少安全事故。安全第一是党中央、国务院多年来对民航运输工作一再强调要抓好的头等大事，今后仍然不可忽视，一定要抓好，抓出成效。平心而论，与其他运输方式相比，民航发生的事故概率不高，然而由于飞机在空中飞行，一旦出现问题，就可能机毁人亡，造成全机覆没的严重后果。而且由于服务对象的阶层相对较高，故消息会不胫而走，传播很快，负面影响很大，短时间内很难消除。抓好民航安全，首先民航部门的职工在思想上要高度重视，牢记周总理等中央领导人的指示，绷紧安全这根弦，牢固树立安全第一的观念，明确安全生产责任重于泰山这个非常重要的道理。其次要严格落实安全生产责任制，切实抓好飞行组织、机务维修、机场安检等主要环节，堵塞漏洞，不留隐患。再之要加大安全投入，完善安全设施，加强安全培训，提高安全生产管理水平。总之，要警钟常鸣，措施到位。民航部门在安全工作方面已有多年工作实践和不少好的经验，只要能结合新情况、新问题在思想上重视，在制度上落实，在手段上强化，在技术上提高，就一定会做出新成绩，创出新局面。

(4) 加强和改善管理工作，建立统一开放、竞争有序的民航市场体系。多年来民航运输业由国家航空公司垄断经营，形成封闭的管理、运营系统，市场化程度很低。改革开放后逐步打破了国家航空公司一统天下的局面，地方兴办民航的积极性高涨，区域性、地区性的航空公司纷纷建立起来，民航企业之间的竞争局面初步形成，民航运输市场正在培育和发展，人民群众越来越多地从改善服务中得到实惠。当前在规范民航运输市场方面的工作主要是：首先要根据加入世贸组织后的新形势，逐步放松国内航线的经营审批权，渐进有序地对外开放航权，建立较为宽松的、公平合理的、有法规保护的、市场化的管理制度。其次是放宽市场准入，允许各类投资者根据准入条件进入民航市场，同时探索建立市场退出机制。再之要防止垄断和区域封锁，大力推进公平有序竞争。第四要稳定现行的运价幅度管理政策，并逐步放松运价管制。第五要改革机场收费体制，建立航空公司、机场、航油企业、航信企业互利互赢的经济关系。第六要通过试点和立法，调整大型机场起降时刻的制定方法，建立航班时刻公平分配管理程序与有效使用机制。第七要整顿市场秩序，依法规范经营行为。对已形成的民航运输市场要加强行业管理的宏观调控工作，使之沿着统一开放、竞争有序的方向发展。

(5) 继续深化改革，完善与市场经济相适应的新型民航体制。民航体制改革已按照国务院《民航体制改革方案》稳步进行，迈出了可喜的步伐。但后续工作很多，要积极推进，逐步加以落实，努力达到预期目标。首先要继续做好省（区、市）民航行政管理体制改革、机场属地化管理改革以及机场公安体制改革等工作。其次要进一步完善空管体制，明确总局和地区局在空管方面的职责，调整空管局内设机构、建立完善的法规体系，加大空管工作的力度，适应民航事业的发展。再之要完成民航科研单位和民航协会的改革，使之更好地为民航运输服务。另外要坚持市场经济的政策导向，积极促进民航企业改革，切实使这些企业在国家方针政策引导下，自主经营，自主发展。在“十一五”期间，民航行政管理体制改革将进一步深化，政企分开、政事分开、政资分开将进一步推进，政府职能将进一步转变，各项具体改革将进一步实现，改革必将引起我国民航事业深刻的变化，丰硕的成果将会充分地展现在国人的面前。

(6) 实施人才兴业战略，提高职工队伍素质。人才是事业的基础，实施人才兴业战略，是事关行业长远发展的大事。民航运输属高科技产业，有无高水平的人才尤为重要。为此民航部门要制定人才工作中长期规划，指导人才培训和人力资源开发工作；推进民航教育工作，发挥现有院校力量，培育民航特殊专业人才；通过多种形式，培训在岗工作人员，特别是高层次管理人员；要建立人才信息库，改革用人机制和分配机制，努力稳定人才队伍。要求通过学习、培训等工作，使民航队伍素质进一步提高，优秀人才脱颖而出，为民航的进一步发展奠定扎实的基础。

四、我国民用航空对外开放任重道远

漫长的复关入世谈判随着2001年11月10日在卡塔尔多哈召开的世界贸易组织第四届部长会议审议并通过中国加入世界贸易组织的决定而画上了句号。交通运输行业所关注的对外商承诺开放的项目和内容已经揭晓，从了解到的情况来看，民用航空暂时榜上无名。与已作出承诺的行业相比，民航似乎可以超然物外，不必为应付世界贸易组织的规则而思索对策。但是，对此事要进行全面分析，不能简单化对待。因为目前未按世界贸易组织服务贸易要求对外承诺开放不等于今后永远不承诺开放；此外，当前不按世界贸易组织服务贸易要求承诺开放也不意味着不在国家政策允许范围内适度开放。事实上民用航空开放的大门早就开启，开放机场及开办国际航空运输业务已有多年历史。但是迎接外商进入我国民用航空的某些领域，中外合资经营航空运输却由于受到政策限制一直未能迈出步伐。正确认识面临的形势，及时制定行之有效的措施，是民用航空领导机关和相关企事业单位必须高度重视的问题。

1. 民用航空开放最初迈出的步伐

民用航空是我国综合运输体系中的重要组成部分，由于它具有使用飞机通过空中飞行完成运输任务的特殊性，长期受到严格保护和管理，国家投资兴建，独家垄断经营。实行改革开放政策后，民航企业出现多元化经营格局，但仅是中央和地方两个层次，国外企业则很难进入中国民航的经营领域。近些年，随着我国对外开放的不断扩大，特别是加入世界贸易组织的客观要求，在一定程度上促进了民用航空的对外开放。原国家计委、经贸委、外经贸部数年前曾联合发布了《外商投资产业指导目录》及附件，其中对民用航空的开放作出如下规定：

在鼓励外商投资产业目录部分的“交通运输，仓储及邮电通信业”类别中列出外商可以投资民用航空的领域是：

① 航空运输公司，但必须由中方控股。

② 农、林通用航空公司，仅限于合资合作。

③ 民用机场的建设、经营，但须由中方相对控股。

在限制外商投资产业目录部分的“交通运输、仓储及邮电通信业”类别中也列出民用航空允许外商投资的领域，只有一个，即摄影、探矿、工业等通用航空公司，但须由中方控股。

2. 民用航空业扩大开放新的规定

2002年8月1日，新的《外商投资民用航空业规定》经中国国务院批准正式实施。新的规定放宽了外商投资中国民用航空业的范围、方式、比例、管理权限等方面，外商投资中国航空业从此走入了另一个新天地。

新的《外商投资民用航空业规定》更多地体现了扩大投资范围，由原来规定外商投资公共航空运输企业只试点一两家改为取消试点的数量限制，允许外商投资现有的任何一家公共航空运输企业；外商投资通用航空领域，由只允许外商投资农林业通用航空，改为除涉及国家机密的项目外，其他通用航空领域外商均可投资。

同时，新规定拓展了外商投资的方式，原来规定外商以合资、合作方式投资民用航空业，如今新增加了外商可通过购买股票投资等新的投资方式和“其他经批准的投资方式”。新规定还放宽了外商投资比例，过去投资民用机场规定外商投资比例不得超过49%，中方必须控股，现在改为外商投资民用机场，应由中方相对控股；原来规定公共航空运输企业外资股比例不得超过35%，有表决权比例不得超过25%，改为现在的外商投资公共航空运输企业，中方应当控股，同时一家外商（包括其关联企业）不得超过25%。

另外，对于公务飞行、空中游览和工业服务项目，过去不允许外商投资，新规定也放宽了投资限制，可以投资，但须由中方控股。从事农林渔业作业项目，由中外双方商定。对航空运输相关项目的外商投资比例，原来没有明确规定，新规定对不同经营项目做了不同规定，航空油料供销、飞机维修项目，由中方控股；货运仓储、地面服务、航空食品、停车场等项目，由中外双方商定。

新规定还增加了外商管理权力，由原来规定外商投资民用机场、航空运输企业，董事长和总经理必须由中方担任，改为对外商投资的民航企业董事长、总经理是否由中方或外方人选担任，没有限制条件，也就是说，董事长、总经理可由外方担任。

上述规定显然已突破了《外商投资产业指导目录》中的有关内容，应当说是一个不小的进步，表明我国在解放思想、深化改革、扩大开放方面又迈出了新的步伐。

3. 国际航空运输市场开放的走向

积极、渐进、有序、有保障地开放国际航空运输市场，是国家民航总局一直坚持和推进的基本政策，总局国际司有关负责同志就此方面的问题对未来走向谈了很有针对性的意见。

首先，有意识的通过航权交换解决一些中国民航在成为航空强国的发展道路上基础性障碍的问题。民航总局希望不仅要充分发挥大航空公司的作用，还要发挥其他航空公司的作用，包括民营航空公司和中外合资航空公司的作用，共同经营和发展我国的国际航空运输。

其次，鼓励中国国内各航空公司努力开通一些中远程直达航线，借助航空联盟，依托周边、拓展亚洲、着眼全球，开拓国际航空运输市场，冲破周边国家对我国航空运输的包围。利用增加第五业务权、增加第三方代码共享以及灵活性等方式，加快建立中国航空公司的全球航线网络，提高我国国际航空运输市场竞争力和运输量。

再之，航权开放应该和航空枢纽机场建设结合。通过增加第三、第四种业务权、放松国际航空运输市场准入、鼓励代码共享合作以及货运先行开放等方式，大力推进我国航空枢纽建设，构筑在国际航空运输市场上有竞争力的航空枢纽。

最后，目前中国已经是民航大国，以往中国与外国进行的国际谈判往往是双边谈判，今后将越来越多地进行多边谈判，以期在国际航空运输事务中发挥更大的作用，为中国民航运输行业争取更多的利益，向民航强国迈进。

4. 民用航空开放的意义和存在的主要问题

从上述摘引原国家计委、经贸委、外经贸部联合发布的《外商投资产业指导目录》以及经国务院批准新的《外商投资民用航空业规定》有关内容分析，不难看出，国家对民用航空的对外开放已经下了决心，作出部署，特别是鼓励外商投资航空运输公司，在中方控股的前提下合资经营客、货运输业务，更是一项重大的决策。近年来，我国民航对外开放已经迈出了步伐，如已与蒙古、法国、日本等20多个国家签署了双边航空运输协定和航权安排协议，试点开放货运第五业务权，发展民航双边关系；参加国际民航组织举办的会议、活动；审批外商投资企业及办理境外投资项目等。民用航空对外开放的意义非同小可，主要表现在：

① 进一步提高了国际社会对中国改革、开放政策的认识，坚定了外商向我国交通运输业投资的信心。民用航空是国家垄断的产业，如今竟然对

外开放，其他的一些行业有什么理由不能开放呢？

② 有利于民用航空引进国外资金、先进航空设备以及高水准的管理方式，对机场改造、飞机更新、开拓新的经济增长点有很大的好处，尤其是地方航空运输企业扩大合作渠道后，更是有助于改变落后面貌。

③ 新的《外商投资民用航空业规定》公布民用航空对外商进一步开放的范围等是在我国加入世界贸易组织之后，无疑会使长期平稳运行的民用航空受到更大的冲击，感到竞争的压力。为此，必须变“观战”为“参战”，制定有效措施，努力增强实力，适应新的形势。

④ 外商投资民用航空对相互直接沟通信息、交流经验带来了更多的机会，可以促进我国的民用航空企业从体制和机制方面更好地与国际接轨，在世界航空运输之林中取得较强的地位。

⑤ 会进一步拓宽职工的视野，促进素质进一步提高，使大家站在新的高度上了解世界航空运输的动态，从中寻找差距，认识不足，为今后加强学习，掌握新的知识夯实基础。

目前存在的主要问题是：

① 由于长期未对外开放，使一部分领导同志和工作人员思想观念及工作方式都停留在传统位置上，一旦打破这种状况，就会感到突然。为此，需要有一个适应过程。

② 涉外法规不健全，特别是涉及到行业行政管理方面的法规、规章更是不能满足需要，距离建立完善的航空运输法规体系尚有不小的差距。

③ 国内航空运输企业与中外合资航空运输企业在开展业务过程中可能会产生一定的矛盾，如何协调关系，促进合理竞争，持续、稳定地发展我国民用航空运输事业，是今后必须关注的一个重要问题。

④ 民用航空项目投资量大，回报周期比较长，吸引到条件较好的外商投资并不容易，需要在加大宣传力度过程中找到有缘份的合作伙伴。

5. 近期内应抓好的主要工作

民用航空开放之门既已打开，就应做好准备，真心实意地迎接客人的到来，当前要做好的主要工作有：

① 进一步转变政府职能，正确处理行业管理与资产管理部门的关系，正确处理搞活市场与扩大开放的关系，使吸引外商投资民用航空业与扩大国际航空运输市场开放在正确的轨道上运行，切实取得成效。

② 组织有关人员认真学习世贸组织规则和我国关于外商投资的方针政策、法规规定，既要掌握对外开放的知识，又要加深对外开放意义的认识，使民用航空对外开放深入人心，得到广泛的支持和理解。

③ 尽快建立健全民用航空运输法规体系，加强法制建设工作。针对开放工作的需要，对缺少的法规、规章要及时制定；对不适应的法规、规章要及时修订；对无用，甚至会起负作用的法规、规章要及时废止。要通过这项工作，真正落实依法行政、依法治运的要求。

④ 加速人才培养，提高职工队伍的素质，使管理工作和经营工作适应对外开放的需要。

五、世界航空运输发展趋势

进入21世纪，世界航空客运的走势依然是致力于改善经营管理，提高服务质量，千方百计满足旅客的要求。围绕此目标，正在加强机场建设，淘汰老旧飞机，努力提高员工素质，使民航客运服务不断出现新的面貌。与此同时，认真抓好航空货运，使之努力适应经济全球化的新经营趋势，这种新的动向也引起经济界人士的高度关注。综合分析出现的各种情况，主要有以下几个特点：

1. 货运经营战略地位提高，货运航空公司增多

许多大型航空公司在机构设置、机型选择、航线航班安排、收益核算等方面，赋予航空货运以应有的战略地位，或客货运分开经营核算，或建立货运公司独立运营。如香港国泰航空公司1998年将货运独立，拥有6架波音747货机，还预订了两架波音747－400型货机，1998年货运收入占公司总收入的26.4%，每吨公里收益27.6美分。一直只经营航空客运的香港

港龙航空公司在2000年申请经营货运并获主管当局颁证，现湿租美国阿特拉斯航空公司一架波音747货机加盟运营，经营国际货运。德国汉莎货运公司作为汉莎航的子公司，除保持独立的货运网络，飞往60多个城市外，还租用母公司的客机货舱载货。2000年完成货物周转量76.7亿吨公里，位居世界货运航空公司的第二位。此外，该公司还持有印度兴都杰货运航空公司40%的股权，在阿联酋沙迦设立经营货运的枢纽机构。1999年全球新成立经营定期货运航班的航空公司有16家，新成立经营定期客运航班的航空公司只有6家。2000年全球新成立定期货运航空公司6家，而客运航空公司减少了5家。

2. 航空货运与航空快递的界限已经消失，航空快递成为效益最佳的货运部分

运输方式之间的竞争，航空运输企业之间的竞争，除表现在运价收费标准等方面外，最关键的还是速度和服务技术的竞争。快递传递信息快，加快包裹货物运送速度，符合新经济时代的普遍要求。为适应客户需要，航空货运公司积极调整经营方式，重视支线航空货运，积极进入快递市场，信息采集使用计算机，实行海陆空联运，使航空货运和快递融合在一起。

20世纪90年代以来，美国联邦快递实施高速发展战略，多次调整经营方向，而且每次调整都是围绕发送时间进行，现在已将跨洲发送时间由20世纪80年代的平均12天缩短到现在的平均2天。以后联邦快递、联合包裹、敦豪公司等均先后进入航空邮件、包裹特快服务领域，收益十分可观。在美国，信函投递费每磅近20美元。近年，联合包裹等航空企业均有丰厚盈利，其中联合包裹公司1999年获纯利23亿美元。

3. 合作经营成为航空货运的普遍形式，货运联盟逐步增多

航空货运合作经营，一是按1993年2月生效的《华沙公约》的规定，航空公司之间实行跨国联合运输；二是按航空公司间签订的货运合作协议或航空货运代码协议，实行公司跨国合作运输，形成环球货运服务网络；三是国际多式联运，航空公司与相关国家的地面运输公司签订协议，由其承担空运货物到达后的地面运输和派送，从而在航空始发地就向货主签发直达目的地的空运单；四是随着空运全球化的推进，航空公司结构发生重大变革。

为了使航空货运业务能以最快的速度和最小的投资覆盖全球，航空货运联盟开始出现并逐步增多，使合作经营进入新的阶段。这些联盟形式虽不尽相同，但都增强了经营实力和竞争能力。例如汉莎航、北欧航、新加坡航组成了航空货运联盟；法国航、达美航、墨西哥航、大韩航组成了天合联盟，将客运扩大到货运，并从2000年1月正式启动；日本航和美国西北航各投入10架波音747－400型货机从2000年9月1日起开始经营货运联盟业务，主要业务集中在亚洲至美国航线，以后扩大到其他经营区域；美国西北航、荷兰皇家航等在跨大西洋航线上也实行了货运联合经营。

4. 随着电子商务的不断发展，航空货运业的基本构成已从飞机和机场转移到现代信息系统平台和传统运输手段相结合的现代物流业

随着经济全球化的推进，竞争无国界和企业相互渗透的趋势越来越明显，市场竞争已由企业竞争转变为供应链和企业联盟间的竞争。面对日趋激烈的市场竞争环境以及客户需要的多样化与个性化和消费水平不断提高的市场需求，企业一方面越来越注意利用自身的有限资源形成核心竞争力，发挥核心优势；另一方面，充分利用信息网络寻找可能互补的外部优势，与其供应及分销商、客户等构建供应链网络组织，通过供应链管理共同形成合作竞争的整体优势。

发达国家少数大型货运航空公司发挥航空运输优势，将过去分散的仓储、陆运、海运业有机结合起来，除储存、包装、装卸、运输等环节外，还开展预测、采购、订单处理、配送、物流方案设计、库存控制、维修等增值服务，为客户提供包括信息流、资金流、商流等全面的系统服务，成为现代物流业的生力军。为此，他们建设了完善的物流网络系统、信息处理及跟踪系统和全方位的服务系统，从而使航空货运业的快速性、准时性、适应性、经济性和安全性达到新的水平。

在发展现代物流业中，美国的联邦快递、联合包裹、敦豪公司堪称航空运输业的佼佼者。如联邦快递公司已成为世界最大的航空货运企业，控制着美国散货卡车运输公司，总资产达到107亿美元，在芝加哥、法兰克福、洛杉矶、巴黎、苏比克湾等十几个大型机场设立了飞行基地和物流中心，在210个国家和地区建立了销售服务网站。美国国内48个州的货物可隔天（不含时差）送到，到欧洲、大洋洲、非洲地区的货物2～3天即可送达，为货主、顾客提供采购、运营、查询、管理、维修、结算等服务。

5. 现代航空货运和物流业是机场搭台，政府支持，航空公司唱戏的综合成果

世界重要的航空枢纽除自己大力扩建货运设施外，还支持航空公司独立或合作建立货运、物流中心。美国达美航空公司在亚特兰大、达拉斯、波特兰机场，大力投资货场及货运处理设施建设。菲律宾政府提供廉价土地、便捷的海关服务、低税收政策支持联邦快递公司及外商在苏比克湾设立物流服务中心和自由贸易区，从而使苏比克湾机场成为联邦快递公司在亚洲的货物、包裹邮件转运中心和许多国际工商企业的工业及贸易自由区。

据2000年底和2001年上半年的资料显示，各预测单位对未来世界民航货运的发展预测值不太一致。2000年底，美国波音公司预测未来20年航空货运年均增长率为6%；美国联邦快递预测未来20年航空货运年均增长率为6%～7%，世界航空快递业的年均增长率为12%～14%；世界航空货运规模由2000年的1500架增长至3500架，同时客货混装飞机还将提供另外3/4的货运能力。尽管预测值不一样，但有几点是一致的，即未来世界航空货运年均增长率要高于客运1～2个百分点；快递业的增长率要高于普通货运业的增长率；由于电子信息技术的迅速发展，航空邮件业发展将降低速度并可能呈现负增长。

对美国的“9·11”恐怖袭击事件和美英等国对阿富汗、伊拉克等实施军事打击以及全球反恐突出后，航空运输业受到很大的影响。对航空客运、货运的打击都很严重，全球航空运输业要花几年的时间才能从危机中逐步恢复过来。美英等国发动的反恐怖军事打击如果继续扩大，将对世界经济和航空运输业产生更严重的冲击，航空货运和现代物流业的发展将会进一步降低速度。

管道运输业的现状与发展

在我国的五种运输方式中，管道运输最为特殊，它的运输工具是管道及附属的有关设备，不像火车、汽车很直观地在运输线路上运行，而是大多埋于地下，以隐形方式进行运输生产活动。目前，我国的管道运输主要输送石油和天然气，其中，石油管道运输又分原油和成品油运输两种形式。管道运输过去由于运量不大，故不引人注目。改革开放后，随着石油天然气工业的进一步发展和管道运输技术水平不断提高，管道运输的作用受到国家的高度重视，加大了投资力度，加强了基础设施建设，从而加快了发展步伐，特别是在我国加入世贸组织后，改革开放不断深化，市场化程度逐步提高，管道运输面临着新的机遇和挑战。当前正在深入进行管理体制改革和结构的调整，并已初见成效，不久必将以崭新的面貌出现在国内和国际社会。

一、管道运输的现状

新中国成立后，特别是20世纪60年代中期，中央针对成品油需求量不断增大，国外进口油价较高的实际情况，下决心狠抓了石油工业，一段时间内会战此起彼伏，几个大的油田先后向世人展现。为适应原油和成品油生产和供应的需要，管道运输乘势而上，迅速发展，成为综合运输体系中一种新的运输方式。经过几十年的建设，如今已颇具规模，有力地促进了石油、天然气工业进入新的发展阶段。主要成绩表现在以下几方面：

1. 管线长度有了较大幅度的增加

解放前，我国油田寥廖无几，管道运输线路长度少得可怜。新中国成立后，百废待兴，一时难以顾及石油工业的发展，管道运输自然提不到议事日程上，直到1954年，输送原油管道只有4.6公里。以后，由于日益引起国家高度重视，各大油田、气田相继开发、投产，炼油工业得到加强，使原油、成品油和天然气输送管道得到很快的发展。1980年，原油输送管道达到5438公里，比1954年增长1181.2倍，成品油输送管道达559.8公里，天然气输送管道达2662.5公里，分别比发展初期增长100余倍和50倍。2001年，以上三类管道长度分别达到11791.3公里、1481.2公里和14035.3公里，与1980年相比，分别增加1.17倍、1.65倍和4.27倍。此外，还有输送其他气体的管道247.6公里。2001年在输油气管道总长度中，输油管道占48.2%，输气管道占51.8%，输油气能力分别达到34432.9万吨和3538.6万吨。2005年底，我国输油气管道长度为43981公里，其中输油管道长度为20984公里，输气管道长度为22997公里。在输油管道中，输送原油管道长度为15541公里，输送成品油管道长度为5443公里；在输气管道中，输送天然气管道长度为22451公里，输送其他气体管道长度为546公里。2005年，输油量达27014.1万吨，输气量达4022.3千万立方米。其中，输送原油量达23434.1万吨，输送成品油量达3580.7万吨；输送天然气量达3740.9千万立方米，输送其他气体量达281.4千万立方米。

2. 管道技术水平有了一定提高

针对过去管道运输中科技含量不高的状况，改革开放后，尤其是近年来，石油、天然气建设和生产部门重视科技工作，提出"抓住重点、集中优势、突出效益与创新"的指导原则，在学习国外经验的基础上，针对存在的实际问题，组织力量对管道设计、施工、油气储运等生产及经营活动中的一系列难题，开展科技攻关，取得了一批具有较高水平的科技成果。

在工程设计方面，成品油顺序输送优化设计、两级减压设计、定向钻的使用、输油管道自动化控制等颇引人注目。

在施工装备方向，PAW2000焊机、管端坡口整形机、气动内对口器、管口预热器、管道多功能自动切割机等效果明显。

在防腐施工方面，大口径弯管外防腐作业线、新型油罐防腐涂料、浅色内防腐防静电涂料和外防腐聚氨酯耐候涂料等提高了防腐能力。

在施工技术方面，研究出一批先进设备、施工方法，使山区大落差石方段，湿陷性黄土及沙漠、沼泽、滩涂、水网地带施工中的难点问题得到较好解决。

在科技信息方面，针对管道（含储罐）勘察设计、施工及技术服务三大主营业务进行全面分析研究，在对未来几年进行预测基础上，提出全面性的技术发展方向、目标、实施计划的技术创新战略，并立足于增强竞争力，开发、研究有关的关键技术。

为拓宽管道科研人员的知识面，主管单位邀请美国阿拉斯加大学、美国环球公司及OPE公司、意大利PWT公司及米考坡瑞公司、瑞马克公司、挪威海底管道检测公司、德国海瑞克公司及UTP公司、俄罗斯动力诊断公司和国内的大连海事大学、天津大学等多所院校及公司，就海洋管道设计施工技术及装备、冻土地带管道设计施工技术、非开挖管道穿越新技术、管道介质输送工艺及管道焊接工艺等进行了技术及学术交流。

近几年，结合西部管道建设和国外苏丹、利比亚管道工程，管道局科研人员进行了刻苦的技术攻关，获得了一批实用性技术成果。

3. 经营管理工作有了很大的改善

近年来，石油天然气经营管理部门强调“强化管理，提高经济效益”，针对企业工作中的盲点和热点问题进行专题研究，取得了明显的成效。首先，在把握投资取向，优化资源配置方面下功夫，坚持发展主营业务，稳定与主营业务关联紧密的兼营业务，紧缩和逐步退出与主营业务关联不大的业务，限制后勤和社会服务业务的原则，使石油天然气生产和输送的主营业务得到加强。其次，继续强化经营责任制管理，合理设置经营指标，加强考核工作，使经营责任落实到基层单位和个人，调动了积极性，使重点工程、结构调整、技术创新、管理增效等各方面都取得了新的成绩。再之，首次在重点工程中推行项目责任制，使管理水平和综合经济效益有了不同程度的提高，以项目经理为核心的管理架构已基本建立起来，施工管理型的管理模型已初步显现。此外，完善关联交易管理，通过合同形式和经营责任制，努力搞好管道局和管道公司之间的合作，互相支持、配合，都较好地完成了工作任务。近年来，先后签订多项关联交易合同，关联交易服务质量评价优良率高达98%左右，圆满地完成了每年的关联交易任务。

4. 企业改革有了新的进展

在计划经济体制下，管道部门的生产经营企业管理层次多，机构臃肿，体制不顺，影响了改革的深化和生产正常进行。针对存在的问题，国家对石油天然气工业进行了重大改组，首先撤消了成立多年的石油化学工业部，成立了中国石油天然气集团公司，在集团公司内部又组建了管道局和管道公司两个专业化大型国有企业，分别从事管道的设计、施工、运营、科研等方面的工作。两个大型企业之下都有不少企业。根据近年内外部环境的变化及市场的需要，以做大做强为出发点，对管理体制进行了调整，对企业结构进行了优化，对主辅业进行了分离，对人事、财务制度进行了改革，对职工队伍进行了培训，通过采取一系列改革措施，使产业结构进一步优化，组织结构得到改善，主营业务更加突出，企业核心竞争力全面提升。

近年来，实施品牌战略取得了一定的进展。在大力开拓国内外市场、加大科技创新、管理创新和人才资源开发力度的同时，不断深化企业内部改革，继续推进结构调整，加快主营业务发展，坚持把发展核心业务放在优先和突出地位。从资源配置和市场开发两个方面进行统筹规划和部署，通过资源整合、专业化重组、对外联合等手段，使核心业务保持强劲发展的势头。如将中油管道建工集团和岩土路桥工程分公司合并重组，成立中油管道建设工程有限公司（CPPE），之后又与大港油田设计院跨局整合，全面集中了资源，实现了资源互补，扩大了规模，扩张了能力，打造了品牌。

二、管道运输业存在的问题及工作建议

我国管道运输方式基础薄弱，改革开放以来，虽然加快了发展的步伐，但和国外相比差距很大，而且存在着一些突出问题，为此必须加强有关的

工作，主要的是：

1. 管线长度数量还比较少，需要进一步加强基础设施建设

2005年，我国原油、天然气输送管道虽然分别达到15541公里和22451公里，成品油输送管道也已达到5443公里，与过去相比，有了长足的发展，但是在世界油气输送管道总长度中所占比重依然不大。目前全世界油气管道长度超过200万公里，其中成品油输送管道超过40万公里，我国仅占2%左右，与我们这样一个拥有多个大油气田，而且是石油消费大国的地位很不相称。今后应加强规划工作，根据预测一定时期后国内油田可能达到的油气产量和国外进口的油气数量，科学分析管道输送的运量，确定管道增加的长度，并注意合理布局，协调发展。铺设新的管道，增建复线管道需要大量资金，可通过国外政府贷款、国际金融组织融资、吸引外商投资、国内多方筹资、发行建设债券等多种渠道解决。特别是汽、柴、煤油等油品粘度低、流动性好，用管道输送更具优越性，需进一步发展。从市场需求分析，我国管道运输的潜力很大，努力增加油气输送管道的长度，不断提高输送油气的能力是今后一项具有战略意义的重要任务。

2. 技术水平还比较低，有必要进一步加大科技工作的力度

管道运输技术水平关系到管道建设的进展速度、工程质量以及油气输送效率和经济效益。在此方面有关部门和企业已尽了很大努力，做了很多工作，取得了不少成果，在某些方面甚至取得了突破性的进展，科研成果接近世界先进水平。但从整体上看，还远远不够，很多地方，设计工艺落后，设备状况欠佳，施工质量不高，输送效率低下，还经常发生不同形式的技术问题。油汽输送看起来简单，实际上非常复杂，涉及到多学科、多门类技术，尤其是高新技术，今后应在提高管道运输的科技含量方面结合生产实践加强研究和推广工作。如人工合成超强型管材，混油界面跟踪监控，遥感和远程控制系统，智能型清管，多通道超声波计量，信息化技术等，都需要加速开发和利用，以便使管道运输尽快实现现代化，能够更好地适应油气工业快速发展和市场需求不断增加形势的要求，将各种油气安全、及时、可靠、经济地输运到各个地方。

3. 职工队伍素质还不够高，必须进一步做好培训工作

改革开放后，由于管道运输得到快速发展，职工队伍也随之不断扩大，其中不乏学历高、基础知识扎实、敬业精神强的专业技术干部和经营管理人员，但也有一批从社会或农村招工进企业工作的人员，这些同志有热情，愿意搞好工作，但专业技术水平低，不能很好地掌握使用先进设备，有时还会发生不应出现的质量事故。为此应借企业改制、重组和结构调整之机，对现有职工组织各种形式的业务培训，请有理论知识和实践经验的专家上课，介绍管道运输、管道建设等方面的专业知识，讲解一些先进设备的使用方法，扩大职工的知识面，提高实际操作能力。同时要加强爱岗敬业的教育，增强职工的责任感、使命感。对老的工程技术人员也要组织培训学习，使他们加快知识更新，做好新形势下的各项工作。

三、管道运输对外开放正在兴起

我国对外开放随着加入世界贸易组织而加快了步伐，这对于加速我国融入全球经济一体化进程来说无疑是一件大事、好事。当前，对外开放正沿着两条路线行进，其一是履行加入世界贸易组织谈判时作出的承诺，严格按照已商定的项目内容和时间表开放某些产业的某些领域，执行世界贸易组织规则，在与国际接轨的环境下开展工作。其二是一些虽然未对世界贸易组织承诺开放的领域并非不需要对外开放，从加快社会主义现代化建设的基本目标出发，针对行业或领域内存在的资金不足、技术水平不高、管理比较落后等实际情况，也需作出吸引外商进行投资合作的决策，以便在调整结构、改变后进面貌方面有新的作为。两种开放本质相同，不同之处在于是否与世界贸易组织达成了承诺协议。交通运输业对外开放过程中上述两种形式都有，但不同的行业有不同的规定。不久前，原国家计委、经贸委、外经贸部联合制定并发布了《外商投资产业指导目录》（以下简称《目录》）及附件，从鼓励外商投资、限制外商投资、禁止外商投资三个层面划定了相应的产业和领域，

用政策加以引导，规范对外开放工作，这反映出国家对调整产业结构、搞好资源合理配置的高度重视及政策走向。在《目录》中，对交通运输五种方式对外开放区别不同情况分别作了规定，其中列入鼓励外商投资的占有很大比例。管道运输是综合运输体系中的组成部分，其对外开放在《目录》中也有一定的反映，抓住当前时机，在已有的基础上进一步做好扩大开放工作，是管道运输行业主管部门和有关企业亟待关注解决的一个问题。

1. 管道运输业可以对外开放的领域

在原国家计委、经贸委、外经贸部发布的《目录》中，将管道运输行业以下领域列入鼓励外商投资的范围：

(1) 输油（气）管道、油（气）库及石油专用码头的建设经营。

(2) 煤炭管道运输设施的建设、经营。

除上述鼓励外商投资的范围外，加入世贸组织后，管道运输还有一些对外开放的内容，主要是成品油方面，大体上有以下三项：

(1) 取消非关税壁垒。过去对成品油进口实行配额许可证，实际上全部由国内两个大公司供应。加入世贸组织后，5 年内要逐步取消限制措施，允许外商进入。在5 年过渡期内配额将在初始准入量基础上每年增加15%，直至完全取消。

(2) 减让关税。加入世贸组织后，原油的进口关税为零，汽油的关税为6%，柴油的关税保持6%不变。

(3) 市场准入，加入世贸组织后，我国在3 年内开放零售市场，外国公司可以在我国国内设加油站，5 年内有条件地开放批发市场，外国公司可以在国内建设油库和码头。

上述对外开放的项目，均直接或间接地与管道运输有关，有利于促进我国炼油工发展及基础设施建设以及扩大管道运输的应用范围，从而使油气输送管道和其他管道进一步增加，同时由于能更好地学习引进国外先进技术，也有助于提高我国管道运输的技术水平。

2. 管道运输行业对外开放的意义和问题

管道运输是一种独特的运输方式，不象其他运输方式那样有直观的运输工具、货物位移的物理现象以及站场作业的形体动作，它的运输形式将特殊的货物（液体或气体）置于管道中完成位移过程，实现预定的运输目的。当前我国的管道运输与发达国家和中东一些国家相比，还存在一定的差距。因此非常有必要对外开放，以促进发展，不过也要积极、慎重地对待，既要认识重大意义，又要重视可能出现的问题，只有这样才能促进工作正常地进行。

管道运输业对外开放的意义主要是：

(1) 向外商展示我国管道运输的真实情况，通过外商和专家的现场考察，有针对性地洽谈合作意向，使合资成果确实具有明显的经济效益和社会效益。

(2) 引进国外资金、设备、管理方法，加速管道建设以及设备的改造和更新，提高科技含量和生产效率。

(3) 拓宽职工视野，增进对世界的了解，通过互相学习，进一步提高干部、技术人员及工人素质。

(4) 对扭转主管部门政企不分有促进作用，可推动法制建设，加强依法行政、经营，使行业管理工作迈上新的台阶。

当前，存在的主要问题有：

(1) 对外商投资审批及合资企业建立后的管理工作需要以法律为依据，但是管道运输涉外的法规、规章还很不健全，甚至还缺少某些方面的内容。

(2) 业内职工与国外同行过去很少接触，对外商与中方企业合资经营方面的业务问题闻所未闻，如今一旦成为合资伙伴，有些人可能在思想上一时难以适应甚至会产生抵触情绪。

(3) 社会主义市场经济体制的建立要有一个过程，管理体制和运行机制需要通过改革不断完善，因此合资企业外部环境可能会不很理想，而且协调工作难度较大。

(4) 我国基本建设投资回报率较低，对外商进军管道运输实行中外合资经营可能会产生一定的负面影响。

3. 管道运输业对外开放应当做好的主要工作

在当前形势下，管道运输业要搞好对外开放，吸引外商投资，应做好以下主要工作：

(1) 抓好宣传教育，组织干部职工认真学习世界贸易组织规则和政府对外开放的有关规定，了解对外开放的知识和意义，在思想上、行动上既要与中央保持一致，又要主动地开展工作。

(2) 在广泛调研基础上，制定或修订涉外法规、规定，完善管道运输业涉外法规体系，营造健康、有序的经营环境，规范市场秩序，开展正当竞争。

(3) 对经济、技术人员进行专门培训，提高他们的业务素质和涉外工作能力，转变观念，做好新形势下的经营和管理工作。

(4) 关注合资过程中会谈、签订协议及实施阶段的管理工作，对出现的问题和矛盾及时解决，努力形成认真负责、协调融洽的合作共事关系。

(5) 在已进行的“西气东输”管道运输项目中，中外企业已在携手共事。要注意总结经验并加以借鉴，使管道运输业当前及今后的对外开放工作搞得更好，取得更大的成绩。

四、我国管道运输业近期的几个重点工程

1. 西气东输管道工程

2000年2月14日，国务院总理朱镕基主持召开总理办公会，听取中国石油天然气集团关于西气东输工程方案的论证汇报，对工程从资源、市场及可行性等方面进行了认真的研究。半个月后，人民日报、中央电视台播发《国务院听取西气东输汇报，肯定工程是造福新疆人民的大好事》专稿，正式对外全面介绍西气东输工程。3月2日，中国石油天然气集团下发了《关于成立中国石油天然气集团公司工程领导小组的通知》，黄炎任领导小组组长，史兴全、陈吉庆任副组长。由此，西气东输工程拉开了工作的序幕。

(1) 西气东输的重大意义。

西气东输工程对新疆和西部地区的发展是千载难逢的机遇。据了解，我国西部地区蕴藏着丰富的天然气资源，约占全国天然气资源总量的60%。经国土资源部油气储量评估中心评审认定，仅在56万平方公里的新疆塔里木盆地就探明储量为5241亿立方米。另外，还有6个中型凝析气田可形成，每年产量达20亿立方米。因此，可以保证年输气120亿立方米，稳定供气14年以上。同时，还在继续加强勘察，扩大探明储量，再增加2000亿立方米左右，就可以稳定供气20年。还需要指出的是，近几年来，长庆气田在天然气勘探方面取得重大突破，陕、蒙交界地区又发现了苏里格庙气田，使探明储量大为增加，成为西气东输的补充气源和调峰气源。以上情况表明，西气东输并非是无源之举，运作几年便会难以为继，而是在一个较长的时间内有足够的供气能力，这为西气东输打下了良好的物质基础。

西气东输的供应对象是长江三角洲地区及管道途经的河南、安徽两省，这是西气东输的主要目标市场。其利用方向是“以气发电、以气顶油、城市气化”，使管道沿线城市、企业从西气东输工程中得到明显好处。长江下游的三角洲地区，是我国经济实力最强、增长最快的地区，对天气能源需求量很大，当然要有一个逐步增长的过程。据中国石油天然气股份公司与华东五省市有关部门30多个用户签订的供气意向书表明，到2008年，用气量约为120多亿立方米。由此可见，西气东输有着明确的供需目标和很大的市场。绝非是无的放矢，盲目进行。

西气东输工程的实施，不仅会加速改善东西部地区的能源结构，而且也会有力地拉动东西部的相关产业，激活沿途相关企业的发展潜力，从而在东西部之间形成一条新的经济增长带，并将对保护生态环境、改善人民生活起到重要的作用。以西气东输为标志，说明我国的天然气工业在新的世纪到来之际已进入了一个新的发展时期。

(2) 西气东输工程简介。

西气东输总投资约为1500亿元，其中上游气田开发约需300亿元，下游用气项目配套工程要用700亿元以上，沿线管道建设支出为500亿元左右。建成后，第一年即可输气40亿立方米，第二年达70亿立方米，第三年则可突破百亿立方米，达到120亿立方米。西气东输工程从2000年春末开始动工，于2003年底前后建成，前后需3年左右的时间。

西气东输主干管道走向的确定是关系到工程施工难易及效益高低的一个重要问题，国务院对此十分重视，要求中国国际工程咨询公司对有关单位提出的5个方案进行周密的论证，最后认定，首站起自新疆塔里木轮南油田，经库尔勒、武威、甘塘、中卫、靖边、临汾、郑州、淮阳、南京、无锡、苏州，最后抵达上海白鹤镇的走向比较顺直，全长约为4000公里，平均日输量为3427万立方米。同时建设支干线三条，即安徽定远至合肥、南京至芜湖、常州至杭州的输气管道。另外，还要配套建设24条支线，将主干线的天然气配输到各个直供企业和用气城市门站。比选优化后的上述方案，比预可研长度减少200公里，节约投资20多亿元。在线路踏勘过程中，工作人员风餐露宿、日夜兼程，历尽了千辛万苦；工程咨询研究机构对几种方案反复比较、推敲，绞尽了脑汁，花费了大量心血。可以说，西气东输工程方案的最后确定，凝结了各级领导和广大职工的心血和智慧。

西气东输管道长达几千公里，是世界管道建设史上罕见的管道工程之一。这条钢铁巨龙沿途经过的有沙漠、戈壁、黄土高原、高山峡谷、江南水网。难度最大的地段集中体现在“三山一塬、五越一网”，即翻越吕梁山、太行山、太岳山及黄土塬，三次穿跨黄河，一次穿越淮河，一次穿越长江及江南水网。

西气东输工程体现了民族自立的精神。早在批准西气东输项目时的2000年初，国务院主要领导就明确指示：施工队伍以我为主，尽量采用国产设备和材料。西气东输管道共需钢材200万吨，是要求国产化的最大项目。为此，西气东输管道公司组织宝钢、武钢、鞍钢等国内很有优势的钢铁企业以及制造钢管的企业进行了难度较大技术攻关和试制、试验工作，终于使国内没有生产过的X70钢材和输气钢管出现在生产线上。目前，已经基本实现从冶金、制管到防腐的一条龙国产化，以及施工、制造、化工等行业的国产化。

西气东输工程需投入巨额资金，向国际金融组织、有关国家和地区融资，实行合资共建是非常艰苦的工作，经过一系列谈判，取得了很大进展。引进外来资金，借鉴国外先进技术和经验，对提高西气东输的技术水平和工程质量将起到一定的促进作用和保证作用。

西气东输工程完工后，展现在我们眼前的是举世瞩目的人间奇迹，成为我国第一条大口径、长距离、高压力、多级加压、采用先进钢材、横跨高山大河的现代化、世界级的天然气干线输送管道，这项管道运输领域史诗般的伟大工程将作为我国进入21世纪后的第一个重大建设项目载入史册。

(3) 西气东输工程进展情况。

西气东输工程自1999年实质起步以来，进展比较顺利。石油石化系统各自内部重组后，下属的基本建设单位对如此一项庞大的工程都非常重视，相继成立了管道专业施工公司，添置专用设备。中国石油天然气集团公司为了规范协调基建市场，成立了以管道局为理事长单位、31家参加的“中国石油管道承包商协会”，会员有38000余人，主要施工设备10000多套。工程自2001年9月18日第一道环焊缝开焊，到2003年10月1日陕北天然气进入管道，先后开始给河南、安徽、江苏、上海试供气。全部工程计划到2004年10月1日竣工，如今已全线投产。至今运行安全，输气正常，签订的合同全部实现，完成销售额超过20亿元。

2. 忠武输气管道工程

忠武输气管道工程是中国石油天然气股份有限公司投资兴建的项目，也是国家能源基础设施建设及西部开发的重点项目之一。工程建设有利于加快四川盆地天然气的开发与利用，实现上下游一体化，产供销相统一的发展战略。

2002年11月13日，国家计委正式批准《忠县—武汉输气管道工程可行性研究报告》，初步设计于同年12月25日通过中油股份公司的审查。

忠县—武汉输气管道工程包括重庆忠县—湖北武汉干线管道，及荆州—襄樊、潜江—湘潭、武汉—黄石三条支线管道。

管道干线西起重庆市忠县城郊灯树村附近的输气首站，东至武汉市江夏区武汉东计量站，全长718.9千米。途经重庆市、湖北省内的15个县级以上行政区。管道设计年输量30亿立方米，设计压力7.0MPa～6.3MPa，管径711毫米，管道钢级L450（X65），设工艺站场11座，线路截断阀室22座。管道穿越长江3次，穿越大中型河流28处，河流跨越工程7处，开凿山区隧道26处。

由于组织得力，该工程建设实现了预期目标。忠武输气管道途经川东、鄂西崇山峻岭和"两湖"地区江湖水网，全线4穿长江，有7大跨越和27条山区隧道工程。建设工期紧、施工难度大、要求标准高。为确保工程顺利进行，项目部加强了与各施工建设单位和沿线各级政府的协调配合，狠抓投资、质量、工期"三大控制"因素，特别是针对控制性重点、难点工程，科学组织，攻坚啃硬，创造了多个施工建设奇迹，保证了整体工程按计划协调推进。实施过程中，项目部充分运用P3软件和OA系统等现代管理手段，提高了工作效率和管理水平。忠武输气管道干线及荆州至襄樊、武汉至黄石两条支线全长1034.8千米，于2004年11月26日成功进气，提前投产。

在2004年11月举行的中国企业新纪录（第九批）新闻发布会上，忠武输气管道工程设计纪录被评为中国企业新记录十项重大创新成果之一，使石油天然气管道局知名度大为提升。

3. 大连石化输油管道工程

根据中国石油天然气股份有限公司"十五"发展计划安排，经技术改造后，大连石化分公司原油加工能力达到2000万吨，其中进口原油1550万吨。由于进口原油受到诸多国际因素的影响，存在许多不确定性。为规避供油风险和弥补东北地区尤其是大庆原油产量的递减，实现原油进口的多元化战略，同时为保证原油进口的可靠性、稳定性和经济性，发挥大连新港地区地理位置和自然条件优势，充分利用港口30万吨级和15万吨级进口原油码头，解决公司自备码头能力不足和原油加工能力不断提高及所配置的大庆原油量逐渐减少、进口原油增加的矛盾，决定建设大连新港—大连石化输油管道（简称新大线）。新大线管道全长39.09千米，其中新建24.37千米，新港站至小松岚站利用原铁大线管线，管径711毫米，材质采用L360螺旋缝埋弧焊钢管，设计压力4.51MPa，年设计输量为350~650万吨。新大线于2004年7月26日顺利投产。

4. 陕京二线输气管道工程

陕京二线输气管道工程是继“西气东输”之后，又一条连接我国东西部，将西部资源优势转化为经济优势的输气管道工程。陕京二线输气管道工程干线全长860千米，干线设计压力10MPa，设计输气规模120亿方/年，管径1016毫米。全线设站场9座，其中压气站两座，线路截断阀室49座。陕京二线工程2004年3月1日打火开焊，控制性工程及大型河流穿越、大型公路、铁路穿越工程按期进行，2004年10月27日完成线路主体工程。2005年主要进行站场土建、工艺安装、自控通信等辅助系统工程施工，2005年7月31日前达到投产条件，实现了预期目标。

5. 港清复线输气管道工程

从2003年起，用了近两年时间将大港——永清冬季应急供气项目建成，使储气库的调峰采气能力达到1900万方/日，但地下储气库配套管线的最大外输能力只为1200万方/日。为充分发挥地下储气库的调峰能力，同时兼顾地下储气库应急调峰，2004年实施港清复线输气管道工程建设，建设大港—永清711毫米输气管道111.3千米，工程于2004年12月主体线路建成投用，2005年完成项目收尾，建成后达到2300万方/日的外输能力。

五、国外著名油气输送管道概况

管道运输的发展始于石油工业的开发，最早出现的是原油输送管道，以后陆续建起成品油和天然气输送管道等，尤其是成品油输送管道更是后来居上，规模不断扩大，技术日益成熟。20世纪80年代初，全世界成品油管道总长度达18万公里。1996年超过24万公里，如今已近40万公里。在油、气输送管道大家族中，有些因其工程宏伟或输送能力浩大而闻名于世，让人叹为观止，举例如下：

1. **美国的科洛尼尔成品油管道系统**

由美国南部的休斯顿到纽约市北的林登，是世界上规模最大的成品油系统，分两期建成。第一期是自1962年到1964年建设，这个系统有直径916毫米管道1689公里；814毫米管道460公里和763毫米管道313公里；支线总长2188公里。由于这一地区成品由需要量不断增长，管道输送量也需不断增加，而原有的系统已经处于超载运行，增加泵站也不能解决，因此第二期于1972年开始建设复线，1979年分段建成。新建复线加大了管径，计有916毫米管道737公里，1018毫米管道785公里和916毫米管道460公里，新建支线1227公里。

前后两次建成后，干线及支线总长8008公里，其中干线4592公里，支线3416公里。计有输入站10座，干线泵站53座，沿线交油站281处，设有支线37条，支线泵站30座。全线油罐总容积为384.3万立方米，总功率611380千瓦。管道内存油270万立方米，输送油品118种，向管道托运油品的公司28家，接收管道油品销售的公司53家，平均日输成品油22.8万立方米。

2. **美国的阿拉斯加原油管道**

纵贯美国阿拉斯加州南北的大型原油管道，北起阿拉斯加最北部滨临北冰洋的普拉德霍湾油田，将原油输到阿拉斯加南部的瓦尔迪兹不冻港。全长1277公里，有1/3长度处于北极圈内，管径为1200毫米，沿线设有12座泵站，翻越三座高山，穿越河流34条，通过900公里的冰冻土区。所经过的地区，冬季温度一般为－51～－48℃，最低可达－57℃。

沿线设有12座泵站，投产初期先开动8个泵站，每座泵站设有4台9929千瓦的燃气轮机驱动输油泵，输量可达5600万吨/年。12座泵站都投入运行后，最高输送量可达1亿吨。终点设在瓦尔迪兹港，设有4座油码头可停靠26.5万吨的油轮。

3. **美国的普兰迪逊成品油管道系统**

总长度为3700公里，管径达到762毫米。

4. **法国的特拉庇里公司成品油管道系统**

有3条干线和13条支线，总长度为1330公里，年输油能力达到6800

万吨。1953 年投入运行后，几乎把法国大多数地区的分配油库和转运油库连接起来，成为该国成品油输送的主动脉。

5. 加拿大的省际成品油管道系统

总长度为 4800 公里，最大管径 864 毫米，输送各种牌号成品油 65 种。

6. 俄罗斯的田吉兹—阿斯特拉罕—新罗西斯克输油管道

这条输油管道总长度为 1498 公里，其中有 750 公里是原来的输油管道。在建的 748 公里管道分期完成，一期工程从克鲁泡特金市建设一条 250 公里的管段，管径为 1016～1067 毫米，将俄罗斯输油管网与重新起用的黑海末站连接起来，向黑海沿岸国家出口俄罗斯、哈萨克斯坦和阿塞拜疆的石油。一期工程设计输油量为 1500 万吨，完工后，每年可出口原油 900 万吨。

7. 俄罗斯的波罗的海管道系统

俄罗斯政府对建设这个管道系统非常重视，因为它可以不依赖于邻国而将生产的石油直接进入世界市场的通道。其一期工程建成后将保证经过波罗的海的港口普里莫尔斯克每年出口原油 1200 万吨。据了解，该项目工程量很大，包括建设基里希—普里莫尔斯克输油管道，包含港口综合设施和油库在内的装油末站以及时现有雅罗斯拉夫尔—基里希输油管道的改建、扩建。随着这个系统的不断完善，还可以向北欧及南欧供应天然气，对进一步开发俄罗斯的油、气资源将产生不可忽视的推动作用。

8. 俄罗斯的亚马尔—欧洲输气管道系统

亚马尔的天然气蕴藏量很大，为了向欧洲大陆出口，需要建设好这条输气管道。按照设计要求，该输气管道系统需要敷设两条总长度近 12000 公里、直径为 1420 毫米的管道，完工后将可保证俄罗斯向波兰和德国出口天然气的总量达到 657 亿立方米。一期工程管道长度为 209 公里，从亚马尔经白俄罗斯和波兰每年可向欧洲出口 30 亿立方米天然气，规模不大。只有在设计的工程项目全部完工后才能实现预期的出口目标。

9. 俄罗斯至土耳其输气管道

这条管道经白俄罗斯到土耳其，在白俄罗斯境内要完成很长的管道系统建设工程，开工以来进展顺利。这条管道由陆路和海底两部分组成，陆路部分的长度为1358公里，管径为1420毫米，与位于黑海海岸压缩机系统毗邻的最后一段管道的工作压力将达到10兆帕；海底部分的长度为385公里，管径为610毫米，工作压力为25兆帕，管道在海底的最深处为2150米，创目前海底管道深度之最。工程竣工后，年输气量为160亿立方米。

10. 阿尔及利亚—意大利输气管道

世界上输气管道工程中最难以施工的大型管道之一。管道起点位于非洲阿尔及利亚的哈西鲁迈勒天然气田，终点位于意大利北部的矿堡。管道跨越非洲与欧洲，中间穿越地中海，是最深的海底管道。管道自1976年底动工，1983年建成投产。最大输气量为每年125亿立方米，管道总长2506公里。自哈西鲁迈勒气田到阿尔及利亚与突尼斯边境长560公里，经突尼斯境内到地中海的邦角长368公里，穿越地中海到西西里岛的札拉韦洛，穿越海域160公里（称为南段），上到西西里岛后穿越该岛长352公里，再穿越西西里岛至意大利之间的墨西拿海峡长15公里（称北段），在意大利本土的卡拉布里亚上岸，经罗马到管道的终点矿堡计1051公里。这条管道口径1200毫米，设有8座压气站，其中3座设在突尼斯境内；设在西西里岛2座，设在意大利本土3座，8座压气站共有大型压气机25台，总功率为294347千瓦。

联合运输业的现状与发展

联合运输（以下简称联运）业是我国综合运输体系和现代物流业的重要组成部分，也是现代交通运输发展到社会化、专业化阶段的必然产物，同时是社会大分工产生的结果。它是按照旅客或货主的需要，通过两种及以上运输方式或两程及以上运输活动的衔接，以及提供相关运输物流辅助服务所形成的运输活动。联运包括旅客联运、货物联运和集装箱联运。开展国际集装箱多式联运和现代物流业务是我国联送业今后重要的发展方向。

改革开放以来，我国联运业迅速发展，并有了长足的进步。一个全方位、宽领域、多层次、开放型的联运市场格局已基本形成。广大联运企业坚持“一次托运、一次收费、一次结算、一票到底、全程负责”的服务原则，有效地发挥铁路、公路、水路、民航运输的综合优势，不断提高服务质量和工作水平，逐步形成高效、便捷、安全的运输及物流服务网络，对方便旅客和货主，提高运输效率，降低运输成本，提高社会经济效益和经济效益，推动全面建设小康社会，促进经济社会迅速发展起到了积极的作用，成为我国交通运输行业和物流业中不可忽视的力量。

根据我国的国情和交通运输事业发展的实际情况，在现实工作中，联运工作侧重于为货主搞好服务。多年的工作实践表明，各地联运企业在货物联运和集装箱多式联运方面下了很大的功夫，做出了很大的贡献。但是，由于各个时期形势的变化以及各种运输方式的有关部门认识上的差异，使联运业的发展受到了一定的影响，一段时间进展顺利，一段时间颇有坎坷，波动较大，至今仍存在不少的困难。在新的形势下，如何通过深化改革，进一步探索我国联运业稳步发展的正确方向，是各级政府主管部门和联运企业必须高度关注并需认真思考解决的问题。

下面就我国联运业的现状及发展方面的问题，谈一点看法和建议。

一、联运业工作开展情况

1. 发展回顾

联运工作起步于20世纪70年代，兴旺发达于80年代到90年代初。当时交通运输的运量与运力矛盾突出，铁路系统车站货物积压严重，货场经常堵塞，货主反映强烈，公路等其他运输行业也有类似问题。与此同时，各种运输方式自行其是，互不衔接，给需要换乘、中转的旅客和货物带来诸多不便。为此，原国家经委、铁道、交通、民航等主管部门，针对当时铁路等运输部门出现的问题，为挖掘运输潜力，提高运输效率，改进服务质量，加强各种运输方式之间的衔接，更好地方便旅客和货主，要求全国各地加强联运工作。据不完全统计，从1979年3月到1989年2月的10年中，为促进联运工作的迅速开展，原国家经委联合其他交通主管部门或单独进行，共召开全国性联运工作会议7次，颁发全国性联运工作文件24份，发布过两次全国联运工作条例，制定了"九五"全国联运发展纲要。在国家各主管部门的关心、重视、支持、推动下，全国联运事业蓬勃发展，联运企业如雨后春笋般成立起来，短时间内迅速达到400余家，乡镇联运站发展到3500多个。为形成联运业务网络化，各地联运公司还陆续组建了150多个集装箱中转集散站，国家也因此投入了大量财力、物力。在当时情况下，联运工作主要是同铁路搞联建联营，帮助铁路揽货、掏箱、装箱、疏站、配送等，实行互惠互利。事实上，有60%~70%的联运企业是依附铁路货运建立起来的。由于联运公司实行"一票到底，全程负责"的"门到门"服务，减轻了用户的负担，方便了运输，节约了费用，所以深受货主和旅客的欢迎。那个时期，联运工作轰轰烈烈，对推动全国运输发展、疏通铁路场站堵塞，缓解铁路运输压力，加强各种运输方式之间的协作，起到了不可替代的重要作用。

2. 目前状况

自从1979年原国家经委、铁道部、交通部、中国人民银行联合下发经交（1979）240号《关于进一步开展联合运输工作的通知》以来，全国各地的联运企业很快发展起来，最多时达750余家，其中有600多家加入中交协联运联合会，成为会员单位。以后随着改革开放的深入和运输市场供求关系的变化，联运业的结构有了一定的改变，联运企业有所减少。目前全国联运行业固定资产达40多亿元，职工人数9万多人，仓储面积近500万平方米，各种运输车辆9600多辆，起重设备1000多台，建立集装箱中转站150多个，每年组织的货运量1.5亿吨，客运量10多万人次，年营业收入近30亿元。目前各地设立的联运网点为6300多个，分布于全国大中城市和部分乡镇，基本形成了联运网络。联合各种运输方式，共同促进国民经济的发展和综合运输体系的建立，已成为大家追求的目标。尽管经济体制发生了变化，但社会对联运的需求依然不减，联运业在当前和今后仍有必要继续发展。

3. 主要问题

随着市场经济的深入发展，各种运输方式的深化改革，特别是我国交通运输各行业近年来迅猛发展，使运力与运量之间的矛盾不再突出，与过去相比发生了根本性的变化。新的情况导致专业运输部门与联运部门在开展业务方面出现了一些不协调现象，有时甚至激化，使得联运业的处境越来越艰难，联运企业的经营越来越困难。加之自身实力不强、走向市场步伐不快等原因，严重影响了联运业务的开展。综合起来主要反映在以下几个方面：

（1）本属联运企业职责范围内的业务被取代。由于利益驱动，近年来与某一运输系统有关的业务，按照国家主管部门规定本应属于联运公司经营的业务范围却大多被该系统内一些单位以延伸服务的名义、由上而下成立的货运代理服务公司所取代，除部分联运公司外，很多联运企业不得已停办了多年来已经熟悉的业务。有关部门由于垄断了货源，所以经济效益出人意料的好。以体制改革前的某一分局运输代理公司为例，该公司在分局14个站段分别成立了运输代理分公司或营业部，与全国各局、分局均建有业务关系，形成了路内外货运代理网络。2002年，全年收入8561万元，创利354万元，远远超过了所在省联运公司的利润。

(2) 联运企业场站设施的有效利用难以保证。铁路货场紧张时，有关部门要求联运企业为其建设第二货场，但市场情况变化后，联运部门所建的第二货场经营联运业务却要经过有关部门批准；中转站也是如此，有的被突然甩开，有的被终止合同；至于代售客票，许多地方已基本不复存在。有关部门的种种改革措施（延伸服务、运输代理、指定货物、“一口价”、全程服务等）直接影响到联运企业，致使与有关部门联营或原本依附而建立的联运公司很多处于停顿状态。这些企业大都同有关部门联营十年以上，投入了大量的资金，购买土地，建设场站，添置专用设备，建设专用线，已形成了一定的经营规模。现在由于一些单位过河拆桥，造成了大量专用设备闲置、资金浪费、企业人员下岗等问题。据初步统计，受影响的企业约占整个联运企业的60%左右。某些主要依靠联运没有其他副业的联运企业更是无所措手足，为此而濒临倒闭的境地。

(3) 联运发票的使用受挫。多年来，联运企业使用《全国联运行业货运统一发票》一直顺利，均被视为运输发票而抵扣税金。但是近年来出现了意想不到的情况，从2001年开始，绝大多数省市税务部门以税务总局没有明确规定为由，视其不是运输发票不准给予税金抵扣，使许多同联运企业长年合作的客户转入其他运输企业，造成联运企业大批货源流失，经济损失严重，同时，也形成了企业之间的不平等竞争。为此，有关单位曾多次向国家税务总局等有关机关反映、呼吁，并召集有关部门及部分联运企业开会，进行协调，然而只是在个别省市得到一定程度的解决，就全国大部分地区而言，联运发票税金长时间不予抵扣，严重影响着联运行业的发展。经过多方努力，2004年9月，国家税务总局印发了新版《全国联运行业货运统一发票》，较好地解决了有关议论颇多、悬而未决的问题。然而仅仅过去一年多时间，税务主管部门在事先未征求国家发改委经济运行局和联运社团组织意见的情况下，于2006年5月下文件作出取消联运发票的决定，并规定从8月1日起使用《公路水路运输业货运统一发票》，使这项工作刚刚出现转机就又遇到了新的打击。

(4) 联运经营市场化程度不高。随着我国社会主义市场经济逐步建立，以及各种运输方式的不断发展和物流业的迅速兴起，如何以变应变，适应新的形势，是一个必须认真考虑的问题。当前有一部分联运企业审时度势，积极面向市场，调整经营战略，转型改制，收到良好的效果，然而也有为数不少的联运企业领导观念陈旧，坚持传统经营思路，依赖于“等、靠、要”，结果路子越走越窄，难以摆脱困难的境况。

(5) 企业实力不强。在联运企业中，大型的公司不多，中型的比较普遍，而小型企业也不在少数。由于规模小、基础差、资金缺、人才缺，以致竞争实力和抗风险能力不强，很难根据市场走向及时调整企业经营方式和方向，适时切入物流等新兴产业，使经营处于被动状态。

二、联运企业开展物流情况

联运既要进行接、取、送、达的短途运输，又要从事中转、换装、仓储、装卸、包装、整理等中间环节，实际上已属于物流服务范围，而且在物流供应链中占有举足轻重的地位。因此，从联运转型物流，有其必然性和独特优势，是提高物流效率、降低流通成本的有效选择。联运与物流有广泛的接触点，“人在家中坐，收发全国货”的口号已提出多年，形象地体现了联运的服务宗旨和基本要求，至今仍有现实意义。

近一两年来，根据国家五部委颁发的有关大力发展现代物流的文件精神，结合当地的部署及企业的实际情况，不少联运企业积极发展物流，在由联运向物流转型方面做了大量工作，取得了可喜的进展。如上海联运总公司已作出三年内向物流转型的计划，山东潍坊联运总公司大力加强物流园区建设，山东联运总公司、济南汽车运输总公司下属几个货运企业组合成山东交通物流公司，安徽联运集团总公司改制为迅捷物流，长沙联运总公司规划中的霞凝新港物流园区正在兴建，长春联运集团投资建设物流基地，广西柳州联运总公司、防城港务局货运公司及时改组为物流公司等。据不完全统计，目前全国联运行业改名或成立物流分公司的企业近20家，还有一部分企业正在酝酿、转型当中。

不久前，曾对联运业做过一次调查，各省市联运主管部门及绝大多数企业都希望中交协联运联合会能牵头为联运企业向现代物流转型做些实质性工作，在指导业务开发和发展物流方面，多提供一些信息和具体帮助，并为企业多争取一些政策扶持。

从目前发展趋势来看，我们认为很多联运企业已经认识到根据自身条件和市场需要尽快切入物流业的必要性，正在积极采取措施，争取有大的突破。但也应注意实事求是，因地制宜，不可一哄而起，赶时髦，走形式，做表面文章，不求实际效果。

三、推动联运业在新的形势下深入发展

市场经济体制逐步建立和完善，交通运输和物流事业正在发生着深刻的变化。特别是我国加入世贸组织后，市场化程度进一步提高，各种运输方式改革力度不断加强，交通基础设施日益改善，全社会运输量稳步增长，运输结构日趋优化，货主和旅客对联运业提供“方便、及时、经济、优质”的服务要求愈来愈强烈，使全国联运业正面临着新的机遇和挑战以及广阔的发展空间。为进一步推进我国联运业持续、健康地发展，适应经济全球化和科技进步加快的国内国际环境，广大联运企业和有关单位必须充分认清形势，转变观念，扩大视野，开拓前进。2006年3月，经过反复讨论修改的《关于加强联运市场管理工作的通知》以国家发改委、铁道部、交通部联合发文的形式印发到全国各地联运主管单位和联运企业。这是进入社会主义市场经济体制后，我国联运业迎来的国家主管部门一个关于促进联运行业发展的专题性文件，尽管比较原则，没有针对联运行业的现状及存

在的问题提出比较具体的指导性意见，然而毕竟指出了新形势下联运行业发展的方向及应抓好的主要工作。因此，应认真地贯彻执行，并以此为契机，将联运行业的工作提升到新的水平，进入到新的阶段。结合对联运行业的分析和了解，考虑到发展趋势，对今后的联运工作提出以下意见：

1. 切实树立适应社会主义市场经济体制要求的联运工作思路

就联运的概念而言，过去和现在都基本一致，并无大的区别。但是对联运经营者和联运管理者来说，在从事联运工作时从思想观念到工作方法都面临着转型任务。

(1) 联运经营者过去一般情况下能比较顺利地办理客货联运业务，即便与有关部门发生某些纠纷和矛盾，依靠综合部门和社团组织的协调也能较快地解决。如今已不是那么容易，必须学会在商海中游泳的技术，灵活处理各种矛盾的办法以及自主经营、自我提高的能力，还要学会根据实际情况，适时掉转船头，调整经营方向的战略战术。例如如今的联运企业不仅要继续关注联运业务，还要视情切入物流以及开展其他经营活动，否则经营效益就会无法得到保障，影响到生存和发展。对上级主管部门的规定，如执行有一定困难，一方面要积极反映，提出建议；另一方面，要能主动适应，灵活处理问题。以变应变，是今后必须采取的重要措施。

(2) 联运管理者过去重视行政手段，习惯于制定法规、规定实施对联运经营者的管理。遇到问题时通过行使行政职责，往往能化解矛盾，但如今已不易做到。《行政许可法》发布后，行政审批逐渐淡化，干预企业经营活动的行为不再可行。由管理转向服务，由指令转向引导，由单一地行使行政手段转向与法律手段、经济手段的综合运用已是大势所趋。当然在联运市场尚不够规范，联运企业尚面临诸多困难的情况下，联运主管部门和相关的主管部门还需加大协调力度和扶持力度。借口放开市场而放弃管理，对种种不利于联运发展的行为不管不问有悖于中国的国情，对联运行业健康、快速、持续地发展弊处很多，实不足取。

2. 加快联运业的能力提升与业务拓展

(1) 把联运站场等基础设施建设和技术进步纳入当地城市建设、物流设施建设和交通基本建设的统一规划，争取政策支持，享受优惠待遇。对现有联运站场设施，要在统筹规划、合理布局的前提下，挖掘潜力，整合社会服务功能，引导资源共享，避免重复建设。当前要重点改扩建交通枢纽地区联运集装箱中转站，配套使用优质高效的集装箱运输工具和装卸设备，建立信息服务管理系统，逐步完善国际集装箱内陆集疏运体系。

(2) 为加快联运基础设施建设和技术装备更新改造的步伐，各地应积极引导，拓宽多元化的投融资渠道，本着“谁投资、谁受益”的原则，统筹兼顾，科学安排，采取合资或合作等形式引进国内外资金，合理使用，使之最大限度地发挥社会效益和经济效益，形成良性循环和协调互动的发展联运基础设施的新局面。

(3) 运用先进的管理方法、经营方式和信息技术，聚合服务功能，不断改善和提高联运工作水平，努力实现联运过程中的无缝衔接。要针对薄弱环节，拓宽服务领域，提高服务能力，改造传统的联运业务。鼓励联运企业充分利用扩大开放的有利时机，增强开拓市场、技术创新和抵御风险的能力。

(4) 以联运代理为基础，巩固和发展铁路、公路、水路、航空货物运输代理；以客票联售为基础，拓展食、宿、行、游“一条龙”旅客联运服务；以集装箱联运为基础，大力开发大件运输、快件运输、零担运输、鲜活运输等特色运输代理；以货运信息服务为基础，拓展网络、信息、仓储、配送、包装、整理为一体的现代物流服务，形成“一业为主，多种经营，联运牵引，多轮驱动”的经营格局。

(5) 大力发展集装箱多式联运，努力在实现适箱货物运输集装箱化的基础上，把口岸综合服务功能向内陆延伸，加强港口、车站集装箱拼、拆装箱的能力，加速箱流速度，开展门到门服务，提高集装箱运输效率。有条件的地方，要努力与国际接轨，加快发展国际集装箱多式联运。

(6) 加快开发和切入现代物流业务。联运企业要充分发挥自身在网络、人员、场地、运输、仓储、运输代理和运输组织等方面的比较优势，参与为中心城市或交通枢纽地的国有大中型、“三资”、民营等新兴工业企业提供的第三方物流服务，以及为大型商品交易市场和连锁经营、工业生产等工商企业提供的物流配送服务。以此为切入点，将联运服务延伸到物流供应链运作的过程中去。

3. 加强联运业的协作与联营

(1) 加强运输协作。货物到发量大的港站、厂矿、仓储企业要加强运输协作，合理调配运力，及时组织装卸作业。要根据市场化的原则，继续开展铁路专用线、货主专用码头及装卸运输机械等设施的有偿共用，挖掘运输潜力，加速货物运送。

(2) 搞好联营联运。鼓励联运企业与运输企业、物资单位继续开展联建联营，正确处理联营利益关系，巩固和发展取得的联营联运成果。提倡紧密型联建联营，按照建立现代企业制度的要求，组建利益共享、风险共担的规范性公司，使之成为自主经营、自负盈亏、自我约束、自我发展的经济实体。各运输企业对联运企业在货运代理、集装箱门到门运输、铁路专用线共用、疏港疏站、货运配载等方面尽可能提供方便。

(3) 利用现有联运企业、站点广泛分布的特点，巩固和发展联运网络，进一步强化网络功能，实行优势互补，信息共享，充分发挥相互支持、密切配合的群体联运作用。

4. 深化联运业改革与企业管理

(1) 深化联运业改革、加快联运业结构调整是当前急需进行的一项工作。要围绕提高经济运行质量，增加综合实力的目标，促使联运企业在组织结构、经营结构、技术结构、人才结构等方面进行调整优化，通过理顺体制、搞活机制、增强实力、努力提高经营水平和市场化程度。要严格按照《公司法》的要求，对国有联运企业积极引入多元化的投资主体，加快公司制改造步伐，建立和完善法人治理结构。鼓励非公有制经济参与国有和集体所有制联运企业的改革、改制和改造。合理利用外资，广泛嫁接民资，通过股份制、股份合作制、兼并、出售、拍卖等多种形式，放开搞活中小国有联运企业。

(2) 针对联运业普遍存在的企业规模小、实力弱等问题，要支持基础好、品牌优、竞争力强、成长性好的大公司作为龙头，以资产为纽带，品牌为载体，通过联合、兼并、收购、加盟等各种方式，实现资产重组，建立联运集团，加速规模扩张，提高规模效益。要打破地区封锁、部门和行业垄断，清理阻碍联运业发展的不合理制度和规定，促进各地区、各行业和各种所有制联运企业相互渗透，共同发展。

(3) 联运企业提高经营管理水平是改善联运工作的重要环节。要分析自身的长处，发挥优势，明确经营方向；精简机构及人员，优化职工队伍，提高工作效能；搞好成本核算，努力提高盈利水平；提高现代化办公程度，克服粗放式管理。使联运企业逐步摆脱落后的管理状况，通过管理水平的提高，争取更好的效益和效率。

5. 培育和发展联运市场

(1) 强化市场的统一性，是建设现代市场体系的重要任务，是更大程度地发挥市场在资源配置中的基础性作用，增强企业活活力和竞争力的重要途径。各地工商、物价、交通、税务、联运管理等部门应重视联运市场的培育和建设，密切配合，抓紧制定或修订与联运配套的相关管理办法，加强对联运市场及经营行为的监督检查，制止违章经营和侵害用户利益等现象，打击欺行霸市、垄断市场等违法行为，营造统一开放、竞争有序、运作规范的现代联运市场环境，推动联运领域的各种经济成份共同发展，加快联运市场与国际接轨的一体化进程。

(2) 从事联运经营的企业必须具备一定等级的资质，达到与其经营范围和项目相适应的开业经济技术条件。经营资质等级划分的依据是定量、定性的具体标准，原则上必须有规定的注册资金，有固定的经营场所，有一定的仓储货场面积和换装的运输装卸设备，有熟悉专业技术的从业人员，能独立承担经济和法律责任。联运企业资质等级划分后，由联运管理部门据以核定与之相适应的经营范围。

(3) 联运经营活动必须遵守国家法律、法规、规章和有关政策，坚持服务宗旨，依据合同、协议或委托书实行责任代理，严格执行物价部门规定的收费项目和收费标准，实行明码标价，使用税务部门制定的联运业货运统一发票和定额发票，并自觉服从市场管理，接受社会监督。

(4) 搞好行业自律，在政府主管部门指导下，联运社团组织要充分发挥在政府与企业之间的桥梁和纽带作用，制定行规行约，加强行业自律，积极开展我国联运业向高层次、高水平发展的理论研究和探索，及时反映问题，提出政策建议，为广大联运企业做好服务工作，为政府部门当好参谋和助手。

6. 努力提高联运业工作质量与服务质量

(1) 坚持对联运职工的思想教育，使他们牢固树立为用户搞好服务的理念、意识和崇高的敬业精神，结合当地实际情况，制定服务措施，想用户之所想，急用户之所急，帮用户之所需，实现服务过程程序化、服务管理规范化、服务质量标准化。

(2) 以人为本、诚信至上。在联运工作全过程中尊重用户、信守合同，不弄虚作假、发生欺骗行为。管理部门对以欺骗手段获取利益以及态度恶劣、被媒体曝光的企业和个人要严肃查处，不得姑算迁就。

7. 加速联运业的人才培训与技术进步

(1) 发展联运迫切需要培养、引进和用好各类人才，尤其是高层次、高技能的人才。要采取专业委培、短期培训和岗位培训相结合等多种方式，进行职业知识、技能、道德和运输法律、法规、规章等方面的培训、教育，实行持证上岗制度，培养一批熟悉运输组织、WTO 规则、物流运作、计算机运用、信息工程、市场营销、投资理财和经济法规等经营管理和专业技术人员，提高联运人员整体素质，造就一支业务精、能力强、素质好、会经营、善管理的联运职工队伍。

(2) 鼓励和支持联运业在客货联运中广泛采用先进技术和装备，应用计算机管理手段，推进电子商务的发展进程。要开发联运信息网络平台，建立信息跟踪服务管理系统，逐步实现地区、区域和全国联网。

8. 加强对联运工作的领导与协调

(1) 全国联运工作应由国家发展和改革委员会领导，商务、工商、公安、税务、物价、铁路、交通、民航等部门要积极配合，协调开展有关工作。各省、自治区、直辖市、副省级市发展和改革委员会（经济贸易委员会、发展计划委员会、交通委员会）应会同联运工作领导和有关部门做好对当地的协调等方面的工作。

(2) 各有关单位应树立全局思想，主动联系、互相支持，共同关心推动联运工作的发展。对出现影响工作开展的实际问题，要积极沟通情况，及时加以解决。

我国物流业发展的历程、差距及前景

现代物流业在不少发达国家已相当普及，成为社会进步、经济发展和人民生活不断改善及提高的助推器和主要手段，受到政府主管部门和广大民众的高度重视。在我国，由于种种原因，现代物流发展较晚，尽管说一度呈现出轰轰烈烈的局面，但严格地讲，尚处于起步阶段，不过势头很猛，给人以奋起直追的印象。笔者和社会民众一样，对现代物流十分关注。早在20世纪的90年代中期，就曾前往德国、日本等国考察、学习，这些国家现代物流的发展所取得的成就尤其是融入社会的程度给我们留下了深刻的印象。我们在惊叹之余也看到了差距，并坚定了应发展现代物流的信心。回国后，在有关杂志上写过几篇文章进行推介、呼吁，企望唤起道路运输界的关注，然而在当时的情况下，现代物流还没有被充分认识，如同黄金被掩埋在沙堆中一样，光芒还没有显露出来。因此曲高和寡，形不成广泛参与的社会氛围，推动其尽快发展起来。当然，这种情况未维持多久，几年后由于政府高层人士的介入，同时也因为越来越多的人认识到它的作用，使现代物流在全国范围内蓬勃发展起来，国人喜用“雨后春笋”形容一种新生事物的崛起，描述现代物流的发展也不为过。对此，我感到十分欣慰。近几年由于埋头事务性工作等原因，对现代物流方面的问题鲜有看法发表，多是拜读他人的高见。不过，心中不是没有一点涟漪。今借汇编过去写成的综合运输文章之机就现代物流发展谈一些看法，略抒胸臆，供看到此文的同行参考。

一、我国物流业发展阶段简述

现代物流在我国的兴起至今只是十年左右的时间，与发达国家已有数十年甚至近百年的历史相比，应是很短促的。但是，由于在一定程度上借鉴了他国成功的经验以及失败的教训；加之，国外一些知名物流企业的登陆，使我国现代物流的发展没有重复一些国家的老路，势头猛，步伐快，范围广，成效大，表现出跨越式发展的局面。但如把物流的发展摆放到我国建国后的几十年历史环境中评析，却并不是一个丰富多彩的过程。作简要回顾，大体可分以下几个阶段：

1. 传统物流自然发展阶段

这一阶段大约有30年时间，即从1949年至党的十一届三中全会召开的1978年（只是便于表述而已，实际上还应包括1978年以后一段时间），主要特点是在计划经济体制下运作，物流供应链的各个环节均处于计划手段控制之下，各自为政、各立门户、条块分割、自成体系，各个相关的企业普遍追求“小而全”、“大而全”、“万事不求人”。以货物运输业而言，即处于这种状况之中，单纯从事货物的位移，对物流既无概念的认识，也无积极的实际参与。

2. 现代物流逐步感知阶段

这一阶段前后有15年左右的时间，即实行改革开放政策以后至20世纪90年代中期（1979年~1995年前后）。一方面，一些外国企业特别是发达国家的物流企业进入中国，宣传现代物流的理念，介绍国外现代物流的发展状况，开展现代物流业务的洽谈与合作，使现代物流的概念和作用以及管理方法被越来越多的人所理解和认识；另一方面，很多政府和企业界人士走出国门、进行各种形式和内容的考察，络绎不绝，一时成为时尚。对发达国家物流业考察也大有人在，通过参观现场演示，了解配送过程、听取用户反映、测算经济效益，一目了然地看到它在生产和生活中的巨大作用。物流由此产生了很大的冲击力，对我国广大民众、不少企业、甚至某些学术界人士进行了启蒙式教育，引起人们的高度关注。

3. 现代物流起步发展阶段

如从1996年开始计算，至今不过是十来年时间。此期间，改革开放已经深入人心，取得的成就有目共睹。买方市场逐步形成，很多企业面临着转型的压力。外国物流企业抢滩中国市场，让人感受到物流现实的和潜在的经济效益。加之一批脱颖而出的专家、学者演讲、推介，各种研讨会、论坛的推波助澜，很快在中国形成了现代物流发展的氛围以及可以实际运作的广阔天地。发展的速度和程度令国内民众眼花缭乱，让国外一些业界人士惊诧不已。

二、国外物流业发展浅析

我国物流业的发展历程大体如此，人们不禁要问，国外特别是经济发达国家在物流业方面怎样发展的呢？对此，结合一些资料的介绍不妨作如下概要的描述。了解这些情况，对我们来说是必要的，因为通过对比分析，可以学习他人的经验，少犯错误，少走弯路。“他山之石，可以攻玉”，对于我国这样的发展中国家而言是不可忽视的事情。

1. 发展阶段的划分

物流活动伴随着物质生产和流通产生，已有漫长的历史。但是在过去一个较长时间里并没有被人们深刻地认识，只是一种客观存在的随意性行为。直到20世纪的中叶，才在受到重视的的基础上有意识地将其提炼，明确为对社会进步和经济发展有着重要影响的服务举措。时至今日，与生产和生活形影不离、息息相关，到处留下活动的印迹。如何看待发达国家物流发展的进程呢？根据经济界诸多人士的分析，大体可分为以下几个阶段。

一是初级阶段——产成品配送阶段。资本主义国家的工业革命，明显地提高了生产的技术含量，从而极大地提高了劳动生产率，并为降低产品成本创造了条件。这就为较长时间处于落后状态的工业生产注入了新的活力，使产品的数量和质量都有了超出人们预料的变化。与此同时，消费速度和水平也迅速增长和提高，于是企业界一些有识之士开始关注物资流通中采购及销售成本，着手研究同一方向不同品种的物资组织配送问题。此时单元化技术已有了一定的发展，产成品的集中配送借助于这项技术很快开展起来。这个阶段物流服务的主要特点是实现产成品从产地到消费地的位移，与销售活动虽然有较密切的关系，但与消费者的要求尚有一定的距离。运输，包括搬运、装卸，在配送过程中占有很大的比重。约半个世纪的时间里，人们习惯于这种方式，尽管有人提出过提升的要求，然而并没有引起足够的重视，也就没有发生实质性地变革。

二是发展阶段——传统物流管理阶段。物流在二次世界大战中悄然兴起，军队后勤供应的改革使物流受到了有关方面的重视。到20世纪70年代以后，科学技术的发展更是日新月异，企业的经营管理、物资的流通管理引起了社会各界的高度关注。生产设备不断更新、生产方式不断优化，使生产力有了很大的提高，产品更加丰富。与此同步的是，物资流通过程中的成本较高也成为不可忽视的问题。在这种情况下，物流管理开始成为经济界的宠儿，促使其以较快的速度发展起来。物流管理的范围不断扩大，既管输入物流，也管输出物流，将配送、采购、生产结合起来，使企业各个环节的库存成为注目的焦点。企业领导和职工面对新的形势，思想观念发生了很大的变化。人们不再以仓库管理水平验证自己的业绩，而以库存物资的流转速度作为追求目标。对企业的考核不仅是看重各个职能部门的效率，而且更重视整个系统的综合效益。为此，各部门之间必须互相配合、关系协调地搞好工作。对生产厂家与用户而言，必须循序互动，共同关心物流供应链的平稳运动，使产品在通过各个环节后都能出现价值的增值，形成物流成本。如何有效地降低这部分成本，也就成为物流管理的基本要求。传统物流管理阶段大约延续了三十余年时间，经过努力，终于打破了部门界限，代之而起的是在部门协作基础上形成的物流运作系统。

三是成熟阶段——综合物流管理阶段。在以上两个阶段中，物流管理的内容都反映在企业的内部，这是工作的基础，对降低成本、加速库存流转速度起到了很大的作用。但是随着管理水平的提高，也发现仅此是远远不够的。因为生产企业并不是处于全封闭的环境中，举一家之力在很多时候很难完成物资流通的全部任务。事实上，销售商承诺把原材料或半成品向生产企业提供后，要由运输商将之运送到企业的仓库，经过生产过程后，成品要入库存储，之后根据订货合同发送给分销商，再通过销售渠道到达用户手中。一系列业务活动的背后显示出这是一种多维的立体的关系。为了保证生产能够顺利进行，产成品能够及时地销售出去，生产企业须考虑加强内部的物流管理，也密切与专业物流管理单位的联系，应用先进的电子数据交换系统，科学地制订配送计划。显而易见，协调处理这一系列业务已超出一个企业的范围，于是就形成了综合物流管理。综合物流管理是一体化运作态势，体现出共存共荣的依存关系，将分散的单位通过物流的纽带联系起来，彼此关注的不再是过去那种业务往来中的手续费用的提取，而是信誉的保证和整体经济效益的提高。综合物流管理的产生引起生产企业的变革，内设机构、思维方式、经营理念都随之变化，零库存逐渐变成可行的现实，分解式思维被系统整合思想代替，单打一的传统物流服务被协作有序的综合物流业务取代。综合物流管理以及应运而生的专业性物流企业使物流服务更加方便、高级。

四是提高阶段——现代物流发展阶段。近十余年时间里，物流现代化的步伐进一步加快。不少国家，综合物流逐步过渡到现代物流阶段，之所以出现如此的局面有以下几个原因：首先是现代物流技术迅速发展，为现代物流插上了腾飞的翅膀；其次，经济全球化的势态渐渐形成，为物流的国际化奠定了基础；第三是社会对物流认识深化，对物流向纵深发展提出了新的要求；第四，物流业已取得令人称道的业绩，为物流现代化总结出可以借鉴的经验。加快现代物流的发展是大势所趋，水到渠成，人们期盼已久。现代物流的重要标志主要是：电子商务、供应链管理、第三方物流。电子商务是电脑和网络技术相结合的产物，具有全球化、开放性、高效率、低成本的特征，推广应用到物流管理，使效率大大提高，安全性得到保证。

当然，由于电子商务是高科技的产物，由此也对物流基础设施的改善，技术水平和管理水平的提高提出了更高的要求。电子商务已成为现代物流的基础和支撑，反之，现代物流也为电子商务提供了大有作为的广阔天地。供应链管理是指对供应商群体的管理。生产企业为了生产和销售产品，必须有很多供应商为之服务。这些供应商在横向上应当互相支持，在纵向上应当相互呼应。在原材料、半成品到产成品以及再到消费者手中的绵长过程中，分别扮演着不同的然而又是不可缺少的角色。有的在上游，有的在下游，有的批发，有的零售，有的运输，有的从事相关的其他工作，于是形成了一条环环相扣、有效流转的供应链系统。第三方物流的出现，使物流更加专业化，为生产企业集中精力搞好主业创造了条件，使他们摆脱了过去很多需要自己处理的物流业务，将这些辅助性的物流活动委托给专业的物流企业去完成，通过合同明确双方的责任。在经济上相互结算，实行有偿服务，在业务上相互沟通，通过信息系统保持密切的联系。与传统物流和综合物流不同的是，它的服务对象不再是一对一的单个客户，而是一个数量不等的群体。追求目标不再是配送速度，而是社会物流服务的科学化、合理化。近年来现代物流发展很快，成为社会进步和经济增长的一个重要的支点和亮点。

2. 可供借鉴的几个做法

物流来源于生产和生活，客观上早已存在。但真正认识并揭示它的内在规律以及推动其迅速发展却是近几十年的事情。在这一方面，西方国家捷足先登，他们的一些做法很值得我们参考和借鉴。

(1) 学术界重视对物流的理论研究。

物流的发展来源于西方，而最早认识物流并使之成为社会不可缺少组成部分的当属美国。20 世纪的 1901 年，美国政府出台了《农产品流通产业委员会报告》，其中以一定篇幅记述了在农产品流通过程中对其产生影响的相关因素和费用，而这些问题正是物流所应涉及的重要内容，这是至今为止了解到的人类第一次开始谈到物流问题。如果说今后的物流研究由此进入开创性阶段，那么这篇报告的提出则为这项活动的开展拉开了序幕。之后，阿什·肖在1916年出版了《经营问题的对策》，进而论述了物流在流通战略中不可忽视的作用。著名营销专家佛莱德·区克拉克则于1929年在《市场营销的原则》一书中，对市场营销下了定义，即“商品所有权转移所发生的各种活动以及包括物流在内的各种活动”。十分明确地将物流纳入到市场经营行为的研究范畴。至于目前举世公认的物流英译专用词汇Logistics也是在这个时期被正式提出。拉尔夫·布索迪在1917年出版了他的《流通时代》，将这个单词赋予了物流的概念，使之经久不衰地出现在各种书籍和论文中。二战期间，物流实践取得了意想不到的成就，使人们开拓了思路，提高了对物流表面和潜在意义的认识，进而推动了对物流活动的研究，并促进了经济事业的发展。战后，企业在总结过去经验教训基础上，意识到不仅要重视经营管理，更要重视产品营销，促使物流研究工作进一步活跃起来。1954年，美国波士顿工商会议第26次流通会议指出：无论是学术界还是实业界都应该充分认识并研究市场营销中的物流。1961年，爱华德等人出版了专著《物流管理》，这本书对物流系统以及整体成本分析的概念等内容作了比较全面的论述，成为最早介绍物流管理的教科书，为物流管理奠定理论基础作出了重要贡献。20世纪60年代初，美国部分州立大学在大学甚至研究生院都开设了物流课程，把物流管理的理论教育正式纳入了高等学府的课程之内，使人们对物流有了新的认识。日本的物流管理发展较晚，20世纪50年代以后才从美国导入，令人称赞的是，日本人并未照抄照搬，而是在美国研究物流及物流管理基础上，结合本国实际情况有所创新，形成了很有日本特色的理论与管理方式，从而跻身于世界上物流管理先进国家的行列。

(2) 政府制定积极有效的扶持政策。

纵观西方发达国家的物流发展成就，共同的原因就是政府对物流的发展十分重视，这在创业的初期更是非常必要。当然这种关心和支持不仅是表现在物质方面，而主要体现在制定政策上。但是，令人感到很有意思的是，这些发达国家并非只是专门起草并通过物流管理方面的法律和政策，而是根据物流是多环节构成的特点，强调必须执行好适用于每个环节的法规。要求社会有关单位执行好这些法规，对经营和管理行为加以规范，保证有效地做好各项工作，履行好应尽的职责，这实际上是对物流发展的最大支持。这种观点表面看来似乎道理不足，然而仔细分析，各项重要的任务都是通过具体环节完成的，做好每一个环节的工作岂不就是保证了总体任务的完成吗？在物流发展较早的美国至今没有一部专门性的法律或法规，有关方面工作基本是按照市场经济规律进行。英国也是类似的情况，通过促进运输能力的提高加快物流业的发展。德国物流业非常发达，几乎覆盖到社会生产和生活的各个方面，然而也没有看到全国性的法律、法规与政策。不过要指出的是，德国地方政府对物流发展却是抓得很紧，采取有效措施予以扶持，尤其是近十多年来，大力培育和建设物流中心，使物流迅猛发展。具体的政策是联邦对物流园区统一规划，州政府按规划组织实施，"三通一平"后廉价出售或出租给物流企业在划定范围内建设，并帮助协调关系，直至正常开业。

日本是亚洲发展物流最有成效的国家，虽然起步较晚但后来居上，究其原因，与政府高度重视，采取扶持政策有很大关系。在此方面，日本与美国及欧洲国家有很大不同。政府于1965年发布了《中期五年经济计划》，其中强调重视物流的现代化，要求在全国加强基础设施建设，尤其是交通运输和物流集散中心，为发展物流夯实基础。20世纪70年代，又由日本运输省公布了物流成本核算定额基准，对物流成本的计算进行了规范，使物流发展更为有序，更加正规化进行。进入90年代，日本物流业在国际上名列前茅，在总结经验，分析问题基础上，于1997年4月又不失时机地由政府发布了《综合物流施策大纲》，这个大纲立足于"既要达到物流成本的效率化，又要实现不亚于国际水准的物流服务"，提出近期物流发展的目标、措施以及今后发展的方向，对信息化的推进、物流技术的开发、人才的培育，现代物流服务的开展，包括对配送业务机械化、仓库管理数码化、整体工作系统化以及社会资本运用和物流国际接轨等问题都提出了要求，在政策上进行了引导。日本政府发布的一系列关于物流的文件，对业已取得很大成效的物流业起到了巨大的推动作用，不仅使物流的覆盖面进一步扩大，让更多的人和单位得到好处，而且对服务过程和从业人员进行了规范，使物流发展在良性运行的轨道上不断前进。

(3) 物流企业抓住时机积极主动地谋求发展。

迄今为止，物流业一直是被人们看好的行业。发达国家物流业发展较早，已有一个世纪左右的历史。综观其产生、发展以及到比较成熟的各个阶段，它所发挥的作用及在国民经济中所处的地位始终被政府、企业和有关部门所重视。由于方便生产和广大人民的生活，有利于社会稳定和有序地运行，政府对其青睐，企业积极地发展，使这个行业不断壮大，如今已具有很高的水平。社会各方趋之若鹜，似乎也就不足为奇了。在国外参观考察时，常听到一些人士对物流业的高度评价，例如他们喜欢引用彼得·杜拉克的话，“物流领域是经济增长的黑暗大陆，是降低成本的最后边界，是降低能源消耗、提高劳动生产率的有效途径，是企业的第三利润源。”由于从理论和实践上证明了物流业的发展对企业搞好主业生产和降低成本费用具有重要的现实意义，于是在发展物流和物流管理方面舍得花大钱，下大功夫，千方百计地抓好各个环节，努力克服各种困难，积极主动地做好工作，使企业内部的物流和第三方物流都取得了长足的进步。他们的做法令人深思。

① 用数据说话，在提高认识基础上发展物流业。

发达国家的生产企业和专门从事物流服务的第三方物流企业之所以对发展物流业有很高的积极性，首先在于他们对物流业在社会的地位及在经济发展中所产生的效益有着比较深刻的认识。在这些国家，经济管理工作现代化程度普遍比较高，数据积累和分析比较科学，因此能及时以比较准确的数据昭示行业的实际情况，使人们加深对物流业的了解。资料表明，在发达国家中，物流成本可占到商品价值的30%～50%，而产品的制造成本则只占到10%左右，至于产品加工消耗的时间与物流活动需要时间相比，几乎到了微不足道的地步（约为1:20）。日本作过统计，近二十年内，物流业每增长2.6%，经济总量（GDP）则可增长1%。广阔的市场，巨大的潜力，不尽的业务，诱人的回报，使众多的企业难以无动于衷，不去关注。于是以很大的热情参与这个行业的经营活动，使整个行业确如雨后春笋般发展起来，终于形成如今在社会上举足轻重的地位。1998 年德国物流业务总值达 400 亿美元，法国达 290 亿美元，英国达 254 亿美元，希腊在欧洲物流市场中所占份额最小，也达数十亿美元。至于美国，由于物流业发展较早，所以规模很大，物流产业的总值已达近万亿美元。

② 抓住机遇，不等不靠，不失时机地发展物流业。

鉴于物流发展得到政府的重视和支持，而且显示出明显的经济效益，很多有头脑的企业界人士以敏锐的眼光看到这是一个很有发展前景的行业，应当参与其中，为物流的发展贡献力量。美国的物流起步较早，二战期间已有成功的经验。战后，许多企业看准经济恢复的时机，迅速形成发展物流的气候。一些公司由小到大，如今成为举世瞩目的物流集团，在国际物流界处于执牛耳地位，著名的美国联邦包裹公司（UPS）应是其中的佼佼者。UPS 公司于20 世纪初成立，开始时主要进行代理及运输等方面的业务，业务量不大，在社会上影响甚小。以后公司老板苦心经营、艰苦创业，逐步把业务定位在配送方面，慢慢发展起来。近几十年公司迅速壮大，他们在对市场进行周密调查的基础上，调整经营战略，立足搞好服务，瞄准包裹这个最为普遍的东西，下很大精力抓好配送业务，如今已拥有 10 多万辆汽车，600 余架飞机，员工达 30 多万人，年营业额达 300 亿美元，每年收送各种包裹达 30 亿件，为物资流通和方便人民生活作出了很大的贡献。除运送包裹外，该公司还认真搞好商业物流的服务工作。他们发现通过因特网进行商品交易的数量很大，于是介入其中，承担业务，取得很大成效。每年圣诞节期间，这个公司几乎垄断了网上零售公司的货物承运，在为千百万美国人带来欢乐的同时，取得了可观的利润。笔者在德国参观一些物流企业时，也看到类似情况，著名的飞格公司（FIEGE）在创业阶段十分艰苦，付出了艰辛的努力，但他们不怕困难，靠运输起家，在经营马车业务基础上，终于成为国际性的汽车运输和运输代理企业，十多年前，又发展成为颇有知名度的物流企业。如今该公司有3500 名职工，72 万 m^2 仓库面积，80 万个货板架位，年商品流通价值达 130 亿马克、货运量为600 万吨。类似企业还有很多，不胜枚举。他们在市场上大展雄风，在供求关系的变化中寻找确定的位置，靠自己的努力，终于打出了天下，取得了令人称羡的业绩。

③ 以用户需要为出发点，灵活机动地发展物流业。

物流不是空穴来风，它建立在企业生产和人民生活基础上，以降低产品成本，促进商品流通为目的。许多企业在发展厂内物流以及不少物流企业在发展业务过程中都始终不渝地坚持这一宗旨，由于方向对头，工作对路，于是很快成长起来，形成物流市场上纵横驰骋的劲旅，引起社会的关注。我在参德国参观时，位于不莱梅的施多特公司给我留下了深刻的印象，这家公司属第三方物流企业，专门从事物流服务业务，公司职工只有400多人，却在国内外设立了20个分公司。他们在进行一般业务的同时，十分注意调查研究，主动为生产厂家经办物流业务。例如，当他们得知KHD公司在科降—波资地区建立一家现代化柴油发动机工厂后，立即与厂方商量，得到同意后，在距工厂10公里处建了一座与之配套的物流中心，全面负责该厂生产所需要的零配件配送工作，中心面积约2万㎡，分两期建设，一期工程投产后可容纳10000个集装货板。在宽敞的仓储间内，高耸的分格货架储存送来的零部件，根据电脑显示的需要信息及时把经过检验合格的零部件运送到组装车间直达各个工位，供生产线上的工人取用。同样，成品也由他们集运到中心分发出去。他们还与奥宝汽车公司进行了类似的合作，经双方协商，由施多特公司投资1300万马克，按照汽车生产厂的特点和要求，设计建造了9000㎡的仓储中心，负责零配件集中配送，直抵工位进行全过程服务，使生产厂摆脱了繁重的后勤供应工作，集中精力搞好汽车生产。仓储中心业务稳定，已取得了很好的经济效益。在日本和其他国家也都不乏此类范例。日本伊藤忠商务株式会社麾下的一些物流企业在水产和食品仓储配送方面有不少成功的经验，而为中国人所熟知的“宅急便”服务在物流界也早传为美谈，为人们所津津乐道。

④ 严格经营管理，规范有序地发展物流业。

遵章守纪，按制度办事，一丝不苟地抓好各个环节的工作是发达国家许多企业取得成功的一个重要原因。在物流管理方面同样如此，值得我们学习借鉴。要说明这个问题，我们不妨从两个层次上介绍，一是区域性的物流中心，另一个是具体经营的物流企业。德国不莱梅物流中心是一个物流联合体，实行股份制，区内物流企业都占有一定股份。为了搞好管理工作，中心除董事会外，还设有监事会，均订有各种规章制度，要求所有企业和人员严格遵守，不得违犯。他们定期开会研究工作，分析情况，处理出现的问题，协调各方面的关系，使整个中心井然有序地运转。至于所见到的物流企业，内部管理都十分严格，未发现有放任自流、自行其是的无政府主义现象。我在德国不莱梅、汉堡、日本的东京、大阪等地参观了一些物流企业，包括仓储中心、配送公司等单位。经了解，都制定了严格的管理制度及各种操作规程，员工们自觉执行，很少听到有漫不经心、有章不循的情况。货物进出都由电脑控制管理，信息、财务处理都以电子商务方式进行，无论哪个岗位、工序，都忙而不乱。管理科学，工作有序，加之采用高度的现代化设备进行具体操作，劳动生产率高、成本费用低，难怪很少听说有亏损的物流企业。

(4) 以有效的管理体制为物流业的发展提供保证。

经济发达国家实行的是完全的市场经济，物流业一如其他行业一样，对之也是通过符合市场经济规律的体制和方式进行管理，尤其是美国和欧洲国家更是如此。在这些国家中经过多年的实践，在试行、调整、整合、反思、提高一系列过程后，如今管理体制已经逐趋完善，具体说来就是：政府部门进行行政调控，司法机构规范经营行为，行业组织参与中介协调，企业单位自立自主发展。当然，由于各个国家政治经济情况有所不同，政府和行业组织的作用不尽一致，形式和办法也会不大一样，但从本质上看则大同小异。

美国是一个市场化程度很高的国家，物流业发展很早、很快，尤其是二战之后更有长足的进步。但迄今为止，政府并没有设立专门的物流管理机构，如果说能够沾上边的，大概是与运输部最为密切，然而该部也只是通过提出保证运输安全的要求支持物流服务。因为运输是物流的重要环节，不能安全运输，则谈不上提供良好的物流服务。但是在法律方面却很严格，通过联邦法院等司法机构从法律角度管理物流服务合同，处理经济纠纷案件，保证物流正常运行。至于行业组织，美国物流管理协会（CLM）早已闻名遐迩。这个协会成立已数十年，在发展创新和传播物流知识方面成绩斐然，每年都举行年会、研讨会，活动很多，对推动物流的发展作出了很大的贡献。企业在这种环境中依法经营，不受行政干预，因此发展很快。德国等欧洲国家与美国大体相同，但政府注意进行规划，同时以优惠政策推动物流中心的建设，使物流发展更有较强的针对性，而且能很快地发挥作用。企业得到支持后，决心更大，更加快了自我发展的步伐。

日本是亚洲国家中促进物流发展的佼佼者，在管理体制方面很有东方特色。该国政府的通产省、运输省主管全国的物流工作，他们通过制定政策、法令实施对物流的行政管理，由于两部职能不同，对物流管理各有侧重。通产省主要规范商品流通，运输省主要规范运输企业，通过政策与规划引导物流业健康发展。物流的行业组织是日本物流系统协会（JILS），这个协会经通产省、运输省认可，由政府、企业界、学术界人士组成，有一定的官方性质，虽然是非赢利性组织，但对物流的学术研究和管理都负有一定责任。一是当一个物流系统和机构创立时，要由该协会调查、审核、提出建议；二是可对物流系统标准化提出最初意见，对物流设备生产和配送活动进行数据统计；三是向政府和其他组织提出开发物流系统的建议和发展物流政策的建议。新加坡物流业也很有特色，由于国家不大，规定物流由国家贸易发展局统一管理，这个局集管理与组织功能于一身，既规划、又协调，并直接组织指导，对物流的发展起到了很大的作用。

三、我国物流业发展的现状及存在的主要问题

前面谈到，我国近十年来时间，物流业已经起步和发展。如果进一步研究，似乎又可划分为两个小的阶段，即在本世纪前的几年为感性发展阶段，进入本世纪后，则可称为理性发展阶段。

感性发展阶段，主要表现在：比较重视概念的炒作，重视形式的宣传，

重视名称的认知，重视规模的扩大。一言以蔽之，较为注重形式，粗放管理、忽视效益、缺乏协调。曾记否，前几年，政府各部门大念物流经，大发物流发展号令；运输企业、仓储企业、有关商业企业大翻牌，大力宣传自己的物流实力；专家学者大讲物流课，大量物流书籍出现在人们的眼前；民众大唱物流歌，大众场合物流脱口而出。形成了政府官员以谈论物流为荣，企业老板以讨论物流为趣，研究人员以讲授物流课程为业，顾客用户以接受物流服务为荣的盛况。不失为轰轰烈烈，但毕竟给人以一哄而起、不够扎实的感觉。

理性发展阶段。人们在经历过一段炒作和务虚运作后，认识到仅此是远远不够的，必须脚踏实地的去干。要立足于中国的国情，着眼于和世界的接轨，一步一个脚印地发展物流业，使现代物流在我国生根、开花、结出丰硕的果实。目前，电子商务正在逐步推广，供应链管理正在逐步受到重视，第三方物流正在逐步成为物流业的重要组成部分。我国物流业在一定程度上出现了跨越式发展的良好局面。

据对目前已了解到情况分析，我国物流业的发展势头很好，主要特点如下：

（1）物流经济运行整体情况良好。在已过去的“十五”期间，我国社会物流总额达到158.7万亿元，比上一个五年计划增长1.4倍，扣除价格因素后，年均增长15%左右，社会物流总费用与GDP的比率由2000年的19.4%下降到2005年的18.6%；物流业增加值2005年超过1.2万亿元，同比增长12.7%，占当年服务业增加值的16.6%。2005年是我国物流业发展值得高度评价的一年，在这一年中，我国社会物流总额达到48万亿元，同比增长25.2%，其中工业品物流总额达41万亿元，同比增长27.2%，农产品物流总额达1.3万亿元，同比增长6.5%，进口货物物流总额达5.4万亿元，同比增长16.4%，此外单位与居民物品物流总额和再生资源物流总额等也有较大幅度的增长。2005年，我国社会物流总费用比2004年下降了0.2%，物流业增加值超过了当年GDP增长9.9%的幅度。

（2）物流企业在竞争中崛起。过去很长一段时间里，我国广大民众对物流及物流企业没有什么印象，特别是第三方物流企业，人们对之更是感到陌生，既未看到醒目的招牌，也未看到具体的服务内容。虽有与物流相关的企业，但很少有人与物流业务联系起来。近些年上述情况发生了明显的变化，物流企业迅速发展起来，因为转型的、新成立的物流企业比比皆是，有的很快壮大规模，成为很有影响力的企业。前者如中远物流、中海物流、中外运物流、大通物流、中储物流、中邮物流、中集物流等系从运输、仓储、货代等脱胎而来；后者如宝供物流、远成物流、中货物流、南方物流、东方物流、环京物流、锦程物流等是近年招兵买马组建。国外物流企业抢摊登陆，很快立足于中国物流市场，如马士基、UPS、TNT等以及从日本进军而来的一些物流企业。除上述在国内外知名的物流企业外，国内的一些中小物流企业更如天上繁星，难以统计准确数字。这其中有不少是民营物流企业，作为一支异军突起的新兴力量，成为物流业中的后起之秀，正在引起业界人士的高度关注。如同其他行业一样，在市场经济体制下物流企业的竞争也很激烈，然而令人欣慰的是，上述物流企业在开展竞争的同时，积极合作，共同努力提高物流供应能力和服务能力，使生产制造和商贸流通企业的物流业务得以分离和外包，加快了物流服务市场形成和发展的步伐。

(3) 物流基础设施和技术装备日益受到重视。在“十五”期间，我国十分重视物流相关行业基础设施建设。五年来，固定资产投资平均增速达19.3%，比“九五”时期加快4.2%。铁路、公路、水运、民航、石油管道等五种运输方式都发生了很大变化，一批高等级公路、铁路、机场、港口、油气管道陆续投入使用。交通基础设施的改善为物流业的发展提供了基础性保证，在各地政府重视支持下，物流园区（基地、中心）建设有了很大进展，有些已经建成投产，使各种物流功能和要素得以集成整合。一些专用性物流园区投入运营后，发展很快，吸引了许多国内外物流企业进驻，不少社会车源也赶来参加服务。著名的北京空港物流基地由于地理位置颇佳，服务与管理水平有独到之处，引来几个世界500强的物流企业和几十个国内外很有影响的物流企业，加之空港保税中心落户其内，使之在国内物流园区（基地）中名列前茅。物流技术与装备是发展物流的必备条件。近年来在物流产业迅速发展推动下，扩大了规模，提升了水平，工业生产有了很大的改观。工业车辆、托盘、货架、自动化立体库、自动分拣技术越来越多地进入物流业。除自动化程度较高的产品主要依靠进口解决外，很多技术装备已经在很大程度上实现国产化。

(4) 物流信息化建设的进度加快。物流现代化离不开物流信息化，这已是不争的事实，成为人们的共识。物流信息化是通过信息技术解决物流活动中运输、仓储、包装、整理、配送等有关的信息采集、加工、传输及共享等问题。很多物流企业在开展业务前后都十分重视信息化，花费一定的人力、财力建立信息系统和数据库，支持物流企业的发展。根据有关单位的调查资料，在信息化进程中，绝大多数物流企业注重对物流作业环节信息化的整合，对业务流程进行信息化的优化，并努力通过加强信息系统提高供应链的管理效率以及物流信息系统集成能力。在行业和区域层面上，主管部门加强信息平台建设，使公共信息平台和行政监管信息平台对维护市场秩序，保证运行安全，提高工作效率，改观综合效益起到了明显的作用。在信息化进程中，物流信息技术有了进一步的发展，国外一些成熟的信息技术被越来越多地运用到物流活动中，从而实现了有效的控制。物流信息化的实施降低了企业的市场风险，提高了企业的经济管理效率，整合了社会资源，对政府掌握行业发展的数据，加强宏观调控也起到了很大的作用。

(5) 第三方物流方兴未艾。第三方物流是现代物流的重要标志之一，是物流业应重视的发展方向。我国物流企业在起动发展后不久，不少企业和人士根据国外的经验和从业认识，很快把工作重点放在营造第三方物流上，积极成立第三方物流企业，扩大业务服务范围，从而较好地适应了生产企业和其他用户的需求。值得一提的是，随着第三方物流服务广度和深度的提高，第三方物流的专业化程度进一步改观，面对综合性物流服务存在的粗放问题，针对行业、地域、产品既多而杂的情况，不断将物流细化，细分成汽车物流、家电物流、农资物流、化工物流、会展物流等，力求在一定行业内将服务工作做细、做深、做精，分别不同情况，制定不同方案，解决不同的具体问题，发挥品牌效应，提高营销效率。目前，在我国的物流市场上，第三方物流光彩夺目，受到企业和各类用户的青睐。第三方物流企业也竞相演示自己的服务实力和特点，其中，外资物流胸有成竹，声势夺人；国内物流企业不甘示弱，奋起直追。相互竞争优化了物流企业的经营效果，提高了行业的整体素质，促进了现代物流的发展。传统物流相形见绌，加快了转型优化的速度。

(6) 物流基础性工作得到加强。我国物流业的发展起步较晚，由感性到理性经过了一定的过程，在经历过开始一个时期舆论造势和企业翻牌后，如何正确发展问题引起了人们的冷静思考，逐步理智地开展了一系列的工作，其中一个重要方面就是将基础性工作列入议事日程，着手研究、确定目标、组织实施。首先，为了使物流发展在标准化体系内进行，避免随意性和无序进行，国家标准委会同发改委、商务部等八个部委发布了《全国物流标准2005~2010年发展规划》；其次，在制订全国社会物流统计核算制度之后，物流统计工作已及时启动；第三，物流教育和培训工作受到各有关部门、单位的重视，积极地开展工作，本科院校中开设物流专业课程的大为增加，物流职业培训、资格认证等已取得了一定成效；第四，总结推广物流先进经验的工作不断进行，许多物流企业通过学习示范性单位的做法改进了管理，提高了工作水平；此外，在加强理论研究，以找出一条符合中国国情发展物流事业的路子方面也有一定的进展。

(7) 加强物流发展的综合协调工作。为了全面落实国家发改委、商务部、公安部、铁道部、交通部、海关总署、税务总局、民航总局、工商总局联合制定的《关于促进我国现代物流发展的意见》，经国务院批准，全国现代物流工作部际联席会议及办公室正式建立。“联席会议”由国家发改委、商务部、铁道部、交通部、信息产业部、民航总局、公安部、财政部、海关总署、工商总局、税务总局、质检总局、国际标准委、中国物流与采购联合会、中国交通运输协会共15个部门和单位组成，由国家发改委牵头开展工作。办公室日常工作由国家发改委经济运行局承担。通过联席会议制度，使与物流发展有关的各部门结合各自职能，相互支持、相互配合，推动了现代物流的协调发展。根据入世后的新形势和中央的政策规定，不少部门调整了现行的行政管理方式，取消了部分行政性审批，调整了相关的税收政策及实行了更加便利的通关政策，采取国债贴息，加大投资力度等积极的投资政策，扶持物流企业的发展。对物流市场的秩序，有关部门密切配合，进行了卓有成效的维护和建设工作。在信息化建设方面也迈出了新的步伐。由于实行了部际联席会议制度，较好地扭转了各自为政、缺乏配合的不协调现象。

在肯定取得成绩的同时，我们也必须看到，在现代物流发展方面还存在着一些不容忽视的问题，如不尽快解决，不仅影响今后工作的开展，而且还会动摇已经打下的基础。综合起来，主要表现在：

一是供需不平衡，结构性矛盾仍然比较突出。我国现代物流业尽管在较晚起步情况下有了很大的发展，而且已取得一定成效，但是规模和能力依然很小，不能满足日益增长的物流需要。特别是高端需求、即时需求、特色需求、一体化需求满足率更是不高。这仅是当前的物流需求水平而言，如果物流需求聚集和释放速度加快，“大而全”、“小而全”企业物流运作进一步减少，上述矛盾将会明显加剧。至于区域之间、城乡之间、行业之间、环节之间、基础性服务和增值性服务之间的不平衡情况均有不同程度的反映，此外综合运输体系没有很好地建立，各种运输方式相互衔接不够的问题也制约了现代物流的发展。

二是市场规范程度较差。我国的现代物流市场形成时间较短，前一阶段各主管部门相互配合不够，致使市场培育和建设工作滞后。目前不规范现象仍然比较严重，物流组织布局分散，物流资源和市场条块分割，一些地方封建割据、行业垄断情况时有发生。恶性竞争使一些规范运作企业叫苦连天，招标中的“暗箱操作”让不少企业怨声载道。“三乱”现象还未彻底根除，时有反弹情况。不少物流企业的诚信度没有得到社会认可，经常受到质疑。物流立法工作跟不上需要，依法经营，依法行政还得不到较好地落实。

三是规模化、集约化经营差距较大。目前不少物流企业社会化程度低、规模小、分布散、效益差，实力和抗风险能力都处在较低水平上。企业运作过程中粗放经营，短期行为比较普遍，一些企业缺乏长远打算，采取玩得转就干，玩不转就散的游击战术，不能科学化、严肃地考虑企业发展战略和发展方向。对现代化管理不够重视，电子商务或没有很好地开展，或只注意形式，不能发挥应有的作用。在物流行业中，信息化程度依然较低，很多企业没有建立起卓有成效的信息系统。

四是经营环境尚需改善。在较长一段时间里，与物流发展有关的部门之间工作不够协调，各自强调本部门的职责，站在本部门的立场上，制定有关政策，发布有关规定，从而将物流发展割裂开来，形不成既统一、又透明的物流产业政策体系。部际联席会议制度建立后，情况有一定好转，但要有机地协调地运转还要有一个磨合过程，如要彻底解决，在体制和机制上还需作较大的调整。物流发展政策，虽然朝着促进物流发展的方向进展，但统筹兼顾不够，而且不能全面落实，不少关系到物流企业发展、物流行业进步的具体问题尚无政策规定或虽有一些规定，但难以贯彻执行。

五是理论研究工作没有突破性进展。发达国家经验证明，发展现代物流必须有理论指导实践。我国近些年来，随着物流事业的起步，有关书籍、杂志越来越多，书店里、会议上到处都有销售，这应是一个好的现象，但如仔细翻阅，便会发现除一些翻译著作外，本土著作的书籍文章还比较缺乏新意，少数书籍甚至存在着互相转抄、没有个人见解的现象。有些书籍为了提高定价，刻意求长，使简单问题复杂化，洋洋万言只为说清一点内容。如何结合中国的国情与国际接轨，在理论上有所创新，今后依然是一个必须引起高度重视的问题。

四、我国物流业发展展望

我国物流业起步较晚，与发达国家相比，显得十分落后，存在着较大的差距。但是，也要看到，发展势头很猛，速度很快，而且由于可以学习借鉴的经验很多。所以取得的效果也非常显著。展望未来一个时期，尤其是“十一五”期间，我国物流业的发展必将会迈上新的台阶，会更加引起举世的关注。

1. 我国物流业发展面临的新形势

在2006年3月召开的十届全国人大四次会议上，讨论通过了《国民经济和社会发展第十一个五年规划纲要》（以下简称“十一五”规划纲要），中央对今后的五年描绘了宏伟的蓝图。贯彻实施好“十一五”规划是全国人民的中心任务。物流业的发展必须服从和服务于这个大局，当然，“十一五”规划也必然会对物流业的发展产生重大的影响。主要表现在以下几个主要方面：

(1) 促使物流总量进一步增加。据“十一五”规划纲要提出的目标，到2010年，我国国内生产总值将达到26.1万亿元，比2005年增长43.4%。这样的发展程度和速度，毫无疑问地会加速社会商品、信息和服务的流通，为物流的发展提供广阔的市场空间和宽广的演示舞台，使我国物流业的发展建立在丰厚的经济物质基础之上。

(2) 促使物流发展速度进一步加快。“十一五”期间，在国内生产总值以较大增幅增长的同时，必然对物流业的发展提出新的更高的要求，促进物流业以较快的速度发展。其中对外贸易增长速度尤其加快，比2005年增长61.9%，将使国际间商品和服务急剧扩大，使物流业也必须以更加优质、高效的服务适应国际物流出现的各种需求。

(3) 促使物流业专业化水平进一步提高。在物流总量中，工业品物流所占比重最大，而在“十一五”规划纲要实施期间，工业结构将会明显优化升级，从而使工业品的品种、数量以及质量都会有新的变化，由此一来，为工业品生产服务的物流也必然随之改变，以更加专业化的服务工作去适应出现的各种需要。

(4) 促使面向农村的物流服务力度进一步加大。“十一五”规划纲要提出要加强社会主义新农村建设，而且列为重中之重，这是中央作出的新的战略部署。建设新农村的工作十分宏大，要完成任务需做好多方面的工作，其中必须建立与之配套的物流服务体系，以便迅速发展农产品加工、保鲜、储运和其他服务。农村与农资物流的发展前景被普遍看好，是一个大有作为的新兴事业。

(5) 促使区域性物流进一步发展。“十一五”规划纲要对促进区域协调发展提出了要求，使区域经济的发展面临着新的机遇。对区域经济发展，中央近些年陆续作出安排，先后提出推进西部开发、振兴东北地区等老工业基地，促进中部地区崛起，鼓励东部地区率先发展等战略性要求。如今又在“十一五”规划纲要中作了强调，随着深入实施，必然发生新的变化。与此同时，区域性物流新的格局将会在调整中形成，不仅是对三角、长三角、环渤海区域物流一体化会迅速发展，其他区域的物流发展也会日新月异。

(6) 促使物流业进一步实现从数量扩张到质量提高的转变。“十一五”规划纲要明确提出，在全面建设小康社会进程中，要注重建设资源节约型、环境友好型社会，这是深层次落实节约资源、保护环境基本国策的需要。发展物流业也要认真贯彻，使我们今后的物流服务不仅能满足用户的需求，而且能够体现出节约资源、保护环境、维护安全、保证社会效益的精神，写好这篇文章并非易事，但一定要去做好，只有这样才能促进自身的可持续发展，也会对社会经济的可持续发展作出贡献。

(7) 促使物流业进一步开拓服务领域。“十一五”规划纲要对经济和社会发展作出了全面的规划，涉及到经济和社会发展的方方面面。物流服务也应顺应这种形势，开阔视野、扩大思路，加强调查研究，扩大和延伸自己的工作范围，满足各类用户的需求，既要做到，更要做好。用户至上，服务第一，对物流业发展而言，是永远不能忽视的问题。

(8) 促使物流业行业素质进一步提高。“十一五”规划纲要的实施对全民素质的提高提出了新的要求，事实上，国民素质问题已在一定程度上影响了经济的发展和社会的进步。规划中提出加强社会主义文化建设，胡锦涛总书记提出要开展社会主义荣辱观宣教工程等，都反映出中央的决心和魄力。物流业的发展要贯彻中央的部署，树立行业的良好形象。同时，要加强企业管理，合理配置和利用资源，不断降低成本，努力减少费用支出，建立良好的诚信制度，通过共同努力，将我国物流业建设成为一个面貌全新的行业。

2. 我国物流业发展展望

我国物流业的发展既面临着前所未有的机遇，也无法回避一系列的挑战。综合分析物流业发展的现状及业已显现的各种有利因素，今后一个时期物流业的发展可能会呈现以下几个主要特点和趋势。

(1) 经济社会发展对物流服务的需求总量与服务效果的要求提出更高的要求。

随着经济社会发展步伐的加快，对物流业发展的要求如今日益提高。第一，物流服务供给总量的规模扩大，以达到供需总量的基本平衡；第二，物流服务的内容进一步细化和专业化，使服务工作更有针对性和有效性；第三，与发达国家接轨，进一步提高物流质量和效率；第四，努力降低物流成本，使物流服务的价格水平与降低全社会物流成本的总要求相一致。现代物流将随着国民经济与社会的进步不断发展并提升水平，经济与社会对现代物流的需求将会不断地变化，不会长久地停留在一个水平上。

(2) 物流市场的竞争局面将会更加激烈。

随着社会主义市场经济体制逐步健立和完善，价值规律和市场运作模式将会进一步显现在经济和社会发展的各个方面。现代物流的发展必须彻底抛弃“大而全”、“小而全”的传统观念，勇于走向市场，参与竞争，在相互角逐中巩固自己的地位，争取更大的市场份额。竞争一方面立足于国内，敢于和同行尤其是外资企业一比高下；另一方面走出国门，进入国际竞争的行列。为了增强竞争实力，现有的物流企业必须通过重组、改制等形式整合企业资源，努力做大做强。不做大，强不了；不做强，长不了。弱小的物流企业在竞争中很容易败北，甚至难以生存下去。

(3) 物流发展的政策环境和经营环境将会改善。

由国家发改委牵头、九部委联合推出的《关于促进我国现代物流业发展的意见》于2004年9月出台，这是我国现代物流发展过程中具有里程碑意义的事件，对加快现代物流的发展，打造具有国际竞争力的大型物流企业，促使我国物流业与国际同行接轨，推动我国物流企业做大做强将起到重要的作用。引导现代物流健康发展的《我国现代物流发展规划》也将很快出台，这份文件对我国现代物流发展的指导方针、发展目标、主要任务和现代物流发展的重点区域及城市等，都加以明确并作详尽的规划。由国家发改委主办或牵头进行，各有关部门积极参与的物流发展部际联席会议、论坛、研究会、展览会陆续举行，扩大了对现代物流的宣传和影响。各级政府结合本地实际情况和需要，结合“十一五”规划纲要的制定，对已有的物流发展政策进行完善，同时也就有关问题从政策层面提出要求，作出规定，使市场准入、合理税收、土地利用，基础设施建设、技术装备更新等重大问题有了解决对策，使政策环境、经营环境出现明显改善的局面。物流标准化的实施将进一步加快，使物流发展更加规范和科学。

(4) 物流园区的建设将会务实开展。

我国物流园区伴随着物流业的发展而兴起，但很快反映出诸如盲目攀比、形象工程、变相圈地、重复建设等一系列问题，各种不规范行为引起人们的忧虑。针对这种状况，2004 年国务院已决定把物流园区列入整顿的范围。通过调整和治理工作，使物流园区的建设更加规范，能够更好地发挥应有的功能，发挥物流服务的作用。对一些综合性的物流中心给予积极的扶持，鼓励其迅速发展，使之在区域性物流集散、口岸进出、分拣配送、流通加工、信息服务、仓储运输等方面产生无可替代的影响和实际效用。经过人们的冷静思考和必要的整治后，物流园区盲目发展的现象将得到遏制，一些不具备物流园区特色的建设项目被停止，名符其实的物流园区得到发展和完善。今后作为物流业发展中的一个亮点，物流园区将科学合理地发展，呈多元化趋势，更加集约化经营，为一定区域的物流发展作出更大的贡献。

(5) 物流信息系统将会加快建设速度。

物流信息化建设是现代物流的基础，其重要性已逐步被人们所认识，但物流信息化的发展还处于初级阶段。目前，不同企业、行业、政府部门已有的信息系统还没有统一的、开放的、标准化的接口。因此，物流的信息发布、查询、交易等受到明显的制约和影响。这个问题已受到国家信息产业部等主管部门的重视，起草了专门文件，对建设全国性和区域性公共信息平台提出了指导性意见，受到国家发改委和与物流发展相关各部门充分肯定和大力支持。如今全面建成，对提升我国传统物流业的水平尽快向现代物流转型，应对经济全球化进程中物流业的飞跃，提高整体竞争能力，尽快实现电子商务都有非同小可的意义。今后，综合信息服务，数据交换、信息共享、跟踪服务以及国际信息交换、信息管理等诸多方面都可有效地进行，我国物流业的发展将出现崭新的面貌。

(6) 传统运输与现代物流将会加快融合。

交通运输是物流供应链中的重要环节。但是，我国运输业中的货物运输长期以来处于落后的状态，传统的管理理念、组织形式、经营方式、结算手段一直主导着整个行业，如何尽快提升货物运输服务水平是很多人经常思考的问题。物流业发展以后，其管理与运作对质量、效率、成本、技术等提出了更高的要求，将其应用到货物企业，顺理成章地推动了这些单位管理水平的提高与服务的创新。物流业发展的这个特点，为传统运输与现代物流的融合提供了可能，创造了条件，使货运物流化成为改造传统货物运输的重要方向，这对发展货物运输与物流都十分有利。但两类企业不能等同，各有自己的特点和作用，除必要的转型外，不能将“融合”理解为“取代”，物流要利用货物运输，货物运输要为物流服务。二者之间，相互影响、相互依存、相互支撑，关系将会日益密切。

(7) 物流人才的培养教育将会更加受到重视。

物流业在我国迅速起步后，很快暴露出物流人才严重短缺的问题。随着服务工作深入进行，许多物流企业挂牌进入实质性运作，就更加严重地凸现出来，已引起各有关方面的高度关注。近几年，很多高等院校急物流行业之所急，紧锣密鼓地筹备，很快开设了物流专业。中等职业学校也积极培养物流人才。经过短短几年的努力，已初步形成由中专、高职高专、本科、硕士研究生、博士研究生组成的物流学历教育体系。有关的社团组织也不甘落后，自编教材或引进国外项目，认真开展物流师职业资格培训、认证，取得了可喜的成绩。今后这种多元化的学历教育、职业教育、岗位培训和从业人员资格认证工作将持续开展下去，而且会越办越好，为培养急需的物流人才立下汗马功劳。

(8) 第三方物流将会有不俗的表现。

发展第三方物流是物流业现代化的重要标志之一，是现代物流发挥服务功能的主要手段。近年来，随着经济全球化程度的提高和中国经济的持续增长，我国第三方物流市场规模不断扩大，服务水平不断提高，专业化程度不断改观。不少第三方物流企业根据自身的资源状况和运作能力确立明确的经营目标，通过与相关企业开展合作，不仅稳定了业务来源，还吸引了其他同质客户加入到合作行列。既扩大了业务规模，也增大了市场份额。今后一个时期，第三方物流会进一步扩张，外资第三方物流企业已经进军中国，物流市场正在巩固业务阵地，加快网络建设，提升服务能力，扩大社会影响；还有一些第三方物流企业已整装待发，为进入中国物流市场抓紧做好准备工作。内资第三方物流企业居安思危，面对竞争形势不敢懈怠，利用本土优势，进行资源整合，努力提升能力，同时也加强对外合作，提高竞争实力。可以预测，我国第三方物流将会高速增长，市场前景十分的广阔。

浅析加入世贸组织后对道路运输业产生的影响及需要加强的工作

2001年11月10日，世界贸易组织在卡塔尔多哈召开的第四届部长级会议上审议并通过了中国加入世界贸易组织的决定，一锤定音，为我国进行了长达15年的复关入世谈判画上了句号。一时间，参加谈判的人员露出了笑脸，大有功德圆满之感；关注谈判过程的广大民众也都长出了一口气，无不感到欢欣鼓舞。中国加入世贸组织，在世界上引起了强烈的反响，众多的友好国家纷纷表示热烈的祝贺。如今，我们已跨入世贸组织的门槛，经济方面的有关工作正按照世贸组织的规则要求进入新的运行轨道。由于身临其境，人们逐步加深了对入世问题的认识，初步意识到加入世贸组织对我国的经济发展以及政治生活已经和正在产生着重大的影响，确实给我们带来了一定的发展机遇；同时，也使我们面临着严峻的挑战。道路运输业是综合运输体系的重要组成部分，对促进国民经济的发展及提高人民群众的生活水平具有十分重要的作用。在加入世贸组织的新形势下，如何在新的经济格局中确定自己的位置，摆脱传统观念的束缚，更好地为经济发展和社会进步服务，充分显示自身的价值，发挥出更大的作用，是必须正视及深刻思考的重大课题。当前，热衷于入世理论研究的大有人在，但对道路运输业入世后何去何从这一类实践性较强的问题进行深入探讨者却是不多。本人从事道路运输管理工作多年，对这个行业的发展甚为关注，很愿意结合实际情况谈谈自己不很成熟的看法，就教于同行，引出更多的真知灼见，以共同努力，促进道路运输业更快、更好地发展。

一、我国加入世贸组织历经坎坷，15年来，在党中央、国务院的关怀下，入世代表团参加了每个会议，进行了一次次艰苦的双边会谈，充分发挥聪明才智，终于取得了最后的胜利，正式成为这个国际组织的成员。我们要牢记走过的历程，深刻认识入世的意义，激励斗志，更好地搞好道路运输工作

1. “复关”、“入世”始末简介

世界贸易组织（英文简称为 WTO）是致力于监督世界贸易和使世界贸易自由化的国际组织。在 1994 年 12 月 31 日以前，国际性的贸易组织以关贸总协定（GATT）的形式出现。顾名思义，关贸总协定应是关于规范国际贸易的文件，然而事实上却又是一个常设机构，由缔约国组成。该协定于 1947 年 10 月 30 日在日内瓦签订，发起国有 23 个，中国是其中之一，从 1948 年 1 月 1 日实施以来，对维护国际贸易秩序起到了一定的作用。但由于关贸总协定并非是正式生效的国际公约，因此作用有限；而且关贸总协定组织在国际机构中级别不高，缺乏组织基础，因此受不到国际社会的高度重视。有鉴于此，要求重组国际贸易组织的呼声越来越高，经过多次谈判，1994 年由 104 个国家签署了《建立世界贸易组织协定》，规定世界贸易组织即 WTO 于 1995 年 1 月 1 日宣告成立。一年后，由世界贸易组织完全取代原来的关贸总协定。世贸组织的核心是《WTO 协定》，基本职能是实施《WTO 协定》、组织多边贸易谈判以及解决成员之间可能产生的贸易争端和审议各成员国的贸易政策。

中国是关贸总协定的创始国，为关贸总协定的成立作出了不可磨灭的贡献。中华人民共和国成立后，理应延续成为该协定的成员国。然而在美国的操纵下，设置障碍，不顾国际舆论的反对，使台湾当局继续窃居其内。几年之后，由于经费紧张，而且无法代表中华民族行使权利，但又不愿意让中央政府取代关贸总协定成员国的地位，于是倒行逆施，擅自宣布退出了这个组织。当时的国际环境于我不利，反共浊浪甚嚣尘上，不可能顺利地履行让中国政府进入这个国际贸易组织的手续。以后较长的一段时间里，由于国内外的某些特定原因，我国一直未能解决复关问题。党的十一届三中全会以后，改革开放政策日益深入人心，融入国际社会成为不可抗拒的潮流。党中央、国务院在全面分析国内外形势的基础上，为加快我国改革

开放和社会主义现代化建设的步伐，果断地作出重大的战略决策，决定尽快恢复在关贸总协定组织中的合法地位。后来又提出加入世界贸易组织的要求。这个决策符合我国的根本利益和长远利益，受到全国人民的热烈拥护和坚决支持。

复关入世的道路并不平坦。首先于1984年4月，中国取得了关贸总协定观察员的地位。两年后，即1986年7月10日，中国向关贸总协定正式提出恢复在该组织中缔约国地位的申请。同年9月开始派团参见乌拉圭会谈，由此全面参与了关贸总协定建立多边贸易关系的会议，踏上漫长的复关谈判之路。1994年中国迎来了复关的转机，当年4月签署了乌拉圭回合最后文件和世界贸易组织协定，达到了复关的必备条件。11月，中国提出在年底以前完成复关的实质性谈判，并成为即将成立的世界贸易组织创始成员国的要求。然而以美国以首的少数缔约方横加阻挠，以致在12月份召开的关贸总协定中国工作组第19次会议上，未能就中国成为世界贸易组织创始成员的问题达成协议。1995年岁首，世界贸易组织正式成立，中国在“复关”愿望未能实现的情况下，又围绕“入世”开展了一系列工作。经过努力，这年的7月，中国成为世贸组织的观察员。11月，中国政府照会世贸组织总干事，把关贸总协定中国工作组更名为世贸组织中国工作组，中国“复关”谈判改成“入世”谈判。1997年5月，第4次世贸组织中国工作组会议就中国加入世贸组织议定书中非歧视原则和司法审议两项主要条款达成协议。随后加快了双边谈判的进程。在世贸组织成员国中，有37个国家要求与我国进入双边谈判后方可表态支持我们加入世贸组织的正当要求。为此几年来一对一地坐在谈判桌前讨论有关问题，逐步取得进展，与相关国家一一达成协议。其中，比较重要的是，1997年间先后与新西兰、韩国、匈牙利、捷克等国就中国加入世贸组织形成共识。尤其是1997年7月中日达成了中国加入世贸组织的双边协议。11月中美达成了中国加入世贸组织的双边协议。2000年5月中国与欧盟达成了中国加入世贸组织的双边协议。2001年9月，中国与墨西哥就中国加入世贸组织也达成了双边协议。在第16次世贸组织中国工作组会议上，多边谈判时遗留的12个问题全面得到解决，在第17次世贸组织中国工作组会议上对中国加入世贸组织的法律性文件及其附件和工作组报告书进行了磋商，并最终完成了这些法律性文件的起草工作。9月17日，在第18次世贸组织中国工作组会议上通过了我国加入世贸组织的全部法律文件。11月10日世贸组织在卡塔尔多哈召开第四届部长级会议，会上审议并通过了中国加入世贸组织的决定。11月11日我国政府与世贸组织正式签署了中国加入世贸组织的法律文件，并向世贸组织递交了经全国人民代表大会常务委员会审议通过、由国家主席江泽民签署的中国加入世贸组织批准书。12月11日，我国正式成为世贸组织的成员。

2. 加入世贸组织的意义

一是有利于促进我国经济持续快速健康地发展。当前，经济全球化的进程正在加快，我国对外开放也在不断的扩大。入世后，客观上要求按照国际通行规则办事，这样做可以改善我国经济发展的外部环境，拓宽经济发展空间，并可根据国际市场竞争的要求，加快经济结构调整和科技进步，提高产业和产品的竞争力，推动全民经济在较高速度和较好效益兼而有之的轨道上运行。

二是有利于加快我国的对外开放。入世后，我国有机会在更大的范围、更广的领域、更高的层次上参与国际经济技术合作，对改善我国的贸易投资环境，增强对外资的吸引力，更有效地利用国内外两种资源、两个市场，发挥比较优势，更好地“引进来”、“走出去”，把我国对外开放提高到一个新的水平具有不可估量的作用。

三是有利于完善我国的社会主义市场经济体制。由于世贸组织的各项规则都以市场经济为基础，因此入世后就要求我们按照市场经济的一般规律调整和完善社会主义市场经济的行为规范和法律体系，依法办事，转变政府职能，建立和完善全国统一、公平竞争、规范有序的市场体系，使经济发展能有比较好的体制环境。

四是有利于两岸经贸关系的进一步发展。台湾是中国不可分割的组成部分，由于历史原因，使我国的和平统一大业至今未能实现。中国入世后，台湾作为一个地区也成为世贸组织的成员，这样就为两岸的沟通提供了更多的机会，对促进海峡两岸实现“三通”，尤其是解决通商问题，使两岸经贸关系深入发展有了更加良好的条件。

3. 加入世贸组织后应当享有的权利

一是可享受世贸组织所有成员提供的最惠国待遇。长期以来一些国家对我国采取了歧视性贸易限制措施，影响了我国外贸事业的发展。入世后，我国可以在最惠国待遇原则下进行国际贸易，享受其他国家和地区开放市场的好处，有利于开拓国际市场，扩大出口贸易。

二是可享受世贸组织成员提供的国民待遇。这就使我国货物或与贸易有关的知识产权产品进入各成员市场时，与所在国（地区）货物或产品待遇相同；服务与贸易有关的投资进入时，也与各成员在世贸组织承诺的待遇或与所在国（地区）企业和国民享有的待遇保持一致。对实施“走出去”的开放战略，发展同各国和地区的经贸往来与合作有很大的好处。

三是可直接参与多边贸易新规则的制定。随着多边贸易的不断发展，需要不断制定新的规则。过去我国不能直接参与，使正当权益不能得到维护。如今拥有这个权利后则能在国际政治、经济事务中充分发挥作用，维护正当权益，分享世界经济贸易发展带来的利益。

四是可获得多边贸易机制提供的保障。入世后，通过利用多边争端解决机制，可更好地处理与世贸组织成员之间在贸易和投资方面出现的纠纷，减少贸易摩擦，扩大我国处理对外经贸关系的回旋余地。多边贸易机制具有稳定、透明和可预见性，在贸易纠纷解决过程中是不可或缺的重要手段。

4. 加入世贸组织需要履行的主要义务

一是必须遵守非歧视原则，对进入我国市场的货物要给予国民待遇。对进入我国市场的服务及与贸易有关的投资，要履行我国加入世贸组织的具体承诺。

二是必须将关税降低到发展中国家的水平。2000年，我国的关税总水平为15.6%，2005年降到10%左右。同时要逐渐减少和取消对进口产品的许可证和配额等非关税措施。

三是必须对外逐步开放服务贸易市场。将有步骤地允许外商进入我国电信、银行、保险、证券及分销等服务领域。

四是必须废除和停止实施与世贸组织规则相抵触的法律、法规和规章。要改革外贸管理体制，把外贸经营权审批制改为登记制，实行统一、透明的外贸政策，并要接受世贸组织对我国贸易政策的有关审议。

在义务方面需要指出的是，我国作为发展中国家，按照逐步开放的原则，既要履行市场准入的要求，又保留了一定的过渡期。此外，还区别不同情况，对有关产品贸易及行业对外开放提出有一定弹性的处理意见，而没有作出一刀切的对外承诺。

5. 世贸组织的主要原则

一是最惠国待遇，世贸组织的某一成员在货物、服务和知识产权方面给予另一成员的优惠待遇后，必须立即无条件地也都给予其他的成员这种待遇。

二是国民待遇，指平等地对待外国和本国产品、服务及知识产权；世贸组织成员给予外国产品或服务进入本国后的待遇不低于本国产品或本国服务。

三是透明度，世贸组织成员应公布所制定和实施的贸易措施及其变化情况，不公布的不得实施。公布的内容要通知世贸组织。

四是公平竞争，世贸组织的成员应避免采取扭曲市场竞争的措施。

五是自由贸易，世贸组织成员应通过多边贸易谈判，实质性削减关税和减少其他贸易壁垒，扩大成员之间的货物和服务贸易。

二、我国加入世贸组织后，经济发展进入了一个新的阶段。道路运输业面临着广阔的拓展机遇，与此同时也遇到了严峻的挑战

中国加入世贸组织就国内经济而言，意义重大，前面已经做了简要阐述，在此不再赘言。而对世界经济发展来说，意义同样不可低估。在国际范围内开展多边贸易需要有市场做活动舞台，在此方面，中国已引起国际社会的广泛关注。中国已形成的和潜在的巨大市场对世贸组织的成员有着强烈的吸引力，向中国市场进军成为国外不少企业的战略目标，目前在不少地方已出现程度不等的“抢滩”现象。对此，道路运输业不能熟视无睹，

而要密切注视发展态势，清楚地认识机遇和挑战，采取有效措施，确保在入世后立于不败之地并得到长足发展。

1. 服务贸易概述

在世贸组织关于中国的文件中，有两大方面的内容，一个是货物贸易，另一个是服务贸易，前者为经贸部门所关注，后者则与道路运输业有直接的关系。服务贸易的基本文件是《服务贸易总协定》（GATS），其内将服务分为12个部门，即商务、通讯、建筑工程、分销、教育、环境保护、金融、健康、旅游、娱乐、文体、运输。这12个部门又进一步细化，划分为160多个分部门。划分的依据是参考联合国中心产品分类系统对服务的分类和定义，具体统计按照国际货币基金组织的项目进行。

对服务贸易，《服务贸易总协定》规定了四种实现方式，即，跨境交付、境外消费、商业存在、自然人流动。这四种形式各有特定的含义，不能混为一谈。以道路运输业为例，世贸组织某一成员的汽车运输货物到另一成员的境内，即为跨境交付；如在其他成员境内修理车辆等即为境外消费；在其他成员国注册成立运输企业从事汽车运输业务即为商业存在；而以劳务形式派出司机或修理工到其他成员工作则为自然人流动。四种形式中以商业存在最为关键，涉及问题多，影响面大，因此谈判时双方都很重视，就开放与限制有关问题反复磋商，往往要几经讨论后才能达成协议，因为都不想经易地把本国市场让给他方。

2. 道路运输业对世贸组织承诺的有关内容主要体现在道路货运、汽车维修服务等方面

这些承诺反映在国务院文件中。不久前，国家计委、国家经贸委、外经贸部联合发布了《外商投资产业指导目录》，其中有明确的规定。以下分别简要地加以介绍：

第一，道路货运：从加入世贸组织时起，允许外商设立合营企业从事道路货运运输，但外资比例不得超过49%；加入后一年内，允许外商控股；加入后三年内，允许外商独资经营。具体来说，公路货物运输公司，不迟于2002年12月11日允许外商控股；不迟于2004年12月11日允许外商独资。对出入境汽车运输公司也按上述时间表对外开放。

第二，汽车维修服务：从加入世贸组织时起，允许外商设立合营企业从事汽车维修服务，但外资比例不得超过49%；加入后一年内，允许外商控股；加入后三年内，允许外商独资经营。开放时间表与道路货运相同。

第三，仓储行业：其虽然有别于道路运输行业，但业务密切相关。在仓储行业中，有些作为独立企业为社会物资流通提供服务；有些则附属于运输企业，为物流及零担、快件、行包运输服务，因此，也可以把它视为道路运输及其他运输方式的辅助性服务行业。其对外开放的承诺也是从加入世贸组织时起，允许外商设立合营企业从事仓储服务，但外资比例不得超过49%；加入后一年内，允许外商控股；加入后三年内，允许外商独资经营。

第四，货运代理：从加入世贸组织时起，允许至少有3年经验的外国货代公司在中国设立合资公司，外资比例不得超过50%；加入后一年内，允许外商控股；加入后四年内，允许外商独资经营。

对货运代理有附加限制，即合资公司的最小注册资金不得少于100万美元；中国加入世贸组织四年后，方可享受国民待遇；合资公司的经营期不得超过20年；合资公司设立分支机构须在中国经营满一年而且双方的原始注册资金应增加12万美元。附加注册资金在中国加入世贸组织两年内可享受国民待遇。此外还强调，外国同一货代公司在中国设立合资公司不能同时设立两个，而要有间隔时间。

第五，租赁服务：从加入世贸组织时起，允许外商设立合营企业从事租赁服务，但外资比例不得超过49%；加入后一年内，允许外商控股；加入后三年内，允许外商独资经营。但外国租赁服务供应商须有500万美元的全球资产。

第六，技术检测和分析服务：从加入世贸组织时起，允许外商设立合营企业从事技术检测和分析服务，但外资比例不得超过49%；加入后两年内，允许外商控股；加入后四年内，允许外商独资经营。同时规定，外国技术检测和分析服务供应商在本国从事服务的时间必须超过3年；合资企业的注册资金不得少于35万美元。

第七，国际集装箱多式联运：此服务项目涉及到多种运输方式，深受国内外用户的欢迎。其对外开放的承诺是：从加入世贸组织时起，允许外商设立合营企业从事国际集装箱多式联运，但外资比例不超过50%；加入后一年内，允许外商控股；加入后四年内，允许外商独资经营。

第八，对道路运输业开放同样适应的共性承诺，主要有两个方面：一是许可问题，要求审批的条件和程序应在实施前公布，并明确审批时限；主管机关收到申请后，应迅速作出决定，驳回申请的，应当书面通知并说明理由。二是关于合资伙伴的选择，对外国服务提供者在华设立道路货物运输及相关的合营企业，允许其自行选择包括合营企业经营行业外的中国合作伙伴，该合作伙伴只要在中国依法设立，即可被划为选择对象。

3. 加入世贸组织后道路运输业面临的机遇

一是可推动道路运输业更大程度地改革和开放。入世意味着计划经济彻底退出历史舞台，市场经济体制将主宰经济的发展。在此形势下，为和国际接轨，必须加大改革、开放的力度，加快前进的步伐。道路运输业在历史大潮下只能前进而不能后退，必须进一步深化改革，扩大开放，以求生存和发展。

二是可吸引更多的外资。入世后，投资环境和经营环境将会明显改善，外商将会进一步看好中国市场以及与大市场相关的道路运输和物流服务，更大胆地投资，使硬件建设得以改观，管理水平得以提高。

三是可加快运输结构调整。入世使我们与国际社会的关系更加密切，世界经济结构调整和产业重组必将直接影响到我国的产业结构调整和经济增长方式的转变。目前我国经济结构调整的步伐进一步加快，道路运输业在此形势下必须加强工作、加速改革，以适应经济发展和社会进步的需要。

四是可提高运输企业整体素质和实力。入世后，国家将遵守已确定的原则和承诺，鼓励对外开放的行业增强实力，开展正当竞争。道路运输业对外开放程度较大，为了保住并扩大市场份额就需根据自身特点。利用过渡期加快改革和重组步伐，使体制和机制从传统的观念和框架中摆脱出来，能够适应对外开放新的历史阶段的要求。

五是可利用世贸组织多边贸易机制和直接参与多边贸易新规则制定的有利条件，积极介入出现的争端，站在国家和民族利益的高度，处理开放过程中的某些纠纷，使道路运输业的正当权益得以维护，为我国道路运输业的迅速发展创造良好的国际环境，避免遭受歧视和其他不公平的待遇。

六是可加强道路运输业的法制建设。入世必须废除和停止实施与世贸组织规则相抵触的法律、法规和规章，这就要求交通主管部门对现行的法律、法规和规章进行彻底清理。实用的继续保留；与世贸组织规则相悖的则应立即废止；部分内容不适应的就需要修订；管理工作需要而又缺少的，应抓紧制定。入世后，市场化程度更加提高，政府转变职能，政企分开势在必行，使交通主管部门有更多的精力研究加强和改善管理以及促进法制建设方面的问题。

4. 加入世贸组织后对道路运输业带来的挑战不容忽视

第一方面，政府交通主管部门面临的挑战。

一是能否转变职能，真正实现政企分开。长期以来，政府部门政企不分，不少时候直接干预微观经济活动，指手画脚，以企业的婆婆自居，自身忙忙碌碌，企业则无所措手足。改革开放以来，中央多次提出转变政府职能，实现政企分开的要求，上述情况应该说有了一定的好转，但并不彻底，少数地方依然如故。入世后，经济活动必须按市场规律运作，不需要政府部门再通过行政手段横加干预。面对这种状况，政府主管部门能搞好职能定位吗？

二是能否舍得放权，对行政审批动大的“手术”。一些政府主管部门热衷于行政审批，甚至将此作为自己的头等工作，谈起来津津乐道，这已是多年来在不少地方人所共知的现象。针对存在的弊端，上级机关曾一再要求改善管理工作，但在行政审批问题上转变不大。入世后，世贸组织规则要求减少审批事项，简化审批程序，规范审批行为，增强审批透明度和公开性，健全监督制约机制，凡此种种，十分严格。对此，政府主管部门和管理机构能在行政审批制度改革方面有大的动作吗？

三是能否彻底地清理已有的法规和规章制度，尤其是对过去亲自主持制定的文件忍痛割爱予以废止。为了加强管理工作，过去较长时间里，由政府主管部门主持，先后起草了不少有关的法律、法规、制定了大量的规章制度，经履行一定程序发布后对维护市场秩序、规范经营行为起到了一定的作用，有些沿用多年后仍有很高的使用价值。入世后，对照规则要求和所作的承诺，可以肯定有些已不能继续执行。这些与世贸组织规则相抵触的文件凝结了不少人的心血，在对其废除和停止实施时能“痛下杀手”吗？

第二方面，运输企业面临的挑战。

一是面对外商可能大举进入运输市场、参与道路运输经营的局面，是否能以平和的心态沉着应对呢？

二是面对外商颇为强大的实力，能否采取有力的措施，壮大自己的力量，迅速地增强竞争能力呢？

三是面对政府部门实现职能转变、政企分开，能否彻底抛弃在一定程度上仍寄希望于行政保护的依赖思想呢？

四是面对道路运输行业业户多、分散经营的状况，能否打破地区封锁，破除本地主义，实行跨地区、跨行业联合，实现规模经营、集约经营，提高群体效益呢？

五是面对层出不穷的新的服务方式和科技成果，能否与时俱进、解放思想、转变观念，认真调整运输结构和经营思路，努力适应用户日益增长的需要呢？

三、在加入世贸组织的新形势下，道路运输业亟需秣马厉兵，接受挑战。然而由于计划经济的影响，两个转变没有到位及管理工作力度不够等原因，至今仍存在着不少问题和困难

我国道路运输业在计划经济体制下虽有一定的发展，但步伐不快，直到实行改革开放政策后才有了长足的进步。党的十四大作出建立社会主义市场经济体制的决策，进一步解放了生产力，使道路运输业再次迎来了生机盎然的春天。广大干部职工思想活跃，积极投身到改革的洪流中去，企

业的面貌发生了很大的变化。长期以来令人感到头痛的乘车难、运货难现象逐步消失，运输紧张状况得到明显的缓解。但是由于计划经济长时间影响着经济活动的开展，实行体制和经济增长方式的转变十分不易；运输市场秩序时好时差，反弹情况严重；许多国有运输企业成立多年，沉淀的问题较多。总之，现状并不尽如人意，入世后，更加凸现出来。当前机遇和挑战并存，希望与困难同在，机会稍纵即逝，需要道路运输业以新的阵容和措施应对新的形势。然而业已存在的问题如不及时解决，则很难乘势而上，进一步促进道路运输业的发展，甚至会变主动为被动，产生不良的后果。综合了解到的一些情况，以下几点应当引起我们高度的重视：

(1) 一些单位和职工无论在入世前还是在入世后均未对这个引起国内外关注的大事予以高度重视，不认真学习有关文件，不注意研究相关问题；或认为入世是中央的决策，与己无关；或认为入世涉及的重点是外贸行业及工业、农业，其他行业无须小题大做；或认为虽与本行业的对外开放有较大的关系，但只负责执行上级的规定，不必过多地考虑问题。于是掉以轻心，疏于学习，以致对入世意义茫然不解，对世贸组织的常识了解不多或似是而非。

(2) 一些老的企业人员多、设备老化、负担很重。面对现状，有的勇于改革，逐步走出困境；有的则怨天尤人，感到困难太多，对改变窘状觉得回天无力。对加入世贸组织，担心外商实力雄厚，自身势单力薄，难以与之抗衡，与其如此，还不如偃旗息鼓不去竞争，以求平安无事。在不思进取心理驱动下，不分析形势发展，安于现状，对入世采取消极应付的态度。

(3) 相当一部分企业对入世问题甚为重视，积极组织学习有关文件，讨论外商大举进入中国运输市场后可能产生的正面和负面影响及应采取的对策，也较多地了解了世贸组织的游戏规则和其他知识，应该说并未袖手旁观、冷眼相对。但是几十年的老单位，遗留问题确实较多，搞的企业领导焦头烂额。面对新的形势，虽然很想奋发图强、改变企业落后面貌，但不知从何处切入，工作抓不住关键，缺乏针对性和开拓性。

(4) 道路运输业行业庞大，从业人员数千万，在五种运输方式中堪居首位。但是如认真分析经营业户的构成，多、小、散、弱的问题就会暴露无遗。“多”指经营业户多，数量惊人，大大小小有数百万户。“小”指规模小。道路货运方面，国有运输企业大都已弃货经营，大量货运汽车为个体运输户所拥有，一户一车者不在少数；客运情况要好一些，有一定数量的大中型企业，当然个体运输也为数不少；车辆维修业户号称30余万户，但每户从业人员只是10人左右。“散”指分布散，到处设立，分布很广，在很多地方运力明显大于运量，盲目发展的结果造成不少车辆处于“半饱”状态，于是争抢客货源、超载运输等不良现象不断发生，影响安全，秩序混乱。“弱”指实力弱，一是经营业户规模小，实力自然不强；二是短期行为突出，不作长远打算，除高速公路快速运输尚能投放高等级车辆外，在普通运输中，老旧车辆依然不少。目前，一些地方实施区域联合，组建运输集团，以实现规模经营，增强竞争实力，成功者不少，名不副实者也时有耳闻，有的为取得一级资质硬是拼凑成大型企业。上述情况表明，在我国道路运输业发展中偏重外延扩大而不重视内涵提高的问题依然突出，如不彻底扭转，即使数量再多，也容易出现不堪一击的局面。

(5) 运输市场是进行运输交易、发生各种经营关系的场所，理应行为规范、秩序井然。近些年来，各级交通主管部门为培育和发展道路运输市场，做了大量的工作，也取得了一定的成果。但由于法制不健全，管理力度不够大，加之部门之间关系不够协调，使一些地方运输市场的秩序比较混乱。无证经营、欺行霸市、偷漏税费、野蛮待客等问题时有发生，群众对运输市场上出现的不良行为很有意见，通过信访和媒体多次提出批评。这种状况如不改变，既有损运输行业的形象，也容易引起外商的反感，不利于扩大开放。

(6) 政府部门转变职能早在数年前即提出要求，而且也做了很大努力，取得了一定的进展，交通部已完成了与企业脱钩的任务。但从全国范围来看，工作进展不平衡，在不少地方还没有做到、做好，表现在：一是一些地方交通主管部门仍有直属企业，对之不仅十分关照，而且管得很细，甚至对人财物方面的一些具体问题都要过问；二是对审批项目依然抓得很紧，该转移的不转，该放开的不放。审批时有的继续暗箱操作，手续繁琐，透明度低，无形中滋长了腐败恶习；三是表面进行行业管理，暗地参股从事经营，以低投资或干股方式索取高额回报，为此在工作中无原则地提供方便，使公平、公正地执法变为一句空话；四是虽无上述倾向，但仍想以婆婆自居，对企业自主经营不放心，表面上进行必要的引导，事实上仍在进行一定形式的干预。

四、入世大局已定，无须再徘徊、观望。政府主管部门和运输企业都要振奋精神，针对道路运输业的实际情况，按照承诺内容对外开放，并以此为契机，努力提高管理水平和服务质量，促进行业素质发生质变，在社会主义市场经济体制建立和完善过程中不断地向前发展

在多哈会议之前，万众翘首以待，拳拳之心，溢于言表。多哈会议通过中国入世的决议之后，始而欢呼雷动，之后逐步平静下来，理性使我们必须考虑以什么样的心态和行动相伴入世后的岁月。近年来谈论此方面问题的大有人在，许多领导、专家、学者在如潮的研讨会或新闻媒体上发表了不少高见。笔者东施效颦也曾谈过一些浮浅的看法，虽然尽可能结合了道路运输业的实际情况，有一定的针对性，但很不深刻、准确。如今入世已有时日，新的情况和问题已露端倪，言犹未尽，对当前要做好的工作再谈几点意见。

1. 入世使我国面临着一场严峻的考验，首当其冲的是党政领导和政府部门，特别是管理经济工作的政府主管部门更是无法回避

因为落实入世后对外承诺及进一步开放的许多问题要靠政府主管部门解决，而由于历史的原因政府主管部门恰恰存在着诸多不适应的地方。为此，建议从以下几个主要方面做出应有的努力。归纳起来是：抓住一个关键，树立两个观念，做好三项工作，实现四个必须。

第一，抓住一个关键，即转变职能。众所周知，政府是统治阶级运用国家权力对国家行政事务进行组织和管理的机关，是国家机构的重要组成部分。政府主管部门是政府按照分工合理、职责明确、精简效能的原则设

置的负责领导某一方面行政事物的职能机构。交通部及交通厅、局是各级政府的交通主管部门，对道路运输行业实施行政管理的是经授权或接受委托进行的运政管理机构。较长时间以来这些单位在行业内权多、权大、管得宽、管得细，整天忙忙碌碌。但在一些地方由于用权不当，少数人以权谋私，以致引起运输经营业户的不满，甚至影响到外商的积极性。入世后必须改变过去拥权自重、恋权不放的状况。交通主管部门要在制定政策、宏观调控及法制建设方面多下功夫；运政管理机构可把一些事务性的管理工作交给中介组织，至于某些业务性工作则放给企业，由他们自行安排、确定。对运输关系的协调，要重点考虑打破区域封锁、画地为牢、封建割据等不良倾向，为培育统一的运输市场多做工作。前些年政府机构改革时，也曾重视转变职能，并取得了一定的成绩，然而在一定程度上存在着放虚不放实、放小不放大的问题，或是明放暗不放、只说不落实，至于先放后收的情况也并非是无稽之谈。

第二，树立两个观念，即依法治运和寓管理于服务之中。这两个问题已宣传多年，似是老生常谈。但我认为至今并不过时，仍有一定的生命力。入世后，对道路运输业的行政管理还要继续坚持，但要赋予一定的新的内容。

一是依法治运。治理运输所依之“法”须是经清理后保留的或入世后新制定的法律、法规及规章，已经废止不再执行的文件不能再作为执法的依据。这就要求上下沟通，切莫各行其是。同时也就更加迫切地希望盼望多年的道路运输方面的法律、法规尽快出台。此外也提醒有关单位，在立法或制定规章时，不可只重视权力而轻视责任，一定要有机的兼顾考虑。

二是寓管理于服务之中。寓管理于服务之中首先承认管理的必要性，但也强调要和服务结合起来，在服务中搞好管理，使经营业户乐于接受，即便有意见，也能通过对话较快地达成共识。入世后，不少外商进入到中国道路运输市场，成为新增加的管理对象，对他们的管理更要体现服务的原则。管理要规范、掌握分寸，服务要主动、真诚热情。多年的实践证明，服务当头，管理很容易结合在其中顺理成章地达到目的。

第三，做好三项工作，即政企分开、行政审批、规范市场。

一是政企分开。这是政府主管部门转变职能的直接体现。实现政企分开首先要将直属的企业脱钩，不再直接管企业，将工作精力集中到行业管理上来；其次在实际工作中不要感情用事，借行业管理之名，行以政代企之事，管一些不该管的事情；再之就是政府公务人员不要在企业兼职，以影响自己的形象和避免出现不能公正处理问题的嫌疑。

二是行政审批。这是政府部门权力的具体表现，长期以来，一直是部门职责的主要组成部分。在一些人的笔下飞出一纸纸批文，不久便变成可以开工的基本建设项目或数额不等的生产、生活物资。而参与审批的人中，随着批文的实施，有的因做出贡献被人经常提起，有的却因从中渔利被人唾骂，当然多数人只是例行公事，按照程序进行自己的工作。但是有一点可以肯定，不管以后的功过如何，在位时备受巴结、外出时被奉为上宾是不会有疑义的。行政审批在历史上起过积极的作用，尤其是在计划经济体制下更有着不可抹煞的功劳，但在改革开放后逐步显示出弊病。入世后，与形势不相容的某些问题更是进一步暴露出来，改革行政审批制度势在必行，不能再拖延下去。具体到道路运输行业，首先要减少审批事项。当前和今后行政审批都不能完全取消，关系国计民生和人民群众生命、财产安全的业务项目更要继续坚持行政审批，如对道路旅客运输、危险货物运输及一二级运输站场的开业及出入境运输等，就要按照交通部的条件和程序进行审批，在企业人员、设备和安全管理制度等方面进行严格把关。有些业务项目涉及面较小、造成的影响不大，因此在达到开业技术经济条件后即可申请注册登记或实行报备制，今后交通部将作出具体规定。之所以坚持必要的行政审批，是为了保证经营业户的条件符合要求，以免因门槛太低随便进入市场，造成良莠不齐，影响安全和市场秩序。其次是简化审批程序。环节不要太多，努力做到流程合理，待批时间短，工作效率高。再之是规范审批行为，特别强调的是报批材料要真实、齐备；在拍板定案时要通过办公会的形式认真讨论，不得直接呈送领导签批。最后要注意的是对审批透明度和公开性一定要增强。开业条件、审批程序及其他有关规定都要张贴公布，对审批工作欢迎社会监督、检查。行政审批公平、公正可为开展正当竞争打下良好基础，否则会成为发展道路运输业的障碍，限制竞争，影响市场资源的合理配置。

三是规范市场。这对于促进道路运输业持续、健康地发展至关重要。很难设想，一个混乱不堪的市场环境能够保证经营者公平地竞争，经营活动能够正常地开展。要想规范市场首要的工作是严把市场准入关，严格市场准入条件，设置的门槛要高低适度，使原始落后、水平低下的运输经营者不能进入市场，保持市场应有的标准。规范市场的另一项工作是使进入其内的运输经营者在平等条件下竞争，展示自己的服务风采和拥有的实力，通过优胜劣汰的法则提升道路运输业的品质。管理部门应通过正确执法及有效的服务，营造适应世贸组织规则需要的经营环境，做好规范运输市场全过程的管理工作，引导经营业户按法律、法规、规章的要求合法经营、正当竞争，保障应有的利益。对那些违法违规、不按制度办事、非法经营甚至造成严重后果的经营业户则予以必要的处罚，直至提交司法部门处理。运输市场秩序的维护难以一劳永逸，要根据实际情况，在适当时候进行治理、整顿，使运输市场经常保持在相对井然有序的良好状态。

第四，实现四个必须，即管理思想必须调整、管理方式必须改变、管理手段必须改进、管理行为必须规矩。世贸组织的相关文件约束到大量的行政行为，范围包括货物贸易、服务贸易、知识产权、外汇管制等多个方面，加入世贸组织必须按其规则行事，这样就使我国现有政府部门中的绝大多数被“株连”进来，与之发生不同程度的关系。其抽象行政行为如发布法规、规章、行政决定、各种命令要受到透明规则的约束，必须公布制定和执行程序；具体行政行为即执行上述法规、规章、决定、命令等的具体运作则要体现统一、公正、合理的原则。当事人如有不同意见可提请行政复议或司法审查。世贸组织规则的严格要求，运输经营者法制意识的增强及对自己权益的重视，使政府主管部门和相应的管理机构必须提高工作质量和管理水平。因此，实现“四个必须”是情理之中的事情。

一是管理思想必须调整。加入世贸组织后，政府部门实施管理工作的人员应摒弃某些传统认识，树立新的观点，例如过去过分地依赖行政管理，如今应管理与服务并重，甚至服务占更多的比重；过去对交通专业运输企业百般呵护，如今应与其他企业一样平等对待、一视同仁，要扶持先进，不保护落后；过去较多地强调企业运力数量的增长，如今应注重行业外延向内涵发展的转化，提高运力和其他设备的质量，增大道路运输的科技含量。如此等等，都需要认识上有个新的飞跃。

二是管理方式必须改变。随着外商越来越多地进入中国运输市场以及新的科技成果如电子商务、卫星定位等智能化产品逐步普及应用，要渐渐弱化路检路查，加强源头管理工作。源头工作发生在运输过程启动之前，通过严格的管理和细致的运作，可以夯实基础、消除隐患，减少甚至杜绝以后发生问题的潜在因素，同时，路上的秩序也会相应好转。这正是平常所说的正本清源的功效，切不可轻视。此外，对需要进行的路检路查也应改变原有的方式，如通过电脑现场查阅有关信息资料，作出处理后即行存储以备今后查用，既有助减少纠纷，又提高工作效率。

三是管理手段必须改进。法律、经济、行政三种手段综合运用已提了一些时候，与单一的行政手段相比，加大了管理的力度，收到了很好的效果。入世后，法律手段的运用更要摆在突出的位置。因为无论是市场准入，还是市场竞争，按照世贸组织的规则，都要求必须明确法律条件，是与非、行和不行不容含糊不清。在运行过程中一旦出现问题，发生矛盾，行政调解不成，往往要进入司法程序，以求公正地裁决。所以如今比过去更要熟悉关系密切的法律性文件，以便更好地执法，加强和改善管理工作。经过一段时间的过渡期后，要逐步达到国际水准，法制的作用将更充分地体现出来。行政手段和经济手段今后仍不可缺少，但要受到法律的严格检验。

四是管理行为必须规矩。入世后，对政府交通主管部门及运政管理机构工作人员在执行公务过程中的行为提出了更高的要求，从着装到适用文明语以及在工作岗位上履行职责，都要执行主管机关颁布的规定，以保持良好的形象。在工作全过程中，要体现出认真的态度和良好的敬业精神。对长期以来普遍存在的为外国人反感的随意性和“3M”处世哲学（马马虎虎、慢慢来、明天再说）要彻底改变。至于不以权谋私、廉洁从政，中央已经三令五申、明令禁止，在此无须多说。

2. 对以运输企业为核心的运输经营业户来说，入世后将会带来一定的冲击

虽然运输企业所受冲击不像农业和汽车工业那样明显，但也不容忽视。更何况在道路货运、汽车维修及其他相关领域已作出对外商开放的承诺，当前和今后都要直面外来的竞争。为此，要在入世前已做工作的基础上，深入分析目前的形势，针对一些突出的问题采取相应的对策，在“与狼共舞”过程中，借鉴外来经验，发挥自身优势，提高企业素质，增强竞争能力，逐步跻身于国际市场，在经济全球化进程中发挥更大的作用。概括起来，要重点解决的是：认准一个形势，树立两个观点，做好三个切入，落实四项措施。

第一，认准一个形势。入世后，道路运输业与传统体制、机制决裂，运输市场在更大程度上开放，国有、集体、民营、外资、个体经济共同发展，在运输市场上毫无例外地参与竞争，通过公平竞争决定胜负、去留。认清这样的形势十分必要，可促使各种经济成分的运输经营业户在受到激励的同时针对自己的不足主动采取不同的补救措施。以国有运输企业而论，长期以来受到政府主管部门的保护，为其制定了一系列优惠政策，其中有不少单位利用有利条件拼搏奋斗，得到迅速发展；有的则认为得到优惠照顾是理所当然，于是不思进取，等着天上不断地掉下“馅饼”。入世以后，原有的对国有运输企业的扶持政策必须放弃，这些企业只能依靠自己的努力在运输市场上寻求出路。再如个体运输户，如不意识到自己规模小，实力弱，主动走联合之路，实行一定形式的公司化经营，就只能昙花一现，随时面临难以生存的危险。

第二，树立两个观点，即市场调节供需，竞争产生动力。

一是市场调节供需的观点。在计划经济体制下，供求关系主要通过国家下达计划进行调节，转变到社会主义市场经济体制后，资源配置、供求关系的调节由市场起决定性的作用。如今加入了世贸组织，市场化程度进一步提高，已形成的格局就更需维持而不要改变。承认市场的功能，就要尊重市场的一般规律和运作规则。一般规律主要指价值规律。运作规则主要是优胜劣汰的竞争原则。在运输市场上，作为供方的运输经营业户应和需方的货主、旅客等用户在供求方面保持相对平衡，但平衡是暂时的。从长远来看，运量的增长是绝对的，作为运输单位只能去适应，而不能以削足适履的办法对待。当出现不平衡现象时，一般情况下不会对运输市场造成大的波动。但如果运量突然增长，明显大于运力，如节假日或遇有重大活动时，就要通过价格浮动加以调整；反之，如果运力明显大于运量，出现相对过剩，竞争就会加剧，实力不强，服务不好的单位就会败北。因此，作为运输市场经营主体，各类经营业户尤其是运输企业必须随时处于“备战”状态，为打造信誉形象和经营实力努力奋斗，利用业已形成的优势，深化改革、加强管理、降低成本，提高经济效益和社会效益，否则就有可能被淘汰出局，被服务对象所遗忘。

二是竞争产生动力的观点。竞争给用户带来了实惠，这已是不争的事实，为社会所公认。对运输经营者而言，在激烈的竞争中面临着巨大的压力，每天处于紧张的心理状态，局外人可能了解不多，因为没有深刻的体会，然而对企业内高层管理人士来说却是感触良多。过去处于计划经济体制时，我们常常讽刺资本主义国家的竞争现象，认为是一大弊端。实行新的经济体制后方体验到其中的滋味，意识到有序的竞争并非是坏事，而是企业保持活力的一种动力。道路、铁路两种运输方式过去相互联系不多，铁路部门以老大自居，依靠两条铁轨自成体系；道路虽然纵横交错，但运力布局极其分散，整体作战能力较差。以后虽有改变，然而并不很明显。20世纪90年代前后局势发生了很大的变化，公路建设突飞猛进，高速公路不断延伸，将一部分原由铁路运输承担的客源分流过来，使一些地方的公、铁运量比重很快出现了新的格局。铁路运输视此情况很快作出反应，采取调整运行图、提速、更新列车、改善服务等措施，又将不少客源吸引过去。在道路运输行业，一些企业十分关注经营活动，根据市场调研，适时推出新的服务形式，注重诚信待客，为社会称道。这种以质取胜、以优争强的策略效果很好，对内增强了实力，对外树立了好的形象，使企业在良性循环中不断地向前发展。

第三，做好三个切入，即资产重组、规模经营、物流服务。入世后，传统的道路运输业特别是国有汽车运输企业如何深化改革、加速改造，与新型的运输生产力对接，以适应形势发展已成为人们十分关注的问题。目前不少运输企业因势利导、乘势而上，在短期内就发生了明显的变化，也还有一些企业彷徨不前，困惑于不知怎样切入到新的变革中去。在此，我提出了上述三个切入的建议，这只是择主要者而言之，实际上并没有脱离运输结构调整的范围。多年的经验教训告诉我们，无论做什么事情都必须坚持实事求是的态度，结合我国的国情，脚踏实地地开展工作，否则难以收到应有的成效。

一是资产重组。这是老的运输企业有效利用现有资源，轻装上阵，增强实力的重要途径。在道路运输业内，已成立几十年的运输企业为数甚多，这些单位多年来为支援工农业生产、加强国防建设、保障人民生活需要做出了重要的贡献，是不可埋没的有功之臣。改革开放以来，和其他行业的企业一样，也在迈出新的步伐，取得新的进步。然而由于企业老，遗留的问题多，特别是离退休人员所占比重大，使车辆设备更新速度慢，生产和生活设施欠账突出。但在另一方面，经过多年的积累，这些企业都有了为数不少的家当，资产总数在当地是引人注目的大户。还有一些企业成立虽然较晚，但后来居上，由于经营有方，也积聚了为数不少的资产。如何看待这些资产呢？首先，它们是国家支持的结果，在计划经济体制下，国家投入了大量资金，为企业发展打下了基础；其次，是企业领导和广大职工辛勤工作的成果，在上缴税利的同时也进行了一定的积累；再之，资产界限模糊不清，同一企业内，既有国有的，也有集体的，一时难以界定清楚。此外，新老资产并存，有些资产只在账面上反映，实际上已无使用价值；还有些资产虽然在使用，可是用非所长，没有发挥出应尽的作用；至于闲置的资产也不在少数。综观以上情况，在资产方面大有文章可做，特别是闲置和使用不当的资产更有很大的开发潜力。为此，亟应在已开展工作基础上深入研究，采取资产重组之类的措施将其盘活，更好地派上用场。一般运输企业的资产重组大体可分企业内和企业间两种形式，企业内资产重组主要在内部考核单位之间进行，对资产配置通盘考虑，效益好或有发展前景的单位应得到重点支持，也可将一部分资产单列，重新组建经营单位。企业之间则可通过联合、改组、兼并、租赁、股份合作制等形式进行。国有大型、特大型运输企业按国家规定结合实际情况进行，在建立现代企业制度过程中搞好这一方面的工作。企业资产中有些已成“鸡肋”，能盘活更好，一时无从下手，可搁置起来暂不考虑。

二是规模经营。道路运输业多、小、散、弱的局面是改革开放初级阶段的产物，随着改革的深化，逐渐反映出不利于运输生产力发展的弊病，当加入世贸组织，对外开放进一步扩大后，这个问题到了非解决不可的地步。事实上近几年不少地方已有所认识并采取了加大规模经营力度的措施，选择经济效益较好的有一定规模的运输企业为核心，通过联合等各种形式组成省级企业集团（如黑龙江省龙运集团等）或地区级企业集团（如云南省各地州市运输集团等）。还有的由高等级公路沿线省、直辖市、副省级市的运输企业联合起来，成立主要经营省际线路的企业集团，新国线运输集团公司在这方面已经迈出了可喜的步伐。当前，许多地方正在酝酿、协商，积极做好运输集团的组建工作。不过我们也应当看到，组建运输企业集团只是一种形式，目的是扩大规模，以更好地实行集约化、规模化经营，提高市场集中度以及增强竞争能力。因此要慎重对待，有步骤地进行，不可一哄而起，重走以前的老路。在这项工作中要注意的是：一要坚持自愿原则，可适当引导，但不要搞“拉郎配”、“捆绑夫妻”；二要抓大放小，区别不同情况提出不同意见，不搞“一刀切”；三要以资产为纽带，通过股份制等形式形成紧密型（最起码也是半紧密型）的实体，不可做表面文章，以运输工具简单相加代替严肃的集团组建工作。如企图以假联合骗取一级资质条件，那就更是大错特错了；四要搞好集团组建后的组织巩固工作，使参加联合的各单位既联体又联心，按照已展现的特点和优势开展好经营业务，跨地区、跨部门联合的企业集团更应注意这个问题。如果貌合神离，遇事互相计较而不能互相理解、体谅，就很难形成合力，甚至出现破裂可能。

三是物流服务。如果说资产重组、规模经营的着眼点是调整运输企业的组织结构，通过做大做强，使其在运输市场占有较强实力的话，切入物流则是在经营结构调整方面采取的重大举措，是当前运输企业与国际接轨、拓展业务领域的重要方向。物流作为直接决定企业生产和效益、商品流通成本和效率以及在更高层次上满足用户需求的一种组织方式和管理技术在发达国家已有近百年的历史，而在我国将其概念和理论引入较晚，尽管时间不长，但已在降低流通费用等方面显示出明显的作用，因此逐步引起各界的重视。由于“物流是为满足消费者需求而进行的对原材料、中间库存、最终产品及相关信息从起始点到消费地的有效流动以及为实现这一流动而进行的计划、管理和控制过程”（美国物流管理协会对物流下的定义），涉及到运输、仓储、装卸、包装、配送、流通加工、信息传递以及通关、检验等多个环节，所以生产企业、工商企业、运输企业、仓储企业、货代企业和信息企业等相继开展物流研究工作，实施物流管理和服务。资料表明，我国物流费用较高，占产品成本的比重为20%左右，发达国家只有10%上下，国外一家公司（摩根·斯坦利公司）认为中国每年的物流费用超过2000亿美元，由此可见物流费用之大。进军物流确实具有广阔的前景，称其为企业的“第三利润源”绝非空穴来风，而是有一定的道理。

运输是物流供应链上的一个重要环节。物资流通的首要前提是实现位移，而运输正是达到这一目的基本手段。运输与物流的关系非常密切，这就为其比较顺利地切入物流奠定了基础。在当前情况下，如何使营运多年的汽车运输企业（主要指货运企业）向物流企业转向呢？我的看法是：

其一，一部分基础好、负担轻、资金雄厚的运输企业自行改组或联合其他企业直接成立第三方物流企业，为已物色好的工商企业进行物流服务。成立第三方物流企业是物流服务的主体和发展方向，如能在这一方面有所作为，经济效益和社会效益都将十分可观。

其二，在第三方物流发展条件一时尚不具备的地方，一部分运输企业可利用闲置的场地、设施，根据当地物资集散的需要，改造成具有仓储、流通加工、配送等功能的物流园区，接运货物，进行仓储和必要的加工之后按用户要求分拨配送出去，可收取几种费用在内的物流服务费用，效果也很不错。

其三，如当地运力相对过剩，由于种种原因又不能适时转为第三方物流企业时，也可视实际情况兴办其他与物流有关的企业，如货代公司、信息公司、报关行等，只要经营得好，取得良好的经济效益和社会效益并非是难事。

其四，有些运输企业车况好、车型配套，在运输市场上颇有实力，就不妨在“运”字上继续做好文章，使之更能适应社会的需要。与此同时，根据当地物流发展的实际情况，以提供有效运力的形式参与供应链的有机运转，为物流搞好卓有成效的服务。在国外考察时，遇到不少专门从事货物运输的企业，他们拥有一定数量的车辆，当第三方物流企业或配送中心需要运输物资时，电话约定时间，车辆准时到达，完成任务后又回到原单位。这样物流企业可以不养车或少养车，减少费用支出；货运企业则争取了货源，增加了收入。双方以信誉担保，从未出现脱节现象。

以上几种形式都与物流有关，但各有特点，其前提是抓住入世给中国经济发展带来的机遇，看到市场对物流服务的需求进一步增加，从而瞄准这个在我国正在蓬勃兴起的事业，将经营货物运输的企业和有货运业务的客货兼营企业资产适当整合，以全新的面貌采取不同的形式切入物流业，为物流的发展作出积极的贡献。在这里要强调的是，运输企业切入物流必须有创新精神，甚至要发生由表及里的嬗变，但由于运输是物流供应链中一个非常重要的环节，所以在新的格局中仍要保留它的一定位置，不过一定要提高服务质量，以与物流发展的程度能够匹配。

第四，落实四项措施，即加强管理、提高质量、培养人才、科技兴运。我认为上述几个方面是运输企业适应入世形势，实现新的转变需要认真做好的保障性工作，择主要而言之，并非是仅此而已。还要说明的是，以上几个问题并不是新提出的观点，过去即有所议论，如今谈及，一方面刻意做些强调，另一方面确实关系到入世后运输企业的发展。

一是加强管理。加强管理是企业永恒的主题。近些年来由于片面地看重经济效益，一些运输企业短期行为严重，对企业内的车辆实行单车承包，对社会上的个体车辆拉其挂靠。这些汽车打着隶属某一运输企业的幌子，实际上进行散兵游勇式的经营，与运输企业的关系简化到只有缴、收承包费或管理费等费用，企业管理实际上名存实亡，对于这样的做法我们必须持否定的态度。我们很赞赏一部分改革到位的运输企业，既调整了企业的体制，改善了机制，又不因精兵简政而疏于管理，该管的依然管起来，并引进了先进的管理方法和手段，与以前相比，有效地提高了管理水平。入世后，增强竞争能力在很大程度上要靠提高质量和效率，欲达此要求，就必须不断加强和改善企业管理。至于降低成本、增加利润，实现较高的经济目标更是离不开管理。随着形势的发展，管理的形式和内容可能会发生某些改变，但其科学的本质将永远地贯穿于企业和社会的各项工作之中。

二是提高质量。质量是企业的生命，在发达国家，凡是经营效果好，在社会上有卓著信誉的公司，无不重视质量管理，使自己产品和服务的质量为用户所称道。国内一些成功企业的经验也以他们的亲身经历说明了这个道理。入世后，道路运输企业面对买方市场的形势，相互之间必然要展开竞争，决定胜负的除价格、成本、劳动生产率等因素外，就要看企业在质量方面的表现。运输企业的质量主要在两个方面，对内为工作质量，主要表明企业各部门、各单位从事业务范围内工作的优劣程度，质量高者说明工作卓有成效；对外为服务质量，主要表明企业在为旅客、货主等用户进行服务的优劣程度，高质量者，说明企业的服务工作受到了服务对象的认可。工作质量通过实绩进行评价，是服务质量的内在基础，服务质量要听取用户的意见，是工作质量的表现形式，两者相互依存，都要认真抓好。抓质量态度要认真、工作要到位，职业道德和敬业精神要兼而有之；还要注意方法要科学、先进。前些时候各地推行全面质量管理，取得不少成果，虽然存在着某种追求表面形式的问题，但对提高质量功不可没，不应轻易地否定。要在已有的基础上加以改进，并增加新的方法和内容。对质量问题只要持之以恒地抓下去，一定会使运输企业的工作质量和服务质量不断提高，保持在较高的水平上。

三是培养人才。以人为本，加强人才的培养和教育，是社会各单位必须抓好的一项根本性工作。道路运输企业由于人才相对短缺，更应重视这个问题。长期以来道路运输处于低水平发展的状态，对管理人员和技术人员的素质要求不高。改革开放后，随着科学技术不断发展，道路运输行业引进国外的现代化设备和管理方式日趋增多，使道路运输企业的科技含量明显增大。加之改革逐步深化，建立现代企业制度，实行集约化经营的任务迫在眉睫，使人才的重要性进一步显现出来。我国已加入了世贸组织，道路运输业对外开放并作出了一定程度的承诺。提高市场化程度、开展竞争势在必行，而且会逐步地强化。在新的形势下，人才问题出现了复杂化局面，一方面企业需要高素质的人才，以便提高管理水平和经营实力，并不断创新、不断开拓，使运输企业不断出现新的面貌；另一方面却又可能出现留不住人才、流失人才的情况，影响到企业的经营与管理工作。这是由于外资企业收入较高，用人机制较活，可以产生较强的吸引力，因此人才外流是很容易产生的现象。针对这种趋势必须采取相应的对策，如加强爱企教育，引导职工认识企业的发展前景；不拘一格使用人才，促使他们脱颖而出，充分展现自己的才能；尽可能提高他们的待遇，缩小与外资企业的收入差距；为他们提供学习、培训的机会，及时更新所学的知识；让他们与外商广泛接触，通过比较和借鉴开拓思路，提高综合素质，增长才干。当然也要看到，在市场经济大潮中，人才流动是正常的现象，人各有志，不可能保持绝对的稳定，那就只能来去自由，来者欢迎，走者欢送！

四是科技兴运。在现代化的经济建设中，科学技术的重要作用日益引起人们的重视，科学技术是第一生产力的英明论断，在国内外引起了强烈的反响，各行各业纷纷把科技兴业、增大行业中的科技含量摆在重要位置上，做了大量发展、创新工作，通过自身的努力并引进国外科学理论、先进技术与管理方法，在中西合璧基础上迅速提高了企业的品质。道路运输行业的不少单位也是受益匪浅，较快改变了不土不洋、素质不高的落后形象。但是也应看到，与工业企业相比，还有很大的差距，需要进一步努力，入世后，更有必要下更大的功夫。当前在运输企业应加强的工作主要有：一是尽快普及电脑售票，开单，逐步向电子商务过渡，通过无纸办公，提高准确性和工作效率；二是在车辆管理方面将智能交通、卫星定位等技术、设备推广应用，使车俩信息及时传递，运行状况能够较好地得到反映；三是学习、实践现代物流技术，开辟新的经济增长点和服务领域；四是组织学习建立智能化运输体系的知识，全方位地对运输行业进行有针对性的改造，提高管理和经营中的科技水平；五是尽可能多地引进先进的车辆和各种设备，使运力结构更加科学、合理，维修水平进一步提高；六是对企业干部和职工组织多种形式的培训，学习科学知识和先进技术，以便紧跟形势，不致掉队；七是采取走出去、请进来的办法，扩大与发达国家同行的交流合作，在与国际接轨的过程中增强科技兴运的能力。

以上内容很多是个人的看法，不见得正确，我姑妄讲之，大家姑且听之。写就本文距我国正式加入世贸组织仅半年多时间，事态的发展与原来的想象有一定的距离，不少人预料的外资大举进入中国运输市场并未出现挤破门的现象，想象中国内运输企业会因竞争失败而导致破产的消息也未有耳闻。是过渡期的原因，还是投资环境的影响，目前尚不得而知。限于水平，对今后的发展态势和结果也很难比较准确地判断、预测。我想随着时间的推移，一些深层次的问题一定会浮出水面，更大程度地对外开放一定会出现新的浪潮。

浅谈品牌的打造与管理

——兼谈新国线的品牌建设工作

品牌，顾名思义，是指为品质优秀的产品所起用的专用招牌。经过约定俗成的称呼、使用和传播，如今已逐渐成为一个专门词汇。品牌在中国使用的时间并不很长，也就是在建立社会主义市场经济体制之后才流行起来，以致在国内以前编写的《现代汉语词典》等工具书中难以找到它的存在。不过在国外却早已有之，英语中有品牌（brand）一词，如往前追溯，却是源于古挪威语（Brandr），意思是“打上烙印”。对此稍加引伸，便是让人识别，不要忘记。经过岁月的变迁，特别是19世纪后期，西方资产阶级的工业革命促进了产品类别和数量的大量增加。由于同一种产品可以出自多家工厂，难免会出现良莠不齐、鱼目混珠的情况，使一些生产优质产品的厂家利益受到伤害。为消除和减少市场上的不良倾向，保护生产企业的正当权益，品牌创新就被提到议事日程上，而且很快突破了原来的“识别”的范畴，将其涵义扩大到质量承诺、商品导购、心理作用、竞争谋略、价值链形成等一系列功能，引起生产单位尤其是一些国际知名企业的高度重视。如今，品牌已不只限于物质产品，而且应用到服务领域。下面笔者就有关问题谈一点浮浅的看法。

一、品牌建设的原则

品牌是商品经济的产物，是企业为适应市场竞争、争取理想的经济效益和社会效益而采取的战略性措施的结晶。建设（或我们耳熟能详的打造）

品牌是一项十分复杂的系统工程，国外学者有很多关于品牌建设的理论，甚至产生了诸多的学派。我们无须进行深入的探讨，结合中国的实践，可以概括成以下几个原则去加以认识。

1. **自信原则**

企业对自己生产的一种或数种产品进行总结回顾，用行业内共同适用的指标作定量及定性分析，确定产品的质量是否处在先进水平上，如果领先于国内甚至国外同行业的同种产品，而且在较长时间内保持稳定，受到用户的欢迎，在市场上占有可观的份额，则应信心十足地将其宣布为本企业的品牌。经过与其他企业的产品较量之后仍然能够站稳脚跟，不被淘汰，就会产生品牌效应。

2. **创建原则**

品牌的形成不是一蹴而就的，而要经历一定的过程。如同创业要经过几年甚至几十年一样，品牌创建也须经过艰苦的努力。当一个企业自认为打造出品牌产品后，用户不一定熟悉，即使熟悉也不一定对之买账。这就要求企业设计能打动人的品牌形象，显示出个性，借助营销工具如广告等加以宣传，甚至可上门推销，想尽办法设法让用户认知，了解产品的优良性能及良好的售后服务，尽可能产生连锁反应，扩大认知群体。这样一来，越来越多的人就会对品牌产品加深印象，经过必要的比较，锁定在心目中的位置。久而久之，是会挺进到强势品牌的程度。

3. **形象原则**

品牌以产品做载体，但在社会宣传上又有专门设计的外在形象，这个形象要能反映该项产品的独特个性，不会让人产生模糊不清的错觉。这种形象可以是充满创意的产品名称；可以是颇有传奇色彩的厂名店名；可以是产品名称加文字介绍；可以是企业名称加商标；可以是专门设计的抽象化的产品式样；可以是寓有深意的企业形象等。不论是那种形式，都要有独特之处，让人看了眼睛一亮，听了有新奇之感，不要平淡乏味。

4. **识别原则**

品牌识别建立在品牌素质基础之上。品牌素质取决于多项工作，首先是要做好品牌创建的准备，即要进行品牌战略分析，包括从多视角、多层面上对顾客、竞争对象、企业自身进行全面分析，找出各自优势和需要解决的问题，为自己的产品准确定位；其次要认真地设计品牌的识别系统，让顾客一目了然，不产生错觉；再之要确定品牌需要达到的目标，使用户加深对产品的印象。确立品牌的识别效果核心问题是做好宣传导向，实现品牌定位。否则，在茫茫的商海中谁又会知道你是谁呢？又怎会认识到你是一种品牌产品呢？

5. 占位原则

品牌要能刺激用户的大脑，占据一定的位置，产生独树一帜的效果。当用户需要购买某种产品消费时，马上就会联想到某某品牌产品，甚至产生非马上买到不可的念头。这就表明这种品牌产品已经占位成功。例如我们想吃烤鸭时，大脑中立即会显现出“全聚德”烤鸭店；议论汽车时，德国“奔驰”首先会跳入脑海中。品牌占位后，很多情况下会成为用户一种本能的反映。如果没有先入为主的印象，即便是用户苦思冥想，也很难想到去购买某种未成品牌的产品。

6. 延续原则

一个产品形成品牌要经过大量的准备工作及较长的运作过程。如果能持之以恒地抓下去，不仅能创出品牌，而且能扩大品牌的影响，最后形成强势效果，使品牌在市场上及顾客的心中深深地扎根，经久不忘，呼之即出。国内外一些著名品牌产品逾百年至今仍为人们津津乐道，充分说明品牌建设需要有耐力和内功。如果刚刚形成品牌就欣喜若狂，认为可以终身受用而不再在维护品牌上下一定的功夫，从而使产品质量下降，则可能很快会“砸了牌子”。再想恢复，“病去如抽丝”，难度会很大，需要加倍付出努力，即使如此，也不见得可以“起死回生”。

7. 创新原则

品牌既非一朝一夕可以形成，也非一劳永逸、终生不变。从理论上讲，也有一个成长、成熟、衰老的过程。只是速度不同而已，如果想延迟其衰老，“青春永驻”，必须不断创新，更新换代。否则，即便不在竞争中被淘汰，也会自生自灭、自行消亡。

8. **支撑原则**

以上所谈主要是品牌建设方面的工作，内容繁多。但这只是冰山上面部分，展示给行业和社会，争取理解和支持。此外创建品牌还有一块十分重要的工作，即企业内部围绕品牌开展的一系列活动，包括建立健全管理制度、科学组织产品生产、不断优化工作程序、努力提高技术水平、积极促进营销效率、塑造特色企业文化等。这些工作是企业之根本，品牌之基础，决不可掉以轻心。如仍以冰山比喻，这部分属于在水中的部分，外面虽不易看见，但如果解体，则水上部分就会下沉。有胆识的企业家往往上下兼顾，而且更重视后者，做到互为促进，相得益彰，形成良性循环的局面。

二、新国线打造品牌的重要意义

打造（建设）品牌对生产产品的企业非常重要，关系到企业的发展和核心竞争力的提升。对属于服务业范畴的道路运输业又具有什么样的意义呢？进而言之，新国线运输集团公司王永立董事长（以下简称公司主要领导）为什么要提出将新国线打造成“中国道路客运的第一品牌”呢？结合学习《新国线典章》和公司主要领导的讲话，我有以下几点不成熟的认识。

1. **建设社会主义物质文明和精神文明的需要**

改革开放后，党中央对加强社会主义物质文明建设和精神文明建设十分重视，邓小平同志多次强调要两手抓、两手都要硬。党的十六大及三中、四中、五中全会的有关文件也都一再作出这方面的部署。交通部领导在近些年的交通工作会议上，每次讲话都用一定的篇幅有针对性地提出要求。道路客运是道路交通事业的重要组成部分，打造品牌既需要改善企业的经营管理，又必须加强职工队伍的建设，可促进站场设备等建设速度的加快，也有利于企业服务水平的提高，既关系到企业的经济效益，更关系到社会效益。可以说与硬件、软件，经济、政治等均有密切的联系，涵盖了物质文明和精神文明两个方面，因此完全符合两个文明建设的战略方针。特别是打造中国道路客运第一品牌，更是对党中央、交通部党组指示的深入贯彻，是企业决策者自我加压的表现，也是更高思想境界的追求。

2. 落实科学发展观和建设和谐社会的需要

以胡锦涛同志为总书记的党中央不久前提出坚持科学观的要求，最近又在全面建设小康社会的基础上，作出建设和谐社会的战略部署，这是新时期全党全国人民都要全力以赴抓好的大事。交通部党组认真贯彻执行，对道路、水路运输行业都有具体的指示。坚持科学发展观的核心内容是以人为本，实现可持续发展；建设和谐社会，最重要的一点是在全社会造成祥和的氛围。对于各行业、各单位而言，都应全力地落实，将所在的行业、单位营造成充满和谐相处、融洽共事的环境。新国线打造中国道路客运第一品牌就要求全体员工努力奋斗、团结共事、全力以赴、心手相牵、共创未来。完全可以说，是在以人为本的前提下，为和谐社会的建设做出自己的贡献。这既是主观的愿望，更是客观的需要，是与党中央保持高度一致的具体表现。

3. 促进道路客运行业发展的需要

党的十一届三中全会以后，我国道路客运业迅速发展，取得了长足的进步，过去那种客不便于行的状况已基本不复存在。成绩很大，有目共睹，但是也不容否认，还存在种种不尽人意的地方。例如，以站场为结点的客运网络还未很好地形成，运输车辆还不能适应不同层面旅客的需求，服务质量还达不到让旅客完全满意的程度，运输安全事故还频繁发生，企业以及全客运行业的素质还有待进一步提高等。目前，道路客运行业中大型企业不多，向社会明确宣布打造知名品牌的单位并不多见。作为交通部特批的经营省际客运线路的新国线运输集团公司响亮地提出"打造中国道路客运第一品牌"，无疑是一件好事。在业内可起到发聋振聩的作用，让其他企业意识到必须奋起直追，尽量不要落于他人之后，从而掀起比学赶超的热潮。不论新国线是否如愿以偿地创出"第一"品牌，也不论其他企业是否能够超过，竞赛的结果对行业进步都是一个巨大的推动。这大概也是新国线人的初衷。在很多时候，需要有领头羊的领跑作用，如果仅在各自的小天地中沉闷地开展经营活动，毫无竞争和不能向较高的目标冲刺可言，那么，行业的发展和进步只是一句空话。

4. 增强新国线核心竞争力的需要

新国线运输集团有限公司经交通部批准于2001年4月20日正式成立后，走过了一段艰难的荜路蓝缕的创业过程，在克服了一道道困难之后，已经走出了创业的初始阶段，各项工作步入正轨，开始进入收获的季节，目前正向“三大目标”、“四大转变”挺进，让人感受到理性发展的企业精神和不达目的、誓不罢休的决心。分析公司的现状，不难看出，已具备大步前进的条件，我在此不一一枚举。其中最主要的是已逐步形成一个敢于面向市场，能够及时决策的核心领导层以及一个团结奋斗、不惧困难的职工群体，这就为新国线实现以品牌创新和战略创新为主要目标的核心竞争力打下了牢固的基础，而要真正增强核心竞争力，将上述两个创新付诸实现，需要通过多方面的努力。公司主要领导巧妙地通过“打造中国道路客运第一品牌”将公司上上下下、方方面面的意志和认识统一起来，凝聚成一股巨大的力量，在“打造”二字上狠下功夫。同时赋予第一品牌以丰富的内涵，并以营运网络和营运规模、安全运输和服务质量、经营管理和科学技术、经营效益和工作业绩这四个方面、八个要素争取第一的要求推动第一品牌成为现实。我们完全可以相信，通过一段时间的努力，按照确定的方向坚持下去，新国线核心竞争力一定会增强，第一品牌一定能够打造成功。

5. 提高新国线经济效益，实现企业价值最大化的需要

新国线的核心价值观是“坚持诚信、渴望创新、科学经营、注重业绩”，共4句话16个字，这是一个有机的整体，一为根本，二为源泉，三为手段，四为目的。它们相互作用，互有关联，缺一不可，但最后的落脚点是业绩。在商品社会中，只要是经营性的企业，最后的结果都要通过业绩反映，业绩是通过效益展现企业利益实现的标志。新国线的业绩追求是企业价值的最大化，包括社会利益、所有者利益、经营者利益和员工利益的最大化。而要达此目的就要实现利润的最大化。在道路客运企业，要想实现利润的最大化，就必须最大限度地争取营运收入，最大限度地压缩成本支出。后者必须加强企业管理，前者则要开拓市场，争取最多的市场份额。而在市场上打开局面，吸引客源，提高实载率需要做好多方面的工作，其中能否产生品牌效应是一个十分重要的问题。全力打造新国线的品牌，让社会上广大民众都了解新国线的企业文化和服务质量，享受到新国线优质服务给乘客带来的温馨体验，见到新国线特有的标识就有一种宾至如归的感觉，自然会愿意乘坐新国线的客车，形成丰沛的客源。品牌能带来效益，品牌是一笔客观的无形资产，这早已被实践所证实。打造品牌，产生品牌效应早已成为许多企业家梦寐以求的目标。然而由于企业实力和决策者胆略及智慧所限，并不是都可以成功。我们欣喜地看到，新国线正在为实现打造中国道路客运第一品牌的目标，迈着坚实的步伐不断地前进。

三、打造新国线品牌过程中需要做好的主要工作

新国线运输集团打造中国道路客运第一品牌很有必要，是一项非常明智的举措，这已是全体员工的共识，而且日益深入人心，成为大家的共同行动。为实现公司主要领导确定的目标，当前和今后需要做好哪些工作呢？我认为主要有以下几个方面：

1. 树立竞争意识，敢于后来居上

市场经济在一定意义上讲是竞争经济，当然这种竞争是正当竞争，有序竞争，而不是无序的、盲目的甚至是不择手段的争抢。狭路相逢，勇者胜；赛场竞技，强者赢。打造品牌，就要敢于竞争，在强手如林的行业中脱颖而出，夺取金牌，步入第一的位置。从道路运输界整体上看，能够称得上大型的企业虽然不是很多，但毕竟数量可观，分布在各地区一定范围内经营，称雄于业内，其中有相当一部分是老企业重组或改制而来，颇有

影响和实力。新国线成立仅有五年时间，正处在加速发展阶段，在群雄并立的情况下，如缺乏自信，不敢竞争，自愿屈居末位，则很难有大的进步。反之，不惧强、不服输、勇于竞争，敢于后来居上，就能树立起实现跨越式发展的信心，沿着确定的目标不断前进，而如此打造中国道路客运品牌也就不难实现。概而言之，敢争敢拼才能在市场上闯出天下，打造出品牌。

2. 搞好运输经营，增强企业实力

在战场上，没有战斗实力很难打败对方，取得胜利。在商场上同样如此，没有经济实力会受到同行的轻视，也得不到社会公众的认知，企业形象则难以塑造起来。新国线要打造中国道路客运第一的品牌在实力上必须不断增强，让同行们佩服，自叹不如。运输企业的实力主要反映在资本、运力、网络、人员等几个方面，资本体现了财力雄厚，可以进行有效投资，扩大事业；运力体现了企业适应运输市场需求的能力，可以有效供给，满足客货运输要求；网络体现了运输企业有效组织客货源，进行各种服务的能力，可以实施结点运输和区域内各种形式的经营活动；人员体现了企业的主体力量，素质高的职工队伍是发展企业业务的基础和动力。打造品牌要确定目标固然重要，但如无实力作后盾只能是一句空话，因为既无法通过卓有成效的服务工作让社会认知，也不能展示自己的强者形象以让同行们信服。

3. 构建企业文化，铸造企业灵魂

企业文化伴随着企业发展而逐步形成，是企业的灵魂和行动指南，是社会主义精神文明在企业的具体体现，是企业实现可持续发展必不可少的支撑条件。企业打造品牌离不开企业文化的支持，更离不开企业文化的指引。新国线运输集团公司在京沪高速公路全线贯通后强势起步，在风雨和坎坷中茁壮成长，几年来历尽了艰辛，也品尝了喜悦。在创业过程中，颇有远见卓识的公司主要领导敏锐地意识到21世纪的竞争是文化的竞争，企业文化正成为企业核心竞争力的有力保障。因此公司成立伊始就十分重视企业文化建设，按照高起点、高标准的要求逐步建立起新国线的文化体系。实践证明，这是一个非常正确的决策，以核心价值观为主要内容的企业文化为新国线注入了活力和动力，推动了企业在困境中崛起，取得了很大的进步。打造中国道路客运第一品牌的战略已经在顺利地实施，今后应进一步下大的功夫，使企业文化和品牌打造相伴而生、相伴而长、相伴实现预期的目标。

4. 加强网络建设，发挥群体优势

网络建设是所有运输企业必须高度关注的一项重要工作，它是运输企业组织客货运输的基础，是搞好运输服务的关键，是提高经济效益的前提。很难想象一个从事运输尤其是道路客运的单位在没有网络支持下会成为一个在一定营运区域内颇为知名的企业。新国线运输集团公司的高层领导头脑清楚，非常深刻地认识到构建网络的重要性，明确提出致力于发展“面向全国的综合道路运输网络”，通过东部结网、中部辐射、西部布点的战略措施，为上述网络的形成奠定了基础。如今，新国线运输集团公司的运输网络遍及华北、华东、中南、西北的十多个省市，而且还在延伸，扩大覆盖面，提高网络的密度，增强网络的功能。运输网络在一定程度上形成，不仅促进了新国线道路客运事业的发展，而且传播了新国线运输集团公司的大量信息，有效地提高了知名度和美誉度，使新国线的品牌形象被很多地区和单位所了解，对打造“中国道路客运第一品牌”起到了舆论宣传和推动目标实现的作用。

5. 关心公益事业，扩大企业影响

企业将自己的产品打造成品牌推向社会，必须得到相关单位和广大民众的认同。而要达到广泛认可的目的，除产品自身要能经受住用户的检验外，生产产品的企业在社会上提高知名度也是一个不可缺少的方面。例如青岛的海尔公司生产的不少家用电器受到用户的欢迎，人们在购买时一看到海尔的品牌形象便产生一定的信任感，将其与海尔公司紧紧联系起来。海尔公司为打造自己的品牌做了大量的工作，不仅十分重视研发，创新产品，而且积极参与社会公益活动，必要时捐钱捐物，奉献海尔的爱心。新国线运输集团公司成立后，公司最高领导也尽力而为，在促进行业发展方面贡献自己的力量。如积极参与道路运输发展论坛及欧亚道路运输大会等，对这些会议活动，新国线运输集团公司不仅参与研究策划，而且在经济方面给予了较大的支持，经过一定形式的展示，为行业内外及一些国际运输界人士所了解，产生了很好的影响。

6. 确保服务质量，增强公众信任

我国的一些品牌投入市场后，经过用户的试用及同类产品进行比较，很快就可得出“优”、“劣”的结论，从而决定了这些产品的命运，优胜劣汰，在这一法则面前，谁也难以躲开它所作出的判决。其中，被誉为优者随着时间的推移，会出现两种结果，一种是再接再厉、精益求精，提升产品的等级，使其成为品牌；另一种则是认为大功告成，不需再作努力，结果使产品质量下降，难以销售出去，形成大量积压，以致造成停产后果。已成品牌以后又由于自身的原因导致砸了牌子的现象并不罕见，国内较多，国外也有耳闻，事例不胜枚举。总结经营教训，非常深刻，应当铭记在心。新国线运输集团公司经营道路客运，属服务业范畴，做好服务工作，确保服务质量十分重要。在日常工作中应坚持已定的“温馨旅途、真情处处”服务理念，将乘客视为上帝和亲人，按照交通部三优（优质服务、优美环境、优良秩序）、三化（服务过程程序化、服务管理规范化、服务质量标准化）的要求，提高服务工作的水平，尽最大努力满足服务对象的需要，这样才能使品牌的打造得以成功并长久维持下去。

7. 适当宣传造势，塑造公司形象

打造品牌，对产品及生产企业进行适当包装加以展示，让用户欣赏是不容忽视的一个重要工作。在此方面，不少发达国家的做法很值得我们加以借鉴。不少单位产品包装很有特色，让人过目难忘，仅此还很不够，他们还通过媒体加以宣传，广告频繁地出现在电视画面上或收音机的频道里。一遍生、二遍熟、三遍四遍印心头，国内的“脑白金”在推销方面下了很多的功夫，提起来家喻户晓，几乎是无人不知。新国线运输集团公司为了推介自己的品牌，让行业内外及社会所了解、认知，也应在宣传方面加大力度。形式多种多样，目前已经做了一定的工作，并已取得了一定成效，今后应继续努力，并注意提高工作的深度和广度。

8. **在打造中维护，在维护中发展**

品牌打造是手段，而不是最终目的；品牌打造是过程，而不能一劳永逸。对于打造品牌的目的已有共同的认识，主要是满足消费者的需要，提高企业现实效益和长远效益。但对品牌打造是一个过程大概会产生分歧和不予以重视。实际上，我们如果透过现实情况去认真分析，便不难发现具有品牌程度的产品甚至是已很知名的品牌产品，一直处于动态变化之中，稍微放松企业管理，不认真检查产品的质量便会使产品的销售出现动荡。有数百年历史的“稻香村”月饼闻名海内外，前几年由于使用隔年旧馅被曝光，使生产的月饼卖不出去，一时间议论纷纷，声名狼藉。以后几经努力，仍难以恢复元气。新国线运输集团公司打造品牌应从其他企业失败的教训中升华自己的认识。既要打造品牌，又要注意对之加强建设和维护，同时要在维护过程中提高品牌的品质，使之具有抗风险能力和高信任度能力。对自己的品牌充满自信，任凭风浪起，稳坐钓鱼台。如果不是如此，则会保住一时而保不住一世，营造“百年老店”的愿望就很难实现。

四、对当前搞好新国线品牌管理工作的思路

基于以上思路，新国线运输集团公司在全力打造中国道路客运第一品牌时似应注意两个问题，一是始终不渝地坚持这个目标，而且要采取强有力的措施为实现这个目标进行艰苦的奋斗。二是要认识到这个目标是动态的，实现的过程如逆水行舟，不进则退。如同想要好花而必须护花一样，要想成功打造品牌，必须经常不断地建设品牌和维护品牌。根据公司主要领导对品牌打造和管理要分层次进行的要求，我认为应有针对性地开展工作。对核心层和紧密层应严格按照新国线整体规划进行，实行全方位的管理工作，将每项工作尤其是与外界发生联系的事情都要纳入品牌建设之中，使品牌建设由虚而实，化作每个员工的具体行动，通过个体形象汇集成新国线运输集团公司的品牌形象。对非紧密型、松散型企业来说，则应区别

对待。这部分企业原来各有隶属关系，经济成分也不尽相同，管理方式和程度更有一定的差异。因此，对它们实施打有新国线印记或带有新国线特色的品牌建设必须视情而定，既要坚持原则，又适当灵活处理。具体而言，有如下的思路。

1. 对拟参股或加盟企业必须审查其应具备的条件

在现阶段，应具备的一般条件主要是：

(1) 有志于共同打造中国道路客运第一品牌，认同新国线企业文化及新国线一体化管理模式，愿意共同参与加快面向全国的综合道路运输网络建设。

(2) 具有法人资格和三级及以上企业等级。

(3) 资产负债率不高于50%。

(4) 在无资产负债的前提下，对外担保不超过净资产总额的50%。

(5) 如是母子公司，内部关系应当明确，母公司在人员和财务方面能有效控制子公司。

(6) 有一定发展潜力，能及时向新国线缴纳有关费用。

(7) 车辆保险手续和保险品种齐全，符合新国线集团关于保险的相关规定，能按时缴纳各种保险费用。

(8) 三年内无被市级及市级以上媒体曝光记录。

(9) 无重大违法违规行为。

(10) 三年内无重特大责任交通安全事故，安全管理体制健全。

2. 参股或品牌加盟新国线的审批程序

(1) 拟参股或品牌加盟企业提交书面申请。

(2) 由集团公司相关部门对目标市场进行分析，提出可行性方案。

(3) 按照投资发展审批流程对项目进行审批，报请集团公司有关领导核准。

(4) 签订参股或品牌加盟协议。

(5) 办理相关执照，策划开业宣传，进行培训及指导等。

(6) 正式开业。

3．对参股或品牌加盟企业进行品牌管理工作的主要内容

（1）为确保新国线品牌的统一性和服务质量的一致性，开业前，由新国线管理学院会同有关部门对参股或品牌加盟企业进行系统培训与辅导。培训内容主要包括新国线的发展历程、企业文化、发展战略、岗位规范、管理流程等。培训结束，提供相关的管理规范手册。开业后，根据实际情况不定期地进行各类培训。

（2）通过会议、参观、考察、交流等活动，对参股或品牌加盟企业强化新国线企业文化管理。培养参股或品牌加盟企业对新国线远景、理念、企业价值观的认同感和主人翁意识，增加向心力和凝聚力，自觉维护新国线的品牌形象。

（3）规范企业管理。

① 统一视觉形象系统。企业一经参股或加盟，必须按照新国线的VI形象设计要求，对车辆、办公场所、办公用品、司乘及站务人员着装等统一标识，保持新国线的统一品牌形象，确保顾客对品牌有统一的清晰的认知。

② 统一管理标准。严格执行新国线一体化运作的管理要求，包括经营的标准化、管理的标准化、顾客服务的标准化等，加强对参股或品牌加盟企业的考核和管理。

（4）建立安全管理体系。参股或品牌加盟企业要按照新国线对安全工作的要求，建立起安全管理八大体系，即安全组织机构体系、安全目标责任管理体系、安全生产教育与培训体系、驾驶员及车辆安全管理体系、安全检查管理体系、安全管理硬件体系，车辆保险体系、安全救援体系。

4．督促参股或品牌加盟企业做好新国线品牌的维护工作

（1）监督参股或品牌加盟企业正确使用新国线品牌，维护新国线品牌形象。派专人不定期到企业进行调研，监督对新国线品牌的使用情况，对经营过程中损坏新国线品牌的行为，新国线企业集团董事局有权制止，并追究相应的经济责任。

（2）凡涉及公司资产、资源的重大调整，如线路转让、资产收购或处置、对外投资、企业改制、公司股权转让等重大事项，必须报请集团公司

相关部门批准。

(3) 要求参股或品牌加盟企业每年至少召开一次股东大会。集团公司派人参加，对不利于新国线的资源、资产和投资安全的经营决策行为，有权提出异议及通过合法途径予以纠正。

(4) 参股或品牌加盟企业如以新国线的名义进行违法违规活动，集团公司有权查处，并追究经济赔偿责任；情节特别严重的，除终止合作协议外，还要提请司法部门处理。

(5) 参股或品牌加盟企业应按月将企业的财务报表报新国线集团公司及企业集团董事局审核。

(6) 品牌加盟企业应在注册前一次性地缴纳一定数额的品牌、安全、经营风险保证金。

(7) 对参股或品牌加盟企业出现违约行为，按照事先约定事项由集团公司对违约企业采取相应的处罚措施。

综上所述，打造品牌是企业必须高度关注的一个重要问题，它关系到企业的经济效益和社会效益，影响到企业的生存和发展。形成一个品牌绝非易事，进而言之，即便打造成功，但要长久地维护下去，使其永远地保持青春，难度就更大，工作更为艰巨。然而世上无难事，只怕有心人。只要重视品牌、热爱品牌、呵护品牌，随时关注品牌的成长和壮大，象所有立志打造品牌的企业一样，新国线人一定会实现预定的目标！

略谈道路运输及道路运输法制建设

一、道路运输的内涵、特点及发展趋势

1. 道路运输的涵义

道路运输也称公路运输，是指在公共道路上通过运载工具使人员或货物实现空间位移的运动过程。长期以来，将道路运输称为公路运输，并明确为一种独立的运输方式，与铁路、水运、民航、管道等运输方式共同组成国家的综合运输体系。

在我国，将长期沿用的公路运输改称为道路运输是为了避免产生歧义而使管理工作出现不必要的矛盾。因为，在公路运输中的“公路”二字与公路工程中的“公路”二字涵义并不一致。公路运输中的“公路”是指公共道路，包括城市内、城市间、城镇间、镇村间、村村间的所有可供各种车辆行驶的道路。而公路工程中的“公路”却是指以城市外一定位置为起点（零公里），由交通部门负责修建的联接城市与城市、城市与城镇及城镇与乡村的道路。简而言之，就是除去市区道路以外的道路。而市区道路通常由城建部门负责修建。两者在资金渠道、工程管理、施工组织等方面有一定区别。

如果将公路运输与公路工程两大工作内容的“公路”统一成公路工程中的涵义，那么，公路运输将无法进行运输服务，因为众多的旅客、货物以及车站、仓库，车辆维修网点，货物装卸单位均设在市区内。旅客、货主和车主要在车站上客、下客，在仓库装货、卸货，在维修厂家维修车辆，

即在市区内的业务处所办理有关业务。所以继续称公路运输已不合适，何况公安交警部门早已提出道路交通的概念。加之，主管部门之间已因此产生过争执，在一定程度上影响了工作的开展。考虑到多种因素，于是交通部从20世纪90年代以来逐步不提公路运输而改称道路运输，以后国务院法制办等主管部门也接受认可，如今已约定俗成，在一些会议及文件中，道路运输的提法屡见不鲜，不再存在分歧意见。

2. **道路运输的特点**

道路运输与国民经济发展，国防建设加强，人民生活改善密切相关，直接影响到群众利益和社会经济进步。在各种运输方式中，道路运输以机动、灵活、方便而著称。具体来说，有以下几个特点：一是不具有定物形态，它的效用就是使客货实现空间位置的变化，达到人便于行，货畅其流的目的；二是生产和消费合一进行。在运输过程中，对运输单位来说是生产，对托运单位而言是消费，一起进行，不可分割；三是它可独立完成一个运输的全过程，实现客货的空间位移，也可作为其他运输方式的纽带，实现需要进行联运才能到达目的地客货空间位移。四是可以有效地在"面"上运动，实现"门到门"的运输。五是初始投资少，见效快，能很快发挥作用。六是作业单位小，很多情况下是"一车一人"即可完成运输作业。上述情况对综合运输体系尚不完善，各种运输的发展还比较落后的国家来说，是易于被重视、采用的一种运输方式。道路运输适应性强，业务面广、能充分发挥网络的优势，深入到城乡各地担负不同批量的运输任务。当然也因此往往形成飘忽不定、不好管理的问题，而且由于队伍素质有待提高，易对管理产生抵触情绪。问题解决后又出现反弹的现象也经常发生。

3. **道路运输发展的趋势**

我国道路运输业多年来一直处于落后状态，1950年时仅有公路9.96万公里，汽车仅为5.43万辆。改革开发后，生产力得到解放，道路运输随之迅速发展。到2004年底，全国公路通车里程已达186万公里，其中高速公路为3.42万公里，汽车达到2800多万辆。道路运输业的突飞猛进，明显地改善了长期以来的落后面貌。对促进国民经济的发展和人民生活的进一步改善已经和正在发挥着积极的作用。综观道路运输的发展趋势，主要反映在以下几个方面：

(1) 运输能力不断提高。

运输能力主要体现在运输装备数量和质量两个方面。就数量而言，我国民用汽车，1950年仅是5万多辆，1980年增加到178.3万辆，2003年达到2382.9万辆，到2004年底则达到2821万辆。其中，全国营运客货车辆也在迅速增加，仅以近两年情况为例，2003年全国营运载客汽车为352.8万辆，营运载货汽车510.9万辆，2004年分别达到439.1万辆和628.1万辆。值得注意的是，在营运客车中，中高级车辆近几年保持增长的形势；营运货车中，集装箱及其他专用车也增加很快，营运车辆数量的增加和运力结构的改善，更好地适应了旅客和货主的需要，压客积货现象除春节前后有时听到反映外，已不再成为问题。

(2) 基础设施不断改善。

基础设施包括多个方面，首先是路，公路是道路运输的载体，对提高运输效率和乘车人员的舒适度关系很大。我国公路建设近年步伐加快，仅2004年就投资4400亿元，新增公路近5万公里。其中高速公路4400公里，高速公路里程几年来一直稳居世界第二位。在新建公路的同时，不少老路也得到改造，其次是站场，简易车站越来越少，等级车站越来越多，不少车站美观、实用，为当地群众所称赞。再之是站内设施，许多车站已是运用电子计算机售票，进行自动咨询服务，使用电子显示装置宣传业务内容；车上配备卫星定位仪，对讲机、闭路电视等现代化设备的已不在少数。

(3) 运输服务不断好转。

多年来，运输企业一直重视服务工作，按照“顾客至上”、“服务第一”的原则加强管理，努力提高服务质量，但是，也应看到，由于一些单位和业户对市场经济片面理解，单纯追求经济利益，使服务工作有所退步。近年来由于视野开阔，认识提高，加之铁路竞争，人民群众呼吁和政府主管部门的要求，服务工作进一步受到了重视，在硬件和软件方面都下了很大功夫，花了很大力气，使之出现了新的面貌。交通部提倡的“三优三化”

（优质服务、优美环境、优良秩序和服务过程程序化、服务管理规范化、服务质量标准化）在不少单位得到贯彻，人性化服务受到旅客和货主的欢迎。新国线运输集团公司提出“温馨旅途、真情处处”的服务理念，很多旅客乘车后给予了很高的评价。

(4) 农村运输不断发展。

重视三农（农业、农村、农民）工作，努力服务于“三农”的农村客货运输是近年来的亮点之一。农村运输尤其是农村客运过去也在进行，但提得高度不够，而且软、硬件水平较低。如今已作为贯彻党的十六大精神中采取的一个举措。交通部和省市交通主管部门专题研究，作出部署，狠抓落实，逐渐见到成效。由于农村公路建设列入议事日程，投资力度加大，使乡村道路状况大为改观，随之也引来车况较好的车辆投入农村客运。东部地区不少市县村通了油路，中西部地区也按确定的目标加快工作步伐。路通车到，客车进村，货车进寨，使农村经济的发展有了可靠的交通运输保证，为改善农村的落后面貌作出了新的贡献。

(5) 企业改革不断深化。

当前从事道路运输业务的有国有企业、民营企业、中外合资企业和个体经营业户，其中国有运输企业大多是在当地已有几十年经营历史的雄踞交通企业头把交椅的运输公司，这些单位经营客货运输业务，为当地经济发展作出了很大的贡献。然而，改革开放以来，特别是进入社会主义市场经济体制后，在管理体制和运行机制方面都遇到了问题，有些甚至举步维艰，难以生存下去。面对新的形势，不少单位进行了改革的尝试，有的还迈出较大的步伐。主要表现在转变经营观念、推动经济责任制、广开经营渠道、根据市场走向调节经营战略、按照《公司法》的要求建立现代企业制度等。目前，不少地方组织了运输集团，有的还进行了改制的试点。

(6) 行业管理不断加强。

针对道路运输行业的状况和存在的问题，道路运输管理机构努力加强和改善运政工作，取得了较为明显的成效。首先，强调进一步端正管理理念，要求将管理切实寓于服务之中，做好各项业务工作；其次将法律、经济、行政手段综合运用，逐步弱化行政命令；再之，加强宏观调控，严把市场准入这个关口；此外，针对出现的突出矛盾和问题，及时进行治理整顿；最后，始终如一地坚持依法治运，依法行政，锲而不舍地做好《道路运输条例》出台工作，起草一系列的行政规章，贯彻国家发布的其他相关法律、法规，努力使道路运输步入法治轨道。今后的目标是制定《道路运输法》，进一步提高道路运输法律规范的层次。

二、道路运输业当前存在的主要问题

我国道路运输业发展很快，在国民经济发展中的重要作用和在综合运输体系中的重要地位日益引起社会的关注。2004 年，公路客运又有较快增长，全社会完成公路客运量 162.5 亿人，旅客周转量 8748.4 亿人公里，分别比 2003 年增长 11% 和 14%；公路货运稳步上升，2004 年全社会完成公路货运量 124.5 亿吨，货物周转量 7840.9 亿吨公里，分别比 2003 年增加 7% 和 10%；公路客运量、旅客周转量在综合运输体系中所占比重分别为 91.7% 和 53.6%，公路货运量、货物周转量在综合运输体系中所占比重分别为 74.3% 和 11.8%。道路运输业的发展令人感到欣喜，取得了巨大的成就。但是也要看到道路运输虽然有长足的进步，然而也存在着一定的问题。其中，有的可以较快地解决，有的则要做很多的工作，有的还会不时反弹，需要经常关注。道路运输业存在的问题大体可分两个方面，一是行业管理，二是企业经营。主要表现在：

1. 行业管理方面

(1) 运输管理人员的观念转变依然没有完全到位。“寓管理于服务之中”虽然已强调多年，但一些单位和人员仍存在扭曲的认识，一是为管而管，将运输经营者视为对手，态度生硬，语言粗暴，方法简单，引起对方的反感。二是把收费罚款提到不适合位置，甚至下达指标，作为指令性任务要求必须完成。三是情绪不稳定，受表扬时沾沾自喜，挨批评时垂头丧气，骄娇二气严重，居安思危意识全无。

(2) 运输管理方法依然没有很好地综合运用。实践证明，在管理工作中，将法律、经济、行政方法综合运用非常有效。但一些单位和人员对此认识不够，留恋于行政管理，习惯于政府主管部门发布命令，下达红头文件。对如何更好地运用法律、经济手段考虑不够。

(3) 运输管理体制中的缺陷依然存在，运输管理机构在全国虽大同，但不小异。一是名称不统一，省级运管机构有叫局有叫处；局内，有的设处有的设科；县级运管机构有称站有称所。二是级别不统一，各地因领导意志和工作力度而定，地市级运管机构中，正处、副处、科级一应俱有。三是服装不统一，远看似乎一样，近看有一定差别。四是编制标准不统一，很多地方各行其是，导致运输管理人员膨胀，人浮于事，不仅经济压力大，而且容易无事生非。

(4) 管理工作的立法层次依然未达到应有的高度。道路运输子行业多、情况复杂，亟需通过法律手段规范管理和经营工作。经过近二十年的执着努力，《中华人民共和国道路运输条例》（以下简称《道路运输条例》）终于于2004年4月发布，姗姗而到的这部法规为行业内人士期盼已久，受到热烈欢迎，对依法治运已经和正在起着十分重要的作用。但是它毕竟是法规，与公路建设、水路交通以及交通安全方面已经出台的法律相比，低了一定的层次。

(5) 运输市场秩序依然比较混乱。在一些地方无证经营甚为严重，随意揽客、揽货，甚至在中途甩客、甩货也屡有发生。与道路运输相关的业务，如站场经营。机动车维修和驾驶员培训等，也存在着经营比较混乱，管理工作不够规范等问题。在一些地方还存在着欺行霸市、垄断市场等问题。至于运输管理人员中以权谋私、参股经营的情况也时有耳闻，由此引发的群体性事件造成了恶劣的影响。如何使道路运输市场形成统一开放、竞争有序的局面，仍然是需要认真研究的重要课程。

2. 企业经营方面

(1) 多、小、散、弱状况一时难以改变。对道路运输企业的现状而言，这既是特点，更是问题。如做诠释，即数量多，规模小，分布散，抗风险能力弱。据不完全统计，全国目前有数十万家大大小小的运输企业以及大量的经营业户，很多挂者公司招牌的单位只有为数不多的汽车。这样的状况不利于发挥网络的优势，很难进行集约化、规模化的经营，对提高社会效益和经济效益，有效地进行行业管理都有很大的影响。具有相当规模和名气的大型运输企业屈指可数，很难形成一马争先、万马奔腾的局面。

(2) 结构调整有很大差距。道路运输企业结构不合理问题已存在多年，严重地阻碍了企业的生产发展和技术进展。如在经济结构方面，一些运输企业以是国有经济而自豪，思想保守，不思对外开放。在经营结构方面，一些运输企业过去客货并举，以后重客经货直到弃货经客；不少运输企业只是在主业上下工夫，不注意多业并举；特别是不能扬长避短，发展物流，使拥有的资源闲置和浪费。在运力结构方面，一些运输企业不能积极更新和新增车辆，特别是在客运中不注重发展中高级客车，在货运中不注重发展大吨位货车和专用车辆，结果落后于形势的发展，满足不了运输市场的需要。

(3) 短期行为颇为严重。一些运输企业眼光短浅，只注意眼前利益，忽视长远发展，置经济规律于不顾，参与恶性竞争，甚至杀鸡取蛋，使企业山穷水尽。一些运输企业以包代管，将企业管理视为可有可无。至于不讲诚信，随心所欲地处理企业内外的关系，自觉或不自觉地做一些有损于企业形象的事情，在道路运输行业中并不罕见，结果失去了旅客和货主的信任，自毁长城，在经营中败北。

(4) 治超工作任重道远。近些年，运输中的超限超载问题越演越烈，成为政府主管部门、公路管理部门和运输管理部门感到头疼的顽症。超限超载属违法运输，不仅损坏公路基础设施，引发大量的交通事故，而且直接导致道路运输市场的恶性竞争和车辆生产使用秩序的混乱。为此，国务院办公厅和交通部、公安部、国家发改委已发布专门通知，要求搞好治理工作。经过一年多时间卓有成效的工作，已取得阶段性成果。目前，正在研究建立强化车辆生产企业和改装企业监管制度，以规范车辆生产和改装行为；对违反《道路运输条例》规定，不符合国家标准的车辆严禁进入运输市场。公路上建设一批标准化、规划化的检测站，逐步形成车辆监控网络，对超限超载车辆进行有效监控检测。总之，既治标又治本。然而，此项工作涉及面广，难度很大，且易反弹，加之上有政策、下有对策的潜意识作怪，彻底治理好还要再接再厉，加大力度。

(5) 服务质量还存在一定问题。近年来服务工作尽管受到重视，服务质量也有明显好转，但是仍有很多不尽人意之处。一些地方的车站“脏乱差”情况依然存在，站、车上服务态度“冷横硬”现象时有反映，设施设备不齐不全问题没有完全解决，至于野蛮装卸等不良行为也一直没有杜绝。此外，还有其他一些表现形式。运输服务质量不高，受到批评，反映出三方面的问题：一是思想教育不能经常化，而且针对性较差；二是管理制度不严，执行不力，在落实上下得功夫不够；三是对已发生的问题未能妥善处理，更未能抓住典型事例教育职工，使大家引以为戒。

三、我国道路运输法制建设情况概述

道路运输从业单位分布广，从业人员数量多，管理工作中困难较大。过去一个较长时间内，交通主管部门和运输管理机构经常感叹管理难，难在何处呢？主要难在多年来没有高层次法规。由此而产生的直接后果是：管理依据不足，管理范围不明，管理职责不清，管理力度不够。为解决这个问题，从20世纪80年代开始，交通部就认真抓立法工作，如果从1985年上报《公路运输管理暂行条例》算起，至今已有20年之久。其间，几经修改文稿，几经协调关系，耗费了不少笔墨，费尽了众人的口舌，在国务院法制办多次协调后，《中华人民共和国道路运输条例》终于于2004年4月颁布，曾参与过此项工作的同志在欣喜之余，无不感叹万分。

《道路运输条例》的颁布对道路运输业来说是一件大事。它发布的时间是在我国加入世贸组织，党中央提出坚持科学发展观和《行政许可法》颁布之后，在一定程度上体现了上述事件和法律的精神，对当前和今后搞好道路运输工作具有十分重要的意义。实施后，社会和行业反映很好，主要认识是：

(1)《道路运输条例》经国务院第48次常务会议审议通过，权威性很高，对规范道路运输活动、维护道路运输市场秩序、保障道路运输安全、保护道路运输各方面当事人合法权益，促进道路运输业持续发展已经起到或正在起着非常重要的作用。

(2) 为道路运输管理机构的管理工作规划了方向。大家认为从思想理念到管理方式都必须发生转变，特别是要从片面关注收费及审批转到依法行政上来。《道路运输条例》实施后，工作职责更加明确，要求更加严格，监管等措施也逐步到位，使管理工作进入了有法可依、依法行政的轨道。

(3) 为《道路运输条例》配套的行政规章已抓紧制定，计划中的7个规章已发布5个（客、货运输及站场管理规定，国际运输管理规定，危险货物运输管理规定和机动车维修管理规定)，其余2个（机动车驾驶员培训管理规定、从业人员管理规定）正在制定之中。《道路运输条例》和上述规章形成了法规管理体系，既有原则，又可操作。

(4) 许可设置合理，门槛适当。加入世贸组织前后，借清理文件之机，交通部相继取消了一些需要审批的项目。道路运输业的审批重点是客、货运输经营（包括国际运输业务)，分别提出了条件，规定了审批程序等。对与道路运输相关业务的经营申请，也做了相应的审批规定。对货运代理、车辆租赁等不再审批。普遍认为《道路运输条例》对规范和搞活运输市场有一定的突破。

(5) 处罚条款减少，服务更加明确。《道路运输条例》体现了以人为本的理念和人性化管理的特点。过去动辄罚款，使车主和驾驶员意见很大，有的地方工作不规范，出现“三乱”问题，如今这些现象已很少出现，一旦出现也能够很快地制止。在有关规定中还要求异地处理后按期通报车籍所在地运输管理机构，更便于相互沟通和加强工作。

(6) 解决了县以上道路运输管理机构授权管理问题，使他们更加理直气壮地实施道路运输管理工作。过去对是授权还是委托曾有过争论，影响了运输人员的工作情绪，如今作了明确规定，各地趋于一致，不会再出现自行其是的现象。

当然，如同任何事物难以尽善尽美一样，《道路运输条例》也还存在着一定不完善之处。一是带着协调后求同存异的痕迹；二是有些应当纳入的项目没有作明确的规定。例如对出租汽车客运和公共汽车客运就以由国务院另行规定管理办法一笔带过。事实上这两种客运方式无论其属性还是营运范围都属交通运输的范畴，理应由《道路运输条例》对经营活动和管理工作进行规范，但遗憾的是没有这样做，给省市立法工作增加了一定的难度。此外，对车辆租赁、货运代理也采取了类似的做法，令人感到美中不足。为此，今后应加快制定《道路运输条例》的步伐，以便彻底解决好运输管理问题。

对于道路运输的立法工作，我认为应站在维护国家利益，促进行业发展，避免职责交叉高度来认识和处理有关问题。在国际上，许多国家都按照交通一体化的原则确定管理范围，很少有分而治之的现象。仅就我出国访问听过专门介绍或看过专题文件的美国、日本、德国等国家的道路（公路）运输法而言，似乎还未发现将一种运输中的各种运输形式分割管理的情况，因为都认为假如这样做，将会人为地制造矛盾和纠纷，影响部门团结和社会民众的信任。国内不少城市包括首都北京，改革后实行了大交通体制，其目的就在于统一领导管理首都地区的道路运输事业，协调好各方面的关系，尽可能整合可以利用的资源，为建设好首都，促进经济，方便人民生活作出贡献。

四、对直辖市之类的大城市修订地方性法规的几点看法

直辖市人大、政府和有关单位对法制建设历来十分重视，如上海市早在1996年1月26日就由市十届人大第25次会议通过了《上海市道路运输管理条例》（以下称《道路运输管理条例》）。实施以后，对上海市道路运输管理工作的规范和水平的提高起到了很大的作用。2004年，来之不易的

全国性法规《道路运输条例》出台并于7月1日起施行，由此而来的是已发布的地方性同类法规必须做适当修订，以便在重大的原则上保持一致，这也是下位法对上位法应当跟进而进行的重要步骤。此外，还应看到《道路运输条例》面向全国，规定的比较原则，不可能也没有必要写得具体。有鉴于此，针对直辖市之类的大城市道路运输特点的经营管理内容就没有很明确地体现出来。如上海是我国最大的国际大都市，不仅具有大城市的共性特点，而且也有国际大都市的个性特点。这样，在修订已发布的地方性《道路运输管理条例》时不但要和《道路运输条例》保持一致，而且还必须反映出上海的特色，使其发布后能够适应新形势下上海道路运输管理工作的需要。为此，似应注意以下问题：

(1) 要高度重视道路运输在城市发展和城市发挥功能中所起的基础作用。直辖市市区建设和对周边地区的经济辐射离不开综合运输体系，其中对道路运输的依赖性更大，因为只有道路运输工具能够深入到各个街区，直至完成“门到门”的运输任务。所以要把道路运输视为城市安全、高速和低成本发展的重要手段，在立法工作和交通运输发展中体现出来。

(2) 要考虑直辖市人口多，面积不很大，城市空间较小，道路资源有限的实际。上海等直辖市的经济十分发达，以致流动人员多，待运的货物数量大。丰沛的客货源为道路运输提供了源源不断的运送对象，车水马龙，集散频繁，长短途客货运量都非常可观。为了较好地解决交通运输发展与城市道路难以扩大的矛盾，减轻城市的交通压力，提高运输效率，发展网络化、规模化、集约化的公共型客货运输业势在必行，应将其视为城市道路运输发展的方向，加以鼓励和引导。

(3) 要关注直辖市是国家或一定区域政治中心、经济中心、金融中心及航运中心，在国内影响很大，在国际上也有很高知名度的不争事实。改革开放以来，直辖市发展速度普遍加快，吸引了大批的国内外人士参观、旅游，许多国际知名企业纷纷来安家落户，中外合资、外商独资企业及港、澳、台商投资企业大批涌现，对城市居住、生活、交通条件提出了更高的要求。为此，运输车辆的结构和技术条件必须优化，对运输车辆的管理必须规范，使之符合城市环保、市容的有关要求。道路运输，特别是客运是城市的“窗口”，关系到城市的形象，不可等闲视之。

(4) 要鼓励和推广先进的车辆维修方式。车辆维修是道路运输中的一个子行业，对恢复车辆技术性能，保持良好的车况至关重要。目前，国内维修厂家虽然不少，但相当多的单位采用传统的维修方式，车辆维修时间长，质量也得不到保障。目前，一些厂家在引进国外先进经验基础上，推广机动车快修模式，并强化机动车维修质量监督，使车辆维修面貌发生了很大的变化。应当予以鼓励并积极引导，努力提高工作水平，满足客户的需要。

(5) 要加快道路运输信息化的发展步伐。信息的发展使现代化的进程加快，从而使生产组织和人民生活的质量都有了很大的提高。道路运输业同样需要信息化的支撑，要想提升道路运输效率和管理水平，完善市场机制，建立行之有效、反应灵敏的调度指挥体系，离不开信息和信息化运作系统发挥作用。为此，在加强道路运输法制化建设时，不可将信息化置之度外，不加认真考虑。应当将道路运输的信息化列入重要议事日程，通过法律手段促进道路运输信息化事业的不断发展。

(6) 要加强道路运输的规划工作。直辖市城市，尤其像上海这样的国际化都市，功能需求起点高、内容多、要求严，其中对交通运输功能更有比较具体的期望，主要表现在两个方面：一方面是服务供给能力，另一方面是服务组织能力。服务供给能力体现在硬件因素较多，如交通基础设施建设，各种运输装备配备，现代化信息手段提供等；服务组织能力则主要体现在软件因素，如指挥系统的搭建，工作机构的有机运作，保障系统的强力支持，突发事件的方案制定等，服务组织工作应当符合顺畅、经济的基本要求。对城市交通运输功能进行科学规划，既要考虑综合运输能力，又要考虑各种运输方式的单一能力，道路运输在城市交通运输体系中是举足轻重的组成部分，在研究综合规划时应充分考虑其地位和作用，给予足够的重视。注意整体性，突出独立性，留有足够的发展空间。

以上，仅是个人浮浅的认识。离开道路运输管理高层领导岗位已有多年，所谈不见得准确，如有错误之处敬请谅解。

《汽车客运乘务员职业技能培训教材》序言

汽车客运是道路运输业的重要组成部分，在汽车客运工作中，乘务作业又是不可或缺的重要内容。旅客购票进站乘车开始旅行生活后，少则几个小时，多则几天，除就餐及休息外，绝大多数时间在客车上度过。一路是否安好，心情是否愉快，感觉是否温暖，印象是否深刻，这些结论或认识的形成均与乘务工作中体现出来的服务质量有着密切的关系。毫不夸张地说，道路客运企业的信誉和形象在一定程度上系于乘务人员身上。古人云：一言兴邦，一言丧邦。对于乘务员而言，人微言轻，自然难与政治家之类举鼎人物相比，不过在道路客运工作中发挥的作用却不可轻视。俗话说：良言三春暖，恶语六月寒。一句热情的话，一件助人为乐的事会给企业增添光彩，相反，一句冷冰冰的话，一件损人利己的事会给企业造成不易挽回的损失。乘务工作之重要，乘务员岗位之光荣，由此可见一斑。客运企业和从业人员都应高度重视乘务工作，做好、做实、做出成绩。

客运乘务工作出现至今，已有不短的历史。但是，对这项工作的认识并未统一，业内外人士均有不同的看法。诚如国人对任何事物都喜欢评头论足一样，一些人很喜欢根据自己了解的情况发表倾向性的意见，仁者见仁，智者见智，其中固然不乏真知灼见，当然也有有失偏颇之词。我在20世纪80年代曾担任云南省汽车运输公司的领导职务，下属运输企业中有数千辆客运汽车，对是否应当配备乘务员一度众说纷纭。有的同志认为，汽车乘务工作无足轻重，不如站务工作更能体现服务要求。更有甚者，认为客车上配备乘务员是多此一举。在他们看来乘务员工作无非是售票，上车工作既要占用座位，减少客票收入；又要支出，增大运输成本；此外还可能发生其他意想不到的问题。于是有的企业不愿配乘务员，由驾驶员携带定额客票在途中发售，形成以“驾”代“乘”的现象。当然，多数企业都认为乘务工作是整个客运工作中的一个重要环节，乘务员随车运行的职责不仅仅是为途中上车旅客发售客票，而还要进行各项服务业务，从各个方面给旅客以无微不至的关心和照顾，使他们感到安全、舒适、方便，在愉悦氛围中和充满人性化的环境里度过车上的时光。我支持后者的观点，赞称他们的意见，清楚记得在很长时间内，云南省属运输企业都配备乘务员开展乘务工作。据了解，那一段时间内，全国各地运输企业中配备乘务员的颇多，对乘务工作普遍重视，总结出不少先进经验，也涌现出不少优秀的乘务人员，其中以女性居多，如北京的赵淑珍、黑龙江的潘丽娟等。她们在乘务工作中爱岗敬业，视旅客为亲人，想旅客所想，急旅客所急，帮旅客所需，扎扎实实地做好服务工作。不少人为提高服务水平，努力钻研业务，闲暇时间熟悉规章，了解景点，练习针灸，学习语言。由于成绩突出，受到上级表扬和旅客赞誉，有的还成为全国劳动模范。时至今日，当人们学习李素丽的光辉事迹时，有些“老客运”不禁又回忆起当年参观肇州客运站听潘丽娟等同志介绍做好乘务工作心得体会时的情景，大家津津乐道，为她们感到骄傲。回顾乘务工作走过的历程，我们不禁要说，人有高矮之分，事无贵贱之别，关键是能否做好，达到预期目的。只要认识到位、目标明确、措施有力、锲而不舍，就一定会在平凡的岗位上做出不平凡的成绩。她（他）们与那些身居高位，但饱食终日无所用心，甚至贪污腐化、违法乱纪的官员相比，孰是孰非，孰重孰轻，不是泾渭分明、一目了然吗？过去，我们从事道路客运工作的同志有一句口头禅，即旅客至上、服务第一。看似简单的一句话，却把旅客在客运工作中的地位及服务工作在客运工作中的重要性标示清楚，如何处理好客运工作中的各种关系也就不言而喻了。诚然，强调服务并非不要效益，在搞好服务的基础上取得社会效益和经济效益，尤其是可观的经济效益正是最佳的追求和理想的成果。乘务服务不是几句空话，而要有实际行动体现在工作中。理解旅客、尊重旅客、关心旅客、照顾旅客并不复杂，绝非高不可攀的要求，可是要做得让旅客舒心却不是容易的事。试想，如果乘务员目中无人，不把旅客放在心上；手中无活，没有什么服务举措；或者是对旅客采取应付的态度，工作中杂乱无章，茫无头绪，又怎能把乘务工作搞得有声有色，让旅客点头称是呢？

在建设和完善社会主义市场经济体制的历史条件下，整个社会对计划经济体制有一个反思过程，对新的经济体制也有一个必要的认识过程。由于保守和偏见，有时就会出现认识上的扭曲和错误，如见利忘义、重利轻义等。反映在服务领域，则出现了片面强调经济利益，忽视诚信、服务等问题。在道路运输行业，相当一些运输企业只考虑经济效益不注重社会效益，将经济指标置于首位，层层分解，落实到人。至于服务如何却不去认真过问，群众意见很大，社会反响不好，不少人感叹世风日下、服务倒退。就在客运乘务工作被忽视，服务质量令人担忧之际，忽然看到由新国线运输集团有限公司王永立董事长主编的《客运乘务员培训教材》成书在即，怎能不别有一番滋味涌上心头呢？有关资料显示，新国线运输集团有限公司经交通部批准成立后，于2001年4月20日在人民大会堂举行了新闻发布会。几年来，以打造中国道路客运第一品牌为共同目标，以建设运输网络为战略举措，强势起步，扬鞭奋进，荜路蓝缕，艰苦创业，经过四年多的时间，后来居上，成为中国客运业一颗明珠，为业界同行所称誉。公司之所以迅速发展，除有象王永立董事长这样思维敏捷、渴望创新、真抓实干的领军人物外，与心手相牵、同舟共济的员工团队通力合作、共创辉煌是分不开的。尤为可贵的是，他们不但加强基础设施建设，而且注重理念创新，提出一套很有新意，让人耳目一新的企业文化范畴的内容，如核心价值、经营理念、企业精神，职工规范等，引导企业健康发展。雄心壮志和务实精神，使得他们在企业管理上狠下功夫，做了大量的工作。《客运乘务员培训教材》之所以在一些运输企业很少问津乘务工作之际出台，充分表明了该公司主要领导的胸襟和魄力。由于看到了道路客运中基础工作的重要性，深知关键环节在全局中的位置和作用，因此在《新国线典章》新版发行后又作出编写乘务员培训教材的决策。中国道路运输虽然面临着不少困难，但是大有希望。原因之一，就是在市场大潮中，我国已涌现如新国线运输集团有限公司等一批展示道路客运发展方向的骨干运输企业。希望这些企业充分发挥优势，努力克服前进中的艰难险阻，进一步快速、健康、稳定地发展，不断取得更好的成绩，在国内示范于行业内的经营业户，在国际跻身于知名运输企业的行列。但愿类似或超过“灰狗”的运输公司更多地出现在中国广袤的大地上。

《客运乘务员培训教材》付印前，我有幸拜读了书稿，感到受益匪浅，于是写了上面的话，谈点肤浅的看法，以和同行们交流。此外，不揣冒昧，斗胆作为这本书的序言，虽有滥竽充数之嫌，但为坦诚相见之语。有不当之处，敬请业内人士和朋友们批评指正。在此我也衷心祝愿该书尽快出版发行，为职工素质的提高和促进道路客运事业的发展做出新的贡献。

2005 年 6 月于北京

多思则明

——《三余杂录》序言

我国伟大的教育家、思想家孔子曰：学而不思则罔，思而不学则怠。他倡导人们要善于学习，认真思考，不断增多加大智慧。纵观人类认识的发展史，人们就是依赖在实践中不断学习、观察、感觉、思考，使思想认识逐步提高，通过进一步在循环往复中升华，形成相对固定的理念，指导生产和工作，推动社会的发展和进步。事实表明，既要学习，又要思索，才能大有收获。如果仅是注重形式上的学习而不去思考问题，或者虽苦思冥想而不去学习知识，拓宽视野，都将处于昏昏然的糊涂状态，难以正确分析事物的发展规律，在事业上也就难以取得成就。

最近读到一部名为《三余杂录》的书稿，作者是甘肃省天水市运管处负责人之一的侯金保同志。1996年我去考察当地运输管理工作时，曾忙里偷闲，抽时间参观了闻名遐迩的麦积山石窟和伏羲庙，他也一同驱车前往。我们游览了景点，欣赏了景区的一些楹联，并讨论了有关平仄对仗问题，颇为投机，给我留下了较深的印象。2000年我们又在湖南衡阳市举办的全国中等城市道路运输研讨会上见面，寒暄之余，自然又谈起我几年前的天水之行。侯金保同志身为天水运管处负责人及高级经济师，虚心好学，多思善问。这次结集出版的文稿，内容丰富，其中很大一部分是1989年以来，他立足天水实际，在认真研究国内外关于交通运输管理体制等方面资料的基础上，对当地乃至全国道路运输管理方面的诸多问题提出的看法，其中不乏真知灼见。他将写成的文章投给报刊，不少被刊登发表，受到业内人士看重，有的被领导机关作为决策的参考资料。此外，爱好文学的他还写了一些散文、游记、诗词，抒发了对运输管理事业和祖国大好河山的热爱之情。

当然，呈现在读者面前的侯金保同志的文章不全是“高见”，有些甚至让人有“陈旧”之感。但给我的感觉至少作者在基层运管部门负责人里面是一位很勤奋的人，既从事具体管理工作，又坚持不懈地写作，所做的是一件非常有意义的事情。上个世纪八九十年代，我曾在道路运输管理高层岗位上工作多年，接触过不少基层运管机构的负责同志。其中，有的人虽能写作，然而深入实践活动不够，不善于总结切身感受；有的人虽有丰富的实践经验，却疏于动笔或动不了笔，使一些认知难以表达出来。侯金保同志的可贵之处就是能将两者较好地结合，形成一篇篇或长或短的文字，发表出来，供业内外人士参阅。该同志显现的锲而不舍的精神，值得肯定和赞扬。

应侯金保同志请求，写了如上的话，是为序。

承上启下　内协外联
与时俱进　促进发展

——一谈努力做好新形势下的交协秘书长工作

中国交协成立于1982年5月。省市交协成立有先有后，大多也有10年以上的历史。各级交协在计、经委领导和交通各部、局、厅的大力支持下，认真贯彻执行中央关于改革开放和发展经济的一系列方针、政策，使工作有了长足的进步，取得了可喜的成绩。2003年，国务院机构再次进行改革，新组建的国家发展改革委员会继续关注着交协的工作。不可否认，政府部门的支持是各级交协得以发展的重要原因。但是，我们也应看到，与交协自身的努力更有着直接的关系。其中，秘书处为之做出了一定的贡献，功不可没，而主持秘书处工作的历任秘书长也付出了很多的心血。我原在交通部担任司局领导职务，2000年8月根据工作需要调到中国交协担任副会长兼秘书长，负责协会的秘书处工作。几年来，通过学习和实践，不断提高认识，逐步适应了新的环境，承担起新的角色应尽的职责。至今尝到了一定程度的酸甜苦辣，也积累了一些不很成熟的感受和经验。借此机会，就如何当好交协的秘书长这一问题谈点浮浅的看法与同志们切磋和共勉，以进一步促进搞好各级交协的工作。

一、当好秘书长的前提是要对交协的会情有全面的认识

关于社团组织的性质、地位、作用及改革与发展问题，民政部民间组织管理局的负责同志已作了专题演讲，从理论的高度结合中国国情进行了

颇为精辟的阐述。听了之后，很受启迪和教育。身在社团中，应知社团事，否则很难搞好工作。在座各位是各级交协的秘书长，特定的工作环境和工作岗位决定了我们工作的基本职责和前进方向。我们对交协不仅要知其然，也要知其所以然，做到胸中有数、情况清楚，我认为，对以下问题应当简要地了解和掌握。

1. 各级交协的特点

各级交协是由国家或地方经济宏观调控和综合管理主管部门牵头，交通各部、局、厅参与，共同发起成立的社会经济团体，它体现了以下几个特点：

(1) 合法性。交协的成立经国家或省、市级计、经委批准，在民政部门注册、登记，具有法人资格，其章程范围内的工作和活动受到国家有关法律、法规、规章的保护，合法权益受到维护。

(2) 多元性。业务范围覆盖了铁路、公路、水运、民航、管道五种运输方式及邮政、军事交通等有关领域，在其领导班子、分支机构、会员单位中均需有上述行业和领域的机关、事业以及不同经济成分的企业单位的有关人员参加。

(3) 民间性。有关单位和人士自愿参加，按协会章程确定的任务开展活动，不直接隶属于行政主管部门，不具有行政机关的属性。

(4) 开放性。协会的各项活动、制度一律公开，在行业内及相关行业中广泛吸收会员，其业务、财务等工作接受有关部门及社会的监督检查。

(5) 平等性。在协会内部，会员单位之间一律平等相待，不得发生有意歧视或贬低某一单位方面的问题。

(6) 互益性。在开展工作过程中，坚持共同的利益，不为少数单位代言及谋取局部利益，会员之间按互利互惠的原则进行业务活动。

(7) 非营利性。坚持服务宗旨，当好桥梁和纽带，通过收取会费、创收等手段得到的有限收入基本用于协会的生存和发展，不以营利为目的。

(8) 两制性。由于历史原因，部分交协尚存在社、事合一的情况，例如，中国交协等现具有社团组织和事业单位双重性质，在民政部门注册，有一定的事业编制及事业费，统计报表分别报不同的主管部门。

2. 各级交协开展的工作和活动

各级交协成立后因时制宜、因地制宜，积极主动地开展了行之有效的工作和活动，为促进交通运输事业的发展作出了贡献，同时也创出了名气，增强了实力。主要表现在：

(1) 研究。根据国家有关部门和地方政府的委托，对一定计划期和发展阶段的交通运输发展战略及重大方针政策进行研究，提出颇有份量的调研报告，为政府决策提供参考依据。近年来，物流业的发展引起政府领导部门的高度重视，协会乘势而上，积极开展了研究工作，取得了一定的进展和可喜的成绩。

(2) 评估。改革开放以来，各地经济发展很快，上了不少交通建设项目。为使之建立在科学决策基础之上，需要对交通建设项目建议书（预可行性研究报告）和可行性研究报告进行评估工作。中国交协和部分地方交协等承担了近百项的评估任务，经过认真工作，提出了质量较高的评估报告，受到委托单位的赞誉。

(3) 咨询。在发展交通运输和物流业过程中，由于认识上的差距及知识上的差异，交通运输行业的一些单位经常会出现对某个（些）问题认识不清或分歧较大的现象，各级交协利用拥有一定数量专家的优势，以不同的形式释疑解惑，效果很好。

(4) 交流。20 世纪 80 年代后，对外交流日趋活跃。各级交协作为交通运输行业对外开展交流合作的民间窗口，积极拓宽渠道，加强与一些国家官方和民间团体的联系以及密切与世界银行等国际金融组织和经济机构的合作关系，先后组织不少团组出国考察、学习、培训，在开展业务合作、共同研讨课题等方面取得了不小的进展；同时也采取请进来的办法，在国内开展对口交流，收到良好的反映。此外，还不断加强和港、澳、台的交流，也颇有收获。至于国内兄弟协会之间的交流活动，根据情况协商进行，不仅加深了了解，而且增进了友谊。

(5) 培训。为适应交通运输事业改革和发展的需要，加强人才培训是一项十分紧迫的任务。多年来，各级交协通过各种渠道，多种形式举办了数以千计的内容丰富的培训班，对提高交通运输职工素质，及时更新知识，起到了积极的作用。

(6) 研讨。围绕近年来出现的一些热点、难点、焦点问题，确定有一定高度、深度的讨论题目，召开一定范围和一定层次人员参加的研讨会、论坛等，是统一认识、提高认识、开展交流、拓宽思想的有效途径。各级交协在这一方面下了很大的功夫，一些研讨会，如不久前中国交协举办的高层物流论坛、内地与香港航运和物流发展研讨会、交通投融资研讨会等都有不俗的表现，在社会上反响很大。

(7) 出版。在政府、行业、企业、社会之间沟通信息，通过宣传交通运输发展成就，介绍当前工作动向，交流先进经验，密切相互关系，促进相互理解，进一步争取社会各界的支持，是一项非常重要的工作。为此，办好各种刊物，使之成为交流信息的载体十分必要。各级交协对此高度重视，目前已形成有一定社会影响的刊物群体，群星荟萃，各展其长，成为协会开展宣传工作的阵地和园地。

(8) 创收。对各级交协而言，创收虽然不是宗旨和目标，然而是协会赖以生存、发展和开展有效服务的必不可少的物质基础。俗话说"有钱好办事"，古人也以"一文钱难道英雄汉"比喻人在无钱时遇到的尴尬。试想，一个单位如果入不敷出，连工资和必要的办公费用都解决不了，又怎能奢谈去为社会搞好服务工作呢？各级交协经费不足或低水平度日的情况比较普遍，必须面对现实，在大力抓好"四个服务"的同时，认真关注创收。搞得出色，收入有了保障，自然就避免了捉襟见肘、无米为炊的问题。

除上述工作外，有的协会在政府转变职能过程中还得到了某些事务性的行业管理职能，从而提高了协会的权威，增强了工作手段，密切了与企业的关系，甚至为创收创造了新的条件。当然对交协而言，由于种种原因，难以普沾雨露，实行起来尚有一定的难度。

3. 各级交协面临的困难和问题

在肯定已取得成绩的同时，也要看到在我们的面前还有不少的困难和问题，因此，切不可沾沾自喜、盲目骄傲。对此，我们不妨作简要的分析。

(1) 政府职能难转移，任务靠自找，工作较空泛。交协属“大交通”范畴，业务范围跨五种运输方式。然而，在我国的现阶段，五种运输方式的行业管理分散在几个主管部门，一直未能统一起来。在深化改革的历史进程中，交通各部、局、厅按照转变职能、政企分开的要求，陆续将一些可由中介组织行使的职能转移出来。不过他们首先考虑交给的是挂靠在本部门的交通行业协会。各级交协多数挂靠在发改委或经贸委，与交通主管部门隔了一层关系，不是近水楼台，很难得到转移的职能。而发改委、经委是进行宏观调控的经济主管部门，不具有交通主管部门那样的行业管理职能，自然也拿不出适当的职能交给交通运输协会。于是各级交协大多只能靠政府部门临时交办任务和采取自己找米下锅的办法开展活动，交协为人所称道的“大交通”优势在此反而成为劣势，“成也萧何，败也萧何”，面对职能转移，只能望之兴叹。

(2) 缺乏稳定的资金来源渠道，经费紧张，常有捉襟见肘之感。目前，除一些在政府机构改革时为填补部门撤销留下的行业管理空白及安置部门分流人员成立的新协会既有较多的经费补助，也有通过职能转移增加手段进行有效创收外，其余的特别是一些成立多年的老协会都无相对固定的经济来源，感叹经费紧张者比比皆是。各级交协同样如此，与一些交协负责人接触时常听到他们发出囊中羞涩的感慨。当然各地情况不尽相同，压力或大或小，有一定的区别。以中国交协为例，当前虽蒙上级领导部门关心给予一定的补助经费，几十万元的数额曾让有的协会羡慕不已。然而深入了解内情，顿时会令人感到情况严重，原来竟有30名左右的职工离退休后由协会安置，每年开支逾百万元。加上在职工人员开支、办公费、物业费等，数目之大可以想见。据了解，挂靠在交通各部局的协会此方面的问题不很突出。我们已多次反映，但难以解决，惟有祈祷各位同志健康平安，勿生大病，否则就会雪上加霜，手足无措了。

(3) 工作人员来自各个方面，文化程度参差不齐，素质有待进一步提高。前面已述，交协工作任务覆盖多种运输方式，由于业务需要，同时也为了体现“大交通”的特色，所以从协会领导、常务理事、理事乃至秘书处的工作人员都尽可能有各个方面的代表。以秘书处而言，本应贤者上、能者干，但为了求得部门的平衡和五湖四海的氛围，就要煞费苦心地多方面去物色，然而愿意来协会工作的人不多，应选者凤毛麟角，寥寥无几。在无奈的情况下只好降低标准，放弃某些要求，对现有人员，在工作中也要考虑各种关系，有时只好违心地迁就。至于文化结构与政府部门的差距更大，高者大专以上，低者初中上下，而且很多人未进行过培训。秘书处负责人的情况大同小异，对如何当好秘书长认识并未到位。干部来源，少数为在职转任，多数是退休返聘，而且过去都担任过一定级别的职务。在所在岗位上，钻研业务、踏实工作的，固然不少，但卖老资格，想当然办事的也大有人在，在一定程度上影响了工作的正常开展。如何尽快调整协会人员结构，提高职工素质，以适应新的形势的需要，已成为各级交协面临的紧迫任务。

二、当好秘书长的动力是要敢于面对机遇和挑战

各级交协的工作必须结合当地当时的情况，注意保证全局，围绕中心任务。这就要求我们审时度势，正确分析形势，恰当把握时机，及时采取对策。就当前来说，应当正确认识我们所面临的机遇和挑战，认真研究应对措施。如果能够及时抓住机遇，敢于迎接挑战，在此基础上再有切实可行的应对办法，毫无疑问，我们的工作一定能够乘势迈上新的台阶。

1. 各级交协当前面临的机遇

(1) 经济体制改革不断深入，为交协的发展提供了广阔的空间。

我国的经济性社团组织大多诞生于改革开放之后，由于事实上处于计划经济体制影响下，官办色彩较浓，以致政社、事社不分的情况普遍存在。党中央提出建立社会主义市场经济体制后，社团组织的中介作用凸现出来，受到政府部门的重视和支持。近年来，随着经济体制改革的不断深化，社团组织不断发挥行业自律作用，协助行政主管部门规范市场经济秩序，帮

助企业单位提高社会效益和经济效益，其行为和业绩已引起社会有关方面的广泛关注。社团组织尤其是行业协会是市场经济发展的必然产物，市场经济体制的建立和完善使得众多协会如鱼得水，迅速活跃起来，按照市场经济规律以及政府和企业的要求开展多种兼顾社会效益与必要的经济效益的经济或学术方面的活动，过去计划经济体制下的种种限制、干预和束缚正在迅速减少，即将不复存在。这种已基本形成的“海阔任鱼跃、天高任鸟飞”的局面来之不易，我们应当倍加珍视。

(2) 我国加入世贸组织，使交协的活动有了更为宽广的舞台。

2001 年 11 月 1 日多哈会议一锤定音，一个月后，中国成为世贸组织的正式成员。加入世贸组织后，我国的政治、经济生活正在发生着重大的变化。一方面由于世贸组织体现出多种游戏规则，既使政府难以再像以前那样直接干预企业的经营活动，也使企业迫切要求摆脱应由中介组织等完成的业务性工作；另一方面在执行世贸组织规则过程中，必然会出现某些争端和纠纷，解决这类问题，除由国家经济贸易部门应对外，在很多时间和场合下，由社团组织中的行业协会出面更为有利，既可缓冲矛盾，又可视情反击，可进可退，为政府减少了许多麻烦。另外，加入世贸组织后，中国融入世界的步伐加快，对外交往更加频繁，协会与各国官方特别是民间社团组织的交流合作进一步活跃。上述情况表明，在加入世贸组织后，协会的活动空间在国内和国际上都得到了更大的拓展。

(3) 政府机构进行渐进式改革，为交协的工作增大了力度。

从 20 世纪 80 年代至今，政府机构几经改革，一些部门时分时合，时撤时建。对此，众说纷纭，莫衷一是。对于改革的利弊得失，我们不便过多评论，但是有一点不应该忘记，即每次改革在要求政府“消肿”的同时都强调要充分发挥社团组织的作用。尤其是最近一次的机构改革，全国人大和国务院强调得更多，并有具体行动。按照中央的部署实施机构改革后，政府对经济的管理由全能政府的部门管理进一步向有限政府的行业管理转变，市场对经济资源配置的基础性作用进一步得到加强，社会自治能力和行业自律效果进一步显示出来。政府职能的转移，无形中使一些行业协会增加了工作手段，工作力度比以往明显加大。当然对交协而言，各地情况不尽一样，由于众所周知的原因，得到转移职能的单位为数不多，尽管如此，在布置某些任务时已经不时地想到发挥交协的作用。尤其要指出的是，在全国人大十届一次会议上通过了很有新意的政府机构改革方案，其中，决定在原国家计委基础上组建国家发展和改革委员会（简称国家发展改革委），国家经济贸易委员会从此不再存在。上行下效，中央与地方将会基本统一起来。过去一些省市交协曾提意见，认为中国交协和地方交协挂靠的主管部门不一致，影响工作的开展，如今由于新成立了国家发展改革委，可能使问题迎刃而解，这为今后的工作带来了很大的便利。

2. 各级交协当前面临的挑战

（1）对思想观念的挑战。各级交协领导和秘书处工作人员要以与时俱进的观点接受新的思想，引进新的理念，适应新的形势。据了解某些同志特别是元老级人员在协会工作多年，感情深厚，并曾做出过甚为辉煌的业绩，于是留恋过去，动辄以前如何，对传统观念不愿变，对习惯的做法不愿改，稳慎当头，墨守成规，长此以往，将会影响协会的前进。

（2）对体制、机制的挑战。各级交协领导和秘书处负责人要摆脱过去那种官办协会的模式，逐步转变到官管民办上来，并在人事、分配、奖励等方面建立起适应协会发展新的机制。我国的很多行业协会基本是根据政府的指令成立，在政府支持下活动，政府官员在协会领导中占有一定的比例，协会在一定程度上成为政府部门的附设机构，有不少协会内部管理甚至是政府部门的翻版。近年来，虽已发生一定的变化，但官办色彩依然存在，对此见仁见智，看法不一。我认为今后的发展方向很可能是政社、事社脱钩，协会自主活动于社会，对此在思想上应当有所准备。

（3）对稳定职工队伍的挑战。各级交协要在加入世贸组织、进一步与国际接轨的情况下使职工队伍保持相对稳定以及在竞争中不造成人才外流。这是一个必须正视的现实问题，协会的工作环境、收入水平处于一般甚至是较差的状况，与一些企事业单位有较大的差距，“人往高处走，水向低处流”，要想留住人才确有不小的难处。

(4) 对协会实力的挑战。在面临加入世贸组织、政府转变职能和机构改革等新的形势下，如何能圆满地完成政府部门交给的职能（任务），游刃有余地搞好各项工作以及有较强能力解决与“老外”在“反垄断”、“反倾销”等方面的争端。就目前的状况而言，如遇到以上的问题，一些协会很可能出现被动局面，心有余而力不足，难以达到预期的目的和要求。

三、当好秘书长的基础是要争取各个方面的支持

应当承认，我国的行业协会正在逐步受到重视，得到较快的发展。但是由于处在新旧体制交替时期，市场经济体制的建立和完善，在很短时间内很难完成，而是要经历一个较长的过程。在此期间，计划经济的影响还会时明时暗地反映到社会的某些方面，就协会而言，当前还很难广泛地介入社会经济活动，做不到“企业离不开，政府离不了”，工作中遇到的阻力和困难较多，经常要象小媳妇那样忐忑不安地行事。面对如此状况，我们就不能脱离现实，自我感觉良好，不注意处理好各种关系，而应努力营造和谐的内外环境，争取各方面的大力支持，为开展工作创造更好的条件。

1. 政府方面

此方面主要指协会挂靠的主管机关和业务相关的政府部门，当前即为国家发展改革委和铁道部、交通部、民航总局、石油管道局、石油天然气总公司、信息产业部（邮政总局）、总后军交部以及省、地、市的相应机构，取得这些单位的支持非常必要，往往要摆在第一位置上。在社会结构中，政府组织是权力机构，其社会地位和权威性远远高于企事业单位和中介组织，可以左右社会的各种活动。在我国虽然已宣布进入法制社会，但距真正的实现尚有一个不短的过程，当前一个时期，“人治”还在不时地发挥着作用，政府机构对社会的影响随时会显示出来。社团组织如在这一方面处理不好关系，则可能产生一定的不良后果。作为交协同样如此，应从有利于工作出发，多向主管机关及相关部门请示汇报，主动为政府做好一

些社会广为关注的工作，为当地的经济发展服好务。例如当前要认真研究发展物流业的问题，使运输企业有效地切入物流，提高社会效益和经济效益。协会做了实事和好事政府自然会重视和支持，存在的一些困难也就不难解决。事实上，一些协会由于得到政府给予的职能、经费、项目，使工作更具实质性内容，越搞越活，声势越来越大。反之，困难多，工作不易开展，影响面不大。

2. 会员方面

会员是协会的细胞，是协会存在的组织基础，离开会员，协会就失去了存在的价值。关注会员单位的发展，掌握会员单位的脉搏是每一个协会应尽的基本职责。具体到交协，首先要高度关注大量的企业会员，在理事会、常务理事会中要有较大比例的企业单位，在协会领导班子中同样要有他们的代表。要急他们所急，想他们所想，注意倾听他们的呼声和意见。除企业会员外，对事业单位和其他方面的会员也不可忽视，要注意充分发挥他们的积极作用。协会及秘书长要把发展会员工作列入议事日程，根据需要进行必要调研，了解会员单位的想法和要求，及时改进工作。切不可高高在上，对会员的意见置若罔闻，把服务意识抛在脑后。

3. 理事会、常务理事会、会长办公会方面

这几方面与协会的发展及秘书长的工作密切相关，要认真对待。按照交协《章程》的规定，许多重大的事项需要经理事会或常务理事会讨论通过。要想推动工作的开展，得到理事会、常务理事会的支持十分必要。目前，各级交协还普遍实行会长办公会制度，以便在理事会、常务理事会闭会期间对协会日常工作中的重大问题进行讨论做出决定。会长办公会通不过的事项，自然会搁置下来不能实行。鉴于上述情况，秘书长有必要对拟开展的工作理清思路，形成有参考价值的建议，经过认真准备，提交相应的会议讨论，通过后再组织实施。如得不到理解和支持，建议被否定，不仅自己会感到遗憾，而且可能使工作造成被动。

4. 会长方面

会长是协会的最高负责人，全面负责一个协会的工作，对协会的发展和人员进出等重大事项有很大的决策权力。目前，各地情况不尽一致，有的协会会长只是挂名担任，不太过问协会工作；有的是实际领导，但不管具体问题；也有的则是事必躬亲，管的很细。无论是何种情况，秘书长对会长都要尊重，除秘书处正常工作外，对关系协会发展的重大事项不可擅自处理或以先斩后奏的方式进行，应请示汇报后再办，否则会影响彼此关系，不利于工作的开展。当然，随着了解的加深，会长也可能明确提出对一些工作要及时处理，不必请示汇报，如此，则可相机进行。在这个问题上，秘书长要注意掌握分寸，不可急于求成，擅自贸然行事。总之，既要敢于负责，又要善于负责。

5. **内部单位**

包括两个方面，一部分是协会的工作机构，即秘书处的各个部、室；另一方面是协会的分支机构和实体机构。分支机构指协会的各个分会、专业委员会、工作委员会，实体机构指协会直属的经营性公司和非经营性的有关单位。协会的各项日常工作要靠他们去进行，创收任务要靠他们去努力完成，服务宗旨要靠他们去体现。秘书长要根据协会实际情况，主动地或按照协会领导的要求关心和支持这些机构开展工作，组织或督促各单位经常进行思想教育，提高职工思想认识，增强服务观念，认真完成好职责内的各项任务。同时，要通过深化改革，使体制和机制更能适应形势发展的需要。作为秘书长在工作中要努力做到两手抓，既要抓物质文明建设，也要抓精神文明建设；既要抓改革，也要抓管理；既要抓服务，也要抓创收，统筹兼顾、协调发展。除工作外，在生活上要多关心职工，促进团结，保持稳定。对中国交协来说，分支机构由协会领导分管，秘书长不便较多地过问具体业务，但也要尽力做好必要的协调工作。总之，秘书长要竭尽全力营造协会这个大家庭中的祥和氛围和融洽的工作环境，互相支持，使大家为协会的发展共同做出贡献。

6. **其他方面**

指协会外部的主管机关和相关部门以外的有关单位。这些单位虽非协会的“顶头上司”，也非业务密切的交通运输部门，但由于是某一方面的行

业主管机构，有时也要与之发生关系。例如：工商、税务、审计、教育、出版、公安等。平时与这些部门交流不多，但有时也会因某个问题需要协商，求得解决。所以，应当与之进行一定的联系，使各路神仙对协会产生较好的印象，理解和支持协会工作。“平时不烧香，临时抱佛脚”，就有可能出现事倍功半的情况。

四、当好秘书长的标志是要履行好自己的各项职责

怎样才算当好协会的秘书长，或者说如何衡量交协的秘书长是否称职呢？对此问题，我想一定是大家所关注的。不过，据我所知，迄今为止尚没有一个以定性分析加定量评定为主要内容的考核标准。事实上根据协会的特点和实际情况，也无须达到十分严格的程度。我的看法是，只要全身心地投入到工作中，履行好应尽的各项职责，做出颇为可观的成绩，就应当给予充分的肯定。那么，交协的秘书长有那些主要的职责呢？

1. 主持秘书处全面工作

如同其他协会一样，交协现行的体制也是以秘书处作为工作机构，负责协会的日常工作。秘书处根据工作需要内设一定数量的部、室，具体进行某一方面的业务。秘书处由秘书长主持，副秘书长协助秘书长工作。秘书长可在副秘书长协助下对秘书处的部、室进行管理、指导、监督，督促各部门负责人积极有效地开展工作；也可通过由副秘书长分管某一方面工作的形式去抓秘书处的各项工作，使协会正常地运转，为政府、企业等搞好服务。由于多年的实践，各级交协秘书处的工作已经呈现出一定的规律性，突然变化和大起大落的情况不多。秘书长在主持工作过程中，要关注全局，关心大事，掌握动态，把握进程，以与时俱进的观点处理问题。

2. 负责处理日常事务

协会理事会、常务理事会或会长办公会对重大问题做出决定后，组织实施工作就落到秘书长头上。这些工作有些属于协会章程范围内的正常业

务，有些属于临时交办的任务。有的比较明确，易于去做，有的要去开拓，需要想办法，研究方案。协会的日常工作中，有些需要秘书长提出要求或拍板决定某个事项。鉴于协会人员不多等实际情况，在很多时候，秘书长还要身体力行，起草、修改文件，做一些具体事情。至于接待来访人员，商谈有关事宜，阅批往来文件，审核财务支出更是家常便饭。大量的日常性的具体工作，使秘书长必须立足于“实”字，即要想实际、说实话、办实事、做实干家，树立实事求是作风，养成脚踏实地的风气。绝不能不着边际地空谈、脱离实际地空想、没有目的地蛮干。甩手掌柜的做派在协会这样的单位是行不通的。

3. 协助会长对某些重大的问题做出决策

在一些同志看来，与政府部门相比，协会的工作无足轻重，事实上并非完全如此，就协会本身而言，确实有不少重要的问题需要研究、解决。对此要慎重对待，最好先行思想沟通，尽可能取得共识。如果匆忙提交会议讨论，结果可能不很理想。在事先交换意见时，秘书长要直抒己见，提出自己的看法，召开会议讨论时，应发表倾向性的意见，促成问题的解决。秘书长是协会的“管家”，无论是否兼任副会长，都是会长办公会的正式成员，有责任和义务关心协会的发展，辅佐会长做好工作。有的秘书长担心和协会领导意见相左，影响团结，而不愿发表看法，甚至袖手旁观，采取不介入的态度，这是错误和有害的。当然，如果所在交协的会长胸有成竹，对秘书长提出的意见或方案另有看法而搁置一旁或久拖不决，此时，秘书长可再次表明看法。如仍不考虑，就不要勉强，可“冷”一段时间后再议。当然最后还是要按民主集中制原则办，会长表态后秘书长就不要再固执己见，否则既违反组织原则，也会影响团结。

4. 协调分支机构、实体机构开展工作

一个协会能否搞好，工作机构固然重要，然而发挥分支机构、实体机构的作用也不可忽视。分支机构是隶属于协会的分科性组织，专业性强，工作有一定特点，能联系不少业务相同或相近的会员单位；实体机构则是协会独资或合资兴办的经营性经济组织以及虽非营利性但实行企业化管理的内部核算单位，其经营利润或有偿服务净收入是协会赖以弥补经费不足的重要来源。各级交协向实体机构（分支机构）收取一定数额的管理费，以维持收支的基本平衡，很有必要，否则无米下锅，只有“关门谢客”了。不言而喻，协会的发展离不开分支机构和实体机构的支持；反之，分支机构和实体机构在从建立到开展工作的全过程中也必须以协会的品牌和扶持为后盾。秘书长要关心这些单位，根据协会章程和领导意图进行必要的监督、管理，协助协调关系化解矛盾，尽力帮助解决存在的一些实际困难。

5. 对人事安排或调整提出意见

按照中国交协《章程》规定，秘书长可以“提名副秘书长以及各办事机构、分支机构、代表机构和实体机构主要负责人，交常务理事会（或会长办公会议）决定”。至于秘书处部、室一般负责人（副职）和工作人员是否应由秘书长主持秘书长办公会研究确定在《章程》中未加明确。各级交协实际上怎样运作姑且不论，在此我想强调的是，秘书长一定要坚持以下原则：一是贯彻《党政领导干部选拔任用工作条例》精神，高度重视，不敷衍了事；二是坚持条件，任人为贤，不徇私舞弊，不搞不正之风；三是集体研究，多方征求意见，坚持民主作风；四是按规定程序办理，对呈报、审批（通过）等有关环节提出正确的实施意见。总之工作要规范，透明度要高。

综上所述，不妨作如下比喻，秘书长在协会内既是参谋长，又是政治部主任，还是后勤部长，其所从事的工作比较具体繁杂，与国家机关司局长工作比较专一、单纯相比，有许多不同之处。为此，协会秘书长要站在协会这座山上，念有关协会的经，唱有关协会的歌。在“实”和“协”字上多做文章，做好文章。前者指想实际，说实话，做实事，迈实步，谋实惠；后者指协助、协调、协作、协力，一言以蔽之，承上启下，内协外联，少说空话，多做实事。做到这些，也就必然会尽到应尽的职责，至于责、权、利是否能够体现一致的原则，在现阶段很难有公正的说法。

五、当好秘书长的关键是要提高素质和工作能力

协会秘书长既要参与领导层的决策，又要负责日常的各项工作，还可能要亲自做某些事情。除此之外，还要处理一些关系，不仅要沟通上下左右，而且要联系四面八方。因此，虽然身处并不重要的单位，但却位于本单位的重要岗位。通过几年来的实践，我的体会是：当秘书长容易，当好秘书长难。难在何处？主要是两个方面：一个是客观上存在着许多困难，局面复杂，工作阻力大，解决问题很不容易；另一个是自身的素质和工作能力有待提高，距真正胜任职务赋予的职责尚存着一定的差距。由此引伸出一个现实的问题，即各级交协的秘书长应当具备哪些基本的素质和能力呢？我认为可概括为“三个素质”、“六个能力”。

1. 三个素质

(1) 政治素质。

协会是松散型的社会团体组织，在社会生活中易于被忽视，受不到足够的重视。尽管如此，协会却不可因此自卑或放松约束自己，采取放任自流的态度，而必须贯彻中央的方针、政策，执行国家的法律、规定。协会的秘书长和其他领导一样要讲政治、讲学习、讲正气，按照马列主义、毛泽东思想、邓小平理论和“三个代表”重要思想的要求，建设和发展所在协会。在工作中要保持政治敏锐性，抵制腐败思想，与党中央保持一致。加强思想政治工作，形成良好的政治氛围和工作环境，努力提高自身和工作人员的政治素质，以保证协会更好地开展工作。政治素质的形成和提高，一要靠经常性的理论学习；二要靠积极参加各种政治活动；三要靠在工作实践中磨炼。在我国的国情下，每个工作人员尤其是领导干部对政治素质的提高一定要高度重视，决不可视同儿戏。

(2) 文化素质。

协会工作内容复杂，社会接触面广，特别是我们所在的交协跨五种运

输方式及邮电、军交系统，于是就要求协会工作人员尤其是秘书长必须和各个方面人员打交道，应对有关业务往来。而这样，虽然说不上必须“上知天文，下知地理，古今中外，无所不晓”，但毕竟要对各个方面的情况有所了解，对一些基本的业务知识有所掌握。至于政治、经济、科技、文化常识、交通运输的特点及发展趋势和办公现代化等有关内容更应有一定程度的涉猎。为了适应工作的需要，协会的秘书长应多看一些书籍，扩大知识面。有条件时，尽可能参加有关的学习班、培训班，以增长知识，更新知识。每个人的学历虽然已基本成为定局，但文化程度则可随着努力而发生变化，何况前者也并非绝对不变，关键是自己有无志向，能否坚持奋斗。只要耕耘，必有收获，如果知难而退，无所用心，则只能是蹉跎岁月，虚度光阴。

(3) 业务素质。

协会的业务工作虽不及政府机关的政策、法规性强，也不象企业单位经营色彩明显，但其涉及面广，并不是不动脑筋就可以干得好的。前面已谈过，协会面临着各种关系，既对内，又对外，既对下，又对上。秘书长接触的单位多，工作繁杂，方方面面的问题都可能遇到，需要提出有针对性的解决意见。其中，对于可以从长计议的事情尚有回旋的余地，而对于必须很快答复的，就要及时处理，不要拖延，以免造成不良的后果。众所周知，工作效率不高，虽可能有官僚主义的因素，但也有不熟悉业务，遇事举棋不定，不知如何办才好的原因。因此，秘书长一定要在提高业务素质方面多下功夫，具体途径有加强学习，认真实践，及时充电等。要注重多走访调研和浏览信息资料，以便及时了解、掌握一些新鲜情况，还要注意总结经验，认真研究现实问题。提高业务素质是一个较长的过程，要边学习，边实践，边总结，边升华思想认识，边提高工作水平。想一蹴而就，是很难奏效的。

2. 六个能力

(1) 管理能力。

秘书长全面负责秘书处的工作，秘书处工作如何，直接关系到所在协会能否持续、健康地发展。因此，秘书长必须以高度的责任心加强管理，以保证秘书处正常地运行，卓有成效地开展各项活动。交协是社团组织，相对来说，比较松散，秘书处的工作人员又是来自多个部门，文化程度和业务水平差距较大，这样就给管理工作增加了一定的难度。在认识上不易达成共识，在执行过程中会出现意想不到的问题。秘书长一定要知难而进，敢于管理，善于管理，使工作到位，人尽其才，物尽其用，既有声势影响，又要求真务实，紧张有序，忙而不乱。在管理工作中需高度注意的是：一要立足于思想教育，以理服人，不搞以势压人；二要以人为本，理解职工，尊重职工，依靠职工。不要以孔明自居，把他们当成阿斗；三要注意建立健全规章制度，按规矩办事，不随心所欲，各行其是；四要紧密结合协会业务工作，提高社会效益和必要的经济效益，不要无的放矢，坐而论道；五要对工作一抓到底，有布置，有检查，有落实，善始善终，不要虎头蛇尾，半途而废；六要奖惩分明，不要干好干坏一个样，不分青红皂白，各打五十大板，挫伤敬业精神强、工作业绩突出职工的积极性。

(2) 组织能力。

协会工作复杂，既有正常的业务工作，又要适时地开展一些相关的活动，还要召开规模不等的各种会议，至于进行有偿服务、争取增加经济收入也是经常要考虑的问题。如此一来，就涉及到如何做好组织工作的问题。事实上，协会的大量工作，尤其是重点工作都需要秘书长认真组织，包括思考方案、提出建议、安排实施、督促检查、落实措施、宣传鼓动、评估成果等。对工作机构、分支机构、实体机构健全的协会，秘书长更要注意统筹兼顾，组织整合，使协会有机地运转，在自编、自导、自演过程中推动协会不断向前发展。生命在于运动，协会的活力在于活动，协会无事可干就会默默无闻，难以产生大的影响。

(3) 协调能力。

为营造和谐、融洽的氛围，避免或减少可能出现的矛盾，使活动顺利地开展，秘书长必须重视协调工作，摆平各种关系。分析协会所处的环境，大概有内部和外部两大方面的纵横关系。首先，就外部而言，纵向的有与业务主管机关、社团登记管理机关及相关的管理部门等关系；横向的有与兄弟协会及相关的中介组织等关系。其次，就内部而言，纵向的有与协会领导层、会长办公会议、工作机构、分支机构、实体机构等关系，横向的有与团体会员单位及省、地市交协等关系。鉴于上述情况，可将交协秘书长的协调工作归纳为五门功课，即协调协会与上级机关的关系，协调交协与其他协会、部门的关系，协调所在交协领导成员之间的关系，协调协会内部工作机构、分支机构、实体机构之间的关系，协调各级交协之间的关系。秘书长在处理有关问题时，应努力做到左右逢源，上下认可，进退自如，得心应手。平时团结、有序地工作，出现问题后，通过沟通、解释及时化解矛盾，心平气和地解决各类纠纷。当然，协调关系不等于合稀泥，不讲原则，处处讨好。一定既要坚持原则，又要灵活处理问题。如何把握好分寸，是秘书长必须练好的一项基本功。

(4) 创收能力。

协会属“三无”单位，即无行政级别，无行政编制，无行政经费，即使保留一定的事业单位的属性，事业费也很少，甚至难以长期保证，这是不争的事实，大家都很清楚，勿须多议。随着社会主义市场经济体制的逐步完善，协会自食其力、自谋发展将是大势所趋，未雨绸缪，须及早考虑。据了解，目前在经费来源方面，各级交协的情况不尽相同，有的由政府主管部门拨付一部分，有的几乎没有。总之，难以以此应付日常开支。为了摆脱捉襟见肘的窘况，不少协会在坚持服务宗旨的同时，不得不千方百计地筹集资金，寥补缺米之炊。其中，创办实体、增加收入便成为一项无法回避的工作内容。协会创收符合国家的有关规定，秘书长应正视现实，在挣钱方面多动脑筋，研究一些可行的项目，提出可行的建议，供协会领导决策时参考。对已办起来并正在运作的企业和经营性单位，要加强管理及监督，避免出现违法乱纪方面的问题。他们上缴的管理费来之不易，协会一定要用于运行和发展，以不断地增强实力，搞好服务。协会创收是不得已而为之，不可不搞，但也不可本末倒置，如果一切向钱看，将服务置于脑后，则有悖于初衷，会造成不良的影响。

(5) 表达能力。

协会秘书长经常接触上级、下级和相关单位的领导及工作人员，需要处理为数甚多的公文及参加各种活动，因此要求其有较强的语言和文字表达能力，否则难以应付出席一定规模会议或联谊活动时必须讲话的场面，也保证不了送出的报告、通知之类文件的质量。事实上，与协会有关的活动，往往需要秘书长参加（单独或陪同协会主要领导），出去的文件更要过目（审核或直接签发），这就决定了秘书长既要动口，也要动手。动口者，讲话也，虽不需出口成章，长篇大论，但要言之有理，表述清楚。而动手，就是要写，一是修改，二是起草。要能将颇为粗糙，甚至“毛刺”很多的文稿修得顺溜、通畅；能将无修改价值的文稿推倒重写，或者亲自起草比较重要的文件。到此地步并非易事，必须注重学习，加强锻炼，提高文化水平和文学素质，以便更好地适应工作，完成任务。

(6)“弹钢琴”能力。

要弹好钢琴，必须根据乐谱的要求，十指灵活、娴熟、有机地运动，同时融入在理解乐曲基础上升华的感情，从而弹奏出高雅、美妙的旋律，让听众得到莫大的艺术享受。协会秘书长的工作千头万绪，涉及多个方面，从方针政策的贯彻到规章制度的落实以及到某些具体事务的解决，几乎都要自觉或不自觉地列入秘书长过问的范围之内。因此，在实际工作中，必须讲究领导方法和领导艺术，切莫乱弹琴，不成曲调，没有效果。秘书长怎样才能“弹”好交协工作这部大的“钢琴”呢？我认为：一是要想大事，议大事，努力抓好中心工作和重要工作；二是要有所为、有所不为，重心放在考虑重要工作上，具体工作放手由职能部门去做；三是要抓主要矛盾和矛盾的主要方面，处理好主要矛盾和次要矛盾的关系，区分轻重缓急，有计划有步骤地去抓，认真落实；四是要充分发挥副秘书长和部室负责人的作用，努力调动大家的积极性，相互配合，做好工作。总之，既要统筹安排，突出重点，又要兼顾一般，协调工作。秘书长要勇于承担责任，注意维护团结，增强协会的向心力和凝聚力。同志之间在一起共事是一种缘份，要互相尊重支持，不可去干相互拆台、落井下石的蠢事。

我来中国交协主持秘书处的工作已经几年，以上所说的是我结合业务实践和学习体会而概括的一些认识。需要再向大家说明的是，第一，所谈的问题浮浅而不深刻，有些看法还很片面甚至存在一定的谬论；第二，大多是纸上谈兵，实际上我自己并没有很好地做到，因此讲话时不免怀着惭愧的心情；第三，需要怎样做和实际做得怎么样往往存在着一定的距离，但不能因此而放弃基本的要求，否则会增加工作的盲目性，失去努力的方向。我由政府部门来到中国交协，没有计较权力、利益和物质条件的变化，只想满腔热情地工作，搞好工作，努力使协会在原有的基础上发生新的变化，取得更大的发展。几年来在钱会长等协会领导和同志们的支持下做了一些事情，基本做到了兢兢业业地工作，老老实实地办事，清清白白地做人，动了很多的脑筋，下了很大的功夫，付出了不少的心血，取得了一点成绩。回顾过去，展望未来，作为中国交协秘书长，我既感受到协会走过的历程艰难，成就来之不易，也认识到协会在面临机遇的同时内外都存在着一些问题，应当居安思危。《红楼梦》中贾府由盛而衰的故事发人深思，后人要引以为戒！在我国的现阶段，不论媒体怎样宣传，我们必须意识到协会是在类似夹缝的环境中生存和谋求发展，因此，不要头脑发昏，忘乎所以，立足点必须定位在有为不越位，帮忙不添乱，务实不图名上。当前和今后，在协会的工作中，要发扬自信、自立、自强的精神，树立市场经济、经济效益、整体利益观念、明确自主活动、自我约束、自求发展的方面，形成编内、返聘、外聘人员有机组成的职工队伍，建立社会支持、政府资助、自力创收的资金渠道，养成讲政治、讲学习、讲正气的良好风气，塑造服务热情、工作认真、作风踏实的协会形象。在大家共同努力下，把我们的工作搞实、搞好、搞活，逐步进入经费自筹、人员自养、发展自谋的良性循环轨道，当然，想着容易，做起来难。不过，只要我们上下团结一致，同舟共济，齐心协力，协会一定可以不断地前进。面对新的形势，我们交协的秘书长们应进一步加强联系，经常沟通情况，及时交流经验，上下互动，形成合力，为促进协会的发展充分发挥自已的才智，在任期内有所作为，有所奉献！我愿和大家共勉，共同为我们的事业做出不懈的努力。

认识所处地位　积极开拓进取

——再谈努力做好新形势下的交协秘书长工作

目前，我国正处于关键性的历史时期，新世纪迎来的各种机遇和挑战不同程度地反映在各条战线、各个部门、各个单位，面貌都发生了不同程度的变化。交通运输业是国民经济的先行，近些年来，改革不断深化，开放程度不断加大，基础设施建设步伐不断加快，出现了持续时间较长的跨越式发展局面，受到海内外人士的高度关注。当前依然呈现着蓬勃发展的良好势头，五种运输方式都有不俗的表现。在此基础上，综合运输体系也随之有了很大的改观，服务实力和适应能力有了很大的提高，社会效益和经济效益联袂而增，成为经济社会发展中的一个亮点。各级交通运输协会是交通运输业的社团组织，在政府和企业之间起着桥梁和纽带作用，过去对促进我国交通运输事业发展功不可没，在当前和今后的历史进程中更是不可或缺。我们应当看到，新的形势已为社团组织的发展造就了十分宽广的舞台，而能否推出备受欢迎的节目则全靠自己是否能依赖扎实的功底进行很有特点的出色的表演。如果面对困难望而却步，不思进取，则可能危及到协会的生存和发展。各级交协的秘书长或主持工作的副秘书长是统领秘书处工作，保证协会正常运转的负责人，按照会长及会长办公会和已形成的民主决策机制开展各项工作。如何正确认识当前的形势和任务，明确自己所处的地位，从而更好地发挥作用，是交协领导和秘书长必须重视的一个课题。对此方面的问题，我们曾作过研讨。我担任中国交协秘书长只有5年多时间，与老资格的秘书长相比，认识和差距都很大。尽管如此，仍然认真结合工作实践思考了一些问题，在过去的会议上谈了自己的一些看法。如今再次不揣冒昧写了这篇文章，和大家交流、切磋。目的是再想抛砖引玉，使同志们谈出更多的真知灼见，共同提高认识水平和工作水平，今后努力做好交协秘书长的工作。

一、认清新形势，关注新特点

当前交通运输形势从总体上讲令人感到欣喜，在许多方面都可圈可点，值得大书特书。反映出的特点很多，可作连篇累牍的论述。作为一个老的交通运输工作者，我认为对以下几个方面应当引起更多的关注。

1. 加入世贸组织后与国际迅速接轨，促进了交道运输业的发展

2001年11月10日，世界贸易组织在卡塔尔多哈召开了第四届部长级会议，审议并通过了中国加入世界贸易组织的决定，一锤定音，为我国进行了长达15年之久的复关入世谈判画上了句号。在履行完必要的法律程序后，12月11日，我国正式成为世贸组织的成员。加入世贸组织，表明我国的改革开放进入了新的历史阶段，也意味着我国对世贸组织作出的允许外资进入中国市场的承诺将要按照时间表的要求一一兑现。以入世为契机，我国对外开放的步伐进一步加快。交通运输业在近几年的时间里，与国际交往日趋频繁，运输、物流、车辆、设备方面的研讨会、高峰论坛接连不断，面向行业和大众的博览会、展销会此起彼伏，各种形式的交流合作签字仪式频频进行，合资企业项目不断在媒体上报导，出访团组鱼贯而行，来访嘉宾接踵而至。加快开放步伐后，我们可以明显感受到较长时间里闭关锁国造成的孤陋寡闻和经济落后，认识到在软硬件方面存在的差距，也看到通过交流和合作引起的各种变化和提高。交通运输业中各个行业的经济结构、经营结构、运力结构等不断得到改善和优化。除与改革的深化直接相关外，也与入世的推动作用有一定的关系。认识这个问题，对我们进一步搞好交协的秘书长工作很有好处，有助于我们开阔视野，充分利用和国际接轨的机会学习先进经验，提高工作能力和水平。

2. 全面建设小康社会的战略部署，强烈要求交通运输业更快地发展

党中央根据我国经济社会发展的现状、趋势和人民的要求，不久前作出了全面建设小康社会的战略部署，为我国经济社会发展确立了新的更加明确的奋斗目标。应该看到，改革开放尽管取得了辉煌成就，但也存在着一定的问题，尤其是我们的发展还是低水平的，而且不全面、不平衡，能源、原材料消耗很高，环境污染严重，况且还存在着城乡二元结构不合理的状态。建设小康社会要针对现状解决一系列问题。在交通运输方面，要考虑的主要问题有：一要满足经济社会对运输需求总量增加的需要；二要适应现代社会对运输质量提升的要求；三要为农村地区发展提供足够的运输供给；四要为国家解决经济社会的发展不平衡、改善城乡二元结构提供基础支撑条件。总之，全面建设小康社会对交通运输业的发展提供了新的契机，也给各级交协的工作增加了动力和压力，应更加主动、积极，使各项工作能够适应全面建设小康社会的需要。

3. "十一五"规划的制定和实施，将进一步推动交通运输业的发展

2006年，我国将进入"十一五"发展期间，举国关心，翘首以盼。在"十五"时期，我国交通运输业持续快速发展，基础设施建设取得了重大成就，西部开发成效明显，农村交通条件得到改善，运输市场统一开放、竞争有序程度不断提高。虽然如此，然而也还存在着一定的矛盾和问题，需要在"十一五"期间加以妥善解决。例如，交通基础设施总量不足，运输大通道能力紧张，西部地区交通运输发展仍比较落后，农村交通条件的改善仍需引起关注，运输企业的改革在深化方面还要下更大的功夫，等等。对"十一五"规划，国务院主管部门十分重视。在制定前做了大量深入细致的调研及论证工作，使规划方案更加科学、合理，既体现前瞻性，又有可操作性，目标明确，措施得当，成为指导我国经济社会在新的五年规划期间发展的纲领性文件。根据国家发改委和交通各部局对"十一五"期间发展的要求，在2006~2010年五年间，交通运输业要加快交通基础设施建设，更新和新增运输装备，以满足不断增长的客货运输需求；在运输质量方面要有新的提高，能为社会提供安全、舒适、快捷、经济、环保及可持续、多样化的运输服务。各级交协对此要有明确的认识，努力使协会的工作与国家新时期的规划合上节拍。这就需要加强和改进我们的工作，既演好传统领域内的“剧目”，又努力开拓创新，在物流等新的领域取得新的进展。如果仍在过去的工作范围内和方式上徘徊，不能与时俱进，拓宽思路，工作就会陷入被动的局面。

4. 人民生活水平不断提高，迫切希望交通运输业更好地发展

改革开放以来，特别是进入社会主义市场经济体制历史阶段后，运输市场开放程度越来越大，运输企业存量和增量资产盘活效果越来越明显，经营管理更加灵活，两个效益更加受到重视，五种运输方式都不同程度地改变了计划经济期间的落后面貌，过去那种人不便于行，货不能畅其流的现象有了很大的改观。在很广的区域和很多的线路上，运输工具穿梭运行，紧张工作。目前客货运输在走得了方面已不成为问题，在走得好方面也有了很大的改善。但是，事物的发展不是静止的和一成不变的，民众对运输的需求也不会长久停留在一个水平上，当温饱问题基本得到解决，开始进入小康社会后，对运输服务能力的要求就提升到新的层次。即使在一些比较贫困的农村地区，由于外出打工人员的增多和媒体信息交流的影响，农民们也不再满足落后的运输设备和服务方式。如何走得好，能够高效率地办理托运，安全完好地送达，使客货运输在良好的运输条件下进行，以优良的运输质量结束旅客和货物的位移过程，成为管理部门和经营单位必须十分重视的一个问题。各级交协在研究咨询、培训学习等工作中要认真考虑，提出建设性意见，为交通运输业在新的历史时期发生由量变到质变的飞跃作出应有的贡献。

二、明确应起作用，全力做好工作

人贵有自知之明，对这句话的通常理解是人的可贵之处在于知晓自已的优点和不足，谦虚谨慎地说话和做事，不要忘乎所以，招致非议。然而就自知而言，并非只是要求自谦，而且还有自律之意。一个人的工作可能会有所变动，职务会有所升迁，满意也好，高兴也罢，在情绪昂奋的时候，有两点不可忘记：一是对自己要有清醒的认识，个人的能力和水平并不是随着职务提升而同步提高；二是对从事的工作要有明确的认识，对该做什么，不该做什么，应当胸有成竹。不如此，将可能事倍功半，甚至会为之付出一定的代价。我说此段话的意思就是要充分认识自己所处的位置，正确把握自己的工作方向，妥善处理同周边的各种关系，切实做好自己应当做好的事情。对交协秘书长而言，就是要定好位、不越位，在工作岗位上认真履行职责，履行好协会所赋予的职责，发挥好应起到的作用。秘书长的主要作用有：

1. 参谋助手作用

各级交协均在会长领导下开展工作，重大决策除需要经理事会或常务理事会审议通过外，平时大多由会长或会长办公会做出决定。在这些决策、决定形成过程中，有主要领导的创意，也有集体研究的意见，但要使之成为可供正式讨论的议案，就需秘书长下功夫做必要的调研，进行利弊分析，对文字进行斟酌，使方案逐步完善，经会长同意后，提交一定形式的会议讨论、通过。对会长或协会其他领导临时提出的某些事宜，秘书长也不要忽视，要在了解意图后，加以分析研究，提出自己的看法，请领导参考，决定后去抓紧办理。此外，协会领导有时要出席比较重要的会议，需要致辞、讲话，秘书长应根据领导的要求，就框架结构，主要观点提出建议，或帮助收集有关资料，以供亲自动笔的领导参阅。在党政机关中，秘书长通常不参与决策，只是在执行方面做好工作。协会秘书长多由副会长兼任，有的还担任法人代表，故可参与决策和决定某些事项。但就秘书长职责而言，不言而喻，应当当好会长（会长办公会）的参谋，起好助手作用。为此，一定要摆正自己的位置，钻研有关问题，为搞好协会工作做出努力。

2. 协调联络作用

各级交协的格局大同小异，多是根据工作需要，设数量不等的工作机构、分支机构以及根据实际情况成立的实体机构，它们之间分工不同，各有特定的职责和任务。当然，目标都是一致的，即都在为协会的生存、发展、提高及做大、做强努力地工作。存在职责上的分工，无可厚非，不如此，工作就没有定位，没有重点，没有目标，也难以考核，认定业绩。然而也要指出，分工不等于分家，还要相互合作，树立全协会一盘棋的思想，互相配合，密切协作。要指出的是，分工往往很难做到绝对的准确，由于划定职责时考虑不周，或因文字表述不够准确，实践中出现职责交叉的现象屡见不鲜。因此而扯皮，甚至引发矛盾和纠纷的情况多有所见或耳闻。对这类问题不能久拖不决，应及时解决，否则会影响工作的开展。解决和协调这方面的问题，责任就落在秘书长肩上。秘书长通过协调工作，可以"一箭三雕"：其一是化解矛盾，有利于促进团结；其二是进一步明确工作范围，确实做到各司其责；其三是了解掌握信息，积累体会和经验。综合协调工作，对协会而言，主要限于内部，但职权有限，不像党政领导机关的秘书长工作范围广，管的面宽，协调力度大。协会外部，例如与省、市交协，与运输界其他协会，由于没有隶属关系，所以只是在联络方面多考虑一些问题，如彼此沟通、协商，互相学习、借鉴，或主动牵头组织开展达成共识的活动，活跃协会工作，促进行业的发展。

3. 督促检查作用

协会通过一定形式作出决策，布置某项工作后，只是一个过程的开始，要想使其得到实施并达到预期目的，还需要对全过程进行督促检查。工作布置后既不督促也不检查，很少会取得圆满的成效，在这一方面教训不可谓不多，不可谓不深。我们交协的各位秘书长普遍都有在几个单位工作过的经历，而且都担任过一定的领导职务，对布置工作和检查工作都有较深的体会和认识。我在这里只是对少数同志再次提醒，注意做好执行过程中的督促检查工作。如果掉以轻心，很可能重蹈过去那种小会研究、大会动员，起草通知，印发文件，之后不再过问，认为大事已办的复辙。我们的许多工作出发点很好，研究的措施也很有可操作性，然而最后却没有收到很好的成效，究其原因，不仅有办事人员敬业精神差，不能兢兢业业工作的问题，更有主管领导（部门）责任心不强，缺乏有力的督促检查的缘故。各级交协当前虽然面临着不少困难，但都在积极主动地开展工作。在这种情况下，就更需要抓好督促检查这个重要环节，使工作有布置、有检查、有结果、有成效，不干则罢，干必成功。这是秘书长职责所在，也是工作方法的具体体现。

4. 后勤保障作用

协会是独立的社团法人组织，有一定数量的领导同志和工作人员。搞好各项业务性工作自然是主要任务，而起保障作用的后勤工作也不容忽视。协会的后勤工作包括：接待系统内外客人，采购、保管、发放办公用品，进行财务管理，调度使用车辆以及可能出现的协调住房、解决餐饮等。后勤工作多由办公室（综合部）承担，虽不象企事业单位那样复杂，但也存在着管理和服务问题，对领导要照顾好，对职工要关心到。秘书长统揽全局，一定要做好协调工作，既要教育有关职工任劳任怨，全心全意地做好工作，又要身体力行，视情具体参与。人少的协会，秘书长更要虑事周全，根据实际情况，做好工作，让大家满意。实践证明，做好后勤工作并不困难，关键是要有责任感和吃苦耐劳的精神。秘书长是协会总管，当家理财责无旁贷，应千方百计保证协会正常运转，在心手相牵、同舟共济的氛围中做好协会工作，发展协会的事业。

三、努力提高自身素质，脚踏实地有所作为

协会秘书长与党政机关秘书长相比，级别并不一定低，但权力不大，麻烦不少，很难相提并论。不过在协会运行中却起着重要的作用，前面已谈，不再赘述。如以部队相比，似乎是集参谋长、政治部主任、后勤部长职责于一身，应是一个不可等闲视之的岗位。他人看重，不可沾沾自喜，本人自重，千万不要忽视。能否得到较好的评价，关键要看有无工作业绩。那么，当前交协秘书长应注意哪些问题呢？我认为主要有以下几点：

1. 加强学习，提高政治素质

素质指人的平时修养，政治素质就是一个人平时通过学习、锻炼，在政

治上达到的理论水平、认识程度和对事件的适应能力。提高政治素质并不是轻而易举的事情，必须经过认真、刻苦的学习以及实践和磨炼的过程。政治素质高，在一定程度上表明具有坚定的政治立场和明确的政治方向，这是在我国社会主义市场经济国情下，适应形势搞好工作的前提条件，也是当好秘书长的基本要求。提高政治素质首先要抓好学习，努力学习马列主义、毛泽东思想、邓小平理论和“三个代表”重要思想，认真学习中央文件和有关材料，积极学习重要报刊社论和文章。学习中注意理论联系实际，紧密结合协会的实际情况进行思考，升华认识。党中央部署的党员先进性教育活动是加强党的执政能力、巩固党的执政基础、完成党的执政使命的重要举措，是关系改革开放现代化建设全局的一件大事，各级交协都要高度重视。已经结束的，要巩固成果，继续做好整改工作。在这项活动中，学习贯穿于始终，应抓住时机，做好组织工作，取得预期效果，圆满完成任务。

2．爱岗敬业，勤奋工作

各位秘书长经历不大相同，爱好兴趣也不一样，然而某种缘份使大家走到一起，为交通运输协会的发展做出我们的努力。诚然，协会属于类似“第三世界”的单位，不是淘金之地，面临的困难很多，然而也有机遇在等待我们。在这种情况下，如不能端正心态，提高认识，则很可能产生失落感，影响工作。中国有一句老话，既来之，则安之。对交协秘书长来说，就应保持这样的心态，甚至应更进一步认识，既安之，则干之，既干之，则优之。要想做好工作取得一定的成绩，首先必须有敬业精神，热爱所在的单位和从事的职业；其次是要怀着认真的工作态度，一丝不苟，科学严谨；再之要整合力量，调动全体职工的积极性。有的人认为，协会是社团组织，没有必要讲求规范，注意效率，差不多就行了，对此我不敢苟同。我觉得还是应该严格地要求，争取较高的水平。为此，秘书长要率先垂范，以身作则，不计较个人得失，既当领导，抓好工作，又能放下架子，象普通职工一样做好某些具体工作。

3．与时俱进，勇于创新

古代有一个笑话，叫做刻舟求剑，说有一个人在乘船航行过程中，不慎将佩剑落入江中。他灵机一动，很快在船上刻了记号，表示剑从此处落水，今后在此打捞便可使剑失而复得。结果可想而知，自然是竹篮打水一场空。这则寓言讽刺了思想保守、墨守成规、不能灵活处理问题的人。有意思的是，在社会主义市场经济体制下的今天，依然存在着这种现象。党中央提出与时俱进，对我们破除思想僵化，不断开拓进取提出了很高的要求。在交协工作，同样要与时俱进，不能囿于现状，将思想认识停留在传统的水平上。要根据形势的发展考虑问题，研究思路，解决各种矛盾。与时俱进就要创新，创新是一个单位、一个人前进的动力，也是提高思想水平和工作水平的手段。不创新就会固步自封，在原地踏步或后退，跟不上形势的发展。交协秘书长在开展工作时，一定要把与时俱进、勇于创新摆在突出位置上，作为指导思想，充分地加以体现。

4. **心胸宽阔，团结共事**

一个人生活在社会上，经常会遇到各种矛盾和问题，化解不了，处理不当，则会陷入烦恼之中，感到苦闷和彷徨。作为交协秘书长，尤其会遭遇到这类情况。之所以如此，有以下几个主要原因：一是社团组织无权无势，很多事情都要求助有关部门和单位，有时可以办成，有时无功而返，对谁都不能得罪，对谁都不能怠慢；二是交协人员来自多个方面，在各种运输方式的运输企业或主管部门工作过的人都有，过去交往少或不熟悉，在一起工作后要有一个较长的磨合过程；三是很多交协一会几制，职工中有在编在职的，也有退休返聘的，还有从社会聘用的，资历不一，性格各异；四是领导层规模大，工作机构不够健全，职责确定难以清清楚楚，有时就会出现各行其是，不能密切配合，不够融洽协调的现象。总之，不尽人意之处较多，需要正确处理和耐心地解决各种矛盾和问题。秘书长处于风口浪尖上，不仅要心胸宽阔，顾全大局，而且甚至要忍辱负重，委曲求全。此外，也要严于律已，宽以待人，尺有所短，寸有所长，要多看别人的优点和长处，尽力搞好团结，努力维护协会的形象，将协会营造成和谐、奋进的团队。

以上所谈是我结合到中交协工作后的实践有感而发的。几年来，做了一定的工作，遇到了一定的困难，再一次品尝了酸甜苦辣的滋味。协会秘书长们任职时间或长或短，大概都有“一言难尽”之感。通过研讨，就可使大家交流体会、互通信息、集思广益，使秘书长的工作迈上新的台阶，为协会的进一步发展作出更大的贡献。我所谈的看法不见得正确，然而是肺腑之言，如能对大家起到一定的启发和参考作用，将感到非常的高兴和欣慰。

最后以信口而诌，勉强成句的两首小诗作为结束语吧！诗曰：

其　一

忝列六部站司班，
环境和谐喜安然。
忽接盛情邀他就，
虽现困色却主难。
初脱锦袍布衣爽，
久坐冷衙琐事烦。
偶叹未攀梧桐树，
幸衔落叶归故园。

其　二

卧豹藏蟒聚精英，
舞台不大多样情。
致仕尚书名气在，
转型专家学识丰。
有目齐盯唐僧肉，
无心共促蜀相成。
深潭也有旋涡起，
不识玄机进龙庭。

后　记

说起来好笑，只因出版过五本书，又逢已工作三十六年，竟然萌发应再出一本书的念头，以凑个国人认为是吉祥的“六”字。于是鼓起劲头，将近年草就的诗词、文章汇集起来加以修改，并补写了一些内容，终于成就了一本新作，即《交通诗话》。书中选配了近期的一些照片，作为点缀，目的是起到一点花絮作用。当书稿送交给人民交通出版社王振军同志时，如释重负，为完成了自己预定的任务而感到高兴。

人民交通出版社是交通系统唯一的专业出版机构，在全国水陆交通行业有着很大的影响力。我的几本书都主动上门，认归于该社旗下，既是缘份，更是因为将其视为“正宗”的品牌单位而引以为荣。在这本书稿付梓之际，谨向人民交通出版社的领导和编辑、美术人员尤其是为我的书辛勤工作的责编、美编同志表示衷心的感谢！

本书写作过程中，得到交通部公路司有关同志的鼓励和支持。在此，我也谨向大家致以诚挚的谢意！

随着加入“夕阳红”队伍时间日益长久，再写大块头的文字已感力不从心，于是就想搁笔读书、渐安时日了。不久前，我先后参加了全国中等城市道路运输管理工作第十六次研讨会和全国中心城市道路运输管理工作第二十次研讨会，两个会议上均有不少论文编入《论文集》。一些文章立题新颖、论据充分、文字通畅、颇有水平，读后令人很受启迪。长江后浪推前浪，世上新人超旧人。我期待着新人新作不断面世，在全国交通论坛上形成一股新的力量，共同以充满时代感的清新文章、书籍为交通运输事业的发展畅所欲言、献计献策，推动综合运输和各种运输方式进入新的历史阶段！

作　者

2006 年 12 月 8 日